CB008395

JAQUETA BRANCA

CLÁSSICOS ZAHAR
em EDIÇÃO COMENTADA E ILUSTRADA

Sherlock Holmes (9 vols.)*
A terra da bruma
Arthur Conan Doyle

As aventuras de Robin Hood*
O conde de Monte Cristo*
A mulher da gargantilha de veludo e outras histórias de terror
Os três mosqueteiros*
Vinte anos depois
Alexandre Dumas

O corcunda de Notre Dame*
Victor Hugo

O Lobo do Mar*
Jack London

Os livros da Selva
Rudyard Kipling

Rei Arthur e os cavaleiros da Távola Redonda*
Três grandes cavaleiros da Távola Redonda
Howard Pyle

A Ilha do Tesouro
Robert Louis Stevenson

Aventuras de Huckleberry Finn
Mark Twain

20 mil léguas submarinas*
A ilha misteriosa*
Viagem ao centro da Terra*
A volta ao mundo em 80 dias*
Jules Verne

O Homem Invisível*
A máquina do tempo
H.G. Wells

* Disponível também em edição bolso de luxo
Veja a lista completa da coleção no site zahar.com.br/classicoszahar

Herman Melville

JAQUETA BRANCA

OU O MUNDO EM UM NAVIO DE GUERRA

EDIÇÃO COMENTADA

Tradução, apresentação, notas e glossário:
Bruno Gambarotto

ZAHAR

Grafia atualizada segundo o Acordo Ortográfico da Língua Portuguesa de 1990, que entrou em vigor no Brasil em 2009.

Título original
White-Jacket, or the World in a Man-of-War

Capa e ilustração
Rafael Nobre

Projeto gráfico
Mari Taboada

Preparação
Juliana Romeiro

Revisão
Marise Leal
Renata Lopes Del Nero
Luciane H. Gomide

Dados Internacionais de Catalogação na Publicação (CIP)
Câmara Brasileira do Livro, SP, Brasil)

Melville, Herman, 1819-1891
Jaqueta Branca, ou O mundo em um navio de guerra / Herman Melville ; tradução, apresentação, notas e glossário : Bruno Gambarotto. — 1ª ed. comentada — Rio de Janeiro: Zahar, 2021.

Título original: White-Jacket, or the World in a Man-of-War.
ISBN 978-65-5979-004-3
1. Ficção norte-americana I. Título. II. Série.

21-60720 CDD: 813

Índice para catálogo sistemático:
1. Ficção : Literatura norte-americana 813

Aline Graziele Benitez — Bibliotecária — CRB-1/3129

EDITORA SCHWARCZ S.A.
Praça Floriano, 19, sala 3001 — Cinelândia
20031-050 — Rio de Janeiro — RJ
Telefone: (21) 3993-7510
www.companhiadasletras.com.br
facebook.com/editorazahar
instagram.com/editorazahar
twitter.com/editorazahar

SUMÁRIO

APRESENTAÇÃO

Um escritor pressionado pelas circunstâncias

Jaqueta Branca, ou O mundo em um navio de guerra é o quinto romance de Herman Melville. Escrito durante o verão de 1849 e publicado em janeiro de 1850, é a obra de um escritor pressionado pelas circunstâncias de sua vida. A urgência primeira e mais imediata era financeira. Casado desde agosto de 1847 com Elizabeth Shaw, filha do chefe de justiça do Estado de Massachusetts, Lemuel Shaw (um dos maiores juristas norte-americanos daquele século), e já pai do primeiro de seus quatro filhos, Malcolm, o escritor aborrecia-se com a dependência ao sogro, da qual pretendia se desfazer com uma bem-sucedida carreira literária. Esta não lhe trazia menos ansiedade. Embora fosse autor de quatro romances de considerável porte, sua estreia remontava a um nada longínquo ano de 1846, quando veio a lume a narrativa de fundo autobiográfico *Taipi, ou Vislumbres da vida polinésia*, seguida, em 1847, por sua continuação, *Omoo: Uma narrativa de aventuras nos Mares do Sul*. O exotismo da distante ambiência polinésia, aliado a um protagonista (para todos os efeitos, o próprio autor) de postura astuciosa e observadora — à vontade entre canibais, bucaneiros e missionários, perspicaz para descrever com precisão e estilo o estranho modo de vida propiciado pelo contato entre culturas tão díspares — chamaram a atenção da opinião pública e garantiram os primeiros elogios e polêmicas da vida literária de Melville. A fama decorrente de ambos os romances acompanharia Melville por toda a década seguinte. Não raro, publicava-se seu nome acompanhado da alcunha "Typee Omoo".

O sucesso da estreia e a influência do sogro serviram-lhe de cartão de visitas para o ingresso nas melhores rodas literárias de Boston e Nova York. O resultado do contato do jovem escritor com importantes literatos da época fez-se imediatamente sentir em sua escrita, em especial com o editor e bibliófilo Evert Duyckinck. Talvez a principal liderança literária dos decênios de 1840 e 1850 em Nova York e integrante do grupo nacionalista Young America, Duyckinck era apenas um pouco mais velho que Melville, porém conhecido de escritores da geração anterior, dentre os quais Edgar Allan Poe. A boa biblioteca de Duyckinck forneceria ao jovem escritor alguns dos volumes decisivos para sua formação intelectual; já o alinhamento de Duyckinck e seu grupo com o jornalista John O'Sullivan e a ideologia do Destino Manifesto o muniriam de um núcleo atualizado de ideias políticas, dentre as quais (descontado o fundo protestante da doutrina expansionista, à qual sempre seria crítico) a reforma social, o republicanismo e, embora não fosse unanimidade no grupo e em seu círculo nova-iorquino, o abolicionismo. As novas referências literárias e sociais, porém, não se mostraram auspiciosas: a pretensão do escritor de produzir um romance filosófico à maneira de Jonathan Swift (*As viagens de Gulliver*) e Robert Burton (*A anatomia da melancolia*), ambientado numa Polinésia alegórica — o arquipélago de Mardi, que dá título ao seu terceiro romance, *Mardi, ou Uma viagem além* (1848) — e protagonizado por um semideus impostor (o narrador) e por um grupo de nativos eruditos, capazes de versar sobre moral, política e história, provou-se um fracasso comercial e crítico. Era preciso uma pronta resposta, sob o risco de não cumprir com suas obrigações domésticas e comprometer os bons préstimos do mercado editorial.

A despeito de sua postura bastante presunçosa em relação a *Mardi*[1] e do ímpeto arrogante que por vezes manifesta diante de seus editores,[2] Melville toma providências pragmáticas e retoma o modelo da narrativa de aventuras naquela mesma primavera. Antecedem o esforço de escrita de *Jaqueta Branca* as confissões e reminiscências de um certo Wellingborough Redburn, "filho de cavalheiro", em sua primeira viagem a bordo de um navio mercante: publicado em 1849, *Redburn* significa um recuo ao modelo ligeiro que, em *Taipi* e *Omoo*, despertara o interesse da crítica. Dessa vez, contudo, as aventuras — moldadas sob a perspectiva de um jovem aristocrático em seu percurso de formação democrática — viriam acompanhadas de uma questão forte para o público de ambas as costas do Atlântico: a imigração, em particular de irlandeses vitimados pela miséria, que começava a mudar as feições da sociedade norte-americana nos grandes centros urbanos. Embora, com acerto, atribua-se a rápida idealiza-

---

1. "Vejo que *Mardi* tem sido picado pelo *London Atheneum* e também queimado pelo carrasco no *Boston Post*. [...] Esses ataques são inevitáveis, e fundamentais para a construção de qualquer reputação permanente — caso assim se dê comigo. [...] Mas o Tempo, que soluciona todos os enigmas, há de solucionar *Mardi*", escreve em carta ao sogro, de abril de 1849. (Jay Leyda, *The Melville Log, a Documentary Life of Herman Melville, 1819-1891*. Nova York: Harcourt, Brace, 1951, p. 300.)
2. "Podes ter para ti a opinião de que é estulto ou tolo o homem que escreve uma obra de tal tipo, quando devia ter escrito outra, calculada tão somente para agradar o leitor comum [...]. Mas alguns de nós, escrevinhadores, meu caro senhor, sempre trazemos dentro de nós algo de indomável, que nos permite a realização de uma coisa ou outra — acertar ou errar", escreve a Richard Bentley, seu editor inglês, em junho de 1849. (Jay Leyda, op. cit., p. 306.)

ção de *Redburn* a seu viés biográfico — afinal, Melville remonta a sua primeira viagem, em 1838, como aprendiz de marinheiro a bordo de um navio mercante e replica no protagonista suas próprias origens familiares —, é importante notar, no delineamento imediato do enredo, a consciência que o autor conservava dos gostos do público: em lugar da erudição e da filosofia de *Mardi*, acompanhadas de debate em alto nível acerca de questões prementes à época, como a Revolução de 1848 na França, *Redburn* traz uma significativa (para alguns, irônica) concessão ao estilo lacrimoso do romance dickensiano, com o reforço da perspectiva da criança (vide *Oliver Twist*, citado em elogiosas resenhas sobre o romance) e seu longo périplo pelas misérias urbanas, retratadas na zona portuária de Liverpool. É compreensível que Melville se referisse a *Redburn* como seu volume "mendicante": as bibliotecas dão lugar aos temas jornalísticos, colhidos a periódicos e rodas de gente comum; a fantasia extravagante cede ao realismo do relato.

Esse é o fundo de problemas que cerca o breve comentário que o escritor faz ao sogro — este, bastante empenhado em criar as melhores condições para a carreira do genro — a respeito de seu trabalho naquele ano de 1849:

> Sobre o senhor ter cuidado das cartas de apresentação mais uma vez, sinto-me mais do que feliz por elas; e mais uma vez agradeço sua bondade. [...] Quanto a *Redburn*, não antecipo recepção de qualquer tipo. Talvez seja considerado um volume de entretenimento tolerável; talvez seja considerado maçante. Quanto ao outro livro [*Jaqueta Branca*], ele decerto será atacado em alguns ambientes. Mas com esses dois livros não vejo reputação que possa granjear. São dois serviços que fiz por dinheiro — forçado a tanto como outros homens o são a cortar lenha. E, embora me tenha sentido obrigado a controlar-me em relação ao tipo de livro que gostaria de escrever, não me reprimi muito — pelo menos no que *lhes* toca; falei, sim, muito ao sabor do que sentia. Enquanto livros, portanto, escritos dessa forma, meu único desejo para seu "sucesso" (como se diz) salta-me do bolso, não do coração. Tanto quanto me compete individualmente, e a despeito de meu bolso, é meu mais profundo desejo escrever aquele tipo de livro que, segundo dizem — perdoe-me o egotismo —, "fracassa".[3]

Em outubro daquele ano, *Redburn* chegava ao público britânico por intermédio de Richard Bentley, seu editor inglês; algumas semanas depois, a Harpers Brothers se encarregaria da publicação em solo norte-americano. A boa recepção

3. "Carta a Lemuel Shaw", Nova York, 6 out. 1849. Em Herman Melville, *Correspondence*. Evanston/Chicago: Northwestern University Press/The Newberry Library, 1993, pp. 137-8.

de *Redburn* em ambos os lados do Atlântico contraria a postura ostensivamente adversa de Melville em relação ao volume ao longo dos meses seguintes. Celebrado por trazer "uma naturalidade capaz de ganhar a atenção de uma criança" e "uma reflexão" própria às "mais profundas sondagens do adulto" (*The Literary World*, 17 de novembro de 1849), ou ainda por ser obra "inteira vida", demonstrando "um poder que o autor, ao pintar os mais sombrios quadros da vida com lúgubre realidade, nunca antes expusera" (*The Albion*, 24 de novembro de 1849), *Redburn* surpreende e tranquiliza os críticos de *Mardi* — servindo, de quebra, a seu propósito "venal". Mas Melville viria a saber das boas novas em sua chegada a Londres, onde desejava negociar pessoalmente com editores locais a publicação de seu "outro serviço".

Jaqueta Branca, o amadurecimento do realismo melvilliano

Hershel Parker, um dos mais importantes biógrafos de Melville, credita a gênese de *Jaqueta Branca* ao fim das esperanças nas vendas e na recepção de *Mardi* e à incredulidade quanto a qualquer solução pecuniária que decorresse de *Redburn*. Melville animou-se, porém, com a celeridade da produção deste último e a expectativa de repeti-la — razão pela qual, ainda com as provas de *Redburn* em mãos, lança-se à escritura do novo romance. Com a aceitação da Harpers e o aval de seus editores norte-americanos para o contato com Bentley, Melville escreve ao inglês sobre seu novo romance; este, contudo, armara-se de cautela, provavelmente à espera de um primeiro saldo das vendas da narrativa recém-publicada. A decisão de viajar à Inglaterra justificava-se, a princípio, como forma de negociar diretamente a venda de *Jaqueta Branca* com o editor de *Redburn* ou oferecê-lo a quem por ele se interessasse e lhe pagasse bem; havia, porém, outros interesses, não se excluindo uma mais longa viagem pelo Continente. Por fim, o giro europeu incluiu visitas a Paris e Bruxelas, além de excursões pela própria Inglaterra, realizadas enquanto aguardava uma resposta de Bentley. Tão logo esta se concretizou, Melville optou (não sem se ressentir da decisão) por retornar com os dividendos de viagem a sua família e trabalho.

À primeira vista, *Jaqueta Branca* segue o padrão defensivo estabelecido em *Redburn*. Mais uma vez, a opinião pública e o realismo dão o tom: o romance traz o relato das experiências do gajeiro Jaqueta Branca a bordo do navio de guerra *USS Neversink* durante os meses de retorno da embarcação aos Estados Unidos, deixando o porto de Callao, no Peru, com destino a Nova York. Como no caso do livro anterior, Melville recobra fatos da própria vida — aqui, sua viagem a bordo do *USS United States*, navio de guerra norte-americano em que se engajara como segundo marinheiro (então designado à guarda de popa) em seu regresso de Honolulu, onde desertara do baleeiro australiano *Charles & Henry*, a Boston. Diferentemente, porém, do primeiro romance, cuja experiência pessoal se faz notar apenas a amigos e familiares, uma nota introdutória à narrativa de *Jaqueta Branca* esclarece a questão:

> No ano de 1843, embarquei como "segundo marinheiro" numa fragata americana, então ancorada em porto do oceano Pacífico. Depois de servir a bordo dessa fragata por mais de um ano, fui dispensado tão logo a nau aportou ao destino final. Minhas experiências e observações como marinheiro de um navio de guerra foram incorporadas ao presente volume.

A versão inglesa da nota é menos lacônica. Ali, somos informados de que, não obstante o fundo de experiência, o presente volume não é um "diário de viagem", nem seu objetivo outro senão o de "pintar a vida geral na Marinha", com fidelidade aos fatos legais e cotidianos, o "endosso das maiores autoridades" e a consulta a testemunhos dos episódios verídicos mencionados. A sobriedade dos comentários e o desejo de esclarecer o que seja de fato e de ficção soa resposta tardia às polêmicas que cercaram seus dois primeiros romances. John Murray, primeiro editor inglês de Melville, responsável pela coleção de literatura documentária em que saíram, na Inglaterra, *Taipi* e *Omoo*, jamais se convencera plenamente da veracidade do narrado em ambos os livros e, procurado durante a estada de Melville em Londres, recusara *Jaqueta Branca*. Decorrentes ou não do desagravo em relação ao editor, os comentários acabam por revelar o amálgama de referências discursivas e documentais de que o livro é feito. Se, por um lado, "pintar a vida geral na Marinha" recupera a ideia de uma obra de ficção, à qual concorrem artifícios representativos, o recurso a autoridades navais e ao testemunho de envolvidos em conhecidos episódios de alto-mar adiantam a variedade da nova narrativa: de um lado, a exposição de leis e costumes da Marinha remontará à pesquisa bibliográfica e à reflexão exegética consagradas em *Mardi*; de outro, os fatos terão a consistência do registro de homens do mar, a partir dos quais a prosa realista ganha corpo pelo verossímil *e* verdadeiro.

No que concerne ao trabalho discursivo que, desde a estreia de Melville, atravessava o terreno movediço da verdade e da verossimilhança, o esclarecimento tem uma função mais forte do que a insistência na dubiedade e libera a prosa do romance para o trabalho declarado com uma realidade que, textualmente, se manifesta em formas heterogêneas. Tal realidade, a exemplo do caso de *Redburn*, pauta-se pelos debates públicos. Em lugar do tema da imigração, aborda-se uma questão pontual que, em anos recentes, rendera calorosos discursos no Congresso e na imprensa local: a manutenção da disciplina a bordo dos navios de guerra norte-americanos mediante recurso ao azorrague. Esse era um ponto precioso no horizonte mais amplo da reforma da Marinha nacional, discussão de pelo menos duas décadas que, no campo político, visava ao aumento da eficiência do serviço militar via alistamento voluntário de recrutas nascidos nos Estados Unidos. Autoridades militares e de Estado alegavam que o uso do azorrague contrariava todos os esforços de atrair "homens livres" à Marinha — o que, por si, demonstra reconhecimento público do peso simbólico do açoitamento como expediente de punição do escravo, imagem que o narrador de Melville também explora. A reforma naval incidia diretamente sobre a figura tradicional do marinheiro e replicava um movimento reformista mais amplo da sociedade norte-americana: as tentativas de expurgo do vício, do crime e da imoralidade dos conveses implicavam o mesmo cultivo da autodisciplina e a internalização de códigos de conduta de que se ocupavam autoridades e instituições em relação às consequências da miséria urbana. A veemência com que o protagonista convoca a reforma ("as severas admonições da justiça e da humanidade exigem sua abolição [do açoitamento] sem demora") ecoava o adiantado do debate: em 28 de setembro de 1850 (ou seja, nove meses depois da publicação do volume), o uso punitivo do azorrague e outros instrumentos de açoitamento seria proibido a bordo das fragatas norte-americanas.

A ideologia reformista impregna todos os pormenores da narrativa de *Redburn*: ela tinge a "revelação democrática" de que o aristocrático protagonista é acometido e, por meio deste, lança luzes piedosas e indignadas à pobreza dos trabalhadores do mar e à miséria que atravessava o Atlântico em condições desumanas para proliferar, sob as formas da violência, da fome e do alcoolismo, nos bairros mais pobres de Nova York. Em *Jaqueta Branca*, a reforma não implica somente a palavra moral do antecessor Wellingborough Redburn, para o qual a conversão à democracia basta para que o mundo desvele à experiência sua verdadeira ordem. Embora os traços reformistas se apresentem na caracterização imediata do protagonista — um homem temente a Deus, sóbrio, obediente, industrioso e autodisciplinado, tal como os reformadores navais idealizavam em suas entidades filantrópicas (American Seaman's Friend Society) e periódicos (*The Sailor's Magazine*) — e da marinhagem, com seus inúmeros exemplos de vício, determinantes para o recolhimento defensivo do protagonista em face de tudo que o cerca, a reforma já não determina o trabalho literário e crítico de Melville. Em *Redburn*, ela é, da perspectiva do narrador que confessa e relembra (ao melhor estilo agostiniano), um fato do espírito e implica adesão ideológica pura e simples — em última análise, uma *fé*, que modula toda a recuperação do passado, centrada no momento da conversão. O modelo reformador de *Jaqueta Branca*, por sua vez, incide na perspectiva racionalizante do narrador: nele, a democracia americana, mesmo em sua face mais eivada de puritanismo (e que o narrador por vezes reproduz ao melhor estilo retórico do Destino Manifesto), se intelectualiza e busca, na materialidade do discurso legal e da organização social como um todo, um ponto de análise e reflexão sem que este, porém, submeta terminantemente a matéria da vida a sua confirmação. Na realidade laboriosamente representada por Jaqueta Branca a moralização e a compreensão abstrata das forças que movem a vida e as iniquidades do convés convivem com o desejo e o prazer da vida em sua variedade caótica. Assim, Melville dá azo a uma *anatomia*, com seu interesse intelectual específico na exploração minuciosa dos pormenores de um *corpo*; porém, diferentemente do destino do marinheiro submetido aos saberes do médico-cirurgião a bordo do *Neversink*, é imperativa a preservação da vida. No pêndulo entre experiência e reflexividade que caracteriza Jaqueta Branca, Melville estrutura um narrador que, em linhas gerais, prefigura *Moby Dick* e seu protagonista, Ismael, se não pela perspectiva *demoníaca* da catástrofe do *Pequod*, pelo empenho de saberes variados no entendimento distanciado e pormenorizado de uma realidade que, não obstante, é vivida.

É da tensão entre essas duas perspectivas que o convés surge como espaço narrativo da literatura madura de Melville. Embora fosse conhecido como um escritor do mar, é tardio o interesse de Melville pelo convés de seus navios: em *Taipi*, tal espaço é praticamente ignorado; em *Omoo*, será por alguns capítulos povoado de marinheiros destemperados para por fim se tornar palco de um motim — episódio que se pretende típico e introduz a aventura que leva o protagonista ao Taiti e a mais uma rodada de observações da vida polinésia; em *Mardi*, o mesmo espaço é preterido pelo "sentimento e a filosofia" de que se ocupa o simpósio imaginário. O "recuo" de Melville aos temas reformistas representa o momento em que o escritor atenta ao convés e a suas potencialidades ficcionais; no entanto, apenas em *Jaqueta Branca* este se revela um *espaço social*, com as contradições e atividades que lhe são inerentes. Para tanto, Melville assume as lições de uma literatura do mar bastante específica: a dos relatos de oficiais da Marinha e, sobretudo, de marinheiros comuns que procuravam denunciar as más condições de trabalhos e os abusos nos mais diversos conveses. A partir do estudo e apropriação da literatura documentária de autores hoje esquecidos, como Samuel Leech (*Trinta anos longe de casa*), Nathaniel Ames (*Quadros de um marinheiro*) e Henry James Mercier e William Gallop (*A vida num navio-de-guerra*), Melville compõe a voz de Jaqueta Branca na perspectiva do homem "ao pé do mastro", do trabalhador do mar. Isso implica, sobretudo, um olhar ao *trabalho* — isto é, à atividade do marinheiro e aos objetos que a cercam. Como em nenhum outro romance náutico de Melville, temos um protagonista imerso no *universo material* do marinheiro; deste decorre a profusão de vergas, vergônteas, rizes, enfrechates, ovéns, cabrestantes, cabos fixos e de laborar, amarras, malaguetas, mesas de guarnição e tantos outros instrumentos que servem à manobra e manutenção do navio, descritos à medida que Jaqueta Branca expõe os fatos que os cercam.

Neste romance, Melville tematiza pela primeira vez o *trabalho*: é a partir dele que se desenvolve a voz moral que separa a marinhagem e o oficialato, bem como os homens exemplares e os viciosos na concretude da experiência. O descaso da grande maioria dos oficiais começa pelo simples fato de ignorarem a faina do marujo; já os vícios deste impedem que o trabalho seja executado a contento e acarretam perigos à tripulação como um todo. Eficiência, temperança e bom comando formam um horizonte ideológico reformista que lança alguma sombra aos aspectos subversivos da narrativa; porém, é importante que se note a visada abstrata do trabalho enquanto construção social — isto é, como categoria em que a ignomínia e o vício se encontram em decorrência da *estruturação legal* da vida no convés. A análise das estruturas de poder marca a postura reflexiva de Jaqueta Branca e determina o encadeamento de seus quadros navais, nos quais se revela um protagonista consciente dos usos de seu instrumento narrativo, consciente da palavra e de seu peso político, postando-se em posição de enfrentamento do discurso oficial. O realismo que se pratica em *Jaqueta Branca* é de alto nível: indo além da literatura documentária — repletas de fatos e testemunhos, porém circunscrita à denúncia do convés e pouco atenta a seus próprios meios discursivos —, o protagonista ataca, de um lado, a base social dos problemas de bordo e, de outro, as ideias e enredos preconcebidos que dão forma ao gênero, no sentido da construção de uma narrativa crítica.

Vale frisar que Melville escreve no contexto da escravidão e, mesmo sendo um crítico desta e da opressão às chamadas "classes baixas" — como explicita em *Jaqueta Branca* e em *Benito Cereno*, seu romance seguinte —, faz uso de expressões correntes à época, que, a nosso ver, devem ser lidas nesse contexto.

Sobre o convés, a cidade

Entre os testemunhos de uma realidade difícil e o regimento de uma poderosa instituição de Estado recém-saída de uma campanha vitoriosa — a da Guerra Mexicano-Americana (1846-48), primeiro passo da consolidação dos Estados Unidos como potência imperialista no continente —, Melville constrói um romance de andamento fundamentalmente urbano. O protagonista encontra jurisprudência para tanto na própria relação de contiguidade entre convés e cidade, lugar-comum presente em tom autoelogioso em narrativas do oficialato, como *Dois anos e meio na Marinha*, de Enoch Cobb Wines, e explorada sob a perspectiva das tragédias urbanas pelos reformadores; não é, contudo, por meio da caridade e da demagogia que a relação se constrói:

> A bem da verdade, um navio de guerra é uma cidade flutuante, com longas avenidas onde se veem canhões no lugar das árvores e inúmeras vias umbrosas, gramados e trilhas desusadas. O convés principal é uma grande praça, parque ou campo de marte, com um enorme olmo, como o de Pittsfield, sob a forma do mastro principal, numa ponta, e o palácio da cabine do Comodoro, na outra.
>
> Ou ainda, um navio de guerra é uma cidade elevada, cercada de muralhas e ocupada por exércitos, como Quebec, onde os passeios públicos são em sua maioria trincheiras, e os pacíficos cidadãos cruzam sentinelas armadas a cada esquina.
>
> Ou ainda é como um prédio de apartamentos em Paris, porém de cabeça para baixo — sendo o primeiro andar, ou convés, alugado por um lorde; o segundo, por um seleto grupo de cavalheiros; o terceiro, por multidões de artesãos; e o quarto, por uma turba de gente comum.
>
> Pois é exatamente assim uma fragata, onde o comandante tem uma cabine inteira e o espardeque para si, os lugares-tenentes têm a praça-d'armas logo abaixo, e a massa de marinheiros balança em suas macas abaixo de todos.
>
> E com suas longas fileiras de portinholas, cada qual revelando o focinho de um canhão, um navio de guerra lembra uma casa de três andares nalguma parte mal-afamada da cidade, com um porão de profundidade indefinida e sujeitos mal-encaradosà espreita nas janelas.

ANTES DE TUDO, a cidade em *Jaqueta Branca* é o modo de olhar a coletividade a bordo. A passagem em destaque não sugere apenas uma abordagem *metaforicamente* urbana dos problemas de bordo. Note-se que a analogia entre navio e cidade nunca se realiza por completo: uma vez estabelecida a imagem, o protagonista imediatamente a substitui por outra — a bem da verdade, a sequência ensina que o navio, como a cidade, sempre excede a imagem que lhe confira identidade. Cidade austera ou sitiada, indicando o convívio difícil entre classes ou ainda moradia de gente duvidosa, a imagem do navio de guerra parece trazer uma importante lição sobre o romance urbano: a impossibilidade de uma experiência total ou imediata da cidade. Não se trata de noção pouco consequente para o andamento do romance: a perspectiva reformista propunha a relação entre navio e cidade *unicamente* pelo prisma dos vícios e de sua correção com vistas à manutenção disciplinar (e autoritária) da boa sociedade, e não o reconhecimento de um indivíduo que, autônomo em seus interesses e realizações, vive a cidade apenas sob a medida material e contingente de suas relações, estas passíveis apenas abstratamente de redução ao todo. Ao reconhecer o navio como espaço de uma sociedade cujas desigualdades são próprias a modelos de troca e convívio que determinam as leis para, por meio delas, garantirem sua reprodução, o protagonista tira o foco da reforma enquanto ação unilateral, voltada à reconfiguração de um corpo de leis disciplinares sem qualquer questionamento institucional. O interesse de Jaqueta Branca na *sociedade* a bordo — interesse de romancista, consciente das parcialidades de sua mirada, porém empenhado na organização de um quadro adequado à apresentação de alguns de seus motivos e destinos mais gerais — não é questão de somenos em relação ao projeto comercial do volume. Por vezes, veremos o reformista dar lugar a um sujeito de pretensões políticas mais vigorosas.

A relação tensa entre a ideologia reformista e a perspectiva do protagonista apresenta-se em diferentes momentos do romance. Noutra passagem, vemos como suas águas se misturam:

> A Marinha é asilo para o pervertido, lar para o desafortunado. Aqui, os filhos da adversidade encontram a prole da calamidade, e aqui a prole da calamidade encontra o rebento do pecado. Reúnem-se aqui corretores falidos, engraxates, fura-greves e ferreiros; enquanto funileiros, relojoeiros, copistas, sapateiros, doutores, agricultores e advogados, todos perdidos de suas próprias vidas, comparam experiências e conversam sobre os velhos tempos. Náufragos de uma praia deserta, os homens da tripulação de um navio de guerra poderiam rapidamente erguer e fundar uma Alexandria por si próprios e provê-la de tudo quanto concorra à invenção de uma capital.

As duas primeiras frases modelam-se ao tom dramático e paternalista dos panfletos políticos dos reformadores. No entanto, outra postura se destaca da sequência, em que os marinheiros ganham nova identidade: mais do que gente socialmente fragilizada, são homens de variadas histórias e ofícios urbanos, todos reduzidos à fantasmagoria de uma vida que não se pode realizar no espaço específico do navio. Entretanto, em vez de aceitar a uniformização sob a forma do crime e do trabalho e concentrar-se na análise do convés, com o consequente rebaixamento de tantas vidas particulares sob a figura do marinheiro — no sentido proposto por Jaqueta Branca, praticamente uma abstração legal, dadas as muitas e singulares experiências que a palavra esconde —, Jaqueta Branca promove uma notável inversão: descartada a sóbria subserviência que o reformismo sugeria aos marinheiros, o protagonista prefere observar neles e em sua formação a potencial fundação de um corpo político.

A partir da linguagem metafórica e evocativa com que Jaqueta Branca transita entre tempos, espaços e personagens histórica e socialmente as mais diversas, constrói-se a urbanidade que tanto sucesso teve na pena de autores como Eugène Sue, Edgar Allan Poe e Honoré de Balzac. Como na narrativa seminal de Sue, *Os mistérios de Paris*, o método reflexivo de Jaqueta Branca visa a uma perspectiva abrangente das classes a bordo do navio: trocando o disfarce do herói de Sue pela simples e mais factível discrição, cabe ao protagonista transitar pelos mais distintos espaços do navio, e pelas classes e grupos que os ocupam, para revelar-lhes uma realidade que, por estarem alheios uns dos outros, não compartilham. A missão não é simples: como na Londres de "O homem da multidão", de Poe, escondem-se no convés delimitado por Jaqueta Branca os furtivos, mínimos e particulares interesses e acidentes que a ânsia de saber e classificar — inerente à lei marcial, que tudo submete a suas prescrições — transforma em *crime*. Todos se escondem na turba de homens e destinos estranhos entre si; todos por princípio fogem ou escapam aos calabouços e às prescrições da lei, cujas formas se impõem às relações sociais. Destas, pouco resta para além dos jogos de força e do utilitarismo. Neste ponto, o protagonista de Melville nos leva a Balzac e a *outra* Paris — a de *A menina dos olhos de ouro*, com "a tintura quase infernal" de suas personagens, suas "tribos" e "máscaras" de alegria, miséria, hipocrisia, fraqueza ou poder mobilizadas por uma abstração — o binômio "Ouro ou prazer?", em Melville convertido nos Artigos de Guerra que, sob a pena de punição física ou morte, governam a multidão inominável.

Da anatomia da sociedade a bordo deriva a apresentação dos "mistérios e misérias do *Neversink*", para ficarmos com fórmula cara a essa literatura; estes, no entanto, lavados da moralidade autoritária e controladora que marca a perspectiva do oficialato, não são outra coisa senão a dura matéria da vida em que

Jaqueta Branca conhece seu conflito. Oscilando entre a indignação reformadora e o prazer pitoresco dos quadros, o protagonista desvela seu próprio drama, simbolicamente concentrado no traje — a jaqueta — feito de uma brancura que indica autopreservação, porém fragilidade; salvaguarda, porém solidão; distanciamento analítico, porém ao custo da experiência. Confeccionada pelo próprio gajeiro, a jaqueta representa um viés a ser adotado pelo narrador: antes de tudo, serve de metáfora a sua *narrativa*, que se faz da astúcia de quem promove "metamorfoses" a partir dos materiais de que dispõe (transformando, por exemplo, navios em cidades) e se protege das intempéries à vista, sejam elas o mau tempo ou as más intenções de quem o cerque. Não são poucos, porém, os problemas dela decorrentes:

> Ensopada e pesada, que fardo era carregar aquela jaqueta por toda parte, principalmente quando me mandavam para o topo do mastro; arrastando-me ao alto, pouco a pouco, como se estivesse içando uma âncora. Não havia tempo para tirá-la e torcê-la na chuva; não se permitia atraso ou hesitação. Não, isso não; para cima, gordo ou magro, Lambert ou Edson, não importa o peso que carregue. E assim, por intermédio de minha própria pessoa e sem ferir as leis da natureza, foram muitas as chuvas que reascenderam aos céus.

Sem conseguir impermeabilizá-la (o roubo pelos marinheiros do material necessário tornara-o inacessível ao honesto protagonista), a porosidade converte a astúcia em fragilidade e faz com que a jaqueta passe a representar, entre os vários e por vezes cômicos incidentes que a cercam, o questionamento sobre os perigos de uma narrativa absorver seu material a ponto de confundir-se com ele. Em que medida a necessidade de ordem inerente à narrativa realista não reproduz os constrangimentos que a lei impõe à marujada? A lição de Poe quanto à ansiedade do saber, que converte em crime a indefinição de seu objeto, parece convocada quando, na outra ponta do romance, Jaqueta Branca retoma a imagem da água como resposta dura ao ridículo reascender das chuvas. "Existe uma fábula sobre um pintor convencido por Júpiter a pintar a cabeça de Medusa. Como a imagem fosse fiel à vida, o pobre artista adoeceu diante da visão do que seu lápis forçado desenhara. *Assim, levando a cabo minha tarefa, minha própria alma agora se afoga naquilo que retratei.*" Como os momentos finais do romance revelam, a jaqueta conhece uma última metamorfose: da morte faz-se a vida, que permeia estas páginas.

A narrativa de Jaqueta Branca não se entrega à representação do navio — ela própria não é o navio, tampouco sua sociedade e seus conflitos. Sendo em primeira pessoa, e vivendo o protagonista dois tempos — o dos acontecimentos e o do próprio narrar —, o perigo da Medusa converte-se na autoconsciência e na fuga ao fracasso de uma narrativa que não se afirme criticamente em face de seu objeto. Como mostra o momento da confecção do traje, este jamais esconderá suas costuras, nem a reunião de materiais díspares que o trabalho e a reflexão submetem; em última instância, a jaqueta é contrapartida da inteligência e da luta pela liberdade e, sob a consciência de sua própria variedade reunida — ou seja, enquanto *invenção* —, de uma objetividade atenta a seus processos.

Melville na baía de Guanabara

Jaqueta Branca é o mais escancaradamente político dos romances de Melville. Político no sentido de jamais esconder as forças que tensionam o tecido narrativo. Reformismo e revolução, repressão e empoderamento democrático, republicanismo e imperialismo, liberdade e escravidão — o que se mostra como a própria encruzilhada do experimento social que funda o país converge no açoitamento e na luta por melhores condições de trabalho e carreira para os marinheiros do serviço naval norte-americano. As contradições que acabam por integrar a construção do volume não se esgotam ao seu término; pelo contrário, *Jaqueta Branca* chega a seu fim sob um elogio democrático incapaz de esconder a própria perplexidade diante das sombras que cobriam sua sociedade; estas se transmitirão a seu irmão fáustico, Ismael, e ao universo apocalíptico de *Moby Dick*, no qual as contradições do percurso norte-americano se concentram na mais forte das personagens de Melville, o capitão baleeiro Ahab, cujos modos e pensamentos se analisam sob o signo da catástrofe. O valor de *Jaqueta Branca* no processo que levaria Melville a sua obra-prima é inegável: nascem no convés do *Neversink* (o "inafundável") as questões insolúveis inerentes à loucura de Ahab e ao afundamento do *Pequod*.

Nestas linhas gerais sobre o romance que espera o leitor, muito ainda ficou por dizer. No entanto, para o público brasileiro, não se podia deixar de comentar os 26 capítulos (do 39 ao 65) de permanência do *Neversink* no ancoradouro da baía de Guanabara. Melville não se revela um observador alheio à nossa vida nacional. Diferentemente de tantos estrangeiros que passaram, com brevidade maior ou menor, pelo país àquelas alturas recém-independente, para lhe anotar os costumes e produzir ciência, sabe-se que Melville não permaneceu mais do que uma semana na costa brasileira, em meados de agosto de 1844, quando o *USS*

United States aportou no Rio de Janeiro para abastecimento; ademais, nada digno de menção consta no diário de navegação da fragata norte-americana quando fundeada ali além do aproveitamento que o próprio autor faz do momento e das circunstâncias. Daí que o período de permanência do navio na costa brasileira, repleto de ação e comentário, seja interessante para que se observe o tipo de trabalho ficcional e reflexivo que Melville imputa a seu protagonista.

Se Melville, o autor, conheceu de perto a antiga capital do Império, não nos foi dado saber;[4] de qualquer forma, ainda que tivesse sido o caso, caberia a Jaqueta Branca as vezes de estraga-prazeres. A parada no Brasil dá ensejo ao reforço de seu projeto narrativo:

> Permanecemos no Rio de Janeiro algumas semanas, recebendo preguiçosamente mantimentos a serem estocados e preparando a viagem de retorno. No entanto, embora o Rio de Janeiro seja uma das mais magníficas baías do mundo; embora a própria cidade tenha muitos admiráveis interesses; e embora muito se possa dizer sobre as alturas do Pão de Açúcar e da colina do Sinal; sobre a Pedra de Lúcia; a ilha das Cobras, fortificada [...] — embora muito possa se dizer sobre tudo isso, devo abster-me e concentrar-me, se me permitem, em meu único objeto de fato, *o mundo num navio de guerra*.

A convicção temática tem razão de ser, e parte do projeto de um relato livre dos lugares-comuns da ficção popular e da ideologia que cercam a vida do marinheiro e a imagem da Marinha: tanto quanto concerne à *contranarrativa* de Jaqueta Branca, a recusa de relatar acontecimentos em terra firme diz respeito à tentativa de manter o eixo programático do romance.

Num sentido bastante próprio, *Jaqueta Branca* é um romance de tese. Alerta-nos o protagonista: "creio que, no que toca àquilo que se chama reputação militar, a Marinha americana não carece de elogio, mas de História". A recuperação dos dias de permanência do *USS Neversink* no Rio de Janeiro presta-se a tanto. A ver pelo quadro da baía que Jaqueta Branca coloca como uma litogravura diante do leitor, não faltariam belos sítios à aventura da marinhagem; no entanto, a imagem do marinheiro destemido não passava de contrapartida romântica do homem vicioso que a retórica reformista buscava denunciar e corrigir. As duas

4. A propósito, parte considerável das informações referentes à cidade do Rio de Janeiro e a Niterói (então Vila Real de Praia Grande) são passíveis de cotejo nos verbetes da *Penny Cyclopædia*, uma conhecida enciclopédia da época.

pontas do espectro ideológico encontravam-se, por sua vez, numa só posição de deferência às estruturas do poder — neste particular, desde James Fenimore Cooper, que em romances históricos como *O piloto* e *O corsário vermelho* estabelece importantes balizas literárias para o gênero da narrativa náutica norte-americana, as aventuras de alto-mar não raro traziam em seu bojo o elogio do empreendimento marítimo nacional: estava nos mares o campo de batalha final em que a nova nação americana derrotaria a antiga metrópole para se consagrar como grande império.

Além de as ações dos marinheiros de Melville não dourarem a pílula do império, a chegada do *USS Neversink* na baía de Guanabara introduz o assunto sob outras formas:

> Contemplem o *Neversink* sob nova luz. Com todos os seus canhões, jaz tranquilo no ancoradouro, cercado de fragatas inglesas, francesas, holandesas, portuguesas, brasileiras, todas surtas nas profundas águas verdes, tendo a sotavento aquela massa rochosa oblonga e acastelada, a ilha das Cobras, que, com suas portinholas e elevados mastros de bandeira, parece outro navio de guerra, de ferros lançados a meio caminho do porto. Mas o que é o forte numa ilha senão um aterro bélico que adentra o mar saído das Quebecs e Gibraltares do mundo? E o que um forte de terra firme é senão alguns conveses de um navio de batalha transplantados para a costa? Eles são todos um — todos, como o rei Davi, navios de guerra desde o berço.
>
> Contemplem o *Neversink* ancorado, em muitos aspectos apresentando aparência diversa da que ostentava no mar. Nem a rotina da vida a bordo é a mesma.

A presença norte-americana na baía denuncia a presença das forças de outras nacionalidades, discretamente vigiadas pela insuspeita ilha fortificada, transformada em navio de guerra à força do quadro a um só tempo alegre e tenso que forma o encontro internacional no ancoradouro. Embora o protagonista não se entregue aos divertimentos que lhe reservava a narrativa imperialista, a paisagem não deixa dúvidas quanto à relevância do tema. A baía fará as vezes de anfiteatro para importantes momentos da tripulação. Ali, Jack Chase — o capitão da gávea e marinheiro modelar (além de leitor de Camões) — advogará perante o comando do navio pela licença à marinhagem, finalmente concedida; do mesmo modo, ali ocorrerão importantes episódios de corrupção: a do meirinho, Bland, em cuja autoridade se esconde o contrabando de bebida; a da marinhagem, que entende liberdade como licenciosidade e retorna ao convés alcoolizada, dando vazão à raiva e ao ressentimento contidos contra o Estado-maior; a do cirurgião, o mórbido Cutícula, quando diante do ferimento à bala na perna de um marinheiro; e a do comodoro, cujos caprichos exibicionistas diante do cordame levam à invalidez de um bom marujo. A permanência em mares brasileiros parece apenas sublinhar os interesses republicanos do protagonista — algo como o reforço do empoderamento consciente e responsável dos marinheiros, dos quais deve por fim emanar a lei, em lugar do concerto oligárquico dos impérios, sob os quais o trabalhador perde o prumo. Explica a tese um segundo momento forte em terras brasileiras: a visita de d. Pedro II e sua comitiva de nobres à fragata.

Afora o cuidado relativo de Melville com referências ao imperador — como sua idade, aparência e mesmo a menção absolutamente plausível ao casamento de uma de suas irmãs —, a presença deste diante do comodoro serve de apoio ao projeto contranarrativo de crítica às instituições navais. O comodoro e d. Pedro II colocam-se diante um do outro como imperadores — o primeiro, da esquadra de um Estado de pretensões imperialistas; o segundo, de um Estado que se intitulava como tal. A equiparação de ambos os homens, pautada pelas vestes — o *chapeaux-de-bras* e a espada do Estado ao flanco —, tem a medida do poder que representam. Para figurá-lo, Jaqueta Branca recorrerá aos escravos do batelão do Imperador ("que, à maneira brasileira, erguiam-se concertadamente com seus remos a cada esforço, descendo em seguida a seus postos num gemido simultâneo"), cujos movimentos e labor racionalizado suscitam no protagonista um olhar antes dedicado aos trabalhadores do convés. A tensão da equiparação entre marinheiros e escravos — ambos regidos pelo açoite e por um aviltamento que, no que toca aos negros da embarcação, implica da parte do narrador a reprodução do jargão racista corrente na sociedade norte-americana de então — e entre os poderes que se encontram terá ressonância na marinhagem e, em especial, num gajeiro, Jonathan:

> "Imagino que aquele velho cavalheiro", disse um jovem marinheiro da Nova Inglaterra ao meu lado, "ia achar uma grande honra vestir as botas de Sua Majestade Real; mas olha, Jaqueta Branca, se aquele imperador ali e eu tirássemos a roupa e caíssemos na água prum banho, ia ser difícil dizer qual dos dois tem sangue real debaixo d'água. Ei, d. Pedro", acrescentou ele, "diz aí como você virou imperador? Diz aí. Você não é capaz de puxar o tanto de peso que eu puxo nas adriças da vela de sobrejoanete; você não é tão alto quanto eu; seu nariz parece de cachorro; o meu é uma quilha; e como você pode ser um *Matança* com esse par de remos finos? Um *Matança*, pois sim!"
>
> "*Bragança*, você quis dizer", comentei, disposto a corrigir a intrépida retórica do republicano e, desse modo, refinar-lhe a crítica.

Suscitada pela presença do imperador, a violência provocativa de Jonathan — nome típico que designava os voluntários da região de Boston à época da Revolução — assinala, de modo geral, o posicionamento dos trabalhadores em relação ao comando da embarcação, mas pretende denunciar os modos nada diplomáticos do poder norte-americano. "Ei, imperador... seu balconista de quinta!... Levanta esse seu olho de gajeiro aqui pra cima e veja gente superior a você! Escutem, gajeiros, ele não é imperador nenhum... *eu sou o verdadeiro imperador*", prossegue Jonathan, dando fim às didáticas imposturas da gávea, em que mesmo o trabalhador eventualmente reproduz a ideologia dominante — afinal, o "império da liberdade" norte-americano, no qual todo um continente se curvava ao "povo escolhido", não passava de justificativa para as ações antirrepublicanas de um poder que justamente se constituíra contra uma autocracia monárquica.

Se d. Pedro II serve de ilustração para o poder do comodoro e, de um modo geral, para as pretensões do Estado norte-americano, a paisagem local fluminense é recuperada com vistas a um contraste. No que toca à natureza, sua principal função é a de servir de contraponto aos horrores do cabo Horn. Se a travessia do cabo Horn, que separa os oceanos Atlântico e Pacífico no extremo sul do continente, é manifestação de um poder natural a impor-se sobre quaisquer arbítrios humanos, estabelecendo o limite natural entre a astúcia e a estultícia, entre a grandeza e a mediocridade, entre a boa e a má liderança (assuntos decorrentes dos capítulos a ele dedicados, logo após a primeira introdução às relações de poder no interior da embarcação), a baía de Guanabara se apresenta como sua manifestação benigna; sua descrição — não diversa das grandezas mobilizadas para a descrição do temível cabo — coloca mais uma vez a natureza, se não como elemento alheio aos artifícios e arbitrariedades da civilização, pelo menos como régua para os atos benfazejos de uma razão que se compartilha como a própria condição do humano. Na descrição do grande "anfiteatro" da baía, a exemplo do tratamento dado ao cabo Horn, Melville explora a perspectiva sublime da natureza que, no futuro, marcará toda a narrativa de Ismael em *Moby Dick*. Trata-se da natureza que, desfeitos os véus de civilizações e culturas, manifesta-se nos homens a despeito de sua origem e é mobilizada em seus feitos. Em *Jaqueta Branca*, ela ainda será assimilada à figura de um Deus de bondade, grande comodoro da nau capitânia do planeta Terra, dentro da qual os homens deverão conter seus ímpetos revoltosos com vistas à salvação.

O desvelar da baía de Guanabara em sua beleza natural prefigura, na narrativa, a resistência de uma força mística supostamente legítima (uma vez que ampara a lei) e conciliadora (pois irmana os homens); dessa forma, acaba por ser a própria imagem da calmaria que antecede a tormenta. No convés do *Neversink*, esta se manifesta, à maneira prosaica das experiências marujas, nas cruéis arbitrariedades a que os marinheiros são submetidos na parte final de seu torna-viagem aos Estados Unidos. Apenas a bordo do *Pequod* e sob o comando de Ahab os marinheiros de Melville se erguerão contra tudo que se lhes interponha à realização absoluta e catastrófica de seu poder — seja uma baleia, seja o próprio Deus.

BRUNO GAMBAROTTO

Bruno Gambarotto é doutor em Teoria Literária e Literatura Comparada (FFLCH-USP) e tradutor de autores consagrados das literaturas norte-americana e inglesa, como Walt Whitman, Herman Melville, Louisa May Alcott, Nathaniel Hawthorne, Harriet Beecher Stowe, Edith Wharton, Aldous Huxley e Mary Shelley.

JAQUETA BRANCA

Concebei-o agora num navio de guerra, munido da carta de corso,[1] bem armado, abastecido e equipado, e atentai a seus atos.

"O BOM CAPITÃO", FULLER[2]

1. Carta de corso era uma comissão, oferecida pelos lordes do almirantado ou pelo vice-almirante ao comandante de navio mercante ou corsário, para atacar e capturar embarcações de nações inimigas, aportadas ou em alto-mar. A navegação para captura com uma carta de corso era considerada um trabalho honrado, combinando patriotismo e lucro, em contraste com a pirataria ilegal. O primeiro registro de tais cartas remontam a um regulamento inglês de 1354, promulgado sob o reino de Eduardo III.
2. Thomas Fuller (1608-61), pároco e historiador inglês, autor de *The Holy and Profane States*, retratos morais de figuras-chave das instituições sociais (marido, mulher, juiz, médico etc.) para assinalar uma ordem e um funcionamento exemplares do mundo. Sobre o bom capitão, ele escreve: "Quanto mais poder tem, mais cuidadoso é de não cometer abusos. De fato, um capitão do mar é um rei na ilha de um navio, juiz supremo, acima de qualquer apelação, em causas civis e militares, e raramente levado a prestar esclarecimentos em cortes de justiça em terra firme por males cometidos a seus homens no mar". Tal caracterização será utilizada como contraponto por Melville para a avaliação do comando a bordo do *Neversink*.

NOTA DO AUTOR: No ano de 1843, embarquei como "segundo marinheiro"[3] numa fragata americana, então ancorada em porto do oceano Pacífico. Depois de servir a bordo dessa fragata por mais de um ano, fui dispensado tão logo a nau aportou ao destino final. Minhas experiências e observações como marinheiro de um navio de guerra foram incorporadas ao presente volume.

Nova York, março de 1850

---

3. No original "*ordinary seaman*". É o marinheiro que, sem idade, força ou experiência suficiente, não tem aptidão para levar a cabo todos os deveres de um marinheiro qualificado, sendo contratado e remunerado em concordância com essas limitações. A hierarquia naval brasileira e portuguesa da mesma época conhece as funções de primeiro marinheiro (ou marinheiro de classe superior) e segundo marinheiro (ou marinheiro aprendiz), correspondentes à equipagem permanente e provisória da embarcação.

PREFÁCIO DO AUTOR À EDIÇÃO BRITÂNICA[4]

O OBJETIVO DESTA OBRA É dar alguma ideia da vida no interior de um navio de guerra. No ano de 1843, o autor embarcou como marinheiro comum numa fragata norte-americana, então ancorada num porto do oceano Pacífico. Depois de servir a bordo dessa fragata por mais de um ano, ele foi dispensado, juntamente com o restante da equipagem, tão logo a nau aportou em terras norte-americanas. Suas experiências como marinheiro de um navio de guerra e suas observações foram incorporadas no presente volume. Este, contudo, não é apresentado como um diário de viagem.

Uma vez que o objetivo desta obra não é retratar um navio de guerra específico no qual tenha o autor embarcado, bem como seus oficiais e tripulação, mas, com cenas ilustrativas, pintar a vida geral na Marinha, não se dá aqui o verdadeiro nome da fragata. Tampouco se afirma aqui que qualquer uma das pessoas apresentadas nos capítulos seguintes são indivíduos reais. Sempre que são feitas afirmações de algum modo concernentes às leis e costumes em vigor na Marinha, os fatos estão sendo estritamente respeitados. São feitas por vezes alusões a acontecimentos ou fatos da história pregressa das Marinhas. Nesses casos, nada se apresenta sem que tenha o endosso das maiores autoridades. Quanto às circunstâncias menores que digam respeito a uma ou duas ações navais bem conhecidas do público, porém até aqui jamais publicadas, o autor expressa seu débito aos marinheiros de cujos lábios tais histórias vieram a lume.

A obra tem início no último porto frequentado pela nau no Pacífico pouco antes de içar âncora rumo a sua terra de origem, atravessando o cabo Horn.

Outubro de 1849

---

4. Utilizado na edição britânica em lugar da "Nota" publicada na edição americana (ver p. 31). Melville reviu o prefácio e decidiu reduzi-lo, mas achamos que valia dar ao leitor a oportunidade de ler as duas versões.

1

A jaqueta

NÃO ERA UMA JAQUETA *muito* branca, mas branca o bastante, disso não resta dúvida, como se revela a seguir.

Eis como cheguei a ela.

Com nossa fragata ancorada em Callao, na costa peruana — último porto no Pacífico —, vi-me sem um "grego", ou sobretudo de marinheiro. Como nos aproximávamos do fim de um cruzeiro de três anos, já não era possível comprar gabões com o comissário do almoxarife, e, tendo o navio por destino o cabo Horn,[5] um substituto fazia-se indispensável. Empenhei-me dias a fio, então, na manufatura de um traje estapafúrdio, de invenção minha, para abrigar-me do clima intratável que logo se nos assomaria.

Não era mais do que uma blusa de uniforme, ou, para ser mais específico, um camisolão de brim branco, que, estendido sobre o convés, dobrei em dois na altura do peito e, produzindo uma extensão da abertura da gola, rasguei de cima a baixo — exatamente como se abririam os cadernos da mais recente novidade literária.[6] Feito o corte, operou-se uma metamorfose a transcender quaisquer das relatadas por Ovídio.[7] Pois, de súbito, fez-se do camisolão um casaco! Casaco, evidentemente, bem peculiar; de barra larga, digna de um quacre;[8] gola caída

5. Localizado no arquipélago da Terra do Fogo e integrando o extremo sul do continente sul-americano, é importante ponto de referência para o trânsito de navios entre os oceanos Atlântico e Pacífico. Região de mares bastante agitados e clima instável, passou a ser explorada como rota a partir de 1616, sendo caminho obrigatório para os navios norte-americanos que faziam a ligação entre as costas leste e oeste do país até a construção do canal do Panamá (1904-14), aberto no istmo de Darién.

6. Até meados do séc. XX, os livros novos eram comercializados sem o corte dos cadernos, isto é, da folha única em que são impressas diferentes quantidades de página (quatro, oito, dezesseis, 32) e que então é dobrada e cortada para que cada página possa ser folheada individualmente.

7. Públio Ovídio Naso (43 a.C.-18 d.C.) foi poeta romano da chamada época de ouro da poesia latina. Dedicado aos mais variados gêneros (sobretudo o epistolográfico e o elegíaco), sua principal obra é o poema narrativo *Metamorfoses*, o mais importante compêndio de mitologia do mundo greco-latino transmitido ao longo dos séculos.

8. Designação dada a vários grupos religiosos de origem protestante reunidos, a partir do séc. XVIII, sob a Sociedade Religiosa dos Amigos. O movimento foi criado em 1652 em torno do inglês George Fox, que pregava um retorno à fé cristã original contra a corrupção da

e sem firmeza; um volume deselegante na altura dos punhos; e branco, claro, branco como uma mortalha. Posteriormente, ele quase se provou digno de tal comparação, como verá o leitor que seguir adiante.

Mas, valha-me Deus, amigo, que paletó de verão é esse capaz de enfrentar as intempéries do cabo Horn? Ele passaria muito bem por um elegante traje de linho branco; fato, contudo, é que as pessoas quase que universalmente usam o linho próximo à pele.

Exato; e esse foi um pensamento que muito logo me ocorreu; pois não tinha eu qualquer pretensão de fazer a travessia do cabo Horn em mangas de camisa; pois *isso* não seria diferente de atravessá-lo, literalmente, a mastro nu.[9]

Assim, com artigos de inúmera procedência à guisa de remendo – meias usadas, pernas de calças velhas e objetos que tais –, revesti e preenchi o interior de minha jaqueta, até que toda ela se mostrasse firme e almofadada como o gibão forrado de algodão e à prova de adagas que Jaime, o rei inglês, vestia;[10] e não se tem notícia de cota de malha ou bocassim mais forte e resistente.

Até aqui, tudo bem; mas, por favor, Jaqueta Branca, me diga: como imagina suportar a chuva e a umidade nesse seu "grego"? Você não está comparando esse chumaço de remendos a uma gabardina, está? Ou querendo dizer que esse estambre todo é à prova d'água?

Não, caro amigo; e eis aí o diacho do problema. À prova d'água ele não era – não mais do que uma esponja. Na verdade, foi tal a displicência com que forrei

---

Igreja anglicana. Inspirados diretamente, segundo seus fiéis, pelo Espírito Santo, os quacres (também autodenominados "Santos", "Filhos da Luz" ou "Amigos da Verdade") são conhecidos por sua rejeição dos sacramentos e dos representantes eclesiásticos, e pela oposição à guerra. O nome *quaker*, ou "tremedor", é a alcunha depreciativa a eles dada por seus perseguidores ingleses, que, sob o comando do rei britânico Carlos II, levaram-nos a uma emigração em massa à América do Norte. Ali, os quacres fundaram a colônia da Pensilvânia.

9. No original, "*scudding under bare poles*", literalmente "navegar de mastros descobertos", duplo sentido que Melville explora. Trata-se do que em português se diz "navegar em árvore seca": navegar com a tempestade à popa tendo as velas recolhidas, precaução que se toma para que elas (ou o próprio navio) não sejam destruídas pela procela. Sobre a necessidade de tal manobra, ver Capítulo 27.

10. O desenvolvimento de trajes à prova de estocadas e armas de fogo era uma preocupação de couraceiros (artesãos dedicados à confecção de couraças e armaduras) e daqueles que os comissionavam, sobretudo altas autoridades políticas e militares. Jaime II (1633-1701) foi rei da Inglaterra, coroado em 6 de fevereiro de 1685 e deposto na Revolução Gloriosa, em dezembro de 1688, por sua filha Maria II, protestante, e seu sobrinho Guilherme III, de Orange. Sua deposição se deu no contexto das lutas políticas entre católicos e protestantes que dominavam a política britânica desde os reinados de Henrique VIII (fundador da Igreja Anglicana) e sua sucessora, a protestante Elizabeth I, sua filha. O reinado de Jaime II foi a última tentativa por parte dos católicos (com sua tendência absolutista) de recobrar o poder no reino, passado o próspero reinado de Elizabeth e a experiência republicana de Cromwell.

minha jaqueta que, durante as borrascas, eu me tornava um absorvente universal, secando até a amurada em que me encostava! Em dias úmidos, meus cruéis companheiros chegavam a se esfregar em mim, tão poderosa era a atração capilar entre minha infeliz jaqueta e toda e qualquer gota. Eu pingava como pinga um peru que assa; e mesmo muito tempo depois das tempestades, com o sol mostrando-nos o rosto, ainda caminhava debaixo de uma névoa escocesa. Enquanto para os demais fizesse tempo bom, para mim ele estava sempre carregado.

Eu? Ah, pobre de mim! Ensopada e pesada, que fardo era carregar aquela jaqueta por toda parte, principalmente quando me mandavam para o topo do mastro; arrastando-me ao alto, pouco a pouco, como se estivesse içando uma âncora. Não havia tempo para tirá-la e torcê-la na chuva; não se permitia atraso ou hesitação. Não, isso não; para cima, gordo ou magro, Lambert ou Edson,[11] não importa o peso que carregue. E assim, por intermédio de minha própria pessoa e sem ferir as leis da natureza, foram muitas as chuvas que reascenderam aos céus.

Mas que fique bem claro: fui terrivelmente frustrado na tentativa de levar a cabo meu projeto original para a jaqueta. Minha intenção era torná-la totalmente impermeável com uma demão de tinta. O amargo destino, porém, sempre se abate sobre nós, desafortunados. Tanta havia sido a tinta roubada pelos marinheiros para calafetar calças de serviço e chapéus de lona que, quando eu, um homem honesto, terminei de forrar a jaqueta, os potes de tinta tinham sido proibidos e colocados sob estrita vigilância de chave e cadeado.

"Dá uma olhada, Jaqueta Branca, não sobrou uma gota", eis o que disse o velho Pincel, capitão do paiol de tintas.

Assim, portanto, era minha jaqueta: bem remendada, acolchoada e porosa; e, sob a noite escura, brilhante em sua alvura como a Dama Branca d'Avenel![12]

11. O britânico Daniel Lambert (1770-1809) foi aprendiz de gravurista em Birmingham, carcereiro e criador de animais em Leicester, e chegou a se apresentar a plateias de Londres como o homem mais pesado do mundo em seu tempo. Também levado a ganhar a vida em exposições públicas, o norte-americano Calvin Edson (1785-?) era chamado de "esqueleto vivo". Apresentou-se entre as décadas de 1830 e 1840.

12. Fantasma que figura no romance *O monastério* (1820), de Walter Scott. A White Lady remonta a antigas lendas europeias baseadas na existência de figuras fantasmagóricas e espíritos do gênero feminino.

2

A caminho de casa

"MARINHEIROS, IÇAR FERRO! Peito às barras do cabrestante!"

"Força, meus jovens! Estamos a caminho de casa!"

A caminho de casa! Música para os ouvidos! Já esteve a caminho de casa? Não? Rápido! Tome para si as asas da aurora, ou as velas de um navio, e voe rumo aos mais ermos pontos da Terra. Neles, permaneça por um ou dois anos; e, então, que o mais áspero dos contramestres — os pulmões, inteira rouquidão — grite tais palavras mágicas, e você vai jurar que "a harpa de Orfeu não era mais encantadora".[13]

Estava tudo pronto — os botes, içados; os cabos das varredouras, gornidos; o cabo de ala e larga, abotoado; as barras do cabrestante, metidas; a escada de portaló, recolhida ao porão —, e assim, em êxtase, sentamo-nos para a ceia. Na praça-d'armas, os lugares-tenentes brindavam aos amigos, fazendo circular o Porto mais envelhecido; no alojamento, os aspirantes se ocupavam de levantar fundos para liquidar as cobranças da lavanderia ou — no jargão dos marinheiros — preparavam-se para deixar seus credores a ver navios. À popa, o capitão mirava a barlavento; e, em seu amplo e inacessível camarote, o alto e poderoso comodoro permanecia em silêncio, imponente, como a estátua de Júpiter em Dodona.[14]

Estávamos todos em nossos melhores e mais garbosos trajes; os colarinhos do fardamento caíam-nos por sobre os ombros como faixas de céu azul; nossas sapatilhas mostravam-se tão leves e alegres que dançávamos sem qualquer cerimônia enquanto ceávamos.

---

13. A citação remonta ao *Tratado sobre a educação*, do poeta inglês John Milton, e sua menção ao "caminho certo de uma educação virtuosa e nobre; decerto difícil à primeira subida, mas depois tão leve e verdejante e cercado de paisagens tão belas e sons tão melodiosos que a harpa de Orfeu não terá sido mais encantadora". A harpa de Orfeu, personagem da mitologia grega, tinha o poder de encantar pedras e árvores; depreende-se da menção em Milton, portanto, que a docência implica idênticas dificuldades. Para o contexto de Melville aqui, soma-se ainda a alusão a uma coletânea de canções de grande circulação entre os marinheiros, *A harpa de Orfeu, ou Florilégio das melhores canções de Inglaterra, Escócia e Irlanda, corais masculinos, rondas, duetos, trios, quartetos etc. acompanhado de seleção de brindes e votos*, publicada em 1820.

14. Referência ao oráculo de Zeus (cujo equivalente romano é Júpiter) localizado na cidade de Dodona, na Grécia. Era tido como o mais antigo dos oráculos helênicos. Acabou sendo superado em importância pelo oráculo de Delfos, mais próximo das grandes cidades-Estado da Grécia antiga.

Era na coberta dos canhões que estendíamos nossas ceias; ocupando todos os espaços entre as bocas de fogo; e ali, ao chão, sentados de pernas cruzadas, seria de imaginar que estávamos rodeados de uma centena de fazendas e pomares, tal era o alardear de patos, galinhas e gansos e o mugir dos bois e o balir das ovelhas, cercados, aqui e ali, pelo espaço da coberta para o repasto marítimo dos oficiais. Mais rurais que navais eram os sons; a todo o tempo fazendo recordar aos filhos de uma boa mãe o antigo lar em sua verde paisagem; os velhos e arquejados olmos; a colina em que brincávamos, e as margens do regato, cobertas de cevada, em que nos banhávamos.

"Marinheiros, içar ferro!"

Dada a ordem, com que celeridade saltamos às barras e as empurramos ao redor daquele cabrestante; cada homem um Golias,[15] cada tendão um cabo de reboque! Girando e girando, fazendo-o rodar como uma esfera, marcando com os pés o tempo ao som do pífaro, até que o cabo atingiu a tensão máxima, e o navio apontando a proa ao mar.

"Alar e aguentar o socairo! Recolher barras e fazer-se à vela!"

Assim se fez: os homens às barras do cabrestante, os responsáveis pelos michelos, os que aduchavam e os que deixavam correr os cabos, e os que nada faziam, apinhando-se escada acima rumo às adriças e estais; enquanto, como macacos trepados em palmeiras, os homens que desferravam as velas atravessavam céleres aqueles imensos galhos, nossas vergas; e assim descíamos panos como as nuvens brancas do etéreo — velas de gávea, joanetes e sobrejoanetes; e para longe corríamos com as adriças, até que todos os panos se desfraldassem.

"Outra vez ao cabrestante!"

"Alar, meus valentes homens! Alar a valer!"

Com um tranco e um solavanco, começamos a ganhar terreno; e por nossa proa subiram os muitos milhares de quilos de aço velho sob a forma de uma imensa âncora.

Onde estava Jaqueta Branca na ocasião?

Jaqueta Branca estava em seu devido lugar. Foi Jaqueta Branca quem, no mastro principal, desferrou a vela de sobrejoanete grande, ali, tão alta, que mais parecia a asa branca de um albatroz. E foi o próprio Jaqueta Branca quem confundiram com tal ave, enquanto ele percorria célere o vertiginoso lais de verga!

---

15. Segundo a tradição do Antigo Testamento (Samuel 17:4), Golias foi um guerreiro de Gate. Afamado por suas imensas proporções, participou com grande destaque da batalha entre os filisteus e os israelitas, comandados pelo rei Davi. Este último viria a matá-lo, acertando-o com uma pedrada e, por fim, cortando-lhe a cabeça.

3

Um panorama das principais divisões em que a tripulação de um navio de guerra se distribui

INDICADO O POSTO DE JAQUETA BRANCA, faz-se necessário dizer como este veio a ocupá-lo.

Todos sabem que, na marinha mercante, os marinheiros são divididos em quartos — os de estibordo e bombordo —, os quais assumem à noite seus turnos de trabalho. Esse mesmo esquema é seguido em todos os navios de guerra. Mas nesses, além dessas divisões, há outras indispensáveis, dado o grande número de homens e a necessidade de precisão e disciplina. Não apenas existem grupos específicos designados às três gáveas como, enquanto o navio se prepara para zarpar ou durante qualquer outra manobra que envolva todos os praças, marinheiros dentre esses grupos são destacados para cada verga dessas gáveas. Assim, quando se dá a ordem para desferrar a vela de sobrejoanete grande, Jaqueta Branca, e ninguém mais, corre para obedecer-lhe.

Em tais ocasiões, não apenas grupos específicos permanecem a postos nos três conveses do navio, como homens específicos desses grupos são igualmente designados a tarefas específicas. Da mesma forma, ao dar bordo, rizar velas de gávea ou ancorar, cada um dos valorosos quinhentos da fragata conhece seu posto e invariavelmente nele se encontra. Cada um desses praças nada mais vê e a nada mais se dispõe, ali permanecendo até que a morte cruel ou um oficial lhes ordene que saia. Há, não obstante, momentos em que, por obra da negligência dos oficiais, se apresentam exceções à regra. Uma circunstância deveras grave decorrente de tal caso será relatada em capítulo futuro.

Não fosse por tais regulações, a tripulação de um navio de guerra não seria diferente de uma turba, mais ingovernável ao recolher velas numa tempestade do que a de lorde George Gordon ao botar a portentosa residência de lorde Mansfield abaixo.[16]

---

16. Lorde George Gordon (1751-93) foi um político britânico, conhecido por emprestar seu nome aos *Gordon Riots*, ou "Tumultos de Gordon", de 1780, de caráter anticatólico, durante os quais protestantes destruíram capelas católicas, promoveram a pilhagem de seus fiéis, atearam fogo à Prisão de Newgate e atacaram, além do Banco da Inglaterra e de outros prédios públicos, a

Mas isso não é tudo. Além da função de Jaqueta Branca como desferrador da vela de sobrejoanete grande, quando a equipagem toda era convocada a fazer à vela, e além de suas funções específicas ao dar bordo, ancorar etc., ele era membro permanente do quarto de estibordo, umas das duas grandes divisões básicas da tripulação. E nesse quarto era ele um gajeiro do mastro principal; isto é, designado, com certo número de marinheiros, a estar sempre pronto a executar quaisquer ordens relativas àquele que é o mastro principal, da verga grande para cima. Pois, incluindo a verga grande e descendo dela ao convés, o mastro principal ficava aos cuidados de outro destacamento.

Os homens de cada quarto — de bombordo e estibordo — responsáveis pelas gáveas dos mastros de traquete, grande e de gata estão em alto-mar subdivididos respectivamente em quartos de vigia, que regularmente rendem uns aos outros nas gáveas às quais estão designados, enquanto, coletivamente, rendem todo o quarto de bombordo de homens da gávea.

Além desses gajeiros, corpo sempre formado de marinheiros ágeis e ativos, há o grupo da âncora d'esperança — todo ele composto de veteranos —, cujo lugar é no castelo de proa; permanecendo sob seus cuidados a verga do traquete, as âncoras e todos os panos de gurupés.

São homens há muito expostos às intempéries do mar, escolhidos dentre os mais experientes marujos a bordo. São eles os companheiros que cantam "The Bay of Biscay Oh!" e "Here a sheer hulk lies poor Torn Bowling!", "Cease, rude Boreas, blustering railer";[17] que, quando em terra firme, em alguma taberna, pedem um trago de alcatrão e uma bolacha.[18] São eles os sujeitos que desfiam intermináveis casos sobre Decatur, Hull e Bainbridge; e levam consigo pedaços do *Old Ironsides* como os católicos a madeira da verdadeira cruz de Cristo.[19] Esses são

residência de lorde Mansfield, então Lord Chief Justice, ou presidente do judiciário. O Exército foi chamado para dispersar as manifestações, e cerca de 450 foram os mortos e feridos. Lorde George foi preso por alta traição e encarcerado na Torre de Londres; porém, foi absolvido. O romance *Barnaby Rudge*, de Charles Dickens, tem por fundo histórico os *Gordon Riots*.

17. Em tradução livre, "Ó Baía de Biscaia!", "Aqui jaz em desmantelo o pobre casco de Tom Bowling!" e "Para, Cruel Aquilão, com tua procela violenta!". As três canções aparecem na coletânea *A harpa de Orfeu* (ver nota 13).

18. "Trago de alcatrão" é expressão do jargão da marinhagem que designa qualquer tipo de bebida mal preparada ou de sabor questionável. Conhecido desde a Antiguidade e derivado tradicionalmente da destilação seca de madeira e raízes de pinheiro, o alcatrão era uma substância utilizada para a impermeabilização das velas dos navios. A bolacha, também chamada de pão náutico (*panis nauticus*), feita de farinha de trigo bem fina, era parte fundamental da ração do marinheiro em alto-mar e de fabrico muito antigo: os romanos fabricavam bolacha para as suas legiões, e os gregos abasteciam com ela os seus navios.

19. Comandantes norte-americanos que se destacaram na Guerra de 1812 entre Estados Unidos e Inglaterra (ver nota 43). Stephan Decatur (1779-1820) foi capitão da fragata *United States* e capos homens que alguns oficiais jamais ousam ofender, por mais que amaldiçoem os demais. Só de observá-los, fazem bem à alma; os corajosos membros da Velha Guarda;[20] os duros granadeiros do mar, que durante as procelas perderam incontáveis chapéus pela borda fora. Esses são os homens cuja companhia alguns dos aspirantes mais jovens almejam, com quem aprendem o melhor de sua experiência como homens do mar e a quem veem como veteranos, caso tenham alguma reverência em suas almas, o que não vale para todos os aspirantes.

Em seguida, há a guarda de popa, postada no tombadilho; que, sob as ordens dos quartéis-mestres e subchefes de peça de artilharia, fica encarregada da vela mestra e da vela de ré e auxilia no puxamento do lais de verga do mastro principal e de outros cabos da popa do navio.

Uma vez que, em termos comparativos, as tarefas atribuídas aos homens da guarda de popa sejam leves e simples, e tampouco se exija muita experiência náutica de tais praças, tal grupo se compõe, sobretudo, de homens de terra firme; os menos robustos, valentes e "marinheiros" da tripulação; e que, lotados no tombadilho, são geralmente escolhidos com algum interesse por sua aparência pessoal. Daí que, em sua maioria, sejam jovens de compleição delicada, semblante gentil e modos educados; não fazendo muita diferença no que concerne à força empregada nos cabos, mas deixando sua marca no que toca à estima de todas as damas estrangeiras que porventura visitem o navio. Eles passam boa parte de seu tempo à vontade, lendo romances e livros de aventura; falando de seus amores de terra firme; e comparando observações acerca da melancólica e sentimental sucessão de acontecimentos que os levou — pobres cavalheiros — ao tão duro mundo da Marinha. Muitos deles, quanto a isso não resta dúvida, dão sinais de terem frequentado companhia assaz respeitável. Eles sempre mantêm o asseio; e expressam particular ojeriza ao balde de alcatrão, ao qual são quase nunca convidados a mergulhar as pontas dos dedos. Vangloriando-se do corte de suas calças e do brilho de seus chapéus oleados, do resto da equipagem eles ganham o nome de "dândis do mar" ou "meias de seda".

---

turou o navio de guerra britânico *Macedonian* (ver capítulo 74). Isaac Hull (1773-1843) levou o *Constitution* à vitória contra a embarcação inglesa *Guerrière* na primeira e — psicologicamente para os norte-americanos — principal batalha do conflito. Também sob o comando de William Bainbridge (1774-1833), o *Constitution* (batizado pelo presidente George Washington) foi responsável pela derrota da fragata inglesa *Java*. Lançada em 1797, a fragata *Constitution* fez-se ainda famosa por outras capturas (*Pictou*, *Cyane* e *Levant*); da batalha contra *Guerrière* ganhou o epíteto "*Old Ironsides*" (Costados de Aço).

20. Referência à Vieille Garde francesa, a elite veterana da Guarda Imperial de Napoleão I, grupo de soldados destacados para sua defesa pessoal e reserva tática, porém também empregados em batalha.

Há, depois, os poceiros, sempre postados na coberta dos canhões. Estes rebocam à popa as escotas das velas grande e de traquete, além de estarem sujeitos aos mais repulsivos deveres, responsáveis pela drenagem e pelo esgoto sob as cobertas. Esses homens são todos joões-ninguém — pobres-diabos que jamais colocam os pés em enfrechates ou se aventuram acima da amurada. Matutos incorrigíveis, levando ainda a palha em seus cabelos, a eles se consigna a congenial superintendência de galinheiros e chiqueiros e do paiol de batatas. Estes ficam em geral a meia-nau, na coberta dos canhões da fragata, entre as escotilhas grande e de proa; e ocupam uma área tão extensa que mais parecem a feira de uma cidadezinha do interior. Os sons melodiosos que nesta se produzem continuamente arrancam lágrimas dos olhos dos poceiros, lembrando-lhes de seus chiqueiros e hortas de batatas natais. Eles são a ralé, estão à rabeira da tripulação. Quem não presta para coisa alguma presta para ser um poceiro.

Três patamares abaixo — o convés principal, a coberta dos canhões e a coberta das macas — encontramos um grupo de trogloditas, os fiéis do porão, que se entocam como coelhos, em meio a tanques d'água, garrafas e cabos. Como mineiros da Cornualha, lavada a fuligem de suas peles são pálidos feito fantasmas. Afora raras ocasiões, quase nunca sobem ao convés para um banho de sol. Podem circum-navegar o mundo cinquenta vezes e ver tão pouco dele quanto Jonas na barriga da baleia.[21] São um grupo preguiçoso, relapso e apático; e, quando vão a terra firme depois de uma longa viagem, saem à luz do dia como cágados de suas cavernas, ou ainda como ursos dos troncos de árvore, quando chegada a primavera. Ninguém jamais sabe os nomes desses sujeitos; passada uma viagem de três anos, ainda são como estranhos. Durante as tempestades, quando toda a tripulação é convocada a salvar o navio, eles vêm à tona em meio ao vendaval como os misteriosos velhos de Paris durante o massacre dos Três Dias de Setembro[22] — todos se perguntam quem são e de onde vêm;

21. Jonas, no Antigo Testamento, é um profeta do norte do reino de Israel. Chamado por Deus para viajar a Nínive como arauto do castigo divino que estavam em vias de sofrer, Jonas se recusa a atender-lhe o chamado e embarca em um navio rumo a Társis. Tornando-se a razão da fúria de uma tempestade lançada por Deus contra a embarcação, é lançado ao mar pela tripulação, sendo engolido por um peixe gigante. A tradição identifica tal peixe a uma baleia. Depois de três dias, Jonas concorda em ir a Nínive, e então o animal o vomita na praia. A história de Jonas é relatada no livro do Antigo Testamento que carrega seu nome.

22. Referência aos Massacres de Setembro de 1792, série de execuções sumárias e em massa ocorridas no contexto da radicalização do processo revolucionário francês, após a prisão de Luís XVI no mês anterior. Acossada pela Áustria e correndo o risco de uma contrarrevolução, a ala mais radical dos revolucionários franceses (liderada por Danton, Marat e Robespierre) invadiu as prisões da cidade e assassinou cerca de 1200 "inimigos do povo", entre os quais padres católicos.

e eles desaparecem misteriosamente, para nunca mais serem vistos, até uma nova comoção geral.

Essas são as principais divisões da tripulação de um navio de guerra; a distribuição inferior de tarefas, contudo, é infinita e requeria um comentador alemão à guisa de cronista.

Nada falamos aqui sobre os guardiões do contramestre, o subchefe do mestre-artilheiro, o subchefe do mestre-carpinteiro, o subchefe do mestre-veleiro e o subchefe do mestre-armeiro; nem sobre o mestre-d'armas, os cabos navais, os timoneiros, os quartéis-mestres e serventes de peça de artilharia; ou sobre o capitão do castelo de proa, o capitão de traquete, o capitão de mastro principal, o capitão de gata, o capitão da guarda de popa, o capitão do porão principal, o capitão do porão à proa; ou ainda sobre os tanoeiros, os pintores, os latoeiros; ou sobre o comissário do comodoro, o comissário do capitão, o comissário da praça-d'armas e o comissário do alojamento dos aspirantes; o cozinheiro do comodoro, o cozinheiro do capitão, o cozinheiro dos oficiais, o cozinheiro do fogão dos oficiais, o cozinheiro do rancho de quarto; nem sobre os pajens encarregados dos catres, os mensageiros, os camareiros, os auxiliares de cirurgião e inúmeros outros, cujas funções são específicas e pitorescas.

É devido a essa interminável subdivisão de tarefas num navio de guerra que, antes de se engajar em tal embarcação, um marinheiro precisa de boa memória. E quanto mais ele tiver de um matemático, melhor.

A propósito, Jaqueta Branca esteve um bom tempo envolvido em cálculos, relativos aos vários "números" que lhe foram dados pelo primeiro lugar-tenente. Antes de tudo, Jaqueta Branca recebeu o número de rancho; depois, seu número de navio, ou melhor, o número pelo qual ele respondia quando seu quarto era convocado; o número de sua maca; e, então, o número do canhão em que fora lotado; além de uma variedade de outros números, os quais teriam consumido algum tempo do próprio Jedediah Buxton[23] até que os organizasse para a soma. Todos esses números, ademais, precisam ser muito bem lembrados — caso contrário, a ira se cumprirá sobre você.

Imagina, agora, um marinheiro de marinha mercante de todo desacostumado ao tumulto de um navio de guerra pisando pela primeira vez em seu convés e recebendo todos esses números. Antes mesmo de ouvi-los, ele sente a cabeça já mais ou menos atordoada com a novidade dos sons entrando-lhe pelos ouvidos, que

23. Camponês sem educação formal, o inglês Jedediah Buxter (1707-72) foi reconhecido como um prodígio do cálculo em seu tempo.

por sua vez mais lhe parecem campanários repletos de sinos de aviso. Na coberta dos canhões parecem passar mil bigas com foices nas rodas; ele escuta a marcha dos marinheiros armados; o choque de cutelos e as imprecações. Os guardiões do contramestre assoviam a seu redor como falcões aos guinchos num vendaval, e os estranhos ruídos de sob o convés lhe surgem como os ribombares vulcânicos de uma montanha. Ele se esquiva dos sons como um recruta inexperiente que salta ante as bombas lançadas.

A quase nada se reduzem, nesse instante, todas as expedições de circum-navegação do globo; e igualmente inúteis se tornam experiências árticas, antárticas e equinociais; bem como tempestades enfrentadas na costa de Beachy Head ou mastros perdidos perto do cabo Hatteras. Ele deve começar do zero; ele nada sabe; nem o grego e o hebraico podem ajudá-lo, pois a língua que precisa aprender não conhece gramática ou léxico.

Observe-o, enquanto avança em meio às fileiras de velhos guerreiros do mar; observe sua postura cabisbaixa, os gestos deprecatórios, os olhos de campônio, dignos de um escocês em Londres nos idos do rei Jaime;[24] seu "por obséquio, nobres senhores!". Ele é todo perplexidade e confusão. E quando, para completar, o primeiro lugar-tenente, cujo ofício é o de dar boas-vindas aos recém-chegados e informar-lhes seus quartos, quando esse oficial, tampouco amigável e gentil, confia-lhe à memória número após número — 246, 139, 478, 351 —, tudo que o pobre-diabo deseja é correr.

Estude, portanto, a matemática e cultive suas memórias, se pensa em embarcar num navio de guerra.

24. Embora a passagem não indique o número sucessório, trata-se de Jaime I da Inglaterra (1566-1625). Na condição de Jaime VI da Escócia, exerceu o mais longo reinado da história do país, de 1567 (com treze meses de vida, após sua mãe, Maria da Escócia, ser forçada à abdicação) até sua morte. Apenas em 1603, com a morte de Elizabeth I, assume o trono inglês e irlandês, unificando as três coroas da Grã-Bretanha. A referência aos campônios escoceses diz respeito às ações de Jaime como rei local, sobretudo nas Hébridas, ainda ocupadas por comunidades gaélicas divididas em clãs e praticantes de um cristianismo tradicional. Seu reinado marca posição como uma das fases de maior violência num processo de dominação iniciado ainda no séc. XV. Sob suas ordens instaurou-se uma repressão militar (a usurpação de territórios), religiosa (instituição da educação protestante) e cultural (banimento de bardos e da língua gaélica) que levou, entre outros, à emigração de escoceses para a Inglaterra.

4

Jack Chase[25]

A PRIMEIRA NOITE FORA DO PORTO foi iluminada, de luar; e a fragata deslizou pelas águas com todas as suas baterias.

Era meu quarto de vigia na gávea; e ali me acomodei da melhor maneira possível, tendo comigo meus companheiros de posto. Dos demais marinheiros, nada sei; esse, porém, era um nobre grupo de marujos, certamente digno da apresentação ao leitor.

Acima de todos, estava Jack Chase, nosso valoroso primeiro capitão da gávea. Ele era britânico e o mais confiável dos homens; alto, sólido e forte, de olhos claros e bem abertos, uma bela testa larga e uma farta barba castanha. Homem algum jamais teve coração maior ou mais cheio de coragem. Era querido pelos marinheiros e admirado pelos oficiais; e, mesmo quando o capitão lhe falava, ouvia-se em sua voz um leve ar de respeito. Jack era um homem franco e fascinante.

Não se podia ter melhor companhia, fosse no castelo de proa, fosse num bar; nenhum outro homem lhe contaria histórias como as dele ou cantaria como ele; tampouco demonstraria tamanha prontidão no cumprimento de sua função. De fato, só lhe faltava uma coisa — um dedo da mão esquerda, dedo que perdera na grande Batalha de Navarino.[26]

Ele tinha em elevada conta a profissão de marujo; e, sendo profundamente versado em todas as coisas relativas a um navio de guerra, todos, sem exceção, encontravam nele um oráculo. A gávea do mastro principal, a qual presidia, era

---

25. Melville conheceu John J. Chase, figura histórica, durante sua viagem a bordo do *USS United States*. Pouco se sabe do homem. A única fonte escrita a asseverar sua existência e dar-lhe testemunho, além da obra de Melville, são as *Memories of a Rear-Admiral*, publicadas em 1898 por um dos aspirantes do navio então, Samuel R. Franklin. Embora não se recorde de Melville na embarcação, Franklin confirma o retrato de Chase produzido pelo escritor. Consta que se deve a Chase, a quem Melville dedicou sua novela publicada postumamente *Billy Budd*, seu primeiro contato com a obra de Camões.

26. Travada em 20 de outubro de 1827, durante a guerra de independência da Grécia, a Batalha de Navarino ganhou o nome da baía em que teve lugar, na costa ocidental do Peloponeso, no mar Jônico. Jack Chase provavelmente integrava as forças britânicas, francesas e russas que derrotaram a esquadra otomana e egípcia. Foi a última batalha naval a ser disputada apenas entre navios a vela.

uma sorte de oráculo de Delfos;[27] ao qual muitos peregrinos ascendiam com o intuito de dirimir diferenças e dificuldades.

Tão abundante era o ar de simpatia e bom senso que emanava daquele homem que não gostar dele era o mesmo que se declarar um rematado mau-caráter. Eu agradecia aos céus a bela dádiva de terem me colocado ao seu lado (ainda que abaixo) na fragata; e desde o início Jack e eu nos fizemos amigos leais.

Onde quer que esteja agora, querido Jack, singrando o azul das ondas, leve consigo minha mais alta estima; e que Deus o abençoe aonde quer que vá!

Jack era um cavalheiro. Se sua mão era calejada, o mesmo não se podia dizer de seu coração, como sói aos que têm as palmas delicadas. Seus modos eram leves e tranquilos; nada da violência intempestiva, tão comum nas gentes do mar; era com educação e cortesia que ele se dirigia a você, ainda que fosse apenas para pedir-lhe de empréstimo a faca. Jack conhecia toda a poesia de Byron e toda a prosa de Scott; conversava sobre Rob Roy, Don Juan e Pelham, Macbeth e Ulisses; mas, acima de tudo, era ardente apreciador de Camões.[28] Era capaz de declamar trechos inteiros de *Os lusíadas* no original.[29] Onde obtivera tão maravilhosos saberes, não cabe a mim, seu humilde subordinado, dizê-lo. Basta afirmar que eram tantos seus conhecimentos, e tantas as línguas em que travava conversa, que a ele mais do que cabia a frase de Carlos V: "vale por cinco homens aquele que fala cinco línguas".[30] Mas Jack

27. Delfos abrigou o mais importante templo a Apolo de toda a Grécia, cuja sacerdotisa – Pitonisa – era conhecida pelo poder de suas profecias. Construído no séc. VIII a.C., o oráculo de Delfos era centro de peregrinação de toda a Grécia antiga, recebendo visitantes ilustres como o rei macedônio Alexandre, o Grande. Foi desativado em 393 pelo imperador romano Teodósio.

28. Rob Roy é o herói epônimo de obra de 1817 do romancista escocês *sir* Walter Scott, fundador do gênero romance histórico e que influenciaria gerações de escritores de todo o mundo (como o russo Liev Tolstói, o norte-americano Fenimore Cooper e o brasileiro José de Alencar) em seu esforço de combinar ficção épica e temática histórica vinculada às formações nacionais. Don Juan é personagem de uma das mais importantes obras do poeta romântico inglês lorde George Gordon Byron; em seu poema, Byron inverte o lugar comum do conquistador espanhol Don Juan, transformando-o em joguete das paixões femininas por todo o seu acidentado périplo. Pelham é o aristocrático protagonista de romance homônimo do escritor e político oitocentista inglês Edward Bulwer-Lytton. General Macbeth e sua esposa são as personagens principais de uma das cinco grandes tragédias do dramaturgo inglês William Shakespeare, *Macbeth*, encenada pela primeira vez em 1611, versando sobre a sede de poder e a loucura. Ulisses é um dos grandes heróis gregos da Guerra de Troia, cujas aventuras em seu retorno a Ítaca, sua terra natal, são cantados no poema épico *Odisseia*, atribuído a Homero. Sobre Camões, ver nota 333.

29. As citações ao longo do romance, que naturalmente damos nas palavras de Camões, aparecem no original inglês na imprecisa tradução de William Julius Mickle (ver nota 334).

30. Carlos V (1500-58) foi chefe da Casa de Habsburgo, família austríaca da qual descendem alguns dos mais importantes monarcas europeus. Tornou-se rei de Espanha em 1516, e sacro-imperador romano e arquiduque da Áustria em 1519. Seu poder incluía não só grande parte da Europa Ocidental como das recém-descobertas Américas. Por essa razão, dizia-se que

era melhor do que cem meros mortais; Jack era uma falange, um exército inteiro; tinha a força de mil; Jack estaria à altura da sala de estar da rainha da Inglaterra; Jack deve ter sido filho da aventura de algum almirante inglês da Esquadra Azul.[31] Mais belo exemplo da raça insular dos ingleses não poderia ter sido encontrado na abadia de Westminster num dia de coroação.

Sua postura como um todo contrastava fortemente com a de um dos capitães da gávea de proa. Tal homem, embora marujo competente, era um bom exemplo daqueles ingleses insuportáveis que, preferindo por residência outros países ao seu, ainda assim nos fartam com toda a arrogância de suas vaidades nacionais e individuais combinadas. "Quando estava a bordo do *Audacious*"[32] – por um bom tempo, esse foi quase que invariavelmente o preâmbulo dos mais ligeiros comentários do homem. Não raro é costume da marujada dos navios de guerra, quando creem que alguma coisa vai mal a bordo do navio, referir-se à última viagem que fizeram quando, é claro, tudo se mostrara "na mais imaculada ordem, digna de Bristol".[33] E, referindo-se ao *Audacious* (nome bastante expressivo, a propósito), o capitão da gávea de proa remontava a um navio da Marinha britânica no qual tivera a honra de servir. Tão sucessivas eram suas alusões àquela embarcação de tão amistoso nome que, por fim, consolidou-se entre a marujada a opinião de que o *Audacious* era um verdadeiro tédio. Numa tarde quente, durante uma calmaria, quando o capitão da gávea de proa, a exemplo de muitos outros, estava desocupado e bocejando no espardeque, Jack Chase, seu conterrâneo, aproximou-se dele e, apontando a sua boca aberta, perguntou-lhe educadamente se era daquele modo que se capturavam *moscas* no navio de Sua Majestade britânica, o *Audacious*. Depois disso, nunca mais ouvimos falar de tal embarcação.

As gáveas de uma fragata são bastante espaçosas e confortáveis. Na parte de trás, são providas de um cercado que as transforma numa espécie de varanda,

---

seu império era aquele "sobre o qual o sol nunca se põe". Não é possível localizar o contexto preciso da frase atribuída a Carlos V, mas ela ilustra a variedade cultural do mundo que se encontrou sob o poder desse imperador.

31. A terceira mais importante divisão da esquadra britânica, tendo à sua frente a vermelha e a branca.

32. Navio da esquadra britânica, lançado ao mar em 1785. Entre as ações de que participou, constam as batalhas travadas durante as Guerras Revolucionárias Francesas (1794-1803), em particular a Batalha do Nilo (ver nota 381), sob o comando de Davidge Gould, na qual foi decisivo para a rendição do navio *Conquérant*. Foi desativado em 1815.

33. A expressão se refere à amplitude das marés na região do porto de Bristol, uma das maiores do mundo. Os navios em Bristol poderiam ir ao chão no período de baixa e tombar para um dos lados. Assim, se os carregamentos não fossem devidamente presos e organizados no porão do navio, poderiam se perder.

bastante agradável para uma noite tropical. De vinte a trinta convivas poderiam estar ali confortavelmente reclinados sobre velas sem uso e jaquetas. Tivemos ótimos momentos naquela gávea. Tínhamo-nos em própria conta como os melhores marinheiros do navio; e das alturas de nosso ninho etéreo literalmente olhávamos de cima os renegados abaixo de nós, esgueirando-se pelo convés em meio aos canhões. De maneira geral, alimentávamos aquele sentimento de *esprit de corps*, sempre presente, em maior ou menor medida, nos vários segmentos da tripulação de uma fragata. Nós, homens da gávea principal, éramos sem qualquer reserva irmãos, empenhando-nos uns pelos outros com toda a liberdade do mundo.

Não demorei a descobrir, contudo, sendo membro dessa fraternidade de gentis amigos, que Jack Chase, nosso capitão, tinha — como é próprio aos oráculos, bem como aos preferidos de toda a gente — o que o assemelhasse aos ditadores; não por intransigência ou perversidade, mas pelo curioso interesse egoísta de emendar-nos os modos e sofisticar-nos o gosto, o que fazia para que pudéssemos conferir crédito ao nosso tutor.

Ele fazia com que todos usássemos nossos chapéus em certa inclinação, instruía-nos quanto ao laço de nossos lenços de pescoço e ralhava contra as vulgares calças de brim; além de nos dar lições náuticas e solenemente suplicar-nos que jamais aceitássemos a companhia de qualquer marinheiro que suspeitássemos ter servido em navio baleeiro. Cultivava contra todos os baleeiros, de fato, a mais absoluta aversão, de um verdadeiro marinheiro de navio de guerra — como o pobre Tubbs[34] bem sabia.

Tubbs pertencia à guarda de popa. Era alto e esguio, natural de Martha's Vineyard; e falava sem parar de ostagas, Nantucket, espermacete, Japão e botes avariados. Nada parecia capaz de silenciá-lo; e suas comparações eram invariavelmente ofensivas.

Pois bem, Jack abominava Tubbs do mais profundo de sua alma. Dizia ser vulgar, arrivista — o Diabo que o carregue, Tubbs já serviu num navio baleeiro. Mas, como muitos homens que estiveram onde *você* jamais esteve, ou viram o que *você* jamais viu, Tubbs, no que acercava suas experiências baleeiras, afetava absoluto desprezo por Jack, como Jack por ele; e era isso que tanto enervava nosso nobre capitão.

34. A grande maioria dos nomes que designam os marinheiros a bordo do *Neversink* são apelidos derivados de instrumentos de bordo ou simplesmente chistosos; outros são ou soam como sobrenomes regulares mas carregam alusões, como é o caso de Tubbs, que remete a "*tub*", ou "selha", recipiente de madeira usado para guardar material de limpeza e cabos.

Certa noite, com alguma malícia no olhar, Jack ordenou que eu descesse e convidasse Tubbs à gávea para uma conversa. Lisonjeado por tamanha honra — pois éramos de certa forma desdenhosos, e não estendíamos convites a todos —, Tubbs rapidamente subiu pelo cordame, parecendo um tanto incomodado ao ver-se na augusta presença dos homens do quarto de vigília da gávea principal. Os modos corteses de Jack logo lhe aliviaram o constrangimento; porém, para *alguns* tipos deste mundo é simplesmente inútil ser cortês. Tubbs pertencia a essa categoria de homem. Tão logo o palhaço viu-se à vontade, lançou-se, como de costume, aos mais extraordinários elogios aos baleeiros; declarando que apenas os baleeiros mereciam o nome de marinheiros. Jack aguentou por algum tempo; mas quando Tubbs passou às críticas contra os navios de guerra e, em especial, contra os homens da gávea grande, aquilo foi tão aviltante e descabido que Jack avançou contra Tubbs como a bala de um canhão.

"Ora, seu nantucketense pretensioso! Saco de banha de baleia! Comedor de carniça! *Você* quer rebaixar um navio de guerra? Ora, seu tipinho à toa, um navio de guerra está para um baleeiro como uma metrópole para uma cidadezinha, para um vilarejo de fim de mundo. *Este*, sim, é o lugar da vida e da aventura; *este* é o lugar de ser cortês e alegre. E o que você conhecia dessas coisas, seu palhaço, antes de vir a bordo? O que você sabia da coberta dos canhões, ou da coberta das macas, ou da revista ao redor do cabrestante, ou dos exercícios de posto, ou do apito para o jantar? Você já havia sido convocado ao grogue, sua bola de banha fervente? Já havia passado o inverno em Maó? Sabia o que era 'amarrar e guardar'?[35] Ora, de que valem as ladainhas de um marinheiro mercante em viagem à China atrás de chá, ou às Índias atrás de açúcar, e às Shetlands atrás de pele de foca... de que valem essas ladainhas, Tubbs, perto da vida elevada de um navio de guerra? Ora, sua bigota! Naveguei com lordes e marqueses no comando; e o rei das Duas Sicílias[36] passou por mim, eu de pé ao lado do meu canhão. Bah! Você está cheio de piques de vante e de castelos de proa; conhece mesmo só ganchos e talhas; sua ambição jamais passou da matança de porcos, que, em minha opinião, é o que melhor define a caça à baleia! Marinheiros de topo, digam-me se este Tubbs não passa de uma afronta a estas boas tábuas de carvalho, um vil profanador deste

---

35. Ordem referente ao recolhimento e à estocagem das macas na troca dos turnos noturnos.
36. O Reino das Duas Sicílias surgiu com a supressão dos reinos de Nápoles (1282-1816) e da Sicília (1130-1816), durante o Congresso de Viena, em 1816, que determinou a restauração dos Estados monárquicos conquistados por Napoleão após sua queda. Coube a um ramo da casa francesa de Bourbon o trono do novo país, cuja existência terminou em 1861, com a formação do reino da Itália.

mar três vezes sagrado, quando transforma seu navio, meus caros, num caldeirão de banha, e o oceano num chiqueiro de baleias? Saia, desgraçado, canalha sem Deus! Atire-o para longe da gávea, Jaqueta Branca!"

Mas não precisei me empenhar. Tubbs, perplexo diante de tamanha explosão, já descia rapidamente pelo cordame.

Esse arroubo da parte de meu nobre amigo Jack me fez tremer, a despeito de meu traje forrado; e me levou a erguer os olhos devotos aos céus por não ter, em má hora, divulgado o fato de eu próprio ter servido num navio baleeiro; pois, tendo previamente observado o preconceito dos homens de fragata em relação àquela muito envilecida categoria de marinheiros, sabiamente me contive no tocante a botes avariados na costa do Japão.

5

Jack Chase num tombadilho espanhol

NESTE MOMENTO, DEVO SER HONESTO e contar uma história sobre Jack, que, embora esbarre em sua honra e integridade, tenho certeza não irá diminuí-lo na estima de qualquer homem de coração. Na presente viagem da fragata *Neversink*,[37] Jack desertara e, passado certo tempo, fora capturado.

Mas qual teria sido o motivo de sua deserção? Fugir à disciplina naval? Entregar-se à diversão e aos excessos em algum porto de perdição? O amor de alguma *signorita* sem valor? De forma alguma. Ele abandonou a fragata, sim, por mais altos, nobres e gloriosos motivos. Embora respeitoso da disciplina naval a bordo, em terra firme era um defensor obstinado dos direitos do homem e das liberdades do mundo. Jack decidiu desembainhar a espada da causa numa insurreição civil no Peru,[38] abraçando, de corpo e alma, o que julgava ser o justo.

Na época, seu desaparecimento causou enorme surpresa entre os oficiais, que não alimentavam suspeitas de postura desertora em relação a ele.

"O quê? Jack, meu grande homem da gávea principal, um desertor?", surpreendeu-se o capitão. "Não quero acreditar nisso."

"Jack Chase dando no pé!", exclamou um aspirante com tendências ao romance e à aventura. "Só pode ter sido por amor; foram as *signoritas* que lhe viraram a cabeça."

---

37. *USS Neversink* ("inafundável") é o nome escolhido por Melville para designar o velho *USS United States*, no qual viajara como marinheiro (ver Apresentação) em seu retorno aos Estados Unidos entre 1843 e 1844. Foi o primeiro navio de guerra norte-americano, construído e lançado ao mar em 1797 sob o comando de um herói revolucionário, o capitão John Barry. Decatur (ver nota 19) foi destacado ao comando da embarcação em junho de 1810 (à época da Revolução, um dos aspirantes a bordo).

38. Como tudo mais na elaboração de Jack Chase, o incidente relatado guarda mais ficção do que a factualidade. Sabe-se, segundo o diário de bordo do *United States*, que John J. Chase — recebido a bordo em 29 de maio de 1842, em Callao — era "desertor do *USS St. Louis*", embarcação que abandonara em novembro de 1840; porém, trazia recomendações de perdão do almirante peruano a quem prestara serviço, aceitas pelo comodoro Jones. Em termos históricos, o intervalo entre a deserção de Chase do *St. Louis* e o embarque no *United States* coincide com o início da chamada Anarquia Militar peruana (1841-45), período de forte instabilidade institucional e caos social; ademais, é digno de registro que, entre a reintegração de John J. Chase à Marinha norte-americana e o embarque de Melville no Havaí (agosto de 1843), passara-se mais de um ano (ver Apresentação).

"Jack Chase não foi encontrado?", bradou um veterano resmungão da âncora d'esperança, um daqueles maliciosos profetas de acontecimentos passados: "Pensei nisso; eu sabia; podia até jurar... é o tipo de sujeito que zarpa de fininho. Sempre esperei isso dele."

Meses se passaram sem qualquer notícia de Jack; até que, por fim, a fragata veio a ancorar na costa, ao lado de uma chalupa de guerra peruana.

Intrepidamente vestido em uniforme peruano e ostentando largas passadas, nas quais se misturavam os estilos naval e marcial, avistou-se a figura portentosa e alta de um oficial de barba longa caminhando pelo tombadilho da nau estrangeira; e supervisando as saudações que, em tais ocasiões, são trocadas entre navios de diferentes bandeiras nacionais.

Mirando nosso capitão, esse belo oficial tocou o chapéu adornado à maneira mais cortês; e aquele, depois de devolver-lhe o cumprimento, observou-o com certa indiscrição, tomando do monóculo.

"Por Deus!", ele gritou por fim. "É ele... ele não consegue disfarçar aquele jeito de andar... é a barba; eu o reconheceria na Cochinchina... Homens ao primeiro bote! Lugar-tenente Blink, quero que vá a bordo daquela chalupa e me traga aquele oficial."

Todos ficaram assustadíssimos. O quê? Com os Estados Unidos e o Peru vivendo em calorosa paz, mandar um destacamento armado a bordo de uma chalupa peruana e capturar um de seus oficiais em plena luz do dia? Nefasta infração das Leis Internacionais! O que Vattel diria?[39]

Mas ao capitão Claret era preciso obedecer. E lá se foi o bote, com todos os homens armados até os dentes, o lugar-tenente em exercício investido de instruções secretas, e os aspirantes a bordo ostentando ar de presciente sagacidade, embora, em verdade, não fossem capazes de dizer o que estava por vir.

Chegando à chalupa de guerra, o lugar-tenente foi recebido com as devidas honras; mas, àquela altura, o oficial alto e barbado desaparecera do tombadilho. O lugar-tenente mandou chamar o capitão peruano; e, após ser conduzido até a cabine, informou-lhe que a bordo de sua embarcação havia um indivíduo pertencente ao *USS Neversink* e que tinha ordens de levá-lo imediatamente.

O capitão estrangeiro enrolou as pontas do bigode, surpreso e indignado, e deu a entender um chamado aos postos, em resposta àquela demonstração de insolência ianque.

---

39. Emer de Vattel (1714-67) foi filósofo, diplomata e jurista suíço. Seus trabalhos — incluindo sua obra maior, *Direito dos povos, ou Princípios da lei natural aplicados à condução e aos assuntos das nações e dos soberanos* (1758) — foram fundamentais para a consolidação das bases do moderno direito internacional e da filosofia política.

Porém, mantendo uma das mãos enluvadas sobre a mesa e brincando com a borla presa a sua espada, o lugar-tenente, não sem branda firmeza, repetiu a ordem. Por fim, com o caso todo esclarecido, e o indivíduo em questão descrito com precisão – incluindo uma mancha no rosto –, nada restou além de uma imediata concórdia.

Assim, o alinhado oficial de bastas barbas, que erguera cortesmente o chapéu a nosso capitão porém desaparecera à chegada do lugar-tenente, foi chamado à cabine diante de seu superior, que assim lhe dirigiu a palavra:

"*Don* John, este cavalheiro declara que, por direito, você pertence à fragata *Neversink*. É verdade?"

"Sim, dom Sereno", respondeu Jack Chase, levando ao peito os galões dourados das mangas de seu fardão, "e, não havendo resistência à fragata, entrego-me... Lugar-tenente Blink, estou pronto. Adeus, *don* Sereno, e que a *Madre de Dios* o proteja! Como amigo e capitão, o senhor sempre foi um cavalheiro. Espero que esmague seus sórdidos inimigos."

Com isso, ele se virou e, embarcando no bote, foi levado à fragata e adiantou-se ao tombadilho do navio, onde o capitão Claret estava.

"Às suas ordens, meu caro *don*", disse o capitão, erguendo ironicamente o chapéu, porém ao mesmo tempo mirando Jack com um olhar de intenso descontentamento.

"Seu mais devoto e penitente capitão de gávea grande, senhor; alguém que, em sua mais contrita humildade, ainda tem o orgulho de reconhecer no capitão Claret seu comandante", respondeu Jack, produzindo uma gloriosa mesura e, então, num gesto trágico, lançando sua espada peruana ao mar.

"Reintegrem-no imediatamente", bradou o capitão Claret. "Agora, senhor, ao trabalho; se cumprir bem com suas funções até o final da viagem, não mais será lembrado de sua fuga."

Assim, Jack avançou em meio à multidão de admiradores, marujos que depositavam toda a confiança naquela barba castanha, que crescera e se expandira espantosamente durante sua ausência. Os marinheiros dividiram entre si seu chapéu agalonado e o uniforme; e sobre os ombros o carregaram em triunfo pela coberta dos canhões.

6

O estado maior e o estado menor de uma fragata,[40] os subordinados da coberta das macas de um navio de guerra; onde vivem no navio; como vivem; sua posição social a bordo; e que tipo de cavalheiros são

JÁ FOI FEITO UM BREVE RELATO das várias divisões que compunham nossa tripulação; então talvez seja válido dizer algo sobre os oficiais; quem são e quais suas funções.

Que se faça de conhecimento geral que era nossa embarcação uma nau capitânia; isto é, que trazia arvorada um distintivo de comando, ou flâmula larga, ao alto do mastro principal, sinalizando que levávamos conosco um comodoro — a mais alta patente reconhecida na Marinha americana. Tal sinalização não deve ser confundida com os galhardetes, bandeirolas afiladas e serpentinas utilizadas em todos os navios de guerra.

Em razão de vagos escrúpulos republicanos no tocante à criação de altas patentes na Marinha, os Estados Unidos até hoje não conhecem almirantes; embora, diante do crescimento numérico de suas fragatas, estes possam se tornar indispensáveis.[41] Isto certamente acontecerá, caso a Marinha algum dia venha a ter a oportunidade de empregar armadas numerosas; em tais circunstâncias, é mais do que provável que ela adote algo como o modelo britânico, introduzindo, acima do comodoro, três ou quatro graus de oficiais-generais — almirante, vice-almirante e contra-almirante; cuja distinção se fará pelas cores de suas bandeiras — vermelha, branca e azul, correspondentes a centro, vante e ré. Suas patentes correspondem às de marechal-general, marechal de campo e general de brigada no Exército; assim como o comodoro está em linha com o brigadeiro-general. Ou seja, o mesmo pre-

40. Os oficiais dividem-se entre os estados maior — *quarter-deck officers*, ou oficiais de tombadilho: oficiais combatentes, guardas marinhas, aspirantes, capelães, oficiais de saúde e de fazenda, assemelhados aos oficiais militares — e menor — *warrant* ou *forward officers*, ou suboficiais: mestre, contramestre, guardiões, carpinteiros, calafates, tanoeiros e fiéis, bem como sargentos e inferiores do corpo embarcado, quando havia tropa a bordo.

41. O almirantado foi criado na Marinha norte-americana em 1862. Prevaleceu até então a ideia de que a patente tinha conotação aristocrática, embora figuras importantes — caso do capitão revolucionário John Paul Jones — defendessem a necessidade de criar uma patente equivalente à do general, fazendo assim com que os muitos capitães da força armada se dirigissem a um poder superior.

conceito que impede o governo americano de nomear almirantes devia ter obstado a nomeação de todas as patentes de exército superiores a brigadeiro.[42]

Um comodoro americano, como o inglês de mesmo nome ou um *chef d'escadre* francês, não é mais do que um capitão veterano posto temporariamente à frente de um pequeno contingente de navios e assim destacado com algum propósito específico. Ele não tem uma posição permanente, reconhecida pelo governo, para além de sua função de capitão; embora, uma vez empregado como comodoro, o costume se alie à cortesia para que se lhe mantenha o título.

Nosso comodoro era um senhor de belo porte que conhecera muita ação em seu tempo. Quando lugar-tenente, prestara serviços na última guerra contra a Inglaterra; e em missão a bordo de um bote armado nos lagos próximos a New Orleans, pouco antes dos grandes confrontos por terra, recebera um tiro de bala de mosquete no ombro. Esférica como os olhos que traz nas órbitas do rosto, ele a carrega consigo até os dias de hoje.[43]

Não raro pensei, enquanto observava aquele venerável guerreiro arquejado por seu ferimento, que sensação a um só tempo curiosa e dolorosa deve ser ter no próprio ombro uma mina de chumbo; embora, verdade seja dita, muitos de nós mortais civilizados transformemos nossas bocas em verdadeiras Golcondas.[44]

Em virtude do ferimento no ombro, nosso comodoro recebia, além do pagamento em si, o adicional referente a um criado particular. Não posso dizer muito

42. A nomenclatura segue as patentes do Exército imperial brasileiro, contemporâneas a Melville. Ainda no séc. XIX a patente de brigadeiro, hoje exclusiva das Forças Aéreas, era utilizada pelo Exército, designando o primeiro posto do círculo de oficiais-generais na hierarquia do Exército.

43. A Guerra de 1812 foi travada entre os Estados Unidos, de um lado, e o Reino Unido, as colônias britânicas na América do Norte e os povos indígenas que aderiram aos interesses da metrópole europeia, de outro. Embora norte-americanos e canadenses reconheçam a guerra como acontecimento particular, não é possível dissociá-la das Guerras Napoleônicas e do Bloqueio Continental contra a França (1803-15). Entre as razões pelas quais os norte-americanos declararam guerra à coroa britânica em 18 de junho de 1812, estão as restrições de comércio resultantes do conflito entre França e Inglaterra (os norte-americanos eram aliados históricos dos franceses), o alistamento forçado de marinheiros mercantes norte-americanos pela Marinha britânica (a "prisão para a maruja"), o apoio britânico a povos indígenas contra a expansão norte-americana ao oeste e, nesse mesmo sentido, o possível interesse norte-americano no território canadense. A guerra teve duração de dois anos e meio e terminou com uma série de tratados importantes para a liquidação de pendências entre norte-americanos e britânicos que remontavam à Guerra de Independência. As fronteiras norte-americanas, das colônias britânicas e dos territórios indígenas não sofreram alteração.

44. A cidade de Golconda, na Índia central, possui ricas minas de diamante, e seu nome passou a ser sinônimo de "mina muito rica", "fonte de grande riqueza", donde a comparação com bocas munidas de dentes de ouro ou prata, materiais de valor com que se confeccionavam dentes postiços.

mais a respeito do comodoro, pessoalmente; ele jamais procurou minha companhia, nem a mim estendeu as cortesias adequadas a um cavalheiro.

Mas, muito embora não possa dizer muita coisa a seu respeito pessoalmente, posso fazê-lo no que toca a seu caráter como oficial-general. Em primeiro lugar, à época, eu alimentava fortes suspeitas de ele ser mudo; pois, tanto quanto coube a meus ouvidos, jamais proferiu uma palavra que fosse. E não apenas parecia ele próprio incapaz de falar, como sua presença dispunha do estranho poder de tornar os demais presentes momentaneamente mudos. Sua aparição no tombadilho parecia causar trismos em todos os oficiais.

Outro fenômeno a ele relacionado era o estranho modo com que todos o evitavam. Ao primeiro sinal do surgimento de suas dragonas a barlavento na popa, os oficiais ali congregados invariavelmente recolhiam-se a sotavento e deixavam-no sozinho. Talvez sofresse de alguma maldição; talvez fosse o judeu errante a bordo.[45] A verdadeira razão talvez fosse que, como todo aquele que pertence a um alto escalão, ele julgasse indispensável preservar sob aura religiosa a sua dignidade; uma das coisas mais complicadas do mundo, e que exigia enorme poder de abnegação. E a constante vigilância e os excessivos cuidados de todos os lados, requeridos à manutenção da dignidade de um comodoro, claramente mostram que, para além da dignidade comum ao gênero humano, os comodoros, em geral, não dispõem de dignidade alguma. De fato, é oportuno às cabeças coroadas, a generalíssimos, lordes grão-almirantes e comodoros, caminhar com postura rigorosamente ereta, atentos a incômodos cervicais; não deixa de ser verdade, porém, de que se trata de uma postura arrogante, extremamente desconfortável para si mesmos, além de ridícula para uma geração esclarecida.

Ora, quantos bons companheiros havia entre nós, homens da gávea principal, que, convidados a sua cabine para uma ou duas garrafas de convívio, teriam aquecido o coração de nosso velho comodoro e feito com que seu antigo ferimento se curasse para todo o sempre.

Vamos lá, comodoro, não fique tão amargurado, meu velho; suba aqui na gávea, que nós lhe contaremos uns bons casos!

De fato, eu me via muito mais feliz naquela jaqueta branca que envergava do que o velho comodoro na grandeza de suas dragonas.

---

45. O judeu errante, também chamado Assuero, é personagem da tradição oral cristã. Reza a lenda que Assuero — coureiro ou sapateiro, a depender da versão — foi contemporâneo de Jesus e trabalhava numa rua de Jerusalém em que passavam os condenados à cruz. Na Sexta-feira da Paixão, Jesus Cristo teria sido agredido por Assuero ao passar pela rua; Cristo, então, teria amaldiçoado Assuero, condenando-o a vagar sem rumo pelo mundo até o dia do Juízo Final.

Talvez uma coisa que, mais do que tudo, ajudava a tornar nosso comodoro tão melancólico e infeliz fosse o fato de ter tão pouco para fazer. Pois como a fragata tinha um capitão; é claro que, tanto quanto concernisse a *ela*, nosso comodoro era supranumerário. Que abundância de tempo livre deve ele ter tido ao longo de três anos de viagem; como deve ter ampliado seus horizontes mentais nesse período!

Mas, como todos sabem que a desocupação é a mais dura das ocupações deste mundo, nosso comodoro dispunha de um cavalheiro para auxiliá-lo. Tal cavalheiro era chamado de secretário do comodoro. Era um homem particularmente urbano e educado; de postura muito graciosa, parecendo-se mais um embaixador extraordinário de Versalhes. Ele se reunia com os lugares-tenentes na praça-d'armas, onde ocupava um camarote particular de mobília tão elegante quanto o gabinete de Pelham.[46] O pajem encarregado de seu catre e dependência costumava divertir os marinheiros com toda a sorte de histórias sobre flautas e flajolés com chaves de prata, belas pinturas a óleo, livros encadernados em couro, peças de xadrez chinês, camisas com botões de ouro, estojos de caneta com iniciais gravadas, belas botas francesas cujos solados não tinham espessura maior que a de uma folha de papel de carta perfumado, roupas bordadas, cera de selagem com perfume de incenso, Vênus e Adônis em estatuetas de alabastro,[47] caixinhas de rapé feitas de casco de tartaruga, estojos de higiene pessoal marchetados, escovas com cabo de mármore e pentes de madrepérola e uma infinidade de outros utensílios luxuosos espalhados por seu magnífico gabinete de secretário.

Passei um bom tempo procurando descobrir quais eram as funções desse secretário. Parece-me que escrevia os despachos do comodoro a Washington e, de um modo geral, era seu amanuense. Não era trabalho livre de aborrecimentos, por vezes; pois alguns comodoros, embora não *falem* muito a bordo do navio, têm um bocado de coisas a escrever. Em muitas ocasiões, o oficial encarregado do regimento, postado à porta do camarote do comodoro, saudava o primeiro lugar-tenente e, com um ar misterioso, entregava-lhe um bilhete. Sempre pensei

---

46. O *whig* Henry Pelham (1694-1754) foi primeiro-ministro britânico entre 1743 e o ano de sua morte. Embora seja referido por Melville pelo suposto luxo de seu gabinete, Pelham (cujo período à frente do Parlamento não coincidiu com qualquer obra ou evento digno de nota) foi o primeiro homem do cargo a não assumir título de nobreza.

47. No panteão romano, Vênus é a deusa do amor e da beleza, equivalente da deusa grega Afrodite. Adônis é personagem presente na mitologia grega. Era um jovem caçador de grande beleza cujo amor foi objeto de disputa entre Vênus e Proserpina (depois assimilada a Perséfone na mitologia grega). Júpiter/Zeus decide que Adônis passaria um terço do ano com cada uma, e o último terço como quisesse; e, tendo predileção por Vênus, era sempre com ela que ele ficava mais tempo. Esse mito liga-se à ideia do ciclo anual da vegetação e germinação, e o amor de Vênus e Adônis é tema recorrente na arte.

que tais bilhetes pudessem trazer os mais importantes assuntos de Estado; até que, um dia, encontrando uma tira de papel umedecida e rasgada num orifício de drenagem, li a seguinte mensagem:

> Senhor, hoje será oferecida à tripulação, além da carne fresca que lhe cabe, picles.
>
> Ao sr. Bridewell, lugar-tenente.
> Sob as ordens do comodoro,
> Adolphus Dashman, secretário particular[48]

Essa era uma nova revelação; pois, a julgar por sua quase imutável reserva, eu supunha que o comodoro jamais lidara diretamente com as questões do navio, deixando tudo aos cuidados do capitão. Quanto mais vivemos, mais aprendemos sobre os comodoros.

Voltemo-nos agora ao segundo na escala de patentes, quase supremo, contudo, no que toca aos assuntos internos do navio. O capitão Claret era uma espécie de Henrique VIII a bordo — grande e portentoso, expansivo e vigoroso; e tão monárquico em sua cabine quanto Harry em seu trono.[49] Pois um navio é um pedaço de terra firme destacado do resto; é um Estado em si mesmo; e o capitão é seu rei.[50]

Não se trata de uma monarquia limitada, em que o indômito povo tem direito a pleito e reclama quando é de seu interesse; mas de um despotismo praticamente digno do grão-turco.[51] A palavra do capitão é lei; sua fala sempre está em modo imperativo. Quando ele se posta em seu tombadilho em mar aberto, comanda tudo que seus olhos podem alcançar. Somente a lua e as estrelas estão além de sua jurisdição. Ele é o senhor e mestre do sol.

---

48. Bridewell é sobrenome que abriga a possibilidade de ser lido em abstrato, como referência à St. Bride's Well, casa de correção londrina. No mesmo sentido, poderíamos ler o nome "Dashman" a partir de toda a gama de sentidos do substantivo "dash", que aponta a ímpeto, descuido, má execução.
49. Henrique VIII (1491-1547) foi rei da Inglaterra entre 1509 e o ano de sua morte. Foi o segundo da dinastia Tudor e responsável, entre outras obras, pela fundação da Igreja anglicana, precipitando um forte conflito com a Igreja católica. "Harry" é apelido para Henry, e o uso, aqui, é marcadamente escarninho e norte-americano, contraponto à instituição monárquica a democrática.
50. A comparação entre reino e navio faz parte da literatura náutica e resiste mesmo a tempos pós-revolucionários. Melville levará a analogia às últimas consequências em seu romance seguinte, *Moby Dick*.
51. Um dos epítetos de Solimão I, califa do islã e sultão do Império otomano de 1520 a 1566. Solimão liderou pessoalmente o avanço otomano pelo leste europeu, interrompido em 1529 com o Cerco de Viena. Durante seu reinado, os otomanos passaram a controlar o Mediterrâneo, o mar Vermelho e o golfo Pérsico.

Não chegamos ao meio-dia até que ele o anuncie. Pois quando o mestre de navegação, cuja função é fazer a observação regular ao meio-dia, faz sua saudação ao oficial do convés e comunica o meio-dia, este funcionário ordena a um aspirante que se dirija à cabine do capitão e humildemente o informe da respeitosa sugestão do mestre de navegação.

"Meio-dia informado, senhor", diz o aspirante.

"Que assim se *faça*", responde o capitão.

E o sino dobra oito vezes por obra do mensageiro, e assim se faz meio-dia.[52]

Como no caso do comodoro, quando o capitão visita o convés seus oficiais subordinados comumente batem em retirada para o lado oposto e, via de regra, jamais se dirigem a ele, exceto para tratar do próprio navio — assim como um serviçal do tsar da Rússia jamais cumprimentaria e convidaria seu senhor para um chá. Talvez nenhum mortal tenha mais razão de sentir sua própria importância pessoal do que o capitão de um navio de guerra no mar.

Na sequência hierárquica, vem o primeiro lugar-tenente, um oficial veterano, o oficial imediato da embarcação. Não tenho qualquer razão para amar o cavalheiro que ocupava especificamente tal posto em nossa fragata, pois foi ele quem indeferiu o pedido da tinta preta que bastasse para impermeabilizar minha jaqueta branca. Jaz à porta de seu camarote a culpa por cada vez que me encharquei, me ensopei. Penso que jamais poderei esquecê-lo; credita-se diretamente a ele cada pontada reumática que ainda eventualmente sinto. Os deuses greco-romanos são reputados por sua clemência, e *eles* talvez possam perdoá-lo; quanto a mim, não me sentirei pressionado a ser benevolente. De qualquer forma, meus sentimentos pessoais em relação ao sujeito não hão de me impedir de fazer-lhe justiça. Na maioria das coisas tratava-se de um excelente homem do mar; pontual, intenso, cirúrgico; e, como tal, era muito digno do posto. O primeiro lugar-tenente de uma fragata necessita ser um bom disciplinador e, principalmente, um homem enérgico. Por ordens do capitão, ele é responsável por tudo; precisa de fato se fazer onipresente, a um só tempo no porão mais profundo e no mais alto dos mastros.

É ele quem ocupa a cabeceira da mesa da praça-d'armas, assim chamada pois é ali que os oficiais se reúnem para o rancho. Numa fragata, a praça-d'armas com-

---

52. O sistema de toques de sino para o estabelecimento das horas a bordo de um navio segue o padrão de um toque para cada meia hora, sem ultrapassar oito toques: alcançados os oito toques, a meia hora seguinte volta a ser indicada com um toque. Assim, tendo por referência a meia-noite, os oito toques anunciam 04:00, depois 08:00, 12:00, 16:00, 20:00 e novamente meia-noite.

preende a seção à popa da coberta. Às vezes ela tem o nome de câmara dos oficiais, mas amiúde se chama praça-d'armas. Por dentro, ela mais parece um longo e amplo corredor num imenso hotel; com numerosas portas se abrindo de um lado e de outro aos camarotes privativos dos oficiais. Na única oportunidade em que pude observar o interior da câmara, o capelão estava sentado à mesa instalada no centro, jogando xadrez com o lugar-tenente dos fuzileiros; era meio-dia, mas o lugar estava iluminado por lampiões.

Além do primeiro lugar-tenente, a praça-d'armas inclui os sublugares-tenentes, que, numa fragata, podem somar seis ou sete, o mestre de navegação, o capelão, o almoxarife, o cirurgião, os oficiais-fuzileiros e o mestre-escola dos aspirantes, ou "professor". Geralmente, todos formam um clube muito agradável de bons companheiros; calculado com esmero, por sua própria diversidade, para formar um aprazível conjunto social. Os lugares-tenente discutem batalhas navais e contam casos sobre lorde Nelson e lady Hamilton;[53] os oficiais-fuzileiros falam sobre ataques a fortificações e o cerco de Gibraltar;[54] o almoxarife mantém o rumo dessa conversa desgovernada com eventuais alusões à regra de três; o professor está sempre envolvido em reflexões acadêmicas ou às voltas com algum verso clássico apropriado ao momento, geralmente de Ovídio; as histórias de mesa de amputação do cirurgião se destinam, em sua sensatez e prudência, a sugerir a transitoriedade humana de todo o grupo; enquanto o bom capelão permanece a postos para, a qualquer hora, dar-lhes pios conselhos e conforto a suas almas.

É claro que todos esses cavalheiros se associam em pé de perfeita igualdade social.

Na sequência vêm o estado menor, dos oficiais de proa. São eles o contramestre, o mestre-artilheiro, o mestre-carpinteiro e o mestre-veleiro. Embora tais ilustríssimos senhores ostentem casacos longos e botões de âncora, na estima dos oficiais da praça-d'armas não são, tecnicamente falando, cavalheiros de valor. Ja-

53. Horatio Nelson, primeiro visconde Nelson (1758-1805), foi almirante da Marinha britânica, conhecido por sua liderança e conhecimentos de estratégia militar. Graças a eles, Nelson liderou a esquadra britânica em importantes vitórias durante as Guerras Napoleônicas. São célebres seus ferimentos em batalha — a perda de um olho na Córsega e de um braço em Santa Cruz de Tenerife. Foi morto durante sua mais importante vitória, a Batalha de Trafalgar, em 1805. Emma Hart (nascida Amy Lyon), ou lady William Hamilton (1765-1815), dançarina e modelo de pintores, casada com o embaixador escocês na Sicília, foi sua mais conhecida amante.
54. O cerco a Gibraltar foi uma das batalhas travadas durante a Guerra Anglo-Espanhola de 1727-29. As forças britânicas eram bastante inferiores em número às espanholas; os britânicos, porém, ocupantes do extremo da península, foram bem-sucedidos na manutenção do território.

mais passaria pela cabeça do primeiro lugar-tenente, do capelão ou do cirurgião, por exemplo, convidá-los para o jantar. No jargão marítimo, "eles entram pelos escovéns"; suas mãos são calejadas; e o mestre-carpinteiro e o mestre-veleiro compreendem apenas em nível prático as funções que são convocados a inspecionar. Rancham entre si. Sempre em quatro, jamais precisam jogar uíste com um parceiro imaginário.[55]

A esta altura da descrição aparece a categoria dos "riza-velas", também conhecidos como "aspiras" ou aspirantes. São meninos enviados ao mar com o propósito de se formarem futuros comodoros; para tanto, muitos deles julgam indispensável começar mascando tabaco, tomando conhaque com água e lançando imprecações contra a marujada. Levados a bordo de um navio que ruma ao mar com o único intuito de frequentar a escola e aprender as funções de um lugar-tenente; e tendo pouca ou nenhuma funcionalidade no convés até se qualificarem para tanto; a bordo, enquanto aspirantes, são pouco mais do que figurantes. Assim, numa fragata superlotada, é tão comum vê-los atravessando o caminho de oficiais e marinheiros que, na Marinha, tornou-se proverbial dizer que um sujeito inútil "atrapalha feito um riza-velas".

Num vendaval, quando todos os homens são convocados e o convés enxameia de homens, os pequenos "aspiras", confusos, indo de um lado para o outro sem nada em especial a fazer, compensam o ócio vociferando impropérios; explodindo por toda a parte como torpedos. Alguns deles são menininhos terríveis, empinando seus quepes em ângulos improváveis e parecendo tão valentes quanto galinhos de granja. Em geral, são grandes consumidores de óleo de Macáçar e bálsamo de Colúmbia;[56] as barbas são sua maior obsessão; e às vezes, tendo aplicado seus unguentos, ficam ao sol para incentivar a fertilidade de seus queixos.

Como a única forma de aprender a comandar é aprender a obedecer, é costume a bordo de uma fragata que os aspirantes sejam constantemente interpelados pelos lugares-tenentes; assim, sem jamais receberem quaisquer orientações específicas, estão sempre indo a algum lugar para chegar a lugar nenhum. Em

55. No jogo de uíste, há a possibilidade de se jogar em três pessoas, abrindo cartas de um quarto integrante meramente formal, ou imaginário.

56. Em 1822, John Oldridge, um barbeiro da Filadélfia e, posteriormente, de Londres, inventou o bálsamo de Colúmbia. O tônico capilar prometia interromper a queda de cabelos em 48 horas, fazendo crescer em pouco tempo cabelos fortes e saudáveis. O óleo de Macáçar (assim chamado por ser produto encontrado no porto de mesmo nome, na Indonésia) era um óleo de coco ou palma ao qual se acrescia o óleo perfumado de ilangue-ilangue, bastante utilizado para o tratamento capilar e a fixação de penteados masculinos.

certos aspectos, os aspirantes conhecem momentos tão difíceis quanto os próprios marinheiros. Eles servem de mensageiros e contínuos a seus superiores.

"Sr. Pert",[57] grita um oficial do convés, chamando até si um jovem cavalheiro. O sr. Pert avança, cumprimenta-o e permanece em deferente postura de suspense. "Vá e diga ao contramestre que preciso dele." Incumbido dessa perigosa missão, o aspira se apressa, parecendo tão orgulhoso quanto um rei.

Os aspirantes ocupam sozinhos o alojamento, onde, atualmente, ceiam em mesa coberta por uma toalha. Eles têm um galheteiro para o almoço; e outros meninos (pajens escolhidos em meio à marujada) para atendê-los; às vezes, tomam café em porcelana. Mas, apesar de seus refinamentos urbanos, em algumas ocasiões as coisas em seu grupo lamentavelmente degringolam. A porcelana quebra; o bule de café laqueado ganha mossas como uma caneca de estanho num bar; os garfos fazem lembrar palitos de dente (função que por vezes exercem); as facas de mesa são transformadas em serrote; e a toalha de mesa chega ao mestre-veleiro para ser remendada. Na verdade, eles são algo como os calouros ou segundanistas, vivendo nos alojamentos da universidade, sobretudo quando se trata do barulho que produzem em seu compartimento. O alojamento zune, murmura e se agita como uma colmeia; ou como uma escolinha infantil num dia quente, quando a professora cai no sono com uma mosca no nariz.

Nas fragatas, a praça-d'armas — retiro dos lugares-tenentes —, imediatamente ligada ao alojamento, divide com ela parte do convés. Não raro, quando os aspirantes, acordando de manhã cedinho, como sói a muitos jovens, divertem-se em suas macas ou perambulam pelo compartimento com suas camisolas de dormir duplamente rizadas perseguindo-se em meio aos estingues; o lugar-tenente veterano irrompe no recinto com um: "Jovens cavalheiros, estou surpreso. Parem imediatamente com essa brincadeira. Sr. Pert, diga-me: o que o senhor está fazendo sem as calças sobre a mesa? Para a maca, senhor. Não quero mais ver esse tipo de coisa. Se os senhores perturbarem mais uma vez a praça-d'armas, meus jovens cavalheiros, hão de arcar com as consequências." E assim dizendo o encanecido lugar-tenente retira-se ao seu camarote como o pai de numerosa família depois de levantar-se, em camisola e chinelos, para acalmar o tumulto matinal de sua populosa prole.

Tendo descido do comodoro aos aspirantes, chegamos por fim a um grupo de gente indistinta que constitui por si um "bando" à parte dos marinheiros. É

57. Pert é sobrenome; como substantivo, porém, significa atrevido, insolente e petulante, o que condiz com a descrição da categoria.

costume a bordo de uma fragata destinar a tal rancho vários tipos de subordinados, como o mestre-d'armas, o comissário do almoxarife, os cabos navais, os sargentos-fuzileiros e os escreventes do navio, os quais formam a primeira aristocracia acima dos marinheiros.

O mestre-d'armas é uma espécie de policial de alta patente e mestre-escola, vestindo roupas de civil e conhecido por sua vara de oficial. Eis aí quem todos os marinheiros odeiam. É dele a abrangente função de delatar e caçar delinquentes onde quer que seja. Na coberta das macas, ele reina supremo; inspecionando todas as manchas de gordura produzidas pelos vários rancheiros da marujada e arrastando os molengões escotilha acima, quando todos são chamados ao convés. É indispensável que ele seja um verdadeiro Vidocq[58] em vigilância. Trata-se, porém, de uma função tão desalmada quanto ingrata. Em noites escuras, a maioria dos mestres-d'armas mantém-se preparada para desviar das balas de canhão de quarenta e duas libras empurradas das escotilhas mais próximas.

Os cabos navais são os subordinados e auxiliares desse distintíssimo cavalheiro.

Os sargentos-fuzileiros são geralmente sujeitos altos de postura inflexível e expressão dura nos lábios, com preferências e prazeres bastante exclusivos.

O escrevente do navio é um cavalheiro que tem uma espécie de escritório de contabilidade num paiol de alcatrão, no porão à proa. Mais será dito sobre ele posteriormente.

Exceto pelos oficiais acima enumerados, não há outros que façam seu rancho em separado dos marinheiros. Os chamados "oficiais subalternos" — isto é, os guardiões do contramestre, os subchefes de artilheiro, carpinteiro e veleiro, os capitães de gávea, castelo de proa e da guarda de popa, os capitães dos porões principal e à proa e os quartéis-mestres — fazem o rancho com a tripulação e, na Marinha americana, distinguem-se dos marinheiros comuns apenas por um soldo ligeiramente maior. Na Marinha britânica, porém, eles trazem coroas e âncoras cosidas nas mangas de seus trajes à guisa de distintivo oficial. Na Marinha francesa, eles se fazem reconhecer por tiras de estambre usadas no mesmo lugar, como as que designam os sargentos e cabos no Exército.

Assim se constata que a mesa da ceia é critério de distinção em nosso mundo flutuante. O comodoro ceia sozinho, pois é o único de sua patente no navio. O

58. Eugène François Vidocq (1775-1857) viveu os dois lados da moeda: foi criminoso e criminalista. Sua biografia inspirou escritores como Victor Hugo (o inspetor Javert, de *Os miseráveis*) e Balzac (Vautrin, presidiário fugido presente em várias histórias da *Comédia humana*). Tornou-se fundador e primeiro diretor da Polícia Civil francesa, e ficou conhecido como o primeiro detetive particular francês e pai da criminologia moderna.

mesmo vale para o capitão; os oficiais da praça-d'armas, os suboficiais, os aspirantes, o mestre-d'armas e a marujada ceiam entre si, pois entre si estão em pé de igualdade.

Pela mesma razão, o comodoro tem seu próprio comissário e cozinheiro, que unicamente o atende; bem como seu próprio fogão, no qual nada se cozinha além de suas refeições. O mesmo vale para o capitão. Os oficiais da praça-d'armas também têm seu próprio comissário e cozinheiro; e os aspirantes, idem. O preparo das refeições dessas duas classes é feito num espaço específico da grande cozinha, o extremo a vante, num lugar que chamam "o fogão". É uma grelha de muitos pés de comprimento.

7

Desjejum, almoço e jantar

NÃO APENAS A MESA DA CEIA é símbolo de poder a bordo de um navio de guerra, mas também a hora da ceia. O maior é quem almoça por último; e quem o faz mais cedo, o menor. Numa nau capitânia, o comodoro em geral almoça entre quatro e cinco da tarde; o capitão, por volta das três; os lugares-tenentes, às duas; enquanto *o povo*[59] (palavra que, na nomenclatura do tombadilho, designa especificamente os marinheiros comuns)[60] senta-se para comer sua carne salgada exatamente ao meio-dia.

Observa-se, portanto, que, enquanto os estamentos dos reis e dos lordes do mar alimentam-se em horários aristocráticos – prejudicando, assim, suas funções digestivas a longo prazo –, a plebe do mar, ou povo, preserva a saúde ao cultivar a boa e velha tradição inglesa elisabetana, reforçada por Franklin, de almoçar ao meio-dia.[61]

Meio-dia! O centro natural, a pedra de toque, o próprio coração do dia. A essa hora o sol acaba de chegar ao topo de sua colina; e como parece suspender ali momentaneamente o movimento, antes de descer para o outro lado, é razoável supor que ele, então, dedica-se ao almoço; dando um eminente exemplo a toda a humanidade. O resto do dia é também chamado de *tarde* – *afternoon*, em boa e velha língua saxônica, cujo som suscita o sentimento de uma amurada a sotavento e uma soneca; um mar de verão, a brisa suave crispando-lhe a superfície; golfinhos deslizando num horizonte de sonho. Algo a ser recebido sem pressa e com prazer

---

59. *The people*, no original. É interessante lembrar que a expressão "o povo" está no preâmbulo da Constituição dos Estados Unidos ("*We the People of the United States*..."). A remissão à fundação jurídica dos Estados Unidos é de interesse para a descrição que Jaqueta Branca produz das tensões entre marinhagem e oficialato.

60. Na mesma nomenclatura, eles são também designados especialmente como "os homens". (Nota do Autor)

61. Benjamin Franklin foi um importante inventor, político, diplomata e intelectual norte-americano. Vinculado ao Iluminismo, expõe em sua *Autobiografia* um registro utilitário de sua relação prosaica com o mundo, tratando de temas como economia doméstica, dedicação abnegada ao trabalho, necessidade contínua de autocultivo e espírito comunitário, e incluindo um cronograma de seus dias, divididos entre atividades e horários. Por ele, sabemos que entre o meio-dia e a uma da tarde, Franklin "lia ou passava sua contabilidade em revista, e almoçava".

após o grande drama do dia. Mas como isso é possível, quando se almoça às cinco horas? Pois, afinal de contas, ainda que *Paraíso perdido* seja um nobre poema, e nós, marinheiros de fragata, partilhemos em ampla maioria da imortalidade dos imortais — confessemos candidamente, camaradas de convés, que nossos almoços constituem as mais significativas realizações da vida que vivemos sob a lua.[62] O que é um dia sem almoço? Um dia sem almoço! Antes fosse noite.

Mais uma vez: o meio-dia é o horário natural para nós, marinheiros de fragata, almoçarmos, pois é a hora em que mesmo os relógios que inventamos chegam a seu termo, além das doze horas eles não vão; quando, ininterruptamente, repetem seu curso. É certo que Adão e Eva almoçavam ao meio-dia; assim como o patriarca Abraão, cercado de seu rebanho; e o antigo Jó com seus empregados de colheita e ceifeiros na imensa plantação de Uz; e, na Arca, o velho Noé em pessoa, que provavelmente começava o almoço precisamente às "oito badaladas", com sua família e fazenda flutuantes.

Mas, embora essa hora antediluviana de almoço seja rejeitada por comodoros modernos e capitães, ela ainda resiste entre o povo sob seu comando. Muitas coisas razoáveis banidas da vida da elite encontram asilo em meio à turba.

Alguns comodoros são muito meticulosos no que se refere a não permitirem que homem a bordo ouse almoçar depois de encerrada sua própria sobremesa (isto é, a do comodoro). Nem mesmo o capitão. Diz-se, segundo boa autoridade, que um capitão certa feita arriscou-se a almoçar às cinco horas, quando o horário do comodoro era às quatro. No dia seguinte, segue a história, o capitão recebeu um comunicado particular e, em consequência dele, teve de almoçar, dali em diante, às três e meia.

Embora, no que toca ao horário de almoço a bordo de um navio de guerra, o povo não tenha razão para reclamar, no que se refere às aviltantes horas dedicadas ao desjejum e ao jantar, seus homens encontrariam uma boa razão quase para um motim.

Oito horas para o desjejum; meio-dia para o almoço; quatro horas para o jantar; e nenhuma refeição além dessas; nenhuma merenda, nenhum petisco. Por conta dessa organização (e em parte pelo fato de um quarto realizar suas refeições antes do outro, quando em alto-mar), todas as refeições das vinte e quatro horas se

62. *Paraíso perdido* (1674) é a obra-prima do poeta inglês John Milton. Em dez cantos, Milton transforma o mito da queda do paraíso em um grande épico a mobilizar forças no céu e no inferno em torno do destino da criatura divina, o homem. Nesta passagem, o narrador propõe o contraste entre a matéria elevada e universal do poema de Milton e as preocupações comezinhas da criação de Deus.

apinham no espaço de menos de oito! Dezesseis horas mortais se passam entre o jantar e o desjejum; incluindo, para um dos quartos de vigia, as oito horas na faina do convés! Isso é desumano; qualquer médico lhe dirá o mesmo. Pense nisso! Antes de o comodoro ter almoçado, você já jantou. E nas altas latitudes, no verão, faz sua última refeição do dia tendo de passar cinco horas ou mais à luz do sol!

Sr. secretário da Marinha, em nome do povo, o senhor devia se manifestar quanto a isso. Foram muitas as vezes em que eu, um gajeiro de mastro principal, vi-me prestes a desmaiar durante um tempestuoso quarto d'alva, quando todas as minhas energias eram exigidas — graças a essa forma infeliz e muito pouco filosófica de distribuir as refeições oferecidas pelo governo em alto-mar. Pedimos, secretário, que não se deixe levar pelo Honorável Conselho de Comodoros, que sem dúvida lhe dirá que oito, meio-dia e quatro são horários apropriados para que o povo faça suas refeições; uma vez que essas são as horas em que os quartos são rendidos. Pois, muito embora essa organização torne tudo muito ordenado e cristalino aos olhos dos oficiais e pareça, no papel, muito bom e refinado, fato é que faz mal à saúde; e, em tempo de guerra, traz consequências ainda mais sérias para a nação como um todo. Se as pesquisas necessárias forem feitas, talvez se descubra que, nessas ocasiões, quando as fragatas que adotam os horários supracitados para as refeições se deparam com um inimigo à noite, elas são de um modo geral derrotadas; isto é, nos casos em que os horários das refeições do inimigo são razoáveis; o que só acontece pelo fato de o povo das fragatas derrotadas lutar de estômago vazio, em vez de cheio.

8

Contraste entre Michelo e Mad Jack[63]

TENDO PASSADO BREVEMENTE EM REVISTA as grandes divisões de um navio de guerra, aprofundemo-nos em suas especificidades, em particular dois lugares-tenentes recém-formados; nobres rapazes; membros daquela Câmara dos Lordes[64] que é a praça-d'armas. Havia muitos jovens lugares-tenentes a bordo; porém, é da natureza desses dois — representantes dos extremos de personalidade a serem encontrados em sua seção — que devemos derivar a natureza dos demais oficiais de tal patente a bordo do *Neversink*.

Um desses dois aristocratas do tombadilho era conhecido entre os marinheiros pelo apelido que estes lhe deram, Michelo. Evidentemente, a intenção era marcar uma característica do portador; e assim a alcunha funcionava.

Nas fragatas, bem como em todos os grandes navios de guerra, quando se aparelha a embarcação para partir, cabe ao cabo de ala e larga transmitir a tensão da amarra ao cabrestante; de modo que se possa levantar âncora sem que o poderoso cabo coberto de lodo se enrole, ele próprio, no cabrestante. À medida que a amarra da âncora entra pelo escovém, portanto, algo precisa ser constantemente utilizado para mantê-la ligada ao cabo de ala e larga, ambos em movimento; algo que possa ser rapidamente enrolado em torno de ambos, mantendo-os unidos. Este é o michelo. E o que poderia ser adaptado a tal uso? Uma gaxeta leve, afilada e lisa preparada com muito cuidado; particularmente flexível; que se enrola ao redor da amarra e do cabo de ala e larga como uma cobra elegantemente modelada ao redor dos ramos entrelaçados de uma vinha. De fato, Michelo era o tipo e o símbolo exatos de uma alta, nobre, flexível e espiralada beleza. Daí a derivação do nome que os marinheiros aplicavam ao lugar-tenente.

63. O apelido Mad Jack remonta a John Percival, também conhecido como Mad Jack Percival, célebre oficial da Marinha norte-americana, presente na Guerra de 1812, bem como na Guerra Mexicano-Americana (1846-48).

64. O Parlamento britânico é dividido entre a Câmara dos Lordes, originalmente representante da aristocracia, e a Casa dos Comuns, em que estão os representantes do povo. A divisão entre aristocracia e plebe, estranha à cultura democrática do Novo Mundo, é um dos pontos em que incide a crítica do romance.

De que alcova marinha, de que chapelaria de sereia você emergiu, Michelo, com seu rosto pálido e cintura delicada? Que madrasta desalmada o expulsou de casa para desperdiçar seus perfumes nos ventos salinos do mar?

Foi *você*, Michelo, que, mirando para além da amurada, na costa do cabo Horn, observou a ilha de Hermite através de binóculos de ópera? Foi *você* quem pensou em propor ao capitão que, quando as velas fossem ferradas em meio a uma tempestade, se depositassem gotas de lavanda nos "seios de vela", de modo que, novamente desferrados os panos, suas narinas não se ofendessem com o bafio? Não *digo* que tenha sido, Michelo; apenas pergunto respeitosamente.

Em suma: Michelo era um daqueles oficiais que, na infância, encantavam-se com a visão de um casaco naval bem cortado. Imaginou ele que, se um oficial da Marinha se vestisse bem e conversasse com educação, faria justiça a sua bandeira e imortalizaria o alfaiate que o tivesse trajado. Nesse rochedo, muitos jovens cavalheiros perderam a vida. Pois, no tombadilho de uma fragata, não basta ostentar um casaco desenhado por Stultz;[65] nem estar reforçado de suspensórios e cintas; tampouco trazer consigo as mais doces lembranças de Lauras e Matildas. É, em sua inteireza, uma vida feita de perdas e danos, e o homem que não estiver apto o bastante a se tornar um segundo marinheiro jamais fará um oficial. Guardem isso no fundo de seus corações, candidatos à Marinha. Mergulhem os braços inteiros no piche e vejam se gostam, antes de se alistarem. Preparem-se para borrascas, tufões e violentas tempestades; leiam relatos de naufrágios e terríveis desastres; atentem às narrativas de Byron e Bligh;[66] estejam a par das histórias da fragata inglesa *Alceste* e da francesa *Medusa*.[67] Embora, vez por outra, terminem por aportar em belas cidades como Cádiz e Palermo; a cada dia vivido em meio a belas moças e laranjeiras, experimentarão meses inteiros de chuvas e tempestades.

A nada disso Michelo escapou. Com toda a intrépida feminilidade do verdadeiro dândi que era, porém, não deixou de tomar seus banhos de água-de-colônia

---

65. George Stultz foi conhecido alfaiate inglês da primeira metade do séc. XIX, responsável pelos trajes da aristocracia britânica.

66. John Byron (1723-86), navegador inglês e avô de lorde Byron, o poeta, publicou em 1768 sua narrativa sobre o naufrágio do navio de guerra *Wager*, na costa da Patagônia, em 1741. William Bligh (1754-1817) foi almirante inglês, tornado célebre pelo motim de sua tripulação a bordo do *Bounty*, ocorrido na região do Taiti.

67. Melville se refere aos naufrágios de duas fragatas. A britânica *Alceste* naufragou no mar Amarelo, próximo à península da Coreia, em 1817, restando dela o testemunho de seu cirurgião, John McLeod; já a fragata francesa *Medusa* encalhou num banco de areia na costa da Mauritânia; a história a fez conhecida por sua alta carga dramática (com direito a atos de canibalismo entre os sobreviventes), tornando-se mote de *A balsa de Medusa*, quadro de Théodore Géricault.

e exibir seus lenços bordados no calor das tempestades. Ai, Michelo! O que seria capaz de tirar a lavanda de você?

Michelo, contudo, pouco tinha de idiota. Ele conhecia a profissão em termos teóricos; entretanto, a simples teoria náutica não é mais do que a milionésima parte do que faz um marinheiro. Não se salva um navio resolvendo uma equação na cabine; o convés é o campo de batalha.

Consciente de sua deficiência em alguns pontos, Michelo jamais tomou do porta-voz — à época, reservado unicamente aos oficiais de convés — sem um tremor de lábios e olhares preocupados dirigidos a barlavento. Ele incentivava nossos velhos Tritões,[68] os quartéis-mestres, a falar-lhe com minúcia sobre os sinais de um vendaval; e não raro seguia os conselhos de tais homens para anunciar o recolher ou envergar dos panos. Os menores favores nesse sentido não eram recebidos sem gratidão. Às vezes, quando todo o céu ao norte parecia estranhamente carregar-se, ele procurava, sob rodeios e lisonjas, prolongar a permanência de seu predecessor no convés, mesmo que o turno deste se tivesse encerrado. Em dia de tempo firme, porém, quando o capitão emergia da cabine, lá se via Michelo, caminhando pela popa a passos largos e incansáveis, lançando olhares ao alto dos mastros com a mais ostensiva diligência.

Inúteis, contudo, eram suas pretensões; quem ele era capaz de enganar? Michelo! Você sabe muito bem que, tão logo começa a ventania, o primeiro lugar-tenente intervirá com sua autoridade paternal. Todo praça e todo pajem da fragata sabe, Michelo, que você está longe de ser um Netuno![69]

É uma situação de não despertar inveja! Seus companheiros oficiais não o insultam, claro; mas, vez por outra, os olhares que lhe lançam são verdadeiras adagas. Os marinheiros não se riem diante dele; entretanto, em noites escuras, não perdem a oportunidade de caçoar, quando o escutam ordenar, com sua voz de mocinha tecelã, que *se puxe com força o estai principal* ou que *acorramos às adriças*! Às vezes, com o único intuito de parecer desagradável e assustar a marujada, Michelo vocifera alguma imprecação; mas a bomba delicada, recheada de beijinhos de chocolate, parece explodir como um botão de rosa esmagado do

68. Na mitologia grega, Tritão é um deus marinho. Filho de Poseidon e Anfitrite, apresenta-se como um ser híbrido, com cabeça e tronco humanos e cauda de peixe, sendo assim o equivalente masculino da sereia. Conhecido como o rei dos mares, é responsável pela calma das águas do mar e pela segurança do trânsito de Poseidon pelas águas.

69. Netuno é o equivalente romano de Poseidon, deus do mar. A ele cabem as fontes e as correntes de água, assim como os terremotos e a criação dos cavalos.

qual emanam perfumes. Michelo! Michelo! Aceite este conselho de um gajeiro de mastro principal — terminada a viagem, esqueça o mar.

Que forte contraste há entre este cavalheiro tão preocupado com gravatas e cabelos frisados e outro nascido num vendaval! Pois deve ter sido em tempo de procela — nas imediações da costa do cabo Horn ou de Hatteras — que Mad Jack veio ao mundo, não em berço de ouro, mas com um porta-voz à boca; empelicado como se estivesse envolto em vela[70] — pois, em sua vida abençoada, está protegido contra naufrágios —, e gritando: "À bolina! À bolina! Firme! Porto! Mundo, eis-me aqui!".

No mar, Mad Jack tinha tudo sob controle. *Esse* era seu lar; nem sequer se importaria muito se outro Dilúvio viesse a cobrir a terra firme; pois que outra coisa aconteceria, senão que seu bom navio flutuaria mais alto, levando a bandeira de sua orgulhosa nação ao redor do mundo por sobre as capitais de todas as nações hostis! Assim, os mastros superariam os pináculos; e toda a humanidade, como os barqueiros chineses do rio Cantão, viveria em armadas e flotilhas buscando sua comida no mar.

Mad Jack foi criado e educado para ser um marinheiro. Um metro e setenta e cinco de altura, em meias; e antes do jantar não pesava mais que setenta quilos. Como os muitos ovéns de um navio, seus músculos e tendões estavam todos em perfeita ordem, retesados, prontos para zarpar; como um navio ao vento, seus estais estavam fixos de proa a popa. Forte, seu peito era como um tabique a conter o vendaval; aquilino, o nariz dividia-lhe o rosto em dois como uma quilha. Seus pulmões eram sonoros e vigorosos como dois campanários, soando como se trouxessem consigo toda sorte de carrilhão; mas você só o escutaria em seu mais profundo ressoar no ápice da tempestade — como o grande sino da catedral de São Paulo,[71] que dobra apenas quando morre o rei ou o demônio.

Olhe só para ele, parado à popa — um dos pés sobre a amurada, uma das mãos num ovém —, a cabeça lançada para trás, e o porta-voz como a tromba de um elefante erguida ao ar. Pretende ele alvejar com balas de som os rapazes da verga da vela de mezena grande?

Mad Jack era um pouco tirânico — *dizem* que todos os bons oficiais o são —, mas toda a marujada lhe tinha apreço; e preferiria realizar cinquenta turnos sob suas ordens a um somente com um marinheiro que cheirasse a água de rosas.

---

70. Empelicada é a criança que nasce com a cabeça envolta no âmnio materno. Considerava-se sinal de proteção nascer sob tal condição.
71. A igreja catedral de São Paulo, o Apóstolo, ou apenas catedral de São Paulo, é uma catedral anglicana localizada em Ludgate Hill (uma das três colinas da Londres antiga) e sede do bispo de Londres.

Mas Mad Jack, ai!, tem um terrível problema. Ele bebe. Bem, todos bebemos. Mas Mad Jack, ele *só* bebe conhaque. Era um vício inveterado; como Ferdinand, o conde Fathom, ele decerto mamou num barril.[72] Com muita frequência, o hábito o fazia passar maus e sérios bocados. Por duas vezes foi suspenso pelo comodoro; e, uma vez, chegou perto de sofrer punições físicas por suas brincadeiras. No que se referia a sua eficiência como oficial, ao menos em terra firme Jack podia *encher a cara* tanto quanto quisesse; em alto-mar, porém, isso era terminantemente proibido.

Ora, se ele pelo menos seguisse o sábio exemplo dado por aqueles navios do deserto, os camelos, e, uma vez no porto, bebesse pela sede passada, a sede presente e a sede vindoura — de modo que pudesse cruzar o oceano sóbrio —, caso o fizesse, Mad Jack teria ido muito bem. Ainda melhor se evitasse o conhaque de todo e apenas bebesse do límpido vinho branco de arroios e regatos.

---

72. Referência ao romance *As aventuras de Ferdinand Conde Fathom*, de Tobias Smollett, publicado em 1753. Segundo *sir* Walter Scott, seu protagonista era um "perfeito retrato da depravação humana".

9

Dos bolsos que na jaqueta havia

DEVO FAZER AINDA OUTRA MENÇÃO à jaqueta que vestia.

E que se faça saber, à guisa de introdução ao que se segue, que, para um marinheiro comum, viver a bordo de um navio de guerra é como viver num mercado; onde você se veste na soleira da porta e dorme no porão. Privacidade, não há; nem sequer um momento de reclusão. Estar por algum instante sozinho é quase uma impossibilidade física. Come-se numa enorme *table d'hôte*;[73] dorme-se num espaço coletivo, e a toalete se faz onde e quando é possível. Não dá para pedir costeleta de carneiro e uma jarra de clarete; tampouco escolher um quarto para o pernoite; ou deixar dobradas as calças sobre o encosto da cadeira; nem tocar a sineta numa manhã chuvosa para pedir o café da manhã na cama. É como a vida numa enorme fábrica. O sino toca para o almoço e, com ou sem fome, é preciso comer.

As roupas ficam comprimidas num saco grande de lona, geralmente pintado de preto, que você pode tirar da "prateleira" uma vez por dia, sob a penumbra da coberta, em meio à enorme confusão de quinhentos outros sacos e quinhentos outros marinheiros mergulhando dentro deles. Para evitar tamanho inconveniente, muitos marinheiros dividem seus pertences entre macas e sacos; guardando alguns suéteres e calças na primeira; de modo que possam se trocar à noite, quando se faz silêncio nas macas. Os ganhos nessa operação, porém, são mínimos.

Não há outro lugar, num navio de guerra, para armazenar o que quer que seja, além do saco ou da maca. Se você deixar qualquer coisa cair e se virar por um instante, as chances de encontrá-la a seguir são de dez para uma.

Ora, ao preparar os planos preliminares e organizar as fundações daquela memorável jaqueta minha, pensei em todos esses inconvenientes e decidi enfrentá-los. A ideia era que não apenas minha jaqueta me mantivesse aquecido, mas que também fosse projetada de tal forma que guardasse uma ou duas camisas, um par de calças e miudezas diversas — utensílios de costura, livros, bola-

73. Refeição de restaurante com prato fechado (com poucas opções ou nenhuma) servida a preço fixo.

chas e coisas que tais. Com esse intento, a provi de grande variedade de bolsos, à guisa de despensas, armário de roupa e guarda-copos.

Os principais compartimentos, em número de dois, localizavam-se nas fraldas da jaqueta, com ampla e hospitaleira abertura interna; outros dois, de menor capacidade, foram projetados em ambos os lados do peito, com abas retráteis que os separavam, de modo que, em caso de emergência, havendo necessidade de acomodar objetos maiores, pudessem se tornar um único bolso. Havia ainda muitos outros recessos discretos por trás do arrás; de modo tal que minha jaqueta, como um velho castelo, mostrava-se repleta de escadas sinuosas e alcovas misteriosas, criptas e gabinetes; e, como uma escrivaninha pronta a confidencialidades, cheia de pequenos e inesperados nichos protegidos e compartimentos secretos destinados a objetos de valor.

Além desses, eram quatro e espaçosos os bolsos externos; dois deles para esconder livros, quando subitamente desperto de meus estudos para atender à gávea; e outros dois para enfiar as mãos em caráter permanente durante as frias vigílias noturnas. Esse último expediente foi considerado inútil por um de meus companheiros de posto, que me mostrou um projeto para luvas marítimas que julgava muito melhor que o meu.

É preciso que se tenha em mente que os marinheiros, mesmo sob o mais horrendo dos climas, cobrem as mãos apenas quando estão fora de serviço; e jamais usam luvas nas gáveas, uma vez que ali eles literalmente têm as vidas em suas próprias mãos e nada querem entre estas e o cânhamo dos cabos ao qual se agarram. Portanto, é desejável que, a despeito do que lhes cubra as mãos, tal material possa ser posto e tirado num piscar de olhos. Sim, é desejável que seja de tal natureza que, se apressado numa noite escura — digamos, indo ao leme —, seja possível enfiá-lo sem quaisquer impedimentos; e não como um par de luvas de pelica especificamente costuradas para as mãos direita e esquerda, sem jamais vestir a mão contrária à que serve.

O projeto de meu companheiro de gávea — ele precisava tê-lo patenteado — era este: cada luva tinha dois polegares, um de cada lado; conveniência que dispensa comentários. Porém, se para marinheiros de primeira viagem, cujos dedos são todos polegares, a descrição de tais luvas cai muito bem, para Jaqueta Branca ela não era tão atraente. Pois, quando a mão estava dentro da luva, o polegar vazio às vezes pendia para dentro da palma da mão, causando confusão quanto ao paradeiro do polegar verdadeiro; ou, doutro modo, estando cuidadosamente preso à mão, sugeria continuamente a sensação sem sentido de que você estava o tempo todo segurando o polegar de outrem.

Não, disse a meu bom companheiro de gávea que desse o fora com seus quatro polegares, pois eu não tinha o que fazer com eles; para qualquer homem, dois polegares bastavam.

Por algum tempo depois de finalizar minha jaqueta e ocupar-lhe os espaços com toda a mobília e artigos de despensa, pensei que nada seria capaz de superá-la em conveniência. Agora eram poucas as vezes que eu tinha de visitar meu saco e ser acotovelado e empurrado pela multidão que tinha o guarda-roupa empilhado. Qualquer coisa que eu quisesse — roupas, agulhas, linha ou literatura —, era mais do que provável que a encontrasse em minha inestimável jaqueta. Digo-lhes com franqueza: chegava a abraçar e festejar minha jaqueta; até que, ai!, uma chuva prolongada levou-me a encará-la em sua crua realidade. Eu, e todos os meus bolsos e o que neles trazia, ficamos completamente ensopados. Minha edição de bolso de Shakespeare reduziu-se a uma omelete.

Servindo-me, entretanto, do belo dia que se seguiu, esvaziei-a de meus pertences e espalhei-os para que secassem. Porém, a despeito do sol que reluzia, foi um dia escuro para mim. Os canalhas do convés viram-me no ato de me desfazer de minha carga saturada; agora sabiam que a jaqueta branca era utilizada como armazém. A consequência disso foi que, com meus pertences devidamente secos e mais uma vez guardados em meus bolsos, na noite seguinte, quando fazia meu turno de vigília no convés, não na gávea (onde todos eram gente de bem), notei que havia um grupo de homens a seguir-me sorrateiramente aonde quer que fosse. Sem exceção, eram todos punguistas, empenhados em pilhar-me. Foi em vão que apalpei continuamente os bolsos como um velho cavalheiro nervoso em meio a uma multidão; naquela mesma noite me vi privado de vários objetos de valor. Assim, por fim, concretei meus cofres e despensas; e, exceto pelos dois bolsos que usava à guisa de luva, a partir dali a jaqueta branca foi deles destituída.

10

De carteiras a carteiristas

COMO A PARTE FINAL DO CAPÍTULO ANTERIOR pode ter causado estranheza aos que vivem em terra firme, habituados a deliciar-se com muito elevadas e românticas ideias quanto ao caráter dos homens de um navio de guerra, talvez não seja impróprio registrar aqui alguns fatos sobre tal tema, os quais podem servir para colocar o assunto sob seu verdadeiro prisma.

Em virtude da vida selvagem que vivem e de inúmeras outras causas (inútil mencioná-las), os marinheiros, como classe, partilham de uma perspectiva bastante flexível ante a noções de moralidade e aos Dez Mandamentos; ou, antes, assumem posições próprias diante de tais assuntos, preocupando-se pouco com definições teológicas e éticas de outros no tocante ao que pode ser criminoso ou errado.

Suas ideias sofrem forte influxo das circunstâncias. Eles subtrairão discretamente algo de alguém que os desagrade; e serão firmes em dizer que, em tal caso, furto não é roubo. Ou, quando o crime envolve algum divertimento, tal como o caso da jaqueta branca, o farão unicamente pelo prazer da piada; não obstante seja mister lembrar: eles jamais estragam a piada devolvendo o objeto roubado.

É considerada boa brincadeira, por exemplo — e inclusive muitas vezes levada a bordo do navio —, ficar conversando com um sujeito numa vigília durante a noite, enquanto outros cortam os botões de seu casaco. Uma vez cortados, porém, esses botões jamais crescerão de novo. Botões não afloram espontaneamente.

Talvez seja algo incontornável, mas a verdade é que, em meio à tripulação de um navio de guerra, é muito frequente encontrarmos grupos de criminosos que não se intimidam ante os delitos maiores. Essa gente não desconhece assalto à mão armada. Um *bando* é informado de que certo sujeito tem três ou quatro peças de ouro em sua bolsilha, que muitos marinheiros trazem amarradas ao pescoço ou guardadas longe dos olhos de quem quer que seja. Sabendo disso, deliberam seus planos; e, na hora devida, tratam de executá-lo. Talvez o homem marcado esteja apenas atravessando a coberta penumbrosa em direção à caixa de seu rancho; quando, não mais que de repente, salteadores surgem de seu esconderijo, jogam-no ao chão e, enquanto dois ou três passam-lhe a mordaça e o amarram, outro arranca-lhe a bolsilha do pescoço e foge com ela, seguido de seus camaradas. Isso se sucedeu mais de uma vez a bordo do *Neversink*.

Noutras ocasiões, ante a hipótese de que um marinheiro tem algo de valor escondido em sua maca, eles a rasgam na face inferior enquanto ele dorme, e fazem da conjectura uma certeza.

Seria infindável enumerar todos os furtos menores a bordo de um navio de guerra. Com algumas muito louváveis exceções, eles roubam e são roubados sucessivamente, até que, em se tratando de objetos menores, parece se consolidar um conjunto de bens comuns a toda a marujada; que, por fim, como um todo, se mostra relativamente honesta, uma vez que quase todos se corrompem. É inútil o esforço dos oficiais de instilar, por meio de ameaças de punição condigna, princípios mais virtuosos em sua tripulação. O bando é tão coeso que, dentre mil ladrões, não se identifica um.

11

A busca da poesia em meio ao perigo

O SENTIMENTO DE INSEGURANÇA COM relação aos bens pessoais a bordo do *Neversink*, instalado nas mentes dos homens honestos por tudo que acima se relatou, curiosamente se exemplificava no caso de meu pobre amigo Lemsford, jovem de gentis hábitos e membro da guarda de popa. Travamos contato, eu e Lemsford, logo no início da viagem. É curioso como somos certeiros no encontro de espíritos de algum modo semelhantes aos nossos mesmo na mais variada turba.

Lemsford era poeta; tão profundamente inspirado pelo sopro da musa que nem mesmo todo o alcatrão e o tumulto de uma fragata eram capazes de arrancar isso dele.

Como se pode sem muito esforço imaginar, escrever versos na coberta dos canhões de um vaso de guerra é algo bem diferente do que era para o gentil Wordsworth, na placidez de seu retiro em Rydal Mount, em Westmorland.[74] Numa fragata, não é possível sentar e divagar às voltas com um soneto quando o coração repleto dele o exige; apenas quando mais importantes deveres — como estaiar as vergas ou rizar velas de sobrejoanete a popa e proa — o permitem. Não obstante, cada fragmento de tempo sob o controle de Lemsford foi por ele religiosamente dedicado às Nove Musas.[75] Às horas mais inoportunas, nós o víamos sentado,

---

74. O poeta William Wordsworth (1770-1850) foi uma das figuras centrais do romantismo inglês. Em suas obras, dentre as quais o longo poema *O Prelúdio* (1799), desenvolvem-se algumas das linhas estéticas centrais do movimento, como o primado da experiência subjetiva e a busca da natureza como experiência essencial do homem. Durante a segunda metade de sua vida, entre 1813 e 1850, Wordsworth viveu no condado de Westmorland, a noroeste da Inglaterra, em uma região conhecida por seus lagos (daí ter recebido a alcunha, ao lado do companheiro de literatura Samuel Taylor Coleridge, de *Lake Poet*). Rydal Mount é o nome da propriedade em que viveu.

75. As Nove Musas da mitologia grega eram representações relacionadas ao cultivo da poesia. Nascidas da relação entre Zeus e Mnemósine, a deusa da memória, elas se relacionavam a gêneros específicos de produção poética antiga. As musas eram: Calíope (ou musa da eloquência e da poesia épica), Clio (musa da história), Erato (musa da poesia lírica), Euterpe (musa da música), Melpômene (musa da tragédia, mas também relacionada à celebração poética em canto e dança), Polimnia (musa dos hinos sagrados), Terpsícore (musa da dança), Tália (musa da comédia e da poesia bucólica) e Urânia (musa da astronomia, também assunto da *ars poetica* antiga).

isolado de todos, nalgum canto entre os canhões — uma caixa de munição diante de si, pena à mão e olhos "revirando num fino e furioso frenesi".[76]

"Nasceu com problema, aquele ali?"; "Ele tá tendo um ataque, num tá?", eram as exclamações mormente feitas pela tripulação menos culta. Alguns julgavam-no feiticeiro; outros, louco; e os mais arejados de espírito, que se tratava de um metodista ensandecido.[77] Mas conhecendo bem, por experiência, a verdade do dito segundo o qual "a poesia é, por si mesma, o maior dos prêmios",[78] Lemsford escrevia; derramando épicos inteiros, sonetos, baladas e acrósticos com uma facilidade que, dadas as circunstâncias, me surpreendia. Muitas vezes ele recitou-me suas efusões; e estas de fato valiam a atenção. Lemsford dispunha de engenho, imaginação, sentimento e humor abundantes; e, a partir do próprio ridículo com que alguns o julgavam, exercitava maravilhosamente sua métrica, o que fazia o deleite, ora nosso, ora do grupo seleto com que eram compartilhados.

Contudo, o sarcasmo e a mofa que mui amiúde dirigiam a meu amigo poeta faziam-no por vezes sublevar-se em fúria; e, em tais ocasiões, o arrogante escárnio que ele lançava a seus oponentes era a prova cabal de que possuía aquele atributo, a irritabilidade, quase universalmente imputada aos devotos adeptos do Parnaso[79] e das Musas.

Meu nobre capitão, Jack Chase, quase sempre colocava Lemsford sob sua proteção e com bravura tomava seu partido contra grupos inteiros de adversários. Muito frequentemente, convidando-o a subir à gávea, pedia ao poeta que recitasse algumas de suas criações; às quais prestava enorme atenção, como Mecenas diante de Virgílio com uma *Eneida* em mãos.[80] Tomando a liberdade de um

---

76. "*The poet's eyes, in a fine frenzy rolling*", verso de *Sonho de uma noite de verão* (Ato V, Cena 1, v. 12), de William Shakespeare. Adaptamos aqui a versão de Beatriz Viegas-Faria.

77. Movimento de avivamento espiritual relacionado à Igreja da Inglaterra no séc. XVIII, o metodismo agrega questões relacionadas a distintas denominações protestantes, tendo por parâmetros os ensinamentos e a vida dos irmãos John e Charles Wesley e de George Whitefield. Os sermões metodistas eram conhecidos pelo entusiasmo de seus pregadores, e seus membros eram por vezes acusados de fanatismo.

78. Escreve o poeta inglês Samuel Taylor Coleridge no prefácio a seus *Juvenile Poems*: "Não espero ganhos, nem fama por meus escritos; e me considero amplamente recompensado sem ambos. A poesia tem sido para mim e por si o maior dos prêmios; ela me amparou em minhas aflições; ela multiplicou e refinou minhas alegrias; ela tornou mais leve o fardo da solidão; e ela me deu o hábito de desejar a descoberta do bom e do belo em tudo que encontro e que me cerca".

79. O monte Parnaso é uma montanha localizada na região central da Grécia, próximo à antiga Delfos. Na mitologia grega, era uma das residências de Apolo, deus da poesia, e das nove musas responsáveis pela inspiração poética.

80. *Eneida* é o épico escrito pelo poeta romano do séc. I a.C. Públio Virgílio Maro, membro do dileto círculo literário e artístico de Caio Mecenas, conselheiro do imperador romano

admirador, vez por outra o capitão da gávea criticava com gentileza o poema, sugerindo algumas poucas e mínimas alterações. E de fato meu nobre Jack, com todo o bom-senso, gosto e humanidade que lhe eram inerentes, não era mal qualificado para assumir a função de digestivo literário — isto é, mostrando-se por fim leve, ainda que indigesta fosse a crítica.

Ora, para Lemsford era motivo de grande aflição e cuidado, além de infinda fonte de dificuldades, a preservação de seus manuscritos. Ele tinha uma caixinha, mais ou menos do tamanho de uma nécessaire pequena, e fechada com um cadeado, na qual guardava seus papéis e artigos de papelaria. Tal caixa, evidentemente, não podia ser mantida em seu saco ou maca, pois, de uma forma ou de outra, ele só poderia ir a ela uma vez por dia. Era preciso preservá-la à mão para qualquer momento. Então, quando não a estava usando, era obrigado a escondê-la longe dos olhos de todos, onde fosse possível. E, de todos os lugares do mundo, um navio de guerra, acima de seu porão, é o espaço que menos recessos reserva. Quase todo centímetro é ocupado; quase todo centímetro está à vista de todos; e quase todo centímetro é continuamente frequentado e inspecionado. Acrescente-se a tudo isso a hostilidade mortal de toda a tribo de subalternos do navio — do mestre-d'armas, dos cabos navais e dos guardiões de contramestre —, tanto ao poeta quanto à sua caixa. Eles a odiavam como se fosse a própria caixa de Pandora,[81] abarrotada até a tampa de furacões e tempestades. Eles buscavam os esconderijos de Lemsford como cães de caça, e não lhe davam paz, dia e noite.

Apesar de tudo, os enormes canhões de vinte e quatro libras do convés principal ofereciam um promissor esconderijo para a caixa; e, assim, esta não raro era colocada atrás das carretas dos canhões, entre as talhas laterais, sua cor negra misturando-se ao ébano que tingia o aço das armas.

Mas Palmeta,[82] um dos serventes de peça de artilharia, tinha olhos de doninha. Palmeta era um velho marinheiro de fragata, de baixa estatura (no máximo, um metro e meio) e um semblante que mais parecia um ferimento de tiro depois de cicatrizado. Era incansável no cumprimento de suas funções, que con-

---

Augusto. Dividido em doze cantos, o poema narra (tendo por modelos e mote a *Ilíada* e a *Odisseia*, de Homero), a fuga do guerreiro troiano Eneias e os obstáculos que ele supera até sua chegada à península Itálica, onde se torna ancestral dos fundadores de Roma.

81. Pandora está ligada ao mito grego da origem da mulher. Criada por Hefesto e Atena a pedido de Zeus, como parte de sua vingança contra Prometeu, que roubara o fogo sagrado, Pandora é enviada ao irmão deste, Epitemeu, que a aceita apesar da orientação para não receber presentes dos deuses. Pandora encontra na casa de Epitemeu uma caixa (a primeira versão do mito diz "jarro") contendo todos os males da humanidade, liberados assim que ela a abre.

82. O apelido deriva de uma peça da montagem dos canhões, cunha usada para abaixar ou levantar a culatra da bateria.

sistiam em cuidar de uma divisão de canhões, composta por dez das já mencionadas peças de vinte e quatro libras. Alinhadas contra a amurada do navio com espaçamento regular, tais peças não pouco lembravam uma coudelaria de cavalos negros em suas baias. Em meio a esse haras de aço, o pequeno Palmeta corria sem parar de um lado para o outro, vez por outra polindo os canhões com um trapo como quem os penteasse, ou espantando com uma escovada as moscas. Para Palmeta, a honra e a dignidade dos Estados Unidos da América pareciam indissociáveis da manutenção do asseio de suas baterias, reluzentes e imaculadas. Ele próprio sempre se apresentava preto como um escovão de chaminé, tal era o cuidado que desvelava em esfregá-las com tinta preta. Por vezes, saía pelas portinholas para espiar suas bocas como um macaco faria com garrafas, ou um dentista com seus pacientes. Com igual frequência, escovava o ouvido do canhão com um tufo de estopa, como um barbeiro chinês em Cantão que limpasse a orelha de um cliente.

Tão dedicado ele se mostrava que era de se lamentar que não fosse capaz de ficar ainda mais baixo e pequeno a ponto de rastejar pelo ouvido do canhão e, examinando o interior da peça, emergir por fim à boca. Palmeta jurava por sua artilharia e dormia ao seu lado. Maldito era quem ele encontrasse encostado em suas peças ou de algum modo conspurcando-as. Palmeta parecia tomado da louca fantasia de que seus canhões de vinte e quatro libras eram frágeis e podiam quebrar,[83] como tubos de ensaio.

Ora, diante da vigilância de Palmeta, como poderia meu pobre amigo poeta ter a esperança de escapar com sua caixa? Vinte vezes por semana ela era atacada com um "aqui está a maldita caixa de remédios de novo!", seguida de uma sonora ameaça, de que seria lançada ao mar da vez seguinte, sem qualquer aviso ou bênção de um padre. Como muitos poetas, Lemsford sofria dos nervos; e em tais ocasiões tremia feito vara. Certa feita, veio ele a mim — o semblante inconsolável —, dizendo que sua caixa desaparecera; que procurara por ela em seu esconderijo, mas não a encontrara.

Perguntei-lhe onde ela estava escondida.

"Entre os canhões", respondeu ele.

"Então pode estar certo, Lemsford, de que Palmeta deu cabo dela."

O poeta foi direto a Palmeta. Mas este nada sabia da caixa. Por dez dias o poeta não teve paz, dividindo seu tempo livre entre amaldiçoar Palmeta e lamentar a

83. Os canhões de vinte e quatro libras — isto é, carregados com projéteis de doze quilos — entravam na categoria de meio-canhões.

perda. Acabou-se o mundo, deve ter pensado: desde o Dilúvio, calamidade maior não houve; foram-se meus versos.

Palmeta, descobriu-se posteriormente, dera com a caixa; e, contrariando as expectativas, não a destruiu; o que, sem dúvida, levou Lemsford a inferir que a Providência se interpusera, onividente, para preservar à posteridade sua inestimável caixa. Esta foi encontrada, ao fim e ao cabo, no chão, aos olhos de todos, próxima à cozinha do navio.

Lemsford não era o único literato a bordo do *Neversink*. Havia outros três ou quatro homens que mantinham diários de viagem.[84] Um desses diaristas enfeitou seu trabalho — escrito num grande livro-caixa — com várias ilustrações coloridas de portos e baías frequentadas pela fragata, e esboços em giz de cera baseados em cômicos incidentes ocorridos a bordo da própria fragata. Tal homem promovia, entre os canhões, frequentes leituras de passagens de seu livro a um admirável círculo dos mais refinados marinheiros, que declaravam seu desempenho um milagre da arte. E, como o autor lhes tivesse dito que tudo seria impresso e publicado tão logo encerrada a viagem, competiam entre si à procura de assuntos de interesse a serem incorporados em capítulos subsequentes. No entanto, sob rumores espalhados alhures, segundo os quais tal diário seria ameaçadoramente intitulado *A viagem do Neversink, ou Uma canhonada contra os abusos da Marinha*; e, tendo chegado aos ouvidos da praça-d'armas a notícia de que a obra em questão trazia reflexões de alguma forma depreciativas à dignidade dos oficiais, o volume foi apreendido pelo mestre-d'armas, munido de mandado assinado pelo capitão. Dias depois, um imenso prego lhe foi cravado de capa a capa e dobrado na ponta; e o livro, selado para todo o sempre, foi entregue às profundezas do mar. Talvez o argumento das autoridades na ocasião fosse que a obra feria certa cláusula dos Artigos de Guerra, sob a qual se proibia qualquer pessoa da Marinha de aviltar um membro da mesma corporação, o que o volume extraviado indubitavelmente fazia.

---

84. O hábito das tripulações de escrever diários de bordo é responsável por uma vasta literatura náutica, mesclando elementos documentais e ficcionais. Toda a obra náutica de Melville, em particular a "trilogia" naval formada por *Redburn* (marinha mercante), *Jaqueta Branca* (marinha de guerra) e *Moby Dick* (convés baleeiro) passa pela consulta e apropriação exaustiva desses materiais. Ver Apresentação.

12

O bom ou o mau gênio dos marinheiros de um navio de guerra, em grande parte atribuível a seus postos específicos e funções a bordo do navio

PALMETA, O SERVENTE DE ARTILHEIRO, era representativo de uma classe a bordo do *Neversink* bastante interessante para ser deixada à popa, sem qualquer comentário, na esteira veloz destes capítulos.

Como se viu, Palmeta era cheio de incontáveis caprichos; era, ademais, um senhorzinho mal-humorado, amargo, intragável e inflamável. Assim também eram todos os membros da divisão de artilharia, incluindo os dois subchefes do artilheiro e todos os seus serventes. Todos tinham a mesma pele marrom-escura, seus rostos mais pareciam peças de presunto defumado. Eles passavam quase todo o tempo grunhindo e resmungando em meio às peças, correndo de um lado para o outro entre canhões, afastando os marinheiros das armas, e lançando imprecações e maldições como se suas consciências se tivessem crestado em pólvora e se tornado calosas por costume do ofício. Era um grupo de homens bastante desagradável; em especial Escorva, um dos subchefes, de voz fanha e lábio leporino; e Cilindro, seu assistente gago de pés tortos.[85] Mas você sempre vai notar que a divisão de artilharia de todo navio de guerra é invariavelmente composta de homens mal-humorados, feios e briguentos. Quando, certa feita, visitei um navio de linha de batalha britânico,[86] a divisão de artilheiros ia de um lado para o outro, lustrando suas baterias, as quais, em respeito ao capricho do almirante, tinham sido pintadas de branco como neve. Correndo nervosamente entre os imensos canhões de trinta e duas libras e dirigindo comentários ferinos aos marinheiros,

85. Os apelidos vêm dos nomes dados respectivamente à cápsula cheia de pólvora colocada na culatra para a detonação da carga e ao cano de onde parte o projétil do canhão.
86. A formação em linha veio substituir estratégias de enfrentamento direto por aproximação e tinha a vantagem de jamais permitir que navios de uma mesma frota alvejassem uns aos outros. Seu uso tático remonta a Vasco da Gama, no séc. XVI; tornou-se mais usual no século seguinte, com o necessário desenvolvimento das técnicas de construção naval, que passaram a permitir maior concentração de peças de artilharia nos costados das embarcações e a formação das marinhas de guerra nacionais, cuja integração por meio de um corpo de oficiais daria ensejo à integração e ação conjunta de grandes contingentes de navios.

quando não os desferiam entre si, lembraram-me um enxame de vespas negras zunindo em torno de fileiras de túmulos brancos num adro de igreja.

Ora, não deve restar muita dúvida quanto ao fato de que permanecer por tanto tempo em meio aos canhões é o que torna o grupo dos artilheiros tão intratável e briguento. Houve ocasião, para nosso grande prazer, em que isso se provou verdadeiro a toda a companhia da gávea maior. Um ótimo companheiro de gávea, um dos mais alegres e gregários do grupo, teve a oportunidade de ser promovido ao posto de servente de artilheiro. Poucos dias depois, alguns de nós, homens da gávea maior, seus velhos conhecidos, saímos para visitá-lo, enquanto ele fazia uma de suas rondas regulares pelos canhões sob sua responsabilidade. Contudo, em vez de nos saudar com sua costumeira alegria e contando suas boas piadas, para nosso divertimento, não fez muito mais que grunhir; e por fim, quando nos queixamos de seu mau humor, tomou de um longo soquete negro e levou-nos ao convés principal, ameaçando nos denunciar se voltássemos a tratá-lo com intimidade.

Concluíram meus companheiros de gávea que a espantosa metamorfose era efeito produzido sobre uma personalidade fraca e sem valor, subitamente elevada do nível da marujada comum à nobre posição de oficial subalterno. Não obstante eu tenha visto tais efeitos produzidos sobre alguns membros da tripulação, em casos similares, fato é que neste eu sabia que não era isso; a razão era unicamente sua relação com aqueles vis, irritadiços e mal-humorados canhões; e, mais especialmente, por ele estar sujeito às ordens daqueles dois deformados bacamartes, Escorva e Cilindro.

A verdade parece ser, de fato, que todas as pessoas deveriam ser bastante cuidadosas ao eleger seus ofícios e atividades; muito cuidadosas em se certificar de que se acercam de objetos alegres e de aspecto agradável; bem como de sons tranquilizadores e harmoniosos. Mesmo os pendores angelicais não estão livres, amiúde, de pontas cortantes como as de uma serra; da mesma forma, muitas doces correntes de compaixão azedam no coração das pessoas com a má escolha de uma profissão e a ausência de paisagens aprazíveis em torno de si. Os jardineiros são pessoas de diálogo quase sempre afável; cuidado, porém, com os subchefes de artilharia, os vigilantes de arsenal e os solitários guardas de farol. E embora seja possível notar, de modo geral, que as pessoas que habitam arsenais e faróis tentam cultivar uns poucos vasos de flor ou uns poucos pés de repolho em hortas, de modo a manter, quiçá, alguma alegria em seus espíritos; o resultado é sempre nulo — pois estar em meio a canhões e mosquetes faz com que os botões das primeiras embolorem; e, ademais, como os repolhos poderiam prosperar num solo cujo húmus advém das quilhas destruídas de naus afundadas?

A qualquer homem que, por uma infeliz e já inapelável escolha de profissão, sinta o próprio humor azedar, há de ser conselho válido tentar contrapor essa infelicidade enchendo seus aposentos de paisagens felizes e sons agradáveis. No verão, é possível colocar uma harpa eólica em sua janela sem que isso lhe custe muito; uma concha marinha pode permanecer sobre o aparador da lareira, para ser levada ao ouvido e acalmá-lo com seu contínuo acalanto, sempre que se sentir acometido de um ataque de tristeza. Para os olhos, recomenda-se uma poncheira alegremente pintada ou uma caneca holandesa — não se preocupe em enchê-la. Esta poderia ser colocada num suporte na parede. Para dirimir o tédio, serão igualmente de boa serventia uma concha de prata, um galheteiro de mesa decorado, uma imponente garrafa de vinho — enfim, qualquer coisa que cheire a comes e bebes. Mas talvez o melhor de tudo seja uma prateleira de livros alegremente encadernados contendo comédias, farsas, canções e romances alegres. Não é preciso abri-los; apenas tenha os títulos aos olhos. Para tanto, *O peregrino Pickle* é um bom livro; assim como *Gil Blas* e Goldsmith.[87]

Mas, dentre toda a mobília de quarto que existe no mundo, o melhor para curar maus humores e cultivar os bons é a visão de uma bela esposa. Se tem filhos em fase de dentição, contudo, é mister que ela e a criança permaneçam o mais afastadas possível, de preferência no andar superior da casa — no mar, tal lugar seria a gávea do mastro de gata. Crianças em fase de dentição são o diabo para o humor de um pai de família. Conheci três pais de família promissores completamente destruídos nas mãos de suas mulheres por conta de crianças em tal condição, cuja inquietação calhou de piorar à época por causa da gripe intestinal.[88] Com o coração em frangalhos e o lenço aos olhos, segui esses três jovens e infelizes pais de família, um após o outro, no caminho de seus túmulos prematuros.

Cenas de fofoca alimentam fofoca. Quem mais linguarudo que atendentes de hotel, mulheres feirantes, leiloeiros, donos de bar, farmacêuticos, repórteres, amas e todos os que vivem em multidões alvoroçadas ou estão presentes a cenas de linguarudo interesse?

---

87. *As aventuras do peregrino Pickle* é um romance de Tobias Smollett, de 1751; *Gil Blas*, de Alain-René Le Sage (publicado entre os anos de 1715 e 1735), fez-se conhecido entre os ingleses e norte-americanos na tradução de Smollett, de 1749; e Oliver Goldsmith é o autor de *O vigário de Wakefield* (1766). Os dois primeiros são considerados obras-primas do gênero picaresco; já *O vigário* é considerado uma sátira ao gênero sentimental, tendo sido bastante lido entre os sécs. XVIII e XIX.

88. Também conhecida como gastroenterite infantil, inflamação que afeta o estômago e o intestino delgado e se manifesta por diarreia, vômito e cólicas abdominais.

A solidão alimenta a melancolia; *isso* todos sabem; quem mais taciturno que a raça dos escritores?

Uma quietude interior forçada em meio a grande comoção exterior enseja pessoas rabugentas. Quem mais rabugento que um guarda-freios de ferrovia, um condutor de barco a vapor, um timoneiro ou um encarregado de tear mecânico num moinho de algodão? São pessoas que precisam manter a paz enquanto trabalham, deixando que as máquinas tagarelem à vontade sem se permitir uma sílaba que seja.

Essa teoria da assombrosa influência de sons e panoramas habituais sobre o temperamento humano foi sugerida por minhas experiências a bordo de nossa fragata. E embora tome o exemplo fornecido por nossos subchefes de artilharia — e, em especial, aquele que outrora fora nosso companheiro de gávea — como de longe o mais forte argumento em favor da teoria geral; fato é que todo o navio estava repleto de exemplos dessa verdade. Que homens eram mais progressistas, altivos, alegres, agradáveis, flexíveis, corajosos, dados ao divertimento e à galhofa, do que os homens das gáveas de proa, de gata e do mastro principal? A razão de sua disposição progressista era que se lhes ordenava diariamente que vagassem com liberdade pelo cordame. E a razão de sua altivez de espírito era que permaneciam nas alturas, acima dos tumultos menores, das preocupações irritantes e insignificâncias do convés abaixo.

E estou convencido, no mais íntimo de minha alma, de que se deve a eu ter sido gajeiro do mastro principal, e, em especial, ter estado lotado na verga mais alta da fragata, a verga de sobrejoanete grande, o fato de, neste momento, ser capaz de oferecer um relato livre, amplo, direto, panorâmico e, mais do que tudo, imparcial sobre nosso mundo flutuante; nada escondendo; nada inventando; tampouco adulando ou ferindo quem quer que seja; mas distribuindo a todos — comodoro ou aspirante mensageiro — seu quinhão preciso de descrições e merecimentos.

A razão da jovial alegria desses homens de gávea era que sempre estavam com os olhos voltados ao azul infinito, ondulado, sorridente e ensolarado do mar. Não menciono, em sentido inverso ao desta teoria, os dias tempestuosos, quando o rosto do oceano se fazia negro e sombrio, e alguns de nossos homens ficavam mal-humorados e preferiam sentar-se a sós. Pelo contrário, isso apenas reforça o que afirmo. Pois mesmo em terra firme são muitas as pessoas naturalmente alegres e de coração feliz que, sempre que os ventos outonais começam a soprar e rugir por entre as chaminés, ficam imediatamente impacientes, irritadiças e aborrecidas. O que é mais suave do que uma boa e velha cerveja? O trovão, porém, tornará amargo mesmo o melhor malte já fermentado.

Os fiéis do porão de nossa fragata, os trogloditas, que viviam em subsolos repletos de alcatrão e nas cavernas de sob a coberta das macas, eram, em sua indiscutível maioria, homens soturnos de perspectivas bastante amarguradas do mundo; um deles era um amistoso calvinista.[89] Enquanto os veteranos da âncora d'esperança, que passavam seu tempo sob a brisa revigorante do mar e à luz do sol que domina o castelo de proa, eram livres, generosos, caridosos e repletos de boa vontade para com toda a marujada; embora alguns deles, para dizer a verdade, se revelassem tristes exceções — as quais, porém, sempre provam a regra.

Os rancheiros da coberta das macas, os varredores e responsáveis pelas escarradeiras — os chamados "fixos" em todas as divisões da fragata, a popa e proa — formavam um grupo de raciocínio bastante estreito e alma retraída; o que se deve, sem dúvida, a suas aviltantes funções. Isso se mostrava de forma ainda mais evidente nos casos dos abomináveis faxineiros noturnos e limpadores de fossa, os ignóbeis poceiros.

Os membros da banda marcial, em número de dez ou doze e que nada tinham para fazer, exceto manter a limpeza de seus instrumentos, executar alguma alegre ária vez por outra e agitar a circulação inerte nas veias entorpecidas do pobre e velho comodoro, eram o mais jubiloso grupo de rapazes que já se viu na vida. Eram portugueses embarcados nas ilhas de Cabo Verde, em ocasião da viagem de ida. Faziam suas refeições juntos; formando um grupo de convivas cuja alegria durante um jantar não seria superada nem mesmo por um grupo de jovens homens recém-casados, absolutamente satisfeitos com os negócios celebrados, uma vez colocados à prova.

Mas o que os deixa, agora, tão cheios de alegria? O que, senão seu alegre ofício, melodioso e marcial? Quem poderia ser um sovina infeliz e tocar um flajolé? Ou vil e desalmado, soprando vivamente pelas almas de mil soldados sua trombeta de latão? Talvez ainda mais eficaz na manutenção da leveza da banda fosse o pensamento reconfortante de saberem que, caso o navio entrasse em ação, estariam excluídos dos perigos de batalha. Nos navios de guerra, os membros da "música", como a banda é chamada, são em geral não combatentes; e mui amiúde embarcam sob o entendimento expresso de que, tão logo a nau entre na linha de tiro dos canhões de um inimigo, é deles o privilégio de entocar-se no paiol de massame

89. Movimento religioso e ideologia sociocultural, o calvinismo remonta aos escritos do teólogo genebrino João Calvino e seus seguidores europeus, estendendo-se a uma linha de conduta ou referência para diversas denominações de raiz protestante formadas sob o impulso da Reforma.

ou na carvoaria do navio. O que demonstra que são gente inglória, porém à qual não falta bom senso.

Veja os barões da praça-d'armas — lugares-tenentes, comissário do almoxarife, oficiais-fuzileiros, mestre de navegação —, todos eles cavalheiros de semblante frio e narizes de corte aristocrático. Por que isso? Quem pode negar que, depois de terem por tanto tempo vivido no mais elevado da carreira militar, servidos por uma multidão de camareiros e empregados servis, e desde sempre acostumados a mandar a torto e a direito, quem pode negar ser essa a razão de seus narizes terem se tornado finos, pontudos, aquilinos, aristocraticamente cartilaginosos? Mesmo o velho Cutícula, o cirurgião, tinha um nariz romano.

Mas eu nunca fui capaz de explicar a razão de nosso encanecido primeiro lugar-tenente ser um tanto penso; quero dizer, um de seus ombros era desproporcionalmente caído. E quando percebi que praticamente todos os primeiros lugares-tenentes que vira noutros vasos de guerra, além de muitos segundos e terceiros lugares-tenentes, eram igualmente tortos, entendi que devia existir alguma lei geral responsável pelo fenômeno; e empenhei-me em desvendá-la como um problema de interesse. Por fim, cheguei à conclusão — que ainda sustento — de que usar por tanto tempo uma só dragona (pois é apenas a uma que sua patente os qualifica) era a chave infalível para tal mistério. E, quando se reflete sobre o fato tão conhecido de que muitos lugares-tenentes do mar chegam à velhice e à decrepitude sem alcançar o posto de capitão e receber as *duas* dragonas que lhes devolveriam o devido equilíbrio dos ombros, a razão acima mencionada não parecerá descabida.

13

O ermitão de uma fragata em meio à turba

A ALUSÃO AO POETA LEMSFORD em capítulo anterior me leva a tratar de nossos amigos em comum, Nord e Williams, os quais, com o próprio Lemsford, Jack Chase e meus camaradas de gávea, compreendem praticamente as únicas pessoas a bordo da fragata com quem eu tinha relações sem qualquer reserva. Pois, pouco depois de embarcar, percebi que não poderia ser íntimo de todos. Uma proximidade indiscriminada com toda a marujada leva a irritações inúmeras e atritos, que não raro terminam com chibatadas no passadiço. Embora estivesse havia mais de um ano na fragata, existia um grupo grande de homens que me era absolutamente estranho, cujos nomes ignorava e que dificilmente seria capaz de reconhecer se os encontrasse por acaso nas ruas.

Nos quartinhos em alto-mar, durante a primeira parte da noite, o convés principal mostra-se geralmente apinhado com suas multidões de pedestres, passeando de um lado para o outro ladeados pelos canhões como fossem pessoas procurando ar fresco na Broadway.[90] Nessas ocasiões, é curioso ver os homens cumprimentando-se com meneios ao reconhecimento uns dos outros (é possível que uma semana tenha se passado desde seu último contato); trocando palavras amistosas com amigos; marcando apressadamente algum encontro para o dia seguinte sobre os mastros, ou passando por grupos inteiros sem se dignar à menor saudação. A bem da verdade, comparativamente falando, não era eu o único a ter senão poucos conhecidos a bordo, embora certamente levasse minha meticulosidade a níveis excepcionais.

Meu amigo Nord era, arrisco dizer, figura do mais absoluto interesse; e, se o mistério inclui aventura, era certamente muito aventureiro. Antes de conseguir ser apresentado a ele por meio de Lemsford, muitas vezes tive a oportunidade de observar sua figura alta, magra, aprumada, pavoneando-se como um Dom Quixote em meio aos pigmeus da guarda de popa, à qual pertencia. De

90. Construída ainda pelos holandeses no séc. XVI sobre uma antiga trilha nativa que percorria toda a extensão norte-sul da ilha de Manhattan, a Broadway constitui desde seus primórdios a principal via da cidade de Nova York. Já no séc. XIX ela concentrava as principais casas de espetáculo e o mais refinado comércio da cidade.

início, julguei-o excessivamente reservado e taciturno; o semblante saturnino mostrava-se invariavelmente carrancudo; e seus modos denotavam antipatia quase repulsiva. Em suma, parecia ser seu desejo que entendêssemos que sua lista de amigos de fragata estava já fechada, repleta e completa; sem lugar para quem quer que fosse. Porém, observando que Lemsford era o único marinheiro com quem Nord se relacionava, tive a nobreza de conter meu ressentimento em relação a sua frieza e não permiti que ele perdesse para sempre a oportunidade de entrar em contato com alguém de minha capital importância. Ademais, notei em seu olhar que se tratava de um conhecedor de bons livros; apostaria minha vida que ele compreendia o verdadeiro sentido da prosa de Montaigne.[91] Percebi que Nord era um profundo pensador; mais do que suspeitava que estivera preso ao moinho das adversidades. Por tudo isso, meu coração lhe guardava profunda simpatia; estava determinado a conhecê-lo.

Por fim, obtive sucesso; aconteceu durante um quarto profundamente silencioso, à meia-noite, quando o vi caminhando a sós no poço, enquanto a maioria dos homens cochilava sobre os reparos das caronadas.

Naquela noite, esquadrinhamos toda a pradaria de nossas leituras; mergulhamos no mais íntimo dos autores para trazer-lhes à tona os corações; e naquela noite Jaqueta Branca aprendeu mais do que jamais aprendera numa única noite desde então.

O homem era um portento. Ele me espantava — tanto quanto Coleridge o fizera com os soldados entre os quais se alistara.[92] O que teria levado um homem como aquele a embarcar numa fragata? As razões me eram insondáveis. Da mesma forma, era um mistério como ele conseguia manter a dignidade, tal como mantinha, em meio àquela turba. Ele não era marinheiro; tão ignorante de um navio quanto os homens o são das nascentes do rio Níger.[93] Os oficiais, porém,

---

91. Michel de Montaigne (1533-92) foi um dos mais importantes filósofos do renascimento francês. Em sua obra-prima, *Ensaios* — reunião de textos breves sobre os mais variados assuntos (moral, religião, política, natureza etc.), nos quais brilha a observação de fundo racionalista de um sujeito pensante que busca desbastar preconceitos em torno da matéria abordada —, Montaigne estabelece a forma desse gênero de exposição de ideias, fundamental para o desenvolvimento da filosofia moderna.

92. Referência a episódio específico da vida do poeta inglês Samuel Taylor Coleridge (1772-1834). Em dezembro de 1793, Coleridge alistou-se numa divisão da cavalaria do Exército inglês — os Royal Dragoons — sob nome falso. Suspeita-se que o ato tenha sido motivado pela premência de dívidas ou a rejeição de Mary Evans, seu primeiro amor. Sua completa inaptidão ao serviço militar impediu-o de seguir para o continente com as tropas que enfrentariam os exércitos de Napoleão; por fim, a influência de um de seus irmãos permitiu que o poeta fosse dispensado do serviço militar.

93. Pelas particularidades do curso do rio, que forma um arco desde a Guiné ao interior em sentido nordeste para então, no meio do Saara, na região histórica de Tombuctu, voltar-se

respeitavam-no; e a marujada o temia. Isso se notava pelo fato de invariavelmente declinar de quaisquer funções especiais que lhe fossem atribuídas; e ter a sorte de jamais se expor ou sujeitar-se à reprimenda. Sem dúvida, sua postura diante do problema era compartilhada por outros marinheiros; e desde o início decidiu se portar de forma tal que jamais corresse o risco de ser açoitado. E deve ter sido isso — além de qualquer dor incomunicável que nele porventura houvesse — que fez de Nord um recluso vira-mundos, mesmo cercado pelo tumulto de um navio de guerra. Provavelmente sua maca não balançava havia muito no convés quando constatou que, para garantir-se livre daquilo que o amedrontava, precisava estar disposto a tornar-se, de um modo geral, um misantropo, expatriando-se socialmente de muitas coisas que lhe teriam tornado a vida mais suportável. Não obstante, muitos devem ter sido os acontecimentos que o amedrontaram com o pensamento de que, por mais que se isolasse e enterrasse, a improbabilidade de ser submetido àquilo que mais temia jamais atingiria a infalibilidade do impossível.

Em meu contato com Nord, ele jamais fez alusão a sua vida pregressa — assunto sobre o qual a maioria dos desgarrados de estirpe numa fragata é bastante prolixa, relatando aventuras na mesa de jogo, a indiferença com que perderam fortunas inteiras numa única rodada, suas esmolas generosas e gratificações a carregadores e parentes pobres, e, acima de tudo, indiscrições de juventude e as donzelas de coração partido que deixaram para trás. Nord não contava quaisquer histórias do gênero. No que toca a seu passado, este era cerrado e trancado como os cofres de dinheiro em espécie do Banco da Inglaterra. Pois, a contar com tudo que dele escapava, nenhum de nós poderia cravar que tivesse qualquer existência anterior àquele momento. De qualquer forma, era uma figura do mais absoluto interesse.

Meu outro amigo, Williams, era um típico ianque do Maine, mascate e, de ofício, professor. Desfiava todo tipo de história sobre pequenos divertimentos interioranos e arrolava uma infindável lista de namoradas. Era honesto, esperto, engenhoso, cheio de alegria e bom humor — um sorridente filósofo. Era uma inestimável ajuda contra o tédio; assim, visando a estender as vantagens de sua companhia ao saturnino Nord, apresentei-os; na mesma noite, porém, este ignorou-o por completo, quando partimos de entre canhões para uma caminhada no convés principal.

---

abruptamente e desaguar ao sul da Nigéria, as nascentes do Níger deram ensejo a muitas expedições de descobrimento. Somente em 1830 dois exploradores ingleses, Richard e John Lander, foram capazes de determinar seu curso.

14

Um trago num navio de guerra

Poucos dias depois de nossa partida do porto de Callao, disseminou-se um rumor que aterrorizou muitos marinheiros. Eis do que se tratava: por algum inédito descuido do almoxarife ou alguma igualmente desconhecida negligência do responsável pela despensa da fragata em Callao, o suprimento a bordo daquela deliciosa bebida conhecida como grogue[94] estava próximo do fim.

Na Marinha americana, a lei permite um quarto de pinta[95] de bebida por dia a cada marinheiro. Em duas doses, ela é servida antes do desjejum e do jantar. Ao rufar da caixa, a marujada se reúne ao redor de uma enorme selha ou barril repleto do líquido; e, à medida que seus nomes são chamados por um aspirante, cada homem dá um passo à frente e se regala com um pequeno medidor de lata, que chamam de "dedo". Nenhum bon-vivant servindo-se de um *tokay* num aparador bem polido estala os lábios com mais viva satisfação do que um marinheiro com seu "dedo" de grogue. Para muitos, o pensamento em seus "dedos" diários propicia um perpétuo panorama de extasiantes paisagens que se afastam para todo o sempre no horizonte. É seu grande "plano de vida". Tire-lhe o grogue, e a vida lhes perde todo o encanto. Parece evidente demais para ser refutável que a razão dominante para que muitos homens se mantenham na Marinha é a confiança irrestrita no poder do governo dos Estados Unidos de supri-los, de forma regular e infalível, de sua dose diária da dita bebida. Conheci muitos desgraçados embarcados sem qualquer experiência a bordo de um navio que me confessaram que, tendo contraído um amor incontinente pela bebida, à qual não eram capazes de renunciar, e tendo por suas débeis trajetórias chegado à mais abjeta pobreza — a ponto de não poderem mais satisfazer a própria sede em terra firme —, engajaram-se desesperadamente na Marinha; entendendo-a como um refúgio de todos os bêbados, que ali poderiam prolongar suas vidas mediante exercício e disciplina e matar a sede duas vezes por dia com constantes e moderadas doses de bebida.

94. Bebida alcoólica com base em rum diluído em água.
95. Unidade de medida relativa a diferentes valores, a depender do lugar. Na Inglaterra, a pinta equivale à oitava parte de galão (aproximadamente meio litro).

Quando certa feita ralhei com um gajeiro ébrio sobre a tal dose diária de bebida; quando lhe disse que ela estava acabando consigo e aconselhei-o a parar com o grogue e receber o dinheiro por ele, adicional a seu salário, tal como previsto por lei, ele voltou-se a mim com um olhar irresistivelmente ardiloso e disse: "Largar o meu grogue? Por quê? Porque está acabando comigo? Não, não; eu sou um bom cristão, Jaqueta Branca, e amo demais o meu inimigo para cortar relações com ele".

Pode-se prontamente imaginar, portanto, a consternação e o horror que tomaram conta da coberta dos canhões aos primeiros boatos de que o grogue se acabara.

"Cabou o grogue!", gritou um veterano da âncora d'esperança.

"Ai, Deus! Que dor no estômago!", exclamou um gajeiro do mastro principal.

"Pior que o cólera!", exclamou um homem da guarda de popa.

"Era melhor que a água tivesse acabado primeiro!", disse o capitão do porão.

"Desde quando a gente é ganso pra viver sem grogue?", perguntou um cabo do regimento de fuzileiros.

"Isso, agora a gente vai matar a sede com os patos!", concluiu um quartel-mestre.

"Sobrou nenhum 'dedo'?", grunhiu um poceiro.

"Nadinha!", suspirou um fiel do porão, do fundo de suas botas.

Sim, a informação fatal provou-se verdadeira. Não se ouviu mais o rufar da caixa que levava os homens à selha, e um profundo abatimento e depressão desceram ao convés como uma nuvem. O navio parecia uma grande cidade tomada de uma terrível calamidade. Os homens permaneciam em grupos, uns distantes dos outros, discutindo sua dor e consolando-se. Nas noites tranquilas de luar já não se ouviam as canções das altas gáveas; e poucas e espaçadas eram as histórias contadas. Foi durante esse intervalo de tempo, tão pavoroso para tantos, que, para a estupefação da marujada, denunciou-se ao mestre-d'armas dez homens embriagados. Eles foram levados ao mastro, e sua aparência dissipou mesmo as dúvidas dos mais céticos; entretanto, onde tinham encontrado bebida, isso nenhum deles dizia. Observou-se, porém, que os contraventores todos cheiravam a lavanda, como muitos dândis.

Depois de serem examinados, foram todos levados ao brigue, a cadeia instalada entre dois canhões no convés principal onde são mantidos os prisioneiros. Ali permaneceram por algum tempo, estirados, hirtos e impassíveis, com os braços cruzados sobre o peito como as muitas efígies do Príncipe Negro em seu monumento na catedral da Cantuária.[96]

---

96. Tendo à frente o primaz da Igreja anglicana, a catedral da Cantuária é um dos mais antigos templos cristãos da Inglaterra. Sua primeira construção remonta a 597, ano da chegada de

Findos os primeiros cochilos, a sentinela que permaneceu a vigiá-los fez o que estava a seu alcance para manter à distância a multidão ávida de descobrir como, em tempo de tamanha carência, os prisioneiros tinham conseguido bebida o bastante para esquecerem-se de si mesmos. A seu tempo, todos acabaram liberados, e o segredo logo vazou.

Ao que tudo indica, de súbito ocorrera a um empreendedor dentre seus pares, a quem a privação compartilhada causava terríveis padecimentos, uma brilhante ideia. Tornara-se de seu conhecimento que o comissário do almoxarife trazia consigo um grande suprimento de *eau-de-cologne*, clandestinamente embarcada no navio com o objetivo de vendê-la por conta própria onde aportasse; porém, provando-se o suprimento maior do que a demanda e não conhecendo outros consumidores a bordo da fragata além do lugar-tenente Michelo, ele então levava de volta no retorno para casa mais de um terço do carregamento inicial. Para encurtar o caso, tal funcionário, convidado a uma conversa sigilosa, foi prontamente convencido a partilhar uma dúzia de garrafas, com cujo conteúdo o grupo embriagado se regalara.

As notícias correram amplamente entre a marinhagem, mantendo-se o segredo apenas em relação a oficiais e subalternos; e naquela noite as longas garrafas de água-de-colônia, com seu pescoço comprido, tilintaram por cantos e recantos dos conveses, sendo esvaziadas e de pronto lançadas ao mar. Com o açúcar mascavo tomado às caixas de rancho e a água quente implorada aos cozinheiros do navio, os marinheiros produziram toda sorte de ponche, coquetel e mistura, às quais se acrescia uma gota de alcatrão, como se faz com pão torrado, à guisa de se obter sabor. Claro que tudo se administrou no mais absoluto sigilo; enquanto transcorreu a noite que lhes cobria os festins, os farristas permaneceram, em grande medida, livres de detenção; e os que tinham se entregado amplamente à orgia tinham doze longas horas para retornarem à sobriedade antes que a luz do sol irrompesse.

No dia seguinte, a fragata cheirava a quarto de donzela de uma ponta a outra; mesmo os barris de alcatrão recendiam a fragrância; e da boca de não poucos

Agostinho da Cantuária à região do condado histórico de Kent. Foi destruída num incêndio à época da invasão normanda, tendo sua reconstrução iniciada em 1070 e completada em 1077. "Príncipe Negro" é a alcunha de Eduardo de Woodstock (1330-76), o filho mais velho do rei Eduardo III de Inglaterra e herdeiro ao trono inglês. Destacou-se como grande líder militar durante a Guerra dos Cem Anos contra a França e morreu de problema de saúde indeterminado (possivelmente envenenamento). Atribui-se seu epíteto à brutalidade com que conduzia as batalhas e à falta de misericórdia para com os inimigos. Foi sepultado na catedral da Cantuária, onde sua indumentária de batalha (escudo, elmo, malha e luvas) está conservada até os dias de hoje.

dentre os encanecidos e carrancudos subchefes de artilharia emanava o mais delicioso aroma. Assombrados, os lugares-tenentes iam de um lado ao outro farejando a essência do vendaval; e, pela primeira vez, Michelo não precisou agitar seu lenço perfumado. Era como se estivéssemos navegando nas imediações de uma costa odorífera numa primavera repleta de violetas. Perfumes de Sabá![97]

> Encontrando por léguas dilatadas,
> Risonho e perfumado, o velho Oceano.[98]

Mas, ai!, todo esse perfume não podia ter sido desperdiçado por nada; e o mestre-d'armas e os cabos navais, reunindo informações aqui e ali, logo desvendaram o mistério. O comissário do almoxarife foi convocado a dar explicações, e ponches de lavanda e drinques de água-de-colônia não foram mais bebidos a bordo do *Neversink*.

---

97. Mencionado no Velho Testamento e no Alcorão, Sabá foi um antigo reino de localização incerta, situado em algum ponto entre a região sul da península Arábica (atual Iêmen) e o leste da África (atual Etiópia). A tradição de se falar em Sabá como reino próspero vem da menção a sua rainha (1 Reis 10), que chega em comitiva repleta de riquezas para uma visita ao rei Salomão.

98. "*For many a league,/ Cheered with grateful smell, old Ocean smiled*": versos do *Paraíso perdido* de Milton, Canto IV, citado em tradução de Antonio José Lima Leitão.

15

O clube do porco salgado[99] num navio de guerra, com um aviso de despejo

FOI MAIS OU MENOS À ÉPOCA da grande comoção relativa à água-de-colônia que minha vaidade foi não pouco ferida, e meu senso de refinamento igualmente abalado, por uma educada sugestão que recebi do cozinheiro do rancho ao qual, quisera o destino, eu pertencia. Para compreender o problema, um preâmbulo faz-se necessário.

Os marinheiros comuns numa fragata de grande porte estão divididos entre trinta ou quarenta ranchos, designados no livro do almoxarife como Rancho nº 1, Rancho nº 2, Rancho nº 3 etc. Os membros de cada rancho reúnem suas cotas de ração e fazem o desjejum, almoçam e jantam juntos entre os canhões do convés principal a intervalos determinados. Em rotatividade constante, os membros de cada rancho (exceção feita aos oficiais subalternos) se revezam nas funções de cozinhar e servir, competindo aos encarregados temporários de tais funções inspecionar e controlar tudo que diga respeito ao rancho.

É trabalho do rancheiro também manter-se atento aos interesses gerais do grupo; e garantir que, quando as porções agregadas de charque, pão e afins são distribuídas por um dos subchefes do mestre, o rancho por ele presidido recebeu ou não o que lhe cabe, sem restrição ou subtração. Na coberta ele dispõe de uma caixa onde se guardam panelas variadas, colheres e pequenos estoques de açúcar, chá, farinha e melaço.

Não obstante nomeado cozinheiro, estritamente falando o rancheiro nada cozinha; pois toda a comida da tripulação é feita por um alto e poderoso funcionário oficialmente chamado de cozinheiro do navio, auxiliado por vários homens. Em nossa fragata, tal personagem era um refinado cavalheiro de cor, a quem a marujada apelidara Café; já seus auxiliares, também negros, atendiam por apelidos poéticos como Luz do Sol, Água de Rosas e Emergência.

Ora, a cozinha do navio requeria muito pouca ciência, embora nosso Café não raro nos assegurasse que tinha se formado na Astor House, de Nova York, sob os

---

99. *Salt-junk*, no original. A carne salgada era geralmente de porco, pois conservava-se na salmoura melhor que a de vaca (também comum).

olhos presentes dos celebrados Coleman e Stetson.[100] Tudo que ele tinha a fazer era, em primeiro lugar, manter limpos e lustrosos três caldeirões imensos de cobre, nos quais muitas centenas de quilos de charque eram fervidos diariamente. Para tal fim, toda manhã, Água de Rosas, Luz do Sol e Emergência se apresentavam a seus respectivos postos, despidos da cintura para cima e devidamente munidos de areia e pedra-sabão. Valendo-se vigorosamente de ambos, os três entregavam-se a um violento suadouro, conferindo belo polimento ao interior dos caldeirões.

Luz do Sol era o bardo do trio; e enquanto se ocupavam do tinir dos cobres contra a pedra-sabão ele os animava com algumas belas melodias de São Domingo; umas delas era:

Ai! Perdi minha botina
Numa jangada velha.
Ói só, Zé! Foi assim que eu perdi!
Foi no bote do piloto
Que eu perdi minha botina.
Ói só, Zé! Foi assim que eu perdi!
Pega a pedra e areia o cobre,
Pega a pedra e areia o cobre![101]

Quando eu escutava esses prazenteiros africanos, cuja faina assim se alegrava com animadas canções, não conseguia deixar de murmurar imprecações contra a imemorial lei dos navios de guerra, que proíbem os marinheiros de cantar, tal como fazem na marinha mercante, enquanto puxam cabos ou perfazem outras funções. A única música, nessas ocasiões, é o pífaro estridente do guardião do contramestre, quase tão ruim quanto música nenhuma. E, se o guardião do contramestre não está por perto, deve-se puxar os cabos, como condenados, em profundo silêncio; ou conferir unidade ao esforço dos homens entoando mecanicamente *um, dois, três* e então puxando juntos.

Ora, quando Luz do Sol, Água de Rosas e Emergência terminavam de polir os caldeirões do navio — a ponto de uma luva branca de pelica poder deslizar por sua superfície interna sem apresentar qualquer mancha —, eles saltavam de seus

100. Charles A. Stetson e Robert B. Coleman foram proprietários do grande hotel nova-iorquino Astor House entre 1837 e 1875.
101. A canção também aparece num dos possíveis modelos e fontes de Melville, a autobiografia *The Life and Adventures of John Nicol, Mariner*, de 1823.

postos, e a água era fervida para o café. Depois de coado em grandes quantidades, os rancheiros caminhavam em sua direção com as peças de charque do almoço, amarradas e rotuladas; estas eram mergulhadas em conjunto nos mesmos caldeirões e ali fervidas. Em seguida, com o charque devidamente pescado da panela, o que se fazia com um enorme garfo, despejava-se a água para o chá do fim de tarde — cujo sabor, portanto, não diferia ao paladar de uma sopa de carne.

Dito isso, observa-se que, no que concerne a cozinhar, um rancheiro tem muito pouco a fazer; limitando-se a levar sua ração ao enorme caldeirão democrático e dele trazê-la de volta. Não obstante, em alguns aspectos sua função envolve diversos incômodos. Duas vezes por semana, manteiga e queijo são servidos — um tanto para cada homem —, e cabe unicamente ao rancheiro a responsabilidade sobre tais iguarias. A grande dificuldade consiste em prover o rancho dessas delícias de modo a satisfazer todos os homens. Alguns glutões gostam de devorar a manteiga toda numa refeição e acabar com o queijo num só dia; outros lutam para guardá-los para o "dia de baneane", quando nada há além de charque e pão;[102] e outros, ainda, preferem guardar um pouco de manteiga e queijo à guisa de sobremesa para todas as refeições ao longo da semana. Tudo isso dá ensejo a infindáveis disputas, debates e altercações.

Por vezes, com a toalha de rancho — um quadrado de lona pintada — aberta no convés entre os canhões, provida de panelas, marmitas e gamelas, é possível encontrar o rancheiro à cabeça do grupo, sentado sobre um barril de pavio,[103] as pernas das calças dobradas e os braços nus, presidindo o grupo de convivas.

"Homens, hoje não é dia de manteiga. Tô guardando pra amanhã. Vocês não sabem quanto vale a manteiga, marujos. Ei, Jim, tira o casco desse seu pé de cima da toalha! O diabo que me carregue, mas alguns de vocês não têm mais educação que um porco! Rápido, moçada, rápido; é encher a mão e mandar pra dentro... ainda tenho o bolo de amanhã pra fazer, e vocês ficam aí mastigando como se eu num tivesse mais ocupação e pudesse ficar nesse barril aqui assistindo. Fora, fora, marujada... já deu! Zarpa daqui, que eu preciso limpar esse desastre."

Esse era o tom usado conosco por um dos habituais rancheiros do Rancho nº 15. Era um sujeito alto e decidido; fora guarda-freios numa ferrovia e mantinha-nos na linha; suas ordens não admitiam recurso.

---

102. Segundo o uso da expressão na Marinha britânica, trata-se de dia da semana em que não se servia carne aos marinheiros, razão da referência aos baneanos, casta de mercadores indianos conhecida por suas restrições alimentares. No presente caso, o dia de baneane se refere apenas à ração reduzida.

103. Barril com tampa perfurada para segurar fósforos de combustão lenta para acender canhões. O barril traz um pouco de água no fundo para apagar fagulhas.

Mas esse não era o tom quando calhava de ser o turno de outros no grupo. Nessas ocasiões, segundo se dizia, todo cuidado era pouco. A refeição ficava bastante aborrecida, e a digestão, seriamente prejudicada pelas palavras pouco amistosas que ouvíamos sobre nosso naco salgado.

Com alguma frequência me ocorria que nossas porções de carne magra de porco — fervida com a pele e o pelo, macilenta e lúgubre como um cossaco sujo e famélico — talvez tivessem algo a ver com o eriçar de humores que por vezes dominava nosso rancho. Os homens separavam o couro duro da carne como se fossem índios escalpelando cristãos.

Alguns chamavam o rancheiro de canalha enganador, diziam que escondia e furtava nossa manteiga e queijo; vendendo-os a valores extorsivos aos demais ranchos e, assim, acumulando uma principesca fortuna a nossas custas. Outros execravam-no por seu desleixo, lançando olhares de exagerada crítica a panelas e marmitas e raspando-as com suas facas. Por fim, as imprecações lançavam-se contra os seus bolos medonhos e outros preparos fracassados.

Atento a tudo isso desde o começo, eu, Jaqueta Branca, me vi terrivelmente incomodado com a ideia de que, chegada a hora, passaria eu próprio pelas mesmas reprimendas. Como escapar, não sabia. Quando, porém, chegou o terrível momento, recebi as chaves da função (as chaves da caixa de rancho) com resignado humor e ergui aos céus devotas palavras para que me fosse dada coragem de suportar tal provação. Com a ajuda dos céus, estava decidido a fazer-me aceito como excepcional anfitrião, oferecendo-lhes o mais justo dos serviços.

No primeiro dia, havia o bolo a fazer — trabalho de que os rancheiros eram encarregados, embora o cozimento coubesse a Café e seus auxiliares. Decidi entregar-me de corpo e alma àquele bolo; a concentrar nele todas as minhas energias; a infundi-lo de todo o espírito do saber e produzir um alimento sem igual — um bolo capaz de relegar ao esquecimento todos os seus antecessores e eternizar minha memorável administração.

Obtive a farinha do funcionário por ela responsável, bem como as passas; a banha (ou "graxa") vinha de Café e o suprimento necessário de água, do bebedouro. Consultei, então, os vários rancheiros para comparar suas receitas de bolo; e, tendo avaliado todas e recolhido de cada uma um elemento particular que me permitisse elaborar uma receita original, abri os trabalhos com a devida prudência e respeito à liturgia. Depositando os ingredientes numa panela, sovei-os por uma hora, absolutamente indiferente, no que toca ao ruinoso dispêndio do fôlego, a queixas pulmonares; depois de decantada a massa semilíquida num saco de lona, amarrei-o, prendi a etiqueta e entreguei-o a Água de Rosas, que depositou o precioso saco no caldeirão de cobre, junto a muitos outros.

O sino dobrou oito vezes. Os estridores do contramestre e seus guardiões convocavam a marujada para o almoço; minha toalha de rancho estava estendida, e meus companheiros, todos reunidos e prontos, facas em punho, para o assalto ao bolo a que eu tanto me dedicara. Esperando diante da grande cozinha até que fosse chamado, recebi meu saco de bolo e, exibindo-o garbosamente ao rancho, comecei a soltar-lhe a corda.

Foi um momento, pode-se dizer, de grande temor e ansiedade. Minhas mãos tremiam; todos os olhos voltavam-se para mim; minha reputação e dignidade estavam em jogo. Despi o bolo lentamente, aninhando-o sobre os joelhos como uma babá faz com um bebê à hora de dormir. À medida que o tirava do pano, a excitação cresceu; e tornou-se intensa, quando por fim o depositei na panela erguida por uma mão ansiosa para recebê-lo. E... *bim!* Tombou como um homem alvejado num tumulto. Desordem! Era duro como o coração de um pecador; isso mesmo — duro como o galo que cantou no raiar da manhã em que Pedro mentiu.[104]

"Cavalheiros, pelo amor de Deus! Permitam-me falar. Cumpri meu dever para com o bolo... eu..."

Os cavalheiros, porém, deitaram minhas desculpas por terra com um vendaval de imprecações. Um dos presentes propôs aos demais que amarrassem o bolo desgraçado em meu pescoço como um fardo e assim me lançassem ao mar. Não havia o que fazer; eu fracassara; dali em diante, o bolo me pesaria para sempre no fundo do estômago e do coração.

Depois disso, perdi toda a esperança; desprezei a popularidade; e respondi ao escárnio com escárnio; até que minha semana terminou, e no saco do bolo entreguei as chaves da função ao marujo que me sucederia.

De algum modo, nunca houvera muita cordialidade entre mim e os homens do rancho; eles todo o tempo alimentaram preconceitos contra minha jaqueta branca. Devem ter acalentado a estúpida fantasia de que com ela eu ostentava ares de superioridade e a vestia para parecer importante; talvez, como casaco para esconder pequenos furtos do rancho. Porém, para expor a verdade em sua inteireza, eles formavam um grupo longe de ser irrepreensível. A julgar pela

104. Referente ao episódio do Novo Testamento conhecido como "Negação de Pedro". Segundo o livro sagrado, Jesus teria previsto, durante a Última Ceia, que Pedro o renegaria antes que o galo cantasse na manhã seguinte. Depois da prisão de Cristo, Pedro o renegou três vezes; depois da terceira, porém, Pedro ouviu o galo e lembrou-se de seu mestre e chorou.

sequência da narrativa, esse comentário pode ser considerado puramente malicioso; de qualquer forma, não consigo deixar de dizer o que penso.

Depois de minha semana como cozinheiro, o comportamento do rancho em relação a mim mudou bastante; era um sentimento que vinha do fundo do coração; eu agora os sentia todos frios e reservados; raramente ou nunca me dirigindo a palavra durante as refeições sem ressentidos comentários ao meu bolo, assim como à minha jaqueta, que, diziam eles, pingava sobre a toalha de rancho em dias úmidos. Contudo, não pensava que qualquer coisa mais séria de sua parte estivesse sendo preparada; até que, ai!, assim o descobri.

Estávamos reunidos para o jantar num fim de tarde, quando percebi alguns piscares de olhos e silenciosos sinais dirigidos ao rancheiro, que presidia a mesa. Era um sujeito baixinho e ensebado, que no passado vivera de um porão de ostras.[105] Ele gostava muito pouco de mim. Com os olhos voltados para a toalha de rancho, tal sujeito comentou que havia pessoas que não sabiam quando sua ausência era melhor do que sua presença. Sendo essa uma máxima de aplicação geral, é claro que silenciosamente concordei com ela, como qualquer homem razoável o faria. A esse comentário, porém, seguiu-se outro — que não apenas havia pessoas incapazes de reconhecer que sua ausência era melhor do que sua presença, como estas insistiam em permanecer mesmo quando sua companhia não era requerida; de modo a perturbar a paz dos demais. Esta, porém, também era uma observação de cunho geral que não podia ser contestada. Seguiu-se um longo e desagradável silêncio; durante o qual senti que todos voltavam-se a mim e a minha jaqueta branca; enquanto o cozinheiro prosseguia estendendo-se sobre o quanto lhe desagradavam peças de roupa eternamente molhadas sobre o rancho, sobretudo quando brancas. Tudo começava a se esclarecer.

Exatamente — eles estavam me expulsando; mas eu estava decidido a permanecer sentado mais tempo; sem imaginar que o moralista se mostraria mais radical diante dos demais presentes. Mas supondo eu que, por tais rodeios, ele jamais chegaria ao ponto, ele apertou-me mais uma vez; agora me notificando, em suma, de que fora instruído por todo o rancho, ali e então reunido, de que eu devia procurar outro grupo, uma vez que eles não desejavam mais a companhia, fosse minha, fosse de minha jaqueta.

---

105. Tipo de restaurante ou bar que tem a ostra como prato principal. Nos idos de 1850 todas as maiores cidades norte-americanas tinham um *oyster cellar* ou *saloon*, montado no porão para maior duração do gelo utilizado na conservação das ostras, que eram servidas como acompanhamento para a cerveja ou destilado.

Fiquei perplexo. Quanta falta de tato e delicadeza! O senso de decoro sugere que uma intimação de natureza categórica como essa seja comunicada em reservado; ou, o que é melhor, por escrito. Imediatamente me levantei, lancei a jaqueta sobre o ombro e, com uma mesura, parti.

Ora, para fazer justiça a mim mesmo, devo acrescentar que, no dia seguinte, fui recebido de braços abertos por um maravilhoso grupo de camaradas — o Rancho nº 1! —, dentre os quais estava meu nobre capitão Jack Chase.

Tal rancho era formado pelos melhores homens da coberta dos canhões; e, do alto de uma empáfia de todo perdoável, chamavam a si mesmos de Clube do Quarenta e Dois; o que significava que eram, todos eles, gente de grosso calibre intelectual e corpóreo. A toalha de rancho do grupo era muito bem localizada. A estibordo estava o Rancho nº 2, trazendo uma ótima variedade de piadistas e beberrões que acrescentavam alegria epicurista a sua ração salgada e eram conhecidos como Sociedade pela Destruição do Charque. A bombordo estava o Rancho nº 31, todo ele formado de homens de gávea, um grupo vivo e apaixonado de marinheiros, que se autointitulavam Loucos do Horn e Invencíveis do *Neversink*. Do lado oposto, estava um dos ranchos dos fuzileiros, reunindo a fina flor da corporação — os dois cabos, o caixa e o pífaro, além de seis ou oito praças de muito boa educação —, todos nascidos americanos e tendo servido o país nas campanhas contra os seminoles, na Flórida;[106] estes, então, temperavam a ração salgada com histórias de terríveis emboscadas nos pântanos dos Everglades; e um deles relatou um surpreendente caso de seu encontro cara a cara com Osceola,[107]

106. As Guerras Seminoles foram três conflitos (1816-19, 1835-42, 1855-58) ocorridos na Flórida entre os seminoles — nome que abrigava vários grupos de nativos e negros norte-americanos ali estabelecidos no início do séc. XVIII — e o Exército norte-americano, tendo por fundo a ocupação e integração do território da Flórida, antiga possessão espanhola, à União. A ver pela cronologia do romance e a personagem mencionada (Osceola), os homens a bordo do *Neversink* referiam-se ao segundo conflito, derivado da radicalização da política norte-americana de expulsão dos seminoles como um todo da península, vetando-lhes mesmo a porção de terra concedida por acordo à época do primeiro conflito. Os sete anos de embates resultaram na morte de boa parte da população seminole, fosse por batalha, fome ou doença, e sua transferência para o território indígena localizado no atual estado de Oklahoma.

107. Osceola foi um dos maiores líderes seminoles, importante para a reação do grupo após a assinatura do Tratado de Payne's Landing (1832), que os excluía do território da Flórida. Em dezembro de 1835, Osceola reuniu um grupo de homens que matou um agente do governo norte-americano e outros seis homens no Forte King. A ação, concomitante a uma emboscada contra uma coluna de soldados norte-americanos destacada à região, marca o início da Segunda Guerra Seminole. Para Osceola, as diversas providências do governo norte-americano contra a resistência seminole (sobretudo a proibição da venda de armas ao grupo) eram uma clara demonstração de que o Estado os destituía de liberdade; por suas declarações e liderança, Osceola foi alçado, ainda em vida, à condição de símbolo de resistência e da luta indígena no país. Foi capturado em outubro de 1837 e morreu três meses depois, segundo consta por complicações de saúde. Seu enterro contou com honras militares.

o chefe indígena, contra quem lutou certo dia do raiar do sol ao desjejum. Esse impulsivo praça também se gabava de ser capaz de acertar com um tiro uma lasca de madeira presa entre dentes a vinte passos de distância; ele apostava o que fosse para prová-lo; mas, como ninguém aceitava segurar a lasca, a bazófia permanecia inquestionada.

Além das muitas outras atrações oferecidas pelo Clube do Quarenta e Dois, ele ainda tinha uma vantagem especial — por abrigar muitos oficiais subalternos, todos os membros do rancho estavam eximidos da função de rancheiros. Um sujeito chamado de cozinheiro fixo cumpriu tal missão durante toda a viagem. Era um lacaio alto, pálido e macilento, que atendia pela alcunha de Canelas. Durante o calor, esse tal Canelas postava-se à frente do rancho abanando-se com a barra frontal da camisa ou suéter, que vestia deselegantemente para fora das calças. Jack Chase, o presidente do clube, não raro manifestava-se contra essa violação das boas maneiras; mas o cozinheiro fixo tinha sabe-se lá como contraído o hábito, e este provava-se incurável.

Apresentando diante de mim, recém-eleito membro do clube, uma constrangida polidez, Jack Chase tentou, por algum tempo, desculpar-se pela vulgaridade de Canelas. Certo dia ele fechou seus comentários com a seguinte reflexão filosófica: "Mas, Jaqueta Branca, meu querido amigo, o que se pode esperar dele? A verdadeira tristeza é nosso nobre clube estar fadado a tê-lo à frente do rancho".

Havia muitos desses cozinheiros fixos a bordo; homens insignificantes no navio e sem qualquer característica digna de nota; imunes a qualquer impulso de nobreza; desprovidos de aspirações à conquista no mundo e perfeitamente satisfeitos em sovar bolo, estender toalhas de rancho e reunir panelas e marmitas três vezes por dia durante uma viagem de três anos. Eles eram raras vezes vistos no espardeque, permanecendo nos conveses inferiores longe dos olhos de todos.

16

Treinamento de combate num navio de guerra

Para um indivíduo de disposição tranquila e contemplativa, avesso a tumultos, ao empenho excessivo dos membros do corpo e a toda sorte de confusão inútil, nada pode ser mais desagradável do que a manobra conhecida como "exercício de posto de combate", comum a todas as fragatas. Seria mais apropriado falar em *posta* de combate, pois a postas somos, via de regra, reduzidos.

Como o objetivo específico com o qual os vasos de guerra são construídos e postos em serviço é lutar e disparar canhões, faz-se indispensável, é claro, que a tripulação seja devidamente instruída na arte e nos mistérios implicados em tais atividades. Daí o "exercício de posto de combate", que nada mais é do que a convocação de toda a equipagem a seus postos nos canhões dos vários conveses e uma espécie de batalha simulada com um inimigo imaginário.

O chamado se dá por um rufar específico da caixa — um ritmo curto, sincopado, contínuo, arrastado —, em nada diferente do som produzido pelo salto de ferro das botinas de um batalhão de granadeiros em marcha para o confronto. É uma canção convencional, provida de boa melodia; as palavras do refrão, artisticamente bem construído, podem dar uma ideia da ária:

Em nossos navios, corações de carvalho,
Feliz marujada a viver do trabalho,
Prontos e dispostos, sempre estamos
Para a luta e o combate,
Para a luta e o combate.[108]

Quando está quente, passar o tempo entre os canhões é, para dizer o mínimo, muito incômodo e pode lançar um homem tranquilo à mais violenta paixão e transpiração. De minha parte, sempre me foi abominável.

108. A canção em questão é "Heart of Oak" (Coração de carvalho), marcha oficial da Marinha real do Reino Unido. A música foi composta por William Boyce, e a letra escrita pelo ator inglês David Garrick, inicialmente para a ópera. Estreou na festa da passagem do ano de 1759, cantada durante a pantomima de Garrick "A invasão do Arlequim", no Theatre Royal, na Drury Lane.

Meu coração é o de um Júlio César; dada a ocasião, seria capaz de lutar como um Caio Márcio Coriolano.[109] Se meu amado e para sempre glorioso país alguma vez se vir ameaçado por invasores, basta que o Congresso me coloque sobre um cavalo de batalha, na linha de frente, para que se veja *como* me portarei. Mas empenhar-me em suor e faina por um combate fictício; desperdiçar o precioso fôlego do meu corpo numa ridícula luta fingida; correr simulando carregar mortos e feridos aos conveses inferiores; ser informado de que devo imaginar o navio prestes a explodir para exercitar o autocontrole e me preparar para uma explosão real; todas essas coisas eu desprezo — não são dignas de um verdadeiro marinheiro e homem de coragem.

Esses eram meus sentimentos à época, e ainda o são; porém, como a bordo da fragata minha liberdade de pensamento não se estendia à liberdade de expressão, fui obrigado a guardar comigo mesmo tais sentimentos; embora, na verdade, tenha alimentado certa ideia de escrever uma carta, com a indicação "Particular e confidencial", a Sua Excelência, o comodoro, tratando do assunto.

Na bateria de canhões, eu estava lotado nas caronadas de trinta e duas libras, a estibordo do convés principal.[110]

Tal posto não me agradava de modo algum; pois é bem sabido a bordo que, em tempo de ação, o convés principal é um dos lugares mais perigosos de um navio

---

109. Caio Júlio César (100 a.C.-44 a.C.) foi um patrício, líder militar e político romano, cujas ações foram decisivas para a transformação da República Romana no Império Romano. São muitas as fontes que registram seus feitos — desde suas próprias narrativas sobre as campanhas que empreendeu na Gália e durante a Guerra Civil aos discursos de Cícero e a historiografia de Salústio, Suetônio e Plutarco. Caio Márcio Coriolano foi um general romano cuja existência remonta ao séc. V a.C. O poder que acumulou o levou ao exílio e, em seguida, a uma tentativa de tomada da cidade de Roma. Ambas as personagens foram objeto de dramas históricos de William Shakespeare.

110. Para o benefício de um ou outro leitor quacre, uma ou duas palavras de explicação sobre uma caronada não serão fora de propósito. A caronada é um canhão comparativamente curto e leve, dado seu calibre. Uma caronada que lança uma peça de 32 libras pesa consideravelmente menos do que um canhão longo capaz tão somente de disparar obuses de 24 libras. Ademais, também difere de um canhão longo por girar sobre parafuso e porca, sem os cotos ou munhões laterais. Sua carreta é igualmente diversa da do canhão longo, dispondo de uma espécie de mecanismo de arrasto, algo como a peça de extensão de uma mesa de jantar; o ganso sobre ela, porém, é duro e abominavelmente recheado dos mais indigestos bolinhos. Em alça zero, a distância atingida pelo projétil de uma caronada não excede cento e quarenta metros, bem menos do que um canhão longo. Quando de grosso calibre, porém, ela lança a tal distância morteiros, bem como todas as formas de bomba e combustível, com bastante eficiência, sendo a curtas distâncias uma máquina capaz de grande destruição. Essa peça de artilharia é hoje muito comumente encontrada nas baterias das Marinhas britânica e norte-americana. Os armamentos dos conveses principais da maioria das fragatas modernas consistem, em totalidade, de caronadas. O nome advém do vilarejo de Carron, na Escócia, em cujas célebres fundições esse Átila de aço foi pela primeira vez forjado. (Nota do Autor)

de guerra. A razão disso é que ali estão lotados os oficiais do mais alto escalão; e o inimigo tem modos bem pouco cavalheirescos de mirar em seus botões. Se por acaso nos deparássemos com um navio, quem poderia garantir que algum atirador perito, munido de arma leve e lotado na gávea do inimigo, não acertaria um tiro em *mim*, no lugar do comodoro? Se eles *o* acertassem, não tenho dúvida de que seria coisa pouca, ele estava acostumado a isso e até tinha uma bala dentro do corpo. Quanto a *mim*, não estava de forma alguma acostumado àquela dança de balas azuis zunindo de forma indiscriminada em meus ouvidos. Além disso, nosso navio era uma nau capitânia; e todos sabem o particular perigo que se corria no convés principal da nau de Nelson durante a Batalha de Trafalgar,[111] quão cheias de soldados estavam as gáveas do inimigo, disparando saraivadas de balas contra o almirante inglês e seus oficiais. Quantos não foram os pobres marinheiros, postados nos canhões daquele convés, que receberam balas dirigidas às dragonas?

Admitindo candidamente meus sentimentos acerca do assunto, não anulo de modo algum minha reivindicação de ser visto como um homem de prodigioso valor. Apenas dou expressão a meu absoluto repúdio a ser alvejado no lugar de outra pessoa. Caso venha a receber um tiro, que seja com a plena consciência do atirador de que a bala se destinava a mim. Aquele trácio que, não sem cumprimentos, lançou uma flecha contra o rei da Macedônia na qual se lia "Para o olho direito de Filipe" deixou a todos os guerreiros um belo exemplo.[112] Os modos afobados, apressados, desleixados, descuidados e indiferentes com que marinheiros e soldados lutam hoje em dia é realmente doloroso a qualquer cavalheiro apreciador da responsabilidade e do método, sobretudo se ele teve a oportunidade de sistematizar os próprios pensamentos como guarda-livros ou auditor fiscal. Não há qualquer habilidade e bravura dignas de registro. Dois grupos, armados de chumbo e aço, permanecem envoltos numa nuvem de fumaça e atiram sem discernimento para onde quer que seja. Se estiver no caminho, você é alvejado; morto, talvez; caso contrário, você escapa. Nas batalhas em alto-mar, se por boa

---

111. Batalha naval entre franceses, espanhóis e ingleses que se deu no cabo de Trafalgar, na costa espanhola, em 21 de outubro de 1805, constitui um dos grandes episódios das Guerras Napoleônicas. Pôs frente a frente dois dos maiores almirantes e estrategistas navais da história moderna: o almirante Villeneuve, líder da esquadra franco-espanhola, e o almirante Nelson, líder da frota britânica. Graças à habilidade militar de Nelson, os franceses não lograram em seu intento de invadir a ilha britânica.

112. Filipe II, rei da Macedônia, foi fundamental para a transformação da Macedônia na potência militar que seu filho, Alexandre, o Grande, expandiria a toda a extensão do mundo conhecido pelos gregos. Filipe II foi muitas vezes ferido em batalha; em luta pelo controle da cidade de Metona, sob domínio ateniense, perdeu o olho direito.

ou má sorte, a depender da circunstância, um projétil de canhão, disparado a esmo através da fumaça, calhar de destruir seu mastro de traquete, enquanto outro arrebenta o seu timão, você fica ali aleijado, à mercê do inimigo; que, por sua vez, pronuncia-se vencedor, embora tal honra caiba propriamente à lei da gravidade, que determinou o percurso da bala do inimigo através da fumaça. Em vez de lançar chumbo e aço aos ares sem qualquer critério, seria muito mais amigável, portanto, lançar um cara ou coroa.

A caronada em que eu estava lotado era conhecida como Canhão nº 5, designada na relação do primeiro lugar-tenente.[113] Entre os artilheiros da tripulação, contudo, ela era conhecida como Beth Negra. O nome lhe fora atribuído pelo capitão da peça — um belo negro — em homenagem a seu amor, uma mulher de cor da Filadélfia. Eu era o calcador e limpador de Beth Negra; e assim eu calcava e limpava, com empenho. Não tenho dúvida de que, tivéssemos estado, eu e minha caronada, na Batalha do Nilo,[114] teríamos os dois conhecido a fama eterna; o soquete estaria pendurado na abadia de Westminster; e eu teria me tornado nobre por vontade do rei, além de ter recebido a ilustre honra de uma carta autografada de Sua Majestade através da perfumada destra de seu secretário particular.

Mas era um trabalho terrível auxiliar na locomoção daquela esplêndida massa de metal para dentro e para fora da portinhola, em especial porque tudo precisava ser feito num piscar de olhos. Então, intimados por um terrível e áspero guizo erguido pelo capitão em pessoa, éramos obrigados a correr de nossos canhões, tomar de lanças e pistolas e repelir um batalhão imaginário de invasores que, por ficção dos oficiais, supostamente assaltava de uma só vez ambos os flancos da embarcação. Depois de cortados e picotados, operação que tomava algum tempo, corríamos de novo aos canhões e voltávamos a nos acotovelar.

Enquanto isso, ouve-se um grito de "Fogo! Fogo! Fogo!", na gávea de proa; e uma bomba d'água, cuja operação ficava aos cuidados de um grupo de marinheiros nativistas do Bowery,[115] é imediatamente providenciada para lançar torrentes de água ao alto. E então é "Fogo! Fogo! Fogo!" no convés principal; e o navio inteiro entra em tão grande agitação que é como se uma cidade inteira estivesse em chamas.

---

113. Os diferentes postos a serem assumidos pelos oficiais, a equipagem em momentos de confronto e os nomes dos homens relacionados a cada um eram divulgados em listas conhecidas como *quarter-bills*.

114. Ver nota 381.

115. Referência aos Bowery Boys, grupo nativista, anticatólico e anti-irlandês baseado na região norte do distrito de Five Points, em Nova York, em meados do séc. XIX.

Por acaso nossos oficiais da Marinha são totalmente estranhos às leis da boa saúde? Não sabem eles que esse exercício violento, logo após um sólido almoço, como geralmente acontece, é eminentemente calculado para cultivar a dispepsia? Não existe prazer no ato de comer; o sabor de cada porção na boca é destruído pelo pensamento de que, no instante seguinte, a caixa da canhonada pode soar para o exercício de posto.

Tão violento como disciplinador era nosso capitão que, às vezes, éramos acordados à noite e tirados de nossas macas; quando então se dava uma cena que não cabe a pena e tinta descrever. Quinhentos homens subitamente de pé, vestindo-se, recolhendo as macas, correndo às trincheiras para guardá-las; correndo em seguida a seus postos — esbarrando uns nos outros —, abaixo e acima; uns de uma forma, outros de outra; e, em menos de cinco minutos, a fragata inteira está pronta para a ação, imóvel como um túmulo; quase a totalidade dos homens precisamente onde deveria estar, caso estivéssemos prestes a travar combate com um inimigo. O artilheiro, como um mineiro da Cornualha numa caverna, está entocado no paiol de pólvora sob a praça-d'armas, iluminado por lanternas de batalha colocadas atrás do vidro translúcido dos olhos de boi inseridos no anteparo. Os porta-cartuchos, meninos que buscam e carregam cartuchos, trotam de um lado para o outro em meios aos canhões; e o primeiro e segundo municiadores permanecem a postos para receber os suprimentos.

Os assim chamados porta-cartuchos desempenham um importante papel na ação. A entrada do paiol de pólvora na coberta, onde eles procuravam o alimento dos canhões, é protegida por uma tela de lã; e, atrás dela, um subchefe do mestre-artilheiro distribui os cartuchos através de uma pequena abertura, ou gateira, do diâmetro de um braço. As balas do inimigo (fumegantes, talvez) voam em todas as direções; para proteger os cartuchos, os porta-cartuchos sofregamente os embalam em suas jaquetas; e a toda velocidade sobem as escadas na direção de seus respectivos canhões como garçons de bar, apressando-se de um lado para o outro com bolos quentes para o desjejum.

Nos exercícios de posto de combate, as lanternetas são descobertas; revelando os balins, também chamados bagos — nome que lhes é bastante apropriado, pois lembram precisamente um cacho de uvas; embora receber um cacho de uvas de aço no abdômen seja uma triste sobremesa —; e as metralhas — toda a sorte de ferro-velho, mantido numa caixa de lata, como uma lata de chá.

Imagine uma embarcação noturna navegando na direção de seu inimigo assim disposto — canhões de vinte e quatro libras elevados, fogo feito nos estopins e cada capitão a postos em suas baterias!

Porém, fosse o caso de se empenhar verdadeiramente numa batalha, então o *Neversink* teria de fazer ainda outros preparativos; pois, embora semelhantes em alguns aspectos, realidade e fingimento trazem — quando bem observados — enorme diferença entre si. Para não falar no duro palor do semblante dos homens postados diante dos canhões em tal conjuntura, e os pensamentos engasgados em seus corações, o próprio navio, aqui e ali, apresentaria uma aparência bastante diversa. Algo como os preparativos para uma grande festa numa enorme mansão, quando as portas-camarão são todas recolhidas, os quartos convertidos em salas de recepção e cada polegada de espaço transformado num todo contínuo. Pois antes da ação todos os anteparos são postos abaixo; enormes bocas de fogo são enfiadas pelas janelas do gabinete do comodoro; nada mais separa os quartéis dos oficiais da praça-d'armas dos quartéis dos marinheiros comuns, senão uma bandeira marítima fazendo as vezes de cortina. As caixas de rancho dos marinheiros são lançadas para dentro do porão; as macas de hospital — das quais todo navio de guerra traz um grande suprimento — são arrastadas para fora do paiol de velas e deixadas à mão, numa pilha, para receber os feridos; e mesas de amputação são dispostas na carlinga ou no paiol de massame, para operar os corpos dos mutilados. As vergas são presas a correntes; proteção antifogo é distribuída por toda a parte; balas de canhão são empilhadas entre as armas; cartuchos de bala são suspensos pelas vigas do convés para que permaneçam à mão; e buchas imensas, enormes como queijos holandeses, são amarradas à lateral das carretas dos canhões.

Também não seria pouca a diferença visível entre as vestimentas dos oficiais e as dos marinheiros. Os oficiais geralmente lutam como os dândis dançam, isto é, em meias de seda, uma vez que, se alvejados na perna, a peça de seda pode ser mais facilmente tirada pelo cirurgião; enquanto as de algodão prendem-se à pele e invadem a ferida. Um capitão econômico, tomando o cuidado de cobrir as pernas com seda, pode não obstante julgar apropriado preservar seu melhor traje e ir à luta em roupas gastas. Pois, não bastasse o fato de um velho traje ser mais apropriado a ficar em pedaços, há de ser tremendamente desagradável morrer num paletó duro, de peito apertado, ainda não lasseado nos sovacos. Em tais ocasiões, o homem deve se sentir à vontade, desimpedido e perfeitamente livre no que toca a suspensórios e cintas. Nenhum rancor em relação a seu alfaiate deve se intrometer em seus pensamentos acerca da eternidade. Sêneca[116] bem o sabia,

116. Lúcio Aneu Sêneca (4 a.C.-65) foi um filósofo estoico e um dos mais importantes intelectuais do Império Romano. De sua obra, que chega a nossos dias bem preservada, constam

quando escolheu morrer nu em uma banheira. E os marinheiros de uma fragata pensam o mesmo; pois a maioria deles, em batalha, nada usa da cintura para cima; vestindo tão somente um par de calças de linho e um lenço ao redor da cabeça.

Um capitão que combinasse um cuidadoso patriotismo com economia provavelmente "amarraria" o velho velame de mezena antes de se iniciar a batalha, em vez de expor suas melhores velas para serem reduzidas a farrapos; pois é o que geralmente acontece quando a artilharia do inimigo voa alto. A menos que, ao mirar o canhão, seja dada uma margem adicional, a uma longa distância, o menor movimento do navio no momento do tiro faz com que uma bala endereçada ao casco acabe passando por cima das vergas de sobrejoanete.

Mas, além das diferenças entre uma falsa batalha no exercício de posto de combate e uma canhonada real, o aspecto do navio ao bater em retirada seria, no último caso, bem diverso, em termos de uniformidade e organização, do primeiro.

Depois de uma canhonada real, nossa amurada poderia assemelhar-se aos muros das casas da West Broadway, em Nova York, após estas serem invadidas e incendiadas pela Turba Negra.[117] Nossos robustos mastros e vergas poderiam estar caídos sobre os conveses, como galhos de árvore depois de um tornado atravessar um bosque; de nossos cabos pensos, cortados e rompidos em todas as direções, pingaria alcatrão como se cada verga sangrasse; e, repleta dos destroços de nossas tábuas feridas, a coberta dos canhões mais pareceria uma oficina de carpintaria. E então, quando tudo tivesse acabado e toda a marujada fosse orientada pelo pífaro a desamarrar as macas da trincheira da borda (fazendo as vezes dos fardos de algodão em New Orleans), encontraríamos estilhaços de artilharia, balas e parafusos enfiados em nossas cobertas. E à medida que o cirurgião e seus assistentes, cobertos de sangue como açougueiros, se dedicassem à amputação de braços e pernas na coberta, um subordinado da divisão do mestre-carpinteiro estaria dando novos braços e pernas às cadeiras e mesas do camarote do comodoro; enquanto o resto de seu esquadrão emendaria e recolheria as vergas e mastros desarvorados. Com o último córrego de sangue devidamente drenado, o convés

---

tragédias, tratados filosóficos e cartas. Viveu sob os reinados de Cláudio, quando foi acusado de adultério e exilado, e Nero, de quem foi professor e conselheiro. Acusado de conspirar contra o imperador, foi condenado ao suicídio.

117. Melville se refere aos Tumultos Antiabolicionistas (ou *Farren Riots*). Em julho de 1834, na esteira de enfrentamentos verbais entre apoiadores e opositores da abolição da escravatura, a cidade de Nova York conheceu quatro noites de levantes antiabolicionistas que destruíram casas, negócios, igrejas e outros pontos relacionados aos abolicionistas, bem como regiões mais pobres da cidade (como Five Points) em que os negros formavam contingente populacional expressivo.

e as cobertas seriam lavados; e os cozinheiros do navio correriam de um lado para o outro borrifando vinagre quente nas tábuas para delas eliminar o cheiro da carnificina; o qual, a não ser pelo emprego de tais meios, não raro cria um miasma brutalmente ofensivo por semanas inteiras após a batalha.

Por fim, reunidos os homens e feitas as chamadas de quarto à luz de uma lanterna de batalha, muitos homens feridos, com os braços em tipoias, responderiam em nome de algum pobre companheiro de faina que jamais poderia voltar a responder por si mesmo:

"Tom Brown?"

"Morto, senhor."

"Zé Joia?"

"Morto, senhor."

"Jão Pedra?"

"Morto, senhor."

Ao lado dos nomes desses pobres sujeitos, as folhas de chamada de quarto seriam assinaladas em vermelho-sangue — a tinta do assassino, adequadamente usada em tais ocasiões.

17

Largar! Segundo, terceiro e quarto escaleres, largar!

FOI NA MANHÃ SEGUINTE a um desses exercícios de posto de combate que resgatamos um salva-vidas, avistado à deriva nas imediações do navio.

Era uma massa circular de cortiça, de aproximadamente vinte centímetros de espessura e um metro e vinte de diâmetro, coberta com lona alcatroada. Ao redor de toda a circunferência prendiam-se nós de onde partiam cordas que terminavam em curiosas cabeças de turco.[118] Eram os cabos salva-vidas, destinados aos náufragos. No miolo da cortiça havia uma vara enfiada na transversal, menor do que uma haste de lança. Todo o salva-vidas estava ornado de vieiras, e suas laterais emaranhadas em algas marinhas. Golfinhos surgiam e brincavam ao seu redor, e um pássaro branco planava em torno do topo da vara. Havia muito tempo que devia ter sido lançado ao mar para salvar algum pobre náufrago que provavelmente se afogou, o salva-vidas flutuou para longe.

Os homens do castelo de proa o pescaram à vante; e a marujada aglomerou-se em torno dele.

"Azar! Azar!", exclamou o capitão da latrina.[119] "Não vai demorar pra gente ficar com um a menos."

O tanoeiro do navio — cujas funções incluem verificar se os salva-vidas estão em ordem — saiu de perto do grupo.

Nos vasos de guerra, noite e dia, semana após semana, dois salva-vidas são mantidos pendurados à popa; e dois homens, com machadinhas nas mãos, caminham de um lado para o outro, preparados, ao primeiro aviso, para cortar-lhes a corda e lançá-los ao mar. Como sentinelas em guarda, eles são rendidos a cada duas horas. Cuidados similares não são adotados nas marinhas mercante ou baleeira.

Profundamente atentas à preservação da vida humana são, portanto, as regulações de um navio de guerra; e raras vezes houve melhor ilustração de tal preocupação do que durante a Batalha de Trafalgar, quando, depois de "muitos

---

118. Um dos muitos tipos de nó utilizados a bordo de uma embarcação.

119. Na Marinha norte-americana, homem encarregado da latrina comum do navio, instalada na proa.

milhares" de marinheiros franceses, segundo lorde Collingwood, terem sido aniquilados e, segundo relatórios oficiais, seiscentos e noventa ingleses terem sido mortos ou feridos, os capitães dos navios restantes ordenaram que as sentinelas salva-vidas deixassem seus mortíferos canhões e fossem para seus postos de vigilância, como oficiais da Sociedade Filantrópica.[120]

"Ali, Batoque!", gritou Escaramuça, um dos homens da âncora d'esperança.[121] "Tá aí um bom modelo pra você; vê se faz um par de salva-vidas feito esse; alguma coisa capaz de salvar um homem, não que fique cheio d'água e afunde junto com ele, feito o que vai acontecer com esses seus barris furados assim que a gente precisar deles. Um dia desses eu quase que caí da proa; quando subi de volta, resolvi dar uma olhada neles. As tábuas estavam todas abrindo. Que horror! Imagine você cair ao mar e se ver afundando em cima dos salva-vidas que você mesmo fez... o que me diz disso?"

"Nunca subo o cordame e não pretendo cair no mar", respondeu Batoque.

"Cuidado com o que diz!", devolveu o homem da âncora d'esperança. "Vocês que ficam a passeio pelos conveses aqui e ali estão mais perto do fundo do mar do que o marinheiro ligeiro que solta a vela mais alta do mastro principal. Presta atenção, Batoque... presta atenção!"

"Presto, sim", retrucou Batoque. "Você também!"

No dia seguinte, mal nasceu o sol, despertei em minha maca com o grito de "Marinheiros ao convés! Rizar velas!". Subindo as escadas, soube que, das mesas de guarnição, um marinheiro fora ao mar;[122] e, lançando um olhar à popa, pude perceber, a partir dos gestos dos presentes, que as sentinelas haviam lançado os salva-vidas.

Soprava uma brisa fresca; veloz, a fragata singrava as águas. Mas os mil braços de quinhentos homens logo a viraram de bordo e refrearam seu avanço.

"Estão vendo o homem?", gritou o oficial do quarto de vigia com seu porta-voz, chamando os homens da gávea do mastro principal. "Homem ou salva-vidas, estão vendo alguma coisa?"

"Nada, senhor", foi a resposta.

"Largar escaleres!", foi a ordem seguinte. "Trompete! Convocar as tripulações do segundo, terceiro e quarto escaleres. Marinheiros ao cordame!"

---

120. Ver notas 111 e 161.

121. Além das âncoras de leva, uma fragata traz consigo enormes âncoras em sua messa de guarnição à vante, as chamadas âncoras d'esperança. Daí chamarem-se os velhos marinheiros lotados nessa parte do navio de guerra de homens da âncora d'esperança. (Nota do Autor)

122. Ver capítulo 76.

Em menos de três minutos, as três embarcações estavam no mar. Mais marinheiros foram requisitados num deles e, entre outros, embarquei para substituir a tripulação ausente.

"Agora, homens, remar! Atenção para onde apontam os remos, e olho vivo!", exclamou o oficial de nosso escaler. Por algum tempo, no mais absoluto silêncio, subimos e descemos navegando sobre a espuma dos imensos vagalhões do mar, mas sem sucesso.

"Não adianta", disse o oficial. "Ele se foi, seja lá quem for. Remar, homens, remar! Logo eles vão nos chamar de volta."

"E que se afogue!", retrucou um dos homens ao remo. "Acabou com a minha folga."

"Quem era o pobre-diabo?", perguntou outro.

"Alguém que morreu sem conhecer caixão!", respondeu um terceiro.

"Meus amigos, por ele ninguém jamais vai anunciar 'Marinheiros, encomendar o morto'!", disse um quarto.

"Silêncio", ordenou o oficial, "e olho vivo." Mas os dezesseis remadores continuaram a falar; e, depois de remar por duas ou três horas, avistamos a bandeira no topo do mastaréu de joanete de proa nos convocando de volta e retornamos a bordo, sem qualquer sinal mesmo dos salva-vidas.

Os botes foram içados, as vergas estaiadas, e assim seguimos adiante — com um homem a menos.

"Toca mostra!", foi, então, a ordem. Chamados um por um, verificou-se que o tanoeiro era o único ausente.

"Eu disse, marujada", falou o capitão da latrina, "disse que logo perderíamos um homem."

"Batoque, não é?", devolveu Escaramuça, o homem da âncora d'esperança. "Eu avisei que os salva-vidas dele não salvavam um homem se afogando; agora ele viu que eu tava certo!"

18

O universo de um navio de guerra numa casquinha de noz

FOI PRECISO ENCONTRAR ALGUÉM que ocupasse o lugar do tanoeiro; desse modo, comunicou-se àqueles que se mostravam aptos ao ofício que se reunissem à volta do mastro principal para que um deles pudesse ser escolhido. Treze homens atenderam ao chamado — circunstância ilustrativa do fato de que muitos bons artesãos abandonam seus ofícios e o mundo para servir num navio de guerra. De fato, da tripulação de uma fragata podem-se destacar homens de todos os ofícios e vocações, de um pároco pecador a um ator arruinado. A Marinha é asilo para o pervertido, lar para o desafortunado. Aqui, os filhos da adversidade encontram a prole da calamidade, e aqui a prole da calamidade encontra o rebento do pecado. Reúnem-se aqui corretores falidos, engraxates, fura-greves e ferreiros; enquanto funileiros, relojoeiros, copistas, sapateiros, doutores, agricultores e advogados, todos perdidos de suas próprias vidas, comparam experiências e conversam sobre os velhos tempos. Náufragos de uma praia deserta, os homens da tripulação de um navio de guerra poderiam rapidamente erguer e fundar uma Alexandria por si próprios e provê-la de tudo quanto concorra à invenção de uma capital.

Com muita frequência, veem-se na coberta dos canhões todos os ofícios em ação ao mesmo tempo — tanoagem, carpintaria, alfaiataria, funilaria, ferragem, cordoaria, pregação, jogatina e quiromancia.

A bem da verdade, um navio de guerra é uma cidade flutuante, com longas avenidas onde se veem canhões no lugar das árvores e inúmeras vias umbrosas, gramados e trilhas desusadas. O convés principal é uma grande praça, parque ou campo de marte, com um enorme olmo, como o de Pittsfield,[123] sob a forma do mastro principal, numa ponta, e o palácio da cabine do comodoro, na outra.

---

123. Os olmos são árvores que podem alcançar, em média, os trinta metros de altura. O velho olmo de Pittsfield foi por mais de um século uma referência da cidade (que cresceu em seu entorno) e do estado, Massachusetts, e inspiração para artistas da Nova Inglaterra, como Melville e Hawthorne, que viveram em suas imediações. Quando foi cortado, em 1864 (havia o risco de que atraísse raios), atingira a altura de quarenta metros. Pela contagem de seus anéis, estima-se que tenha vivido mais de trezentos anos.

Ou ainda, um navio de guerra é uma cidade elevada, cercada de muralhas e ocupada por exércitos, como Quebec, onde os passeios públicos são em sua maioria trincheiras, e os pacíficos cidadãos cruzam sentinelas armadas a cada esquina.

Ou ainda é como um prédio de apartamentos em Paris, porém de cabeça para baixo — sendo o primeiro andar, ou convés, alugado por um lorde; o segundo, por um seleto grupo de cavalheiros; o terceiro, por multidões de artesãos; e o quarto, por uma turba de gente comum.

Pois é exatamente assim uma fragata, onde o comandante tem uma cabine inteira e o espardeque para si, os lugares-tenentes têm a praça-d'armas logo abaixo, e a massa de marinheiros balança em suas macas abaixo de todos.

E com suas longas fileiras de portinholas, cada qual revelando o focinho de um canhão, um navio de guerra lembra uma casa de três andares nalguma parte mal-afamada da cidade, com um porão de profundidade indefinida e sujeitos mal-encarados à espreita nas janelas.

19

A jaqueta no alto do mastro

DEVO MAIS UMA VEZ chamar atenção a minha jaqueta branca, que na mesma época quase me levou à morte.

Meu humor tende ao reflexivo, e no mar eu costumava subir à gávea à noite, sentar-me numa das vergas superiores, cobrir-me com minha jaqueta e perder-me em pensamentos. Em alguns navios em que fiz isso, os marinheiros costumavam pensar que eu fosse algum estudioso da astronomia — o que, em certa medida, era realmente o caso — e que meu objetivo em subir à gávea era ter uma melhor perspectiva das estrelas, supondo, evidentemente, que eu fosse míope. Alguns dirão se tratar de uma ideia bastante estúpida, mas não é o caso — pois, decerto, a vantagem de se aproximar sessenta metros de um objeto não deve ser subestimada. Estudar as estrelas sobre a amplidão infinita do mar é tão divino quanto era aos magos caldeus, que observavam as revoluções celestes da planície.[124]

E é um sentimento bastante reconfortante, que nos funde com o universo das coisas e nos transforma em parte do Todo, pensar que, por onde quer que nós, peregrinos dos oceanos, naveguemos, teremos as mesmas, vetustas e gloriosas estrelas a nos fazer companhia; que elas continuarão a brilhar a nossa frente e para todo o sempre, lindas e luzentes, seduzindo-nos, com cada um de seus raios, para nelas nos perdermos e nelas conhecermos a glória.

Sim! Sim! Nós, marinheiros, não navegamos em vão. Expatriamo-nos para ganhar cidadania do universo; e, em todas as nossas viagens ao redor do mundo, ainda somos acompanhados daquelas velhas circum-navegadoras, as estrelas, companheiras de bordo e de faina — singrando o azul do céu como nós o azul dos mares. Que os mais afetados façam pouco de nossas mãos calejadas, de nossas unhas sujas de alcatrão — eles alguma vez apertaram mãos mais verdadeiras

---

124. Citação de *A peregrinação de Childe Harold*, do poeta inglês lorde Byron: "Como o caldeu, ele sabia observar as estrelas/ Até que as povoava de seres brilhantes/ como seus próprios raios [...]". (Canto III, Estrofe XIV). A Caldeia era uma pequena nação semítica surgida entre os sécs. X e IX a.C., habitante das terras pantanosas da região sudeste da Mesopotâmia. Sobreviveu até meados do séc. VI a.C., período após o qual foi assimilada às demais populações nativas da Babilônia.

que as nossas? Que sintam nossos valorosos corações batendo como o malho nas bigornas quentes que são nossos peitos; que com o âmbar nos punhos de suas bengalas sintam nossos nobres corações e constatem que estes batem com a explosão de canhões de trinta e duas libras.

Oh! Quem me dera tivesse novamente a vida do aventureiro pelos mares — o júbilo, a emoção, a ação! Quem me dera mais uma vez te sentisse, velho mar!, mais uma vez sobre a tua sela. Estou cansado dos aborrecimentos e preocupações de terra firme; cansado da poeira e da fuligem das cidades. Que mais uma vez escutasse o estrépito do granizo sobre os icebergs e não o esforço arrastado dessa gente mole que abre penosamente seu caminho tedioso do berço ao caixão. Quem me dera sentir teu perfume, brisa do mar!, e gritar de alegria no espargir de tuas águas. Permiti-me, deuses do mar! Intercedei por mim junto a Netuno, ó doce Anfitrite, que nenhum torrão desta aborrecida terra caia sobre o meu caixão![125] Que meu seja o túmulo que engoliu o Faraó e suas hostes;[126] que no fundo do mar eu descanse ao lado de Drake.[127]

Mas, quando Jaqueta Branca fala sobre a vida do aventureiro, ele não se refere à vida num navio de guerra, que, com suas formalidades marciais e milhares de vícios, fere como uma adaga no coração a alma leve dos mais nobres navegantes.

Como disse, eu tinha o hábito de subir à gávea e lá ficar refletindo; e assim fiz na noite que se seguiu ao desaparecimento do tanoeiro. Antes que fosse rendido em meu turno no topo do mastro principal, me recostei na verga de sobrejoanete. A jaqueta branca envolvia-me como o sobretudo congelado em torno de *sir* John Moore.[128]

O sino dobrava as oito,[129] meus companheiros de turno se apressavam ao encontro de suas macas, o outro quarto ocupava seus postos, a gávea abaixo de mim estava repleta de estranhos, mas trinta metros acima *deles* eu estava em transe; ora cochilando, ora sonhando; ora pensando em coisas passadas, ora ocupando-me

---

125. Na mitologia grega, Anfitrite era uma deusa do mar, mulher de Poseidon (ou Netuno).
126. Referência a Êxodo 15:3-5: "O Senhor é homem de guerra; o Senhor é o seu nome. Lançou no mar os carros de Faraó e o seu exército; e os seus escolhidos príncipes afogaram-se no Mar Vermelho. Os abismos os cobriram; desceram às profundezas como pedra". O afogamento do faraó e seu exército faz parte da última das dez pragas do Egito, quando Deus abre as águas do mar Vermelho para a passagem dos judeus.
127. Francis Drake (1540-96) foi um capitão inglês, que de corsário foi alçado à condição de vice-almirante durante o reinado de Elizabeth I da Inglaterra. Foi o segundo no comando das naus inglesas que derrotaram a Invencível Armada espanhola em 1588.
128. *Sir* John Moore (1761-1809) foi soldado britânico e general, conhecido por introduzir importantes mudanças no treinamento militar. Morreu na Batalha de Coruña (donde é conhecido como Moore de Coruña), durante as Guerras Napoleônicas. Sabe-se que foi enterrado no chão coberto de gelo da batalha.
129. Isto é, oito badaladas, marcando, neste caso, meia-noite. Ver nota 52.

da vida futura. O último tema mostrou-se bastante oportuno, pois a vida porvir estava muito mais próxima de me surpreender do que eu então podia imaginar. Por fim, talvez já estivesse mais ou menos consciente de uma voz trêmula gritando da gávea na direção do sobrejoanete. Porém, se assim aconteceu, a consciência logo voou para longe de mim, deixando-me no Lete.[130] Mas quando, como num relâmpago, a verga cedeu sob mim e, instintivamente, agarrei-me com ambas as mãos ao amantilho, voltei a mim num piscar de olhos e senti como que uma mão apertando minha garganta. Por um instante pensei que a corrente do Golfo[131] em minha cabeça me engoliria num torvelinho rumo à eternidade; mas no instante seguinte vi-me de pé; a verga fora arriada à altura da pega; sacudindo-me em minha jaqueta, senti que saíra ileso e vivo.

Quem teria feito aquilo? Quem teria atentado contra a minha vida?, pensei comigo, enquanto descia o cordame.

"Aí vem ele!... Deus do céu! Aí vem ele! É branco feito uma maca."

"Quem está vindo?", gritei, saltando para dentro da gávea. "Quem é branco feito uma maca?"

"Meu pai santíssimo, Bill, é o Jaqueta Branca... mais uma vez esse inferno de gente!"

Aparentemente, eles tinham avistado um ponto branco movendo-se no topo e, como sói aos marinheiros, tomaram-me pelo fantasma do tanoeiro; e depois de terem me chamado e pedido que descesse, para testar minha materialidade, sem obter resposta, decidiram, por medo, largar a adriça.

Furioso, tirei a jaqueta e a lancei ao convés.

"Jaqueta", disse eu, enérgico, "precisas mudar de aparência! Precisas correr aos responsáveis pela tinta e te tingir, caso contrário, não sobreviverei. Tenho só uma vida, jaqueta, e não posso perdê-la. Não posso consentir ser assim atingido em *teu* nome, mas em *meu* nome precisas ser tingida. Podes ser tingida muitas vezes sem qualquer prejuízo; mas eu, seguidamente atingido, me exponho a perda irreparável e a correr o risco eterno."

---

130. Lete significa, literalmente, "esquecimento", em grego. A palavra também dá nome a um dos cinco rios do Hades, o mundo dos mortos. Diz a mitologia que os que bebessem ou tocassem sua água experimentariam o completo oblívio.

131. A corrente do Golfo é uma corrente marítima veloz do oceano Atlântico. Sua origem está no golfo do México, donde sua alta temperatura (importante para a manutenção do clima em ambos os continentes); ela passa pelo estreito da Flórida, subindo pela costa leste dos Estados Unidos para, então, seguir à Europa. Sua existência já era documentada pelo navegador espanhol Ponce de León; coube, porém, a Benjamin Franklin um primeiro estudo de sua formação.

Assim, pela manhã, de jaqueta em punho, me encaminhei ao primeiro lugar-tenente e relatei-lhe o risco que correra durante a noite. Fui enfático na descrição dos perigos mais gerais de ser confundido com um fantasma pelos marinheiros e pedi-lhe com firmeza que por um instante relaxasse suas ordens e solicitasse a Pincel, o capitão do paiol de tintas, um pouco de tinta preta para que, assim, eu pintasse minha jaqueta.

"Olhe para ela", acrescentei, erguendo-a. "O senhor já viu algo mais branco? Imagine como brilha durante a noite, mais ou menos como um pedaço da Via Láctea. O senhor não pode recusar um pouco de tinta."

"O navio não tem tinta a desperdiçar", ele disse. "Vai ter que se virar sem ela."

"Senhor, toda chuva me deixa ensopado; o cabo Horn está próximo... seis pincéis de tinta a tornariam à prova d'água; e eu nunca mais correria risco de vida!"

"Não posso fazer nada; vai embora!"

Sinto que, chegando ao fim de minha vida, as coisas não ficarão bem para mim; pois, se meus pecados só serão perdoados se da mesma forma eu perdoar aquele insensível e indiferente primeiro lugar-tenente, não haverá perdão para mim.

Quê? Recusar uma demão de tinta que transformaria um fantasma em homem, uma rede de arenques numa gabardina? Estou farto. Sem mais.

20

Como se dorme num navio de guerra

Basta por ora de falar sobre minha desafortunada jaqueta; permitam-me passar à minha maca, e às tribulações que por ela experimentei.

Deem-me espaço o bastante para me balançar nela; permitam-me balançar entre duas tamareiras numa planície da Arábia; ou esticá-la entre colunas mouriscas no mármore exposto do Pátio dos Leões, em Alhambra;[132] ou suspender-me num elevado promontório do Mississippi, onde ora atravessamos o puro éter, ora estamos sobre a verde relva; ou oscilar como um pêndulo sob o fresco domo da catedral de são Pedro; deixem-me cair envolto por ela, como num balão, do mais elevado do céu, tendo todo o firmamento para me embalar e vaguear — e eu não trocaria minha maca feita da mais tosca lona pelo grande baldaquino no qual, como uma suntuosa carruagem, enfia-se e embrulha-se um rei quando este passa a noite no Palácio de Blenheim.[133]

Quando se dispõe do espaço requerido, sempre se tem retrancas em sua maca; isto é, dois bastões horizontais, um de cada lado, que servem para manter as pontas separadas e criar um amplo vazio entre elas, onde você pode se virar à vontade — deitado de um lado ou de outro; de costas, se for do seu agrado; ou ainda esticar as pernas; em suma, relaxar; pois, dentre todas as estalagens, sua cama é a melhor.

Quando, porém, a sua maca está entre outras quinhentas, comprimida, esmagada de todos os lados, na coberta das macas de uma fragata, a terceira de cima para

---

132. Alhambra é um importante complexo palaciano e fortaleza localizado na cidade e município de Granada, na Espanha. Dotado de deslumbrante decoração, nele habitavam o monarca muçulmano da dinastia nacérida e a corte do Reino de Granada. O Pátio dos Leões, construído por um vizir judeu, é conhecido por sua fonte sustentada por doze leões, referência às doze tribos de Israel.

133. O Palácio de Blenheim é um palácio rural, situado em Woodstock, Oxfordshire, na Inglaterra. Construído entre 1705 e 1722, foi projetado e erguido sob ordens do rei inglês em homenagem a John Churchill, primeiro duque de Marlborough, comandante inglês na Batalha de Blenheim (1704) contra franceses e bávaros, ocorrida no Sacro Império Romano-Germânico, durante a Guerra de Sucessão Espanhola. Lutas políticas levariam Marlborough posteriormente ao exílio; a residência, porém, permaneceu em poder dos Churchill. Foi ali que nasceu o primeiro-ministro britânico *sir* Winston Churchill.

baixo; quando suas retrancas são proibidas por claríssimo édito saído da cabine do capitão; e cada homem ao seu redor é ciosamente zeloso dos direitos e privilégios de sua própria maca, tal qual estabelecidos por lei e costume; *nesse* caso a maca se transforma em sua Bastilha,[134] seu cárcere de lona; na qual e da qual tão difícil é entrar quanto sair; e onde dormir não passa de troça, de palavra sem sentido.

Quarenta e cinco centímetros por homem é tudo que lhe dão; quarenta e cinco centímetros de largura — *esse* é o espaço que se tem para balançar. Que horror! Dá-se mais espaço num cadafalso.

Nas noites quentes dos trópicos, sua maca parece uma caçarola; onde você cozinha até quase ouvir o frigir da própria pele. Em vão todos os estratagemas de ampliar suas acomodações. Ai de você, se o virem insinuar as botas ou quaisquer outros artigos à ponta da maca, à guisa de retranca. Dos mais próximos aos mais distantes, toda a fileira a que você pertence sente num instante a ocupação indevida e se agita até que se descubra o culpado e seu leito seja restrito ao espaço que lhe cabe.

Em pelotões e esquadrões, todos se deitam no mesmo nível; e as alças das macas se cruzam e recruzam em todas as direções, como se formassem uma imensa cama de campanha, estendida a meio caminho entre o teto e o chão; espaço que mede aproximadamente um metro e meio.

Numa noite muito quente, durante uma calmaria, quando estava tão quente que somente um esqueleto tinha condições de estar confortável (pela corrente de ar que lhe passasse por entre os ossos), depois de me empapar em meu próprio suor, desci discretamente da maca. Pensei comigo: vamos ver agora se, por meu engenho, não consigo chegar a um meio de ter espaço para respirar e dormir ao mesmo tempo. Já sei. Vou colocar minha maca abaixo de todas as outras; e então — ao menos nesse nível independente e próprio — terei toda a coberta para mim. Assim, desci minha maca ao ponto desejado — a aproximadamente oito centímetros do chão — e nela me deitei novamente.

Mas, ai!, esse arranjo transformou minha maca num tal semicírculo que minha cabeça e meus pés se alinharam, enquanto minhas costas curvaram-se indefinidamente na direção do convés — como se um arqueiro gigante me usasse de arco.

Havia ainda outro plano, contudo. Estiquei a maca com toda a minha força, de modo a colocá-la inteiramente *acima* das fileiras de leitos de um lado e de outro.

---

134. Antiga prisão em Paris que, durante a Revolução Francesa, tornou-se símbolo da opressão da Monarquia contra o povo, tendo sido por este invadida e destruída. A Queda da Bastilha, em 14 de julho de 1789, desencadeou a violência que resultaria na deposição do rei Luís XVI.

Feito isto, num último esforço, nela subi — mas foi ainda pior! Minha desafortunada maca estava tesa e reta como uma tábua; e ali eu estava — estirado, com o nariz praticamente tocando o teto, como um homem morto contra a tampa do caixão.

Por fim, resignei-me a voltar ao meu antigo nível e refletir sobre a loucura, própria a quem vive sob governos arbitrários, de lutar para permanecer *acima* ou *abaixo* daqueles que a legislação coloca em igualdade consigo mesmo.

Falar em macas me faz recordar um ocorrido que se deu certa noite no *Neversink*. Ele se repetiu umas três ou quatro vezes, com resultados diversos, porém não fatais.

O quarto de folga dormia profundamente na coberta, onde reinava perfeito silêncio, quando um súbito estrondo e um grito acordaram todos os marinheiros; e as barras de um par de calças brancas desapareceram subindo as escadas da escotilha de popa.

Corremos na direção do grito e encontramos um homem caído no convés; uma das alças de sua maca correra, fazendo com que sua cabeça caísse perto de três balas de canhão, provavelmente postas ali de propósito. Quando se descobriu que o homem era suspeito havia muito de ser um informante em meio à tripulação, pouca surpresa e ainda menos prazer se manifestaram por ele ter sobrevivido por um triz.

21

Uma razão pela qual os marinheiros dos navios de guerra vivem geralmente tão pouco

NÃO POSSO DEIXAR A QUESTÃO das macas sem fazer menção a uma injustiça entre os marinheiros digna de desagravo.

Num navio de guerra no mar, os marinheiros permanecem em regime de quartos alternados; isto é, num intervalo de vinte e quatro horas, eles entram e saem de serviço a cada quatro. Ora, o toque de tirar as macas das trincheiras (o espaço aberto para guardá-las, que corre sobre os balaústres da amurada) soa um pouco depois do pôr do sol; e o toque de arrumá-las, quando o turno da manhã é chamado, às oito horas; de modo que, durante o dia, elas permanecem inacessíveis enquanto leito. Não haveria qualquer problema com isso, caso os marinheiros tivessem uma noite completa de sono; porém, noite sim, noite não, seus turnos permitem apenas quatro horas de sono nas macas. Na verdade, deduzindo o tempo dado ao turno seguinte para lhe render, e para você suspender a própria maca e nela subir e dormir de fato, pode-se dizer que, noite sim, noite não, você tem, quando muito, três horas de sono. Tendo, portanto, estado sobre o convés por dois turnos de quatro horas, às oito da manhã é chegado o seu turno de folga na coberta das macas, e você fica livre de atribuições até o meio-dia. Sob tais circunstâncias, um marinheiro mercante vai para o beliche e tira proveito de boas horas de sono. Num navio de guerra, porém, não existe tal possibilidade; sua maca está guardada na trincheira, e ali permanecerá até o cair da noite.

Mas talvez haja um canto para você nalgum lugar ao longo das baterias da coberta dos canhões, onde possa desfrutar de aprazível cochilo. Como não é permitido recostar-se a bombordo da coberta de canhões (área reservada como passagem para os oficiais que seguem para seu salão de fumantes no resbordo da proa), resta aos marinheiros apenas a área a estibordo. No entanto, boa parte desse espaço é ocupada por carpinteiros, veleiros, barbeiros e tanoeiros. Em suma, são tão poucos os cantos onde se pode dormitar durante o dia numa fragata que nem mesmo um dentre dez homens de quarto, que permaneceram oito horas sobre o convés, tiram um cochilo que seja até a noite seguinte. Repetidas vezes, depois de, por sorte, ter conseguido um lugar, fui dele despejado por algum funcionário destacado para mantê-lo safo.

Nas imediações do cabo Horn, o que fora desconfortável tornou-se de fato uma provação. Totalmente encharcado pela surriada das águas à noite, por vezes dormi de pé no espardeque — tremendo enquanto dormia —, à falta de sono em minha maca.

Durante três dias dos mais tempestuosos, foi-nos dado o privilégio da coberta (noutras ocasiões terminantemente interditada), onde se permitiu que estendêssemos as jaquetas e cochilássemos pela manhã depois de oito horas de exposição noturna. Esse privilégio, contudo, era risível. Para não falar em nossas jaquetas — usadas como cobertor — completamente ensopadas, a surriada descia pelas escotilhas e mantinha as tábuas do assoalho da coberta molhadas; tivessem nos permitido pendurar as macas, teríamos balançado por sobre a inundação. De qualquer maneira, tentamos permanecer tão aquecidos e confortáveis quanto nos fosse possível, sobretudo nos mantendo próximos e, na ausência do calor de uma fogueira ao lado, produzindo um pouco de vapor. Talvez vocês já tenham visto como se encaixotam os corpos dirigidos à ilustração das aulas de um professor-cirurgião. Assim permanecíamos — pés e cabeças alinhados, rostos sempre às costas, encaixados uns nos outros na altura das coxas e dos joelhos. A umidade de nossas jaquetas, assim densamente reunidas, logo começava a evaporar. Contudo, era como se despejassem água quente para que não congelássemos. Era como se estivéssemos "embalados" nos lençóis ensopados das águas medicinais de uma casa terapêutica.

Essa posição não podia ser preservada por um considerável período de tempo sem uma mudança de lado. Três ou quatro vezes durante as quatro horas que se seguiram fui despertado de meu cochilo molhado pelo grito áspero de um sujeito que fazia as vezes de cabo na ponta posterior de minha fileira. "Dorminhocos, atenção! Preparar para girar!", e, num duplo movimento, todos virávamos juntos e nos víamos de frente para o corrimão de popa, em vez do gurupés. Porém, por mais que você virasse, seu nariz acabava grudado às costas vaporosas tanto de um quanto do outro, em ambos os flancos. A mudança de odores advinda do movimento trazia-nos algum alívio.

Mas por que razão, depois de labutar por oito tempestuosas horas no convés, à noite, não se permite à tripulação de um navio de guerra a humilde recompensa de um cochilo seco de quatro horas no dia seguinte? Por quê? O comodoro e o capitão, bem como o primeiro lugar-tenente, o capelão, o comissário de bordo e muitos outros, todos têm *a noite inteira recolhidos*, como se estivessem hospedados num hotel em terra firme. E os aspirantes a lugar-tenente têm seus catres à disposição sempre que queiram, e mais do que isso — como apenas um deles é exigido à frente do turno, e eles são muitos, de modo que podem dividir entre si tal dever, tais oficiais permanecem no convés apenas quatro a cada doze horas de repouso. Em alguns casos, a proporção é ainda maior. Enquanto, com o povo, são quatro horas sim, quatro horas não, continuamente.

Por que razão, então, os marinheiros comuns têm de passar tão maus bocados nesse quesito? Seria a coisa mais simples do mundo deixá-los armarem suas redes para um cochilo durante o dia. Mas não; tal procedimento seria um atentado à integridade dos acontecimentos diários de um navio de guerra. Parece indispensável ao efeito pitoresco do espardeque que as macas permaneçam invariavelmente guardadas do nascer ao pôr do sol. Mas a principal razão — razão que tem sancionado muitos abusos neste mundo — é que "não há precedentes". Marinheiros dormindo em suas macas durante o dia, depois de oito horas de exposição a uma tempestade madrugada adentro, é coisa que praticamente escapa aos registros da Marinha. Façamos, no entanto, justiça à memória imortal de alguns capitães: registram os autos da Marinha que, nas imediações do cabo Horn, eles *concederam* macas à tripulação pela manhã. Que Deus abençoe tais oficiais de bom coração; e que eles e seus descendentes — em terra firme ou alto-mar — tenham um sono bom e agradável enquanto viverem, e uma sesta jamais sonhada quando morrerem.

É no tocante a coisas como as que perfazem o assunto deste capítulo que decretos especiais do Congresso são exigidos. Saúde e conforto — tanto quanto possam ser obtidos segundo as circunstâncias — deveriam ser legalmente garantidos à tripulação dos navios de guerra; e não deixadas ao capricho e juízo de seus comandantes.

22

Lavar roupa e limpar a casa num navio de guerra

ALÉM DAS OUTRAS TRIBULAÇÕES RELACIONADAS a sua maca, você tem de mantê-la limpa e branca como neve. Quem nunca atentou às longas fileiras de imaculadas macas expostas nas trincheiras de um navio de guerra, onde, ao longo do dia, ao menos a parte externa delas toma um ar?

Daí que sejam regularmente designadas algumas manhãs para que façamos a faxina das macas; essas manhãs são chamadas manhãs de esfrega-macas; e furioso é o esfregar que nelas tem lugar.

A operação começa antes de o dia nascer. Toda a marinhagem é convocada, e ao chamado todos comparecem. O convés inteiro é coberto de macas, a popa e proa; considere-se um homem de sorte se encontrar espaço suficiente para nele esticar a sua própria. De joelhos, quinhentos homens esfregam a sujeira com escovas e vassouras; acotovelando-se, comprimindo-se, brigando entre si pelo uso da água ensaboada uns dos outros; enquanto todo o sabão do comissário por eles utilizado cria uma só e indiscriminada espuma.

Por vezes, você descobre que, às escuras, esteve o tempo todo esfregando a maca do vizinho em vez da sua. Mas é tarde demais para começar de novo; pois agora a ordem é que cada homem avance com sua maca para que esta seja amarrada a uma estrutura de cordas de pano em forma de rede e, uma vez içada ao alto, ali seque.

Feito isto, reúna sem demora suas blusas e calças e, no convés já inundado, dê início aos trabalhos de lavanderia. Você não tem qualquer balde ou bacia para si — o próprio navio é um imenso tanque de roupa, onde toda a marujada lava e enxágua, enxágua e lava, até que finalmente se dá a ordem de prender as roupas, para que elas também sejam içadas para secar.

Sobre as três cobertas, então, tem início a zorra, operação de limpeza assim chamada em virtude do estranho nome conferido ao principal instrumento empregado.[135] Trata-se de uma enorme pedra plana com longas cordas amarradas

135. Zorra: tijolo ou pedra em forma de paralelepípedo outrora usado para esfregar o convés nas baldeações de pedra e areia.

em cada ponta, as quais servem para que a pedra deslize, de um lado para o outro, sobre os conveses molhados e cobertos de areia; a mais desagradável das atividades, digna de um cão, de um escravo nas galés. Nos cantos e nos pontos mais recônditos, entre mastros e canhões, usa-se uma pedra menor, conhecida como devocionário, uma vez que o devoto dela ocupado precisa ficar de joelhos para utilizá-la.

Por fim, ocorre uma grande inundação, e os conveses são implacavelmente surrados com lambazes secos. Depois disso, um instrumento notável — uma espécie de enxada de couro — é usado para puxar e absorver os últimos pingos e filetes de água das tábuas. Sobre o tal rodo, penso em escrever um memorial e lê-lo diante da Academia de Artes e Ciências. É dos mais curiosos instrumentos e tarefas.

Mais ou menos ao tempo em que todas essas operações são concluídas, o sino dobra oito, e todos são convocados ao desjejum sobre o convés alagado e absolutamente desconfortável.

Ora, na condição de marinheiro comum, Jaqueta Branca protesta com veemência contra a religiosa e diária inundação das três cobertas de uma fragata. Em épocas sem sol, as dependências dos marinheiros ficam permanentemente úmidas; de modo que mal se pode sentar sem correr o risco de uma lombalgia. Um velho marinheiro reumático da âncora d'esperança, chegou ao ponto de costurar um pedaço de vela alcatroada no fundilho das calças.

Que os oficiais asseados e aprumados que tanto amam ver um navio de limpeza imaculada, que promovem vigorosa caçada ao homem que por acaso deixa cair uma migalha de bolacha no convés quando o navio oscila com o mar, que todos eles balancem em suas macas com os marinheiros; e logo ficarão enjoados desse encharcar diário dos conveses.

Seria o navio uma bandeja de madeira para ser esfregado todas as manhãs antes do desjejum, mesmo com os termômetros a zero grau, e todos os marinheiros de pés descalços sob a inundação com eritemas? Enquanto isso, o navio traz consigo um médico bem ciente da grande máxima de Boerhaave:[136] "Mantenha os pés secos". Ele tem uma grande quantidade de pílulas para dar quando você é acometido de febre, em consequência dessas atividades; mas jamais protesta no princípio — como seria seu dever — contra a causa da febre.

---

136. Herman Boerhaave (1668-1738) foi um químico, botânico e médico holandês de renome europeu. É lembrado como fundador do ensino clínico e "pai da fisiologia". Sua máxima "*Simplex sigillum veri*", isto é, "a simplicidade é a marca da verdade", ecoa na sentença lembrada pelo narrador.

Durante as agradáveis noites de vigília, os oficiais a passeio, do alto de suas botas de salto, atravessam os conveses com os pés tão secos quanto os dos israelitas; no raiar do dia, no entanto, volta o roncar das águas, e os pobres marinheiros são quase tragados por elas, como os egípcios no mar Vermelho.[137]

Ah, quantas febres, gripes e calafrios não surgem! Não há forno aconchegante, grelha ou lareira para irmos; não — a única maneira de mantermo-nos aquecidos é alimentar a raiva abrasadora e imprecar contra o costume de todas as manhãs de um navio de guerra serem dedicadas à faxina.

Imagine a cena. Digamos que você vá a bordo de um navio de combate, e nele encontre tudo escrupulosamente limpo; você vê todos os conveses safos e luminosos como as calçadas de Wall Street numa manhã de domingo; não se depara com sinal de dormitório para marinheiros; e maravilha-se ante a mágica que possibilitou tudo isso. Pois leve em conta que, nessa estrutura a um só tempo complexa e desimpedida, praticamente mil mortais têm de dormir, comer, lavar-se, vestir-se, cozinhar e levar a cabo todas as necessidades e funções comuns ao ser humano. O mesmo número de homens em terra firme decerto formaria um vilarejo. É portanto crível que esse extraordinário asseio e, em especial, esse *desimpedimento* de um navio de guerra seja atingido senão pelos mais rigorosos éditos e um sacrifício radical, no tocante aos marinheiros, dos confortos domésticos da vida? Que fique claro, os próprios marinheiros em geral não reclamam dessas coisas; estão habituados a elas; mas o homem pode se habituar aos mais duros costumes. E é porque se habitua que por vezes não se queixa.

De todos os navios de guerra, os americanos são os mais excessivamente limpos e por isso têm grande reputação; do mesmo modo, sua disciplina geral é a mais arbitrária.

Na Marinha britânica, a tripulação rancha à vontade em mesas que, entre as refeições, são içadas do caminho. Os marinheiros americanos rancham no convés e pegam suas bolachas quebradas, ou "farelos de aspirante", como aves no entorno de um celeiro.

Mas se esse desimpedimento numa fragata americana é, de todo modo, tão desejável, por que não imitar os turcos? Na Marinha turca não existem caixas de rancho; os marinheiros enrolam seus utensílios num capacho e os deixam sob um canhão. Tampouco têm macas — eles dormem em qualquer lugar do convés em seus próprios "gregos". Ademais, do que um homem de um navio de guerra mais

137. Ver nota 126.

precisa para se abrigar do que a própria pele? Nela há espaço o bastante; e, se ao menos soubesse como girar a própria espinha como uma vareta de espingarda, seria espaço suficiente para se virar sem perturbar o vizinho.

Entre todos os marinheiros de fragata, é uma máxima que navios muito asseados são como o Tártaro para a tripulação,[138] e talvez se possa afirmar, sem prejuízo da verdade, que, quando se vê um navio em tais condições, algum tipo de tirano se avizinha.

A bordo do *Neversink*, como noutros navios nacionais, prolongava-se a zorra dos conveses como punição aos homens, em particular quando as manhãs eram brutalmente frias. Esse é um dos castigos que um lugar-tenente de turno pode, livre de qualquer constrangimento, impor à tripulação sem que infrinja o estatuto que reserva unicamente às mãos do capitão o poder de punir.

O horror que os marinheiros dos navios de guerra têm por essas prolongadas zorras sob clima frio e desconfortável — com os pés descalços expostos à surriada das inundações — é ilustrado numa estranha história, bastante disseminada entre eles e curiosamente tingida de suas proverbiais superstições.

O primeiro lugar-tenente de uma chalupa de guerra inglesa, severo disciplinador, estava particularmente preocupado com o asseio do tombadilho. Numa dura manhã de inverno em alto-mar, quando a tripulação já lavara, como sempre, aquela parte da embarcação e guardara as zorras, esse oficial foi ao convés e, depois de inspecioná-lo, ordenou que de novo se trouxessem as zorras e devocionários. Descalçando mais uma vez os sapatos de seus pés congelados e enrolando as barras das calças, a tripulação ajoelhou-se para a tarefa; e, em posição de suplicantes, silenciosamente invocou uma maldição contra o tirano; rogando, uma vez que retornasse à coberta, que nunca mais deixasse a praça-d'armas com vida. As súplicas aparentemente foram atendidas; pois, logo depois de ter sido acometido de um derrame paralisante à mesa do desjejum, o primeiro lugar-tenente foi retirado da praça-d'armas dos oficiais com os pés à frente, morto. Depois de baldeado o cadáver no mar — assim diz a história —, as sentinelas no passadiço deram-lhe as costas.

Para que se faça justiça à parcela humana e sensível do rol dos capitães da Marinha americana, é preciso acrescentar que *eles* não são tão exigentes, sem-

138. Na mitologia grega, o Tártaro é o Mundo Inferior. É personificado por um dos chamados deuses primordiais, de mesmo nome, nascido a partir do Caos. No Tártaro se encontram as mais profundas cavernas e grutas do reino de Hades, o mundo dos mortos, lugar para onde são enviados todos aqueles que desafiam os desígnios dos deuses do Olimpo.

pre e em quaisquer condições climáticas, com a manutenção da imaculada limpeza dos conveses; tampouco obrigam os homens a esfregarem as tábuas até que brilhem e a polirem as cravilhas de arganéu; mas dão a toda aquela estrutura cheia de ornamento uma bela demão de tinta preta, que é mais adequada à guerra, conserva melhor e dispensa os marinheiros de um aborrecimento perpétuo.

23

Representações dramáticas num navio de guerra

O *Neversink* passara seu último Natal no verão equatorial; e agora se destinava a celebrar o Quatro de Julho no inverno[139] e em latitudes não muito distantes do frígido cabo Horn.

É por vezes o costume na Marinha americana celebrar esse feriado nacional dobrando a dose de bebida permitida aos homens; quer dizer, desde que o navio esteja ancorado num porto. Os efeitos desse plano patriótico podem ser facilmente imaginados: o navio inteiro é convertido num bar; e os marinheiros embriagados tropeçam de um lado para o outro, em todas as três cobertas, cantando, gritando e brigando. Esse é o momento em que, graças à disciplina relaxada do navio, antigas e quase esquecidas disputas são reavivadas sob o estímulo da bebida; e, ocupando os espaços de entre os canhões — como quisessem um lugar desimpedido com pelo menos três paredes —, os oponentes, aos pares, lutam e extravasam seu ódio, à maneira de soldados que, confinados e cercados em baías, duelassem numa guarita de vigília. Em suma, têm lugar cenas que nem por um único instante seriam toleradas pelos oficiais em qualquer outra ocasião. Esse é o momento em que os mais veneráveis dos contramestres e mestres-artilheiros, juntamente com os mais jovens aprendizes e marinheiros que jamais tinham se embebedado durante a viagem — é o momento em que todos rolam juntos no mesmo cocho enlameado da bebida.

Rivalizando com os potentados da Idade Média, alguns capitães aumentam o estardalhaço autorizando a liberação generalizada dos prisioneiros que, nesse auspicioso quarto dia, estejam sob confinamento na cadeia do navio, o brigue.

Felizmente, porém, o *Neversink* estava livre de cenas que tais. Além de o navio estar próximo de região perigosíssima do oceano — o que teria feito da embriaguez dos marinheiros um ato de loucura —, sua completa carência de grogue, mesmo para o consumo diário, era um obstáculo incontornável, ainda que o

139. É interessante observar que o Quatro de Julho, data em que se celebra a independência norte-americana, se dá no verão do hemisfério Norte.

capitão estivesse disposto a permitir que sua tripulação incorresse nas mais desbragadas libações.

Por muitos dias que antecederam o advento da data comemorativa, foram frequentes as reuniões na coberta dos canhões tratando da melancólica situação em que o navio se encontrava.

"Triste... triste demais!", exclamou um gajeiro. "Pensem nisso, homens... um Quatro de Julho sem grogue!"

"Vou descer a flâmula do comodoro a meio-mastro nesse dia", suspirou o quartel-mestre de sinalização.

"Ah, Bandeira, meu velho, e eu vou virar do avesso meu melhor traje de uniforme para fazer companhia à flâmula", respondeu, compassivo, um dos homens da guarda de popa.

"Sim, faça isso!", fez-lhe coro um homem do castelo de proa. "Sou capaz de chorar só de pensar nisso."

"Sem grogue pro dia que testou as força dos homi",[140] soluçou Luz do Sol, o cozinheiro do navio.

"Quem vai querrer ser uma *djanque* agorra?", gritou um gajeiro da gávea de proa, mais holandês que um chucrute.

"É esse os fruto que a liberdade dá?", perguntou, comovido, um irlandês do poço a um velho espanhol da âncora d'esperança.

Em geral se observa que, de todos os americanos, os cidadãos nascidos no exterior são os mais patrióticos – em especial no que toca ao Quatro de Julho.

Mas como poderia o capitão Claret, pai de sua tripulação, ver com indiferença a dor de seus filhos do mar? Não poderia. Três dias antes da data – com o clima ainda bastante agradável para aquelas latitudes –, foi tornado público que se dava permissão para que os marinheiros organizassem a representação teatral que desejassem, com a qual fizessem as honras ao que se celebrava.

Algumas semanas antes de o *Neversink* partir em viagem – aproximadamente três anos antes do período aqui tratado –, alguns dos marinheiros tinham se unido para comprar, num esforço coletivo, um conjunto de figurinos de teatro com o objetivo de diversificar a monotonia da permanência em portos estrangeiros por semanas com ocasionais apresentações no palco – embora, se algum dia houve um teatro contínuo no mundo, com representações noite e

---

140. A fala de Luz do Sol cita a primeira frase de *The American Crisis* (1776), do herói revolucionário norte-americano Thomas Paine: "*These are the times that try men's souls*".

dia e sem quaisquer intervalos entre atos, um navio de guerra é esse teatro, e suas tábuas o próprio palco.

Os marinheiros com quem o plano se originara tinham servido em outras fragatas americanas, nas quais se concedia à tripulação o privilégio de encenar peças. Qual não foi sua frustração quando, fazendo petição ao capitão, num porto peruano, para a encenação do muito admirado *O grumete gatuno*[141] sob a patronagem pessoal do próprio, tal dignatário garantiu-lhes que já eram muitos os grumetes gatunos a bordo e que não era necessário aumentar-lhes o número fazendo-os surgir da coxia.

Assim, os figurinos foram guardados no fundo das sacolas dos marinheiros, que, *à época*, mal poderiam imaginar que eles um dia sairiam dali enquanto o capitão Claret estivesse no comando.

Mas imediatamente após o anúncio do fim do embargo, uma vigorosa preparação foi iniciada para celebrar o Quatro de Julho com particular alegria. Destinou-se um espaço ao teatro logo abaixo do espardeque, a meia-nau, e o quartel-mestre de sinalização recebeu ordens de emprestar suas bandeiras para decorá-lo à maneira mais patriótica.

Como a parte da tripulação mais afeita ao teatro ensaiara trechos de variadas peças com alguma frequência, durante a viagem, para espantar o tédio das vigílias, já não era necessário tempo para o aperfeiçoamento dos papéis.

Assim, na mesma manhã em que a concessão fora feita pelo capitão, o seguinte anúncio, um cartaz em letras garrafais, foi encontrado preso ao mastro principal na coberta dos canhões. Era como se um programa da Drury Lane[142] tivesse sido pregado no Monumento de Londres.[143]

---

141. *Confissões de um homem de temperamento errático, ou O grumete gatuno*, é uma obra da escritora inglesa Amelia Opie (1769-1853), autora prolífica do período romântico inglês e destacada abolicionista.

142. Drury Lane é rua localizada no limite leste de Covent Garden, região central de Londres. Ao longo do séc. XVII foi residência nobre; porém, no séc. XVIII tornou-se uma das regiões mais pauperizadas da cidade, tomada pela prostituição, bares e teatros populares. Toma seu nome de *sir* William Drury, cavaleiro da Ordem da Jarreteira (a mais importante ordem de cavaleiros britânica) durante o reinado de Elizabeth I.

143. O Monumento ao Grande Incêndio de Londres, mais conhecido como *The Monument*, é uma torre de pedra de sessenta metros de altura, em estilo dórico romano, localizada próximo à Ponte de Londres. O grande incêndio de 2 a 5 de setembro de 1666 destruiu a Londres medieval, cingida pela muralha romana, e chegou a ameaçar distritos da aristocracia e bairros pobres da periferia da cidade. Além da catedral de São Paulo e grande parte dos prédios administrativos, estima-se que cerca de 90% da população da cidade perdeu suas casas. Não há registro do número de mortos.

TEATRO CABO HORN

* * * * * * * *

Grande celebração do Quatro de Julho

APRESENTAÇÃO VESPERTINA

ATRAÇÃO SENSACIONAL

A VELHA CARRUAGEM TOMBADA!

JACK CHASE . . . . PERCY MASTARÉU

ESTRELAS DE PRIMEIRA GRANDEZA

Oportunidade única

O VERDADEIRO MARINHEIRO IANQUE

- -

Os gerentes do Teatro Cabo Horn pedem licença para informar aos habitantes do Pacífico e do Atlântico Sul que, na tarde do dia 4 de julho de 184-, terão a honra de apresentar o admirável drama

A VELHA CARRUAGEM TOMBADA!

Comodoro Flâmula .... *Tom Brown, do traquete*
Capitão Monóculo .... *Ned Estai, da guarda de popa*
Timoneiro do comodoro .... *Joe Beliche, da lancha*
Velho Bolina .... *Contramestre Ataúde*
Prefeito .... *Maré-alta, do castelo de proa*
PERCY MASTARÉU .... JACK CHASE
Srta. Perdida de Amor .... *Cabeleira, da guarda de popa*
Toddy Moll .... *Frank Jones*
Sall Gin com Açúcar .... *Dick Flecha*

Marinheiros, fuzileiros, atendentes de bar, policiais, soldados, recrutadores, vereadores, gente de terra firme em geral.

* * * * * * * *

VIDA LONGA AO COMODORO! // ENTRADA GRATUITA.

* * * * * * * *

Encerramento com a canção muito admirada de Dibdin, modificada para servir a todos os marinheiros americanos e intitulada

O VERDADEIRO MARINHEIRO IANQUE

O Verdadeiro Marinheiro Ianque (caracterizado), Patrick Flinegan, capitão da latrina

A apresentação começa com "Salve, Colúmbia", executada pela banda de metais.
Chamada para as atividades aos três toques, à tarde.
Marinheiros não serão admitidos em mangas de camisa. Respeito à ordem requerido.
O mestre-d'armas e os cabos estarão presentes para a manutenção da ordem.

Diante dos sinceros pedidos dos marinheiros, Lemsford, o poeta da coberta dos canhões, deixou-se convencer e escreveu a programação. E, nessa ocasião específica, suas habilidades literárias não foram de modo algum subestimadas, mesmo pelos menos dotados de intelecto a bordo. Tampouco se deve omitir que, antes de a programação ser publicada, o capitão Claret, fazendo as vezes de censor e grão-tesoureiro, passou os olhos numa cópia manuscrita de *A velha carruagem tombada* para ver se seu conteúdo trazia qualquer coisa calculada para alimentar a insatisfação da tripulação contra as legítimas autoridades a bordo. Fez objeção a algumas partes, mas, por fim, autorizou-as todas.

A manhã do Quatro de Julho — a mais ansiosamente aguardada — despontou limpa e aprazível. A brisa era constante; o ar, de um frio revigorante; todos os marinheiros, sem exceção, esperavam uma tarde alegre. Mostraram-se, assim, falsas as profecias de alguns velhos resmungões aversos às representações teatrais, que tinham antecipado um vendaval que colocaria abaixo todos os arranjos da coxia.

Como havia homens cujos turnos regulares, no momento da apresentação, poderiam levá-los às gáveas ou ainda às adriças e outros cabos de laborar de sobre o espardeque — o que lhes vetava, portanto, participar da celebração —, foram muitas e divertidas as cenas, pela manhã, de marujos ansiosos à procura de quem os substituísse em seus postos. Ao longo do dia, muitos olhares temerosos foram lançados a barlavento; mas o tempo ainda prometia permanecer firme.

Por fim, o povo foi chamado ao almoço; o sino dobrou duas vezes; e, logo em seguida, todos que podiam deixar seus postos correram a meia-nau. As barras do cabrestante foram colocadas sobre caixas de munição, como nas missas de domingo, oferecendo assentos para a audiência, enquanto um palco baixo, equipado pelo mestre-carpinteiro e seus homens, foi construído numa das pontas do espaço aberto. A cortina constituía-se de uma enorme bandeira da Marinha, e as amuradas ao redor tinham sido ornadas com as bandeiras de todas as nações. Os dez ou doze membros da banda de metais estavam dispostos em fila ao pé do palco, os instrumentos polidos à mão, enquanto o pomposo capitão da banda em pessoa fora elevado sobre a carreta de um canhão.

Precisamente aos três toques do sino, um grupo de oficiais da praça-d'armas surgiu da escotilha à popa e sentou-se em bancos de acampamento numa posição central, com a bandeira nacional, de listras e estrelas, servindo-lhe de dossel. *Esse* era o camarote real. Os marinheiros olharam a sua volta à procura do comodoro; mas nem o comodoro, nem o capitão honraram o povo com sua presença.

Ao sinal da corneta, a banda tocou "Salve, Colúmbia" sob o acompanhamento de todos os espectadores, como em Drury Lane quando "Deus salve o rei" é executado depois de uma grande vitória nacional.[144]

Ao disparo do mosquete de um marinheiro ergueu-se a cortina, e quatro marinheiros, pitorescamente fantasiados de marujos malteses, tropicaram no palco em fingido estado de embriaguez. A verdade da representação foi em muito reforçada pelo rolar do navio.

O Comodoro, Velho Bolina, o Prefeito e Sall Gin com Açúcar foram papéis admiravelmente interpretados e receberam a merecida salva de palmas. Mas à primeira aparição daquele que era o favorito de todos os presentes, Jack Chase, no cavaleiresco papel de Percy Mastaréu, todo o público levantou-se num só movimento e o saudou com três vivas cuja força quase arrancou a vela de mezena grande.

O Inigualável Jack, todo caracterizado, cumprimentou seguidas vezes o público com a graça e a discrição próprios ao tombadilho;[145] e, quando cinco ou seis pedaços de corda desenredada e punhados de estopa lhe foram jogados como substitutos das flores, ele os tomou um a um e, com elegância, os colocou entre os botões da jaqueta.

"Hurra! Hurra! Hurra!" "Continuem! Continuem!" "Parem de gritar!" "Hurra!" "Parem de gritar!" "Hurra!", era o que se ouvia de todos os lados, até que, por fim, notando que o entusiasmo de seus admiradores não teria fim, o Inigualável Jack deu um passo à frente e, com seus lábios se movendo como os de um mímico, mergulhou no momento decisivo de sua personagem. O silêncio logo se fez, mas foi cinquenta vezes quebrado por incontroláveis explosões de aplauso. Por fim, quando se representou a cena mais emocionante, na qual Percy Mastaréu salva quinze marinheiros oprimidos no posto policial, aprisionados por um grupo de guardas, o público ficou de pé, virou as barras do cabrestante, e todos, sem exceção, lançaram ao palco seus chapéus, em delírio. Ah, Jack, você acertou em cheio!

A comoção não podia ser maior; toda a disciplina pareceu desaparecer por completo; os lugares-tenentes corriam em meio aos homens, o capitão surgiu imediatamente da cabine, e o comodoro perguntava nervosamente às sentinelas armadas à porta de sua cabine que diabos se passava com o povo. A corneta do oficial do convés, ordenando que se rizassem as velas de joanete, foi completamente encoberta pela algazarra. As nuvens negras de uma tempestade vinham da popa a barlavento, e os guardiões do contramestre berravam roucos como touros na escotilha principal.

---

144. "Hail, Columbia" é uma canção patriótica norte-americana. Colúmbia era o nome poético que se atribuía aos Estados Unidos. "God Save the King" (ou "God Save the Queen", a depender do gênero do monarca no poder) é o hino britânico.
145. Ou seja, ao oficialato.

Não se sabe o que teria se passado, não tivesse o bumbo sido subitamente ouvido, convocando todos a seus postos, chamado que não podia ser negado. Os marinheiros ergueram as orelhas ao escutá-lo, como cavalos ao estalar de um chicote, e, tropeçando uns nos outros, subiram as escadas rumo a seus postos. No momento seguinte era tudo silêncio, exceto o vento, uivando no cordame como mil demônios.

"Prontos para rizar todas as três velas de sobrejoanete!... Folgar adriças!... Alar velas!... Rápido!... Ao alto, homens da gávea! Rizar!"

Foi, então, em tempestade e tormenta que o dia de teatro acabou. Mas os marinheiros jamais se recuperaram do desapontamento de não ter ouvido "O verdadeiro marinheiro ianque" na voz do capitão da latrina irlandês.

E aqui Jaqueta Branca deve tecer alguns comentários moralizantes. O inusitado espetáculo da fileira de oficiais da praça-d'armas misturando-se ao povo enquanto aplaudia um simples marinheiro como Jack Chase encheu-me na ocasião das mais prazerosas emoções. É maravilhoso, pensei, ver esses oficiais, afinal, em humana irmandade conosco; é maravilhoso notar seu cordial apreço aos méritos viris de meu Inigualável Jack. Ah! Eles são todos nobres sujeitos; eu não sabia e os julgava mal em meus pensamentos.

Foi também com sentimentos igualmente prazerosos que testemunhei a ruptura temporária da dura disciplina do navio em decorrência do tumulto da peça. Pensei comigo: tudo agora está como deveria ser. É bom nos livrarmos, vez por outra, desse jugo de aço que nos cinge os pescoços. E depois de terem uma vez permitido a nós, marinheiros, sermos sem qualquer perigo ou afronta um pouco barulhentos — na turbulência de nossa alegria —, os oficiais não podiam, sem má-fé, ser tão excessivamente severos ou inflexíveis como antes. Comecei, por fim, a imaginar um navio de guerra como um "navio de paz e boa vontade". Mas, ai!, logo veio a decepção.

Na manhã seguinte a mesma cena de todos os dias teve lugar no passadiço. E contemplando a fileira de oficiais de semblante inflexível ali reunidos com o capitão para testemunhar um castigo — os mesmos oficiais que tinham demonstrado tão alegre disposição durante a noite —, um velho marinheiro tocou-me o ombro e disse: "Olha só, Jaqueta Branca, *todos de novo a bordo com suas máscaras de tombadilho*. É assim que as coisas funcionam".

Depois descobri que essa era uma velha expressão de marinheiros de fragata, bastante expressiva da facilidade com que um oficial da Marinha retoma toda a severidade de sua posição após sua suspensão temporária.[146]

---

146. Representações teatrais eram comuns em navios de guerra, como distração para os marinheiros e soldados.

24

Introdução ao cabo Horn

E AGORA, através de vapores e névoas de garoa, sob velas de sobrejoanete úmidas e duplamente rizadas, nossa fragata e seu convés ensopado aproximavam-se cada vez mais do tormentoso cabo.

Quem nunca ouviu falar dele? Cabo Horn, cabo Horn, cujo chifre[147] tantos bons navios levou a pique. Eram os descendentes de Orfeu, Ulisses ou Dante no Inferno um grão de areia mais bravos e sublimes que o primeiro marinheiro a enfrentar aquele terrível cabo?[148]

Impulsionados por um intrépido vento oeste, muitos navios de longas rotas atravessaram o oceano Antártico na direção do cabo da Boa Esperança[149] — tomando *esse* caminho para buscar uma passagem para o Pacífico. E aquele cabo tormentoso, não tenho dúvida, levou muitas boas embarcações ao fundo do mar, sem deixar qualquer história. Naqueles fins de mundo não existem crônicas. O que significam as vergas quebradas e as velas que, dia após dia, são levadas pelas águas à proa de naus mais afortunadas? Ou os altos mastros, fincados em icebergs, que encontramos à deriva? Eles apenas sugerem a velha história de sempre — de navios que deixaram seus portos e dos quais nunca mais se teve notícia.

---

147. *Horn* significa "chifre" em inglês. A nomeação do cabo, porém, advém da corruptela do nome de um dos navios empenhados em atravessá-lo, o holandês *Hoorn* (que Melville grafa *Horne*, ver capítulo 24), assim batizado em homenagem à cidade de mesmo nome.

148. O mitológico Orfeu, o lendário Ulisses e o protagonista Dante realizaram descidas aos infernos em suas respectivas narrativas e poemas. Orfeu, filho de Apolo e de uma das musas da poesia, Calíope, era o maior dos líricos e desceu ao Hades para recuperar a vida de sua amada, Eurídice; Ulisses (*Odisseia*) vai à ilha dos Infernos para tratar com Tirésias; e Dante (em *A divina comédia*), ao iniciar sua ascensão ao Paraíso.

149. Localizado no extremo sul do continente africano, a história do cabo da Boa Esperança confunde-se com a história dos descobrimentos portugueses. Foi Bartolomeu Dias que, em 1488, tocou pela primeira vez a pequena península. Segundo os cronistas que registraram o evento, o cabo foi avistado após dias de violentas tempestades, recebendo então do navegante o nome de cabo das Tormentas. Foi rebatizado pelo rei João II de Portugal, uma vez que a ultrapassagem do cabo permitiu que os portugueses chegassem ao oceano Índico e pudessem, desse modo, avançar em seu intento de encontrar uma nova rota para o comércio com a Ásia. Em *Os lusíadas*, de Luís de Camões, o cabo é domínio de um gigante, Adamastor, que grandes problemas causa aos nautas comandados por Vasco da Gama.

Impossível cabo! Pode se aproximar dele da direção que for, da forma que quiser; vindo de leste ou de oeste; com o vento a ré ou de través ou pela alheta; e, ainda assim, o cabo Horn será o cabo Horn. O cabo Horn é o que destrói as fantasias dos marinheiros de primeira viagem e infunde ainda mais sal no couro dos mais experientes. Pobres aprendizes! Que Deus proteja os imprudentes!

O capitão mediterrâneo, que com carregamentos de laranjas faz felizes travessias do Atlântico sem mais do que ferrar velas de joanete, não raro recebe, nas imediações do cabo Horn, uma lição a ser levada ao túmulo; não obstante o túmulo — como não é raro o caso — siga tão à risca tais ensinamentos que nenhum benefício se obtém com a experiência.

Quanto a outros estrangeiros que se aproximam da extremidade patagônica de nosso continente, com suas almas cheias de naufrágios e desastres, as velas de sobrejoanete cuidadosamente rizadas e tudo devidamente protegido — tais estrangeiros, encontrando a princípio um mar de relativa tranquilidade, apressadamente concluem que o cabo, afinal, está cercado de perigos puramente imaginários; seus perigos seriam apenas fábulas, e seus afundamentos e naufrágios nas imediações, apenas casos inverídicos.

"Desrizar, meus homens; velas de sobrejoanete a gata e traquete! Preparar as varredouras no sobrejoanete de proa!"

Mas, capitão Imprudência, suas velas estariam muito mais a salvo na oficina do mestre-veleiro. Pois agora, enquanto a nau incauta singra vagalhões, uma nuvem negra surge do mar; o sol desparece do céu; uma névoa terrível se espalha aos quatro cantos por sobre a água.

"Marinheiros às adriças! Folgar! Içar!"

Tarde demais.

Pois antes mesmo que as pontas dos cabos estejam soltas das malaguetas todos sentem o tornado soprar no mais fundo de suas gargantas. Os mastros são salgueiros; as velas, trapos; os cabos, lã; o navio inteiro é envolvido pelo tumulto da tempestade.

Ora, se, ao quebrar do primeiro vagalhão verde sobre si, o capitão Imprudência não for varrido para fora do navio, trabalho é o que não lhe faltará. Sem sombra de dúvida, a essa altura seus três mastros terão sido desarvorados e, reduzidas a trapos, as velas estarão flutuando no ar. Ou, talvez, o navio fique com o costado exposto ou perca barlavento. Em ambos os casos, que Deus ajude os marinheiros, suas mulheres e filhos — e tampouco se esqueça das seguradoras.

A familiaridade com o perigo torna um homem corajoso ainda mais corajoso, porém menos irresponsável. O mesmo ocorre com os marinheiros: aquele que mais vezes atravessou o cabo Horn segue seu curso circunspecto. Um marinheiro veterano nunca se deixa enganar pelas brisas traiçoeiras que por vezes sopram, prazenteiras, levando-o em direção à latitude do cabo. Tão logo esteja a certa distância — previamente estabelecida por ele — do cabo, todos os marinheiros receberão ordens de preparar o navio para a tempestade; não importa quão leve seja a brisa, ele fará com que desmontem as vergas de joanete. Ele "amarra" suas mais fortes velas de tempestade e prende tudo ao convés com segurança. O navio está, então, pronto para o pior; e se, contornando intrépido o promontório, for ferozmente atacado, tudo geralmente corre bem. Se ocorre o contrário, a marujada vai a pique com a consciência tranquila.

Entre os capitães do mar, há os que parecem considerar o gênio do cabo como uma mulher difícil e caprichosa que deve ser cortejada e adulada para ser conquistada. Em primeiro lugar, atravessam-no a velas rizadas; não rumam na direção do promontório; tomam caminho oblíquo, manobrando ora para um lado, ora para o outro. Depois, cortejam a Jezebel[150] com uma varredoura no joanete; então demonstram respeito a sua ira com velas de joanete duplamente rizadas. Quando, por fim, sua fúria implacável se manifesta por completo, e em torno do navio desmantelado a tempestade uiva por dias a fio, eles ainda perseveram em seus esforços. De início, tentam a submissão incondicional; recolhendo todo e qualquer trapo e arfando — permanecendo inertes como um tronco para que a tempestade destrua o que bem entender.

Se tal estratégia falha, eles tentam uma vela de capa ou carangueja e as mareiam para virar de bordo. Igualmente inútil! A tempestade canta tão rouca quanto antes. Por fim, o vento parece ceder; eles largam a vela de traquete; braceiam as vergas, e seguem com o vento à popa; enquanto sua inimiga implacável os caça com tornados, como se mostrasse sua insensibilidade até o fim.

Outros navios, sem deparar-se com tais terríveis tempestades, passam semana após semana tentando contornar esse violento canto do mundo contra um insistente vento de proa. Na linguagem dos marinheiros, ao manobrar de um lado para o outro bordejando seus extremos, eles acabam por polir o cabo.

Le Mair e Schouten, dois holandeses, foram os primeiros navegantes a atravessar o cabo Horn. Antes deles, as passagens ao Pacífico eram feitas pelo estreito de Magalhães; a bem da verdade, sequer se sabia com certeza da existência de qualquer outra rota ou que a terra hoje chamada Terra do Fogo fosse uma ilha.

---

150. Princesa fenícia casada com o rei Acabe, de Israel, a história de Jezebel consta do primeiro *Livro dos Reis*. Ali, será descrita como mulher dominadora, idólatra e perseguidora da boa-fé dos israelitas.

Poucas léguas ao sul da Terra do Fogo há um grupo de pequenas ilhas, as Diego; entre estas e aquelas, está o estreito de Le Mair, assim batizado em honra de seu descobridor, que primeiro o atravessou na direção do Pacífico. Le Mair e Schouten, em suas embarcações pequenas e desajeitadas, depararam-se com uma sequência de terríveis tempestades, prelúdio de uma longa série de dificuldades semelhantes às experimentadas pela maioria dos que seguiram seus passos. É fato digno de nota que a nau de Schouten, a *Horne*, que dá nome ao cabo, ficou praticamente destruída após a travessia.

O navegante que contornou o cabo na esteira de ambos foi *sir* Francis Drake, que, na expedição de Raleigh, contemplando pela primeira vez, do istmo de Darien, o "bom mar do sul", como um verdadeiro inglês, jurou por Deus pilotar dali em diante apenas uma nau britânica, o que o valoroso marinheiro cumpriu, para a amarga frustração dos espanhóis nas costas do Chile e do Peru.[151]

Mas é possível que as maiores provações já registradas, na travessia da famigerada passagem, tenham sido as experimentadas pela esquadra de lorde Anson, em 1736.[152] Três impressionantes e interessantíssimas narrativas registram seus

---

151. Destacado como capitão, não obstante dedicado à pirataria e ao tráfico de escravos, *sir* Francis Drake (1540-96) tornou-se vice-almirante das naus inglesas de Elizabeth I e levou a cabo a segunda expedição de circum-navegação do mundo, entre os anos de 1577 e 1580. A passagem em questão traz algumas imprecisões. Em primeiro lugar, Drake não participou da expedição de *sir* Walter Raleigh ao Caribe. Raleigh, a quem Elizabeth I dera concessão para a exploração das terras da primeira colônia britânica na América do Norte, a Virgínia, buscava o mítico El Dorado na região da Venezuela, donde sua travessia pela região do istmo de Darién — ligação entre as Américas do Sul e Central e futuro sítio de construção do canal do Panamá — entre 1595 e 1596 (Drake estivera na região entre 1572 e 1573, como pirata). O outro problema diz respeito a seu trânsito improvável pelo cabo Horn. Embora seu nome batize um importante ponto da região, a Passagem Drake, as descrições do navegador presentes em sua documentação indicam outra rota.

152. Almirante da esquadra e primeiro barão Anson, George Anson (1697-1762) foi oficial da Marinha britânica. Entre suas mais importantes missões, esteve a de liderar a frota britânica enviada à América do Sul para atacar possessões espanholas durante a Guerra da Orelha de Jenkins (1739-48), conflito posteriormente assimilado à mais ampla Guerra da Sucessão Austríaca (1740-48). O embate levou Anson a uma viagem de circum-navegação (1740-44) do globo que se provou um desastre para os navios da esquadra. Dois deles, o *Pearl* e o *Severn*, sucumbiram ao mau tempo do cabo Horn e retornaram à Inglaterra; já o *Wager* afundou na costa do Chile, e sua tripulação amotinou-se. A bordo do *Centurion*, Anson chegou à costa do Peru acompanhado de apenas duas outras embarcações, *Gloucester* e *Tryal*; porém, o escorbuto e o ataque ao porto de Paita, naquele país, reduziram sua frota e suas equipagem ao próprio *Centurion*, que seguiu viagem à China. Ali, Anson decidiu, com sua única embarcação, atacar os galeões espanhóis que deixavam Manila rumo ao México. Embora tenha lhe rendido um importante prêmio — a captura do *Nuestra Señora de Covadonga*, com a prata de mais de um milhão de *pesos de ocho*, deu-lhe uma recompensa em dinheiro para toda a vida —, sua viagem de circum-navegação está entre as mais dramáticas da aventura náutica. Depois do saque bem-sucedido, Anson vendeu sua carga em Macau e seguiu de volta à Inglaterra.

desastres e sofrimentos. A primeira, escrita juntamente com o carpinteiro e o artilheiro do *Wager*; a segunda pelo jovem Byron, aspirante no mesmo navio; a terceira, por um capelão do *Centurion*. Jaqueta Branca conhece as três; são ótima leitura para tempestuosas noites de março, quando as persianas matraqueiam em seus ouvidos, e o vento assovia descendo pela chaminé da lareira com gotas de chuva.

No entanto, para a melhor descrição do cabo Horn, leia o inigualável *A hiena dos mares*, de meu amigo Dana[153] — isso se já não o tiver lido. Seus capítulos de descrição do cabo Horn parecem escritos com um sincelo.

Atualmente os horrores do cabo de certa forma arrefeceram. Isso se deve a uma crescente familiaridade com ele; mais do que isso, contudo, as próprias condições dos navios mudaram em todos os sentidos, bem como os recursos hoje em uso com o objetivo de preservar a saúde das tripulações em tempos de exposição severa e prolongada.

---

153. Com o título original de *Two Years before the Mast*, trata-se da mais importante obra literária do advogado e político norte-americano Richard Henry Dana Jr. (1815-82). Ainda estudante de Harvard, Dana contava dezenove anos quando embarcou em Boston a bordo do brigue *Pilgrim*, com destino à Califórnia, depois de um ataque de rubéola que lhe afetara a visão. O objetivo de Dana em *Two Years* era falar sobre "a vida do marinheiro comum no mar tal como se apresenta"; o livro, contudo, vai além, descrevendo territórios posteriormente conquistados ao México pelos norte-americanos e registrando com sabor literário as dificuldades da travessia marítima, sobretudo na região do cabo Horn. Ver Apresentação.

25

Dias de canícula[154] no cabo Horn

FRIO, CADA VEZ MAIS FRIO — assim se fazia notar a proximidade do cabo. Aqui *gregos*, gabões, jaquetas, véstias forradas, capas para tempestades, untadas a óleo, cobertas de tinta, cinturadas, curtas e longas, de todos os cortes, eram mais do que necessárias — e a imortal jaqueta branca não era uma exceção, agora resolutamente abotoada até a gola e puxada vigorosamente em sua barra para proteger todo o quadril.

Mas, ai! Como a barra era insuficiente; e, embora, com seus forros, a jaqueta estivesse, à altura do peito, gorda como um peru de Natal e, durante os dias secos e frios, mantivesse aquele que a vestia aquecido o bastante nas cercanias da mesma região, no que se refere ao quadril, ela mostrava-se mais curta que um *tutu* de bailarina; de modo que, enquanto meu peito permanecia na zona temperada, contígua à tórrida, minhas infelizes coxas estavam em Nova Zembla, a um arremesso de sincelo do polo.

Ademais, a essa altura, o constante ensopar e secar a que ela fora submetida a tinha encolhido terrivelmente por toda a parte, em especial nos braços, de modo que os punhos pouco a pouco se aproximavam dos cotovelos; o que requeria, no ato de vesti-la, um enérgico puxão para estender-lhe inteiramente as mangas.

Tentei corrigir tais infortúnios costurando um folho de lona na extensão da barra da cintura e dos punhos, à guisa de emenda ou suplemento ao trabalho original.

Esse é o momento para impermeáveis, casacos de lã grossa, calças e macacões alcatroados, botas marítimas, cachecóis, luvas, meias de lã, suéteres, camisas de flanela, mantas de búfalo e ceroulas de pele de alce. Para cada homem, a jaqueta é sua própria cabana; o chapéu, seu próprio forno.

Nesse momento, permite-se aos homens a mais perfeita liberdade no tocante aos trajes. O que quer que consigam reunir, eles vestem — enrolando-se em velas abandonadas, usando meias velhas na cabeça como se fossem gorros de dormir. É o momento de bater no peito com as mãos e falar alto para manter viva a circulação.

---

154. Período que vai de 15 de julho a 15 de agosto. A expressão ganha peso cultural no hemisfério Norte, correspondendo ao alto verão.

Frio, sempre e cada vez mais frio, até que por fim avistamos uma esquadra de icebergs rumando ao norte. Depois disso, tudo se reduziu a uma única onda de frio que quase nos arrancou os dedos dos pés e das mãos. Frio! Frio como em Blue Flugen, onde, dizem os marinheiros, o fogo congela.[155]

Chegando à latitude do cabo, permanecemos a sul para dele tomar boa distância; porém, ao fazê-lo, dominou-nos a calmaria. Sim, calmaria no cabo Horn — pior, muito pior, do que na linha do Equador.

Ali permanecemos quarenta e oito horas, durante as quais o frio foi intenso. Refleti sobre o mar líquido, que se recusava a congelar sob tal temperatura. O céu aberto e frio acima de nossas cabeças parecia mais um sino azul metálico capaz de dobrar, caso o tocássemos. Nossa respiração formava uma fumaça digna de cachimbo. Havia, de início, uma estranhíssima ondulação, que nos forçou a ferrar a maioria das velas, fazendo-nos até mesmo desmontar as vergas de joanete, pois temíamos que fossem lançadas para fora do navio.

Sem terra à vista, nesse extremo de ambos os mundos, o habitável e o inabitável, nossa fragata populosa, ecoando as vozes dos homens, o balir das ovelhas, o cacarejo das aves e o grunhido dos porcos, mais parecia a Arca de Noé submetida à calmaria no ponto alto do Dilúvio.

Não havia o que fazer, senão esperar pacientemente o capricho dos elementos e, assoviando, "chamar o vento", prática comum dos marinheiros numa calmaria. Não se permitia acender o fogo, exceto para as indispensáveis tarefas de cozinhar e aquecer garrafas d'água para escaldar os pés de Michelo. Aqueles que mais dispunham de reservas de vitalidade mais chances tinham de escapar ao congelamento. Era assustador. Num clima daqueles, qualquer homem poderia passar tranquilamente por uma amputação e ainda ajudar a fechar as próprias artérias.

De fato, em menos de vinte e quatro horas esse estado de coisas — o frio extremo do ar unido a nossa crescente tendência à inatividade — teria logo levado alguns de nós aos cuidados do cirurgião e seus assistentes, não tivesse uma decisão humana do capitão subitamente nos impelido ao vigor do exercício.

E que aqui seja dito que o aparecimento do contramestre, com seu apito prateado à boca, na escotilha principal da coberta dos canhões é sempre visto com grande curiosidade pela tripulação, pois significa que alguma ordem geral está prestes a ser promulgada. "É o quê, agora?", é a pergunta que corre entre os

---

155. "*It was cold as Blue Flujin, where the sailors say fire freezes*". "*Cold as Blue Flugen*" é regionalismo do inglês falado no sul dos Estados Unidos e sugere um suposto lugar conhecido pelo frio rigoroso. A frase original, porém, parece adaptada de *A Mariner's Sketches*, de Nathaniel Ames.

homens. Lorota, como o chamávamos, dá um assovio curto preliminar para que se reúnam em seu entorno, vindos de seus diversos postos, seus quatro guardiões. Então Lorota, ou Pífaro, como líder da orquestra, dá início a seu peculiar chamado, acompanhado de seus assistentes. Feito isso, a ordem, ou o que quer que seja, é proferida longamente e a plenos pulmões, até que o mais distante dos cantos a ecoe. O contramestre e seus guardiões são os pregoeiros dos navios de guerra.

A calmaria tinha começado à tarde; e na manhã seguinte a companhia do navio fora despertada por uma ordem de caráter geral, que apresentava e firmava: "Escutem, a proa e popa! Marinheiros, divirtam-se!".

Tal ordem, hoje em dia em desuso, tirante muito raras ocasiões, produziu sobre a marujada efeito semelhante ao do gás do riso ou de uma dose extra de grogue. Por algum tempo, a habitual disciplina do navio foi inteiramente quebrada, e permitiu-se a mais perfeita libertinagem. Fez-se uma Babel aqui, uma Bedlam ali e um Pandemônio por toda a parte.[156] A representação teatral era nada, se comparada àquilo. Ali, os mais tímidos e temerários encolhiam-se em seus esconderijos, os luxuriosos e intrépidos botavam para fora sua alegria.

Grupos de homens, portando as mais extravagantes vestes, excêntricas como as usadas num louco carnaval, corriam de um lado para o outro, agarrando quem lhes aprouvesse — exceto os suboficiais e os perigosos adeptos do pugilato —, puxando e arrastando os pobres marinheiros até que estivessem completamente tomados de um prazenteiro calor. Alguns eram energicamente presos e içados; outros, montados sobre remos, eram conduzidos de um lado para o outro num trilho, para a impetuosa alegria dos espectadores, todos vítimas em potencial. Balanços foram amarrados nas gáveas ou mastros; e, uma vez escolhidas a dedo as mais relutantes criaturas, a despeito de toda e qualquer resistência estas eram empurradas de leste a oeste em imensos arcos até quase perder o fôlego. Fandangos, *hornpipes*, gigas irlandesas, quadrilhas à francesa e à escocesa eram dançados sob o nariz do todo poderoso capitão e sobre o próprio tombadilho e popa. Luta e pugilato também tiveram adeptos; trocavam-se mordidas de orelha,

---

156. Babel, Bedlam e Pandemônio são lugares, míticos ou não, lembrados por congregar desentendimento, loucura ou caos. Segundo episódio do Gênesis (Antigo Testamento), a Torre de Babel teria sido projetada com o propósito de ligar a terra ao céu e reunir a população humana sobrevivente ao dilúvio; porém, temendo que os homens não cumprissem com seu desígnio inicial, Deus lhes confunde as línguas, forçando o desentendimento e a dispersão. Bedlam refere-se ao Bedlam Royal Hospital, estabelecimento inglês dedicado, a partir de fins do séc. XIV, ao encarceramento de doentes mentais. Pandemônio foi o nome que o poeta inglês John Milton, em *Paraíso perdido* (1667), deu ao inferno.

abraços de urso. O barulho assustava as aves do mar, que fugiam com um bater de asas acelerado.

É importante mencionar a ocorrência de muitos incidentes; destes, porém, relatarei apenas um. Quando o "divertimento" estava no auge, um dos homens da gávea — um português de péssimo temperamento que observava o espetáculo — jurou que mataria quem quer que colocasse violentamente as mãos em sua inviolável pessoa. Ao ouvir-lhe a ameaça, um bando de vândalos, chegando-lhe pelas costas, capturou-o num instante e, num piscar de olhos, o português estava cavalgando um remo, erguido ao alto por uma multidão tumultuosa, que o empurrou pelo convés em velocidade de ferrovia. A massa viva de braços que o cercava era tão densa que, sempre que se inclinava para um lado, ele era imediatamente endireitado para, então, cair do outro lado e ser de pronto empurrado na direção oposta. Então, libertando as próprias mãos daqueles que as seguravam, o marinheiro enfurecido sacou de junto ao peito uma malagueta de ferro e com ela desferiu golpes a torto e a direito. A maioria dos que o perseguiam fugiu; oito ou dez deles, contudo, ali permaneceram e, enquanto o erguiam, tentavam arrancar a arma de suas mãos. Nessa tentativa, um homem foi atingido na cabeça, quedando inconsciente. Foi tido por morto e levado à enfermaria para o cirurgião, Cutícula, enquanto o português era posto sob guarda. O ferimento, porém, não se mostrou tão sério; e em poucos dias o homem já caminhava pelo convés, com a cabeça enfaixada.

Tal ocorrência pôs fim ao "divertimento", e ficou dali por diante estritamente proibido quebrar outras cabeças. Não tardou para que o português pagasse por sua impetuosidade e erro no passadiço; enquanto, mais uma vez, os oficiais portavam suas máscaras de tombadilho.

26

Arfagem no cabo

Antes que a calmaria nos deixasse, avistou-se do topo do mastaréu do velacho uma vela a grande distância, três léguas ou mais.[157] De início, era um simples ponto no horizonte, absolutamente invisível do convés. Por força da atração ou de alguma coisa também intangível, dois navios numa calmaria, igualmente afetados pelas correntes marítimas, sempre se aproximarão, em maior ou menor medida. Embora não houvesse um bafejar de brisa sequer, não demorou muito para que se observasse de nossa amurada a estranha vela; e, aos poucos, ela se avizinhou ainda mais.

O que era? De onde vinha? Não há objeto que atraia tanto interesse e conjectura e, ao mesmo tempo, frustre ambos, quanto uma vela, simples mancha nesses mares remotos da região do cabo Horn. Uma brisa! Uma brisa! Pois, ó! O estranho está agora claramente próximo da fragata; o monóculo do oficial declara se tratar de um navio de velas enfunadas, vindo em nossa direção, embora ao nosso redor reine a calmaria.

O navio está trazendo o vento consigo. Hurra! Sim, aí está ele! Vê com que elegância singra o mar, enrugando-o, encrespando-o com leveza.

Nossos gajeiros de uma só vez foram enviados ao topo dos mastros para desfraldar as velas e, então, ainda que sem força, elas começaram a enfunar. Até aquele momento, não tínhamos qualquer velocidade. Na direção do poente, o estranho vinha com o vento à popa, uma perfeita pirâmide de lona. Nunca antes, ouso dizer, o cabo Horn fora tão aberta e intrepidamente aviltado. Varredouras e velas de cutelo, de traquete e do mastro principal, todas envergadas. O navio vinha à nossa popa, à distância de um chamado, e o quartel-mestre sinalizador içou nossa insígnia à carangueja.

“Navio à vista!”, anunciou o lugar-tenente do turno por meio do porta-voz.

“Olá!”, berrou um sujeito numa jaqueta verde, levando uma das mãos à boca, enquanto com a outra segurava os ovéns de gata.

“Que navio é esse?”

157. A légua marítima equivale a *c.* 5,5 quilômetros; aqui, portanto, mais de 16 quilômetros.

"O *Sultan*, navio mercante inglês, vindo de Nova York, com destino a Callao e Cantão. Sessenta dias no mar, sem problemas. E a fragata?"

"*USS Neversink*, na rota de casa."

"Hurra! Hurra!", gritou nosso entusiasmado conterrâneo, sob a influência de um ataque de patriotismo.

A essa altura, o *Sultan* nos tinha passado, mas o lugar-tenente do quarto não pôde deixar de lhe dar um conselho final.

"Está escutando? É melhor recolher as velas altas! Cuidado com o cabo Horn!"

Mas o aviso amistoso perdeu-se no vento que aumentava. Com uma presteza de modo algum desconhecida daquelas latitudes, a brisa logo se transformou numa sucessão de violentas rajadas de vento, e então se viu nosso navio mercante, tão fanfarrão e orgulhoso de suas velas, deixar tudo pelo caminho. As velas auxiliares de joanete e a giba rapidamente desertaram as vergas; a última ergueu-se ao ar, enrolou-se em si mesma por alguns minutos e lançou-se ao vento como uma bola de futebol. O vento, porém, não pregava tais peças nos panos mais prudentemente dispostos do *Neversink*, embora tenhamos passado algumas horas bastante difíceis.

Mais ou menos à meia-noite, quando o quarto de estibordo, do qual eu era parte, descansava, o apito do contramestre foi ouvido, seguido de um grito estridente de: "*Marinheiros, ferrar velas*! Acordem, homens! Salvem o navio!".

Saltando de nossas redes, deparamo-nos com a fragata tão inclinada que não foi sem dificuldade que subimos as escadas rumo ao convés.

A cena era pavorosa. O navio parecia flutuar de lado. Dias antes, os canhões do convés tinham sido guardados, e as portinholas fechadas, mas as caronadas de sotavento no castelo de proa e no tombadilho mergulhavam no mar, que rolava sobre elas em ondas de espuma branca como o leite. A cada guinada a sotavento os laises das vergas pareciam prestes a afundar, enquanto à frente as surriadas explodiam na proa e desciam como cataratas, encharcando os homens da verga de traquete. A essa altura, o convés se agitava, com toda a força da companhia do navio em ação, quinhentos homens, oficiais e os demais, a maioria agarrada à amurada de barlavento. A eventual fosforescência da espuma do mar espargia luz sobre os rostos erguidos, como o incêndio noturno numa cidade populosa ilumina a multidão assolada pelo horror.

Numa tempestade súbita, ou quando grande quantidade de vela deve ser ferrada de imediato, é costume que o primeiro lugar-tenente tome o porta-voz do oficial encarregado do convés, seja ele quem for. Naquele turno, porém, ele estava com Mad Jack; e o primeiro lugar-tenente não quis de forma alguma arrancá-lo de suas mãos. Todos os olhos concentravam-se em Mad Jack, como se o tivéssemos escolhido dentre todos para decidir essa batalha contra os elementos num único combate contra o espírito do cabo; pois Mad Jack era o gênio salvador do navio, como o provou naquela noite. Devo esta mão direita, neste momento voando sobre a página, e todo o meu ser presente a Mad Jack. A proa do navio marrava e malhava, tonitroante e arietina, contra as ondas que avançavam em sua direção; nosso casco inteiro, em medonho chapinhar, rolava no espumoso cavado das ondas. A tempestade atingia o convés de bombordo a boreste; todas as velas pareciam explodir com seu sopro monstruoso.

Todos os contramestres e muitos dos homens de castelo de proa apinhavam-se em torno das rodas de leme no convés principal. Alguns saltavam, para a frente e para trás, com as mãos nas malaguetas; pois, com a vida que lhes infundia a tempestade, o timão e a quilha galvanizada estavam ferozmente febris.

"Todo o leme a *estibordo*!", gritou o capitão Claret, surgindo de sua cabine em camisola como um fantasma.

"Vá se danar!", berrou enfurecido Mad Jack, aos contramestres. "A *bombordo*... a *bombordo*, eu disse, e vá se danar!"

Ordens contrárias! Os homens, porém, obedeceram a Mad Jack. Seu objetivo era jogar o navio contra o vento para que assim fosse possível rizar as velas de gávea. Mas, embora as adriças estivessem soltas, era impossível arriar as vergas devido à enorme tensão horizontal nas velas. Um vendaval soprava então. Escarcéus varriam o navio em inundações. Os mastros gigantescos pareciam prestes a romper-se sob a força de um mundo inteiro que acometia as três velas de mezena.

"Arriar! Arriar!", gritava rouca e loucamente Mad Jack, batendo, frenético, o porta-voz contra um dos ovéns. Devido à inclinação do navio, contudo, as ordens não podiam ser executadas. Era óbvio que não demoraria para que alguma coisa se fosse — velas, cordame ou mastro; para não dizer o próprio casco e a marujada toda.

Foi então que um gajeiro anunciou que havia uma fenda na vela de gávea do mastro principal. De pronto escutamos o estrondo, uma salva de dois ou três mosquetes disparados ao mesmo tempo; a imensa vela rasgou-se de cima a baixo, como o véu do templo.[158] Foi o que salvou o mastro principal; pois a verga então foi arriada com relativa facilidade, e os homens da gávea desceram ao convés para recolher a vela destruída. Logo, as duas vergas da gávea restantes foram arriadas, e as velas, rizadas.

---

158. Referência a Mateus 27:50-52: "E Jesus, clamando outra vez com grande voz, rendeu o espírito. E eis que o véu do templo se rasgou em dois, de alto a baixo; e tremeu a terra, e fenderam-se as pedras; e abriram-se os sepulcros, e muitos corpos de santos que dormiam foram ressuscitados". Mateus descreve, nesse capítulo, a morte de Jesus.

Cobrindo o ronco da tempestade e os gritos da tripulação, ouvia-se o dobrar assustador do sino da embarcação — tão alto quanto o de uma igreja de vilarejo —, agitado pelo violento rolar do navio. A imaginação não é capaz de conceber o horror de tais sons durante uma tempestade noturna em alto-mar.

"Façam aquele fantasma parar!", gritou Mad Jack. "Um de vocês: vá até lá e arranque o badalo!"

Mas, tão logo foi amordaçado o fantasma, ouviu-se um som ainda mais assustador — o rolar de um lado para o outro de pesadas balas de canhão que tinham se desprendido dos armeiros e transformado aquela parte do navio numa imensa pista de boliche. Alguns marinheiros foram destacados para prendê-las; mas era o mesmo que colocar-lhes a vida em risco. Muitos ficaram gravemente feridos; e os aspirantes que os acompanharam para conferir o trabalho que faziam declararam-no impossível até que a tempestade arrefecesse.

Dentre todas, a mais assustadora tarefa era a de ferrar a vela grande, que, no início do vendaval, fora estingada e habilmente pacificada, tanto quanto possível, com os brióis. Mad Jack esperou o momento certo para dar a ordem, de delicadíssima execução. Pois para colher aquela imensa vela, em meio a tamanha ventania, eram necessários no mínimo cinquenta homens na verga; cujo peso, acrescido ao do próprio e enorme pau, poderia acarretar alguma fatalidade. Não havia, porém, previsão de a tempestade cessar, e a ordem por fim foi dada.

A essa altura, um vendaval de neve e granizo desabou sobre nós; no intervalo de uma hora, o cordame cobriu-se de uma fina placa de gelo.

"Para o alto, homens da verga principal! E todos os gajeiros! Ferrar a vela grande!", gritou Mad Jack.

Num instante me desfiz de meu chapéu, tirei a jaqueta forrada e os sapatos e, com uma multidão de homens, saltei no cordame. Sobre a amurada (que, numa fragata, é alta a ponto de oferecer proteção aos que estão no convés), a tempestade apavorava. A imensa força do vento nos interrompia o avanço cordame acima, e as mãos pareciam congelar ao tocar nas enxárcias em que nos segurávamos.

"Subindo... subindo, meus bravos homens!", berrava Mad Jack; e todos subíamos, de um modo ou de outro, e tateávamos nosso caminho pelos laises de verga.

"Segurem firme... lembrem-se de suas mães!", exclamou um velho oficial artilheiro ao meu lado. Ele bradava para além de suas forças; na tempestade, porém, parecia suspirar; só consegui escutá-lo por ele estar a barlavento de mim.

Mas seu pedido era desnecessário; eu ferrava minhas unhas nos vergueiros e jurava que nada, a não ser a morte, deles me separaria até que pudesse me virar e olhar a barlavento. Até aquele instante, isso era impossível; mal era capaz de escutar o homem a sotavento logo ao lado de meu cotovelo; o vento parecia capturar-lhe as palavras da boca e voar com elas para o polo Sul.

Enquanto isso, a própria vela voava a esmo, às vezes nos surpreendendo sobre nossas cabeças e ameaçando nos separar da verga, a despeito da força com que nos abraçássemos a ela. Permanecemos assim por aproximadamente quarenta e cinco minutos, suspensos bem acima dos vagalhões ameaçadores que dobravam suas cristas sob os pés de quatro ou cinco de nós, pendurados no lais de verga a sotavento, como se fossem nos desprender de nossos lugares.

Logo em seguida, chegou do lais a barlavento a ordem de que descêssemos ao convés e deixássemos as velas envergadas, já que não conseguiríamos ferrá-las. Um aspirante, ao que parece, fora enviado pelo oficial do convés para dar-nos a ordem, já que nenhum porta-voz seria ouvido de onde estávamos.

Os que estavam no lais de verga a barlavento encontraram uma forma de rastejar pela verga e descer pela enxárcia; mas em nosso caso, postados na extremidade a sotavento, essa era uma saída fora de questão; era, literalmente, escalar um precipício para chegar a barlavento e alcançar as enxárcias; além disso, a verga inteira estava agora envolta em gelo, e nossas mãos e pés estavam tão insensíveis que não ousaríamos confiar a eles nossa vida.

Não obstante, ao ajudarmos uns aos outros, conseguimos nos manter deitados ao longo da verga e a abraçamos com braços e pernas. Nessa posição, a retranca das varredouras nos ajudou muitíssimo para que permanecêssemos firmes. Pode parecer estranho, mas não creio que, nesse momento, a menor ponta de medo fosse sentida por qualquer homem na verga. Agarrávamo-nos a ela com toda a força; mas era puro instinto. A verdade é que, em circunstâncias que tais, o sentido do medo é aniquilado pelas visões indescritíveis que nos tomam os olhos e os sons que nos enchem os ouvidos. Você e a tempestade tornam-se um só; e a sua insignificância se perde no tumulto do proceloso universo que o cerca.

Abaixo de nós, nossa nobre fragata parecia três vezes maior do que realmente era — uma vasta cunha negra, opondo sua extremidade mais larga à fúria do mar e do vento combinados.

Finalmente, a primeira fúria do vendaval começou a arrefecer, e a um só tempo nos pusemos a bater as mãos como preparação para o trabalho; pois um grupo de homens agora subia para nos ajudar a prender o que restava da vela; sabe Deus como, cumprimos então a ordem dada e descemos.

Mais ou menos à hora do almoço do dia seguinte, a ventania amainara de tal forma que desfizemos duas velas de mezena dos rizes que as ferravam e estabelecemos novo rumo, mantendo a proa a leste e o vento a popa.

Assim, todo o bom tempo que encontramos depois de levantar âncora na agradável costa hispânica fora apenas um prelúdio para aquela noite de horrores; mais especificamente, a calma traiçoeira que precede o terror. Mas como conseguiríamos chegar a nossos lares havia tanto tempo prometidos sem nos depararmos com o cabo Horn? Como seria possível evitá-lo? Embora alguns navios o tenham contornado sem tais perigos, de longe a maior parte há de conhecê-los. Sorte que ele esteja a meio caminho da viagem para casa. Assim, os marinheiros têm tempo de se preparar para ele, bem como de se recuperar dele quando o deixam à ré.

Contudo há uma espécie de cabo Horn para todos, marinheiro ou homem de terra firme. Rapazes, tenham cuidado com ele; preparem-se a tempo de encontrá-lo! Barbas gris, agradeçam por tê-lo ultrapassado! E vocês, sortudos viventes a quem, por alguma rara fatalidade, os cabos Horns são plácidos como lagos Lemans,[159] não confundam boa sorte com poder de discernimento e prudência; pois todos os miolos que você guarda na cachola teriam soçobrado e se perdido se o Espírito do cabo assim o tivesse decidido.

---

159. O lago Leman, conhecido em alguns países como lac de Genève, está situado na França e na Suíça e é o maior lago da Europa Ocidental e o segundo de toda a Europa, superado pelo lago Balaton, na Hungria.

27

Alguns pensamentos suscitados pela recusa de Mad Jack em obedecer a ordens superiores

EM MOMENTOS DE PERIGO, como a agulha diante do ímã, a obediência em geral adere ao mais bem preparado para o comando, sem se importar com hierarquias e patentes. A verdade disso pareceu demonstrada no caso de Mad Jack durante a tempestade e, em especial, no temerário instante em que ele contrariou as ordens do capitão ao leme. Toda a marinhagem sabia, na ocasião, que a ordem do capitão era absolutamente descabida; ou talvez pior do que descabida.

Os dois comandos dados, pelo capitão e seu lugar-tenente, mostravam-se em contradição com suas posições. Ao ordenar *todo o leme a estibordo*, o capitão pretendia deixar-nos com *o vento à popa*; isto é, fugir da tempestade. Já Mad Jack queria enfrentá-la cara a cara. É desnecessário dizer que, em quase todos os casos de vendavais e borrascas similares, a segunda decisão, embora levada a termo por semblantes mais amedrontados, é, em verdade, a mais segura das duas e geralmente a mais tomada.

Manter o vento em popa transforma o navio em escravo das rajadas, que o carregam impetuosamente adiante; mas *navegar contra o vento* possibilita, de certa forma, controlá-lo. Com o vento em popa, a parte mais fraca do casco se expõe à tempestade; a direção contrária dá ao temporal a proa, que é a mais forte. Navios são como homens — aquele que vira as costas ao inimigo lhe dá vantagem; enquanto nossos peitos, tão cheios de costelas quanto o casco de uma fragata, são como o anteparo para conter uma investida inimiga.

Naquela noite, diante da arfagem no cabo, o caráter do capitão Claret ficou a nu, expondo-se em suas verdadeiras cores num momento em que sua coragem foi testada. Algo que a marujada havia muito suspeitava provou-se, então, verdadeiro. Até aquele momento, ao caminhar pelo convés e lançar olhares aos homens, o repouso curiosamente opaco dos olhos do capitão, seus passos desnecessariamente metódicos, lentos, constantes, e a firmeza forçada de seus modos como um todo, ainda que para um observador de ocasião pudessem parecer a expressão da consciência do comando, bem como de um desejo de impor submissão à tripulação, para algumas mentes eram apenas supostas indicações do fato de que o capitão Claret, enquanto se abstinha cuidadosamente de notórios excessos, mantinha-se a todo tempo num equilíbrio incerto entre a sobriedade e seu inverso; uma vez que o equilíbrio fosse passível de destruição ao primeiro e mais agudo revés.

E, embora essa seja apenas a conjectura de alguém com algum conhecimento de conhaque e humanidade, Jaqueta Branca arrisca dizer que, fosse o capitão Claret um verdadeiro abstêmio, talvez jamais tivesse dado a tão imprudente ordem de colocar todo o leme a *estibordo*. Tanto ele poderia ter mantido a calma e permanecido em sua cabine, assim como Sua Graciosa Majestade, o comodoro, quanto antecipado a ordem de Mad Jack e vociferado: "Todo leme a bombordo".

Para mostrar quão pouca verdadeira influência as mais severas e restritivas leis por vezes têm, e quão espontâneo é o instinto do discernimento em algumas mentes, deve-se ainda registrar que, embora Mad Jack tivesse, no calor da hora, contradito a ordem de um superior diante deste, os severos Artigos de Guerra jamais foram aplicados contra ele, não obstante ali se configurasse uma ofensa. No que fosse do conhecimento de qualquer integrante da tripulação, o capitão nunca ousou repreendê-lo por sua ousadia.

Foi dito que o próprio Mad Jack era afeito à bebida forte. De fato. Mas aqui acabamos de ver nada menos que a virtude de se estar numa posição que exige frieza constante e nervos de aço, e o pesar de ocupar um posto que *nem sempre* exige tais qualidades. Tão exata e metódica em todas as coisas era a disciplina a bordo da fragata que, até certo ponto, o capitão Claret estava dispensado de presenciar muito do que no navio tinha lugar e, assim, talvez permanecesse aninhado em segurança, deliciosamente a sotavento de seu licoreiro.

Porém, no que concerne a Mad Jack, era-lhe preciso cumprir os quartos regulares de vigia e caminhar pelo convés à noite, mantendo olhos vigilantes a barlavento. Daí que, no mar, Mad Jack tratasse com zelo a necessidade de manter-se sóbrio, embora, em tempo muito bom, por vezes conhecesse recaídas e bebesse demais. Com o cabo Horn diante de si, porém, foi fiel a seu juramento de temperança, até que o perigoso promontório estivesse bem distante à popa.

O principal incidente da tempestade convida inevitavelmente à questão: existem oficiais incompetentes na Marinha americana? Isto é, incompetentes para a devida realização dos deveres que lhes sejam delegados? Será possível que naquela intrépida Marinha, que, durante a guerra passada, granjeou tanto daquilo que se chama *glória*, existam hoje oficiais incompetentes?

Como nos acampamentos de terra firme, nos conveses de alto-mar: os trompetes de uma vitória afogam os tambores abafados de mil derrotas. Em certa medida, tal ideia faz justiça àqueles eventos de guerra que são neutros em sua natureza e não dão ensejo a renome ou desgraça. Ademais, assim como uma longa fileira de números, conduzidos por um único numeral, se estende, por mera força de aproximação, numa imensa soma aritmética, em algumas magníficas batalhas uma multidão de oficiais, cada qual ineficiente por si, congrega renome quando reunidos e encabeçados por um número da grandeza de Nelson ou Wellington.[160] E a fama de tais heróis, sobrevivendo a si mesmos, descende como herança a seus subordinados sobreviventes. Um grande cérebro ou um amplo coração têm virtude suficiente para magnetizar uma armada ou exército inteiros. E se todos os homens que, desde o começo do mundo, contribuíram enormemente para os sucessos ou reveses de guerra fossem agora postos juntos, ficaríamos surpresos ao contemplar apenas um punhado de heróis. Pois não há heroísmo em tão somente aproximar ou afastar um canhão de uma portinhola, encoberto de fumaça ou vapor, ou disparar mosquetes em pelotão ao primeiro sinal de comando. Esse tipo de coragem meramente mecânica não raro nasce de trêmulas agitações do coração. Existem homens que, individualmente covardes, podem, unidos, exibir até mesmo audácia. De qualquer forma, seria falso negar que, em alguns casos, os mais baixos soldados já se comportaram com ainda mais bravura do que seus comodoros. O verdadeiro heroísmo não está nas mãos, mas no coração e na cabeça.

Mas existem oficiais incompetentes na valorosa Marinha americana? Para um americano, a questão não é de tipo aprazível. Jaqueta Branca deve novamente contorná-la, referindo-se a um fato da história de uma Marinha irmã, que, por seu longo prestígio e grandeza, fornece muito mais exemplos de toda sorte do que a nossa própria. E essa é a única razão pela qual é continuamente referida nesta narrativa. Agradeço a Deus por estar livre de toda hostilidade nacional.

Registra-se, indiretamente, nos autos do almirantado inglês que, no ano de 1808, depois da morte de lorde Nelson, quando lorde Collingwood comandava o posto mediterrâneo, e a saúde fragilizada o levava a solicitar uma licença, não foi encontrado um oficial sequer dentro de uma lista de mais de cem almirantes qualificado a render o requerente sem prejuízo do país. Collingwood atestou o fato com a própria vida;[161] pois, sem espe-

160. Arthur Wellesley, primeiro duque de Wellington (1769-1852), foi comandante militar e estadista inglês de origem irlandesa. Sua vitória sobre Napoleão em Waterloo, em 1815, transformou-o num dos maiores heróis militares da história da Inglaterra. Para Nelson, ver nota 53.
161. Cuthbert Collingwood, primeiro barão de Collingwood (1748-1810), foi vice-almirante da Marinha britânica, lutando ao lado de lorde Nelson (ver nota 53) em muitas das vitórias britânicas durante as Guerras Napoleônicas. A mais importante delas foi a Batalha de Trafalgar (no cabo de Trafalgar, na costa espanhola), durante a qual Nelson morreu. Com a morte do

rança de ser chamado de volta, morreu pouco tempo depois, esgotado, em seu posto. Ora, se esse era o caso numa Marinha tão aclamada quanto a da Inglaterra, o que se pode inferir acerca da nossa própria? Mas no presente caso nenhuma grande desgraça está implicada. Pois a verdade é que, para ser um consumado ou habilidoso generalíssimo naval são necessárias aptidões invulgares. Além disso, pode-se afirmar, sem sombra de dúvida, que comandar dignamente mesmo uma fragata requer um grau de heroísmo natural, talento, discernimento e integridade que é negado à mediocridade. Não obstante, essas qualificações não são apenas requeridas, como exigidas; e ninguém tem o direito de ser um capitão naval a não ser que as possua.

No que toca a lugares-tenentes, não são poucos os Michelos e os marinheiros inexperientes na Marinha americana. Muitos comodoros sabem que raras vezes conduzem um navio de linha de batalha ao mar sem se sentirem mais ou menos nervosos quando alguns dos lugares-tenentes comandam o convés à noite.

Segundo o último censo naval (de 1849), são sessenta e oito os capitães na Marinha americana, os quais custam anualmente aos cofres públicos algo em torno de trezentos mil dólares; além destes, são duzentos e noventa e sete comandantes, ao valor de duzentos mil dólares; e trezentos e setenta e sete lugares-tenentes, amealhando meio milhão; e quatrocentos e cinquenta e um aspirantes (inclusos os promovidos à lugar-tenência probatória), cujos soldos chegam ao montante de quase meio milhão. Considerando o que é sabido de todos, que alguns desses oficiais nunca ou quase nunca vão ao mar, o que se deve à Secretaria Naval estar muito ciente de sua ineficiência; que outros são destacados ao trabalho de escritório nos observatórios ou de calculistas no levantamento topográfico da costa; enquanto os oficiais de fato meritórios, que se tornam competentes marinheiros, são enviados, como se sabe, de navio em navio, com curtíssimos períodos de licença — considerando tudo isso, não é muito dizer que boa parte desse um milhão e meio de dólares acima mencionados são anualmente pagos a pensionistas do Estado disfarçados, que vivem da Marinha sem servir a ela.

Nada semelhante se pode insinuar contra os oficiais de frente (contramestres, artilheiros etc.), oficiais subalternos (capitães de gávea etc.) ou contra os primeiros marinheiros da Marinha. Pois, se qualquer um *desses* deixar de cumprir o que lhes é exigido, é rebaixado ou dispensado.

---

líder da frota britânica, Collingwood ocupou seu lugar, tornando-se comandante da frota britânica no Mediterrâneo mesmo com a saúde fragilizada. Morreu a caminho da Inglaterra, depois de finalmente receber dispensa de seu posto.

De fato, a experiência ensina que, sempre que há um grande órgão nacional empregando um grande número de oficiais, o público deve se resignar a sustentar muitos homens incompetentes; pois tal é o favorecimento e o nepotismo que prevalecem invariavelmente nas franjas desses órgãos que sempre se acolhe a incompetência de alguns indivíduos em detrimento de muitas outras pessoas de valor.

Porém, num país como o nosso, que se vangloria da igualdade política de todas as condições sociais, é uma grande vergonha que sejam hoje em dia praticamente desconhecidos os casos de marinheiros comuns promovidos à posição de oficiais comissionados em nossa Marinha. Não obstante, noutros tempos, quando os oficiais assim chegavam a suas patentes, eles tinham geralmente se provado de grande utilidade no cumprimento de suas funções e às vezes refletiam sólida honra ao país. Exemplos nesse sentido podem ser elencados.

Não é bom que nossas instituições sejam feitas de um só bloco? Qualquer americano em terra firme pode ter a esperança de ser presidente da União — o comodoro de nossa esquadra de estados. Da mesma forma, todo marinheiro americano poderia ser colocado em tal posição, de modo que pudesse aspirar livremente ao comando de uma esquadra de fragatas.

Mas, se há uma boa razão para crer que há oficiais incompetentes em nossa Marinha, temos ainda outras e mais abundantes razões para saber que há oficiais nos quais natureza e arte se unem para eminentemente qualificá-los a tais posições; e aos quais servir a Marinha não apenas é uma honra, como a ela fazem justiça.

E o único objetivo deste capítulo é apontar, como mérito particular dos indivíduos, aquela reputação generalizada que a maioria dos homens, talvez, esteja pronta a atribuir de maneira indistinta ao todo, mas que pertence a cada um dos membros de uma instituição militar popular.

28

Afastando-se aos poucos

VENTO A POPA! Soprai, ó brisas, soprai; enquanto vós permanecerdes favoráveis, e nós estivermos na rota de casa, com que se importa a alegre tripulação?

É digno de nota que, em dezenove dentre vinte casos, a travessia do cabo a partir do Pacífico é certamente mais curta e menos laboriosa em seu trajeto do que uma travessia a partir do Atlântico. A razão é que as tempestades vêm de oeste, assim como as correntes.

Mas, justiça seja feita, se velejar sob tal tempestade de vento em popa numa fragata tem seus aborrecimentos e desvantagens, também traz muitas outras bençãos. O peso desproporcional do metal sobre os conveses superior e de armas acarreta um balanço violento, desconhecido dos navios mercantes. Balançando, fazíamos nosso caminho como o mundo em sua órbita, singrando verdes mares de ambos os lados, até que nossa velha fragata nele embicasse e afundasse como um sino de mergulho.[162]

As escotilhas de alguns vasos armados são mal preparadas para o tempo ruim, e esse era particularmente o caso do *Neversink*. Elas eram meramente cobertas por uma lona alcatroada rasgada e rachada por toda a parte.

Quando fazia bom tempo, a marinhagem ranchava no convés; agora, porém, como este permanecesse sob inundação quase constante, éramos obrigados a fazer nossas refeições na coberta dos canhões, logo abaixo. Certa feita, os homens do turno de estibordo estavam sentados ali para o jantar; formando pequenos grupos, doze ou quinze em cada, debruçados sobre a tina de carne e suas panelas e caçarolas; quando, de repente, o navio foi acometido de tal paroxismo em seu balanço que, num instante, tudo na coberta — caçarolas, tinas de carne, marinheiros, sacos de biscoito, sacolas de roupa e batelões — foi lançado indiscriminadamente de um lado para o outro. Era impossível manter o equilíbrio; não havia mais do que as tábuas do convés para nos segurarmos, e estas agora

162. Os sinos de mergulho são compartimentos utilizados para a prática do mergulho. O método já era conhecido na Antiguidade: diz-se que Alexandre, o Grande (séc. IV a.C.), mergulhou dentro de um barril de vidro no estreito do Bósforo. Tal técnica de mergulho não conheceu desenvolvimento até o séc. XVIII.

estavam escorregadias de tudo que as tinas guardavam, arfando sob nós como se houvesse um vulcão no porão da fragata. Enquanto ainda deslizávamos em multidões alvoroçadas — todos sentados —, os postigos do convés se abriram, e por eles desceram enxurradas de água salgada ao mesmo tempo que o navio tombava violentamente a sotavento. O banho foi saudado pela marujada inconsequente com um furacão de gritos e assovios; embora, por um instante, eu de fato tenha acreditado que estávamos prestes a afundar, tamanho era o volume de água que invadia o convés em cascata.

Depois de um ou dois dias, tínhamos navegado suficientemente a leste para tomar o rumo do norte, o que fizemos, com o vento à popa; dobrando, assim, o cabo sem prejuízo da velocidade de navegação. Embora não tivéssemos avistado terra firme desde a partida de Callao, dizia-se que o cabo Horn estava nalgum ponto a oeste de nossa fragata; e, embora não houvesse evidência positiva do fato, o clima com que nos deparamos talvez configurasse uma excepcional prova presuntiva.

A terra próxima ao cabo Horn, contudo, é digna de ser vista, em especial a ilha dos Estados.[163] Certa feita, o navio em que eu, então, navegava aproximou-se de tal ilha vindo do norte, com bons e regulares ventos largos, atravessando um dia claro e translúcido, cujo ar mostrava-se quase musical, e o frio, límpido e reluzente. Sobre nossa vau a estibordo, como uma montanha de geleiras que se elevasse na Suíça, estava o lugar, luzindo na brancura nevada de sua esterilidade e solidão. Inumeráveis albatrozes brancos roçavam o mar próximo, e nuvens de alvas asas menores desciam pelo ar como flocos de neve. Ao alto, dominando a paisagem sob seus turbantes de neve, os distantes pináculos assomavam, em terra firme, como se fossem a fronteira de outro mundo; muralhas cintilantes e ameias de cristal, como as torres de observação em diamante pontuando a última fronteira do Paraíso.

Depois de deixarmos a latitude do cabo, ocorreram várias tempestades de neve; certa noite considerável quantidade se acumulou sobre os conveses, e alguns dos marinheiros desfrutaram do prazer infantil de uma guerra de bolas de neve. Pobre do aspirante que naquela noite avançou para além das retrancas. Que belo alvo para os obuses! Era impossível identificar quem os lançava. Por uma

163. Descoberta por Le Maire e Schouten durante sua travessia do cabo Horn, em 1615, a ilha dos Estados foi originalmente batizada de Terra dos Lordes do Estado, em homenagem aos Estados Gerais dos Países Baixos. A ilha é também mencionada por Dana em *Two Years before the Mast*. É o primeiro trecho de terra avistado em sua viagem de volta, descrita como "desolada, acidentada, cingida de rocha e gelo, acusando, aqui e ali, entre pedra e promontórios, tíbia vegetação de arbustos...".

curiosa habilidade em arremessá-los, era como se fossem lançados ao convés do lado de fora da amurada por atrevidas ninfas do mar.

No raiar do dia, o aspirante Pert foi ao encontro do cirurgião com um terrível ferimento, corajosamente recebido no cumprimento de seu perigoso dever no tombadilho. O oficial encarregado do convés o incumbira de dizer ao contramestre que este era chamado à cabine do capitão. Enquanto seguia em cumprimento da heroica missão a que fora destacado, o altivo sr. Pert acabou alvejado no nariz por uma bola de neve de prodigiosa densidade. Informados do desastre, os tratantes demonstraram a mais viva compaixão. Pert não era benquisto.

Depois de uma dessas tempestades, foi curioso observar os homens safando o convés de sua carga de neve. Tornou-se incumbência do capitão de cada canhão manter seu posto limpo; assim, com uma vassoura velha ou rodo eles realizavam a tarefa, não raro ralhando com os vizinhos de porta por terem varrido a própria neve para sua área. Era como a Broadway no inverno, na manhã que se segue à tempestade, quando meninos balconistas de lojas rivais trabalham na limpeza da calçada.

Vez por outra, para variar, chovia granizo, em pedras tão grandes que às vezes nos víamos desviando delas.

O comodoro tinha um criado polinésio a bordo, cujos serviços empregara nas ilhas da Sociedade.[164] Diferentemente de seus concidadãos, Wooloo era de temperamento sério, filosófico e sereno. Sem jamais ter deixado, até então, a região dos trópicos, foram muitos os fenômenos nas imediações do cabo Horn que lhe chamaram a atenção e o levaram, como outros filósofos, a tecer teorias sobre as maravilhas que contemplava. Diante da primeira neve, quando viu o convés totalmente coberto daquilo que mais lhe parecia um pó branco, arregalou os olhos do tamanho de estufadeiras e, examinando a estranha substância, decidiu que se tratava de um tipo de farinha muito fina, como a utilizada nos bolos de seu senhor e outros acepipes. Foi em vão que um experimentado filósofo natural da gávea de proa afirmou, encarando Wooloo, que sua hipótese estava errada. A opinião de Wooloo permaneceu a mesma por algum tempo.

Já quanto ao granizo, este lhe causou grande comoção; ele caminhava com um balde pelo convés, fazendo coletas e recebendo contribuições com o propósito de levá-las para suas namoradas em substituição às contas de vidro; ao deixar seu

---

164. Parte da Polinésia Francesa, formam um arquipélago que tem no Taiti sua principal porção de terra. Supõe-se que o nome tenha sido dado pelo explorador britânico James Cook em homenagem à sociedade científica britânica, a Royal Society.

balde e, retornando posteriormente a ele, não encontrar nada além de um pouco de água, acusou os que estavam por perto de roubar suas preciosas pedras.

Isto sugere outra história a seu respeito. Na primeira vez que lhe deram um pedaço de bolo, viu-se que ele pinçou cuidadosamente cada uva-passa e a jogou fora com um gesto indicativo de grande repulsa. Descobriu-se que tomara as passas por insetos.

Em nosso navio de guerra, esse semisselvagem, caminhando pelo convés em seus trajes bárbaros, parecia um ser de outra esfera. Nós o considerávamos um louco; ele imaginava que fôssemos idiotas. Tivesse o caso sido o inverso — fôssemos nós os polinésios, e ele um americano —, nossa opinião mútua teria permanecido a mesma. Fato que comprova que nenhum de nós estava errado, mas todos certos.

29

Os quartos de vigia

EMBORA DEIXÁSSEMOS O CABO para trás, o frio brutal persistia, e uma das piores consequências era a sonolência quase incurável a que este nos induzia durante as longas vigílias noturnas. Por todos os conveses, apinhados entre os canhões, esticados nas plataformas das caronadas e em todo canto e recesso acessível, era possível ver os marinheiros embrulhados em suas jalecas num estado de torpor semiconsciente, permanecendo imóveis e congelando vivos, sem forças para levantar e se sacudir.

"De pé... de pé, seus cães preguiçosos!", bradava nosso bem-humorado terceiro lugar-tenente, natural da Virgínia, espicaçando-os gentilmente com seu porta-voz. "Levantem-se, ocupem-se."

Era inútil. Eles se levantavam por um instante e, tão logo o oficial dava as costas, eles desabavam como se uma bala lhes tivesse atravessado o peito.

Não raro eu permanecia assim deitado, até que me dava conta de que, se ficasse parado por muito mais tempo, realmente morreria congelado. Tal constatação, tomando-me de assalto, quebrava o encantamento gelado, e eu me botava de pé e tentava concluir uma série de exercícios combinados de braços e pernas para restaurar a circulação. O primeiro arremesso de meu braço dormente acertava-me geralmente a cara, em vez do peito, seu verdadeiro destino. Nesses casos, porém, nossos músculos têm vida própria.

Ao exercitar minhas outras extremidades, era obrigado a me segurar em alguma coisa e saltar com ambos os pés; pois minhas pernas pareciam destituídas de juntas como um par de calças de lona esticado para secar mas que acabara por congelar.

Quando era dada ordem de alar os estais — o que requeria a força de um quarto inteiro, algo em torno de duzentos homens —, um espectador teria imaginado que todos os homens estivessem sob efeito de um derrame paralisante. Erguidos de seu encantamento, todos vinham arrastando-se pelo convés, claudicantes, caindo uns sobre os outros e, por alguns instantes, praticamente incapazes de segurar os cabos. O menor esforço parecia intolerável; e frequentemente um corpo de oitenta ou cem homens reunidos para o puxamento da verga principal demorava-se longos minutos diante da corda à espera de alguém mais ativo que a tomasse e colocasse em suas mãos. Mesmo então, levava algum tempo antes que fossem capazes de alguma coisa. Eles faziam todos os movimentos costumeiros para alar o cabo, mas considerável tempo transcorria até que a verga se movesse um centímetro. Não havia razão para os oficiais lançarem-lhes imprecações ou mandar os aspirantes entre eles para descobrir quem eram os atrapalhados e os mandriões. Os marinheiros estavam tão embrulhados em suas jalecas que, na noite escura, era impossível diferenciá-los.

"Aqui... *você*, homem!", gritava o pequeno sr. Pert tomando bravamente das fraldas da camisa de um velho lobo do mar, tentando virá-lo para mirá-lo sob o chapéu. "Quem é *você*? Qual é o seu nome?"

"Adivinha, fracote", era a resposta impertinente.

"Maldito seja, velho tratante. Vou lhe dar uma bela vergastada por isso! Alguém diga o nome dele!", voltando-se aos que observavam a cena.

"Babaca!", gritava uma voz a distância.

"Que me enforquem se não sei quem é *você*! E aí está!" E, assim dizendo, o sr. Pert mergulhava no indevassável desconhecido e adentrava a multidão em busca da voz incorpórea. A tentativa de encontrar um dono para aquela voz era tão inútil quanto o esforço de descobrir o conteúdo da jaleca.

E aqui triste menção deve se fazer a algo que, durante esse estado de coisas, afligiu-me com imensa dor. A maioria das jaquetas era de tom escuro; a minha, como o disse incontáveis vezes e repito, era branca. E assim, nessas longas noites escuras, quando meu turno se dava no convés, não na gávea, e os demais se encolhiam aqui e ali e mandriavam pelos conveses livres de detenção — era impossível descobrir-lhes a identidade —, minha infeliz jaqueta sempre denunciava o nome de seu portador. Foram muitas as situações difíceis que ela me acarretou; situações das quais, de outro modo, teria escapado. Quando um oficial queria um marinheiro para qualquer fim em especial — subir ao mastro, por exemplo, para comunicar alguma ordem de pouca monta aos capitães de gávea —, como era fácil, naquele tumulto anônimo, assinalar "aquela jaqueta branca" e destacá-la em missão. No meu caso, portanto, não era uma opção controlar o próprio esforço enquanto se puxavam os cabos.

A bem da verdade, nessas ocasiões, eu era obrigado a demonstrar tal vivacidade e disposição que frequentemente me apontavam como exemplo de atividade, a qual todos eram exortados a emular. "Puxem... *de mão a mão*, seus preguiçosos! O lugar de vocês é a água doce! Olhem o Jaqueta Branca; puxem como ele!"

Deus! Como abjurava meu desafortunado traje; quantas vezes não o esfreguei no convés para que ganhasse tons escuros; quantas vezes não supliquei ao inexorável Pincel, capitão da sala de tintas, por uma única pincelada de seu inestimável pigmento. Não foram poucas as vezes em que pensei em lançá-lo ao mar; não tinha, porém, a firmeza de propósito para tanto. Sem jaqueta no mar! Sem jaqueta e tão perto do cabo Horn! A ideia era insuportável. E, se não pela utilidade, pelo menos no nome ela era uma jaqueta.

Por fim, ensaiei uma "troca". "Ei, Bob", disse eu, afetando toda delicadeza possível e aproximando-me de um companheiro de rancho com uma espécie de diplomática presunção de superioridade, "digamos que eu estivesse disposto a me desfazer do meu *grego* e ficar com o seu em troca... o que mais você me daria?"

"O que *mais*?", exclamou ele, horrorizado. "Nem se me desse de presente eu ia querer essa sua jaqueta infernal!"

Quão feliz eu ficava a cada nevasca; pois então muitos dos homens igualavam-se a mim e ganhavam *jaquetas brancas* como a minha; polvilhados de flocos, todos parecíamos moleiros.

Tínhamos seis lugares-tenentes, os quais, exceção feita ao primeiro, substituíam uns aos outros na liderança dos turnos. Três desses oficiais, incluindo Mad Jack, eram estritamente disciplinadores e jamais permitiam que nos deitássemos no convés durante a noite. Para dizer a verdade, embora tal postura causasse muitos resmungos, era muito melhor para nossa saúde sermos assim mantidos de pé. Nesses casos, passear era o que todos faziam. Porém, para alguns de nós, era como caminhar num calabouço; pois, como tínhamos de manter nossos postos — nas adriças, nas vergas e noutros lugares — e não se nos permitia vaguear indefinidamente e tomar com justiça as medidas da quilha inteira do navio, éramos obrigados a nos restringir ao espaço de uns poucos metros. Mas o pior estava prestes a acabar. A rapidez com que a temperatura mudou, em consequência da distância que tomávamos do cabo Horn, rumando ao norte com ventos de dez nós, é digna de nota. Hoje você é atacado por uma rajada que parece nascer dos icebergs; mas em pouco mais de uma semana sua jaqueta já parece supérflua.

Mais uma palavra sobre o cabo Horn, e encerramos o assunto.

Daqui a muitos anos, quando um canal marítimo já tiver penetrado o istmo de Darién, e o viajante tomar seu lugar no coche no cabo Cod com destino a Astoria, parecerá inacreditável que por tanto tempo as embarcações saídas de Nova York com destino à costa noroeste precisavam, por contornar o continente no cabo

Horn, aumentar suas viagens em milhares de milhas. "Naqueles idos pouco esclarecidos" (cito eu, adiantado, as palavras de algum futuro filósofo), "anos inteiros eram amiúde consumidos pela viagem de ida e volta das ilhas das Especiarias, hoje o balneário preferido da boa sociedade do Oregon." Tal deverá ser nosso progresso nacional.

Ora, senhor, qualquer dia desses, seu filho vai mandar seu neto para passar as férias de verão na salubre cidade de Edo.[165]

---

165. Primeiro nome da capital japonesa, Tóquio. Fundada a partir de uma vila de pescadores datada do séc. XV, Edo foi o nome da cidade até 1868, quando se encerrou o xogunato Tokugawa no país (1603-1868). No período, a cidade se tornou um dos maiores centros urbanos do mundo.

30

Espiadela através de uma portinhola das seções subterrâneas de um navio de guerra

ENQUANTO NOS AFASTAMOS rapidamente da aborrecida costa da Patagônia, lutando com os quartos de vigia — ainda frios — tão bem quanto possível, coloque-se a sotavento de minha jaqueta branca, leitor, pois tratarei de vistas menos dolorosas a serem contempladas numa fragata.

Já se fez alusão às profundezas subterrâneas do porão do *Neversink*. Não há, porém, tempo para se tratar aqui do paiol de bebidas, sala no fundo do porão de popa onde se guarda o grogue dos marinheiros; nem do paiol de massame, onde os cabos de reboque e correntes são empilhados em pandeiros, como vistos nos grandes armazéns dos veleiros em terra firme; nem da caixa-forte do merceeiro, onde barris de terços de pipa repletos de açúcar, melaço, vinagre, arroz e farinha são meticulosamente estocados; nem do paiol de pano, tão cheio quanto a oficina do mestre-veleiro — repleto de imensas velas de mezena, de mastaréu de joanete, todas prontamente dobradas em seus lugares como os muitos trajes brancos do armário de um cavalheiro; nem do paiol de pólvora, com suas anteparas de cobre cerradas com parafusos do mesmo metal, cheio de barriletes de carga e munição para canhões e armas de pequeno porte; nem das chaleiras de munição ou arsenais subterrâneos, tão abarrotadas quanto um alqueire de maçãs com balas de vinte e quatro libras; nem do paiol de pão, um espaço grande todo forrado de lata para manter os ratos à distância, onde a bolacha dura destinada ao consumo de quinhentos homens numa longa viagem é guardada em jardas cúbicas; nem dos amplos tanques de ferro para água fresca no porão, como as represas de Fairmount, na Filadélfia;[166] nem do paiol de tintas, onde barriletes de alvaiade e barris de óleo de linhaça e toda sorte de recipientes e escovas são guardados; nem da oficina do ferreiro, onde forjas e bigornas se podiam às vezes escutar; repito, não tenho tempo de falar dessas coisas, nem de muitos outros lugares dignos de nota.

---

166. Construída entre os anos de 1812 e 1815 e aumentada em sucessivas obras que chegaram a 1872, a represa de abastecimento de água de Fairmount, na cidade da Filadélfia, foi a segunda do gênero na região e serviu a cidade até o ano de 1909. Por sua localização, era um ponto turístico.

Mas há um armazém bem amplo em meio aos outros que merece atenção especial — o paiol do escrevente do navio. No *Neversink*, ele ficava no subsolo do navio, abaixo da coberta, e chegava-se a ele por meio da passagem de vante, um corredor realmente escuro e remoto. Quem o atravessava — digamos que ao meio-dia —, encontrava-se num espaço lúgubre, iluminado por um candeeiro solitário. De um lado ficavam as prateleiras, repletas de bolas de michelo, material para enfrechates e trincas, mialhares e um sem-número de barbantes de variado tamanho. Noutra direção viam-se enormes caixas contendo grande quantidade de artigos, lembrando uma loja de suprimentos de sapateiro — malhos de forro em madeira, passadores, cavilhas, espeques; furadores de ferro e espichas; num terceiro quarto estava uma espécie de loja de ferragens — prateleiras apinhadas de todo tipo de ganchos, parafusos, cravos, roscas e sapatilhos; e, na quarta parte, a loja de um poleeiro, repleta de polias e rodas de guaiaco.

Através de arcadas baixas, nas anteparas além, espreitam-se distantes catacumbas e câmaras mortuárias, obscuramente acesas em seus extremos, revelando imensas aduchas de cordas novas e outros volumosos artigos, estocados em camadas, todas cheirando a alcatrão.

Mas, de longe, o mais curioso departamento dentre esses misteriosos armazéns é o arsenal, onde pontas de ferro, cutelos, pistolas e cintos — armas dos hóspedes em tempo de guerra — estão pendurados nas paredes, suspensos em densas fileiras dos caibros acima. Aqui também são vistas dezenas de revólveres Colt, de tambor,[167] que, embora munidos de um único cano, multiplicam as balas fatais com uma crueldade canibal — assim como o chicote de nove tiras,[168] que numa vergastada aumenta em nove vezes as feridas do criminoso; de modo que, quando um marinheiro é condenado a doze chibatadas, devem-se compreender cento e oito. Todas as armas são mantidas na mais reluzente ordem, recebendo boa polida; delas, pode-se dizer que *refletem* o mérito do escrevente e de seus auxiliares.

Em meio às mais baixas patentes de oficiais num navio de guerra, a do escrevente não é a menos importante. Suas responsabilidades ganham expressão no

---

167. Embora sua tecnologia se desenvolvesse desde o séc. XVI, os revólveres de tambor foram finalmente construídos por Samuel Colt na década de 1830 e, a partir de então, vulgarizaram-se. Eram, portanto, invenção recente quando Melville navegou e escreveu *Jaqueta Branca*.
168. *Cat-o'nine-tails*, no original. Geralmente referido sob a forma abreviada *cat*, é uma variante do azorrague, ou açoite (chicote formado por várias correias presas a um cabo), e foi um popular instrumento de punição severa utilizado pela Marinha britânica. Optamos, assim, por traduzi-lo mormente por chibata (aludindo, no português, a um momento célebre da história naval brasileira, a Revolta da Chibata, sem falar em seu peso como símbolo da opressão escravagista, também presente no romance de Melville), usando, vez por outra, a tradução literal do termo.

pagamento. Enquanto oficiais subalternos, armeiros de turno e capitães de gávea, entre outros, recebem não mais do que quinze ou dezoito dólares por mês — só um pouco mais do que um simples primeiro marinheiro —, o escrevente num navio americano de linha de batalha recebe quarenta dólares e, numa fragata, trinta e cinco dólares por mês.

Ele é responsável por todos os artigos sob seus cuidados e de forma alguma deve fornecer um metro de cabo ou um prego ao contramestre ou ao mestre--carpinteiro exceto mediante requerimento por escrito e ordem emitida pelo lugar-tenente sênior. O escrevente é visto a cavar seus estoques subterrâneos o dia inteiro, solícito no servimento de clientes autorizados. Mas no balcão, atrás do qual ele geralmente está, não há espaço para uma caixa sequer onde depositar moedas, o que reduz consideravelmente a parte mais agradável das obrigações de um fiel de armazém. Tampouco em meio aos velhos e mofados livros-caixa em sua mesa, onde ele registra todas as saídas de seu material, há qualquer dinheiro ou talão.

O escrevente do *Neversink* era um estranho tipo de troglodita. Era um homem velho e pequeno, de ombros abaulados e calvo, com grandes olhos investigativos que viam através de portentosos óculos redondos, os quais ele chamava de "cracas". Sentia-se investido de um fantástico entusiasmo pelo serviço naval; parecia pensar que, mantendo pistolas e cutelos livres de ferrugem, preservaria a honra nacional imaculada. Depois dos exercícios de posto de combate, era divertido observá-lo com seu ar ansioso enquanto os inúmeros oficiais subalternos lhe devolviam as armas usadas no treinamento marcial da tripulação. À medida que os sucessivos fardos eram depositados sobre seu balcão, ele contava pistolas e cutelos como uma velha dona de casa que verificasse suas facas e colheres de prata na despensa antes de recolher-se à cama. E muitas vezes, com uma espécie de candeeiro escuro à mão, podia-se vê-lo fuçar em suas mais recônditas câmaras e estoques e contar seus enormes rolos de corda, como se fossem alegres barris envelhecidos de vinho do Porto e vinho madeira.

Em razão de sua vigilância incessante e incontáveis excentricidades de solteirão, era muito difícil para ele manter sob seu emprego os muitos marinheiros que, de tempos em tempos, lhe eram designados para realizar o trabalho de subordinados. Em particular, era sempre desejoso de ter ao menos um jovem, prestimoso, honesto e de gosto literário, para cuidar de seus livros-caixa e esfregar suas armas todas as manhãs. Era um trabalho detestável, estar aprisionado todos os dias num buraco sem fundo, cercado de velhos cabos alcatroados e vis pistolas e armamentos. Foi com particular horror que, certa feita, notei os olhos investigativos de Revólver Velho, como o chamavam, fitos em mim com um brilho fatal de aprovação e pronto consentimento. Desconheço os meios, mas ele ouvira dizer que eu era um sujeito bastante estudado, capaz de ler e escrever com extraordinária facilidade; e que, ademais, era um jovem reservado e discreto quanto a meus modestos e despretensiosos méritos. Mas, embora fosse verdade que eu era reservado, pela simples consciência de minha situação como marinheiro de um navio de guerra, não tinha a menor intenção de "reservar" meus tíbios méritos ao mundo subterrâneo. Fiquei assustado ante os olhares investigativos do velho escrevente, temendo ser por ele arrastado à perdição alcatroada de seus medonhos estoques. Contudo, esse destino providencialmente não se concretizou, graças a misteriosas causas que jamais fui capaz de sondar.

31

O mestre-artilheiro sob as escotilhas

EM MEIO À MULTIDÃO dos tipos curiosos que poderiam ser encontrados a bordo de nossa fragata, muitos dos quais se movendo em misteriosas órbitas sob a mais baixa das cobertas para, a longos intervalos de tempo, adejar à vista como aparições e desaparecer novamente por semanas inteiras, havia alguns que me despertavam o interesse sobremaneira e cujos nomes, apelidos e moradas precisas eu industriosamente investigava, de modo a aprender algo de satisfatório a seu respeito.

Empenhado nessas buscas, por vezes infrutíferas ou apenas parcialmente gratificadas, não podia senão lamentar que não houvesse um catálogo público impresso para o *Neversink*, como os que existem nas grandes cidades, trazendo uma lista alfabética de toda a tripulação e onde todos poderiam ser encontrados. Também, ao me perder em algum canto remoto e escuro das entranhas da fragata, na vizinhança de inúmeros estoques, lojas e armazéns, muito lamentava que nenhum marujo empreendedor tivesse ainda pensado em compilar um *Guia do Neversink*, de modo que o turista tivesse um manual confiável.

De fato, sob as escotilhas são muitas as partes do navio envoltas em mistério e completamente inacessíveis ao marinheiro. Maravilhosas portas antigas, fechadas a barra e parafuso em lúgubres anteparos, provavelmente se abririam em regiões cheias de interesse para um bem-sucedido explorador.

Elas pareciam soturnas entradas às câmaras mortuárias de famílias inteiras; e quando tinha a oportunidade de ver algum funcionário desconhecido inserir-lhes a chave e adentrar com uma lanterna de batalha seus inexplicáveis espaços, como se estivesse em meio à solenidade do cumprimento de algum dever oficial, quase tremia de vontade de lançar-me sobre ele e satisfazer-me quanto a saber se aquelas câmaras de fato continham as relíquias apodrecidas de velhos comodoros ou capitães de outrora. Mas as habitações dos atuais comodoro e capitão — suas espaçosas e cortinadas cabines — eram quase como volumes selados, e eu passava por elas em irrefreável maravilhamento, como um camponês diante do palácio de um príncipe. Noite e dia sentinelas armadas protegiam seus sagrados portões, cutelos em punho; e, tivesse eu ousado cruzar-lhes o caminho, teria sido infalivelmente morto, como se estivesse numa batalha. Assim, embora por um período de mais de um ano tenha sido um interno dessa caixa flutuante de carvalho perene, havia nela uma infinidade de coisas que, até o fim, permaneceram-me envoltas em obscuridade ou no tocante às quais eu só poderia me perder em vagas especulações. Eu era como um judeu romano da Idade Média, confinado ao quarteirão dos judeus na cidade e proibido de circular para além de meus limites. Ou era como um viajante moderno na mesma famosa cidade, forçado a deixá-la sem jamais ganhar acesso a seus mais misteriosos pontos — o mais íntimo santuário papal e os porões e calabouços da Inquisição.

Mas entre todas as pessoas e coisas a bordo que me fascinavam e enchiam com estranhas emoções de dúvida, apreensão e mistério, estava o mestre-artilheiro — um homem baixo, sólido e lúgubre, de cabelo e barba grisalhos e queimados como que de pólvora. Sua pele era de um marrom rajado, como o cano manchado de uma espingarda, e seus olhos vazios queimavam em seu rosto como chamas azuis. Era ele quem tinha acesso a muitas dessas misteriosas câmaras sobre as quais falei. Muitas vezes era visto abrindo caminho em direção a elas, seguido por seus subalternos, os velhos subchefes de artilharia, como se tivessem decidido espalhar um rastro de pólvora para explodir o navio. Lembrei-me de Guy Fawkes e a casa do Parlamento, e perguntei seriamente se esse artilheiro era de confissão católica romana. Senti-me aliviado quando me foi informado que não.[169]

Uma pequena circunstância que um de seus subchefes certa feita me contou aumentou o interesse sombrio que eu tinha em relação a seu superior. Disse-me ele que, a intervalos periódicos, o mestre-artilheiro, acompanhado de sua falange, entrava no grande paiol sob a praça-d'armas, inteiramente sob sua custódia e do qual tinha a chave, quase tão grande quanto a chave da Bastilha.

---

169. Guy Fawkes (1570-1606), conspirador católico que planejava, com outros insurrectos, explodir o Parlamento com barris de pólvora. Um dia antes da data marcada para a deflagração do atentado, 5 de novembro de 1605, um dos membros da câmara foi informado dos planos do grupo e, no dia seguinte, Guy Fawkes foi preso enquanto fazia a guarda dos barris estocados no subsolo do prédio e torturado para que revelasse a identidade dos demais membros do grupo. Apenas quatro dias depois (ao que tudo indica, sob sessões de intensa tortura) Fawkes assinou sua confissão, permanecendo preso até 31 de janeiro de 1606, data marcada para sua execução por enforcamento ao lado de outros quatro conspiradores. Contudo, num derradeiro ato de resistência, Fawkes — o último a subir ao cadafalso — conseguiu saltar da escada que o conduzia à corda, quebrando o próprio pescoço antes de ser enforcado. Seu corpo seguiu o destino dos demais, e foi esquartejado e exposto em praça pública. Desde então, o dia 5 de novembro é conhecido na Inglaterra como dia de Guy Fawkes, ou Noite da Fogueira (*Bonfire Night*). Ao longo dos séculos, a data tornou-se momento de manifestações e celebrações de forte conteúdo anticatólico e não raro foi marcada por confrontos religiosos e de classe, a ponto de ser proibida pelo Parlamento britânico em 1859. No séc. XX, porém, fez-se um popular e em geral pacífico feriado nacional.

Munidos de lanternas — semelhantes ao instrumento de segurança de *sir* Humphry Davy para minas de carvão[170] —, começavam, então, a virar de ponta cabeça todos os barriletes de pólvora e fardos de munição armazenados nessa profunda câmara explosiva, inteiramente revestida de folhas de cobre. No vestíbulo do paiol, presas ao painel estavam várias cavilhas de madeira para pantufas e, antes de adentrá-lo para além daquele compartimento, todos os homens do grupo do mestre-artilheiro silenciosamente tiravam seus sapatos, sob o temor de que os pregos de seus saltos pudessem criar alguma fagulha ao bater no chão cobreado do interior. Assim, com os pés empantufados e aos sussurros, eles entravam no coração do lugar.

A razão de virar a pólvora era preservar sua inflamabilidade. E, decerto, era um trabalho cheio do mais sinistro interesse o de permanecer enterrado tão profundamente distante do sol, manuseando barris inteiros de pólvora, qualquer um dos quais, desde que tocado pela menor fagulha, poderoso o bastante para explodir uma rua inteira de armazéns.

O mestre-artilheiro atendia pela alcunha de Combustão, embora eu pensasse se tratar de nome indigno para tão importante personagem, que tinha todas as nossas vidas nas mãos.

Enquanto estávamos em Callao, recebemos da costa vários barris de pólvora. Tão logo a lancha chegava ao lado de nossa embarcação com eles, ordens eram dadas para que se apagassem todas as luzes e fogos do navio; e o contramestre e seus guardiões inspecionavam cada convés para ver se tal ordem fora cumprida — precaução muito prudente, sem dúvida, mas de forma alguma observada na Marinha turca. Os marinheiros turcos permanecem sentados nas carretas dos canhões, fumando tranquilamente, enquanto os barriletes de pólvora são rolados sob seus cachimbos acesos. Isso demonstra o grande conforto que há na doutrina desses fatalistas; e como tal doutrina, em algumas coisas pelo menos, alivia o homem de ansiedades nervosas. Mas, no fundo, todos somos fatalistas. Tampouco precisamos nos maravilhar do heroísmo daquele soldado que desafiou seu inimigo pessoal a montar num barril de pólvora com ele — com o fósforo colocado entre os dois — e explodir em boa companhia, pois é certo que a terra inteira seja um enorme barril

---

170. Conhecido como *Davy lamp*, a lanterna de segurança consistia num pavio encerrado numa tela metálica, dentro da qual se queimava um óleo vegetal pesado. Humphry Davy — então um renomado químico, conhecido por suas experiências com eletrólise e a descoberta de novos metais, como o sódio e o potássio (os metais alcalinos) — apresentou seu invento à Royal Society em 1815. A inovação de Davy advinha de ter descoberto que o fogo envolto por uma tela evitava explosões derivadas do contato de gases inflamáveis com a chama.

repleto de materiais inflamáveis sobre o qual sempre estamos montados; ao mesmo tempo que todos os bons cristãos acreditam que chegará a qualquer minuto o último dia, e assim terá lugar a terrível combustão do planeta inteiro.

Como estampasse no rosto um sentimento digno do horror de seu ofício, nosso mestre-artilheiro sempre trazia uma expressão fixa de solenidade, intensificada pelas cãs de sua barba e cabelo. Mas o que lhe dava aquele aspecto de fato sinistro e que tanto afetava a imagem que eu fazia desse homem, era a terrível cicatriz que lhe atravessava a testa e o lado esquerdo do rosto. Fora ele mortalmente ferido, diziam, com um golpe de sabre, durante o empenho da fragata na última guerra contra a Inglaterra.

Era o mais metódico, exato e pontual dos oficiais de frente. Dentre muitos deveres, cabia a ele, enquanto no porto, observar que a certa hora do entardecer um dos grandes canhões fosse descarregado no tombadilho, cerimônia restrita às naus capitânias. E sempre no preciso momento ele podia ser visto acendendo seu fósforo e, então, aplicando-o ao pavio; e era com aquela tonitroante explosão em seu ouvido e o cheiro de pólvora no cabelo que ele se recolhia a sua rede para o sono. Que sonhos ele não tinha!

A mesma precisão era observada quando lhe era ordenado que atirasse um canhão para *fazer parar* algum navio no mar; pois, fazendo justiça a seu nome e para preservar sua função, mesmo em tempos de paz, todos os navios de guerra comportam-se como grandes valentões em alto-mar. Oprimem os pobres navios mercantes e, com o assovio de uma bala fumegante atravessando o oceano, fazem com que estes interrompam a viagem a seu bel-prazer.

Ver o mestre-artilheiro dirigindo seus subalternos, enquanto preparava os canhões do convés para uma grande saudação nacional, seria o bastante para transformar você, para o resto da vida, num homem de método. No porto, chegou-nos informação sobre o lamentável incidente que vitimara certos altos oficiais do Estado, incluindo o secretário da Marinha em exercício, membros do gabinete presidencial, um comodoro e outros, todos presentes ao experimento de um desnecessário e novo canhão de guerra.[171] Tão logo foram recebidas as tristes notícias, ordens foram dadas para que se disparasse uma bala de canhão por

---

171. Trata-se de caso verídico. Durante demonstração a bordo do navio de guerra norte-americano *Princeton*, em 28 de fevereiro de 1844, sob o comando de Robert Stockton, a detonação de um novo canhão — a maior peça de artilharia naval de então, batizada "O pacificador" — causou a morte de Thomas W. Gilmer, secretário da Marinha, e de Abel P. Upshur, antigo titular do posto e então secretário de Estado. O presidente dos Estados Unidos, John Tyler, que visitava o porão do navio, por pouco escapou da morte.

minuto em homenagem ao finado chefe do secretariado naval. Nessa ocasião, o mestre-artilheiro foi mais cerimonioso do que o costume, ao verificar se os longos canhões de vinte e quatro libras estavam todos carregados e socados de pólvora e então precisamente marcados com giz de modo a serem descarregados em invariável rotação, de bombordo a estibordo.

Mas enquanto meus ouvidos zuniam, e todos os meus ossos dançavam em mim com o alarido que reverberava, e meus olhos e narinas quase sufocavam com a fumaça, vi o velho mestre-artilheiro, implacável e solene em seu ofício, e pensei se tratar de um estranho modo de honrar a memória de um homem que fora, ele próprio, morto por um canhão. Apenas a fumaça — que, depois de surgir copiosa das portinholas, rapidamente seguia com o vento a sotavento e perdia-se de vista — parecia-me emblemática no tocante à personagem assim honrada, já que aquela grande não combatente, a Bíblia, garante-nos que a vida é apenas vapor que aparece por um pouco, e logo desvanece.[172]

---

172. Tiago, 4:14.

32

Um pastermelado[173]

NUM NAVIO DE GUERRA, o espaço ao redor do mastro grande no convés principal é a delegacia de polícia, o tribunal e a praça de execução, onde todas as acusações são registradas, as causas, julgadas e a punição, administrada. No jargão de uma fragata, "ser levado ao mastro" equivale a ser introduzido ao grande júri e ver a comprovação ou não de uma verdadeira lista de acusações contra você.

Em virtude dos inclementes e inquisitoriais atiçamentos que os marinheiros acusados de infração não raro experimentam no mastro, as imediações deste são geralmente por eles conhecidas como "arena de touros".

Ademais, o mastro principal é o único lugar onde o marinheiro pode sustentar uma conversação formal com o capitão e os oficiais. Se alguém foi roubado ou brutalmente ameaçado; se o caráter de alguém foi difamado; se alguém tem uma requisição a fazer ou alguma informação importante para levar ao conhecimento do poder executivo do navio — é direto para o mastro principal que tal homem se dirige; e ali permanece — geralmente com o chapéu nas mãos —, esperando que o oficial do convés lhe dê a honra de aproximar-se para uma conversa. Não raro, ali têm lugar as mais bizarras cenas, e as queixas mais cômicas são feitas.

Numa manhã clara e fria, enquanto ainda nos afastávamos do cabo, um sujeito de compleição emaciada e alguns parafusos a menos, natural do Maine e lotado no poço, fez sua aparição no mastro, exibindo pesarosamente uma panela rasa de lata enegrecida, na qual se viam alguns vestígios crostosos de uma espécie de torta de marinheiro que ali fora preparada.

---

173. *Dunderfunk*, no original. Nenhum dos termos do composto de que se forma a palavra em inglês (*dunder*, borra da cana usada na fermentação do rum + *funk*, de sentido inespecífico aqui) tem uso preciso — e nisso se funda o episódio que tem lugar neste capítulo, em que a palavra vem carregada de seu uso restrito ao grupo dos marinheiros, marcando a diferença com o oficialato. Optamos por simular uma criação vocabular que atendesse à construção do episódio. Fontes antigas apontam que a mistura de melaço com bolacha partida faz parte de uma cerveja antiescorbútica produzida na região de Terra Nova (Canadá), misturada a outros ingredientes.

"Pois bem, senhor, o que houve?", perguntou o lugar-tenente do convés, avançando em sua direção.

"Roubaram, senhor; todo meu *pastermelado*, senhor; roubaram, senhor", lamentou-se o poceiro, segurando lamuriosamente sua panela rasa.

"Roubaram seu *pastelmelado*! Que é isso?"

"*Pastermelado*, senhor, *pastermelado*; comida boa de matar, dum jeito que homem nenhum botou pra dentro."

"Fale direito, senhor; qual é o problema?"

"Meu *pastermelado*, senhor... era um *pastermelado* bom feito o senhor nunca viu."

"Explique-se, tratante!", exclamou o lugar-tenente, numa elevada fúria, "ou pare de se lamentar. Diga, qual é o problema?"

"Ora, senhor, tinha dois sujeito, o Babado e o Trufa,[174] e eles roubaram meu *pastermelado*."

"Mais uma vez, senhor, eu pergunto: o que é esse *pastermelado*? Fale!"

"Era bom de matar..."

"Chega, senhor! Pra longe daqui!", e murmurando alguma coisa sobre *non compos mentis*,[175] o lugar-tenente saiu em marcha; enquanto o poceiro bateu em melancólica retirada, segurando sua frigideira como um pandeiro e produzindo dolorosa música em sua caminhada.

"Pra onde você tá indo com esse olho marejado, feito um rato perdido?", gritou um gajeiro.

"Ah! Ele tá voltando pro leste, lá pro Maine", disse outro. "Fica tão a leste, marujo, que eles têm que erguer o sol com uma alavanca."

Para encurtar o caso, diga-se que, no mar, as aborrecidas sucessões de carne salgada de porco e de boi nos ranchos — onde se encontra pouquíssima variedade de legumes e vegetais — levam os marinheiros à adoção de muitas invenções para diversificar suas refeições. Daí os muitos pães de marinheiro e tortas mediterrâneas, tão bem conhecidos da tripulação de um navio de guerra — as chamadas *gororobas* ou *grudes*, de tão variada nomenclatura, dentre as quais a menos conhecida é o *pastermelado*.

O *pastermelado* é feito de bolacha dura, quebrada e esmagada, misturada com gordura de vaca, melaço e água, e assado no forno até corar. E para aqueles que

---

174. Dobs e Hodnose, no original. Na edição francesa, adaptados para Barbouille e La Truffe (na qual nos baseamos para o segundo nome). Nenhum dos dois consta como nome próprio.
175. "Que não tem mente sã."

estão absolutamente distantes das delícias da costa, o dito cujo, na comovente expressão do poceiro natural do Maine, é realmente "bom de matar".

Ora, a única forma de um marinheiro, depois de preparar seu *pastermelado*, conseguir cozinhá-lo a bordo do *Neversink* era recorrer furtivamente a Café, o cozinheiro do navio, e suborná-lo para que o levasse ao forno. E como alguns desses e outros pratos, bem se sabe, estão a todo tempo no forno, um grupo de glutões de pouco escrúpulo permanece em constante vigilância à espera do momento de poder roubá-los. Geralmente, dois ou três se associam, e, enquanto um deles entretém Café com alguma conversa de grande interesse concernente a sua família e mulher em terra firme, outro agarra a primeira coisa em que consegue pôr as mãos no forno e rapidamente a passa ao terceiro homem, que imediatamente desaparece com ela.

Foi dessa forma que o poceiro do Maine perdeu sua torta e depois encontrou a panela vazia perdida no tombadilho.

33

Um açoitamento

AINDA QUE VOCÊ COMECE O DIA SORRINDO, é possível que ele acabe em soluços e suspiros.

Em meio aos muitos que se divertiram excessivamente com a cena entre o poceiro do Maine e o lugar-tenente, não houve quem se risse mais do que John, Peter, Mark e Antone — quatro marinheiros do quarto de estibordo. No entardecer do mesmo dia, os mesmos quatro se viram aprisionados no brigue, com uma sentinela os vigiando. Eram acusados de violar uma bem conhecida lei do navio — envolveram-se numa daquelas brigas intrincadas e generalizadas que às vezes ocorrem entre os marinheiros. Eles nada podiam esperar senão um açoitamento, a ter lugar quando o capitão bem entendesse.

Perto da noite do dia seguinte, eles foram surpreendidos pelo terrível chamado do contramestre e seus guardiões na escotilha principal — chamado que sempre provoca um calafrio em todo valoroso coração numa fragata:

"*Toca mostra! Punição!*"

A rouquidão do grito, seu inexorável prolongamento, captado em diferentes pontos e passando pelas mais distantes profundezas do navio — tudo isso produz o mais assustador efeito em todo coração ainda não calejado pelo hábito de longa data.

Por mais que alguém deseje se ausentar da cena que se segue, é imperativo que a contemple; ou que ao menos permaneça próximo dela; pois o regulamento impõe a presença de toda a companhia do navio, do corpulento capitão ao menor grumete tocador de sino.

"*Toca mostra! Punição!*"

Para o marinheiro sensível, o chamado soa como a própria perdição. Ele sabe que a mesma lei que o convoca — a mesma lei pela qual os acusados do dia serão punidos — também pode julgá-lo e condená-lo. E a inevitabilidade de sua própria presença na cena; o braço forte que o arrasta para diante do açoitamento e o segura ali até que tudo esteja terminado; forçando seus olhos e alma relutantes aos sofrimentos e gemidos de homens que convivem com ele, comem com ele, pelejam com ele nas vigílias — homens de seu próprio tipo e dignidade —, tudo isso traz consigo uma terrível alusão à autoridade onipotente sob a qual ele vive. De fato, para tal homem as convocações navais ao testemunho de punições carregam um frêmito de algum modo próximo do que poderíamos imputar aos vivos e aos mortos quando escutarem a Última Trombeta[176] que os faça levantar de seus postos e contemplar os castigos finais impostos aos pecadores de nossa raça.

Não se deve, contudo, imaginar que para todos os homens de todos os navios de guerra tal chamado represente tão pungentes emoções; mas é difícil decidir se uma pessoa deve ficar feliz ou triste por assim ser; se ela é grata por saber que muita dor é assim evitada ou se é ainda mais triste pensar que, tanto por dureza constitutiva quanto pela insensibilidade do hábito, centenas de homens de navios de guerra têm se forjado indiferentes aos sentimentos de degradação, pena e vergonha.

Como se afetasse compaixão à cena a ter então lugar, o sol, que no dia anterior tinha iluminado alegremente a panela de lata do desconsolado poceiro do Maine, agora se punha acima das melancólicas águas, velando-se em vapores. O vento soprava rouco no cordame; o mar quebrava pesadamente contra as amuradas; e a fragata, vacilante sob as velas de mezena, arrastava-se em seu caminho como se estivesse em agonia.

"*Toca mostra! Punição!*"

Ao chamado, a tripulação reuniu-se em torno do mastro principal; multidões desejosas de conseguir um bom lugar nas retrancas para ver a cena; muitos rindo e conversando, outros discutindo vivamente o caso dos culpados; outros sustentando rostos tristes e ansiosos ou trazendo nos olhos indignação contida; poucos propositalmente postados atrás para evitar olhar; em suma, em meio a quinhentos homens, era possível observar as menores nuances de caráter e personalidade.

Todos os oficiais — incluindo os aspirantes — permaneceram juntos num grupo a estibordo do mastro principal; o primeiro lugar-tenente à frente, e o cirurgião, cujo dever especial é estar presente a essas ocasiões, logo ao seu lado.

Veio, então, o capitão à frente, saído de sua cabine, e pôs-se ao centro desse grupo solene com um pequeno papel à mão. Este era o relatório diário de crimes, regularmente deixado à sua mesa toda manhã ou noite, como o jornal matutino que se coloca próximo ao guardanapo de um jovem cavalheiro à mesa do café da manhã.

---

176. Segundo o Livro de Apocalipse do Novo Testamento, atribuído ao apóstolo João, sete trombetas são tocadas por sete anjos como anúncio de eventos que acompanham o juízo final. O som da sétima trombeta sinaliza o evento final (Apocalipse 11:15-19).

"Mestre-d'armas, traga os prisioneiros", ele disse.

Poucos instantes se passaram, durante os quais o capitão, agora investido de seus mais pavorosos atributos, manteve os olhos fitos na tripulação, enquanto subitamente um corredor se formou atravessando a multidão de homens, e os prisioneiros avançaram — o mestre-d'armas, com a vara de oficial à mão, de um lado, e um fuzileiro armado do outro —, tomando seus lugares no mastro.

"John, Peter, Mark e Antone", anunciou o capitão, "vocês foram vistos ontem brigando na coberta dos canhões. Têm algo a dizer?"

Mark e Antone, dois homens sérios, de meia-idade, os quais muitas vezes eu admirara por sua sobriedade, responderam que não deram o primeiro golpe; que antes de terem dado vazão a suas paixões tinham sido submetidos a muita provocação; porém, ao reconhecerem que tinham por fim se defendido, sua desculpa quedou indeferida.

John — um provocador brutal, que, ao que parece, era o verdadeiro autor da desordem — estava pronto a iniciar uma longa escusa, quando foi bruscamente interrompido para que logo confessasse, a despeito das circunstâncias, que estivera na briga.

Peter, um belo garoto, contando seus dezenove anos, lotado na gávea de gata, parecia pálido, trêmulo. Era um rapaz benquisto em sua região do navio, em especial em seu rancho, formado basicamente de garotos de sua idade. Naquela manhã, dois de seus jovens companheiros tinham ido ao seu saco, tomaram de suas melhores roupas e, obtendo permissão da sentinela no brigue, entregaram-nas para que vestisse e, desse modo, evitasse a punição. Isso era feito para ganhar as graças do capitão, já que a maioria dos capitães adora ver um marinheiro asseado. Mas não funcionou. O capitão fez ouvidos moucos a suas súplicas. Peter declarou que fora golpeado duas vezes antes de revidar.

"Não importa", disse o capitão, "você também bateu, em vez de reportar o caso a um oficial. Homem nenhum a bordo pode brigar além de mim. *Eu* brigo. Agora, homens", acrescentou ele, "todos vocês admitem a culpa; e conhecem a pena. Dispam-se! Quartéis-mestre, o gradil está armado?"

O gradil é uma estrutura quadriculada em madeira, às vezes colocada sobre as escotilhas. Um desses gradis foi, então, posto sobre o convés, próximo à amurada do navio, e enquanto os demais preparativos eram feitos, o mestre-d'armas auxiliou os prisioneiros na remoção de suas jaquetas e camisas. Isso feito, suas camisas foram descuidadamente lançadas sobre seus ombros.

Ao sinal do capitão, John, com um desavergonhado olhar de esguelha, avançou e pôs-se passivamente sobre o gradil, enquanto o velho quartel-mestre, de cabeça descoberta e cabelos grisalhos ao vento, prendeu-lhe os pés nas treliças e, esticando-lhe os braços acima da cabeça, amarrou-os à trincheira de macas acima. Em seguida, afastou-se um pouco, permanecendo em silêncio.

Enquanto isso, solene, o contramestre permaneceu do outro lado, com uma sacola verde na mão. Dela, tomou quatro instrumentos de punição, os quais deu a cada um de seus guardiões; pois um chicote novo ministrado por mãos descansadas é o privilégio cerimonial garantido a cada criminoso de um navio de guerra.

A um novo sinal do capitão, o mestre-d'armas, dando um passo à frente, removeu a camisa do prisioneiro. Nesse instante, uma onda quebrou contra a lateral do navio e aspergiu-se sobre suas costas nuas. Embora o frio estivesse cortante, e a água o tivesse encharcado, John permaneceu inerte, sem um calafrio.

O dedo do capitão agora estava erguido, e o primeiro guardião do contramestre deu um passo à frente, separando as nove tiras de seu chicote com a mão e, então, arremetendo-as para trás num gesto rápido, à altura do pescoço, levou-as com toda a força de seu corpo contra o alvo. E de novo, de novo, de novo; e a cada chibatada, maiores ficavam as longas e rubras listras nas costas do prisioneiro. Ele, porém, apenas baixou a cabeça e permaneceu inerte. Enquanto isso, alguns marinheiros sussurravam entre si em elogio à firmeza de seu companheiro de convés; a maior parte, porém, permanecia num silêncio sufocado, atenta ao incisivo chicote que assoviava no ar invernal, fustigando o alvo com um som cortante e metálico. Depois de descarregadas doze chibatadas, o homem foi solto e atravessou a multidão com um sorriso, dizendo: "Dane-se! Não é nada quando você se acostuma! Alguém quer briga?".

O segundo foi Antone, o português. A cada golpe ele se encapelava de um lado para o outro, despejando uma torrente involuntária de blasfêmias. Nunca antes o tinham escutado imprecar. Quando o desceram, ele passou pelos homens jurando acabar com a vida do capitão. Evidentemente, os oficiais não ouviram tal comentário.

Mark, o terceiro prisioneiro, apenas se encolheu e tossiu enquanto era punido. Ele tinha uma enfermidade pulmonar e, depois do açoitamento, ficou fora de serviço por muitos dias; isso, porém, imputava-se parcialmente a sua extrema miséria mental. Era sua primeira punição, e ele ressentiu-se do insulto mais que dos ferimentos. Mark permaneceu calado e taciturno pelo resto da viagem.

Por fim, foi a vez de Peter, o gajeiro. Ele havia, muitas vezes, vangloriado-se de nunca ter sido humilhado no passadiço. Um dia antes, seu rosto trazia a cor habitual; agora, fantasma algum seria mais branco. Enquanto era preso ao gradil, e os tremores e calafrios de suas costas incrivelmente brancas se revelavam, ele voltava a cabeça em sinal de súplica; porém, seus pedidos chorosos e votos de contrição de nada valeram. "Eu não perdoaria o todo poderoso Deus!", exclamou o capitão.

O quarto guardião do contramestre avançou e, ao primeiro golpe, o menino, aos gritos de "Meu Deus! Oh, meu Deus!", contorceu-se e saltou a ponto de deslocar o gradil e espalhar as nove tiras do chicote por todo o seu corpo. No golpe seguinte, ele urrou, saltou e vociferou em insuportável tortura.

"Por que parou, guardião?", gritou o capitão. "Continue!", e descarregaram-se as doze chibatadas.

"Não me importo mais com o que pode me acontecer!", chorava Peter, atravessando a tripulação com os olhos injetados, enquanto vestia a camisa. "Fui açoitado uma vez, e eles podem fazer isso de novo, se quiserem. Que fiquem de olho em mim, agora!"

"Dispensados!", bradou o capitão, e a tripulação lentamente se dispersou.

Tenhamos a bondade de acreditar — como acreditamos —, quando dizem alguns capitães na Marinha que a mais repulsiva dentre todas as tarefas, na rotina do que eles consideram seu dever, é a administração da punição corporal na tripulação; pois, certamente, um homem que não se sente profundamente atormentado diante de tais cenas transformou-se em animal.

Vemos um ser humano despido como um escravo e açoitado como um cão. E por quê? Por coisas que não são essencialmente um crime, mas que assim são constituídas por leis arbitrárias.

34

Alguns dos efeitos maléficos do açoitamento

HÁ CONSIDERAÇÕES SECUNDÁRIAS no tocante à questão do açoitamento que aumentam muitíssimo seu mal. Muitos exemplos poderiam ser dados; contentemo-nos, porém, com uns poucos.

Alguns dos argumentos oferecidos por oficiais da Marinha a favor da punição corporal são: que ela pode ser imposta num instante; que não consome tempo hábil; e que, tão logo o prisioneiro veste a camisa, está *encerrado*. Se outra forma de punição fosse instituída, ela provavelmente acarretaria problemas e uma grande perda de tempo, além de, assim, suscitar no marinheiro uma indevida ideia de importância.

Por absurdo — ou mais que absurdo — que possa parecer, tudo isso é verdade; e, se partirmos das mesmas premissas desses oficiais, acabaremos por admitir que lançaram um argumento irresistível. Segundo esse princípio, porém, os capitães da Marinha impõem o açoitamento — de fácil execução — como castigo de praticamente todos os níveis de transgressão. Em ofensas não reconhecíveis por uma corte marcial, demonstra-se pouquíssimo discernimento, ou nenhum; e, nisto, a postura de tal corte remonta às leis penais correntes na Inglaterra de sessenta anos atrás, quando cento e sessenta diferentes ofensas foram proclamadas capitais pelo código civil, e a criada que tão somente furtava um relógio era enforcada ao lado do assassino de uma família inteira.

Uma das mais comuns punições para infrações menores na Marinha é "cortar" o grogue de um marinheiro por um dia ou semana. E, como a maioria dos marinheiros é bastante apegada ao grogue, perdê-lo é geralmente visto por eles como punição das mais graves. É possível escutá-los dizer com alguma frequência: "Que me tirem o ar, mas não me cortem o grogue!".

Existem alguns marinheiros abstêmios que, ao grogue, prefeririam receber o dinheiro correspondente, como previsto por lei; mas não raro os detém o pensamento de serem açoitados por alguma mínima infração, em substituição ao corte de sua bebida. Esse é um dos mais sérios obstáculos à causa da temperança na Marinha. Em muitos casos, contudo, mesmo a privação do grogue não exime um marinheiro prudente da humilhação; pois, além da administração formal do "gato" no passadiço por pequenas infrações, ele está sujeito ao "calabrote", ponta de corda usada indiscriminadamente como açoite — sem o despimento da vítima — a qualquer hora e em qualquer parte do navio, ao mero abrir e fechar de olhos do capitão. Por ordem expressa daquele oficial, a maioria dos contramestres traz o "calabrote" enrolado em seus chapéus, pronto a ser descarregado ao menor aviso contra qualquer infrator. Esse era o costume a bordo do *Neversink*. Até um período tão recente quanto a administração do presidente Polk — quando se deu a intervenção oficial de Bancroft, o historiador, então secretário da Marinha[177] —, era prática quase universal aos oficiais de quarto impor a seu bel-prazer castigos a um marinheiro, a despeito da ordem que restringia o uso do açoite apenas aos capitães e às cortes marciais. Tampouco era coisa incomum um lugar-tenente, num súbito ataque de fúria, talvez inflamada pelo conhaque ou instigada pelo sentimento de ser malquisto ou odiado pela marinhagem, ordenar que um turno inteiro de duzentos e cinquenta homens, tarde da noite, passasse pela indignidade do "calabrote".

Crê-se que, mesmo nos dias de hoje, há exemplos de comandantes que ainda violam a lei, delegando o poder do "calabrote" aos subordinados. De qualquer forma, é certo que, quase em sua maioria, os lugares-tenentes da Marinha queixam-se duramente do zelo de Bancroft, que lhes tirando o "calabrote" das mãos reduz substancialmente as funções que haviam usurpado. À época, eles previam que essa interferência abrupta e desastrada do secretário acabaria por levar ao colapso toda a disciplina na Marinha. Não foi, porém, o que se sucedeu. Esses oficiais *agora* preveem que, se o "gato" fosse abolido, as mesmas predições frustradas se confirmariam.

No que toca à licenciosidade com que muitos capitães violam as leis expressas aprovadas pelo Congresso para o governo da Marinha, um ponto elementar há de ser mencionado. Pois há mais de quarenta anos consta do corpo de leis americanas uma que proíbe um capitão de infligir, sob sua autoridade, mais de doze chibatadas de uma só vez. Se mais devem ser administradas, a sentença passa ao âmbito de uma corte marcial. Não obstante, por praticamente meio século, essa lei foi frequentemente, e com quase perfeita impunidade, reduzida a nada; embora recentemente, a partir dos esforços de Bancroft e outros, ela seja mais

177. George Bancroft (1800-91) foi historiador, homem de Estado norte-americano e importante no estímulo ao ensino superior em seu país natal e na Europa. Como secretário da Marinha (1845-46), nomeado por James Polk, foi responsável, em 1845, pela fundação da Academia Naval norte-americana em Annapolis, no estado de Maryland, visando a um maior controle da formação dos aspirantes a oficial da Marinha. Como secretário, as ações de Bancroft foram importantes para o início da Guerra Mexicano-Americana, que resultou no domínio norte-americano de extensas porções de território mexicano.

bem observada do que outrora; de fato, no presente momento, ela é de modo geral respeitada. Ainda assim, enquanto o *Neversink* esteve ancorado num porto sul-americano, na viagem da qual trato, os marinheiros de outra fragata americana informaram-nos que seu capitão por vezes descarregava, sob sua própria autoridade, entre dezoito e vinte chibatadas. É digno de menção que tal fragata era muitíssimo admirada pelas damas da costa por sua aparência maravilhosamente asseada. Um de seus homens de tombadilho contou-me que consumira três canivetes (colocados sob sua responsabilidade nos livros do comissário) na raspagem das malaguetas e dos batentes das escotilhas.

É interessante notar que, embora os lugares-tenentes de quarto nas fragatas americanas tenham há tanto usurpado o poder de impor o castigo físico com o "calabrote", poucos ou nulos sejam os abusos conhecidos da Marinha britânica. E, embora o capitão de um vaso britânico seja autorizado a infligir, segundo discernimento próprio, *mais* do que doze chibatadas (penso que sejam até trinta e seis), é de se duvidar, atualmente, que, no cômputo geral, se recorra ao açoitamento na Marinha britânica tanto quanto na americana. O aristocrático virginiano John Randolph de Roanoke declarou,[178] em sua cadeira no Congresso, que, a bordo da fragata americana que o levara na condição de embaixador à Rússia, presenciara mais açoitamentos do que os que tinham tido lugar em sua própria fazenda, com seus quinhentos escravos africanos, em dez anos. Certo é que, do que pessoalmente vi, os oficiais ingleses parecem, em geral, menos malquistos por sua tripulação do que os americanos pelas suas. Provavelmente, a razão é que muitos deles, dada sua origem de classe, estão mais acostumados ao comando social; donde a autoridade no tombadilho lhes caia melhor. Um homem bruto e vulgar que por acaso ascende a uma alta patente naval por exibição de talentos

178. John Randolph (1773-1833), conhecido como John Randolph de Roanoke, foi latifundiário e congressista do estado da Virgínia, atuando diversas vezes como deputado e senador entre os anos de 1799 e 1827. Depois de romper com a política praticada pelo primo e presidente Thomas Jefferson, que dava maior poder à União, John Randolph tornou-se líder de uma corrente política própria, a "Velha República", que defendia primordialmente restrições ao papel centralizador do governo federal e a possibilidade de julgamento estadual da constitucionalidade de suas leis e decretos. Randolph também serviu como embaixador norte-americano na Rússia. No que toca aos debates abolicionistas, desenvolveu (a exemplo de outros de seu tempo) uma perspectiva fortemente conservadora: como senhor de escravos (os quais, segundo testamento, deveriam ser libertados após sua morte e auxiliados materialmente), sua postura favorável à liberdade dos negros norte-americanos incluía que os ex-escravos devessem retornar à África (Roanoke esteve à frente da instituição da Sociedade de Colonização Americana, responsável pela fundação da Libéria), uma vez que não acreditava que raças diferentes pudessem compartilhar o mesmo território sem que se estabelecessem relações de dominação entre elas.

não incompatíveis com a vulgaridade invariavelmente se prova um tirano diante de sua tripulação. É digna de nota a observação que homens dos navios de guerra americanos muitas vezes têm feito: os lugares-tenentes dos estados do Sul, descendentes dos antigos habitantes da Virgínia, são muito menos severos e muito mais gentis e corteses no comando do que os oficiais do Norte como um todo.

Segundo as leis e costumes da Marinha, um marinheiro, no caso das mais triviais infrações supostas, das quais ele pode ser inteiramente inocente, deve, sem julgamento, passar por uma punição cujas marcas dali em diante levará consigo até o túmulo; pois, para os olhos treinados de um homem de um navio de guerra, as marcas de um açoitamento naval com o "gato" são discerníveis ao longo de uma vida inteira. E, com essas marcas em suas costas, essa imagem de seu Criador deve se elevar no dia do Juízo Final. Ainda assim, tão intocável é a verdadeira dignidade que há casos nos quais ser açoitado no passadiço não configura desonra; embora rebaixar e destruir o último orgulho de um marinheiro que o tenha ofendido seja, por vezes, o motivo secreto de um oficial maldoso ao fazer com que aquele seja condenado ao açoitamento. Porém, esse sentimento de dignidade intocada — ainda que por fora o corpo esteja marcado por todo o resto da vida natural — é uma daquelas sutis delicadezas preservadas no fundo dos mais sagrados recessos da alma; algo a restar entre o Deus de um homem e ele próprio; e que permanece para sempre ignorada de nossos iguais, que compreendem que a degradação digna do nome é a que assim parece ao olho corpóreo. Mas por que tormentos deve passar o marinheiro que, enquanto tem as costas sangrando no passadiço, sangra em agonia as gotas de vergonha de sua alma! Unam-se a mim, portanto; e, em nome daquele Ser a cuja imagem é feito o marinheiro açoitado, exijamos uma resposta dos legisladores — com que direito eles ousam profanar o que o próprio Deus julga ser sagrado?

"É legítimo açoitar um romano?", pergunta o valoroso apóstolo, bem sabendo, como cidadão romano, que não era.[179] E agora, mil e oitocentos anos depois, vocês acham legítimo, meus concidadãos, açoitar um homem americano? É legítimo açoitá-lo ao redor do mundo em suas fragatas?

Não tem fundamento algum recorrer, à guisa de escusa, à depravação geral dos marinheiros de um navio de guerra. A depravação dos oprimidos não é desculpa para o opressor, e sim um estigma a mais para ele, pois é em grande medida o efeito, não a causa e justificativa da opressão.

---

179. O episódio consta dos Livros dos Atos dos Apóstolos e trata de Paulo: "O tribuno mandou que o levassem para a fortaleza, dizendo que o examinassem com açoites, para saber por que assim clamavam contra ele. E, quando o estavam atando com correias, disse Paulo ao centurião que ali estava: É-vos lícito açoitar um romano, sem ser condenado?" (22:24-25).

35

O açoitamento não tem legitimidade

É QUASE INÚTIL, nos dias de hoje, a mera denúncia de uma iniquidade. Que nossa estratégia seja, portanto, outra.

Se existem três coisas contrárias ao gênio da Constituição americana, são elas: a irresponsabilidade num juiz, a autoridade discricionária ilimitada num agente do executivo e a união, numa só pessoa, de um juiz irresponsável com um agente do executivo com poderes ilimitados.

No entanto, em virtude de um ato do Congresso, no que toca à punição do marinheiro por suposta contravenção não particularmente expressa nos Artigos de Guerra,[180] todos os comodoros da Marinha americana são passíveis dessas três acusações.

Eis o ato em questão: "XXXII. *Dos Artigos de Guerra* — Todos os delitos levados a cabo por pessoas pertencentes à Marinha que não sejam especificados nos seguintes artigos hão de ser, no mar, punidos segundo as leis e costumes em vigor para cada caso".

Esse é o artigo que, acima de qualquer outro, coloca a chibata nas mãos do capitão, convida-o a não se preocupar com seu uso e dá-lhe amplas garantias, praticamente incríveis aos olhos do homem de terra firme, para agir com crueldade contra o marinheiro.

Por tal artigo, o capitão se faz legislador, bem como juiz e executor. Dentro de seus limites, ele deixa absolutamente a critério do capitão decidir o que há de ser considerado delito ou não e qual deve ser a punição; ou ainda se uma pessoa acusada é culpada ou não pelas ações por ele criminalizadas; e como, quando e onde a punição há de ser executada.

Na Marinha americana há uma suspensão eterna do *habeas corpus*. Sob a simples alegação de má-conduta, não há lei que coíba o capitão de prender um marinheiro e mantê-lo confinado a seu bel-prazer. Enquanto estive no *Never-*

180. O *habeas corpus* (em latim, literalmente, "tenhas o [teu] corpo") é um recurso jurídico a partir do qual uma pessoa pode alegar diante de um juiz detenção ilegítima em face de ação restritiva perpetrada pela autoridade. A ação visa à proteção do direito de ir e vir.

sink, o capitão de uma chalupa de guerra americana, por motivos, sem dúvida alguma, de ressentimento pessoal, manteve um marinheiro confinado no brigue por um mês.

Certamente, as necessidades das Marinhas justificam um código de governança mais restritivo do que a lei que governa a terra; mas tal código deve se conformar ao espírito das instituições políticas do Estado que as promulga. Não lhe cabe converter em escravos alguns dos cidadãos de uma nação de homens livres. Tais objeções não podem ser levantadas contra as leis da Marinha russa (não diferentes, em essência, da nossa), pois as leis daquela Marinha, instituindo o poder absoluto de um único homem na figura do capitão e investindo-o da autoridade de açoitar, está em conformidade ao espírito das leis territoriais da Rússia, governada por um autocrata e cujas cortes submetem os súditos da terra ao *cnute*.[181] Conosco é diferente. Nossas instituições arrogam-se baseadas em amplos princípios de liberdade e igualdade política. Ao mesmo tempo, pouca diferença faria a um marinheiro de um navio de guerra americano caso fosse transferido à Marinha russa e se tornasse súdito do czar.

Como marinheiro, ele não desfruta de nenhuma de nossas imunidades civis; a lei de nosso solo de forma alguma acompanha as tábuas flutuantes nacionais, dele nascidas, e às quais o homem do mar adere como se lhe fossem um lar. Para ele, nossa Revolução de nada adiantou; para ele, nossa Declaração da Independência é uma mentira.

Talvez não se leve suficientemente em consideração que, embora o código naval esteja sob a égide da lei marcial, em tempos de paz e nas inúmeras questões que surgem entre os homens a bordo de um navio, esse código pode, em certa medida e de maneira não equivocada, ser considerado como um código municipal. Com sua tripulação de oitocentos ou mil homens, um navio de três conveses é uma cidade no mar. Mas, na maioria desses assuntos entre os homens, o capitão, em lugar de ser um magistrado a administrar o que a lei promulga, é um legislador absoluto, fazendo e desfazendo a lei a seu gosto e vontade.

Note que o vigésimo dos Artigos de Guerra afirma que, se qualquer pessoa pertencente à Marinha realizar com negligência os deveres que lhe forem atribuídos, há de sofrer a pena adjudicada por uma corte marcial; se, porém, o culpado for um civil (marinheiro comum), ele pode, segundo a vontade do capitão, ser agrilhoado ou açoitado. Não é preciso dizer que, em casos nos quais um oficial

---

181. Açoite de tiras de couro com arame ou bolas de metal nas extremidades usado como instrumento de suplício na antiga Rússia.

comete uma violação menor dessa lei, uma corte marcial raramente ou nunca é convocada e reunida para seu julgamento; no caso do marinheiro, porém, ele é imediatamente condenado à chibata. Assim, um grupo de cidadãos do mar é excluído de uma lei que paira como uma nuvem de terror sobre os demais. O que pensariam os homens de terra firme caso o estado de Nova York aprovasse uma lei contra algum delito fixando uma multa como punição e, então, acrescentasse a essa lei uma emenda que restringisse sua operação penal a artesãos e trabalhadores temporários, dispensando todos os cavalheiros que dispusessem de um ganho de mil dólares? É sob tal espírito, no entanto, que funciona na prática boa parte das leis da Marinha relativas ao açoitamento naval.

Mas uma lei deveria ser "universal" e incluir em suas possíveis aplicações penais o próprio juiz que produz decisões a partir dela; com efeito, o próprio juiz que a interpreta. Tivesse *sir* William Blackstone[182] violado as leis da Inglaterra, teria sido levado diante do tribunal do qual fora presidente e ali julgado, com o procurador a representar a Coroa citando, talvez, passagens de seus próprios *Comentários*. E tivesse ele sido julgado culpado, teria sofrido como o mais vil dos súditos, "segundo a lei".

Como funciona a lei numa fragata americana? Um exemplo nos basta. Segundo os Artigos de Guerra, em especial o primeiro, um capitão americano pode, e frequentemente o faz, impor a um marinheiro uma severa e degradante punição, enquanto ele próprio está eternamente livre da possibilidade de passar por semelhante desgraça; e, muito provavelmente, de sofrer qualquer punição que seja, mesmo quando culpado da mesma infração — alguma altercação com seus iguais, por exemplo — em razão da qual pune o outro. Não obstante, marinheiro e capitão são igualmente cidadãos americanos.

Agora, mais uma vez nas palavras de Blackstone, há uma lei, "coeva à humanidade, ditada por Deus, superior em cumprimento a qualquer outra e contrária à qual toda e qualquer lei humana perde sua validade". Tal lei é a Lei da Natureza; a seus três grandes princípios, Justiniano[183] acrescenta o de que "a cada homem se

182. William Blackstone (1723-80) foi jurista britânico. Tornou-se conhecido por ter escrito os *Comentários sobre as leis de Inglaterra*, *1765-1769*, a primeira grande obra da jurisprudência inglesa desde *Institutos das leis da Inglaterra*, *1628-1644*, de *sir* Edward Coke.

183. Flávio Pedro Sabácio Justiniano (482-565), primeiro do nome, foi imperador bizantino de 1º de agosto de 527 até a sua morte. Foi responsável pela manutenção da unidade do Império, não só debelando tentativas de invasão bárbara, mas estabelecendo sua salvaguarda legal. Para tanto, levou a cabo um trabalho de recompilação e reorganização das leis romanas, para o qual nomeou um colégio de dez juristas. Essa obra, que consumiu uma década, ficou conhecida como *Corpus iuris civilis*, ou Corpo de leis civis, composto de quatro partes: o *Código Justiniano* (Codex), que reunia todas as constituições imperiais editadas desde o governo do

deve dar o que lhe é cabido". Mas o que vemos é que as leis envolvendo a chibata na Marinha *não* dão a cada homem o que lhe seja cabido, já que em alguns casos elas indiretamente excluem os oficiais de punição de qualquer tipo e em todas as ocasiões os protegem do açoitamento, este imposto ao marinheiro. Portanto, à luz de Blackstone e Justiniano, essas leis são nulas; todo e qualquer marinheiro de uma fragata americana encontraria, dessarte, justificativa moral para a máxima resistência à chibata; e, ao resistir, justificativa religiosa naquilo que se poderia chamar, judicialmente, "o ato de motim" em si.

Se, então, essas leis de açoitamento são de alguma forma necessárias, que valham para todos que, por força de direito, estejam submetidos a seu cetro; e que, assim, um honesto comodoro, devidamente legitimado pelo Congresso, condene um capitão transgressor ao lado de um marinheiro transgressor. E se o próprio comodoro se provar um transgressor, que um de seus irmãos comodoros tome da chibata contra *ele*, assim como os guardiões do contramestre — os carrascos da Marinha — são muitas vezes intimados a açoitar uns aos outros.

Ou você dirá que um oficial da Marinha é um homem mas que um cidadão americano cujo ancestral o enobreceu ao derramar do próprio sangue em Bunker Hill —[184] você dirá que, ao servir a seu país como marinheiro comum e permanecer a postos para lutar contra os inimigos do mesmo, tal cidadão perde sua hombridade quando, sim, mais a afirma? Você dirá que, ao fazê-lo, ele se degrada a ponto de poder ser submetido à chibata e, no caso de permanecer em terra firme em tempos de perigo, está a salvo da indignidade? Todos os nossos estados juntos e todos os quatro continentes da humanidade unem-se na denúncia de tal pensamento.

Portanto, fixamos a questão a partir do mais elevado argumento. A despeito de considerações secundárias, afirmamos que o açoitamento na Marinha se opõe à dignidade essencial do homem, a qual legislador nenhum tem o direito de violar; que tal prática é opressiva e vergonhosamente desigual; que é absolutamente repugnante ao espírito de nossas instituições democráticas; que, sem sombra de dúvida, traz em si um traço insistente dos piores momentos de uma bárbara aristocracia feudal. Em suma, denunciamo-la como um *equívoco* religioso e moral categórico.

---

imperador Adriano (117 a 138); o *Digesto*, com os comentários de grandes juristas romanos; o *Institutas*, manual de direito; e as *Novelas*, nas quais estavam relacionadas as constituições elaboradas depois de 534.

184 A Batalha de Bunker Hill, a 17 de junho de 1775, o primeiro grande conflito travado entre britânicos e as forças norte-americanas durante a Guerra de Independência norte-americana. Em memória ao evento, erigiu-se entre 1827 e 1843 um monumento em forma de obelisco em Charlestown, no estado de Massachusetts.

Não importa, portanto, quais serão as consequências de sua abolição; não importa se teremos de extinguir nossas esquadras ou se nosso comércio desprotegido haverá de cair presa de saqueadores — as severas admonições da justiça e da humanidade exigem sua abolição sem demora; sendo bem claro, exigem sua abolição imediata. Não é uma questão de interesses; tampouco de *certo e errado*. E se qualquer homem for capaz de levar a mão ao coração e dizer, solenemente, que o açoitamento é correto, que esse homem sinta uma única vez a chibata em suas costas, e, em sua agonia, você escutará o apóstata clamar pelos sete círculos celestiais para testemunhar que é *errado*. E, em nome da humanidade imortal, peço a Deus que cada homem apoiador de tal prática seja açoitado no passadiço até que declare o contrário.

36

O açoitamento não é necessário

MAS JAQUETA BRANCA ESTÁ PRONTO a descer da elevada gávea de um princípio eterno e lutar contra os senhores, comodoros e capitães da Marinha, em seu próprio tombadilho e com suas próprias armas e métodos.

Imunes à chibata, vocês juram pela Bíblia que ela é indispensável aos demais; juram que, sem a chibata, não há navio armado capaz de manter-se em adequada disciplina. Que se prove aos senhores, oficiais, e se estampe em suas testas que, a esse respeito, estão redondamente equivocados.

"Mandem-nos a Collingwood", dizia lorde Nelson, "e *ele* os colocará nos eixos." Eram essas as palavras do aclamado almirante, quando seus oficiais lhe relatavam sobre o absoluto descontrole de alguns marinheiros da armada. "Mandem-nos a Collingwood." E quem era esse Collingwood que, depois de os marinheiros rebeldes terem sido presos e açoitados sem, por isso, entrarem nos eixos, quem era esse Collingwood, capaz de convertê-los à docilidade?

Quem foi o almirante Collingwood, como herói histórico, a própria história dirá; seja lá em que salão triunfal elas estejam penduradas, jamais as bandeiras de Trafalgar deixarão de tremular ante a menção de seu nome. Mas o que Collingwood representou como disciplinador a bordo dos navios que comandou, talvez seja necessário dizer. À época, era ele um oficial averso a qualquer forma de punição corporal; que, embora tivesse conhecido mais batalhas do que qualquer outro oficial da Marinha de seu tempo, por anos a fio comandou seus homens sem os submeter à chibata.

Mas esses seus homens do mar devem ter sido os mais notórios santos para se provarem tão obedientes sob poder tão leniente. Eram santos? A resposta está nas cadeias e asilos de pobres de toda a Grã-Bretanha, esvaziadas do último criminoso e miserável, no tempo de Collingwood, para equipar as esquadras de sua Majestade.

Ademais, falamos de um tempo em que recaíam sobre os recursos da Inglaterra, praticamente sem exceção, altíssimos impostos; quando os mastros de suas esquadras multiplicadas levavam ao mar praticamente toda a extensão de suas florestas; e os oficiais britânicos do aprisionamento para a maruja[185]

185. Até meados do séc. XVII a população do litoral inglês estava exposta à "prisão para a maruja", espécie de recrutamento forçado. Melville se vale da nefasta instituição no enredo de

invadiam não só os conveses de navios estrangeiros em alto-mar e as pontas de píeres noutras terras, como seus próprios navios mercantes na foz do Tâmisa e as casas ao longo de suas margens; e no qual os ingleses eram acossados, presos e arrastados à Marinha como gado para os matadouros, o que não se fazia sem todo tipo de louca e desesperada revolta contra o recrutamento que, desse modo, enfiava-lhes as cabeças, a despeito de sua resistência, dentro da boca dos canhões do inimigo. *Esse* foi o tempo, e *esses* foram os homens que Collingwood governou sem o uso da chibata.

Sei que se diz que lorde Collingwood começava infligindo severas punições e, depois, dominava seus marinheiros pela simples memória de um terror passado que ele com prazer ressuscitava; e que seus marinheiros sabiam disso, donde seu bom comportamento sob um comando leniente. No entanto, uma vez aceita a realidade do fato mencionado, o que se passa com os muitos capitães americanos que, depois de impor punições tão severas quanto as autorizadas por Collingwood e mostrar à tripulação os terríveis poderes de que estão investidos, não são capazes de manter a boa ordem sem açoitamentos subsequentes? Mas é particularmente notório, fato cuja veracidade eu próprio, em muitas circunstâncias, *testemunhei*, que, na Marinha americana, quanto mais severo o castigo corporal, mais frequente ele é.

Todavia, é incrível que, com tripulações como a de lorde Collingwood — composta, em parte, dos mais irrecuperáveis indivíduos, feita do pior das cadeias —, é incrível que tal grupo de homens pudesse ter sido comandado pela simples *memória* da chibata. Outras influências devem ter sido predominantes; a principal, sem dúvida, a influência de um poderoso cérebro e um espírito determinado e intrépido sobre a mais variegada e dispersa ralé.

É bem sabido que lorde Nelson em pessoa, no que concernia à prática do convés, era contrário à chibata. Colaborou para tanto, ademais, o testemunho dos efeitos sediciosos dos abusos do comando na Marinha — desconhecidos de nosso tempo — e que, para o terror de toda a Inglaterra, levaram ao grande motim de Nore, uma insurreição que por várias semanas ameaçou a própria existência da Marinha britânica.[186]

Billy Budd, no qual o protagonista é recrutado à força de um navio mercante para o ingresso na fragata britânica *Bellipotent*.

186. A insurreição dos marinheiros ancorados na região de Nore — banco de areia no estuário do Tâmisa — foi um dos mais importantes amotinamentos que tiveram lugar em diversas fragatas da Marinha Real, no ano de 1797. Tendo por contexto o esforço de guerra britânico contra a França revolucionária e as péssimas condições de trabalho e remuneração dos marinheiros, tais levantes mais se assemelharam à suspensão grevista dos trabalhos, com um

Mas poderíamos remontar a praticamente dois séculos atrás, pois é uma questão de dúvida histórica se, no tempo de Robert Blake, este o grande almirante de Cromwell,[187] conhecia-se algo como o açoitamento nos passadiços das esquadras vitoriosas. E, como nesse assunto não podemos ir para além de Blake, tampouco podemos avançar para além de nosso tempo, que mostra o comodoro Stockton[188] à frente da esquadra americana no Pacífico, durante a recente guerra contra o México, sem fazer uso da chibata.

Mas se, de três famosos comodoros ingleses, um abominava a chibata, outro comandava seus navios praticamente sem recorrer a ela e, ao terceiro, ela era aparentemente desconhecida; se um comandante americano teve, há não mais do que um ano, condições de manter a boa disciplina de uma esquadra inteira em tempo de guerra sem instrumentos de açoitamento a bordo, que inevitáveis inferências devem ser feitas, todas desastrosas ao caráter mental de todos os advogados do açoitamento na Marinha, os quais porventura são os próprios oficiais dessa Marinha?

---

elenco preciso de exigências e a organização democrática do movimento, do que a uma tomada tradicional de convés; donde o oficialato da Marinha britânica temesse que tal demonstração de força se desenrolasse num movimento maior de revolta social. No caso específico do que se passou em Nore, os amotinados, comandados pelo líder eleito Richard Parker, oficial subalterno do *Sandwich*, bloquearam a entrada de navios de suprimento da Marinha no porto de Londres e faziam planos de capturar navios e equipagens para levá-los à França. Isolados e sem ração, os marinheiros acabaram por desertar ao comando de Parker, e o motim fracassou. Parker foi condenado por traição e pirataria e enforcado na verga do *Sandwich*; sua execução fez parte de um conjunto de 29 punições dirigidas a figuras de liderança do movimento, presentes em outros navios, que foram igualmente enforcadas ou açoitadas e deportadas para a Austrália. A novela *Billy Budd*, de Melville, tem por contexto a situação da Marinha britânica passada a crise dos amotinamentos.

187. Almirante do líder militar e republicano Oliver Cromwell, Robert Blake (1598-1657) foi um dos mais importantes comandantes militares do Commonwealth inglês e responsável pela estruturação da supremacia naval britânica, que se estenderia até o início do séc. XX. Em virtude de sua história ao lado de Cromwell e dos parlamentaristas puritanos — que imporiam, com a deposição de Jaime II e a instauração de uma República de curta duração, uma das maiores derrotas da realeza britânica em toda a sua história —, as realizações de Blake jamais foram devidamente reconhecidas, embora seu nome seja mencionado ao lado do de Nelson entre os maiores oficiais da história da Marinha britânica.

188. Robert Field Stockton (1795-1866) foi um comodoro norte-americano. Atuante também no campo político, chegou a ser convidado pelo presidente norte-americano John Tyler para ser secretário da Marinha; preferiu, no entanto, trabalhar na conquista de apoio para a reforma tecnológica da Marinha norte-americana, mediante a adoção de navios movidos a vapor. No comando do *Princeton* — primeiro navio de guerra norte-americano construído sob tal interesse, Stockton foi um dos protagonistas do incidente (ver nota 171) que por pouco levaria à morte do presidente James Polk. Absolvido do acidente, seguiu com o *Princeton* para o golfo do México para a observação dos acordos e trâmites referentes à anexação do Texas ao território da União, mostrando-se arguto na identificação das tensões que, em 1846, irromperiam na Guerra Mexicano-Americana, durante a qual seu navio teve importante atuação.

Não pode ter escapado ao discernimento de qualquer observador da humanidade que, em posição de poder e na presença dos que se convencionam ser seus inferiores, o imbecil consciente de suas limitações não raro procura esconder a própria deficiência assumindo uma severidade senhorial. A quantidade de açoitamentos a bordo de um navio de guerra americano tem, em muitos casos, a exata proporção da incapacidade intelectual e profissional de seus oficiais no comando. Assim, em tais casos, a lei que autoriza o açoitamento coloca a chibata nas mãos de um idiota. Isso tem se mostrado real nas mais calamitosas situações.

É matéria digna de registro que alguns navios de guerra ingleses quedaram capturados pelo inimigo em razão da insubordinação da tripulação, a tanto induzida pela crueldade insensata de seus oficiais; estes tão armados pela lei que tinham condições de impor-se perversamente sem qualquer restrição. Tampouco faltaram situações de carência quando os marinheiros fugiram com seus navios, como nos casos do *Hermione* e do *Danae*,[189] livrando-se para sempre dos humilhantes castigos dos oficiais que os sacrificavam a sua fúria.

Acontecimentos que tais chamaram a atenção da opinião pública britânica na época. Tratava-se de tema sensível, cuja agitação o governo desejava muitíssimo suprimir. No entanto, sempre que se discutia o assunto em privado, esses terríveis motins, juntamente com a então sempre presente insubordinação dos homens na Marinha, eram quase que universalmente atribuídos ao desesperador instituto do açoite. E a necessidade para o açoitamento era em geral compreendida como se pudesse ser diretamente ligada ao recrutamento de tais multidões de homens insatisfeitos. E nas mais altas rodas da nação dizia-se que se, de algum modo, a esquadra inglesa pudesse ser equipada sem que se recorresse a medidas coercitivas, a necessidade da chibata deixaria de existir.

"Se abolíssemos a prisão para a maruja ou a chibata, um naturalmente seguiria o outro." Assim se leu na *Edimburgh Review* de um período ainda posterior, 1824.[190]

---

189. Navios britânicos envolvidos na série de motins das regiões do Nore e de Spithead. Em tais casos, segundo a fonte de Melville para sua menção (o ensaio "Abolição da prisão para a maruja", do protossocialista escocês Thomas Hodgskin, publicado em outubro de 1824), o levante dos marinheiros envolveu a morte de oficiais e a captura dos navios em alto-mar. À época dos incidentes, o *Hermione* navegava pelas Índias Ocidentais; dez de seus catorze oficiais foram mortos. Já o *Danae* fazia parte da esquadra de Brest, e a tomada do convés envolveu pouca violência. Em ambos os casos, as insurreições envolviam o instituto da prisão para a maruja.

190. Diferentemente do que escreve Melville, a edição em que o texto se localiza é a de maio de 1828. Evert Duyckinck (ver Apresentação) emprestara dois volumes do periódico a Melville, os de 1824 e 1828, dos quais constavam comentários sobre a correspondência pública e privada do vice-almirante lorde Collingwood.

Se, então, a necessidade da chibata na Marinha britânica era unicamente atribuída ao recrutamento forçado dos marinheiros, que mínima sombra de razão existe para que se dê continuidade a essa barbaridade no serviço militar americano, que é totalmente livre de tal acusação?

É verdade que, durante um longo período após o fim da prisão para a maruja e mesmo até hoje, a chibata foi e é a lei da Marinha inglesa. No entanto, em questões desse gênero a Inglaterra nada deveria significar para nós, exceto um exemplo a ser evitado. Tampouco devem os sábios legisladores governarem-se inteiramente por precedentes e concluírem que, uma vez que a chibata se mostra há muito tempo em uso, alguma virtude nela deve existir. Não. O mundo chegou a um momento que designa como parte da sabedoria homenagear os possíveis precedentes do futuro, em detrimento dos do passado. O passado está morto e não conhece ressurreição; mas o futuro é dotado de tal vida que conosco já vive antecipadamente. O passado é, em muitas coisas, o inimigo da humanidade; o futuro, em todas as coisas, nosso amigo. No passado não há esperança; o futuro é a um só tempo esperança e fruição. O passado é a cartilha dos tiranos; o futuro, a Bíblia dos livres. Os que são unicamente governados pelo passado acabam como a mulher de Ló,[191] cristalizada no próprio ato de olhar para trás e para sempre incapaz de olhar adiante.

Que o passado, portanto, governe as leis da imutável China; que o abandonemos aos legitimistas da velha ordem monárquica da Europa. Pois teremos outro capitão a nos conduzir — aquele que sempre marcha à frente de sua tropa e a leva adiante, sem retardar sua marcha com carroças repletas de velhos precedentes. *Isso* é o passado.

Mas em muitas coisas nós, americanos, somos levados à rejeição das máximas do passado, ao ver que não tardará para que a caravana das nações deva, por direito, nos pertencer. Há ocasiões em que cabe à América criar os precedentes, e não obedecer a outros. Devemos, se possível, nos mostrarmos professores à posteridade, em vez de sermos os pupilos de gerações perdidas. Mais hão de vir ao nosso encalço do que o contrário; o mundo nem sequer chegou à meia-idade.

Ao escapar do cativeiro, o antigo reino de Israel não seguiu os costumes dos egípcios. A ele deram-se ordens expressas de dispensa; a ele foi dado o novo sob

191. Referência ao episódio bíblico da destruição de Sodoma e Gomorra (Gênesis 19:24-26). Ló, morador de Sodoma, fora previamente avisado do castigo por Deus e instado a deixar a cidade com sua família, sob a orientação de não olhar para trás. As palavras de Deus não foram seguidas pela mulher de Ló. Quanto à perspectiva milenarista deste fim de capítulo, ver Apresentação.

o sol. E nós, americanos, somos o povo escolhido — a Israel de nosso tempo —; conosco levamos a arca das liberdades do mundo. Há setenta anos escapamos ao jugo; e, juntamente com nossa certidão de nascimento — abraçando da Terra um continente inteiro —, Deus nos deu, à guisa de herança futura, os amplos domínios dos pagãos políticos, que ainda hão de vir e recostar-se à sombra de nossa arca sem que mãos cheias de sangue se ergam. Deus predestinou-nos, a humanidade assim o espera, a grandes realizações de nossa raça; e grandes coisas sentimos em nossa alma. As demais nações logo estarão à nossa ré. Somos os pioneiros do mundo; a vanguarda, enviada através das terras selvagens do jamais tentado, para abrir um novo caminho no Novo Mundo que é nosso. Em nossa juventude está nossa força; em nossa inexperiência, nossa sabedoria. Num período em que outras nações apenas balbuciavam, nossa voz profunda ouviu-se ao longe. Há muito tempo temos sido céticos em relação a nós mesmos e duvidamos se, de fato, o Messias político é chegado. Mas ele chegou e está em nós, se tão somente dermos voz a seus estímulos. E lembremos sempre que, conosco, praticamente pela primeira vez na história da Terra o egoísmo nacional equivale a filantropia irrestrita; pois não podemos fazer o bem para a América sem dar esmolas ao mundo.

37

Um excelente London Dock envelhecido,[192] direto das câmaras frias da adega de Netuno

HAVÍAMOS ACABADO DE CHEGAR a uma zona de bom tempo, aproximando-nos do trópico, quando toda a marinhagem se agitou por um acontecimento que, para bem dizer, agradou a muitos paladares.

Um gajeiro postado na verga da vela da gávea de proa anunciou que avistava oito ou dez objetos escuros flutuando no mar, a três quartas[193] de nossa proa a sotavento.

"Manter a nau a três quartas!", bradou o capitão Claret ao quartel-mestre no leme.

E assim, com todos os nossos canhões, estoques e quinhentos homens, com suas bagagens, camas e provisões, e a um movimento de uma roda de mogno, nossa grande arca armada manobrou na direção daqueles objetos estranhos, com tanta facilidade quanto um menino vai da direita à esquerda perseguindo insetos no campo.

Logo em seguida, o gajeiro na verga da vela da gávea de proa anunciou que os objetos em questão eram barris. Instantaneamente todos os gajeiros forcejaram a vista, na frenética expectativa de terem sua já longa abstinência de grogue por fim encerrada pelo que parecia ser uma intervenção quase milagrosa. A situação era curiosa: embora não soubessem o que continham os barris, todos pareciam certos de que as aduelas traziam aquilo que desejavam.

As velas foram, então, encurtadas; nosso progresso, interrompido; e um escaler, levado ao mar, com ordens para rebocar a estranha esquadra para o costado do navio. Os homens saltaram vivamente a seus remos e logo cinco barris de considerável tamanho flutuavam no mar sob a mesa de enxárcia do mastro principal. Lançamos os estropos ao mar e os içamos para dentro do navio.

---

192. Vinho aqui identificado a um conjunto de docas localizadas no porto de Londres. Como tais docas, construídas entre 1799 e 1815 no distrito de Wapping (leste de Londres), eram especializadas em artigos de luxo (dentre os quais estavam marfim, especiarias, café e cacau, além de seleções de vinho e tecidos), a designação aponta a uma bebida de alta qualidade.

193. A quarta é cada uma das 32 partes de uma rosa dos ventos, que se divide em pontos cardeais (N, S, L, O), colaterais (NO, SO, NE, SE) e subcolaterais ou meias-partidas (NNE, NNO, SSE, SSO, LNE, LSE, OSO, ONO). As quartas são a subdivisão do espaço entre os pontos colaterais e as meias-partidas.

Era um espetáculo de causar inveja a Baco e suas bacanais.[194] Os barris exibiam um verde profundo, cravejados que estavam de mínimos mariscos e cracas e cobertos de uma alga marinha que corria por sua superfície, de modo que foi necessário algum tempo para que descobríssemos onde estavam suas bocas; pareciam velhas e veneráveis tartarugas marinhas. Quanto tempo tinham permanecido à deriva, em viagens benéficas ao paladar de seu conteúdo, ninguém podia precisar. Na tentativa de transportá-los para a costa ou a bordo de algum navio mercante, devem ter caído no mar e se extraviado. Isso inferíamos das cordas que os uniam ao comprido e que, de certo ponto de vista, faziam-nos lembrar uma longa serpente do mar. Eles foram arriados na coberta dos canhões, aonde o tanoeiro foi chamado com suas ferramentas, a multidão controlada ao longe por guardas.

"Bem fechado, sem estragos!", exclamou ele, em êxtase, agitando o martelo e o buril.

Enquanto as cracas e o musgo eram retirados, achou-se um tipo plano de molusco preso sobre um dos orifícios. Sem dúvida essa concha ali tinha encontrado o lugar certo, lançando-se sobre a abertura para melhor preservar o precioso conteúdo do barril. Os presentes à cena estavam praticamente sem ar quando por fim a barrica foi inclinada, e uma panela de lata levada ao orifício. O que sairia dali? Vinho ou água salgada? Uma torrente viva e púrpura logo respondeu à pergunta, e o lugar-tenente designado a experimentá-la, com um estalar alto e feliz dos lábios, declarou tratar-se de vinho do Porto!

"Do Porto!", bradou Mad Jack. "Sem dúvida!"

Mas, para a surpresa, dor e consternação dos marinheiros, uma ordem chegou-lhes do tombadilho para "arriar os estranhos no porão principal!" Esse procedimento acarretou todo tipo de censura sobre o capitão, que, evidentemente, o autorizara.

Que se diga aqui que, na viagem de ida, o *Neversink* aportara na ilha da Madeira; e ali, como é muitas vezes o caso nos vasos de guerra, o comodoro e o capitão estocaram uma considerável quantidade de vinhos para suas próprias mesas e o conforto de seus convidados estrangeiros. E, embora o comodoro fosse homem pequeno e magro, que obviamente não esvaziava mais que algumas poucas ta-

---

194 Baco é a versão latina do deus grego Dioniso. É o deus do vinho, da ebriedade e dos prazeres sexuais. As festas em sua homenagem eram chamadas de bacanais. Inicialmente ambientadas no sul da península itálica, de forte colonização grega, as bacanais ganharam a República Romana e tornaram-se uma ameaça à ordem pública, tendo sido proibidas pelo Senado romano e, posteriormente, controladas por lei.

ças, o capitão Claret era um cavalheiro imponente, com um rosto avermelhado, cujo pai lutara na Batalha de Brandywine e o irmão comandara a bem conhecida fragata cujo nome homenageia tal luta.[195] E sua aparência, como um todo, demonstrava que o próprio capitão Claret travara muitas batalhas de Brandywine em terra firme, em homenagem a seu progenitor, e, sem qualquer derramamento de sangue, fora o comandante em outras tantas no mar.

Foi, portanto, com certo sabor de provocação que os marinheiros receberam e comentaram a conduta nada generosa do capitão, como se este, assim o diziam, tivesse se interposto entre eles e a Providência, que por essa sorte inesperada parecia inclinada a aliviar-lhes as necessidades, enquanto o capitão Claret, com sua adega inesgotável, esvaziava suas licoreiras de vinho-madeira a seu bel-prazer.

No dia seguinte, porém, a marujada foi agitada pelo velho som conhecido de todos, o rufar — há tanto tempo silenciado — dos tambores do grogue.

Depois disso, o Porto foi servido duas vezes ao dia, até acabar.

---

195. A Batalha de Brandywine foi travada entre as tropas do general norte-americano George Washington e de *sir* William Howe em 11 de setembro de 1777, com a vitória britânica sobre os primeiros, forçados a recuar na direção da Filadélfia, em cuja região se dava o confronto. Melville explora, aqui, um duplo sentido de Brandywine, termo constituído dos nomes de duas bebidas (*brandy* e *wine*, conhaque e vinho), sugerindo o gosto do comandante por álcool.

38

O capelão e a capela num navio de guerra

O DIA SEGUINTE FOI DOMINGO — fato estabelecido pelo calendário, a despeito da máxima dos marinheiros de guerra segundo a qual "não há domingos em mar largo".

Não há domingos em mar largo, de fato! Não há domingos a bordo! Poderíamos também dizer que não deveria haver domingos nas igrejas; pois não é um navio construído à imagem e semelhança de uma igreja? Não tem ele três pontas — três torres? Sim; e na coberta dos canhões não há um sino e um campanário? E esse sino não dobra alegremente todo domingo pela manhã para chamar a tripulação à fé?

De qualquer forma, havia domingos a bordo dessa nossa fragata em particular, e um clérigo também. Era um sujeito esguio, de meia-idade, postura amistosa e conversa irretocável; devo dizer, contudo, que seus sermões não eram de forma alguma dirigidos ao bem da tripulação. O homem bebera nas fontes místicas de Platão; sua cabeça fora feita pela filosofia alemã; e digo mais — Jaqueta Branca o viu com a *Biographia Literaria* de Coleridge nas mãos.[196]

Imagine, agora, esse sacerdote transcendental de pé atrás de uma carreta de canhão no convés principal, dirigindo-se a quinhentos pecadores de água salgada sobre os fenômenos psicológicos da alma e a necessidade ontológica de todos os marinheiros salvarem-na de todo perigo. Ele discorria longamente sobre os desatinos dos filósofos antigos; com erudição, aludia ao *Fédon*, de Platão; expunha as sandices do comentário de Simplício a *De Coelo*, de Aristóteles, confrontando o perspicaz autor pagão com o admirável tratado de Tertuliano, *De Prascriptionibus Haereticorum*, para arrematar com uma citação em sânscrito; era particularmente duro com os gnósticos e marcionitas do segundo século da Era Cristã; mas nunca, nem ao menos remotamente, atacava os vícios cotidianos do século XIX, tal como

---

196. A *Biographia Literaria, ou Esboços biográficos de minha vida e opiniões literárias*, de Samuel Taylor Coleridge, publicada em 1817. O volume fora originalmente planejado como prefácio a uma coletânea de poemas, no qual justificava sua prática poética. O texto, porém, acabou ganhando a forma de uma autobiografia, tratando de sua educação e primeiro interesse literário e ganhando corpo numa avaliação crítica da teoria da poesia de seu companheiro literário William Wordsworth, com quem publicara um importante volume, as *Lyrical Ballads*, e numa apresentação ampla de suas ideias filosóficas.

eminentemente ilustrados por nosso mundo flutuante.[197] Quanto a bebedeiras, açoitamentos, lutas e opressão — coisas expressa ou implicitamente proibidas pela cristandade —, jamais proferiu uma palavra. Todavia os poderosos comodoro e capitão sentavam-se diante dele; e, de forma geral, se, numa monarquia, o Estado forma a audiência da Igreja, pouca devoção evangélica será apregoada. Daí as inofensivas e evasivas profundezas de nosso capelão não serem surpreendentes. Ele não era um Massillon para tonitroar em retórica eclesiástica, mesmo quando um Luís, o Grande, surgisse entronado em meio a sua congregação.[198] Tampouco os capelães que pregavam no tombadilho de lorde Nelson jamais aludiram ao culpado Félix ou a Dalila, nem refletiram sobre a retidão, a temperança e ao juízo do porvir, quando o renomado almirante se sentava, de espada na cintura, diante deles.[199]

Durante essas preleções dominicais, os oficiais sempre se sentavam em círculo ao redor do capelão e, com afetada importância, prontamente preservavam o máximo decoro. Em particular, nosso velho comodoro fazia ares de alguém intensamente edificado; e a nenhum marinheiro a bordo restava senão crer que apenas o comodoro, ele próprio o maior homem presente, era capaz de compreender as místicas sentenças surgidas dos lábios de nosso pároco.

De todos os nobres lordes da praça-d'armas, esse aristocrata do espírito, exceção feita ao comissário, era tido na mais elevada conta pelo comodoro, que com

---

197. Em *Fédon*, Platão aborda o tema da imortalidade da alma e trata da morte de Sócrates; ao lado de *Eutífron*, *Apologia de Sócrates* e *Críton*, compõe o conjunto de diálogos platônicos que versam sobre os últimos dias de seu protagonista. O grego Simplício da Cilícia (490-560), perseguido juntamente com outros filósofos pagãos pelo imperador bizantino Justiniano, foi um dos últimos neoplatônicos e é conhecido por suas obras de comentário a Aristóteles, dentre as quais os quatro livros acerca de *Sobre o céu*. Já Quintus Septimius Florens Tertullianus, ou Tertuliano (155-240), foi um importante autor dos primeiros séculos do cristianismo. Entre suas obras, estão orientações sobre a boa e a má conduta sob a perspectiva religiosa, as apologias e polêmicas contra as heresias, caso de *Sobre a prescrição às heresias*, as quais incluíam mesmo seitas cristãs — como a marcionita, ligada a Marcião de Sinope e pautada por uma perspectiva dualista do Pai e do Filho como figuras divinas distintas, a gnosticista, vertente mais ampla à qual os próprios marcionitas estão relacionados e que se pauta pelo conhecimento como única forma de salvação.

198. O padre francês Jean Baptiste Massillon (1663-1742) foi famoso orador e membro da Academia francesa. Viveu entre os reinados de Luís XIV — também conhecido como "o Grande" e "Rei-Sol", responsável pela estruturação da monarquia absolutista na França — e seu filho, Luís XV.

199. Marco Antônio Félix foi governador da Judeia entre 52 e 60. Contemporâneo de Paulo, o Apóstolo, e citado no capítulo 24 dos Livros dos Atos em razão do julgamento do mesmo, Félix teria visitado o homem santo com a primeira de suas três mulheres. Dalila, por sua vez, citada no Livro dos Juízes, é a mulher que seduz o juiz Sansão. Ambos surgem, aqui, como supostos índices do tema do adultério, que, segundo a hipótese de Melville, jamais deveriam ser mencionados diante de Nelson, cujo caso com lady Hamilton (ver nota 53) era publicamente conhecido, porém intocado como assunto.

ele frequentemente conversava com intimidade e confidência. O que, se pararmos para refletir, não é de admirar, uma vez que se constata quão eficaz, em todos os governos despóticos, é a comunhão entre trono e altar.

As acomodações de nossa capela eram muito pobres. Não tínhamos onde sentar, exceto pelas barras do cabrestante e os enormes soquetes de pólvora, postos horizontalmente sobre caixas de munição. Esses assentos eram demasiadamente desconfortáveis; consumiam nossas calças e humores e, sem dúvida, impediam a conversão de muitas e preciosas almas.

Para dizer a verdade, a tripulação de um navio de guerra formava, em geral, uma péssima audiência nessas ocasiões, usando de todo e qualquer meio de escapar. Não raro os guardiões do contramestre eram obrigados a impelir os homens ao culto, produzindo tão violentas imprecações quanto em qualquer outra ocasião.

"Malditos sejam... para o sermão! Para o sermão, seus velhacos... para o sermão!" O capitão Claret frequentemente fazia coro ao convite clerical.

Em resposta a tal convite, Jack Chase por vezes fazia troça. "Vamos lá, rapazes, não se atrasem", dizia ele. "Venham, vamos ouvir o pároco falar sobre seu lorde grão-almirante Platão e o comodoro Sócrates."

Certa feita, porém, grave exceção se deu à convocação. Um marinheiro deveras sério, porém fanático, lotado na âncora d'esperança — e a cujas devoções privadas aludirei na sequência —, cumprimentou o capitão e respeitosamente disse: "Senhor, sou batista; o capelão é episcopalino; sua forma de culto não é a minha; não tenho a mesma crença que ele, e é contra minha consciência estar sob seu ministério. Peço permissão, senhor, para *não* ir ao culto a meia-nau?".

"O senhor tem permissão", disse o capitão, com arrogância, "para obedecer às leis do navio. Se não participar do culto nas manhãs de domingo, já sabe a punição."

De acordo com os Artigos de Guerra, o capitão estava perfeitamente certo; mas, se uma lei que exige que um americano se faça presente a um serviço de culto contra a sua vontade for uma lei concernente ao estabelecimento da religião, então os Artigos de Guerra estão, quanto a esse ponto em especial, em oposição à Constituição americana, que diz expressamente: "O Congresso não promulgará qualquer lei relativa ao estabelecimento da religião ou a seu livre exercício". Mas essa é apenas uma dentre as muitas ocasiões nas quais os Artigos de Guerra divergem desse instrumento. Elas serão examinadas noutra parte desta narrativa.

O motivo que inspira a introdução de capelães na Marinha não pode senão ser calorosamente recebido por todos os cristãos. Mas disso não se segue que a presença dos capelães nos navios de guerra, sob esse ou qualquer outro sistema, signifique a realização de muitas boas ações, hoje ou no futuro.

Como se pode esperar que uma religião de paz floresça num castelo de guerra construído em carvalho? Como se pode esperar que um clérigo cujo púlpito é um canhão de quarenta e duas libras seja capaz de converter pecadores a uma fé que os convida a dar a face direita quando a esquerda é golpeada? Como se pode esperar isso quando, de acordo com as palavras do quadragésimo segundo dos Artigos de Guerra — tal como se apresentam, intocadas, no Estatuto legal americano —, "uma recompensa de vinte dólares há de ser paga" (aos oficiais e à tripulação) "pelo governo dos Estados Unidos por cabeça a bordo de qualquer navio inimigo que seja afundado ou destruído por qualquer navio americano"; quando, em seção subsequente (vii.), vem-se a saber, entre outras partilhas, que o capelão há de receber "dois terços" desse valor, relativos ao afundamento e destruição de navios repletos de seres humanos? Como se pode esperar que um clérigo assim pago se prove eficaz contra a criminalidade de Judas, que, por trinta moedas de prata, traiu seu Senhor?[200]

Embora, segundo os regulamentos da Marinha, cada rancho a bordo do *Neversink* fosse munido de uma Bíblia, elas eram raramente ou jamais vistas, exceto nas manhãs de domingo, quando o costume exige que sejam postas à mostra enquanto o mestre-d'armas faz suas rondas na coberta. Em tais ocasiões, elas geralmente encimavam uma panela de lata bastante polida sobre a tampa da caixa de rancho.

Não obstante, a cristandade dos homens dos navios de guerra e sua disposição para contribuir com causas devotas são tidas em alta conta. Muitas vezes, ainda aportados, formulários de inscrição circularam em meio à tripulação do *Neversink*, sob os auspícios diretos do capelão. Um deles tinha por finalidade a construção de uma capela de marinheiros na China; outro era destinado ao pagamento do salário de um distribuidor de panfletos na Grécia; um terceiro, para levantar fundos em benefício da Sociedade Colonizadora da África.

Quando o próprio capitão é um sujeito ético, ele faz as vezes de um capelão melhor para sua tripulação do que qualquer outro pároco. Isso é amiúde demonstrado no caso das chalupas de guerra e brigues armados, que não permitem a presença de um clérigo. Conheci uma tripulação que era calorosamente ligada

---

200. O episódio está no Evangelho segundo Mateus. Judas Iscariotes, um dos doze apóstolos presentes à Última Ceia, é subornado pelos sacerdotes judeus, comandados por Caifás, para entregar Jesus aos romanos.

a um comandante naval digno de seu amor e se reunia com alegria ao chamado para o culto; e, quando o capitão lhes lia o serviço anglicano, tais homens se apresentavam como uma congregação insuperável, em concentração e devoção, por qualquer presbitério escocês.[201] Mais pareciam aquelas preces familiares, durante as quais o chefe da família é o primeiro a se confessar diante do Criador. Mas nossos próprios corações são as melhores capelas, e os capelães que mais nos podem ajudar somos nós mesmos.

201. O presbiterianismo é um ramo do protestantismo e tem suas origens na Grã-Bretanha. Seu nome deriva do modo de organização político da igreja, calcado em conselhos eleitos de presbíteros, ou anciãos. Outras denominações protestantes têm a mesma organização; o termo, porém, acabou por denominar as igrejas fundadas por grupos políticos escoceses e ingleses durante a Guerra Civil Inglesa (1642-49), com predominância dos primeiros. Teologicamente, a maior referência presbiteriana escocesa é João Calvino.

39

A fragata no porto — os botes — grande recepção de Estado ao comodoro

EM BOA HORA CHEGAMOS ao paralelo do Rio de Janeiro e, rumando à terra firme, a névoa logo se desfez. Ao alto, via-se o cume do afamado Pão de Açúcar, com nossa proa apontando rigorosamente em sua direção.[202]

Enquanto nos aproximávamos de nosso ancoradouro, as bandas dos vários navios de guerra no porto nos saudaram com seus hinos nacionais, arriando com elegância suas insígnias. Nada é capaz de superar a cortês etiqueta desses navios, de todas as nações, ao saudar seus irmãos. De todos os homens, o duelista vitorioso é geralmente o mais educado.

Permanecemos no Rio de Janeiro algumas semanas, recebendo preguiçosamente mantimentos a serem estocados e preparando a viagem de retorno. No entanto, embora o Rio de Janeiro seja uma das mais magníficas baías do mundo; embora a própria cidade tenha muitos admiráveis interesses; e embora muito se possa dizer sobre as alturas do Pão de Açúcar e da colina do Sinal; sobre a Pedra de Lúcia; a ilha das Cobras, fortificada (ainda que as únicas anacondas e serpentes que hoje se encontrem nos arsenais sejam os canhões e as pistolas); sobre o Nariz de lorde Hood,[203] uma elevada proeminência que os marinheiros diziam lembrar

---

202. Sabe-se, pelo diário de bordo do *USS United States*, que a embarcação fundeou no Rio de Janeiro em agosto de 1844, permanecendo na cidade não mais do que sete ou oito dias para reabastecimento. Zarpou rumo a Boston em 24 de agosto. Melville descreve a topografia e pontos da paisagem da baía de Guanabara, valendo-se de nomes em desuso, corruptelas do português e mesmo versões consagradas em algum momento em língua inglesa. Optamos pela normalização dos nomes, indicando em nota, quando necessário, a razão das alterações efetuadas.

203. Trata-se da pedra da Gávea. A designação heterodoxa remonta às descrições de navegadores ingleses. Lorde Samuel Hood (1724-1816) foi almirante inglês que serviu na Guerra dos Sete Anos e nas Guerras Revolucionárias Francesa e Americana. Em *Travels of His Royal Highness Prince Adalbert of Prussia, in the South of Europe and in Brazil*, o autor menciona *Signal-hill* (literalmente "Colina do Sinal"), "também chamado morro do Castelo". Próximo à praia, o morro do Castelo concentrou algumas das primeiras edificações da cidade à época de sua fundação, entre as quais a fortaleza de São Sebastião do Castelo, do qual toma o nome. Densamente povoado e centro de grandes problemas urbanos e sanitários, o morro do Castelo foi demolido em 1922.

o nariz em forma de concha de seu senhor; as praias do Flamengo, uma bela faixa de areia, assim chamada por ter sido o retiro, em tempos remotos, daqueles belos pássaros; a baía de Botafogo, que a despeito do nome, é tão perfumada quanto as vizinhas Laranjeiras; o verde morro da Glória, sobre o qual estão os campanários da igreja de Nossa Senhora da Glória; sobre o convento beneditino próximo, em seu cinza plúmbeo; os belos caminhos do Passeio Público; a grandiosa sequência de arcos do Aqueduto da Carioca; o palácio do imperador; o jardim da imperatriz; a bela Igreja da Candelária; e o trono dourado sobre rodas, conduzido por oito elegantes mulas com sinos de prata, nas quais, durante agradáveis entardeceres, Sua Majestade Imperial é levada para fora da cidade, rumo a sua *villa* mourisca em São Cristóvão — embora muito possa se dizer sobre tudo isso, devo abster-me e concentrar-me, se me permitem, em meu único objeto de fato, *o mundo num navio de guerra*.

Contemplem o *Neversink* sob nova luz. Com todos os seus canhões, jaz tranquilo no ancoradouro, cercado de fragatas inglesas, francesas, holandesas, portuguesas, brasileiras, todas surtas nas profundas águas verdes, tendo a sotavento aquela massa rochosa oblonga e acastelada, a ilha das Cobras, que, com suas portinholas e elevados mastros de bandeira, parece outro navio de guerra, de ferros lançados a meio caminho do porto. Mas o que é o forte numa ilha senão um aterro bélico que adentra o mar saído das Quebecs e Gibraltares do mundo? E o que um forte de terra firme é senão alguns conveses de um navio de batalha transplantados para a costa? Eles são todos um — todos, como o rei Davi, navios de guerra desde o berço.[204]

Contemplem o *Neversink* ancorado, em muitos aspectos apresentando aparência diversa da que ostentava no mar. Nem a rotina da vida a bordo é a mesma.

No mar há mais atividade para os marinheiros e menos tentação para violações da lei. Já no porto, exceto quando empenhados em algum serviço em particular, eles levam a mais preguiçosa das vidas, assediados por toda a sedução da costa, ainda que esta talvez jamais seja tocada.

A não ser que pertença a um dos muitos botes que, num navio de guerra no porto, são continuamente empregados em viagens à terra firme, você está, no geral, entregue à própria sorte para fazer o tempo passar. Com frequência dias inteiros transcorridos sem que seja individualmente instado a erguer um dedo; pois embora, na marinha mercante, tenha-se por diretriz manter os homens

204. Líder militar, Davi foi o segundo rei do reino de Israel, unificado a partir da união das tribos israelitas. Estipula-se sua existência entre os sécs. XI e X a.C.

sempre ocupados com uma coisa ou outra, empregar quinhentos homens onde nada há de específico a se fazer vai além da engenhosidade de qualquer primeiro lugar-tenente da Marinha.

Como se acaba de fazer menção aos inúmeros botes empregados em nosso porto, algo mais se pode dizer sobre eles. Nossa fragata trazia um bote de tamanho considerável — equivalente a uma pequena chalupa —, por nome lancha, geralmente utilizado para carregamentos de madeira, água e outros pesados e volumosos artigos adquiridos à terra firme. Além da lancha, trazia quatro outros botes cujos tamanhos variavam em progressão aritmética — o maior sendo conhecido como primeiro escaler, o segundo maior como segundo escaler, e então o terceiro e o quarto escaleres. O *Neversink* também trazia um batelão para o comodoro, um escaler de casco embricado para o capitão e um "dingue", uma pequena iole, tripulada por aprendizes. Todos esses botes, com exceção do dingue, tinham suas tripulações regulares, subordinadas a seus timoneiros — oficiais subalternos que recebiam um pagamento adicional a seus soldos de marinheiro.

A lancha era tripulada pelos velhos tritões do castelo de proa, que de forma alguma se mostravam asseados no vestir, enquanto os demais botes — destacados para deveres mais aristocráticos — eram remados por jovens em sua maioria dotados de apuros de dândi no que tocava à aparência pessoal. Acima de tudo, os oficiais cuidavam para que o batelão do comodoro e o escaler do capitão fossem tripulados por jovens de trato cavalheiresco, que fizessem justiça a seu país e constituíssem agradáveis objetos ao repousar dos olhos dos comandantes tranquilamente sentados à popa, conduzidos a terra firme por seus marinheiros de batelão e escaler, a depender do caso. Alguns homens gostavam muito de servir nos botes e julgavam ser grande honra pertencer ao corpo de marinheiros do batelão do comodoro; outros, contudo, sem ver em tal ocupação particular distinção, não se esforçavam para tanto.

No segundo dia após a chegada ao Rio de Janeiro, um desses homens de escaler sentiu-se mal e, para minha não pouca preocupação, vi-me temporariamente indicado a ocupar seu lugar.

"Vamos, Jaqueta Branca, bota uma roupa branca... é o uniforme do escaler hoje; você virou remador, meu rapaz... trate de se animar!" Esse foi o primeiro anúncio do fato; logo em seguida, ele foi oficialmente ratificado.

Estava prestes a procurar o primeiro lugar-tenente e apelar à precariedade de minhas peças de vestuário, que de todo me desqualificavam para preencher tão distinto posto, quando escutei o corneteiro convocar o "escaler"; e, sem alternativa, enfiei-me dentro de uma blusa limpa, da qual um companheiro de rancho se desfez em meu benefício, e logo em seguida me vi conduzindo seu alto potentado, o capitão, a uma fragata inglesa de setenta e quatro peças.[205]

Quando remávamos, o timoneiro subitamente bradou: "Remos!". Tão logo a palavra foi dita, todos os remos foram levados ao ar, enquanto o batelão do comodoro atravessava diante de nós, levando o próprio consigo. Ao vê-lo, o capitão Claret tirou o chapéu e saudou-o com solenidade, com nosso bote permanecendo imóvel na água. Mas o batelão não parou; e o comodoro produziu uma discreta resposta à obsequiosa saudação que recebera.

Voltamos, então, a remar; mas não tardamos a ouvir de novo: "Remos!"; vindo, agora, de outro bote, o segundo escaler, que levava um lugar-tenente à costa. Era a vez de o capitão Claret receber as honras. O escaler permaneceu imóvel, e o lugar-tenente tirou o chapéu, enquanto o capitão lhe dirigiu apenas um meneio, e seguimos nosso caminho.

Essa etiqueta naval era muito similar à etiqueta da Sublime Porta de Constantinopla,[206] onde, depois de lavar os pés do sultão, o grão-vizir vingava-se exigindo que um emir fizesse o mesmo para si.

Quando chegamos a bordo do navio inglês, o capitão foi recebido com as costumeiras honras, e a tripulação do escaler foi conduzida ao convés inferior, sendo hospitaleiramente recebida com bebida, servida por ordem de um oficial do convés.

Logo depois, a tripulação inglesa procedeu a seus exercícios de posto; e enquanto permaneciam junto de seus canhões, perfilados no convés principal — uma fileira de britânicos robustos e bem-alimentados —, assombrou-me o contraste que ofereciam em relação ao que havia de similar a bordo do *Neversink*.

Pois, em nossa fragata, nossos "exercícios" mostravam uma fileira de sujeitos esguios, de rostos emaciados. Por outro lado, não tive dúvida de que, numa luta em alto-mar, nossos animados patifes de queixo protruso demonstrariam ser ágeis e flexíveis como leves lâminas de aço damasquino; enquanto os britânicos se mostrariam, talvez, como vigorosas espadas. Porém, todos se lembram da história de Saladino e Ricardo[207] testando suas respectivas lâminas; quão intrépido

---

205. Isto é, peças de artilharia.
206. Sublime Porta (ou ainda Porta Otomana ou Porta) foi, entre 1718 e 1922, a designação dada ao governo do Império otomano.
207. Saladino (1138-93) foi um chefe militar de origem curda e fé muçulmana que se fez sultão do Egito e da Síria e liderou as forças islâmicas em seu esforço de guerra contra os cruzados europeus. Entre seus feitos militares, está a Reconquista de Jerusalém ao poder dos europeus. Apesar de sua fé, Saladino foi celebrado pelos cronistas cristãos da época

Ricardo fendeu uma bigorna, ou algo igualmente pesado, em duas; e Saladino elegantemente cortou uma almofada; de modo que os dois monarcas ficaram quites — cada qual excepcional a sua maneira —, embora, para a infelicidade de meu símile, no que toca a um ponto de vista patriótico, Ricardo tenha por fim castigado as tropas de Saladino.

O caso é que havia um lorde a bordo desse navio — o filho mais novo de um conde, segundo me disseram. Era um sujeito de belo porte. Tive a oportunidade de estar ao seu lado no momento em que dirigiu uma pergunta ao capitão irlandês de um canhão; quando o marinheiro, distraidamente, referiu-se a ele como "senhor", o aristocrata franziu o cenho ante tal desrespeito; e o marinheiro, tocando o chapéu milhares de vezes, disse, "Perdão, Minha Excelência; quero dizer, *milorde*, senhor!".

Entreteve-me muito a figura de um velho músico grisalho, de pé na escotilha principal com seu enorme bumbo diante de si, acompanhando com firmeza o "Deus salve o rei!", embora demonstrasse pouca piedade para com o couro de seu tambor. Dois meninos batiam pratos e outro soprava um pífaro, suas bochechas estufadas como o mais fofo dos bolos de ameixa de seu país.

Quando retornamos dessa viagem, mais uma vez ocorreu a cerimoniosa recepção de nosso capitão a bordo da fragata que comandava, o que sempre me interessava e divertia muitíssimo.

Em primeiro lugar, quando ancorado, um dos quartéis-mestres permanece sempre postado à popa com um monóculo de observação para avistar todos os botes que se aproximem e reportá-los ao oficial do convés; assim como os que nele cheguem; de modo que sejam feitos os devidos preparativos. Portanto, tão logo o escaler tocou o casco do navio, ouviu-se um poderoso e agudo assovio, como se alguns meninos estivessem celebrando o Quatro de Julho com flautas irlandesas. O silvo vinha de um guardião do contramestre, que, permanecendo no passadiço, assim honrava o retorno do capitão depois de longa e perigosa ausência.

O capitão, então, subiu lentamente a escada e, caminhando a passos solenes através de um corredor formado de duas fileiras de rapazes — todos em seus melhores trajes e fazendo caretas matreiras a suas costas —, foi recebido por todo o corpo de lugares-tenentes, de chapéus à mão e fazendo prodigiosos salamaleques,

---

por sua conduta cavalheiresca, ganhando a admiração de alguns dos principais líderes militares do Velho Continente, dentre os quais o rei anglo-francês Ricardo Coração de Leão, ou simplesmente Ricardo I (1157-99). Este esteve entre as principais lideranças europeias da Terceira Cruzada, que, embora tenha obtido importantes vitórias contra Saladino, não foi capaz de retomar Jerusalém.

como se tivessem acabado de se formar numa escola de dança francesa. Enquanto isso, preservando uma postura ereta, inflexível como uma vareta de espingarda e tocando levemente o chapéu, o capitão seguiu cerimoniosamente na direção da cabine, desaparecendo atrás do palco como o fantasma de papelão em *Hamlet*.[208]

Mas essas cerimônias nada são perto das honras prestadas à chegada do comodoro, ainda que este saia e volte vinte vezes num só dia. Em tais ocasiões, todos os fuzileiros, exceção feita às sentinelas em serviço, são convocados e reunidos no convés, apresentando armas à medida que o comodoro por eles passa; enquanto o oficial responsável oferece-lhe a saudação militar com sua espada, como se com ela fizesse sinais maçônicos. Entrementes, o próprio contramestre — e não seu guardião — conserva um perseverante assovio com seu apito prateado; pois o comodoro jamais é saudado com o rude apito de um subordinado do contramestre; *isso*, sem sombra de dúvida, seria um insulto. Todos os lugares-tenentes e aspirantes, além do próprio capitão, são reunidos em falange e tiram juntos seus chapéus; as fileiras de garotos, cujo número agora aumenta a dez ou doze, mostram-se solenemente organizadas no passadiço; e a banda marcial, elevada à popa, toca "Vede! O herói conquistador chega!". Ou essa era a canção que o nosso capitão indicava, com um gesto, ao capitão da banda, sempre que o comodoro chegava da costa. Ela trazia uma homenagem a mais, da parte do capitão, ao heroísmo do comodoro durante a última guerra.

Retornando ao escaler. Como eu não gostava da ideia de ser uma espécie de serviçal particular do capitão Claret — já que seus homens de escaler eram frequentemente chamados para esfregar o chão de sua cabine e fazer-lhe outros serviços —, tomei para mim a missão de me livrar o mais rápido possível da indicação para seu bote, e no dia seguinte consegui encontrar um substituto, que ficou feliz com a oportunidade de preencher o posto que eu tão pouco estimava.

E assim, com o que seja do gosto e do desagrado, a maioria dos homens num navio de guerra conforma-se um ao outro e, por nossos próprios pontos de oposição, unimo-nos num bem alinhado todo, como as partes de um quebra-cabeça chinês. No entanto, a exemplo do próprio quebra-cabeça, muitas peças são difíceis de encaixar; assim, há alguns desafortunados sujeitos que jamais encontram seus verdadeiros ângulos e, desse modo, o quebra-cabeça torna-se de fato um enigma, que é a precisa condição do maior dos quebra-cabeças — o mundo num navio de guerra.

---

208. Referência à saída cenográfica para a representação do fantasma do rei em *Hamlet* (1599-1601), tragédia do dramaturgo inglês William Shakespeare, em especial nas cenas em que unicamente se manifesta como um espectro diante das demais personagens (p. ex., Ato I, Cena I).

40

Algumas das cerimônias num navio de guerra são desnecessárias e prejudiciais

As cerimônias num navio de guerra, algumas das quais descritas no capítulo anterior, talvez mereçam uma ou duas reflexões.

Os costumes gerais da Marinha americana foram fundados nos costumes dominantes na Marinha da monárquica Inglaterra há mais de um século; nem por isso, desde então, foram materialmente alterados. E enquanto tanto a Inglaterra quanto a América se tornaram enormemente liberais nesse ínterim; enquanto a pompa da costa nas altas rodas tem sido tomada por mais bem informadas massas de homens como algo pertencente ao absurdo, ao ridículo e a uma paródia do verdadeiro heroísmo; enquanto a mais verdadeiramente augusta de todas as majestades da Terra, o presidente dos Estados Unidos da América, pode ser visto entrando em casa com um guarda-chuva em mãos, sem bandas marciais ou guardas militares em seu encalço, e tomando seu lugar sem qualquer ostentação ao lado do mais baixo cidadão no transporte público — enquanto assim é em terra firme, nos navios de guerra americanos ainda persiste toda a etiqueta afetada e a mais infantil ostentação da antiga corte espanhola de Madri. De fato, tanto quanto concerne ao que os olhos veem, um comodoro americano é um homem muito maior do que o presidente de vinte milhões de homens livres.

Mas nós, simples pessoas de terra firme, ficaríamos deveras satisfeitos em deixar tais comodoros na imperturbável posse de suas flautas irlandesas, suas matracas e quinquilharias, se estas tanto lhes aprazem, não fosse o fato de tudo isso vir acompanhado de consequências para seus subordinados a serem deploradas no mais alto grau.

Enquanto praticamente ninguém contesta que um oficial da Marinha seja cercado de circunstâncias calculadas para conferir a devida dignidade à sua posição, não é menos certo que, pela excessiva pompa que ele hoje mantém, gera-se um natural e inequívoco sentimento de servilidade e rebaixamento nos corações da maioria dos marinheiros que continuamente contemplam um mortal como eles elevar-se sobre suas cabeças como o arcanjo Miguel dotado de mil asas. E uma vez que, guardadas as proporções, essa mesma pompa é observada, no que toca a seus inferiores, por todos os graus de oficiais comissionados, chegando até mesmo a um aspirante, o mal se multiplica.

Não haveria de forma alguma diminuição do verdadeiro respeito pelos oficiais e da subordinação a sua autoridade entre os marinheiros se toda essa inútil ostentação — que atende apenas à arrogância dos oficiais, sem qualquer benefício ao Estado — fosse completamente abolida. Para fazê-lo, porém, nós mesmos, eleitores e legisladores, não podemos ser submissos a essas pessoas.

Aquela ideia de "nivelar por cima, não por baixo"[209] pode parecer ótima para os que não conseguem ver o absurdo em que estão envolvidos. Mas a verdade é que, para chegarmos ao verdadeiro nível, em algumas coisas, *precisamos* medir por baixo; pois como é possível transformar cada marinheiro num comodoro? Ou ainda: como erguer os vales sem enchê-los dos supérfluos topos das colinas?

Uma legislação atenta, mas democrática, é deveras desejada. E para rebaixar os oficiais da Marinha, pelo menos no que toca a essas coisas, sem afetar sua legítima dignidade e autoridade, devemos, de forma equivalente, elevar o marinheiro comum, sem relaxar a subordinação a qual ele deve, de toda forma, aquiescer.

---

209. Consta que a origem da expressão remonta a Samuel Johnson, importante crítico e literato inglês setecentista.

41

A biblioteca de um navio de guerra

EM NENHUM OUTRO LUGAR o tempo passa mais pesadamente, para os homens de um navio de guerra, do que a bordo de uma fragata no porto.

Um dos principais antídotos contra o *ennui* no Rio de Janeiro era a leitura. Havia uma biblioteca pública a bordo, paga pelo governo e colocada sob a custódia de um dos fuzileiros, um cabo pequeno e seco como uma múmia, que cultivava alguma queda pelo literário. Antes, em terra firme, trabalhara no serviço interno de uma agência de correio; e, tendo se acostumado a entregar cartas quando estas lhe eram pedidas, era o homem mais indicado a entregar livros. Mantinha-os numa imensa barrica na coberta das macas e, quando tinha de procurar um volume em especial, via-se obrigado a virá-la como um barril de batatas. Isso o deixava bastante irritadiço e mal-humorado, como sói aos bibliotecários. Quem fizera a seleção daqueles livros, não sei dizer, mas alguns deles devem ter sido escolhidos por nosso capelão, que gostava de "cavalgar na altivez alemã" de Coleridge.[210]

O *Livro da natureza*, de Mason Good[211] – um ótimo livro, sem sombra de dúvida, mas não exatamente adaptado aos gostos da marujada –, era um desses volumes; assim como *A arte da guerra*, de Maquiavel,[212] uma batalha árdua; um fólio dos *Sermões*, de Tillotson, altamente recomendável para pastores, mas pouco

---

210. A expressão é de William Hazlitt, no primeiro volume de suas memórias, sobre encontro entre Samuel Coleridge e o dramaturgo Thomas Holcroft: "Coleridge cavalgava, então, o altivo cavalo germânico e demonstrava as 'Categorias da Filosofia Transcendental' ao autor de 'Estrada para a destruição' [Thomas Holcroft], que reafirmava seu conhecimento de alemão e da metafísica germânica, tendo lido a 'Crítica da Razão Pura' no original".

211. John Mason Good (1764-1827) foi escritor inglês dedicado a assuntos naturalistas, médicos e religiosos, bem como à literatura dos antigos. Dono de estilo considerado enfadonho (o que explica o comentário do narrador), foi tradutor do poeta latino Lucrécio. Em *O livro da natureza*, reúne ensaios sobre a constituição material do planeta e dos corpos animais, concluindo com a natureza física, linguística e cultural do homem.

212. Escrito sob a forma de um diálogo socrático, *A arte da guerra* (1521) é o único trabalho de natureza histórica e política publicado por Maquiavel em vida. Trata-se de um encômio da ordem militar, sob a qual a República e a *virtú* do governante encontram salvaguarda contra forças facciosas.

prazeroso para um gajeiro;[213] os *Ensaios*, de Locke[214] – incomparáveis ensaios, todos sabem, mas uma leitura indigesta em alto-mar –; as *Vidas*, de Plutarco – biografias excepcionais, que opõem gregos e romanos em belo estilo, mas que não se podem comparar, segundo o gosto de um marinheiro, com as *Vidas dos Almirantes* –;[215] e as *Preleções*, de Blair,[216] Edição da Universidade – um belo tratado de retórica que, no entanto, nada tem a dizer sobre expressões náuticas, como "costurar o estai principal",[217] "utilizar defensas", "passar cabresto", "fazer nó de ajuste" –; além de muitos e inestimáveis, porém ilegíveis, tomos, provavelmente comprados a preço baixo no leilão da biblioteca de algum professor universitário.

Contudo, eu encontrava vasto divertimento em alguns poucos velhos autores muito bem escolhidos, nos quais tropeçava em diferentes partes do navio, nas mãos de oficiais de baixa patente. Um era a *História de Argel*, de Morgan,[218] um antigo e famoso volume *in-quarto*[219] repleto de pitorescas narrativas sobre

---

213. John Tillotson (1630-94) foi arcebispo anglicano da Cantuária, teólogo e homem de letras. Seus *Sermões* tinham caráter mais mundano, moral e racionalizante do que propriamente teológico. Tal qualidade foi importante para o desequilíbrio do embate entre protestantes e católicos, favorável aos primeiros, no contexto das tensões políticas entre ambos os grupos.
214. John Locke (1632-1704) foi filósofo e físico inglês de visada empiricista, um dos expoentes do Iluminismo e conhecido como "pai do liberalismo clássico", cujas ideias seriam decisivas para o desenvolvimento político do Ocidente. Os ensaios aqui mencionados podem se referir aos muitos escritos sobre política publicados pelo autor, como *Dois Tratados sobre o Governo Civil* e *Uma carta sobre a Tolerância*, ambos de 1689.
215. *As vidas dos nobres gregos e romanos*, ou *Vidas Paralelas*, de Plutarco (46-120), é uma série de biografias de homens importantes à vida pública de Grécia e Roma, organizadas em paralelo com vistas à ilustração combinada de seus sucessos e fracassos, bem como de sua virtude. *Vidas dos almirantes britânicos*, consta, foi publicado entre os anos de 1742 e 1744 por certo John Campbell, escocês de nascimento e autor de variedades com relativo sucesso em seu tempo (conhecido de Samuel Johnson, por exemplo), com edições traduzidas ao alemão e acréscimos editoriais póstumos que chegariam ao ano de 1779.
216. Hugh Blair (1718-1800) foi homem de letras e religião, ministro e orador escocês. *Preleções sobre retórica e belas-letras*, de 1783, é um de seus mais importantes trabalhos. Baseadas nos manuais retóricos dos antigos (sobretudo Cícero e Quintiliano) adaptados às práticas discursivas de seu tempo, as *Preleções* são um guia prático de composição escrita, orientada às boas e cultivadas formas de convívio social.
217. A expressão carrega um sentido duplo: produzir reparos nos cabos grossos que ligam a cabeça dos mastros ao convés era tarefa das mais difíceis a bordo (tanto que, geralmente, eles eram trocados em caso de avaria); porém, uma vez que tal operação significava uma dose extra de bebida em recompensa, a expressão acabou por se fixar também com o sentido de beberragem a bordo dos conveses.
218. *Uma história completa da Argélia, a qual se prefixa breve narrativa da história geral da Berbéria desde os primórdios* é obra publicada em dois volumes pelo antiquário Joseph Morgan. O Oriente era uma especialidade de Morgan, que versou ao longo da vida sobre o islã, com produção não muito vasta e que inclui traduções do francês e do holandês.
219. *In quarto* e *in octavo*, mencionado em seguida, são designações do formato de um livro a partir do número de dobras de uma folha de impressão. Assim, duas dobras resultam em um

corsários, prisioneiros, calabouços e batalhas navais; e com referências a um cruel dei[220] que, perto da quadra final da vida, estava tão cheio de remorso por suas crueldades e crimes que não conseguia ficar na cama depois das quatro horas da manhã, tendo de levantar-se em grande agitação e caminhar para longe de seus maus sentimentos até a hora do desjejum. Outro era um venerável *in-octavo*, trazendo um certificado de autenticidade de *sir* Christopher Wren, intitulado *O cativeiro de Knox no Ceilão, 1681* e repleto de histórias sobre o Diabo, que, supersticiosamente se supunha, era o tirano daquela desafortunada terra.[221] Para apaziguá-lo, os padres ofereciam leitelho, galos vermelhos e salsichas; e o Diabo corria aos gritos pelo bosque, assustando viajantes e levando-os às raias da loucura; a ponto de os ilhéus lamentarem amargamente a Knox que seu país estivesse cheio de diabos, não havendo, assim, esperança de um eventual bem-estar. Knox jura que ele próprio escutara o Diabo bradar, embora não lhe tenha visto os chifres; era um ruído terrível, diz ele, como o ladrar de um mastim faminto.

Então havia as *Cartas* de Walpole — muito polidas, atraentes e chistosas — e alguns estranhos volumes teatrais.[222] Cada qual era um precioso baú de joias, fazendo corar o lixo que hoje atende pelo nome de teatro, entre eles *O judeu de Malta*, *O velho Fortunato*, *A madame da cidade*, *Volpone*, *O alquimista* e outras peças maravilhosas da época de Marlowe e Jonson, e aquele Damão e Pítias literário, os bons, magníficos e doces Beaumont e Fletcher, que projetaram a imensa sombra de sua reputação, tão grande quanto a de Shakespeare, ao mais fundo do

---

caderno com quatro folhas ou oito páginas (*in-quarto*); quando dobrada três vezes, ela forma caderno com dezesseis páginas, oito de cada lado (*in-octavo*).

220. Título dado aos líderes militares do Império otomano que governaram Argel de 1671 a 1830.

221. *Um relato histórico da ilha do Ceilão juntamente com o que de algum modo concerne a muitas e impressionantes passagens de minha vida, acontecidas desde minha fuga do cativeiro* é livro escrito pelo marinheiro e mercador inglês Robert Knox, publicado em 1681. Depois de ser feito prisioneiro pelo rei Rajasimha II, Knox viveu quase duas décadas no Ceilão (atual Sri Lanka), até conseguir chegar a Aripu, assentamento holandês a noroeste da ilha. Seu relato despertou grande interesse dos europeus e foi traduzido ao francês, ao alemão e ao holandês, além de se tornar referência para escritores como Daniel Defoe. Christopher Wren, (1632-1723) foi homem de ciência e maior arquiteto inglês de seu tempo, sendo responsável pela catedral de São Paulo em Londres. Como fundador da Royal Society e seu presidente, tratou do *imprimatur* concedido ao livro de Knox, que veio a lume por intermédio da instituição.

222. Horace Walpole, quarto conde de Orford (1717-97), foi historiador da arte, homem de letras, antiquário e político *whig*. Autor de *O castelo de Otranto*, é considerado o fundador do gótico na literatura; além do romance, Walpole legou suas *Cartas*, de grande interesse social e político e importantes para a consolidação de seu nome nas letras inglesas e europeias.

vale infinito da posteridade.[223] Que essa sombra jamais se apequene! E, quanto a são Shakespeare, que a sua jamais aumente, sob o risco de os comentadores surgirem e, demorando-se em seu texto sagrado como gafanhotos, o devorarem por completo, sem deixar sequer os pingos dos is.

Eu diversificava minhas leituras tomando de empréstimo *Os amores dos anjos*, de Água de Rosas, que recomendava a obra de Moore como "um livro muito do bom";[224] e um cancioneiro de negros, de Bocadão, um marinheiro da âncora d'esperança, que trazia canções como "Sentado nos trilhos", "Quiabo no barco" e "Jim e Josey".[225] O lamentável gosto desse velho marinheiro, admirador de coisas tão vulgares, era não raro censurado por Água de Rosas, cujas próprias predileções eram de natureza mais elegante, como demonstrado por sua exaltada opinião dos méritos literários de *Os amores dos anjos*.

Eu não era, de forma alguma, o único leitor a bordo do *Neversink*. Muitos outros marinheiros eram empenhados leitores, embora seus interesses não os colocassem no caminho das belas-letras. Seus autores favoritos eram como os que se pode encontrar nas bancas de livros das cercanias de Fulton Market;[226]

---

223. Melville refere-se a uma coletânea de dramas elisabetanos, jacobinos e carolinos (isto é, reunidos a partir dos reinados de Elizabeth I, Jaime I e Carlos I) escritos por alguns dos mais importantes autores da época que, como observa o narrador, conheceu Shakespeare. *O judeu de Malta* é obra de Christopher Marlowe (1564-93), mais conhecido por sua versão de *Fausto*; *A agradável comédia do velho Fortunato* é peça de Thomas Dekker (1572-1632); *A madame da cidade* é comédia da autoria de Philip Massinger (1583-1640); *Volpone* e *O alquimista* são comédias de Ben Jonson (1572-1637). Já Francis Beaumont (1584-1612) e John Fletcher (1579-1625) foram importantes dramaturgos que trabalharam em colaboração durante o reinado de Carlos I; ao chamá-los de Damão e Pítias, o narrador recorre a personagens gregas supostamente históricas: seguidores de Pitágoras, Damão e Pítias vão a Siracusa (Sicília), onde Pítias é acusado de ofensa ao rei e condenado à morte. Desejando retornar ao lar para resolver pendências e dar adeus a sua família, ele deixa o amigo Damão como garantia de seu retorno para a execução; uma vez de volta, para a surpresa do rei, é perdoado em virtude da lealdade demonstrada ao amigo e se torna conselheiro do trono.

224. O narrador refere-se a coletânea de poemas de Thomas Moore (1779-1852), poeta lírico, cantor e compositor irlandês, dono de vasta obra e considerado o grande bardo do país.

225. "*Sittin' on a Rail*", "*Gumbo Chaff*" e "*Jim along Josey*" são canções tradicionais, à época presentes tanto no repertório de artistas de rua e teatro popular (integrando os espetáculos dos *blackface performers*, que em meados do séc. XIX conheceram uma espécie de auge) quanto nos conveses em alto-mar. "*Gumbo Chaff*", literalmente "resto de quiabo", era uma alcunha que se dava a negros que serviam como barqueiros de rio. Não se pode deixar de registrar os estereótipos e a ironia da cena: a predileção de Água de Rosas pelo poeta irlandês, de um lado, assinala sua caracterização como "*dandified coon*" (algo como "negro-dândi", estereótipo comum do negro no teatro popular), cujos hábitos refinados contrastariam com sua baixa condição; de outro, marca uma equivalência social entre negros e irlandeses, estes também vítimas de preconceito nos Estados Unidos.

226. Localizado ao sul de Manhattan e aberto em 1822, o Fulton Market concentrava, além de um mercado de peixes e comestíveis, livreiros especializados em obras populares e "livros de marinheiros".

levemente fisiológicos em sua natureza. Minhas experiências livrescas a bordo da fragata provaram-se o exemplo de um fato que todo amante de livros deve ter experimentado antes de mim, a saber, que, embora as bibliotecas públicas tenham um ar imponente e, sem dúvida, contenham inestimáveis volumes, os livros que se provam os mais aprazíveis, agradáveis e companheiros são, de algum modo, os que encontramos por acaso, aqui e ali; aqueles que parecem ter sido colocados em nossas mãos pela Providência; os menos pretensiosos e que, no entanto, trazem enorme riqueza.

42

Matando o tempo num navio de guerra no porto

A LEITURA NÃO ERA, de forma alguma, o único método adotado por meus companheiros de navio para fazer com que passassem as longas e tediosas horas no porto. Na verdade, muitos deles não seriam capazes de ler, ainda que o tivessem querido muito; em sua tenra juventude, sua educação fora tristemente negligenciada. De qualquer forma, eles tinham outras ocupações; alguns eram peritos com agulhas e empregavam seu tempo produzindo elaboradas camisas, em cujos colarinhos bordavam curiosas águias e âncoras e todas as estrelas dos estados federados; de modo que, quando por fim completavam e vestiam essas camisas, podia-se dizer que tinham içado as cores americanas.

Outros eram excelentes tatuadores — ou furadores, como são chamados numa fragata. Desses furadores, dois eram celebrados havia muito tempo, à sua maneira, como consumados mestres da arte. Ambos tinham uma pequena caixa repleta de ferramentas e material para colorir; e cobravam tão caro por seus serviços que, no fim da viagem, supunha-se que tivessem acumulado mais de quatrocentos dólares. Eles o furavam para produzir uma palmeira, uma âncora, um crucifixo, uma mulher, um leão, uma águia ou o que mais você quisesse.

Os marinheiros católicos a bordo tinham no mínimo o crucifixo furado nos braços. A razão era: se por acaso morressem em terras católicas, teriam a certeza de ter um enterro decente em solo consagrado, já que os padres certamente veriam o símbolo da Santa Madre Igreja em seu corpo. Não sofreriam o mesmo destino dos protestantes que morreram em Callao, lançados às areias de San Lorenzo, uma ilha vulcânica solitária próxima ao porto, povoada de répteis, uma vez que não se permitiu a seus corpos heréticos repousar no mais propício barro de Lima.

E numerosos marinheiros não católicos queriam muito ter crucifixos pintados em seus corpos graças a uma curiosa superstição. Eles afirmavam — alguns deles — que, se você tivesse aquela marca tatuada em todos os quatro membros, poderia cair do navio entre setecentos e cinquenta mil tubarões brancos famintos e nenhum deles faria mais do que cheirar seu mindinho.

Tínhamos um gajeiro de proa a bordo que, durante toda a viagem, foi sendo furado para tatuar um interminável cabo colhido em torno do peito, de modo que, quando estava sem blusa, mais parecia um cabrestante com uma espia acomodada em seu entorno. Esse gajeiro pagou dezoito *pence* por volta de cabo, além de passar toda a viagem sob a agulha, sofrendo os efeitos de repetidas sessões. Pode-se dizer que pagou caro por seu cabo.

Outra forma de passar o tempo no porto era limpando e polindo metais e madeiras — os cobres —, pois é preciso que se saiba que, nos navios de guerra, todo marinheiro tem latão ou aço de algum tipo para manter em ordem — como criadas, cujo trabalho é manter bem-polidos os corrimãos da porta da frente e os gradis da lareira da sala de estar.

Exceto pelas cavilhas de arganéu, parafusos com olhal e malaguetas espalhados pelo convés, esses cobres, como são chamados, estão sobretudo próximos aos canhões, incluindo o "rabo de macaco" das caronadas, os parafusos, furadores, pequenos ferros e outras mumunhas.

O quinhão que me cabia, eu mantinha em bela ordem, comparável em polimento à melhor cutelaria da Rogers.[227] Recebia os mais extravagantes elogios dos oficiais; um deles propôs comparar-me com qualquer polidor de latão ou bronze da Marinha de Sua Majestade. Realmente, dedicava-me de corpo e alma ao trabalho; para mim, nenhum esforço e trabalho eram demasiados para alcançar o maior polimento possível a nós, filhos perdidos de Adão.

Certa feita, quando os trapos de lã eram poucos e nenhum tijolo queimado podia ser conseguido com o escrevente do navio, tive de sacrificar as pontas de minha camisa de lã e um pouco do dentrifício que tinha à guisa de substituto para os trapos e o tijolo. O dentrifício funcionou perfeitamente e fez as porcas dos parafusos da minha caronada brilharem e tinirem, como uma dentadura nova na boca de uma caçadora de heranças.

Ainda outro modo de matar o tempo era arrumar-se na melhor "toga" e passear de um lado para o outro na cobertura dos canhões, admirando o cenário da costa pelas portinholas, o que, no anfiteatro de uma baía como a do Rio de Janeiro — cingida em toda a sua extensão pelo mais variado e encantador panorama de morro, vale, charco, pomar, gramado, castelo, torre, parreiral, aqueduto, palácio, praça, ilha, forte —, mais parece vaguear num cosmorama circular e, vez por outra, espiar preguiçosamente pelas lentes aqui e ali. Oh! Mesmo em nosso mundo flutuante há algo pelo qual vale a pena viver; e ver por um instante um

---

227. Fundada por William Hazen Rogers, a Rogers tornou-se uma importante fabricante de prataria.

caramanchão repleto de uvas, ainda que à distância de um cabo,[228] é quase a satisfação por ter jantado um pernil de carneiro.

Esse passeio era frequentado, sobretudo, pelos fuzileiros e, em particular, por Colbrook, um cabo notadamente belo e educado. Era um perfeito cavalheiro; com belos olhos azeviche, rosto corado, cheio de viço, suíças brilhantes e negras e, no geral, de refinada compleição. Costumava vestir seu uniforme e caminhar como um oficial da Coldstream Guards,[229] flanando no caminho de volta para o clube no palácio de St. James. Todas as vezes que ele passava por mim, eu o via produzir um longo suspiro e murmurar para si mesmo "A garota que deixei para trás".[230] Esse belo cabo depois tornou-se deputado da legislatura do estado de Nova Jersey; vi seu nome como vitorioso nas eleições mais ou menos um ano depois de meu retorno para casa.

Mas, de qualquer maneira, enquanto permanecemos no porto não houve muito espaço para passeios, pelo menos na coberta dos canhões, pois todo o lado a bombordo fora liberado para o proveito dos oficiais, que apreciavam as vantagens de ter o caminho aberto às caminhadas de uma ponta a outra. Evidentemente, tinham para si que era melhor que os marinheiros fossem reunidos em seu tumulto do outro lado do navio a ver as abas de suas casacas danificadas pelo contato com suas calças alcatroadas.

Outra forma de fazer o tempo passar no porto é jogar damas; ou melhor, quando é permitido; pois nem todo capitão de fragata consente com tão escandaloso ato. Porém, no que toca ao capitão Claret, embora *tivesse* invulgar predileção por uma taça de vinho madeira e, sem sombra de dúvida, descendesse do herói da Batalha de Brandywine; e embora por vezes apresentasse um rosto suspeitosamente corado quando administrava pessoalmente a chibata sobre algum marinheiro que quedasse embriagado a despeito de suas ordens particulares;

---

228. A distância de um cabo é uma unidade de medida náutica que equivale a aproximadamente um décimo de milha náutica, ou aproximadamente cem braças (180 metros).
229. Tropa de infantaria do Exército britânico e, atualmente, seu regimento mais antigo em atividade. Suas origens remontam à Guerra Civil Inglesa, quando o líder puritano Oliver Cromwell deu permissão ao coronel George Monck de formar seu próprio regimento e integrá-lo às tropas republicanas, o Exército de Novo Tipo. O apoio posterior de Monck aos Stuarts, com o fim da experiência republicana inglesa, garantiu a sobrevivência do regimento, batizado a partir do vilarejo de Coldstream, às margens do rio Tweed, de onde Monck e seus homens realizaram uma caminhada de cinco dias rumo a Londres, para auxiliar na restauração monárquica.
230. "*The Girl I Left Behind me*" é uma canção popular datada, segundo pesquisadores, de fins do séc. XVIII, quando aparece pela primeira vez em cancioneiros dublinenses. Sua melodia, porém, é publicada apenas em 1810. Há autoridades que a fazem remontar ao séc. XVII.

ainda assim, direi em favor do capitão Claret que, de forma geral, ele costumava ser indulgente com sua tripulação, desde que esta se mostrasse perfeitamente dócil. Permitia que jogassem damas tanto quanto quisessem. Mais de uma vez o vi, enquanto avançava na direção do castelo de proa, trilhar seu caminho cuidadosamente em meio às dezenas de tabuleiros de pano espalhados pelo convés para não pisar nos contingentes — de peças e de homens; embora, em certo sentido, fossem um só; pois, enquanto os marinheiros usavam suas peças nos tabuleiros, os oficiais usavam a marujada nos exercícios de posto.

Mas a leniência do capitão Claret para com o jogo de damas a bordo de seu navio pode ter decorrido da seguinte e menor circunstância, a mim confidenciada. Logo depois de o navio deixar o porto natal, o jogo de damas fora proibido; donde os marinheiros ficaram revoltados contra o capitão. Certa noite, quando ele caminhava próximo ao castelo de proa, *bim!*, assoviou-lhe perto da orelha uma malagueta de ferro; e, enquanto desviava-se da primeira, *bim!*, outra sibilou-lhe do lado oposto. Tudo aconteceu durante noite muito escura, sem quem o testemunhasse; sendo impossível encontrar os transgressores, concluiu ele que o melhor era retornar à cabine o mais rápido possível. Algum tempo depois — como se as malaguetas nada tivessem a ver com a decisão —, foi indiretamente soprado que os tabuleiros de damas poderiam voltar ao convés, o que — como notou um marinheiro dado à filosofia — demonstrava que o capitão Claret era homem de pronto entendimento, capaz de compreender uma sugestão tão bem quanto qualquer outro homem, mesmo quando esta vinha sob a forma de alguns quilos de ferro.

Alguns marinheiros eram bastante ciosos de seus tabuleiros de pano, a ponto de não permitirem que se jogasse com eles antes que se lavassem as mãos, em especial se tivéssemos acabado de alcatroar o cordame.

Outra forma de enganar o tédio das horas é encontrar nalguma parte um bom lugar e ajeitar-se da melhor maneira possível para gozar de pequenos devaneios. Caso não se consiga sentar — o que frequentemente é o caso —, então o ideal é conseguir um lugar toleravelmente confortável para se recostar contra a amurada e começar a pensar sobre o lar, o pão, a manteiga — sempre inseparáveis para quem vagueia mundo afora —, os quais logo lhe trazem deliciosas lágrimas aos olhos; pois todos sabem que maravilha é a dor quando conseguimos um espaço privado para dela desfrutar, sem que os Paul Prys[231] de plantão se intrometam. Muitos dos

---

231. Paul Pry era pseudônimo do caricaturista britânico William Heath (1794-1840), conhecido por seus cartuns políticos e sátiras sobre a vida contemporânea.

meus amigos de terra firme, quando subitamente soçobrados por algum desastre, sempre consideram essencial correr ao primeiro porão de ostras para se fechar na primeira cabine com nada além de um prato de ostras fervidas, bolachas, um galheteiro e uma garrafa de vinho do Porto envelhecido.

Ainda outra forma de matar o tempo é recostar-se na amurada e especular acerca de onde sob o sol você estará naquele mesmo dia do ano seguinte, assunto cheio de interesse para qualquer boa alma; e tanto que existe um dia em particular de um mês em particular do qual há muito mantenho o registro; assim, posso mesmo hoje dizer onde estava naquele mesmo dia todos os anos desde quando tinha doze anos. E, quando estou sozinho, repassar esse almanaque em meus pensamentos é quase tão divertido quanto ler o próprio diário, e muito mais interessante que examinar uma tabela de logaritmos numa tarde chuvosa. Sempre comemoro o aniversário daquele dia com cordeiro e ervilhas e uma pinta de xerez, pois ele se dá na primavera. Quando estive a bordo do *Neversink*, no entanto, não havia cordeiro, ervilhas nem xerez.

Mas talvez a melhor maneira de fazer as horas passarem como um coche de quatro cavalos é escolher uma tábua suave na coberta dos canhões e dormir. Um ótimo remédio, que raramente falha, a não ser, é claro, que você tenha dormido todas as vinte e quatro horas anteriores.

Sempre que empenhado em matar o tempo no porto, eu me erguia sobre meu cotovelo e olhava ao redor, vendo tantos de meus companheiros de faina empregados na mesma tarefa; todos sob trava e chave; todos prisioneiros tão desesperançados quanto eu; todos sob a lei marcial; todos comendo da mesma carne salgada e bolacha; todos num só uniforme; todos bocejando e se espreguiçando em conjunto — era nessas horas que costumava sentir certo amor e carinho por eles, ambos fundados, sem dúvida, num sentimento de solidariedade.

E embora, em momento anterior dessa narrativa, tenha mencionado que costumava colocar-me de algum modo acima da massa de marinheiros a bordo do *Neversink*; e embora isso fosse verdadeiro, e meus reais conhecidos fossem comparativamente poucos, e meus íntimos em número ainda menor, ainda assim, para ser franco, é absolutamente impossível viver tanto tempo com quinhentos homens seus iguais, ainda que não oriundos das melhores famílias de terra firme e imbuídos de uma moral que não deixavam aprimorar por cultivo algum; é absolutamente impossível, digo, viver com quinhentos de seus iguais, sejam eles o que forem, sem se sentir em relação aos mesmos em momentânea comunhão e, a partir dali, alimentar uma espécie de interesse por seu bem-estar.

A verdade desse fato foi curiosamente corroborada por um duvidoso conhecido meu, que, entre a marinhagem, atendia pelo nome de Maleita. Ele estava lotado no porão de vante, do qual, em noites escuras, por vezes emergia para conversar com os marinheiros no convés. Nunca gostei do olhar do sujeito; em defesa própria, digo que foi um mero acidente que nos deu a honra do contato, e em geral eu fazia o que estivesse ao meu alcance para evitá-lo, quando ele se aproximava, poltrão como um passarinho de gaiola saído de seu covil para o ar livre aberto e arejado do céu. Não obstante, o caso que esse fiel do porão me contou é digno de ser preservado, e ainda mais a extraordinária franqueza que demonstrou ao narrar tal coisa a um relativo estranho.

A substância da história é a seguinte. Maleita, ao que parece, fora um dia detento na Prisão Estadual de Nova York, em Sing Sing,[232] onde permanecera anos confinado por um crime do qual, deu-me solene palavra de honra, era totalmente inocente. Contou-me ele que, depois de cumprida a pena, estando de volta ao mundo, era incapaz de topar com qualquer um de seus antigos conhecidos de Sing Sing sem entrar num bar e conversar sobre os velhos tempos. E, quando o destino o maltratava e se sentia infeliz e enfurecido com a vida em geral, disse-me que quase desejava voltar a Sing Sing, onde estava livre de toda a preocupação sobre o que comeria e beberia e era sustentado, assim como o presidente dos Estados Unidos e o príncipe Alberto,[233] por impostos públicos. Tinha uma cela arrumadinha só para si, dizia ele, e nunca sentia medo de invasores, pois as paredes eram particularmente grossas, sua porta estava sempre trancada e um vigia permanecia o tempo todo caminhando pelo corredor, enquanto ele próprio dormia um sono pesado e sonhava. A isso, em substância, o fiel do porão acrescentou que narrara aquele caso porque pensava se candidatar a um navio de guerra, que escandalosamente afirmava ser uma espécie de penitenciária flutuante.

No que toca a essa curiosa disposição de confraternizar e ser sociável — que Maleita mencionou ser característica dos antigos criminosos livres de sua antiga residência em Sing Sing —, pode-se questionar se não se trata de sentimento que, de alguma forma afeito aos impulsos que os influenciavam, há de nos unir

---

232. Inaugurada em 1826 e construída com pretensões modernizantes, Sing Sing foi a terceira prisão do estado de Nova York. Nela se empregava o sistema Auburn, que combinava trabalho forçado ao longo do dia com o isolamento dos detentos à noite e fazia do silêncio, imposto sob a ameaça de sessões de açoitamento que não raro levavam os detentos à morte, regra.
233. Alberto de Saxe-Coburgo-Gota (1819-61) foi príncipe-consorte do Reino Unido da Grã-Bretanha e Irlanda, marido da rainha Vitória, cujos 63 anos e sete meses de reinado representam o segundo maior período de permanência de um monarca no trono do país (perdendo apenas para a atual rainha, Elizabeth II).

fraternalmente daqui por diante a todos, mortais, quando tivermos trocado a penitenciária de nosso próprio mundo flutuante por outra e melhor.

Desse relato sobre a grande dificuldade que tínhamos em matar o tempo no porto não se deve inferir que a bordo do *Neversink* no Rio de Janeiro não houvesse trabalho a ser feito. A longos intervalos, a lancha chegava próxima ao costado do navio com barris d'água a serem esvaziados nos tanques de aço do porão. Dessa forma, praticamente cinquenta mil galões, tal como registrados nos livros do guardião do contramestre, foram despejados nas entranhas do navio — o suficiente para noventa dias. Com esse enorme lago Ontário conosco, seria possível dizermos que o poderoso *Neversink* se assemelhava ao continente unido do hemisfério ocidental — flutuando ele mesmo num vasto oceano, com um Mediterrâneo flutuando dentro de si.

43

Contrabando num navio de guerra

DEVE-SE EM GRANDE PARTE à ociosidade acima descrita que, uma vez ancorado, o marinheiro de um navio de guerra se exponha às maiores tentações e acabe envolvido nos mais tristes constrangimentos. Pois, embora seu navio tenha lançado ferros a uma milha da costa, e seus costados sejam patrulhados noite e dia por sentinelas, ambos não podem impedir de todo que as seduções de terra firme o alcancem. O principal agente a produzir tais calamidades no porto é seu antigo arqui-inimigo, o sempre maligno deus do grogue.

Confinado como o homem num navio de guerra está, servindo por aborrecidos três anos numa espécie de Newgate[234] em alto-mar, da qual não pode escapar, seja pelo teto, seja cavando um túnel, ele não raro recorre à garrafa para buscar alívio do intolerável enfado que sente por não fazer nem ir a lugar nenhum. A quantidade diária de bebida permitida, um quarto de pinta *per diem*, não é o bastante para seus sentidos embotados; ele declara que seu grogue está diluído em água; rejeita-o, alegando ser "mais fino que musselina"; suplica por uma "torcida mais vigorosa no cabo", um "nó mais forte na adriça"; e, se lhes fosse dado ópio, muitos mergulhariam mil braças no mais denso dos fumos dessa droga feita do oblívio. Diga-lhe que o *delirium tremens* e a intoxicação são como emboscadas para os alcóolatras, e ele responderá: "Que eles se abatam sobre mim com vento à popa; tudo que tem o gosto de vida é melhor do que sentir o tampo do baú de Davy Jones no nariz".[235] Como uma avalanche, nada o detém; e, ainda que sua queda destrua a si e a outros, uma ruinosa comoção é melhor do que o congelamento em insuportáveis eremitérios. Não surpreende, então, que ele percorra quaisquer

234. A prisão de Newgate foi uma importante prisão em Londres. Construída originalmente ao lado de um dos portões da muralha romana da cidade antiga (donde seu nome), a prisão esteve ativa, descontadas suas infindas reformas e mesmo reconstruções, entre 1188 e 1902.

235. *Davy Jones' locker* (ou "Armário de Davy Jones") é uma expressão de fundo eufemístico que designa o destino (o fundo do mar) daqueles que morrem por afogamento ou naufrágio (por exemplo: "enviado para o armário de Davy Jones"). As origens populares do nome de Davy Jones, o "demônio dos marinheiros", são incertas e relacionam-se tanto a motivos bíblicos (o "fantasma de Jonas", profeta conhecido por ficar preso dentro do corpo da baleia por punição divina) quanto a fontes seculares.

distâncias para conseguir aquilo que deseja; não surpreende que pague os mais exorbitantes preços, viole todas as leis e prefira enfrentar a ignominiosa chibata a ser privado de seu estímulo.

Ora, não há, no concernente a um navio de guerra, regulações mais severas do que as relacionadas ao contrabando de bebida e à intoxicação. Para cada contravenção existe apenas uma punição invariavelmente aplicada — a desonra no passadiço.

Todas as precauções possíveis são tomadas pela maioria dos oficiais superiores para prevenir a admissão clandestina de bebida no navio. Em primeiro lugar, a nenhum bote é permitido vir da costa aproximar-se de um navio de guerra num porto estrangeiro sem a autorização do oficial do convés. Mesmo os botes de mantimentos, pequenas embarcações com licença dos oficiais para trazer frutas aos marinheiros, que as compram com seu próprio dinheiro, são invariavelmente inspecionados antes que se lhes permita travar contato com a tripulação do navio. E não apenas estes, como cada um dos numerosos botes do navio — em constantes viagens de ida e volta à costa — é igualmente inspecionado, vinte vezes ao dia, até.

Assim se dá a inspeção: quando o bote é avistado pelo quartel-mestre à popa, sua aproximação é relatada ao oficial do convés, que então ordena a presença do mestre-d'armas, o chefe de polícia do navio. Esse funcionário posta-se no passadiço, e, à medida que a tripulação do bote, homem a homem, sobe, ele os revista pessoalmente, fazendo com que tirem os chapéus e, então, pondo as mãos sobre suas cabeças, faz as palmas da mão descerem lentamente na direção dos pés, buscando cuidadosamente quaisquer protuberâncias incomuns. Se nada de suspeito é identificado, permite-se ao homem que passe; e assim se segue, até que toda a tripulação do bote, em média dezesseis homens, seja examinada. O mestre-d'armas, em seguida, desce ao bote e o percorre de uma ponta a outra, com olhos atentos a tudo e cutucando, com sua vara de oficial, cada fresta e recanto. Se concluída a operação sem que nada seja encontrado, ele sobe a escada, faz a saudação ao oficial do convés e declara "limpo" o bote; que então é içado aos paus de surriola.

Assim se perceberá que jamais um homem da tripulação sobe ao navio vindo da costa sem que, aparentemente, sejam reduzidas a perto de zero as possibilidades de contrabando. Os indivíduos que recebem permissão de subir ao convés sem passar por tal ultraje são apenas os que seria ridículo sujeitar a tanto — o próprio comodoro, o capitão, os lugares-tenentes etc., e os cavalheiros e as damas que vêm na condição de visitantes.

É igualmente difícil qualquer coisa ser clandestinamente lançada pelas portinholas inferiores à noite, devido à vigilância das sentinelas, postadas em plataformas sobre a água com ordens de atirar em qualquer bote desconhecido que, depois de alertado para se afastar, ainda insista em fazer o contrário. Ademais, canhões de trinta e duas libras estão presos a cabos e suspensos sobre a amurada para esburacar e afundar qualquer pequena embarcação que, a despeito de todas as precauções, consiga à noite, por estratégia, chegar ao costado do navio com bebida. De fato, todo o poder da lei marcial está investido nessa questão; e, além do zelo geral em fazer valer tais regulamentos, cada um dos numerosos oficiais do navio acrescenta a eles um sentimento pessoal, já que a sobriedade dos homens abrevia seus próprios receios e preocupações.

Podemos perguntar como, então, diante de policiamento tão vigilante e em desafio a balas e baionetas, conseguem os homens de um navio de guerra contrabandear sua bebida? Para não nos estendermos em táticas menores, desbaratadas a cada poucos dias sem qualquer recompensa (tal como enrolar num lenço um "odre" de grogue longo e delgado como uma salsicha e, dessa forma, içá-lo ao convés a partir de um bote chegado da costa; ou trazer a bordo, aos olhos de todos, cocos e melões cheios de bebida em lugar de água, comprados a um bote de mantimentos desonesto) –, mencionaremos aqui dois ou três outros modos testemunhados por mim.

No Rio de Janeiro, um gajeiro pertencente ao segundo escaler fez um acerto, mediante pagamento, com uma pessoa encontrada no desembarcadouro do palácio. Certa noite sem lua, ele deveria levar ao navio três galões de bebida em odres e amarrá-los à boia de arinque da âncora– a certa distância da fragata –, atrelando a eles algum peso para que afundassem e não fossem vistos. No quarto de modorra, o gajeiro do traquete deixa sorrateiramente sua rede e, furtivo pelas sombras, despista a vigilância do mestre-d'armas e seus imediatos, chega a uma portinhola e discretamente desce ao mar, quase sem marulhos, enquanto as sentinelas marcham de um lado para o outro nas plataformas sobre ele suspensas. Ele é um ótimo nadador, e segue submerso, de quando em quando subindo à superfície e virando de costas para respirar sem expor mais que o nariz. Chegando à boia, ele corta o odre, que se movimenta com a corrente, ata-o ao redor do corpo e, com a mesma destreza, retorna são e salvo.

Essa proeza é pouquíssimas vezes tentada, pois precisa de grande cuidado, habilidade e astúcia; e ninguém, senão um gatuno mais que perito, um nadador impecável como Leandro jamais foi,[236] seria capaz de realizá-la.

---

236. Referência ao mito de Hero e Leandro. Sacerdotisa de Afrodite, Hero vivia numa torre em Sestos, no lado europeu do Helesponto, lado oposto ao que vivia Leandro, jovem morador de Abidos. Leandro se apaixonou por Hero e nadava todas as noites cruzando o Helesponto para ficar ao seu lado, guiado por um candeeiro aceso por Hero no topo da torre. Durante uma

Pelos maiores privilégios de que desfrutam, os "oficiais de estado menor", quais sejam, o mestre-artilheiro, o contramestre etc., têm muito mais oportunidades de realizar um contrabando bem-sucedido do que os marinheiros comuns. Vindo ao costado de um escaler certa noite, Lorota, nosso contramestre, conseguiu de forma inexplicável fazer passar muitos odres de conhaque através da vigia de seu próprio camarote. Tal proeza, no entanto, deve ter sido percebida por um dos tripulantes de sua embarcação, que, tão logo chegou ao convés, desceu as escadas, entrou sorrateiramente no compartimento do contramestre e desapareceu com o prêmio, nem três minutos antes de seu legítimo dono ter condições de reclamá-lo. Embora a identidade do ladrão tenha chegado, não se sabe ao certo como, ao conhecimento da parte lesada, esta nada podia dizer, uma vez que ele próprio infringira a lei. No dia seguinte, contudo, na condição de capitão dos carrascos do navio, Lorota teve a satisfação (assim o compreendia) de estar diante do ladrão no passadiço; pois, tendo sido encontrado embriagado da própria bebida que o contramestre contrabandeara, o homem fora condenado à chibata.

Isso me faz lembrar outra situação, ainda mais ilustrativa da vilania entrelaçada, três vezes atada e como que acumulada a juros compostos, que num navio de guerra encontra lugar. O timoneiro do batelão do comodoro chama sua tripulação a um canto, um a um, e cuidadosamente os sonda quanto a sua fidelidade — não aos Estados Unidos da América, mas a ele próprio. Ele consegue que três indivíduos, os quais julga suspeitos — isto é, fiéis aos Estados Unidos da América —, sejam dispensados do batelão, substituídos por homens de sua escolha; pois o piloto do batelão do comodoro sempre é uma figura influente. Antes disso, contudo, cuidou bem para que nenhum abstêmio — isto é, marinheiros que não tomam sua ração de grogue garantida pelo governo e recebem seu equivalente em dinheiro —, nenhum "obstáculo" se achasse em meio a sua tripulação. Tendo assim posto seus marinheiros à prova, ele torna seu plano público aos homens reunidos; obtém um solene juramento de sigilo, e espera a primeira oportunidade adequada a levar a cabo seus nefastos desígnios.

Por fim é chegada a hora. Uma tarde, o batelão atravessa com o comodoro a baía rumo a um belo vilarejo à beira-mar, destinado ao recreio dos nobres, chamado Praia Grande.[237] O comodoro visita um marquês português, e a dupla tarda

tempestade, a chama sinalizadora de Hero se apagou, e Leandro, exímio nadador, afogou-se no mar. Quando viu o corpo do amado, Hero lançou-se da torre para morrer com ele.

237. A Vila Real de Praia Grande corresponde ao ponto de desenvolvimento da cidade de Niterói, na baía da Guanabara. Declarada vila em 1819, durante a estadia de d. João VI na colônia, e município por decreto imperial em 1834, a cidade já tinha seu nome moderno à época da visita de Melville à região.

muitíssimo em seu almoço num arvoredo do jardim. Enquanto isso, o piloto tem a liberdade de perambular por onde bem entende. Procura um lugar onde se pode adquirir um bom "olho vermelho" (conhaque), compra seis garrafas grandes e as esconde entre as árvores. Com a desculpa de encher de água um barrilete, sempre mantido para o refresco da tripulação do batelão, ele agora o leva para o bosque, tira a tampa, coloca dentro dele as garrafas, fecha de novo o barrilete, enche-o de água, retorna com ele de volta à embarcação e ousadamente o devolve à sua conspícua posição central, com a rolha do tonel para cima. Quando o comodoro retorna à praia e eles partem para o navio, o piloto da embarcação, em alto e bom som, dá ordens ao homem mais próximo de si para que tire a rolha do barrilete — senão aquela água preciosa vai estragar. Chegando ao costado da fragata, a tripulação do batelão sobe, como sempre, ao passadiço; e, sem que nada se encontre, é dispensada. Em seguida, o mestre-d'armas desce à embarcação e, nada encontrando de suspeito, a declara limpa, tendo colocado o dedo dentro do orifício aberto do barrilete e provado da pureza da água. Ordena-se que o batelão seja içado aos paus de surriola, e a noite escura é aguardada para que o piloto tente tirar as garrafas de dentro do barrilete.

Porém, para a infelicidade desse astuto contrabandista, um dos homens de sua tripulação é um sujeito de cabeça fraca que, tendo bebido alguma coisa gratuitamente em terra firme, caminha pela coberta dos canhões lançando profundas e ébrias sugestões sobre algum impronunciável procedimento na bigorna do navio. Um conhecido e velho marujo da âncora d'esperança, sujeito sem princípios, liga os pontos da conversa e deslinda o mistério; resolvendo sem demora colher os bons frutos que o piloto da embarcação plantara. Ele o procura, leva-o a um canto e assim lhe diz:

"Piloto, sei que você contrabandeou um pouco de "olho vermelho", que agora mesmo tá no batelão amarrado no pau de surriola. Olha só, piloto: coloquei dois dos meus companheiros de rancho nas portinholas daquele lado do navio; e, se eles me disserem que você ou qualquer um de seus homens tentou entrar naquele batelão antes do amanhecer, vou imediatamente denunciar você como contrabandista pro oficial do convés."

O piloto fica estarrecido; pois ser denunciado ao oficial do convés como contrabandista lhe renderia inevitavelmente um terrível açoitamento e significaria seu desgraçado fim como um oficial subalterno que recebe quatro dólares ao mês para além de seu pagamento como primeiro marinheiro. Ele tenta subornar o outro para que mantenha a história em segredo, prometendo-lhe a metade dos lucros do empreendimento; mas a integridade do homem da âncora d'esperança é como uma rocha; não é um mercenário, para ser comprado por nada. O piloto, então, é forçado a jurar que nem ele, nem qualquer homem de sua tripulação há de entrar no batelão antes do amanhecer. Feito isso, o homem da âncora d'esperança vai aos seus confidentes e acerta com eles um plano. Resumindo, ele consegue trazer para dentro do navio seis garrafas de conhaque; cinco das quais vende a oito dólares a unidade; e então, com a sexta, entre dois canhões, secretamente regala a si e seus confederados; enquanto o impotente piloto, refreando sua ira, dolorosamente observa-os à distância.

Assim, embora se diga que existe honra entre os ladrões, há pouca em meio aos contrabandistas de um navio de guerra.

44

Um navio de guerra sob a autoridade de um velhaco

O ÚLTIMO CASO DE CONTRABANDO que comentarei também ocorreu enquanto estávamos no Rio de Janeiro. Será o que apresentarei com mais detalhes, pois fornece a mais curiosa evidência da corrupção quase feérica que permeia praticamente todas as patentes de um navio de guerra.

Por alguns dias, o número de marinheiros embriagados apreendidos e conduzidos ao mastro pelo mestre-d'armas para serem denunciados aos oficiais de convés — o que antecede o açoitamento no passadiço — causara extrema surpresa e irritação no capitão e nos oficiais veteranos. Tão severas eram as normas do capitão para a supressão do contrabando de bebidas e tão enfático fora ele na orientação sobre o assunto, colocada sob a responsabilidade dos lugares-tenentes e oficiais subordinados da fragata, que o comandante mostrou-se consternado ante a quantidade de bebida trazida para dentro do navio, a despeito de toda a precaução, vigilância e proibição.

Ainda outras providências foram tomadas para identificar os contrabandistas; e Bland, o mestre-d'armas, e seus cabos foram pública e veementemente interpelados no mastro pelo capitão em pessoa, que lhes ordenou que fizessem seu melhor na supressão do tráfico. A marujada em peso esteve presente ao pronunciamento e viu o mestre-d'armas tocar seu quepe em servil respeito, enquanto solenemente assegurava ao capitão que ainda continuaria a dar seu melhor; como, disse ele, de fato sempre fizera. Concluiu com um sincero brado, digno de seu íntimo desprezo pelo contrabando e a bebedeira, e sua firme resolução, para a qual pedia a ajuda dos céus, de se fazer presente e alerta à noite, até seu último piscar, para investigar todos os feitos da escuridão.

"Não tenho dúvidas de que o fará, mestre-d'armas", respondeu o capitão. "Retorne agora ao seu dever." Esse mestre-d'armas estava entre os homens de confiança do capitão.

Na manhã seguinte, antes do desjejum, quando chegou o bote de compras (isto é, um dos botes do navio quase sempre destacado para trazer as provisões frescas diárias dos oficiais) — quando esse bote chegou ao costado, o mestre-d'armas, como era costume, depois de examinar cuidadosamente a embarcação e sua tripulação, declarou ao oficial do convés que ambos estavam livres de suspeita. As provisões foram, então, trazidas a bordo e, entre elas, estava uma caixa de madeira de bom tamanho, endereçada ao "Sr. ——, almoxarife do *USS Neversink*". É claro que qualquer material privado desse tipo cujo remetente fosse um cavalheiro da praça-d'armas estava isento de exame, e o mestre-d'armas ordenou que um de seus cabos o levasse para o camarote do almoxarife. Porém, acontecimentos recentes tinham aumentado a vigilância do oficial de convés a um nível fora do comum; este, vendo a caixa descer pela escotilha, exigiu saber do que se tratava e a quem estava destinada.

"Está tudo em ordem, senhor", disse o mestre-d'armas, tocando o quepe. "Provisões para o almoxarife, senhor."

"Que fique no convés", disse o lugar-tenente. "Sr. Montgomery", bradou a um aspirante, "pergunte ao almoxarife se esperava alguma caixa esta manhã."

"Sim, sim, senhor", respondeu o aspirante, tocando o quepe.

Em seguida, ele retornou, dizendo que o almoxarife estava na costa.

"Pois muito bem, então. Sr. Montgomery, faça com que a caixa seja posta no brigue com ordens expressas para a sentinela não permitir que qualquer um se aproxime dela."

"Não seria melhor que eu a deixasse junto ao meu rancho, senhor, até que o almoxarife retorne?", perguntou respeitosamente o mestre-d'armas.

"As ordens estão dadas, senhor!", disse o lugar-tenente, dando-lhe as costas.

Quando o almoxarife subiu a bordo, descobriu-se que ele nada sabia sobre a caixa; sua chegada causava-lhe, sim, absoluta surpresa. Então ela foi mais uma vez colocada diante do oficial do convés, que imediatamente chamou o mestre-d'armas.

"Arrombe a caixa!"

"Claro, senhor!", respondeu o mestre-d'armas; e, arrancando a tampa, vinte e cinco moringas, como uma ninhada de vinte e cinco porquinhos marrons, foram encontradas sobre um confortável ninho de palha.

"Contrabandistas em ação", disse o mestre-d'armas diante do que viu.

"Saca a rolha e experimenta", disse o oficial.

O mestre-d'armas o fez; e, estalando os lábios como se estivesse estupefato, teve dúvidas quanto a se tratar de uísque americano ou gin holandês, acrescentando que não bebia.

"Conhaque; conheço pelo cheiro", disse o oficial. "Devolva a caixa ao brigue."

"Sim, sim, senhor", acatou o mestre-d'armas, ainda mais agitado.

O caso foi imediatamente relatado ao capitão, que, irritado com a audácia implicada na ação, adotou toda forma de encontrar as partes culpadas. Interrogatórios foram realizados na costa; no entanto, não foi possível determinar o responsável pela entrega da caixa ao bote de provisões. Assim, o assunto aquietou-se por algum tempo.

Alguns dias depois, um dos garotos da gávea de gata foi açoitado por estar bêbado e, suspenso em agonia sobre o gradil, foi pressionado a revelar a origem da bebida. O homem citado foi chamado, e descobriu-se que era um velho fuzileiro reformado, certo Scriggs, que preparava as refeições para os sargentos-fuzileiros e o rancho do mestre-d'armas. Esse fuzileiro era um dos sujeitos de aspecto mais vilanesco a bordo do navio, os olhos cinzentos semicerrados de gatuno e o andar do criminoso na direção do cadafalso. Como tão rematado vagabundo, que nada tinha a ver com o Exército, chegara a integrar as tropas de fuzileiros da honrada Marinha era um perfeito mistério. Sempre fora reconhecido por sua falta de asseio pessoal e, entre marinheiros de popa a proa, tinha a reputação de ser um absoluto unha de fome, que negava a si os poucos confortos e muitas das necessidades comuns de uma vida num navio de guerra.

Sem ver escapatória, Scriggs pôs-se de joelhos diante do capitão e confessou a acusação do garoto. Percebendo a agonia e o medo do sujeito diante dos guardiões do contramestre e suas chibatas, bem como da terrível exibição do castigo público, o capitão deve ter pensado se tratar de uma boa oportunidade para arrancar todos os seus segredos. Esse fuzileiro aterrorizado foi, por fim, forçado a revelar ter sido por algum tempo cúmplice de um intrincado sistema de discreta vilania, cujo cabeça não era personagem menor: tratava-se do próprio chefe de polícia, o mestre-d'armas em pessoa. Aparentemente, esse oficial tinha seus agentes de confiança na costa; estes o supriam de bebida e, em várias caixas, pacotes e fardos — endereçados ao almoxarife e outros —, levavam-na às pequenas embarcações da fragata no cais. Comumente, o aparecimento dessas encomendas para o almoxarife e outros cavalheiros da praça-d'armas não levantava suspeita; pois quase todo dia um ou outro fardo chegava destinado a eles, principalmente ao almoxarife; e, como o mestre-d'armas estava sempre presente a essas ocasiões, era-lhe fácil subtrair rapidamente a bebida contrabandeada dos olhos de todos e, sob a desculpa de levar a caixa ou o fardo para a sala do almoxarife, escondê-la em suas próprias acomodações.

Scriggs, o fuzileiro avarento com seu olhar de gatuno, era o homem que clandestinamente vendia a bebida aos marinheiros, mantendo o mestre-d'armas à sombra em suas ações. A bebida era vendida a preços exorbitantes; chegando a custar doze dólares a garrafa, ou trinta, quando encomendada a crédito no almoxarifado, a ser honrado no fim da viagem. Parece incrível que os marinheiros pudessem pagar tais preços; mas, tomados pela vontade de beber algo difícil de obter, alguns marinheiros de navio de guerra seriam capazes de trocar dez anos de suas vidas, se pudessem, por um único e solitário "dedo".

Os marinheiros que se intoxicaram com a bebida então contrabandeada pelo mestre-d'armas foram, em incontáveis circunstâncias, oficialmente capturados pelo funcionário em questão e açoitados no passadiço. Já mostramos, noutra ocasião, quão conspícuo papel o mestre-d'armas interpreta em tal cena.

Os vultosos lucros desse negócio iníquo eram divididos entre todas as partes nele envolvidas; Scriggs, o fuzileiro, recebia a terça parte. Quando a caixa de seu rancho chegou ao convés, quatro bolsas de lona cheias de prata foram encontradas, atingindo uma soma de pouco menos de cem dólares por unidade.

Os culpados foram açoitados, agrilhoados nas mãos e nos pés e, por várias semanas, mantidos confinados no brigue sob a vigilância de uma sentinela – todos, exceto o mestre-d'armas, apenas dispensado de sua função e aprisionado por um tempo, com correntes nos punhos. Ao ser liberado, foi deixado à deriva em meio à tripulação do navio; e, para desgraçá-lo ainda mais, lançado ao poço, a mais inglória divisão do navio.

Ao seguir para o almoço um dia, vi-o sobriamente sentado em meu próprio rancho; e, de início, não pude deixar de sentir sérios escrúpulos por fazer minha refeição ao seu lado. No entanto, tratava-se de um homem para se estudar e assimilar; e assim, com um pouco de reflexão, não me senti incomodado com sua presença. Surpreendeu-me, contudo, que tivesse se insinuado, sorrateiro, em nosso rancho, já que tantos outros haviam declinado da honra; por fim, averiguei que ele persuadira um companheiro nosso de grupo, um parente distante dele, a convencer o rancheiro a admiti-lo.

Tal convencimento não teria funcionado com praticamente nenhum outro rancho no navio, pois isso acarretaria enorme abalo em sua reputação; nosso rancho, contudo, A. nº 1, o Clube do Quarenta e Dois, era composto por um grupo tão bom de marinheiros, por tantos capitães de gávea e capitães de quarto – homens de inquestionável valor a bordo do navio e de reputação e estima na coberta dos canhões havia tanto tempo consolidada –, que, com impunidade, podíamos cometer muitos equívocos de todo inadmissíveis para ranchos de menor pretensão. Ademais, embora todos abominássemos igualmente o monstro do Pecado, graças a nossa superioridade social, a nossa rara e elevada educação, tomada às alturas da gávea, e ampla e generosa perspectiva das coisas em conjunto, estávamos em boa medida livres daqueles preconceitos inúteis e pessoais e da raiva torturante contra rematados *pecadores* e não contra o *Pecado* — que tão amplamente impera entre homens de entendimento perverso e corações sem compaixão e cristandade. Não: as superstições e dogmas relacionados ao Pecado não tinham depositado suas degradantes máximas em nossos corações. Entendíamos que o mal era tão somente o bem disfarçado, e que um canalha, a sua maneira, não passava de um santo; que, noutros planetas, o que julgávamos errado talvez pudesse ser considerado certo; da mesma forma que algumas substâncias, sem passar por quaisquer mutações em si mesmas, mudam de cor segundo a luz que lançamos sobre elas. Compreendíamos que o Milênio[238] antecipado deve ter começado na manhã em que as primeiras palavras foram criadas; e que, levando-se tudo em conta, o navio de guerra de nosso mundo era, em si, uma embarcação de proa arredondada como qualquer outra na Via Láctea. E imaginávamos que, embora alguns de nós da coberta dos canhões estivéssemos por vezes condenados a sofrimentos e palavras duras e a todas as formas de tribulação e angústia, era, sem dúvida, nosso mau entendimento dessas coisas que nos fazia tomá-las por terríveis dores, em vez de as encararmos como os mais agradáveis prazeres. Sonhei com uma esfera, diz Pinzella,[239] onde despedaçar um homem na roda é o mais intenso e apurado dos prazeres que se pode oferecer; onde é enorme desonra a um cavalheiro subjugar um igual, da maneira que for; onde lançar alguém depois de morto numa cova e então lançar-lhe torrões frios de terra sobre o rosto é uma espécie de afronta, infligida apenas aos mais temidos criminosos.

Mas, a despeito do que nós, companheiros de rancho, pensássemos, em quaisquer circunstâncias que nos encontrássemos, jamais nos esqueceríamos de que nossa fragata, má como era, estava na rota de casa. Era esse, pelo menos, nosso eventual sonho, embora por vezes fôssemos chacoalhados por acontecimentos que faziam nossa filosofia recuar. Pois, afinal de contas, a filosofia — isto é, a melhor sabedoria a ser de algum modo revelada ao mundo de nosso navio de guerra — é apenas um brejo, um lodaçal, com uns poucos torrões firmes aqui e ali.

Mas havia um homem em nosso rancho que nada tinha a ver com nossa filosofia — um subchefe de artilheiro tosco, mal-humorado, supersticioso, insensato;

---

238. Segundo o Livro do Apocalipse (Novo Testamento), o Milênio corresponde ao período de mil anos durante os quais Jesus Cristo reinaria sobre a Terra. Tal noção escatológica e fatalista deu ensejo a uma doutrina religiosa — o mileniarismo —, que, embora não tenha se elevado ao nível de denominação própria, influencia correntes protestantes. Nos Estados Unidos, o milenarismo tem profundas raízes culturais, remontando aos puritanos da Nova Inglaterra e marcando a própria fundação ideológica da nação independente.
239. O nome parece ser invenção de Melville.

um crente de Tofete,[240] para a qual se preparava da maneira mais adequada. Escorva era o nome dele; penso que já falei dele anteriormente.

Além disso, Bland, o mestre-d'armas, não era um velhaco sujo e vulgar. Nele – para modificar dito de Burke – o vício *parecia*, mas apenas parecia, perder parcialmente o suposto mal ao se desfazer de toda a aparente incivilidade.[241] Era um vilão elegante e de modos educados, que quebrava sua bolacha com delicadeza. Havia uma bela polidez em seu porte como um todo, e um estilo insinuante e adaptável, socialmente irresistível, em seu falar. Com exceção feita a meu nobre capitão, Jack Chase, ele se provava o mais agradável, diria até o mais adequado ao convívio dos homens do rancho. Não fosse por sua boca, relativamente pequena e viciosamente delicada, cujos contornos lembravam um arco mouro, e os olhos negros, serpentinos, que por vezes brilhavam como uma lanterna escura numa joalheria à meia-noite, não havia o que denunciasse o rematado canalha que trazia dentro de si. Em suas palavras não existia vestígio de maldade; nenhum equívoco; cuidadoso, esquivava-se a indelicadezas, jamais xingava e mostrava-se mormente rico em leves piadas e gracejos, alternados com divertidos comentários sobre os contrastes entre a vida no navio e em terra firme e muitos casos agradáveis e vigorosos, narrados com muito bom gosto. Em suma: ao menos de um ponto de vista meramente psicológico, era um trapaceiro encantador. Em terra firme, um homem como ele poderia ter sido um irretocável golpista mercantil, a circular na boa sociedade.

Mas ele era ainda mais do que isso. De fato, reclamo para esse mestre-d'armas espaço elevado e honorável no *Calendário Newgate* da história.[242] Seu intrépido, frio e espetacular autocontrole, evidente em sua calma resignação ao destino que o alijara de um cargo no qual exercia poder tirânico sobre quinhentos mortais – que, em grande número, o odiavam e abominavam – ultrapassava qualquer

240. Localizado no vale de Hinom, a sul da antiga Jerusalém, Tofete era, segundo relatos bíblicos, o lugar em que se faziam sacrifícios humanos a deuses locais. Entre as divindades homenageadas em Tofete, estava Moloque, deus antropozoomórfico cultuado por povos da península Arábica. Tofete foi amaldiçoada por Jeremias (Jeremias, 7:31-34), que vaticinou que o local se tornaria o Vale da Morte.

241. A frase é tirada de *Reflexões sobre a Revolução na França*, de Edmund Burke (1729-1797), escritor e político inglês, que lamenta o desaparecimento dos modos cavalheirescos. Diz Burke: "Foi-se aquela sensibilidade de princípios, aquela castidade da honra que marcava como fosse uma ferida, que inspirava coragem enquanto mitigava a ferocidade, que enobrecia tudo que tocava e sob a qual o próprio vício perdia metade de seu mal ao se desfazer de toda a incivilidade".

242. O *Calendário Newgate*, com o subtítulo *Registro sangrento dos malfeitores*, era uma obra moral popular nos sécs. XVIII e XIX.

entendimento; sua coragem em transitar sem quaisquer temores em meio a essa gente, como um peixe-espada desarmado em meio a ferozes tubarões-brancos, certamente não era índice de um homem qualquer. Ainda no exercício de seu cargo, da mesma forma, sua vida fora muitas vezes secretamente ameaçada pelos marinheiros que levara ao passadiço. Nas noites escuras, eles faziam rolar balas de canhão escotilha abaixo, destinadas a "avariar-lhe o pimenteiro",[243] como costumavam dizer; além disso, valiam-se de cordas nas quais faziam nós corredios para laçá-lo nos cantos mais ermos. E agora Bland perambulava à solta entre esses homens, sob mais do que conhecidas circunstâncias de superlativa vilania, por fim trazidas à luz; e, ainda assim, sorria cordialmente, oferecendo com educação sua charuteira a um perfeito estranho e rindo e conversando por todas as partes, como se fosse elástico, leve e ágil, de consciência angelical e certo de encontrar bons amigos por onde quer que fosse, nesta vida e na próxima.

Enquanto esteve sob ferros no brigue, ouviram-se por vezes grupos de homens sussurrando sobre a terrível recepção que lhe dariam quando voltasse ao convés. No entanto, quando livre, todos pareceram confusos com sua segurança ereta e cordial, sua sociabilidade cavalheiresca e companhia desprovida de medo. De policial implacável, vigilante, cruel, fatal em seu ofício, não obstante as palavras educadas, tornara-se um homem desinteressado, folgazão, sempre por toda a parte, sempre fingindo não compreender impropérios e pronto a rir e festejar com qualquer um. Mesmo assim, a marujada de início o evitava e respondia a seus sorrisos com cenhos franzidos; mas quem pode para sempre resistir ao Diabo em pessoa, quando ele se apresenta sob o disfarce de um cavalheiro despojado, franco e elegante? Embora a pia Margarida de Goethe deteste o Diabo com seus chifres e rabo de arpoeiro, ela sorri e cumprimenta o demônio cativante na figura persuasiva, conquistadora, insinuante e de todo inofensiva de Mefistófeles.[244] Mas, ainda que assim fosse, eu, de minha parte, via esse mestre-d'armas com uma mistura de raiva, pena, admiração e um sentimento que se opunha à inimizade. Não me restava senão abominá-lo, quando pensava em sua conduta; mas lamentava o tormento constante que, sob os disfarces que assumia com tanto esmero, percebia jazer no fundo de sua alma. Admirava o heroísmo que osten-

243. O revólver pimenteiro era uma arma de fogo curta de repetição, usada para defesa pessoal, popular no séc. XIX.

244. Margarida e Mefistófeles (ou o Diabo) são personagens da lenda de *Fausto*, imortalizada pelo escritor alemão Johann Wolfgang von Goethe (1749-1832) em duas partes monumentais (*Fausto I*, de 1808; e *Fausto II*, de 1832). Margarida é o amor de Fausto na primeira parte da tragédia. Ele a conquista com a ajuda de Mefistófeles, o demônio, com quem fizera antes um pacto para ter acesso ao conhecimento infinito.

tava sob tamanho revés. E quando pensava em quão arbitrários eram os Artigos de Guerra ao definir um criminoso a bordo de uma fragata; em quanta culpa insuspeita poderia estar abrigada sob o chapéu aristocrático de nosso convés; em quantos fastuosos almoxarifes, flores da praça-d'armas, tinham sido legalmente protegidos ao defraudar o povo, era impossível não dizer comigo mesmo: "pois bem, embora esse homem seja, sem dúvida alguma, vil e ardiloso, ainda assim é mais desafortunado que corrompido".

Ademais, uma investigação acurada de Bland convenceu-me de que se tratava de um patife indefensável, que praticava o crime como o gado procura a relva, pois praticar o mal parecia inerente ao funcionamento legítimo de todo o seu organismo infernal. Frenologicamente, ele não dispunha de alma. É, por acaso, de admirar que os demônios desconheçam religião? A quem, pensava eu, devemos culpar neste caso? Eu, pessoalmente, não vou me pautar pelo dia do Juízo Final para afirmar, com autoridade, a criminalidade essencial de todo homem de um navio de guerra; e a cristandade me ensinou que, no dia final, a marujada de um navio de guerra não será julgada pelos Artigos de Guerra, nem como um todo pelo Estatuto Geral americano,[245] mas por leis imutáveis, que estão muito além da compreensão do honorável Conselho de Comodoros e Comissários da Marinha.[246]

No entanto, embora lute até mesmo por um ladrão de fragata e o defenda, se for capaz, de ser punido no passadiço — lembrando que meu Salvador chegou a ser pendurado entre dois ladrões, prometendo a um deles a vida eterna —,[247] uma vez consciente da culpa plena de um criminoso eu não o deixaria novamente

---

245. Os United States Statutes at Large são o registro oficial dos Atos do Congresso e resoluções concorrentes (atos sem força de lei, adotados por ambas as casas de representantes, como pode ocorrer em legislaturas bicamerais, e geralmente relacionados aos regimentos legislativos ou à concessão de prêmios e homenagens) aprovadas pelo Congresso norte-americano. Os Statutes at Large integram um modelo trifásico de publicação das leis norte-americanas, que se inicia com a promulgação das leis individualmente aprovadas, sejam de direito público ou privado, passa pela publicação de tudo quanto tenha sido aprovado em sessões do Congresso (os Statutes) e termina com sua codificação (reunião em um único código de todas as leis relacionadas a dado assunto).

246. O Conselho de Comodoros e Comissários da Marinha foi um corpo administrativo da Marinha norte-americana composto de três membros e ativo entre 1815 e 1842. A necessidade do Conselho decorreu do crescimento da Marinha norte-americana passada a Guerra de 1812 (ver nota 43) e tinha a função de desonerar o secretário da Marinha de responsabilidades relacionadas aos departamentos de provimento civil, como a construção naval e o abastecimento de naus. O Conselho foi extinto em 1842, dando lugar à criação de seções administrativas específicas — ou bureaus — dentro da própria secretaria da Marinha. Tal sistema esteve em operação até a década de 1960.

247. Segundo os evangelhos de Mateus (27:38-44), Marcos (15:27-28,32) e Lucas (23:32,39-43), Cristo teria sido crucificado entre dois ladrões, um deles penitente e, portanto, perdoado por Cristo.

de todo livre para vitimar marinheiros honestos, a popa e proa de todas as três cobertas. Foi isso, no entanto, o que fez o capitão Claret; e, embora isso talvez pareça inacreditável, não deixo de registrá-lo.

Depois de o mestre-d'armas ter permanecido à deriva em meio à tripulação por algumas semanas, e estarmos a poucos dias de viagem de casa, ele foi levado ao mastro e publicamente restituído a seu cargo como chefe de polícia do navio. Talvez o capitão Claret tivesse lido as *Memórias* de Vidocq e acreditado no velho ditado, "coloque um bandido para pegar um bandido".[248] Ou, talvez, fosse um homem de muito bons sentimentos, absolutamente suscetível às doces emoções da gratidão e não fosse capaz de deixar em desgraça uma pessoa que, da mais profunda generosidade de seu coração, tinha, havia um ano, presenteado-lhe uma belíssima caixa de rapé, produzida a partir de um dente de cachalote, com uma curiosa dobradiça de prata e graciosamente talhada em forma de baleia; e também uma belíssima bengala com manopla de ouro, feita em caríssima madeira brasileira, com uma chapa de ouro trazendo o nome do capitão e sua patente, o lugar e a hora de seu nascimento e com um espaço abaixo — sem dúvida pensado para seus herdeiros registrarem a data de sua morte.

Era certo que, alguns meses antes da desgraça com o mestre-d'armas, este oferecera ao capitão esses artigos com toda a afeição e cumprimentos; e o capitão os aceitara, raramente indo à costa sem a bengala, e jamais tomando de seu rapé que não fosse daquela caixinha. No caso de outros capitães, um senso de propriedade poderia tê-los induzido a devolver tais presentes quando seu generoso doador tivesse se mostrado indigno e não merecesse, portanto, que os guardasse consigo; mas não seria o capitão Claret o homem a infligir tão profunda ferida na sensibilidade de um oficial, ainda que costumes navais havia muito consolidados o tivessem habituado a açoitar o povo a qualquer momento.

Agora, tivesse o capitão Claret considerado a si mesmo constitucionalmente obrigado a recusar todos os presentes de seus subordinados, o senso de gratidão não teria trabalhado em prejuízo da justiça. E, como alguns dos subordinados do capitão de um navio de guerra estão inclinados a invocar a benevolência deste, bem como a pacificar sua consciência com amigáveis prendas, *talvez* lhe tivesse sido excelente adotar o plano levado a cabo pelo presidente dos Estados Unidos quando ganhou leões e cavalos de batalha do sultão de Mascate.[249] Sendo proi-

248. Ver nota 58.

249. Aqui, Melville reúne dois casos em uma só anedota. Data de 3 setembro de 1839 uma carta do cônsul norte-americano em Tânger, Thomas Carr, ao secretário de Estado norte-americano John Forsyth, versando sobre a insistência do imperador do Marrocos de presentear o

bido por seus senhores e lordes soberanos, o povo imperial, de aceitar quaisquer presentes de poderes estrangeiros, o presidente os entregou aos cuidados de um leiloeiro, e os lucros foram depositados no Tesouro Nacional. Da mesma forma, quando o capitão Claret recebeu sua caixa de rapé e a bengala, devia muito gentilmente tê-las aceitado e, então, vendido-as pela maior oferta, talvez ao próprio doador que, nesse caso, nunca mais incorreria em nova tentativa.

Quando retornou para casa, Bland recebeu integralmente por seu posto, sem ser deduzido de seu período de suspensão. E voltou a embarcar num navio de guerra assumindo seu antigo posto.

Como nenhuma nova alusão a esse caso será feita, pode-se também dizer que, pelo mesmo breve período que se passou entre sua recondução ao cargo e ser pago pelo almoxarife, o mestre-d'armas comportou-se com infinita discrição, manobrando astuciosamente entre qualquer relaxamento da disciplina — que teria reacendido o incômodo dos oficiais — e qualquer severidade impensada — que teria atiçado, com força dez vezes maior, todos os antigos rancores dos marinheiros sob seu comando.

Nunca ele dera tamanha demonstração de tato e talento como quando se equilibrava em meio a tão delicada posição; e havia ali um vasto campo para o exercício de suas mais engenhosas habilidades; pois, quando dispensados os marinheiros de nossa fragata, caso ele fosse, então, tomado por todos como um inimigo, tais homens, uma vez tornados cidadãos livres e independentes, *aí sim* poderiam preparar-lhe emboscadas nas ruas e vingar-se por suas injustiças, passadas, presentes e, possivelmente, futuras. Mais de uma vez um mestre-d'armas foi, em terra firme, capturado à noite por uma tripulação enfurecida e tratado como Orígenes tratara a si mesmo, ou como Abelardo o fora por seus inimigos.[250]

---

presidente norte-americano Martin van Buren com um casal de leões. O incidente, porém, deu-se no próprio consulado norte-americano no país africano: alertada de que não poderia presentear o chefe de Estado com os leões, a comitiva do imperador insistiu que o Congresso norte-americano deveria recebê-los; diante de uma segunda negativa, os representantes do imperador ameaçaram abandonar os leões às ruas em frente à embaixada norte-americana, o que levou Carr a acolher os animais no próprio escritório. No que se refere aos cavalos de batalha, registra-se que, em abril de 1840, o navio *Al-Sultana*, vindo do sultanato de Omã, chegou a Nova York com uma série de presentes destinados ao presidente norte-americano Martin van Buren, dentre os quais dois cavalos. Van Buren consultou o Congresso sobre a possibilidade de aceitar os presentes; recebendo a negativa, os objetos — o que incluía uma preciosíssima coleção de pérolas, quatro xales da Caxemira, um tapete persa e cinco garrafões de água de rosas — foram depositados na galeria do Instituto Nacional, no Escritório de Patentes da Capital, e os cavalos, vendidos em leilão.

250. Teólogo e filósofo neoplatônico patrístico, Orígenes (*c.* 185-253), cujo nome é acompanhado de diferentes alcunhas — de Alexandria, de Cesareia ou o Cristão —, é um dos fundadores

Contudo, ainda que, sob extrema provocação, o povo de um navio de guerra seja culpado das mais coléricas vinganças, por vezes é também bastante brando e de coração mole, mesmo ante aqueles que possam tê-lo insultado de forma mais atroz; muitas coisas poderiam ser relatadas quanto a isso, porém abstenho-me.

Esse relato sobre o mestre-d'armas não poderia ser mais bem concluído do que recorrendo ao vivo linguajar do capitão da gávea de proa. "Fosse um cabo, tinha dois cordões, mais a metade do terceiro, feitos só de velhacaria", dizia ele, numa sentença bem amarrada, tersa e cabal, sem qualquer omissão ou reserva. Também se dizia que, tivessem passado o pente-fino pela cidade de Tofete, possivelmente não teriam capturado outro tão inefável vilão.

---

da Igreja na Grécia, cujas perspectivas pouco ortodoxas da teologia cristã levaram-no a conflitos com as autoridades eclesiásticas de Alexandria. Diz Eusébio (também padre da Igreja e testemunha da vida de Orígenes) que, determinado a viver uma vida ascética e seguindo Mateus (19:12), o filósofo castrou a si mesmo. Pedro Abelardo (1079-1142), filósofo escolástico francês e teólogo, está entre os grandes pensadores e teólogos de fins da Idade Média. Ficou conhecido do público por sua vida pessoal e o relacionamento com uma aluna, Heloísa, sobrinha do cônego da catedral, Fulbert, e mulher de muita erudição. Descoberto seu casamento em segredo, do qual nasceria um menino, batizado Astrolábio, Heloísa foi recolhida a um convento; Abelardo, por sua vez, foi perseguido e castrado a mando de Fulbert, recorrendo a um mosteiro para ali viver pelo resto da vida.

45

Sobre a publicação de poesia num navio de guerra

UM DIA OU DOIS DEPOIS de nossa chegada ao Rio de Janeiro, um incidente sem dúvida divertido ocorreu a um bom conhecido meu, o jovem Lemsford, o bardo da coberta dos canhões.

Os grandes canhões de uma fragata armada têm blocos de madeira, chamados tapas, pintados de preto, inseridos em suas bocas, para mantê-las livres dos borrifos do mar. Essas tapas deslizam para dentro e para fora muito facilmente, como a tampa de um barrilete de manteiga.

Aconselhado por um amigo e temendo o destino de sua caixa de poemas, Lemsford passara recentemente a fazer uso de certo canhão da coberta, em cujo cano metia seus manuscritos, rastejando parcialmente para fora da portinhola, removendo a tapa, inserindo os papéis, fortemente amarrados, e botando tudo em ordem novamente.

Feito o desjejum, ele e eu estávamos reclinados contra a gávea principal — à qual, com a permissão de meu nobre senhor, Jack Chase, eu o convidara —, quando, de repente, escutamos uma canhonada. Era nosso próprio navio.

"Ah!", disse um gajeiro, "estão devolvendo a saudação de terra firme que nos deram ontem."

"Oh, meu Deus!", exclamou Lemsford, "minhas *Canções das sereias*!" E desceu pelo cordame rumo aos canhões; mas, assim que chegou à coberta, o canhão nº 20 — sua caixa-forte literária —, explodiu num estrondo terrível.

"E então, meu guarda de popa Virgílio", perguntou-lhe Jack Chase, enquanto Lemsford retornava lentamente, subindo pelo cordame, "conseguiu? Não precisa responder; vejo que foi tarde demais. Mas não desanime, meu garoto: nenhum editor poderia ter feito trabalho melhor. Essa é a melhor forma de lançar, Jaqueta Branca", voltando-se a mim, "atira bem no meio deles; para cada canto do poema, uma bala de vinte e quatro libras; *arrebentando o casco* dessas cabeças-duras, queiram elas ou não. E atenção, Lemsford... quanto mais bem executado for o tiro, menos escuta do seu inimigo. Quando morto, o homem nem sequer balbucia."

"Glorioso Jack!", bradou Lemsford, subindo com pressa e agarrando-o pela mão. "Diga de novo, Jack! Olhos nos olhos. Por todos os Homeros, Jack, você fez minha alma ascender como um balão! Jack, como poeta não passo de um coitado. Nem dois meses antes de embarcar aqui publiquei um livro de poemas bastante agressivo em relação ao mundo. Deus sabe o que me custou. Publiquei o livro, Jack, e o maldito editor me processou pelo prejuízo; meus amigos mostraram-se acanhados; um ou dois que gostaram não quiseram se comprometer; e quanto à ralé, ao populacho de cabeça oca, eles pensaram que tivessem descoberto um idiota. Que o Diabo os carregue, Jack... O que chamam de público é um monstro, como o ídolo que vimos no Havaí, com a cabeça de um burro, o corpo de um babuíno e o rabo de um escorpião!"

"Não gostei disso", disse Jack. "Quando estou em terra, também sou parte do público."

"Perdoe-me, Jack; não é, você é uma parte do povo, assim como o é a bordo de nossa fragata. O público é uma coisa, Jack, e o povo, outra."

"Tem razão", concordou Jack; "tem toda razão. Virgílio, você é uma figura excelente; uma joia, meu garoto. O público e o povo! Sim, sim, meus rapazes, vamos odiar um e nos agarrar ao outro."

46

O comodoro na popa e um homem do "povo" nas mãos do cirurgião

UM OU DOIS DIAS DEPOIS do lançamento das *Canções das sereias* de Lemsford, sucedeu-se um triste incidente com um companheiro de rancho, um dos capitães da gávea de gata. Era um pequeno e belo escocês que, devido à prematura queda de cabelo no topo de sua cabeça, recebera a alcunha de Careca. A calvície, sem dúvida alguma, era em grande parte atribuível à mesma causa que cedo enfraquece as madeixas de muitos homens do mar — a saber, o duro, inflexível e pesado chapéu de lona alcatroada, obrigatório na Marinha e nos navios de guerra, que, quando novo, é duro o bastante para que se sente nele e, de fato, em lugar das próprias mãos, às vezes serve ao marinheiro de banco.

Ora, não há o que dê mais orgulho ao comodoro de uma esquadra do que a celeridade com que seus homens são capazes de trabalhar no velame e executar todas as manobras relativas a ele. Tal sentimento manifesta-se sobretudo no porto, quando todas as demais fragatas de seu esquadrão estão próximas, e talvez os vasos armados de nações rivais.

Nessas ocasiões, cercado de capitães reformados que em nada diferem de sátrapas — cada qual um rei para suas ilhas flutuantes —, o comodoro é figura dominante, o imperador de todo um arquipélago de carvalho, magistrial e magnificente como o sultão das ilhas de Sulu.

Mas, assim como o grande e poderoso Carlos V costumava se divertir em sua caduca velhice assistindo ao girar das engrenagens de uma longa fileira de relógios, um velho comodoro passa seu tempo livre no porto observando o que chamamos de "exercícios de artilharia" e também os "exercícios de pano"; que fazem com que as muitas vergas de todos os navios sob seu comando sejam a um só tempo "braceadas", "desamantilhadas" e manobradas em sinal de luto, enquanto o comodoro se senta, como um rei Canuto,[251] sobre um baú de armas à popa de sua nau capitânia.

---

251. Canuto foi nome de batismo de uma sucessão de reis dinamarqueses e, posteriormente, ingleses e noruegueses. Aqui se trata de Canuto II (995-1035), mencionado também em romance anterior de Melville, *Mardi, or a Voyage Thither.*

Porém, ainda mais nobre que qualquer descendente de Carlos Magno,[252] mais soberbo que um mogol do Oriente e quase tão misterioso e silencioso quanto o Grande Espírito das Cinco Nações,[253] o comodoro não tem a bondade de verbalizar suas ordens; elas são dadas por sinais.

E tal qual, mais uma vez, para o velho Carlos V foram inventados os naipes coloridos e alegres do jogo de cartas para fazer passar-lhe o tempo da senilidade,[254] assim também esses lindos e singelos sinais de flâmulas estampadas em azul e vermelho devem ter sido inventados para a alegria da velhice de todos os comodoros.

Ao lado do comodoro fica o aspirante-sinaleiro, com uma sacola verde-água ao ombro (como um caçador leva consigo sua sacola de caça), o livro de sinais numa das mãos, e a luneta de observação na outra. Como esse livro contém os sinais e símbolos maçônicos da Marinha, sendo, portanto, inestimável a um inimigo, sua capa vem sempre bordejada de chumbo, garantindo assim seu afundamento no caso de o navio ser capturado. Não é esse o único tipo de livro merecedor de uma capa com chumbo, embora sejam muitos os casos em que o autor, não o encadernador, fornece o metal.

Tanto quanto Jaqueta Branca os entende, esses sinais consistem de bandeiras de cores variadas, cada qual representando certo número. Digamos que haja dez bandeiras, relativas aos números cardinais — a vermelha, nº 1; a azul, nº 2; a verde, nº 3; e assim por diante; dessa forma, justapondo a bandeira azul à vermelha, isso equivaleria ao nº 21; e se a verde fosse posta logo abaixo, formaria o nº 213. Quão simples, portanto, por infinitas justaposições, seria multiplicar os vários números a serem expostos no topo do mastro de gata, mesmo se apenas com três ou quatro dessas bandeiras.

---

252 Carlos Magno (742-814) foi rei dos lombardos a partir de 774 e rei dos francos a partir de 768, dando início a uma dinastia — a Carolíngia — que se tornaria dominante na Europa por sete séculos, período em que seus descendentes estiveram à frente do Sacro Império Romano-Germânico. Rei guerreiro e humanista, Carlos Magno foi decisivo para a delimitação das fronteiras da Europa ocidental e estabilização política dessa região do continente, o que deu ensejo ao significativo florescimento cultural que marca a Alta Idade Média.

253. "Cinco Nações" era uma das designações da importante confederação indígena iroquesa, do nordeste norte-americano. Depois de 1722, tal aliança chegou a seis grupos indígenas, os mohawks, os onondagas, os oneidas, os caiugas, os sênecas e os tuscaroras, todos de formação cultural e linguística similar. Sua união remonta a um período anterior à presença europeia na região, porém fortaleceu-se diante dos conflitos com os colonizadores. O Grande Espírito era uma das divindades cultuadas pelas Nações.

254. Melville se equivoca ao nomear Carlos V como responsável pela invenção dos naipes do jogo de cartas. Tal criação se atribui às vontades do rei Carlos VI de França, também conhecido como "O bem-amado" ou "O louco". Consta que Carlos VI fez a encomenda ao pintor francês Jacquemin Gringonneur, que representou a divisão da sociedade francesa por meio dos naipes: copas, o clero; espadas, a nobreza; paus, os camponeses; e ouros, a burguesia.

A cada número um sentido particular é atribuído. O nº 100, por exemplo, pode significar "Exercício de posto". O nº 150, "Homens ao grogue". O nº 2000, "Arriar vergas de joanete". O nº 2110, "Está vendo alguma coisa a barlavento?". O nº 2800, "Não".

E como todo navio de guerra está munido de um livro de sinais, onde todas essas coisas estão organizadas, é possível que duas fragatas americanas, embora praticamente desconhecidas uma da outra e vindas de polos opostos, possam travar uma conversa bastante despojada pelo ar.

Quando muitas fragatas de uma só nação permanecem ancoradas num porto, formando amplo círculo ao redor de seu mestre e senhor, a nau capitânia, é muito interessante ver todos obedecendo às ordens do comodoro, não obstante este jamais abra a boca.

Assim se sucedia conosco no Rio de Janeiro; e daqui segue a história de Careca, meu pobre companheiro de rancho.

Certa manhã, obedecendo a um sinal de nossa nau capitânia, os vários vasos pertencentes ao esquadrão americano então ancorados no porto largaram seu velame simultaneamente para secá-lo. Ao entardecer, foi dado sinal para ferrá-lo. Em tais ocasiões, há grande rivalidade entre os primeiros lugares-tenentes de diferentes fragatas, que competem entre si para ver quem há de primeiro ferrar as velas nas vergas. Trata-se de uma rivalidade compartilhada entre todos os oficiais de cada fragata, que comandam os diversos gajeiros; de modo que o mastro principal é todo ímpeto para vencer o traquete, enquanto o mastro de gata almeja bater a ambos. Estimulados pelos gritos de seus oficiais, os marinheiros da esquadra são todo esforço.

"Ao alto, gajeiros! Estender! Colher velas!", bradou o primeiro lugar-tenente do *Neversink*.

Imediatamente os homens saltaram ao cordame, e nos três mastros logo estavam sobre as vergas, afoitos, céleres na execução das ordens.

No trabalho de ferrar as velas de gávea ou no mastro de gata, o ponto de honra, a mais difícil das tarefas, está no seio da vela, ou meio da verga; tal posto compete ao primeiro capitão da gávea.

"Que estão fazendo aí, gajeiros de gata?", gritou o primeiro lugar-tenente, com seu porta-voz. "Malditos, são moles como ursos russos! Não estão vendo que os gajeiros do mastro principal estão quase saindo da verga? Ao trabalho! Ao trabalho! Ou corto o grogue de todo mundo! Ei, Careca! Vai dormir aí no meio da verga?"

Enquanto eram ditas tais palavras, o pobre Careca — sem chapéu, o suor escorrendo pelo rosto — esforçava-se ao máximo, recolhendo as enormes e pesadas dobras de lona no meio da verga; de tempo em tempo mirando o vitorioso Jack Chase, diante de si, entregue à faina na verga da gávea maior.

Por fim, com a vela devidamente recolhida, Careca saltou com os dois pés no meio da verga, segurando-se com uma das mãos numa das amarras, a ostaga, pisando, dessa forma, violentamente sobre a vela, para compactá-la.

"Maldito Careca, por que não se mexe, ó verme!", bradou o primeiro lugar--tenente.

Careca impôs todo o seu peso para domesticar a vela rebelde e, num instante de imprudência em meio à ação desbragada, soltou a ostaga.

"Ei, Careca! Tá com medo de cair?", gritou o primeiro lugar-tenente.

Nesse momento, com toda a força, Careca saltou sobre a vela; a gaxeta de meio de verga se rompeu; e um vulto atravessou o ar. Descendo sobre a guarita da gávea, rolou para fora; e no instante seguinte, com o terrível estrondo de todos os seus ossos, Careca desabou, como um raio, sobre o convés.

A bordo da maioria dos grandes navios de guerra, de cada lado do convés principal, há uma robusta plataforma de carvalho, de aproximadamente meio metro quadrado. Chega-se a elas por três ou quatro degraus; e elas são cercadas nas laterais com barras horizontais de latão. São chamadas de apeadeiras; nelas, o oficial do convés geralmente permanece enquanto dá suas ordens.

Foi uma dessas apeadeiras, então desocupada, que lhe amorteceu a queda. O pobre Careca caiu atravessado sobre as barras de latão, dobrando-as em cotovelos, e destruindo toda a plataforma de carvalho, com escada e tudo, que se fez em mil pedaços sobre o convés.

Estava quase morto quando o socorreram, e com ele desceram ao cirurgião. Seus ossos pareciam os de um homem despedaçado na roda;[255] ninguém pensava que sobreviveria à noite. Com o tratamento habilidoso do cirurgião, porém, sua recuperação logo pareceu promissora. Cutícula, o cirurgião, dedicou todo o seu saber ao caso.

Uma curiosa estrutura de madeira foi construída para o homem ferido; e nela, com todos os seus membros esticados, Careca permaneceu deitado no chão da enfermaria por muitas semanas. Quando finalmente aportamos em casa, ele já era capaz de coxear sobre muletas; porém, do homem de rosto corado e em perfeita saúde restava um mero esqueleto torto, branco como espuma; neste

---

255. Suplício medieval no qual se amarrava a vítima num tipo de cruz em forma de X para, tracionando-lhe as extremidades de braços e pernas, quebrar-lhe os membros e deixá-la morrer presa a uma roda que se fazia girar.

momento, talvez, seus ossos estejam curados e inteiros no repouso final de um homem de fragata.

Não muitos dias depois do acidente de Careca ao colher as velas, um marinheiro de um navio de linha de batalha inglês, ancorado próximo ao nosso, caiu da verga de sobrejoanete grande — da mesma forma frenética, sob o mesmo estímulo dos gritos de um oficial — e enterrou os ossos de seus tornozelos no convés, nele imprimindo dois buracos, como se cavados pela goiva do carpinteiro.

A verga de sobrejoanete forma uma cruz com o mastro. Cair dessa cruz elevada num navio de linha de batalha é quase como cair da cruz da catedral de são Paulo; quase como cair, à maneira de Lúcifer, da fonte das manhãs direto no Flegetonte da noite.[256]

Em alguns casos, um homem assim lançado de uma verga cai sobre seus próprios companheiros nas gáveas e os arrasta consigo para uma destruição conjunta.

Praticamente nunca se tem notícia de um navio de guerra que retorna para casa depois de uma viagem sem que tenha perdido homens de sua tripulação caídos das vergas, enquanto acidentes similares na marinha mercante — considerando-se o número muito maior de homens nela empregado — são relativamente poucos.

Por que não sermos francos? A morte da maioria desses marinheiros dos navios de guerra jaz à porta das almas dos oficiais que, enquanto permanecem no convés, não vacilam em sacrificar um ou dois homens imortais para ostentar a disciplina superior do navio. Assim, sofre o povo da coberta dos canhões, para que o comodoro à popa seja glorificado.

---

256. Segundo a mitologia grega, um dos rios do Hades, pelo qual corre fogo. É incluído por Dante no sétimo círculo infernal, na *Divina comédia*.

47

Um leilão num navio de guerra

TEM-SE FEITO MENÇÃO AO ABORRECIMENTO experimentado pelos homens de um navio de guerra ancorado; vez por outra, no entanto, há eventos que quebram a monotonia. Os mais interessantes deles são os leilões do almoxarife, que acontecem com a embarcação fundeada. Algumas semanas, ou talvez meses, depois da morte de um marinheiro numa fragata, seu saco de roupas é assim vendido, e o dinheiro apurado é transferido a seus herdeiros ou executores.

Um desses leilões ocorreu na baía do Rio de Janeiro, pouco depois do triste acidente com Careca.

Era uma tarde tranquila, digna de devaneios, e por todos os cantos a tripulação entregava-se à modorra, quando subitamente o apito do contramestre fez-se ouvir, seguido do anúncio: "Escutem, ó de proa e de popa! Leilão do almoxarife no espardeque!".

Dado o sinal, os marinheiros colocaram-se de pé e se reuniram ao redor do mastro principal. Logo em seguida, apareceu o comissário do almoxarife, com três ou quatro de seus subordinados marchando à sua frente e trazendo várias sacolas de roupa, depositadas ao pé do mastro.

Nosso comissário do almoxarife era, à sua maneira, um homem de modos cavalheirescos. Como muitos jovens americanos de sua classe, muitas vezes assumira as mais variadas funções para ganhar a vida, deixando uma pela outra com a facilidade de um aventureiro astucioso e abnegado. Fora guarda-livros num navio a vapor no rio Mississippi; leiloeiro em Ohio; ator do Olympic Theater, em Nova York; e agora era comissário do almoxarife na Marinha. Ao longo dessa diversificada carreira, sua natural sagacidade e bom humor foram bastante incrementados e melhorados; e, assim, cultivara a grande e mais difícil arte de um piadista, a arte de manter-se sério enquanto o riso na plateia se escancara, preservando a solenidade em meio à comoção geral. Os marinheiros o tinham em altíssima conta, o que em boa medida se devia a seu humor, mas também ao modo direto e irresistível, romântico e teatral com que se dirigia a eles.

Com ar solene, montou o pedestal das abitas da escota da vela de sobrejoanete grande, impondo silêncio por dramático aceno; enquanto isso, seus subordinados inspecionavam as sacolas, colocando diante dele seu conteúdo.

"Certo, meus nobres companheiros", começou ele, "vamos abrir este leilão oferecendo a seu imparcial prélio um excelente par de botas usadas", e, assim dizendo, ergueu e balançou um cilindro desajeitado de couro, quase tão largo quanto um balde corta-fogo, à guisa de amostra do par completo. "Quem dá mais, meus nobres marujos, por este excelente par de botas?"

"Onde tá o outro pé?", bradou um poceiro de olhar desconfiado. "Me lembro dessa bota. Era do velho Bob, o subchefe de artilheiro; tinha duas dela. Quero ver a outra."

"Meus queridos, agradabilíssimos amigos", disse o leiloeiro em tom muito ameno, "a outra bota não está à mão, mas dou minha palavra de honra que, em cada mínimo detalhe, a outra corresponde à que podem ver aqui... corresponde, garanto. Sim, garanto a vocês, nobres guerreiros do mar", acrescentou, dirigindo-se a todos, "que a outra bota é a exata contrapartida desta. Agora, portanto, deixo a palavra a vocês, meus bons camaradas. Quem dá mais? Dez dólares, foi o que você disse?", curvou-se ele educadamente na direção de alguém ao fundo.

"Não, dez centavos", respondeu uma voz.

"Dez centavos! Dez centavos, intrépidos marinheiros, por este nobre par de botas", protestou o leiloeiro, afetando horror. "Devo encerrar o leilão, meus lobos do mar de Colúmbia; assim vai ser impraticável. Mais um lance, vamos lá", acrescentou ele, persuasivo e suave. "Como? Um dólar? Um dólar, então... um dólar, dou-lhe uma... dou-lhe duas... Vejam como ela vibra", balançando a bota de um lado para o outro, "este excelente par de botas por um dólar; não paga nem os pregos do salto. Dou-lhe uma, dou-lhe duas... *vendido*!"

E dispensou a bota.

"Ah, que sacrifício! Que sacrifício!", suspirou ele, com os olhos marejados, fitando o solitário balde corta-fogo e, então, dirigindo-se à companhia em busca de solidariedade.

"Um sacrifício, tem razão!", exclamou Jack Chase, que se pôs de pé. "Comissário, está parecendo Marco Antônio sobre o corpo de Júlio César."[257]

---

257. Marco Antonio (83 a.C.-30 a.C.) foi chefe militar romano, ligado às hostes de Júlio César, um dos três triunviratos da fase final da República Romana. Quando César, depois de voltar a Roma com a cabeça de seu oponente romano Pompeu e fazer-se ditador, foi assassinado por um grupo de senadores romanos, coube a Marco Antonio, grande orador, colocar a opinião pública contra seus assassinos. Consta da história que ele o fez num discurso inflamado, durante o qual segurava a toga ensanguentada de seu antigo comandante. É provável que Melville tivesse em mente, nesta passagem, o discurso de Marco Antonio tal como representado por Shakespeare em sua tragédia *Júlio César* (Ato III, Cena 2).

"Estou, estou mesmo", disse o leiloeiro, sem mover um músculo. "E olhem!", disse ele, subitamente agarrando a bota para exibi-la ao alto, "vejam só, nobres marinheiros, se têm lágrimas, preparem-se para derramá-las. Todos vocês conhecem esta bota. Lembro-me da primeira vez que o velho Bob a calçou. Era uma noite de inverno, no cabo Horn, entre as caronadas de estibordo... naquele dia que seu precioso grogue foi cortado. Vejam! Neste ponto, um rato abriu um buraco com uma mordiscada; vejam que rasgo um rato decerto invejoso fez, por aqui passou outro, e, enquanto arrancava sua amaldiçoada lima, vejam como o cano se abriu. Esse foi o mais maldoso dos talhos. Mas quem deu o lance final?", subitamente assumindo um ar de negócios. "Você? Você? Você?"

Nenhum amigo do saudoso Bob, porém, levantou-se.

"Marinheiros de Colúmbia", anunciou o leiloeiro, em tom imperativo, "estas botas precisam ser vendidas; e, se não conseguir vendê-las de um jeito, terei de vendê-las de outro. Quanto *por libra*, agora, por este excelente par de botas usadas? Agora vamos vender por peso, meus intrépidos marinheiros... lembrem-se! Quem dá mais? Um centavo, escutei? Um centavo por libra... dou-lhe uma... dou-lhe duas... dou-lhe três... *vendido*! De quem foi o lance final? Capitão do poço? Bem, meu querido e agradável amigo, vou pesá-las para você quando encerrar o leilão."

De maneira similar, o conteúdo de todas as sacolas foi exposto, o que compreendia blusas, calças e jaquetas usadas; os valores eram registrados nos livros do almoxarife junto à conta de quem arrematava as peças.

Estando eu presente ao leilão, embora não fosse um comprador, e observando com que facilidade eram vendidos velhos trajes em petição de miséria, graças à mágica astúcia do leiloeiro, ocorreu-me o pensamento de que, se decidisse, calma e convictamente, desfazer-me de minha famosa jaqueta branca, essa seria a melhor maneira para isso. Revolvi o assunto em minha cabeça por bastante tempo.

O clima no Rio de Janeiro era quente e propício; parecia-me impossível que fosse precisar novamente de algo como uma jaqueta pesada e forrada — e, claro, tão branca quanto aquela. Lembrei-me, no entanto, da costa americana, e que provavelmente chegaríamos durante o outono. Sim, pensei em todas essas coisas; no entanto, fui tomado de um capricho ingovernável de sacrificar minha jaqueta e aceitar sem receios as consequências. Além disso, não era uma péssima jaqueta? Quantos não tinham sido os aborrecimentos que ela me causara? Em quantas enrascadas não tinha me enfiado? Exatamente: ela não tinha ao menos uma vez ameaçado minha própria existência? Tinha o terrível pressentimento de que, se persistisse em mantê-la, aconteceria de novo. Basta! Vou vender, murmurei para mim mesmo; e, tendo-o dito, coloquei as mãos na cintura e caminhei pela gávea do mastro principal na seriíssima concentração de um firme propósito. No dia seguinte, sabendo que outro leilão logo teria lugar, fui à sala do comissário do almoxarife, com quem vinha travando amistoso contato. Depois de vaga e delicadamente sugerir o propósito de minha visita, fui ao ponto e perguntei-lhe se ele poderia enfiar minha jaqueta numa das sacolas de roupa que fossem ser vendidas e, assim, colocá-la em leilão público. Gentilmente ele concordou, e assim se fez.

A seu tempo, os marinheiros foram mais uma vez chamados à volta do mastro principal; o comissário do almoxarife subiu a seu posto, e a cerimônia começou. Enquanto isso, escondi-me longe dos olhos de todos, mas ainda próximo o bastante para escutar, na coberta dos canhões logo abaixo, observando a cena sem ser percebido.

Como já é passado muito tempo, farei aqui uma confissão: pedi, em sigilo, os serviços de um amigo — Williams, o pedagogo e mascate — cuja função seria ficar próximo à cena do leilão e, se as ofertas na jaqueta demorassem a ser feitas, que as começasse vigorosamente; e se ficassem, então, fortes, que as atiçasse com os lances mais obstinados e apaixonados, para assim incitar a competição desbragada às mais loucas e extravagantes ofertas.

Com uma variedade de outros artigos sendo submetidos ao escrutínio do criterioso público, logo chegou a vez da jaqueta branca, lentamente tirada do saco e sustentada entre o dedão e o indicador do leiloeiro.

Aqui, faz-se mais uma vez necessário descrever a jaqueta; pois, assim como um retrato tirado num período da vida não diz respeito a um estágio mais avançado; ainda mais essa minha jaqueta, tendo passado por tantas mudanças, precisa ser continuamente pintada para de fato apresentar sua real aparência em qualquer período específico.

Apresentava ela, agora, uma precoce velhice; por todos os cantos, trazia as melancólicas marcas dos bolsos construídos que outrora a entrincheiravam em várias direções. Algumas partes delicadamente mofadas pela umidade; num dos lados, muitos botões tinham se perdido, e outros estavam rachados ou quebrados; enquanto, ai!, minhas muitas e loucas tentativas de escurecê-la esfregando-a nos conveses tinham dado ao traje como um todo uma aparência particularmente desasseada. Tal como estava, com todos os seus problemas, o leiloeiro apresentou-a.

"Vocês, veneráveis homens da âncora d'esperança, intrépidos gajeiros do traquete! E vocês, caros poceiros! Que me dizem desta excepcional jaqueta usada? Botões e mangas, forro e fraldas... ela precisa ser vendida hoje, sem ressalvas. Quanto pagariam por ela, meus corajosos marinheiros de Colúmbia? Apenas digam que a querem, e por quanto."

"Meu Deus!", exclamou um gajeiro, "mas esse esfregão velho não era o preferido do Jack Chase? Aquela não é *a jaqueta branca?*"

"A *jaqueta branca!*", bradaram cinquenta vozes em resposta. "A *jaqueta branca!*" O grito correu de uma ponta a outra do navio como um chamado, calando por completo a voz solitária de meu amigo Williams, enquanto a marujada forçava a vista para vê-la, tentando compreender como ela tinha ido parar nas sacolas dos marinheiros mortos.

"Isso, nobre marinhagem", disse o leiloeiro, "é bom que olhem para ela; não vão achar outra jaqueta como essa nos dois lados do cabo Horn, isso eu garanto. Ora, olhem bem para ela! Quem dá mais? Um lance... mas não sejam impetuosos; prudência, homens, prudência; lembrem-se de suas contas com o almoxarife, e não se traiam em lances extravagantes."

"Comissário!", exclamou Grumete, um dos subchefes de artilheiro, lentamente passando o fumo de mascar de uma bochecha para a outra, como uma pedra de lastro. "Só dou um lance nesse esfregão velho se você colocar dez libras de sabão junto com ele."

"Não lhe deem ouvidos", disse o leiloeiro. "Quanto pela jaqueta, meus nobres marinheiros?"

"Jaqueta", bradou um aristocrático verdugo do rancho da praça-d'armas, com ares de dândi. "O alfaiate então foi o veleiro. Quantas braças de lona ela tem, comissário?"

"Quanto por essa *jaqueta?*", reiterou o leiloeiro.

"*Jaqueta*, você disse!", gritou um capitão do porão. "Por que não chamar de escuna de fragata pintada de branco? Olha só pras portinholas, pra deixar entrar o ar das noites frias."

"É uma rede de arenque", arrematou Grumete.

"Já sinto febre e calafrio só de olhar para ela", fez coro um gajeiro da gata.

"Silêncio!", gritou o leiloeiro. "Vamos lá... vamos lá, rapazes; quanto quiserem, meus bons companheiros! Ela *precisa* ser vendida. Vamos, quanto dão por ela?"

"Ora, comissário", argumentou um poceiro, "você precisa de mangas novas, forro novo e um outro torso antes de tentar empurrar esse negócio prum marinheiro de primeira viagem."

"O que você pensa que tá fazendo agitando essa roupa aí?", exclamou um velho marinheiro da âncora d'esperança. "Cê não vê que é uma 'jaqueta pra inspeção de uniforme' — três botões de um lado e nenhum do outro?"

"Silêncio!", gritou o leiloeiro. "Quanto, meus guerreiros do mar, por esta excelente jaqueta usada?"

“Bem”, disse o Grumete, “fico com esse trapo por um centavo.”

“Oh, vamos lá, brava gente da Colúmbia, um lance! Digam alguma coisa.”

“Bom, então”, disse o Grumete, explodindo de uma só vez em genuína indignação, “já que você quer que a gente *diga* alguma coisa, então vou dizer para jogar esse esfregão velho no mar e mostrar pra gente alguma coisa digna de se ver.”

“Ninguém vai dar um lance, então? Pois bem; aqui, posta de lado. Vamos para outro item.”

Enquanto essa cena seguia adiante, e minha jaqueta branca era assim maltratada, como meu coração se encheu de emoção! Por três vezes estive a ponto de deixar meu esconderijo e recolhê-la da humilhação; mas me contive, ainda me encorajando com a ideia de que tudo acabaria bem, e a jaqueta finalmente encontraria um comprador. Porém, ai!, não foi o caso. Não havia modo de livrar-me dela, exceto por um tiro de canhão que a levasse às profundezas do mar. Mas embora, em meu desespero, tenha vislumbrado algo do gênero, também me sentia injustificadamente averso a tal ideia, o que derivava de supersticiosas e involuntárias considerações. Se minha jaqueta afundasse, pensava eu, era certo que ela se estendesse como uma cama no fundo do mar, sobre a qual, cedo ou tarde, eu haveria de, morto, me deitar. Assim, incapaz de obter-lhe novo dono e recusando-me a enterrá-la longe de meus olhos para sempre, minha jaqueta aderiu a mim como a camisa fatal de Nesso.[258]

258. Segundo a mitologia grega, Nesso foi um centauro, filho de Íxion e da nuvem Nefele. Morreu sob as flechadas de Héracles depois de ter tentado violentar sua mulher, Dejanira; antes, no entanto, disse à mulher que com seu sangue ela poderia obter o amor eterno de Héracles, e aquela, então, o guardou. Quando Dejanira sentiu que o marido não mais se interessava por ela, aplicou o sangue do centauro nas vestes do herói; este, uma vez vestido, imediatamente começou a sentir o sangue venenoso de Nesso queimar-lhe a carne. O episódio acaba por levar Héracles a sua morte terrena.

48

O almoxarife, o comissário e o correio-mor num navio de guerra

COM O COMISSÁRIO DO ALMOXARIFE tendo sido tão conspicuamente retratado no malsucedido leilão de minha jaqueta, lembrei-me de quão importante personagem é aquele oficial a bordo de todos os navios de guerra. Trata-se do braço direito e fiel representante e funcionário do almoxarife, que lhe confia todas as contas com a tripulação enquanto, na maioria dos casos, confortável e bem-acomodado em seu camarote, passa os olhos sobre uma pilha de jornais em vez de examinar seus livros-razão.

De todos os não combatentes de um navio de guerra, talvez o almoxarife seja o mais importante. Embora seja tão somente membro do rancho da praça-d'armas, o costume lhe confere uma posição convencional de algum modo acima de seus iguais na hierarquia naval — o capelão, o cirurgião e o professor. Ademais, é frequentemente visto em detida conversa com o comodoro, que, no *Neversink*, mais de uma vez se flagrou em postura absolutamente descontraída com nosso almoxarife. Em muitas ocasiões, este era chamado ao camarote do comodoro e ali permanecia, a portas fechadas, por consideráveis minutos. Tampouco me lembro de ter algum dia havido um encontro de gabinete dos barões do rancho da praça-d'armas, os lugares-tenentes, no camarote do comodoro, sem que o almoxarife fizesse parte do grupo. Sem dúvida, o fato de o almoxarife ter sob sua responsabilidade todos os assuntos financeiros da fragata não é de pouca monta e lhe confere a grande importância de que desfruta. Vemos que, em todo governo — seja ele monarquia ou república —, a personagem à frente das finanças invariavelmente ocupa uma posição de comando. Assim, em termos de posição, o secretário do Tesouro dos Estados Unidos é considerado superior a outros chefes de departamento. Igualmente, na Inglaterra, o verdadeiro posto ocupado pelo grande primeiro-ministro em pessoa é — como todos sabem — o de primeiro lorde do Tesouro.[259]

---

259. O primeiro lorde do Tesouro exerce a chefia da comissão do Alto Senhor Tesoureiro do Reino Unido. Tradicionalmente, o posto é ocupado pelo primeiro-ministro. O segundo lorde do Tesouro, também chamado chanceler, equivale ao ministro da Economia.

Ora, sob esse alto funcionário de Estado, o oficial conhecido como comissário fazia as vezes de guarda-livros dos assuntos financeiros da fragata. Na coberta das macas, ele tinha um organizado escritório de contabilidade, cheio de livros-razão, diários e registros de transação. Sua mesa era tão entulhada de papéis quanto a de qualquer comerciante da Pearl Street; e dedicava muito tempo aos cálculos. Por intermináveis horas podíamos vê-lo, através da janela de seu escritório subterrâneo, escrevendo à luz de seu inextinguível candeeiro.

Por dever, o comissário da maioria dos navios é uma espécie de correio-mor, e seu escritório, a agência. Quando sacos de cartas — quase tão grandes quanto os do correio dos Estados Unidos — chegavam para o esquadrão a bordo do *Neversink*, era o comissário quem sentava à frente de sua janelinha na coberta das macas e entregava a carta ou papel que lhe fosse destinado — caso houvesse. Alguns tristes requerentes entre os marinheiros ofereciam dinheiro para comprar as cartas de companheiros mais afortunados, desde que o selo não estivesse rompido — sob o argumento de que a leitura solitária e sigilosa de uma querida e esperada carta pessoal vinda do lar de qualquer homem era melhor do que carta nenhuma.

Ao lado do escritório do comissário do almoxarife estão os principais depósitos do almoxarife, onde se encontram grandes quantidades de bens de vária descrição. A bordo dos navios onde se autoriza a distribuição de mercadorias à tripulação para que esta as comercialize em terra firme e levante fundos, mais negócios são feitos no escritório de um comissário numa manhã de licença do que em todas as lojas de secos e molhados de uma cidadezinha média numa semana inteira.

Uma vez ao mês, com regularidade inquebrantável, esse oficial fica com as mãos mais do que ocupadas. Pois, uma vez ao mês, certos volantes impressos, os chamados volantes de rancho, circulam em meio à marujada, e o que quer que você deseje do almoxarife — seja tabaco, sabão, calças, brim, linha, agulhas, facas, cintos, chita, fita, cachimbos, papéis, penas, chapéus, tinta, sapatos, meias, o que for —, o encontra discriminado no volante. Devolvidos no dia seguinte no escritório do comissário, os "petrechos", como são chamados, são entregues aos homens e registrados como cobrança em suas contas.

Sorte dos marinheiros de fragata que as afrontosas imposições às quais estavam sujeitos, havia pouquíssimos anos, em virtude dos abusos desse departamento de serviços e da inescrupulosa ganância de muitos dos almoxarifes — sorte dos marinheiros que *hoje* tais problemas foram em grande parte sanados. Os almoxarifes, em vez de terem a liberdade de fazer quase tudo que queiram com a venda de tais mercadorias, são pagos mediante moderados estipêndios estabelecidos por lei.

Sob o sistema desmoralizado, os lucros de alguns desses oficiais eram quase feéricos. Numa viagem pelo Mediterrâneo, sabe-se, segundo boa autoridade, que o almoxarife de uma fragata americana de linha de batalha amealhou a quantia de cinquenta mil dólares. Depois disso, ele exonerou-se do serviço e aposentou--se no campo. Logo depois, suas três filhas — não exatamente belas — fizeram ótimos casamentos.

A ideia que os marinheiros fazem dos almoxarifes é resumida numa frase deselegante, porém bastante expressiva: "O almoxarife é um feiticeiro; é capaz de fazer um morto mascar fumo" — insinuando que as contas do homem morto estão às vezes sujeitas a cobranças pós-morte. Entre os marinheiros, o almoxarife também é conhecido como o "rói-queijo".

Não surpreende que, a bordo da velha fragata *Java*, que retornava de uma viagem que se estendera por um período de mais de quatro anos, oitenta homens da tripulação foram pagos com mil dólares, não obstante os soldos acumulados desses mesmos oitenta, referentes a toda a viagem, chegassem a sessenta mil dólares. Mesmo sob o atual sistema, o almoxarife de um navio de linha de batalha, por exemplo, é muito mais bem pago do que qualquer outro oficial, exceto pelo capitão e o comodoro. Enquanto o lugar-tenente recebe, em geral, apenas mil e oitocentos dólares, o cirurgião, mil e quinhentos, e o capelão, mil e duzentos, o almoxarife de um navio de linha de batalha recebe trinta e cinco mil dólares. A exemplo de seu salário, suas responsabilidades não podem ser negligenciadas; elas não são de forma alguma insignificantes.

Há almoxarifes na Marinha a quem os marinheiros isentam das insinuações acima mencionadas; tampouco, como classe, são eles tão odiosos à marujada como outrora; por exemplo, o almoxarife do *Neversink* — jamais tendo contato disciplinar com os homens e sendo, de todo, um cavalheiro jovial e, aparentemente, de bom coração — era estimado de muitos da tripulação.

49

Rumores de uma guerra, e como foram recebidos pela população do *Neversink*

QUANDO ESTÁVAMOS ANCORADOS em Callao, no Peru, chegaram-nos certos rumores de uma guerra contra a Inglaterra, nascidos da antiga e controversa Questão da Fronteira Nordeste.[260] No Rio de Janeiro, tais rumores aumentaram; e possíveis hostilidades levaram nosso comodoro a autorizar procedimentos que deixavam claro a praticamente todos a bordo do navio o dever de morrer a qualquer momento diante de seu canhão.

Entre outras coisas, instruiu-se certo contingente de homens a retirar as balas de canhão enferrujadas das chaleiras de munição do porão e raspá-las para o uso. O comodoro era um cavalheiro asseado e não dispararia bala imundiçada contra o inimigo.

Era uma ocasião interessante para um observador tranquilo; e não foi de todo ignorada. Para não repetir os comentários precisos feitos pelos marinheiros enquanto lançavam os projéteis de mão em mão escotilha acima, como meninos de escola brincando de bola em terra firme, basta dizer que, a ver pela toada geral de suas palavras — ainda que cômicas —, era claro que, de forma quase absoluta, todos abominavam a ideia de entrar em ação.

E por que desejariam uma guerra? Seus ganhos aumentariam? Nem um centavo sequer. O prêmio, porém, teria feito, sem dúvida alguma, as vezes de bom argumento. Mas dentre todas as "recompensas destinadas à virtude", o dinheiro é a mais incerta; e disso o marinheiro de fragata sabe. O que, então, tem de esperar de uma guerra? O quê, senão trabalho ainda mais pesado e leis ainda mais duras do que as de tempo de paz; uma perna ou um braço de madeira; ferimentos mortais; a morte? Que se diga, sem mais: em sua vasta maioria, os marinheiros

260. Melville refere-se, aqui, à Guerra de Aroostook (1838-39), conflito entre Estados Unidos e Reino Unido sobre a fronteira que dividia o estado norte-americano do Maine e a colônia britânica de Nova Brunswick, no atual território canadense. Diplomatas de ambos os países reuniram-se em Washington, em 1842 — um ano antes, portanto, da viagem de Melville a bordo do *United States* —, e uma fronteira definitiva foi traçada. Embora seja referida como uma "guerra", as tropas convocadas à região jamais travaram batalha.

comuns do *Neversink* estavam claramente preocupados com a iminência de uma guerra e eram igualmente aversos a ela.

Com os oficiais do convés, porém, dava-se justamente o contrário. Nenhum deles, pelo menos tanto quanto pude ouvi-los, expressou verbalmente sua satisfação; mas esta se deixava inequivocamente trair pela maior alegria dos modos compartilhados entre si, suas frequentes reuniões fraternais e, durante alguns dias, sua rara e contínua animação no despachar das ordens. A voz de Mad Jack, sempre soando como um campanário, agora parecia dobrar como o famoso sino da Inglaterra, o Grande Tom de Oxford.[261] Quanto a Michelo, este portava a espada com ar gentil, e não havia dia que seu criado não lhe polisse a lâmina.

Ora, qual a razão desse contraste entre o tombadilho e o convés, entre o marinheiro e seu oficial? Porque, embora a guerra ameaçasse igualmente a vida de ambos, enquanto ela acenava ao marinheiro com nenhuma promessa de promoção ou do que se chame *glória*, as mesmas ardiam no peito dos oficiais.

Não é tarefa agradável, nem grata, mergulhar nas almas de alguns homens; mas há ocasiões quando trazer do fundo a lama nos revela em que mares estamos e a costa que tocamos.

Qual seria a glória desses oficiais? Qual, senão o reconhecimento pela matança de seus iguais. Qual seria sua promoção? Qual, senão ascender sobre as cabeças enterradas de seus camaradas e companheiros de rancho mortos.

Esse contraste hostil entre os sentimentos com que o marinheiro comum e os oficiais do *Neversink* aguardavam essa guerra mais do que possível é uma das muitas circunstâncias que se podem mencionar para demonstrar o incurável antagonismo de interesses em que vivem. Mas podem os marinheiros, cujos interesses são outros, ter a esperança de algum dia viver em harmonia sem coerção? Será possível que, algum dia, prevaleça a irmandade da raça humana num navio de guerra, onde o banimento de um homem é praticamente a benção de outro? Ao abolir a chibata, acabaremos também com a tirania — *aquela* tirania que sempre se impõe onde, dentre duas classes essencialmente antagônicas em perpétuo contato, uma é a mais forte? Decerto, tudo isso parece impossível. E como a própria finalidade de um navio de guerra, pois assim diz o nome, é lutar as batalhas tão naturalmente odiosas aos marinheiros; enquanto existir um navio de guerra, ele sempre será a imagem de muito do que seja tirânico e repulsivo na natureza humana.

---

261. Sino instalado na Tom Tower, em Oxford, à entrada da Christ Church, templo e um dos mais importantes *colleges* que integram a Universidade de Oxford.

Instituição muito maior do que a Marinha americana, a britânica fornece ainda mais acachapantes exemplos desse fato, principalmente à medida que a guerra produz um imenso aumento de sua força naval, se comparada ao que ela é em tempos de paz. Sabe-se com que alegria as notícias do súbito retorno de Bonaparte, vindo de Elba, foram recebidas entre multidões de oficiais da Marinha britânica, que antes esperavam ser mandados a terra firme a meio-soldo.[262] Assim, enquanto o mundo inteiro lamentava, esses oficiais encontraram ocasião para agradecimentos. Não me coloco contra eles como *homens* — o sentimento que sentem lhes é próprio ao ofício. Não fossem oficiais da Marinha, não demonstrariam alegria em meio ao desespero.

Quando há de chegar o tempo, por quanto mais Deus há de postergá-lo, no qual as nuvens que por vezes se reúnem sobre o horizonte das nações não farão chover granizo sob a vontade de qualquer classe da humanidade, nem serão invocadas para que explodam como bombas? Marinhas permanentes, bem como exércitos permanentes,[263] servem para manter vivo o espírito da guerra mesmo no gentil espírito da paz. Mesmo em suas brasas e fumos, ambas alimentam o fogo fatal, e oficiais a meio-soldo, como sacerdotes de Marte,[264] ainda guardam o templo, embora nele não exista um deus.

---

262. A passagem se refere aos momentos finais das Guerras Napoleônicas. Derrotado em seu avanço pelo território russo, em 1812, o Exército do imperador francês Napoleão I sucumbiu à Confederação do Reno, aliada dos ingleses, e seu líder foi forçado à abdicação e exilado na ilha de Elba. Ao notar, porém, pouco mais de um ano e meio depois, que os termos do acordo de exílio não eram cumpridos e ouvir rumores de que seria mandado para um novo e mais distante lugar, Napoleão decidiu fugir de Elba. Chegando ao continente, recebeu a adesão das tropas enviadas para interceptá-lo e, desse modo, avançou na direção de Paris para mais uma vez tomar o poder, no chamado Governo dos Cem Dias, sendo finalmente derrotado por tropas anglo-prussianas na Batalha de Waterloo, em 18 de junho de 1815.

263. Os Exércitos permanentes não são invenção moderna, mas os termos de sua instituição foram debatidos pelas constituições liberais. No caso britânico, por exemplo, a instauração de um Exército permanente passou pela discussão sobre sua fidelidade ao rei, estabelecendo-se que o poder de convocá-lo competiria ao Parlamento; já no caso norte-americano, se sua convocação depende das casas legislativas, o poder de comando fica aos cuidados do presidente, comandante em chefe das tropas do país. Em ambos os casos, a manutenção de soldados profissionais em permanente estado de prontidão teve de se confrontar com as possibilidades de seu uso por usurpadores do poder.

264. Marte é o deus da guerra na mitologia romana (Ares, na grega). Seus sacerdotes presidiam o Armilústrio, durante o qual o exército reunido era purificado, realizando desfiles e sacrifícios.

50

A baía de todas as belezas

DISSE QUE DEVERIA PASSAR pelo Rio de Janeiro sem qualquer descrição; mas é tal a onda de perfumadas reminiscências que agora me cobrem, que preciso necessariamente ceder e retratar-me, enquanto respiro daquele ar almiscarado.

Um circuito de mais de cento e cinquenta milhas de verdes colinas aninha uma translúcida e extensa baía, tão encrustada em meio a serras cobertas de vegetação que, entre os índios, o lugar era conhecido como "Água escondida".[265] De todos os lados, ao longe, erguem-se altos picos cônicos, que com o nascer e o morrer do sol ardem como círios imensos; e vindos do interior, atravessando pomares e florestas, correm rios radiantes para desaguar na baía.

Não falemos da baía de Todos-os-Santos; pois, embora seja um glorioso ancoradouro, o Rio de Janeiro é a baía de Todos-os-Rios, a baía de Todas-as-Delícias, a baía de Todas-as-Belezas. Das colinas circunjacentes, um verão inesgotável jaz perpetuamente em terraços de viva verdura; cobertos de antigos musgos, convento e castelo repousam em vale e ravina.[266]

Por toda a parte, profundos recessos penetram o verde da montanha e, tendo acima selvagens cumes, mais lembram os lagos Katrines do que os Lemans. E embora o lago Katrine tenha sido cantado por Scott, em sua boina escocesa, e o Leman, por Byron, sob uma grinalda;[267] no Rio de Janeiro, ambos não passam de duas flores

---

265. Melville se refere ao sentido, em tupi, do topônimo "Niterói", que em sua primeira acepção indígena aplicava-se a toda a baía da Guanabara, sendo apenas posteriormente apropriado para rebatizar o povoado antes conhecido como Vila Real da Praia Grande.

266. Melville trata, aqui, da paisagem da antiga praia de Nossa Senhora, que antes da construção do porto do Rio de Janeiro e da praça Mauá, era um pequeno ancoradouro para o abastecimento da cidade. "Convento e castelo" referem-se, respectivamente, ao morro de são Bento, com o mosteiro dedicado ao mesmo santo nele erguido (séc. XVII), e ao antigo morro do Castelo, no qual o forte ali construído — uma das primeiras edificações erguidas por Mem de Sá, quando este, tendo expulsado os franceses, decidiu transferir o núcleo da cidade para sítio mais bem protegido — lembrava um castelo medieval. O morro do Castelo seria destruído em 1921, na esteira das obras de modernização da cidade do Rio de Janeiro.

267. O lago (ou *loch*, no gaélico escocês) Katrine é um importante reservatório de água doce para boa parte da região de Glasgow. Foi celebrado pelo escritor escocês *sir* Walter Scott (1771-1832) no poema histórico "A dama do lago". O lago Leman foi cantado pelo poeta inglês lorde Byron — que tinha residência em Genebra, à beira do lago — em seu *A peregrinação de Childe Harold*.

selvagens numa vista quase infinita. Pois, veja!, ao longe, muito longe, estende-se a amplidão azul das águas até suaves colinas de leve verdor, atrás das quais surge o púrpura de tubos e pináculos da serra dos Órgãos; o nome é adequado, pois, em tempo de trovoadas, seus picos fazem rolar as canhonadas baía abaixo, afogando o baixo de todas as catedrais da cidade.[268] Eleve suas vozes, brade a plenos pulmões, bata os pés, regozije-se, serra dos Órgãos! Faça rolar seus *Te Deums*[269] pelo mundo!

E que importa se, por mais de cinco mil e quinhentos anos, essa imensa angra do Rio de Janeiro permaneceu escondida pelas colinas, desconhecida dos portugueses católicos? Séculos antes de Haydn executar sua música diante de reis e imperadores, essa serra dos Órgãos tocava seu *Oratório da Criação* diante do próprio Criador. Nervoso, contudo, Haydn não teria suportado esse coral tonitruante — haja vista que dos trovões morreu, por fim, durante o devastador tumulto do ataque de Napoleão a Viena.[270]

Mas todas as montanhas são a serra dos Órgãos: os Alpes e o Himalaia; os montes Apalaches e os Urais, os Andes, as montanhas Verdes e as Brancas. Todas eles executam perpétuos hinos: *Messias, Sansão, Israel no Egito, Saul, Judas Macabeu* e *Salomão.*[271]

Rio de Janeiro, arquipélago! Antes de Noé ancorar a arca no velho Ararat, em você já estavam ancoradas todas essas rochosas ilhas verdes que vejo. Mas, ilhas!, Deus não construiu sobre vocês essas longas linhas de canhões; nem nosso abençoado Salvador foi padrinho no batismo de suas carrancudas fortificações, não obstante nomeadas em honra do próprio e divo Príncipe da Paz!

---

268. Atualmente parque nacional, a serra dos Órgãos localiza-se no estado do Rio de Janeiro, abrigada pelos municípios de Petrópolis, Magé, Teresópolis e Guapimirim. Pode ser parcialmente avistada da baía da Guanabara.

269. *Te Deum, Laudamus* ("a Vós, ó Deus, louvamos"), ou apenas "Te Deum", é um hino cristão utilizado sobretudo na liturgia católica. Atribui-se sua composição à ocasião do batismo de santo Agostinho por santo Ambrósio, em 387.

270. Nascido em Rohau, na Baixa Áustria, e contemporâneo de Mozart (de quem foi amigo) e Beethoven (de quem foi professor), Franz Joseph Haydn (1732-1809) consagrou-se como um dos principais nomes da música alemã no séc. XVIII, estando à frente da transição do barroco ao estilo clássico, criando uma linguagem sinfônica e de câmara fundamental para o desenvolvimento posterior da música romântica alemã. O *Oratório da Criação*, composto em 1797 e cujo libreto se baseia no Livro do Gênesis e em *Paraíso perdido*, de Milton, é um de seus mais conhecidos trabalhos. Morreu em Viena, como sugere Melville, às vésperas da conquista da cidade por Napoleão.

271. Melville refere-se, aqui, a diferentes e conhecidas cadeias de montanhas de quatro continentes — os Alpes europeus, os Urais asiáticos, os Andes sul-americanos e, menos conhecidos, os montes Apalaches e as montanhas Verdes e Brancas, na América do Norte. Os "hinos" mencionados por Melville são todos obras de Georg Friedrich Händel, compositor alemão naturalizado inglês e ligado estilisticamente ao barroco. A ver pela sequência dos parágrafos, Melville confunde o nome dos compositores, atribuindo a Haydn obras de Händel. Nota da edição Pleiade de *Jaqueta Branca* acusa a mesma opinião.

Rio de Janeiro, anfiteatro! Em sua extensa baía podem ter lugar a Ressurreição e o Juízo Final dos navios de guerra do mundo inteiro, representados pelas naus capitânias das frotas – as naus capitânias das galés armadas dos fenícios de Tiro e Sídon; das esquadras que todos os anos Salomão reunia rumo a Ofir; de onde, em tempos posteriores, talvez, navegaram as armadas de Acapulco dos espanhóis, com barras de ouro fazendo as vezes de lastro; as naus capitânias de gregos e persas que se cumprimentaram em batalha em Salamina; todas as galés romanas e egípcias que, como águias, com proas das quais escorria sangue, bicavam umas às outras no Ácio; todas as quilhas dinamarquesas dos vikings; todas as canoas de Abba Thule, rei de Palau, quando saiu à vitória contra Artinsall; todas as armadas venezianas, genovesas e papais que navegaram à Batalha em Lepanto; ambas as pontas do crescente da Armada espanhola; a esquadra portuguesa que, sob o intrépido Gama, subjugou os mouros e descobriu as Molucas; todas as naus holandesas comandadas por Van Tromp e afundadas pelo almirante Hawke; as quarenta e sete naus de batalha francesas e espanholas que, por três meses, tentaram tomar Gibraltar; todos os navios de setenta e quatro peças de Nelson que tonitroaram nos mares de St. Vincent, no Nilo, em Copenhague e Trafalgar; todos os navios mercantes da Companhia das Índias Ocidentais; os brigues de guerra, chalupas e escunas de Perry, que dispersou as forças britânicas no lago Erie; todos os corsários da Barbária capturados por Bainbridge; as canoas de guerra dos reis da Polinésia, Tamahammaha e Pomare – sim! Todos unidos, tendo o comodoro Noé como seu lorde grão-almirante – nessa sobeja baía do Rio de Janeiro essas naus capitânias todas poderiam vir a ancorar e manobrar em concerto ao cair das primeiras águas do Dilúvio.[272]

---

272. Acompanhando a rápida sequência de Melville, temos: Tiro e Sídon, antigas cidades fenícias. Segundo diversas passagens do Velho Testamento (Reis, 9:26; 1 Crônicas, 29:4; 2 Crônicas, 8:18 e 9:10), Salomão, filho de Davi e terceiro rei de Israel, tinha na cidade lendária de Ofir a fonte de riquezas infinitas, sobretudo ouro. Acapulco, cidade mexicana na costa do Pacífico, foi dominada por soldados que buscavam ouro a mando de Hernán Cortez, em 1523; quanto ao ouro servindo de lastro aos navios, a imagem (relacionada ao histórico de exploração espanhola do metal em suas colônias no Novo Mundo), mais parece uma hipérbole do que informação precisa. A Batalha de Salamina ocorreu no contexto das Guerras Médicas, entre gregos e persas; em Ácio, na Grécia, Otaviano (futuro imperador romano) e Marco Antônio (auxiliado pelas naus de sua amante, a rainha Cleópatra) travaram guerra pelo controle da República, tornada Império após vitória de Otaviano. Em 1783, Abba Thule era líder de Koror, a principal ilha de Palau, arquipélago da Micronésia, e tornou-se conhecido dos ingleses que na região naufragaram e ali permaneceram enquanto construíam um novo navio; "Artinsall" é erro tipográfico para Artingall, o nome pelo qual se conhecia uma das ilhas do arquipélago, cuja população revoltosa é atacada por Thule, auxiliado dos ingleses. A Batalha de Lepanto (1571), na Grécia, foi travada entre esquadras da Liga Santa (formada pela República de Veneza, o reino de Espanha, a Ordem de Malta e os Estados Pontifícios sob o comando de João da Áustria) e o Império otomano e tinha por motivação a manutenção do controle veneziano do Mediterrâneo, cada vez mais ameaçado

O Rio de Janeiro é um pequeno Mediterrâneo; e o que era fábula para a entrada daquele mar no Rio de Janeiro é parcialmente verdadeiro; pois aqui, à boca da baía, está uma das colunas de Hércules,[273] o Pão de Açúcar, com seus quatrocentos metros de altura, levemente inclinado sobre ela como se fosse uma Torre de Pisa. A seus pés curvam-se, como mastins, os canhões de José e Teodósio; enquanto, do lado oposto, você é ameaçado por uma fortaleza construída sobre uma rocha.[274]

O canal entre ambos — a única entrada para a baía — não parece mais largo que a distância do arremesso de uma bolacha; nada se vê do mar cercado de terra que há dentro até que de fato se adentre o estreito. E, então, que vista se contempla! Variada como o ancoradouro de Constantinopla, mas mil vezes maior. Quando o *Neversink* deslizou para dentro dele, ordens foram dadas: "Ao alto, gajeiros! Ferrar velas de joanete e sobrejoanete!".

Ordens dadas, saltei ao cordame e logo cheguei ao meu poleiro. Como estava arrebatado ao agarrar-me àquela verga de sobrejoanete! No ar, equilibrado sobre aquela magnífica baía que era um novo mundo aos meus olhos, sentia-me como o primeiro de uma revoada de anjos aterrissando na Terra vindos de alguma estrela da Via Láctea.

---

pelos turcos desde a conquista de Constantinopla e seu avanço sobre o Chipre. As Molucas situam-se na atual Indonésia, e no séc. XVI eram conhecidas por ser grande centro de extração de especiarias, cuja localização era mantida em sigilo por mercadores árabes até a conquista portuguesa. A chegada dos portugueses às ilhas Molucas, no entanto, se deu sob o comando de Antônio de Abreu. *Sir* Cornelis Maartenszoon Tromp (1629-91) foi o oficial naval holandês que lutou nas três primeiras Guerras Anglo-holandesas, uma série de conflitos travados entre os ingleses e os holandeses entre os sécs. XVII e XVIII. Edward Hawke (1705-81), por sua vez, foi almirante britânico, contemporâneo da quarta das Guerras Anglo-holandesas. Quanto a Gibraltar, Trafalgar, Copenhague e Nilo, trata-se de batalhas travadas pelo almirante Nelson e a esquadra britânica entre os anos de 1797 e 1805. A Companhia das Índias Ocidentais foi, durante os sécs. XVII e XVIII, uma importante companhia de comércio e colonização holandesa. Travada entre navios norte-americanos e britânicos, a Batalha do lago Erie ocorreu em 10 de setembro de 1813 e teve vitória dos locais, comandados por Oliver Perry. Sobre o comandante norte-americano William Bainbridge, ver nota 19. Tamahammaha e Pomare são dinastias soberanas da Polinésia, a primeira do Havaí, e a segunda, das ilhas da Sociedade.

273. Consta que, para realizar um de seus doze trabalhos, o herói grego Hércules teria que atravessar um estreito marítimo. Com seu tempo se esgotando, ele decidiu abrir o caminho com os próprios ombros, o que resultou no estreito em que o mar Mediterrâneo encontra seu limite. Tradicionalmente, essa região é identificada ao estreito de Gibraltar, no qual se localizam as duas colunas de Hércules, o monte Calpe, localizado do lado europeu, e o monte Musa, do lado africano. Melville se vale do mito grego para designar uma das pontas da passagem para o interior da Baía de Guanabara, o Pão de Açúcar.

274. Referência à fortaleza de são João (não são José, como menciona Melville) da Barra do Rio de Janeiro (também conhecida como forte são João), na Urca, lado oeste da baía da Guanabara, e o reduto são Teodósio, instalado no sopé do morro Cara de Cão ainda no séc. XVI e pertencente à estrutura do forte. Do lado oposto está a fortaleza de santa Cruz da Barra, cuja denominação remonta ao séc. XVII.

51

Um dos homens do "povo" tem uma audiência com o comodoro e o capitão no tombadilho

NÃO ESTÁVAMOS HAVIA MUITO ANCORADOS no Rio de Janeiro, quando, nos mais íntimos recessos da poderosa alma de meu nobre capitão da gávea, o incomparável Jack Chase, formou-se a deliberada opinião, como gravada na rocha, de que a tripulação de nosso navio deveria ter ao menos um dia de licença — ou "liberdade" — para ir à costa antes que içássemos âncora para casa.

Aqui se deve mencionar que, no que se refere a qualquer coisa desse tipo, marinheiro algum num navio de guerra jamais se atreve a ser um agitador, a não ser que seja superior em hierarquia a um mero primeiro marinheiro; e ninguém abaixo de um oficial subalterno — ou seja, um capitão de gávea, um subchefe de artilharia ou um guardião do contramestre — jamais sonha em ser, diante da suprema autoridade do navio, porta-voz de qualquer tipo de pedido de permissão, para si ou seus companheiros.

Depois de tratar do assunto em detalhe e profundidade com velhos quartéis-mestres e outros dignos soldados do mar, Jack, de chapéu em mãos, fez sua aparição, num belo anoitecer, ao mastro e, esperando que o capitão Claret se aproximasse, curvou-se em cortesia e dirigiu-se a ele com seu característico estilo direto, polido e poético. Em seu contato com o tombadilho, ele sempre tirava partido de ter a admiração universal dos oficiais.

"Senhor, este Rio de Janeiro é uma encantadora enseada, e nós, pobres marinheiros... seus fiéis guerreiros do mar, valoroso capitão!, os quais, com o *senhor* à frente, seríamos capazes de levar ao mar e tempestade adentro a própria rocha de Gibraltar... nós, pobres homens, valoroso capitão!, temos contemplado essa arrebatadora paisagem até não conseguirmos mais olhá-la. Capitão Claret, nos concederia um dia de liberdade, garantindo a si, desse modo, a felicidade eterna, já que, em nossos brindes, será para sempre lembrado com renovado vigor?"

Com um arremate à la Shakespeare, ele saudou o capitão com um intrépido floreio do chapéu alcatroado, levando a aba deste à altura da boca, com a cabeça curvada, e lançando o corpo à frente numa postura belamente descuidada, como se fosse a imagem de um eloquente porém passivo pedido. Era como se dissesse "magnânimo capitão Claret, nós, bons homens, com coração de carvalho, entregamo-nos à sua bondade sem igual".

"E por que desejam ir à costa?", perguntou o capitão, evasivo, afetando alguma altivez como se tentasse esconder sua admiração por Jack.

"Ah, senhor", suspirou Jack, "por que os camelos sedentos do deserto desejam beber as águas da fonte e rolar na verde relva do oásis? Não acabamos de deixar o Saara oceânico? E o Rio de Janeiro não é um ponto verdejante, nobre capitão? Não é a vontade do senhor, estou certo disso, manter-nos presos à âncora, quando, soltando um pouco apenas o cabo, nos permitiria pastar no relvado! E é coisa muito aborrecida, capitão Claret, permanecer preso meses a fio na coberta dos canhões sem sequer sentir o perfume de um limão. Ah, capitão Claret, escute como canta o doce Waller:

> "Quem sempre pode viver em vagalhões?
> A água intratável do mar a sede não mata.[275]

"Compare isso com este prisioneiro, nobre capitão:

> "Oh! Três e quatro
> Vezes ditosos os que em Troia sacra
> Por amor dos Átridas feneceram!

"Em tradução, não no original grego."[276]

E assim dizendo, Jack mais uma vez levou a aba do chapéu à boca e, curvando-se ligeiramente à frente, permaneceu mudo.

Nesse momento, o sereníssimo comodoro surgiu do passadiço à popa, os áureos botões, as dragonas e o galão dourado no chapéu brilhando ao pôr do sol que tudo inundava. Interessado pela cena entre o capitão Claret e tão bem conhecido e admirado cidadão, Jack Chase, ele aproximou-se e, assumindo num átimo um ar de agradável condescendência — jamais demonstrado a seus nobres barões,

---

275. De "Instruções a um pintor para o retrato do posicionamento e do progresso das forças de Sua Majestade no mar, sob o comando de sua Alteza Real; juntamente com a batalha e a vitória obtida contra os holandeses em 3 de junho de 1665", poema de Edmund Waller (1606-87).
276. No original: "*Pope's version, sir, not the original Greek*". O poeta inglês Alexander Pope (1688-1744) foi um dos mais importantes escritores do classicismo inglês. Entre seus muitos trabalhos, estão traduções dos épicos *Ilíada* e *Odisseia*, do poeta grego Homero, as quais constituem dois dos monumentos literários do séc. XVIII inglês. A tradução aqui citada é a de Odorico Mendes (*Odisseia*, Canto V, versos 222-4.), daí a opção por adaptar a frase.

os oficiais da praça-d'armas — ele disse, com um sorriso: "Bem, Jack, você e seus companheiros pedem alguma permissão, suponho... um dia de liberdade, não?".

Se era o pôr do sol no horizonte, invadindo o convés, que cegava Jack, ou se era uma homenagem do sol, em sinal de devoção, ao poderoso comodoro, é impossível dizer; mas, nesse momento, o nobre Jack permaneceu ereto, segurando em reverência o chapéu diante da fronte, como um homem cegado.

"Valoroso comodoro", disse ele, por fim, "esta audiência é, de fato, uma honra imerecida. Quase sucumbo diante dela. Sim, valoroso comodoro, seu sagaz pensamento adivinhou meu objetivo. Liberdade, senhor; a liberdade é, de fato, o que humildemente peço. Que seu honorável ferimento, recebido em gloriosa batalha, valoroso comodoro, esteja a doer menos hoje do que o normal."

"Ah, astuto Jack!", exclamou o comodoro, de forma nenhuma cego à ousada missão que o elogio perfazia, mas tampouco incomodado com ele. Em mais do que um aspecto, o ferimento de nosso comodoro era seu ponto fraco. "Acho que devemos lhes dar a liberdade", acrescentou, dirigindo-se ao capitão Claret; que, então, dispensando Jack com um aceno, passou a conversa privada com seu superior. "Bem, Jack, vamos discutir o assunto", por fim exclamou o comodoro, caminhando. "Dispensado."

"Ao seu posto, capitão da gávea grande!", concluiu o capitão, um tanto duramente. Ele desejava neutralizar de algum modo o efeito da condescendência do comodoro. Ademais, teria preferido que o comodoro estivesse em seu camarote. A presença do comodoro no convés afetava sua própria supremacia no navio. Mas Jack não ficou de forma alguma desencorajado pela frieza do capitão; sentiu-se seguro; e assim prosseguiu, passando aos agradecimentos.

"'Generosos cavalheiros'", ele disse em tom de lamento, "'sua cortesia está nas páginas que lerei todo dia'... *Macbeth*, valorosos comodoro e capitão! É o que o *Thane* diz aos nobres senhores, Rosse e Angus."[277]

E curvando-se demoradamente aos dois nobres oficiais, Jack afastou-se de costas, ainda cobrindo os olhos com a ampla aba do chapéu.

"Viva Jack Chase!", comemoraram os companheiros, enquanto levavam as boas notícias aos que estavam no castelo de proa. "Quem conversa com comodoros como nosso Inigualável Jack?"

---

277. Referência a *Macbeth*, de Shakespeare (Ato I, Cena III, v. 156-8). Thane é um título de honra, usado entre os escoceses, dirigido a chefes de condado ou província ou ocupante de alto posto militar — no caso, o general Macbeth, que se dirige a dois iguais, Angus (que governa distrito de mesmo nome no nordeste da Escócia) e Rosse (que também governa terras que trazem seu próprio nome, no noroeste do mesmo país). Versos citados em português na tradução de Bárbara Heliodora, com ligeira alteração para atender ao contexto.

52

Nota sobre os aspirantes

Foi na manhã seguinte à reunião do Inigualável Jack com o comodoro e o capitão que se deu um pequeno incidente, logo esquecido pela ampla maioria da tripulação, mas por ainda muito tempo lembrado pelos poucos marinheiros que tinham o hábito de esmiuçar os acontecimentos diários. Superficialmente, nada além do comum, ao menos no que toca a um navio de guerra: falo do açoitamento de um homem no passadiço. Já as profundezas das circunstâncias, no caso, eram de natureza tal que esse açoitamento em particular ganhou grandes proporções, tornando-se assunto de não pouca monta. O caso em si não pode aqui ser relatado, não é adequado à narração; basta saber que a pessoa açoitada era um marinheiro de meia-idade do poço — de fato, um sujeito infeliz, arruinado e sem esperança, um desses homens de terra firme miseráveis que às vezes são levados à Marinha por sua inadequação a tudo, do mesmo modo que outros são levados ao asilo de pobres. Tal homem recebeu a chibata sob as queixas de um aspirante; e aqui mora a dificuldade da história. Pois, ainda que esse poceiro não passasse de um pobre coitado, seu castigo remontava, indiretamente, à libertina malignidade e falta de escrúpulos do aspirante em questão — um jovem por vezes dado a indignas intimidades com alguns dos marinheiros, os quais, cedo ou tarde, quase sempre pagavam pelo capricho das preferências do rapaz.

O motivo central envolvido neste caso, porém, é danoso demais para ser levianamente esquecido.

Na maioria dos casos, poderiam parecer princípios fundamentais de um capitão da Marinha que seus subordinados sejam partes desintegradas de si mesmo, destacadas do corpo principal em missões especiais; e que as ordens do menor aspirante devam ser respeitadas com tanta deferência pelos marinheiros quanto fossem procedentes do comodoro à popa. Esse princípio foi certa feita reforçado de forma notável pelo belo e valoroso *sir* Peter Parker, sobre cuja morte, numa expedição nacional punitiva nas praias da baía de Chesapeake em 1812 ou 1813, lorde Byron escreveu suas conhecidas estrofes.[278] "Pelo Deus da guerra!", diz *sir*

278. Lorde Byron, primo em primeiro grau do oficial da Marinha britânica *sir* Peter Parker (1785-1814), escreveu as "Estrofes elegíacas sobre a morte de sir Peter Parker, baronete", ho-

Peter aos marinheiros, "farei com que toquem o chapéu a um casaco de aspirante, ainda que ele só esteja pendurado num cabo de vassoura para secar!"

Que o rei, aos olhos da lei, não pode cometer qualquer erro, isso é a bem sabida ficção dos Estados despóticos; mas restou às Marinhas das monarquias e repúblicas constitucionais amplificar essa ficção, estendendo-a indiretamente a todos os subordinados do magistrado maior de uma fragata presentes no convés. E, embora juridicamente não reconhecido e estranho aos próprios oficiais, esse é um princípio que atravessa o navio de guerra; é o princípio que rege as ações a todo momento e para cuja legitimação milhares de marinheiros são açoitados no passadiço.

Por mais infantil, ignorante, estúpido ou idiota que seja um aspirante, se ele dá uma ordem a um marinheiro, ainda que a mais absurda, esse homem não apenas deve cumpri-la com instantânea e irretocável obediência, como recusar-se implica submeter-se ao perigo. E se, tendo-a cumprido, ele então reclama ao capitão, e o capitão, intimamente, convence-se de sua total impropriedade, talvez da ilegalidade da ordem, ainda assim, na quase absoluta maioria dos casos, ele não repreenderia publicamente o aspirante, nem pelo menor sinal admitiria diante do reclamante que, nesse ponto em particular, o aspirante fez algo diverso do perfeitamente correto.

Diante da reclamação de um aspirante a lorde Collingwood, então capitão de um navio de linha de batalha, tendo por assunto um marinheiro, ele ordenou que o homem fosse punido; entrementes, porém, chamando o aspirante a um canto, disse-lhe: "Não tenho dúvida de que a culpa é sua... você sabe disso; portanto, quando o homem for levado ao mastro, é melhor que lhe peça perdão".

Assim, diante da pública intervenção do garoto, Collingwood, voltando-se ao acusado, disse: "Esse jovem cavalheiro tão humanamente intercedeu em seu favor que, na esperança de que sinta a devida gratidão por sua benevolência, irei, desta vez, ignorar seu crime". Essa história foi relatada pelo editor da *Correspondência* do almirante para demonstrar deste o bom coração.

Ora, Collingwood era, na realidade, um dos mais justos, humanos e benevolentes almirantes pelos quais já tremulou uma flâmula. Enquanto oficial da Marinha, era um homem em um milhão. Mas se um homem como ele, influenciado por antigos costumes, podia assim violar o mais comum princípio de justiça —

---

menageando-o em sua morte em solo norte-americano durante a Guerra de 1812. Parker era oficial respeitado por sua eficiência e ficou conhecido pela violência com que destruiu propriedades norte-americanas na baía de Chesapeake, localizada entre Maryland e a Virginia, na costa leste norte-americana.

ainda que tendo ao fundo bons motivos para tanto —, o que se pode esperar de outros capitães não tão eminentemente dotados de nobres qualidades como Collingwood?

E se o corpo de aspirantes americanos é, quando em casa, geralmente bem fornido de irrestrita indulgência desde o berço e o seio do lar; e se a maioria deles, pelo menos, por sua impotência como oficiais em todas as mais importantes funções em alto-mar, por sua imaturidade e postura presunçosa derivada de seu galão dourado, por seus modos despóticos diante dos marinheiros e por sua particular aptidão para interpretar as mais triviais formas de tratamento como afrontas diretas a sua dignidade — se, por todas essas coisas, os aspirantes por vezes granjeiam o rancor dos marinheiros; e se, de mil maneiras, os marinheiros acabam, cedo ou tarde, por trair tal sentimento, como é simples para esses aspirantes, que às vezes não conhecem qualquer restrição de princípios morais, recorrer a práticas inescrupulosas enquanto buscam vingança contra seus ofensores, chegando em muitos casos aos extremos da chibata; já que, como vimos, o princípio tácito da Marinha parece ser que, em seu contato comum com os marinheiros, um aspirante jamais é capaz de fazer algo merecedor da censura pública de seus superiores.

"Ei, amigo, espera que logo vai levar uma *lambida*" é a frase que muitas vezes se escuta da boca de um aspirante a um marinheiro que, de alguma forma estranha à ação judicial do capitão, por acaso o ofendeu.

Há situações em que podemos ver um desses meninos, de menos de um metro e meio de altura, mirando com olhos inflamados algum marinheiro do castelo de proa com seu respeitável um metro e oitenta, lançando-lhe imprecações e insultos feitos de todo epíteto que se julgue escandaloso e insuportável entre os homens. No entanto, a língua indignada desses marinheiros está três vezes atada pela lei, que suspende sobre sua cabeça a Morte em pessoa, caso sua paixão desfira o menor golpe contra aquele verme em forma de criança que lhe cospe aos pés.

Contudo, uma vez que a essência da natureza humana é — e para sempre será — bem conhecida no que toca a seu sentido mais geral, não se faz necessário exemplo em especial para demonstrar que, onde meninos indiscriminadamente tomados à família humana recebem tamanha autoridade sobre homens maduros, as consequências hão de ser tão monstruosas quanto os costumes que autorizam esse absurdo mais do que cruel.

Tampouco é indigno de observação que, enquanto os mais nobres e heroicos dentre os oficiais da Marinha — homens da maior envergadura, incluindo o próprio lorde Nelson em pessoa — têm visto o açoitamento nos conveses com a mais profunda preocupação e não sem significativas dúvidas no tocante a sua necessidade geral, alguém que tenha observado os hábitos dos aspirantes pode dizer, sem medo de errar, que conheceu poucos dentre estes que não foram entusiastas e defensores da chibata. Poderia até parecer que eles próprios, tendo tão recentemente escapado às palmadas da ama e da escola infantil, desejam se recuperar daquelas dolorosas reminiscências rasgando as costas de homens americanos na plenitude da vida e da liberdade.

Não se deve omitir aqui que, na Marinha britânica, não se permite que os aspirantes sejam tão ditatoriais como quanto nos navios americanos. Salvo engano, naquela instituição, eles estão divididos em três classes probatórias de "voluntários", em vez de receberem imediatamente sua licença. Tampouco se deixará de notar que, quando vemos um cúter inglês tendo por oficial um desses voluntários, o garoto não marcha com arrogância ou bate no punho de sua adaga com ares de Bobadil,[279] nem parece sentir antecipadamente o lugar onde um dia estarão suas suíças guerreiras enquanto cospe imprecações aos marujos, como é tão comum na Marinha americana com os menininhos portadores das mais graciosas âncoras de proa em suas lapelas.

É preciso dizer, todavia, que por vezes é possível encontrar entre os aspirantes nobres rapazinhos de modo algum desprezados pela tripulação. Além de três intrépidos jovens, havia a bordo do *Neversink* um pequeno rapaz de olhos negros merecedor de tais elogios. Por seu tamanho diminuto, era chamado pela marinhagem de Bujão-de-bote. Sem ser exatamente próximo dos marinheiros, tornara-se querido de todos em razão de sua gentileza e por jamais ofendê-los. Era curioso ouvir alguns dos Tritões mais velhos invocando bênçãos ao menino, quando sua voz singela lhes chegava aos ouvidos surrados de tantas intempéries. "Ah, boa sorte, senhor!", diziam, tocando seus chapéus na direção do pequeno homem. "O senhor tem uma alma digna de salvação!" A última frase carrega uma incrível força de sentido. *O senhor tem uma alma digna de salvação* é uma frase que o marinheiro de um navio de guerra geralmente dirige a oficiais sensíveis e de bom coração. Ela também implica que a maioria dos oficiais do convés é vista de forma tal que se lhes nega a posse de uma alma. Ah!, mas esses plebeus acabam impondo uma sublime vingança aos patrícios. Imagine um velho marinheiro abandonado alimentando seriamente a pura e especulativa ideia de que um sujeito agressivo, investido de dragonas e que ordena que ele perambule como um escravo, é de

279. Capitão Bobadil é uma personagem bravateira da comédia *Cada homem segundo seu humor*, de Ben Jonson (1598).

categoria incomensuravelmente inferior em comparação a si próprio; que há de morrer, por fim, com os brutos, enquanto ele próprio seguirá rumo a sua imortalidade no céu.

Contudo, do que foi dito neste capítulo, não se deve inferir que um aspirante leva uma vida de lorde a bordo de um navio de guerra. Longe disso. Se, por um lado, manda nos que estão abaixo dele, também é mandado pelos que estão acima. É como se, a um só tempo, o garoto desafiasse um cachorro com uma das mãos e, na outra, recebesse a palmatória do bedel. E embora, segundo os Artigos de Guerra americanos, um capitão da Marinha não possa, a partir de sua própria autoridade, punir legalmente um aspirante senão suspendendo-o do dever (valendo o mesmo no que se refere aos oficiais da praça-d'armas), esse é um dos estatutos do mar que o capitão, em certa medida, respeita ou não a seu bel-prazer. Muitas situações poderiam ser descritas acerca de pequenas humilhações e insultos oficiais infligidos por alguns capitães a seus aspirantes; ainda mais severas, em certo sentido, do que a velha punição de mandá-los ao topo do mastro, embora não tão arbitrária quanto colocá-los diante do mastro para trabalhar como marinheiros comuns — costume outrora seguido pelos capitães da Marinha britânica.

O capitão Claret não tinha, em pessoa, qualquer predileção por aspirantes. Um aspirante crescido, alto, com seus dezesseis anos, por exemplo, caíra-lhe em desgraça; e, enquanto este lhe pedia desculpas, o capitão interrompeu-o dizendo: "Nem mais uma palavra, senhor! Não quero escutar mais uma palavra! Suba o cordame, senhor, e permaneça lá até que eu ordene que desça!".

O aspirante obedeceu; e, diante dos olhos de toda a tripulação do navio, o capitão Claret caminhou de um lado para o outro sob o elevado posto ocupado pelo garoto, lendo-lhe o mais exasperante sermão sobre sua suposta má conduta. Para um menino sensível, tal tratamento deve ter sido quase tão doloroso quanto a própria chibata.

Noutro caso, um aspirante tentou levar a melhor numa discussão falando mais alto com seu superior; contudo, de forma absolutamente inesperada pagou por sua indiscrição.

Vendo uma maca de aspirante na trincheira e observando que ela estava um tanto equivocadamente desbotada, o capitão exigiu saber quem era o aspirante proprietário da maca. Quando o garoto apareceu, ele lhe disse: "Que nome dá a isso, senhor?", apontando ao desbotado.

"Capitão Claret", respondeu o aspirante impassível, olhando-o nos olhos, "o senhor sabe o que é tão bem quanto eu."

“Exatamente. Quartel-mestre! Lance esta maca ao mar.”

O aspirante se assustou e, correndo na direção dela, virou-se e disse: “Capitão Claret, tenho uma bolsa amarrada a ela; é o único modo seguro que tenho de guardá-la”.

“Ouviu, quartel-mestre?”, disse o capitão; e ao mar foram a maca e a bolsa.

Na mesma tarde, esse aspirante delatou seu pajem por este ter negligenciado a escovação de sua maca, embora repetidas vezes tivesse sido alertado para fazê-lo por seu senhor. Embora chamada pajem, a pessoa assim designada não raro é um homem feito. Tendo sido o caso inteiramente exposto diante do capitão no mastro, e ouvidas as acusações do aspirante, esse pajem, a despeito de seus protestos e por completa obra do aspirante, foi condenado à chibata.

Assim, podemos notar que, embora o capitão se imponha ao aspirante e, em casos de contato pessoal com o mesmo, não pense duas vezes antes de declará-lo um rematado delinquente, tratando-o à altura; noutras circunstâncias, tanto quanto envolva o relacionamento imediato entre aspirante e marinheiro, ele ainda mantém o princípio de que um aspirante não pode dizer ou fazer qualquer coisa de errado.

É preciso lembrar que, todas as vezes em que mencionei os aspirantes nestes capítulos, não estava me referindo aos oficiais conhecidos como aspirantes formados. Na Marinha americana, esses oficiais compõem uma classe de jovens que, tendo servido o bastante como aspirantes para prestar um exame diante de uma banca de comodoros, são promovidos à patente de aspirantes formados, que os introduz à de lugar-tenente. Supõe-se que estejam qualificados para assumir os deveres de um lugar-tenente, e em alguns casos temporariamente fazem as vezes de tal oficial. A diferença entre o aspirante e o aspirante formado também pode ser inferida a partir de seus respectivos ganhos. O primeiro recebe, por ano de serviços em alto-mar, quatrocentos dólares; e o último, setecentos e cinquenta dólares. Não havia aspirantes formados a bordo do *Neversink*.

53

Homens do mar particularmente sujeitos ao clima — os efeitos deste sobre o capitão de um navio de guerra

Foi dito que, em certos casos, alguns aspirantes são culpados de inescrupulosas práticas contra os marinheiros de uma fragata. Mas parece incrível que, tendo a princípio recebido a altiva educação liberal dos cavalheiros, tais aspirantes sejam capazes, sem exceção, de descer à baixeza de dispor pessoalmente de maldade contra ser tão comumente degradado quanto um marinheiro. É, de fato, inacreditável. Mas, quando todas as circunstâncias são consideradas, não parecerá extraordinário que alguns deles lancem descrédito a seus certificados. Títulos, patentes, riqueza e educação não podem desfazer a natureza humana, a mesma para comodoro e pajem; a diferença reside apenas nos diferentes modos de desenvolvimento.

No mar, uma fragata abriga e serve de lar para quinhentos mortais num espaço tão exíguo que estes mal conseguem se mover sem tocar uns aos outros. Alijados de todos os passageiros espetáculos que ocupam os olhos, línguas e pensamentos dos homens de terra firme, os internos de uma fragata estão entregues a si mesmos e uns aos outros, e todas as suas reflexões são introspectivas. Uma morbidez da mente é a consequência, sobretudo em longas viagens, acompanhadas de clima desagradável, calmarias ou ventos contrários. No que toca a essa nefasta influência, não existem exceções de patente a bordo. A bem da verdade, as altas posições parecem ainda mais sensíveis a isso, já que, quanto mais alta a patente, menos companhia há.

É repugnante, odioso e ingrato discorrer sobre assunto como esse; no entanto, é preciso dizer que, mediante essas desagradáveis e hostis experiências, mesmo o capitão de uma fragata é, em alguns casos, indiretamente induzido a ministrar castigo corporal a um marinheiro. Nunca navegue sob as ordens de um capitão que suspeita ser dispéptico ou com tendências constitutivas à hipocondria.

A manifestação desse tipo de coisa é, por vezes, impressionante. Na parte inicial da viagem, enquanto se fazia um longo e tedioso deslocamento de Mazatlán a Callao em mar aberto, interrompido por ventos contrários e frequentes e intermitentes calmarias, quando todos os marinheiros estavam profundamente aborrecidos pelo mar tórrido e monótono, um bem-humorado gajeiro do traquete, que atendia pela alcunha de Doce — uma curiosa personagem, à sua maneira —, estando no poço em meio a uma multidão de marinheiros, tocou-me e disse:

"Tá vendo o velho ali, Jaqueta Branca, caminhando pela popa? Não parece que ele tá querendo chibatar alguém? Olha lá."

Para mim, pelo menos, não havia tais indicações visíveis nos modos do capitão, embora as pancadas que dava contra o baú de armas com o brando da adriça de pena da vela de ré o tornavam suspeito. Mas qualquer um poderia fazer o mesmo para matar o tempo de uma calmaria.

"Pode acreditar", disse o gajeiro, "ele deve ter pensado, não sei como, que eu tava tirando sarro *dele* um tempo atrás, quando eu tava só imitando o velho Escorva, o subchefe de artilharia. Olha pra ele mais uma vez, Jaqueta Branca, enquanto finjo que recolho essa corda aqui; se não tiver uma dúzia de chibatadas atrás das lanternas do olho do capitão, pode me chamar de 'fuzileiro a cavalo'.[280] Se eu pudesse ir até lá cumprimentar ele e jurar pela Bíblia que eu tava só imitando o Escorva, não *ele*, ele não ia ficar pensando essas coisas de mim. Mas não posso fazer isso; ele acha que eu quis insultar ele. Bom, não posso evitar; acho que preciso ficar de olho na dúzia do padeiro pra logo."

Dei uma risada incrédula ao ouvi-lo. Dois dias depois, contudo, quando estávamos içando a varredoura do sobrejoanete principal, e o lugar-tenente do quarto repreendia a multidão de marinheiros nas adriças por sua preguiça — pois o langor dos homens, induzido pelo calor, fazia a vela parecer rastejar até sua posição —, o capitão, que caminhava impaciente pelo convés, subitamente parou e, disparando seu olhar na direção dos homens, estacou num ponto e bradou: "Doce, maldito seja! Não consegue levantar nem uma pena, seu canalha! Fique de pé naquele canhão, senhor; quero lhe ensinar a sorrir desse jeito diante de um cabo sem fazer o menor esforço. Guardião do contramestre, onde está a sua chibata? Descarregue uma dúzia nesse sujeito".

Tirando o chapéu, o guardião do contramestre olhava para dentro dele estupefato; a corda enrolada, geralmente guardada ali, não foi encontrada; no instante seguinte, porém, ela deslizou do topo de sua cabeça, caindo ao chão. Pegando-a e endireitando-a, ele avançou na direção do marinheiro.

---

280. A expressão "*horse-marine*", traduzida aqui quase literalmente, tem o sentido de inadequação e ridículo (tal como um fuzileiro naval que tentasse andar a cavalo no convés). Não encontramos equivalente em português que envolvesse a rixa entre ambas as classes de bordo.

"Senhor", disse Doce, tocando sucessivas vezes o chapéu na direção do capitão, "eu estava puxando, senhor, tanto quanto os demais; eu estava, senhor."

"De pé naquele canhão", gritou o capitão. "Guardião, cumpra com o seu dever."

Tinham-se ido três chibatadas quando o capitão ergueu o dedo. "Seu —,[281] ousa ficar de chapéu para receber as chibatadas! Tire-o já!"

Doce o deixou cair sobre o convés.

"Prossiga, guardião." E o marinheiro recebeu suas doze chibatadas.

Com a mão nas costas ele chegou até mim, que estava entre as testemunhas mais próximas, dizendo: "Ai Deus, ai Deus! Esse guardião tinha as maldade dele contra mim; ele sempre pensou que fui eu que espalhei no convés aquela história da mulher dele em Norfolk. Ai Deus! Passa a mão debaixo da minha camisa, Jaqueta Branca. Tá vendo? Ele não tinha coisa contra mim, pra deixar elas marcada desse jeito? E minha camisa toda cortada... não tá, Jaqueta Branca? Duvido que o almoxarife não leve o dele com essas chibatadas. Mas eu disse... o diabo que carregue ele, se não disse... que ele pensou que tinha sido *com ele*, não com o Escorva".

281. A frase aqui utilizada, eu jamais vi escrita ou impressa, e não gostaria de ser o primeiro a trazê-la a público. (Nota do Autor)

54

O povo ganha "liberdade"

SEMPRE QUE, em intervalos de gentil benevolência, ou cedendo a meros princípios políticos, reis e comodoros relaxam o jugo da servidão, ambos cuidam de que a concessão não pareça tão súbita ou despropositada; pois, na estima do vulgo, o mesmo poderia significar medo ou fraqueza.

Daí que, embora o nobre Jack tenha obtido ganho de causa em sua audiência no mastro, mais de trinta e seis horas tenham se passado antes que qualquer oficial ouvisse falar da "liberdade" que seus companheiros de fragata tão intrepidamente desejavam. Alguns homens do povo começavam a grunhir e a murmurar, descontentes.

"Era mentira, Jack", disse um deles.

"Maldito comodoro!", bradou outro. "Ele enrolou você, Jack."

"Descansem os remos um instante", respondeu Jack, "e veremos; lutamos pela liberdade, e a liberdade teremos! Sou o tribuno da marinhagem, rapazes, o Rienzi[282] do convés. O comodoro vai cumprir com sua palavra."

No dia seguinte, mais ou menos à hora do desjejum, escutou-se um forte estridor de apito e flauta na escotilha principal e, em seguida, a voz do contramestre se ouviu. "Escutem aqui, de proa e popa! Todos do quarto de estibordo! Preparem-se para ir à costa em licença!"

Num ataque de alegria, um jovem gajeiro de mezena, postado então no convés, arrancou o chapéu da cabeça e atirou-o como uma panqueca no convés. "Liberdade!", gritou, descendo saltitante à coberta em busca de sua sacola.

Na hora combinada, o quarto de turno se reuniu em torno do cabrestante, diante do qual estava nosso velho primeiro lorde do Tesouro e mestre-pagador geral, o almoxarife, com muitos e bem fornidos sacos de pele de veado cheios de

282. Cola de Rienzo (1313-54) era um líder popular italiano de fins da Idade Média. Homem de origem humilde, tomou o poder em Roma após liderar uma revolta e foi proclamado tribuno do povo romano. Tal posição, na Roma Antiga, estava relacionada aos representantes da plebe; no caso de Rienzo, porém, ela se estendia a toda a população da cidade, da qual tornou-se líder maior. Rienzo é lembrado como "o último dos tribunos", subtítulo de uma conhecida ópera do compositor alemão Richard Wagner que leva seu nome.

dinheiro, empilhados sobre o cabrestante. Ele nos serviu a todos de meio punhado de moedas ou coisa do gênero, e então os botes foram tripulados e, como muitos Esterhazys,[283] fomos conduzidos à costa por nossos companheiros de navio. Os lordes são capazes de consumir uma vida inteira em letargia; mas basta que seja dado aos comuns um dia de folga, e eles se mostrarão mais senhoriais que o próprio comodoro.

A companhia do navio estava dividida em quatro seções ou quartos de turno; assim, apenas um ia à costa por vez, com o restante permanecendo para guarnecer a fragata. Cada grupo teria vinte e quatro horas de licença.

Com Jack Chase e alguns outros prudentes cavalheiros da gávea, fui à costa no primeiro dia, com o primeiro quarto de turno. Nosso pequeno grupo viveu momentos encantadores; vimos muitas belas paisagens; e — como todos os marinheiros — vivemos alegres aventuras. Embora alguns bons capítulos pudessem ser escritos sobre tal assunto, devo mais uma vez me conter; pois neste livro, no que toca à costa, não tenho mais a fazer do que observá-la, vez por outra, da água; apenas o mundo de meu navio de guerra deve suprir-me do fundamental de minha matéria; jurei manter-me sobre as águas até a última letra de minha narrativa.

Tivessem todos sido tão pontuais quanto o grupo de Jack Chase, todo o quarto de turno de homens em licença teria estado a salvo a bordo da fragata no expirar de vinte e quatro horas. Mas não foi o caso; e, durante o dia todo que se sucedeu, os aspirantes e outros empenharam-se em desentocá-los de seus esconderijos na costa e trazê-los ao navio em destacamentos dispersos.

Eles chegavam em todos os estágios imagináveis de embriaguez; alguns com olhos roxos e machucados na cabeça; outros ainda mais feridos, esfaqueados em brigas com soldados portugueses. Outros, ilesos, eram imediatamente lançados à coberta dos canhões, entre as baterias, onde passavam todo o resto do dia roncando. Como um considerável grau de licença é invariavelmente permitido aos homens de um navio de guerra "em liberdade", e estes bem o sabem, eles ocasionalmente se permitem o privilégio de falar francamente com os oficiais quando cruzam o passadiço, tomando cuidado, entrementes, de cambalear com destreza, de modo que não restem dúvidas sobre estarem seriamente bêbados e de todo fora de si no momento. E, embora poucos deles tenham razões para afetar a bebedeira, nessas ocasiões alguns indivíduos suscitam a suspeita de

---

283. Referência à casa Esterházy, uma nobre família do reino da Hungria, tradicionalmente leal aos Habsburgo, detentores do poder imperial sobre a região. A longa linhagem da família remonta à Idade Média e tem por mais ilustre representante o príncipe Nikolaus, o Magnífico, patrono de Haydn.

estarem interpretando um papel estudado. Na verdade — a julgar por certos sintomas —, mesmo quando de fato embriagados, alguns marinheiros determinam previamente tal conduta; como algumas pessoas que, antes de inalar gás do riso, decidem secretamente fazer loucuras sob tal influência — as quais consequentemente são compreendidas como se os respectivos atores não fossem responsáveis por seus atos.

Por muitos dias, enquanto se dava licença a outros quartos de turno, o *Neversink* mostrou-se um triste cenário. Era mais um hospício que uma fragata; a coberta dos canhões reverberava na fúria das brigas, dos gritos e da música. Todos os visitantes da costa eram mantidos à distância de um cabo.

Tais cenas, porém, nada eram diante das que repetidas vezes se passavam em navios de guerra americanos em outros portos. Mas o costume de permitir a presença de mulheres a bordo quando atracados é hoje bastante incomum, nas Marinhas inglesa e americana, a não ser que o navio, comandado por um capitão dissoluto, esteja em algum porto distante e estranho, nos oceanos Pacífico ou Índico.

O *Royal George*, um navio de linha de batalha britânico que, em 1782, afundou em Spithead, tinha consigo trezentas mulheres inglesas entre as mil almas que se afogaram naquela manhã memorável.[284]

Quando, por fim, passado todo o louco tumulto e disputa da "Liberdade", surgiram as consequências, e nossa fragata apresentou cenário bem diverso. Os homens pareciam exaustos e fracos, letárgicos e preguiçosos; e não foram poucos os velhos marinheiros que, com as mãos no abdômen, convocavam o pau da bandeira a testemunhar que havia mais gente do que madeira *pregada* no convés do *Neversink*.

Tais são os lamentáveis efeitos de súbita e completamente liberar o povo de um navio de guerra de uma disciplina arbitrária. Isso mostra que, para esses homens, a "liberdade" deve, a princípio, ser administrada em pequenas e moderadas quantidades, aumentando-a com a capacidade do paciente de fazer bom uso dela.

Claro que, enquanto permanecemos no Rio de Janeiro, nossos oficiais foram à costa em busca de diversão e, de modo geral, agiram com propriedade. É, contudo,

---

284. À época de seu lançamento ao mar, em 1756, o *Royal George* era o maior navio do mundo. Serviu como nau capitânia sob o comando do almirante Edward Hawke, durante a Guerra dos Sete Anos (1756-63). O afundamento do navio deu-se, porém, fora de combate. Em 29 de agosto de 1782, ancorado e recebendo reparos e visitantes de toda ordem (incluindo as mulheres mencionadas pelo narrador, manobras de posicionamento dos canhões fizeram com que o navio adernasse, perdendo seu centro de equilíbrio e afundasse rapidamente. Aproximadamente mil pessoas morreram e consta que apenas 255 sobreviveram. Durante o julgamento dos oficiais responsáveis pela embarcação, estabeleceu-se que o afundamento teve por causa o mau estado de conservação do navio, cujo costado não suportara o movimento de adernamento e cedera; sabe-se, porém, que as ordens dos oficiais foram determinantes para o acidente.

triste dizer que, no que toca ao lugar-tenente Mad Jack, por três dias consecutivos ele se divertiu tão desbragadamente na cidade que, retornando ao navio, enviou seu cartão com cumprimentos ao cirurgião, pedindo-lhe que fosse a seu camarote na primeira oportunidade que tivesse de passar por lá em seu caminho pela praça-d'armas.

Mas um dos auxiliares do cirurgião, um jovem estudante de medicina de boa família e frágil fortuna, deve ter sido, de longe, o responsável pelas mais fortes impressões causadas entre os fidalgos do Rio de Janeiro. Ele lera *Dom Quixote* e, em vez de o livro curar-lhe o quixotismo, como deveria ter sido o caso, apenas o agravou. De fato, existem naturezas às quais, no tocante a seus males morais, não vale a grande máxima do sr. Similia Similibus Curantur Hahneman,[285] uma vez que, com elas, *iguais não curam iguais*, apenas os tornam piores. Embora, por outro lado, tão incuráveis são os males morais de tais pessoas que a máxima antagônica, *contraria contrariis curantur*, não raro se prova igualmente falsa.

Num dia de calor tropical, esse auxiliar do cirurgião julgou imperioso ir à costa em sua pelerine de uniforme azul, vestindo com ele seus cavaleirescos ombros à intrépida maneira espanhola. Ao meio-dia, ele transpirava aos borbotões; mas sua capa atraía todos os olhares, e isso lhe causava não pouca satisfação. O fato, porém, de ser genuvalgo e cambaio de uma perna aumentava drasticamente o efeito de seu aristocrático traje — o qual, a propósito, estava ligeiramente puído no ponto em que seu queixo roçava o tecido e, de modo geral, bastante deteriorado, uma vez que fora utilizado como cobertor na região do cabo Horn.

Quanto aos aspirantes, não há como saber o que suas mães teriam dito sobre sua conduta na cidade. Três deles exageraram na bebida; e, quando vieram a bordo, o capitão ordenou que fossem costurados a suas macas, para interromper suas violentas brincadeiras até que ficassem sóbrios.

Isso mostra quão imprudente é permitir que crianças, não mais que adolescentes, perambulem tão longe de casa. Ainda mais especialmente, isso ilustra a loucura de dar-lhes longos períodos de folga em terras estrangeiras, repletas de sedutor desregramento. Porto para os homens, clarete para os meninos, bradava dr. Johnson. Ainda assim, os homens só deviam beber o vinho forte da viagem; e, quanto aos meninos, antes fossem mantidos a leite e água em casa. Aspirantes! Vocês podem até desprezar as andadeiras que suas mães usavam em vocês, mas elas são os guarda-mancebos, meus jovens, pelos quais muitos rapazes firmam o passo em meio à vertigem da juventude e poupam-se de tristes quedas. E, aspiran-

---

285. Samuel Hahnemann (1755-1843) foi médico alemão, fundador da homeopatia. O dito em latim, princípio da homeopatia, que acompanha seu nome diz: "Os semelhantes são curados pelos semelhantes", frase que logo a seguir o narrador inverte: na sequência, em latim, lê-se: "os contrários são curados pelos contrários".

tes!, atenção: as crianças postas de pé muito cedo crescem com as pernas tortas e diminuídas em suas justas e belas proporções. Isso há de se provar moralmente certeiro com alguns de vocês, prematuramente mandados ao mar.

Tais admoestações são dirigidas apenas à mais diminuta classe dos aspirantes — os que têm um metro e meio de altura e pesam menos de quarenta e cinco quilos.

Na verdade, os registros dos alojamentos dos aspirantes dos navios de guerra estão repletos dos mais tristes exemplos de libertinagem precoce, desgraça e morte. Respondam, ó sombras dos belos meninos que tão longe dormem de casa, na terra e na lama de todos os climas ao redor do mundo.

Mães dos homens! Se sentiram o coração esmorecer quando seus meninos caíram em tentação em terra firme, que dor não sentiriam se soubessem que esses meninos tão longe estão de seus braços, confinados e encaixotados por todas as formas de iniquidade. Algumas dentre vocês, porém, descreem de tal realidade. Talvez seja melhor assim.

Segurem-nos com firmeza, porém — todos os que ainda não içaram suas âncoras para perambular com a Marinha —, e, volta após volta, prendam neles suas andadeiras, apertem o nó de bolina na cavilha de arganéu na coluna da lareira, e atraquem seus meninos no melhor dos ancoradouros, o lar.

Mas, se a juventude é irrefletida, a velhice é serena; assim como o tronco jovem, na flexibilidade de seus galhos, toca as próprias raízes sob a brisa leve da manhã; e os troncos duros e inflexíveis, repletos de musgo, jamais se curvam. Com orgulho e prazer que se diga que, quanto ao nosso velho comodoro, embora pudesse conceder a si tantos "dias de liberdade" quantos quisesse, durante nossa permanência no Rio de Janeiro comportou-se com absoluta discrição.

Entretanto, era um homem velho; fisicamente muito pequeno; sua espinha era como o cano de um mosquete descarregado — não somente frágil, mas destituído do mínimo projétil; suas costelas não diferiam das de um furão.

Ademais, era comodoro da Armada, o senhor supremo da plebe em anil. Adequava-se a ele, portanto, erigir-se como modelo e ensinar à coberta dos canhões o significado da Virtude. Mas, ai!, quando a Virtude se senta ao alto, à popa de uma fragata, quando a Virtude é coroada no camarote sob a forma de um comodoro, quando a Virtude rege por compulsão e domina o Vício como se este fosse um escravo — então a Virtude, não obstante suas ordens sejam externamente cumpridas, pouco influencia o íntimo. Para ser eficaz, a Virtude deve descer de suas alturas, à imagem de nosso Redentor, que veio dos céus para a redenção de todo o navio de guerra de nosso mundo, misturando-se igualmente a seus marinheiros e pecadores.

55

O ingresso precipitado dos aspirantes na Marinha

A ALUSÃO NO CAPÍTULO ANTERIOR à pouca idade com que alguns aspirantes ingressam na Marinha sugere alguns pensamentos relativos a ainda mais importantes considerações.

Parece ser, de modo geral, uma impressão muito moderna que, para aprender as tarefas de um oficial da Marinha, os meninos devem ser mandados ao mar o quanto antes. Em certa medida, tal decisão pode ser um equívoco. Outras profissões que envolvem conhecimento de tecnicalidades e coisas restritas a um campo de ação específico são frequentemente dominadas e executadas por homens de vinte e um anos ou mais. Foi somente por volta de meados do século XVII que os serviços navais e militares britânicos se tornaram instituições em separado. Antes disso, os oficiais do rei exerciam seu comando indiferentemente, fosse em terra, fosse em mar.

Robert Blake,[286] talvez um dos mais completos e, certamente, um dos mais bem-sucedidos almirantes que jamais estiveram à frente de uma nau capitânia, não ingressou no serviço naval nem conheceu qualquer relação profissional com um navio antes de completar meio século de idade (cinquenta e um anos). Tratava-se de um homem de pendores intelectuais e, depois de deixar Oxford, residiu pacificamente em sua propriedade, um cavalheiro do campo, até completar os quarenta e dois anos, logo depois de ter travado contato com o exército do Parlamento.

Diz a seu respeito o historiador Clarendon:[287] "Ele foi o primeiro homem a tornar manifesto que a ciência (a arte naval) poderia ser adquirida em menos

---

286. Ver nota 187.
287. Edward Hyde, primeiro conde de Clarendon (1609-74) foi historiador e homem de Estado inglês, avô materno de duas rainhas britânicas, Maria II e Ana. Nascido em família nobre, formado advogado e iniciando sua carreira política no Parlamento, Hyde posicionava-se como crítico moderado de Carlos I; à medida, no entanto, que se deteriorava a relação entre Executivo e Legislativo, aproximou-se do rei, tornando-se, em 1642, ano do início da Guerra Civil, seu conselheiro. Afastado por intrigas políticas, deixou o país em 1646, não tendo acompanhado a execução do rei. Apoiou a Restauração monárquica no país e desempenhou importante papel político ao lado de Carlos II e, depois, de Jaime II (com quem sua filha Ana se casaria), antes de ser condenado ao exílio pelo Parlamento. De suas obras, consta a importante e póstuma *História da rebelião e das guerras civis na Inglaterra, iniciadas no ano de 1641*, em três tomos.

tempo que se imaginava". E é sem dúvida à solidariedade cultivada em terra firme que se deve, em grande parte, a bem-conhecida humanidade e bondade que Blake demonstrava em seu contato com os marinheiros.

Aspirantes mandados em tenra idade à Marinha estão sujeitos à recepção passiva de todos os preconceitos do convés em favor dos antigos costumes, ainda que inúteis ou perniciosos; tais preconceitos crescem com eles e solidificam-se com seus próprios ossos. À medida que galgam posições na hierarquia, naturalmente os levam consigo, donde a inveterada repugnância de muitos comodoros e capitães às mínimas inovações no serviço naval, por mais salutares que pareçam aos homens de terra firme.

Não se deve colocar em dúvida que, em assuntos relacionados ao bem-estar geral da Marinha, o governo tem sido deferente demais às opiniões dos oficiais da Marinha, considerando-os homens praticamente feitos de berço para o serviço militar e, portanto, muito mais qualificados para a deliberação sobre qualquer assunto a ele referente do que pessoas de terra firme. Mas numa nação que vive sob uma Constituição liberal, há sempre de ser impróprio tornar muito específica e distinta a profissão de cada um de seus ramos militares. De fato, num país como o nosso, não temos, neste momento, que temer o aumento de seu poder político; mas muito devemos temer a perpetuação e o fomento de abusos entre seus subordinados, a menos que a sociedade civil tenha pleno conhecimento de seus assuntos administrativos e se considere competente para sua completa supervisão e organização.

Cometemos um erro quando, de alguma forma, contribuímos para a mistificação estabelecida que se tem lançado sobre os assuntos internos do serviço naval nacional. Até hoje esses assuntos têm sido tratados, mesmo por alguns altos funcionários de Estado, como coisas que vão além de suas competências — técnicas e misteriosas demais para serem inteiramente compreendidas pelos homens de terra firme. E isso é o que tem perpetuado na Marinha tantos males que, de outro modo, teriam sido abolidos no melhoramento geral de outras coisas. O Exército é por vezes remodelado, mas a Marinha segue, geração após geração, praticamente intocada e inquestionada, como se o código fosse infalível, um campo irretocável que homem de Estado nenhum seria capaz de aperfeiçoar. Quando um secretário da Marinha ousa inovar nos costumes estabelecidos, sempre é possível escutar os oficiais dizendo: "O que esse sujeito de terra firme sabe sobre nossos assuntos? Ele já esteve à frente de um quarto de vigia? Não sabe diferenciar bombordo de estibordo, nem estai de patarrás".

Enquanto, com alegria e respeito, deixamos aos oficiais da Marinha a condução exclusiva do largar e recolher das velas, do virar de bordo e outras manobras náuticas, como certamente lhes parece melhor; fiquemos atentos quanto a abandonarmos a seu bom senso as regulações de Estado gerais relativas ao bem-estar do grande corpo de homens sobre o convés; fiquemos atentos a sermos demasiadamente influenciados por suas opiniões sobre assuntos nos quais é natural supor que estejam em jogo seus preconceitos há tanto tempo consolidados.

56

Um imperador de terra firme a bordo de um navio de guerra

ENQUANTO ESTIVEMOS NO RIO DE JANEIRO, por vezes tivemos companhia de terra firme; uma honra jamais vista antes, contudo, esperava por nós. Certo dia, o jovem imperador d. Pedro II e sua comitiva, perfazendo um circuito de visitas a todos os navios de guerra no ancoradouro, por fim tiveram a bondade de subir a bordo do *Neversink*.[288]

Ele chegou num esplêndido batelão, conduzido a remo por trinta escravos africanos que, à maneira brasileira, erguiam-se concertadamente com seus remos a cada esforço, descendo em seguida a seus postos num gemido simultâneo.

O monarca recostava-se sob um dossel de seda amarela cingido de borlas verdes — as cores nacionais. À proa tremulava a bandeira brasileira, trazendo a destacada figura de um diamante ao centro, emblemática, talvez, das minas de pedras preciosas no interior; ou, talvez, um magnífico retrato do famoso "diamante português", encontrado no Brasil, no distrito do Tijuco, nas margens do rio Belmonte.[289]

Nós os saudamos grandiosamente, numa recepção cujo estrondo quase fez os cotovelos de carvalho do navio baterem uns contra os outros. Ocupamos as vergas e procedemos a um longo cerimonial em respeito ao imperador. Os republicanos por vezes são mais corteses com a realeza do que os próprios monarquistas. O que, contudo, sem dúvida deriva de uma nobre magnanimidade.

No passadiço, o imperador foi recebido por nosso comodoro em pessoa, engalanado com seu mais magnífico traje e as mais belas dragonas francesas. Naquela manhã, seu criado dedicara-se a polir cada botão com trapos e trípoli — os ares

---

288. Não consta do diário de bordo do *United States* (navio com que Melville visitou a costa brasileira) qualquer visita do imperador brasileiro ao comodoro da embarcação. A presença inventada de d. Pedro II (1825-91) tem, portanto (e sem qualquer prejuízo de seu peso), interesse ficcional (ver Apresentação). De qualquer forma, Melville respeita a cronologia, assinalando a juventude do imperador, que em meados de 1844 (presumida datação das ações do romance) contava dezenove anos de idade e três de coroação (18 de julho de 1841).

289. Tal bandeira não consta da lista de insígnias oficiais do Império, cuja bandeira trazia ao centro a coroa do Império brasileiro. O "diamante português" a que Melville refere pertencia, na verdade, à coroa portuguesa. Também chamado de diamante Bragança, tratava-se de uma pedra de topázio de 1640 quilates, encontrada na região de Diamantina (antigo Arraial de Tejuco) e usada por d. João VI.

marinhos são inimigos declarados do polimento e do brilho; donde as espadas dos oficiais do mar, depois de algum tempo, ficarem tão enferrujadas dentro das bainhas que se torna difícil sacá-las.

Era muito interessante ver o imperador e o comodoro cumprimentando-se. Ambos usavam *chapeaux-de-bras*[290] e os brandiam continuamente. Por instinto, o imperador sabia que a venerável personagem que tinha diante de si era tão monarca em alto-mar quanto ele o era em terra firme. Nosso comodoro não trazia a espada do Estado ao flanco? Pois, embora não a trouxesse diante de si, ela certamente era uma espada de Estado, visto que parecia reluzente demais para ser uma espada de batalha. *Não obstante*, não passava de uma lâmina de aço flexível, com uma empunhadura leve e prática, como o cabo de uma faca de açougueiro.

Quem já viu uma estrela no céu com o sol a pino? Poucas vezes, porém, se vê um rei sem satélites. Na comitiva do jovem imperador vinha um cortejo principesco; tão brilhante com suas joias que pareciam emergir das minas do rio Belmonte.

Você já viu cones de sal cristalizado? Pois era assim que brilhavam os barões, marqueses, condes e viscondes portugueses. Não fosse por seus títulos e pelo fato de comporem a comitiva de seu senhor, poderíamos jurar que eram os filhos mais velhos de joalheiros, todos fugidos de casa com os baús de joias de seus pais nas costas.

Em contraste com esse luzir incandescente dos barões do Brasil, quão tíbios eram os galões dourados dos barões de nossa fragata, os oficiais da câmara! E, comparados com os floretes dos marqueses, com seus copos cravejados de joias, as pequenas adagas de nossos cadetes oriundos de nobres casas — os aspirantes — mais pareciam pregos compridos e dourados presos ao cinto.

Mas ali eles estavam! Comodoro e imperador, lugares-tenentes e marqueses, aspirantes e pajens! A banda marcial pôs-se a tocar à popa; os fuzileiros apresentaram suas armas; e ao alto, observando de cima toda a cena, o povo vibrava com vigor. Um gajeiro ao meu lado, na verga de sobrejoanete grande, tirou o chapéu e respeitosamente meneava a cabeça em honra ao acontecimento; contudo, estava tão fora do alcance dos olhos, nas nuvens, que a cerimônia de nada serviu.

Grande pena foi que, para além de todas essas honras, aquele forte admirador da literatura portuguesa, o visconde Strangford, da Grã-Bretanha, que, creio eu, chegou a ser destacado embaixador extraordinário aos Brasis — grande pena foi que ele não estivesse presente na ocasião para declamar a homenagem que intitu-

290. Isto é, tricornes (de três bicos) de seda.

lou "Estança aos Bragança"![291] Pois nosso visitante real era, sem dúvida alguma, um Bragança, aliado de praticamente todas as grandes famílias da Europa. Seu avô, João VI, fora rei de Portugal; sua própria irmã, Maria, era agora a rainha.[292] Era, de fato, um distinto jovem cavalheiro, digno da mais alta estima, e tal estima lhe foi concedida com grande alegria.

Vestia uma casaca verde, com uma magnífica estrela da manhã no peito, e calças brancas. Em seu tricorne havia uma única pena, de luzente tom dourado, de uma ave omnívora conhecida como tucano imperial, uma espetacular ave de rapina, uma bandoleira de bico longo nativa do Brasil. Seu ninho fica nas árvores mais altas, de onde observa todas as aves mais humildes e, como um gavião, voa em suas jugulares. O tucano fazia parte das insígnias selvagens dos caciques indígenas da terra e, com a instituição do Império, foi simbolicamente apropriada pelos soberanos portugueses.

Sua Majestade Imperial era ainda jovem; talvez um tanto corpulento, de rosto despreocupado e agradável e tom polido, leve e discreto. Seus modos eram, de fato, irretocáveis.

Eis aí, pensei eu, um ótimo rapaz com perspectivas muito boas diante de si. É o supremo imperador de todos esses Brasis; não precisa enfrentar as vigílias em noites de tempestade; pode ficar na cama tanto quanto quiser. Qualquer cavalheiro no Rio de Janeiro ficaria orgulhoso de conhecê-lo, e as mais belas garotas da América do Sul se sentiriam honradas com a mais sutil mirada de soslaio de seus olhos.

Sim: esse jovem imperador terá uma vida agradabilíssima, por tanto tempo quanto se digne a viver. Todos saltam para obedecer-lhe; e veja — dou minha palavra —, há um velho cavalheiro em sua comitiva — o marquês d'Acarty (assim o

---

291. "A Stanza to Braganza" é título de poema fictício (note-se a cacofonia), no qual Melville produz um ferino trocadilho, uma vez que Bragança (ou Braganza) é não só o nome da família imperial brasileira, mas também de um famoso navio cuja tripulação foi assassinada por um mestre e um oficial tirânicos. Percy Clinton Sidney Smith, sexto visconde de Strangford (1780-1855), foi embaixador britânico em Portugal e importante na organização da fuga da família real portuguesa ao Brasil, em 1808, durante as Guerras Napoleônicas. No Brasil, ficou conhecido como lorde Clinton. Além de diplomata de carreira, servindo na Suécia, no Império otomano e na Rússia, traduziu as *Rimas* de Camões para o inglês.

292. Um dos últimos representantes do absolutismo português, d. João VI (1767-1826) foi rei do então chamado Reino Unido de Portugal, Brasil e Algarves entre 1816 e 1822, quando eclode a independência brasileira. Seu reinado curto foi marcado pela intervenção de nações estrangeiras e conspirações internas conduzidas por figuras da própria família real, como a rainha, Carlota Joaquina, e os filhos Pedro e Miguel. Filha de d. Pedro I, Maria II de Portugal (1819-53) ascendeu ao trono português ainda criança, com a morte do avô, sendo deposta pelo tio Miguel e retornando em 1834 ao poder, no qual permaneceu até sua morte.

chamavam),[293] velho o bastante para ser seu avô — que, no sol quente, está de pé com a cabeça descoberta diante dele, enquanto o imperador traz o chapéu na cabeça.

"Imagino que aquele velho cavalheiro", disse um jovem marinheiro da Nova Inglaterra ao meu lado, "ia achar uma grande honra vestir as botas de Sua Majestade Real; mas olha, Jaqueta Branca, se aquele imperador ali e eu tirássemos a roupa e caíssemos na água prum banho, ia ser difícil dizer qual dos dois tem sangue real debaixo d'água. Ei, d. Pedro", acrescentou ele, "diz aí como você virou imperador? Diz aí. Você não é capaz de puxar o tanto de peso que eu puxo nas adriças da vela de sobrejoanete; você não é tão alto quanto eu; seu nariz parece de cachorro; o meu é uma quilha; e como você pode ser um *Matança* com esse par de remos finos? Um *Matança*, pois sim!"

"*Bragança*, você quis dizer", comentei, disposto a corrigir a intrépida retórica do republicano e, desse modo, refinar-lhe a crítica.

"*Bragança?* Não: *bragante*, isso sim", ele respondeu, "e *arrogante*, isso sim. Olha aquela pena no chapéu! Olha como ele se mostra naquela casaca! Ele até pode se vestir de verde, pessoal... na melhor das hipóteses, é verde feito um menino no esfregão."

"Silêncio, Jonathan",[294] disse eu. "Olha lá o almofadinha do primeiro lugar-tenente olhando aqui pra cima. Fica quieto! O imperador vai ouvir você"; e levei minha mão a sua boca.

"Tira a mão, Jaqueta Branca", ele bradou, "não tem lei aqui em cima, não. Eu falo mesmo... ei, imperador, moleque de casaca verde, aqui!... Olha só, você não consegue nem deixar crescer um pouco de barba nessa sua cara... e eu aqui com esse par de costeletas cobrindo meu rosto só para chegar em casa! *D. Pedro*, né? E o que é isso, se não é só *Peter*... um nome besta lá no meu país. Ai de mim, Jaqueta Branca, se não botar o nome de *Peter* no meu cachorro!"

"Por que você não enfia uma rolha nessa sua boca?", exclamou Arganéu, o marinheiro que estava logo ao seu lado. "A gente vai acabar algemado por causa disso."

---

293. Na lista de marquesados do Império do Brasil não consta qualquer Marquês d'Acarty. A ver, porém, pelas imprecisões ortográficas do português de Melville, é possível que se trate de outro nome. Próximo a "d'Acarty", houve um Marquês de Aracaty (João Carlos Augusto de Oyenhausen-Gravenburg), que chegou a ocupar o ministério da Marinha à época de d. Pedro I. Não há, contudo, qualquer evidência de se tratar da mesma pessoa. Ademais, é improvável que tal marquês, morto em 1838 em Moçambique, tenha feito parte de alguma comitiva do imperador à época da visita de Melville à costa brasileira.

294. O nome, comum, também designava o típico soldado revolucionário da Nova Inglaterra. Logo a seguir, a referência ao porto de Boston (*Long Wharf*) reforça o tipo. A alcunha aparece, com o mesmo sentido, em "A Boston Ballad", poema de Walt Whitman, contemporâneo de Melville.

"Não quero içar minha bandeira de guerra pra ninguém", devolveu Jonathan. "Então é melhor você dar meia-volta, Arganéu, e me deixar sozinho, ou vou dar uma sova tão forte nessa sua carranca que você vai achar que um cavalo de carga lá do porto de Boston te deu um coice com as quatro patas num casco só! Ei, imperador... seu balconista de quinta!... Levanta esse teu olho de gajeiro aqui pra cima e veja gente superior a você! Escutem, gajeiros, ele não é imperador nenhum... eu sou o verdadeiro imperador. Isso, pelas botas do comodoro! Eles me roubaram do berço aqui no Rio de Janeiro e colocaram aquele moleque no meu lugar. Ei, ô cabeça de lata.... ei! *Eu* sou d. Pedro II, e é por direito que você tem de subir aqui pra ser gajeiro do mastro principal, com seu braço dentro de um balde de alcatrão! Estou dizendo, essa sua coroa precisa estar na minha cabeça; ou, se você não acredita nisso, coloca ela na roda, e a gente vê quem é o melhor."

"Mas o que é esse alvoroço na gávea?", manifestou-se Jack Chase, subindo pelo cordame do joanete a partir da verga de mezena. "Não são capazes de se comportar, homens da verga de sobrejoanete, quando um imperador está a bordo?"

"É esse Jonathan", respondeu Arganéu. "Tá enxovalhando o menino esnobe ali de baixo. Disse que d. Pedro roubou o chapéu dele."

"Como?"

"Ele quis dizer 'a coroa', nobre Jack", comentou um gajeiro.

"Por acaso o Jonathan se autoproclamou imperador?", perguntou Jack.

"Isso mesmo", devolveu Jonathan. "Aquele menino ali, do lado do comodoro, está velejando sob bandeira falsa; ele é um impostor, e está usando a minha coroa."

"Ha! Ha!", riu Jack, compreendendo agora o fundo da brincadeira e disposto a dar sua contribuição. "Embora eu tenha nascido britânico, juro pelo mastro que esses dons Pedros são todos como Perkin Warbeck.[295] Mas permita-me dizer, Jonathan, meu rapaz, não choramingue por causa de uma coroa... todos vestimos coroas, de nossos berços a nossos túmulos, e, embora duplamente presos aos ferros no brigue, o comodoro em pessoa não pode nos destronar."

"É uma charada, nobre Jack?"

"Nem um pouco; todo homem que tem um pé no chão tem também uma coroa na cabeça. Aqui está a minha." E assim, tirando o chapéu, Jack exibiu sua calva, mais ou menos do tamanho de uma coroa, no topo de sua cabeça clássica e de cabelos cacheados.

---

295. Perkin Warbeck (1474-99) foi um falso pretendente ao trono inglês. Alegando ser Richard de Shrewsbury, duque de York (raptado quando garoto ao lado do irmão logo após o entronamento de Ricardo III, em 1483, e cuja morte não se atestava), Warbeck conquistou aliados e se tornou uma ameaça à dinastia Tudor, que apenas recentemente ascendera ao trono.

57

O imperador passa os marinheiros do turno em revista

Peço perdão a todas as altezas reais, mas quase me esquecia de relatar o fato de que com o imperador vieram vários outros príncipes da realeza — reis, segundo soubemos —, já que a visita se deu logo após a celebração das núpcias de uma jovem irmã do monarca brasileiro com algum príncipe europeu. De fato, o imperador e sua comitiva formavam uma espécie de grupo de padrinhos; apenas a noiva se fazia ausente.[296]

Com o fim da primeira recepção, o desanuviar da fumaça das canhonadas de saudação e o silenciamento da explosão marcial da banda, varrida a sotavento, o povo foi chamado das vergas, e os tambores rufaram para a convocação do exercício de posto.

Ao exercício fomos; e lá permanecemos, próximos a nossos buldogues de aço, enquanto nossos nobres e monárquicos visitantes passeavam ao longo dos canhões, irrompendo em frequentes exclamações dirigidas a nosso aspecto guerreiro, ao extremo asseio de nossos trajes e, acima de tudo, o extraordinário polimento dos cobres de nossas armas de porte e a maravilhosa brancura dos conveses.

"Que gosto!",[297] encantou-se um marquês, com o pescoço repleto de várias e sortidas fitas providas de botões brilhantes.

"Que glória!", contentou-se um visconde arquejado, de pele cor de café, erguendo as mãos espalmadas.

"Que alegria!", bradou um pequeno conde, circum-navegando com refinamento uma caixa de munição.

---

296. A despeito de não se atestar a presença do imperador a bordo do *United States*, a menção ao casamento da jovem irmã não é inverossímil. D. Pedro II teve quatro irmãs; destas, devemos desconsiderar, para efeito de casamento, Maria da Glória, a mais velha, que se tornaria rainha de Portugal, governando o país entre 1834 e 1853, e Paula Mariana, que nasceria enfermiça, morrendo ainda criança. Restariam, portanto, Francisca Carolina e Januária Maria, cujos casamentos com membros da nobreza europeia — com Francisco Fernando d'Orléans e Luís das Duas Sicílias, respectivamente — celebraram-se no Brasil em 1843 e 1844. Consta que o *United States* tenha fundeado na baía de Guanabara em meados de 1844, partindo em agosto do mesmo ano.

297. "Que gosto!", "Que glória!", "Que alegria!" e "Que contentamento he o meu!" são expressões que Melville usa em português no original.

"Que contentamento é o meu!", exclamou o imperador em pessoa, cruzando satisfeito seus régios braços e contemplando sereno nossas fileiras.

"Sim, sim", grunhiu um soturno calcador e limpador atrás de mim; "tudo isso é muito bonito pra vocês olharem, seus esnobes; mas o que iam dizer se *vocês* tivessem que arrastar as zorras pelo convés e arrebentar os cotovelos polindo esse ferro maldito, além de ganhar umas chibatadas no passadiço se deixassem uma mancha de gordura no convés depois do rancho? É, tudo é uma tremenda beleza pra vocês; mas para nós é uma tremenda desgraça!"

No devido momento, os tambores rufaram em sinal de retirada, e a companhia dispersou-se no convés.

Alguns oficiais fizeram, então, as vezes de guias para mostrar aos distintos estrangeiros as entranhas da fragata, a respeito da qual muitos dentre eles demonstraram profundo interesse. Uma guarda de honra, destacada do corpo de fuzileiros, acompanhou-os, e eles fizeram o circuito da coberta, onde, a uma judiciosa distância, o imperador espiava o paiol do cordame, uma câmara muito subterrânea.

O capitão do porão principal, encarregado pelo compartimento, cumprimentou-o polidamente na penumbra e respeitosamente expressou o desejo de que Sua Majestade Real descesse e o honrasse com uma visita; porém, com o lenço cobrindo seu imperial nariz, Sua Majestade declinou do convite. O grupo, então, iniciou a subida ao espardeque; que, de tão grande profundidade numa fragata, sugere algo como a escalada ao topo do Monumento a Bunker Hill desde o porão.[298]

Enquanto uma multidão de pessoas estava reunida na parte posterior das retrancas, um súbito grito surgiu de sob o convés; um lugar-tenente avançou para saber a causa, quando um velho marinheiro da âncora d'esperança, surgindo a seu lado, depois de tocar o chapéu ajeitou as calças na altura da cintura e respondeu: "Eu num sei, senhor, mas acho que um desses rei aí rolou escotilha abaixo".

E o que se descobriu foi algo do gênero. Subindo por uma das escadas estreitas que ligam a coberta das macas a dos canhões, o nobilíssimo marquês da Silva,[299] enquanto levantava as abas da casaca do imperador para protegê-las dos batentes recém-pintados da escotilha, prendeu entre as pernas a espada, demasiado cumprida, e tropeçou, rolando pela passagem da proa.

---

298. Ver nota 184.
299. O nome é inventado. Não consta qualquer marquês da Silva da lista de marquesados do Império do Brasil.

“Aonde ides?”, perguntou seu mestre real, voltando-se tranquilamente na direção do marquês em queda. “Por que largaste as abas de minha casaca?”, acrescentou subitamente, num arroubo, olhando ao redor ao mesmo tempo para ver se os demais tinham sido acometidos da mesma infidelidade de seu caudatário.

“Ó, Deus!”, suspirou o capitão da gávea de proa. “Quem gostaria de ser um marquês da Silva?”

Depois de ser auxiliado na subida ao espardeque, viu-se que o desafortunado marquês escapara sem ferimentos graves; mas era evidente, ante a acentuada frieza de seu senhor real, quando o marquês se aproximou para pedir desculpas pela falta de jeito, que fora condenado por ter sido momentaneamente negligente quanto ao conforto do monarca.

Logo depois a comitiva imperial partiu, sob outra grande saudação nacional.

58

Um oficial de tombadilho na lida

COMO NOS DEPARÁSSEMOS COM CARÊNCIA de mão de obra durante nossa estada no Rio de Janeiro, recebemos um pequeno grupo de homens de uma chalupa de guerra americana, cujos três anos de contrato de serviço expirariam à época de nossa chegada nos Estados Unidos.

Sob a guarda de um lugar-tenente armado e quatro aspirantes, eles chegaram a bordo durante uma tarde e foram imediatamente reunidos no passadiço a estibordo, para que o sr. Bridewell, nosso primeiro lugar-tenente, pudesse lhes tomar os nomes e designar-lhes os postos.

Eles permaneceram numa solene e muda fileira; o oficial avançou, com seu livro de apontamentos e lápis.

Meu conhecido, Maleita, do porão, estava por perto na ocasião. Tocando meu braço, disse: "Olha, Jaqueta Branca, isso me lembra de Sing Sing. Um grupo de sujeitos algemados veio da Prisão Estadual em Auburn pruma mudança de ares feito essa!".

Depois de anotar quatro ou cinco nomes, o sr. Bridewell aproximou-se energicamente do homem seguinte, um sujeito bem-apessoado, mas que, a ver por seu rosto abatido e olhos fundos, parecia ter cultivado, por toda a vida, o triste hábito de permanecer de pé até tarde da noite; e, e embora todos os marinheiros sem dúvida alguma mantenham-se acordados por muito tempo — nos quartos da modorra —, não era pouca a diferença entre ficar acordado madrugada adentro em alto-mar e fazer o mesmo em terra firme.

"Qual é o seu nome?", perguntou o oficial ao recruta com ares de libertino.

"Mandeville, senhor", disse o homem, tocando com cortesia o chapéu. "O senhor há de lembrar-se de mim", acrescentou ele, em tom confidencial, estranhamente permeado de servilismo; "navegamos juntos certa feita no velho *Macedonian*. Eu usava dragonas naquele tempo; tínhamos o mesmo camarote... sou seu velho companheiro de dormitório, Mandeville, senhor", e mais uma vez tocou o chapéu.

"Lembro-me de um *oficial* com esse nome", disse o primeiro lugar-tenente, enfaticamente, "e conheço *você*, meu amigo. Mas, daqui por diante, conheço você como um segundo marinheiro. Não posso demonstrar favoritismo aqui. Se violar as leis do navio, será açoitado como qualquer outro marujo. Você vai ficar na gávea de proa; agora vá cumprir com seu dever."

Aparentemente, esse Mandeville servira a Marinha muito jovem, e galgara postos até se tornar lugar-tenente, segundo dizia. Mas o conhaque o banira. Certa noite, quando estava à frente do convés de um navio de linha de batalha, no Mediterrâneo, assoberbou-o uma crise de intoxicação alcoólica; fora de si por algum tempo, desceu à coberta das macas e dormiu, deixando o convés sem oficial no comando. Por essa ofensa imperdoável, foi desligado da corporação.

Sem bens, nem outra profissão além do mar, tornou-se, dada a desgraça que se abatera sobre si, primeiro imediato de um navio mercante; mas seu amor pela bebida continuou a persegui-lo, e ele acabou mais uma vez dispensado da função no mar e humilhado diante de todos, no mastro principal, pelo capitão. Depois disso, entregue à bebida, reingressou na Marinha em Pensacola, dessa vez como segundo marinheiro. Mas todas essas lições, tão duras de serem aprendidas, não poderiam curá-lo de seu pecado. Não fazia uma semana que estava a bordo do *Neversink* quando foi encontrado embriagado com bebida contrabandeada. Os guardiões do contramestre o prenderam ao gradil e ignomiosamente o açoitaram sob os olhos de seu velho amigo e companheiro, o primeiro lugar-tenente.

Tudo isso aconteceu enquanto estávamos no porto. Isso me lembra de uma circunstância: quando a punição é imposta no porto, ordena-se que todos os estranhos sejam levados a terra; e as sentinelas recebem ordens expressas de pedir que se afastem todos os botes que se aproximem do navio.

59

Um botão de uniforme separa dois irmãos

A CONDUTA DE MANDEVILLE, ao alegar o contato com o primeiro lugar-tenente sob tão desonrosas circunstâncias, contrapunha-se fortemente ao comportamento de outra pessoa a bordo, colocada em situação em certa medida similar.

Entre os jovens cavalheiros da guarda de popa havia um rapaz que contava seus dezesseis anos, muito belo, de olhos brilhantes e cabelos louros e cacheados, tez solar — parecia lavrado por um ourives. Era um dos poucos marinheiros — excluídos os gajeiros do mastro principal — que eu escolhia para conversas ocasionais. Depois de vários e amistosos contatos, tornou-se bastante franco e contou alguns episódios de sua história. Há algum encantamento no mar, que leva a maioria das pessoas a ser muito comunicativa no que toca a si mesmas.

Estávamos ancorados no Rio de Janeiro não havia um dia, quando observei que esse rapaz — que, aqui, chamarei de Franco — ostentava uma estranha expressão de tristeza, misturada com apreensão. Perguntei-lhe sobre a causa, mas ele decidiu não falar. Não se passaram três dias, porém, quando ele abruptamente se aproximou de mim na coberta dos canhões, onde eu fazia um fortuito passeio.

"Não posso mais guardar isso comigo", ele disse; "preciso de um confidente, ou ficarei louco!"

"Qual é o problema?", perguntei, assustado.

"Um belo problema... veja isto!", e ele me deu uma meia página rasgada de uma velha edição do *New York Herald* e apontou a uma palavra em particular num parágrafo em particular. Era o anúncio da partida, de um estaleiro do Brooklyn, de um navio de abastecimento da Marinha americana, com provisões para a esquadra no Rio de Janeiro. Era sobre um nome em particular, da lista de oficiais e aspirantes, que o dedo de Franco estava colocado.

"É o meu irmão", disse ele. "Deve ter se tornado aspirante formado desde que parti. Jaqueta Branca, o que devo fazer? Pelos meus cálculos, o navio de abastecimento pode chegar a qualquer dia; meu irmão vai me ver... ele, um oficial, e eu, um marinheiro miserável que a qualquer momento pode ser açoitado no passadiço diante de seus próprios olhos. Por Deus! Jaqueta Branca, o que devo fazer? Você fugiria? Acha que existe alguma chance de desertar? Não quero me encontrar com ele, por Deus, vestindo essa blusa de marinheiro, enquanto ele usa o botão de âncora!"

"Ora, Franco", disse eu, "realmente não vejo razão suficiente para essa crise toda. O seu irmão é um oficial... pois muito bem; e você não é mais do que um marinheiro... mas isso não é uma desgraça. Se ele vier a bordo, vá até ele, cumprimente-o; acredite em mim, ele ficará feliz em vê-lo!"

Franco deixou sua postura desanimada e, fitando-me com os olhos bem abertos, bateu as mãos espalmadas e disse, exasperado: "Jaqueta Branca, estou longe de casa há quase três anos; nesse período nunca recebi uma palavra que fosse de minha família e, embora Deus saiba o quanto os amo, juro para você que, embora meu irmão possa me dizer se minhas irmãs ainda estão vivas, preferiria passar dez séculos sem receber uma palavra que fosse de minha casa a aproximar-me dele nessa *blusa de brim!*".

Surpreso com sua dureza e incapaz de encontrar-lhe uma justificativa, permaneci em silêncio por um instante; depois, disse: "Ora, Franco, você está dizendo que esse aspirante é seu irmão; você acha mesmo que alguém com quem tem um laço de sangue vai tratá-lo com arrogância simplesmente porque ostenta grandes botões de metal no casaco? Não creia numa coisa dessas. Se ele o fizer, não pode ser um irmão e precisa ser enforcado... é isso!".

"Não diga isso de novo", disse Franco, ressentido. "Meu irmão é um homem de bom coração; eu o amo como amo a mim mesmo. Você não me entende, Jaqueta Branca; você não percebe que, quando meu irmão chegar, ele talvez se junte a bordo com nossos aspirantes estúpidos? Tem aquele maricas branquelo, aquele frangote do Stribbles, que, outro dia, quando Mad Jack virou as costas, me fez passar para ele a luneta de observação como se ele fosse um comodoro. Você acha que quero que meu irmão me veja como um lacaio aqui? Por Deus, isso é o bastante para levar alguém ao desespero! O que posso fazer?", bradou ele, furioso.

Muitas outras coisas foram ditas, mas toda a minha filosofia de nada adiantou, e por fim Franco partiu, desanimado, de cabeça baixa.

Por vários dias, sempre que o quartel-mestre anunciava a entrada de um navio no ancoradouro, Franco imediatamente se adiantava ao cordame para observá-lo. Por fim, certa tarde, anunciou-se que se aproximava uma embarcação como o há muito esperado navio de abastecimento. Procurei ao redor por Franco no espardeque, mas não se via o marinheiro em lugar algum. Ele provavelmente postara-se nas cobertas, de onde podia espiar por uma portinhola. O navio foi saudado de nossa popa e ancorou à distância de um arremesso de bolacha de nossos canhões.

Naquela noite, eu soube que Franco tinha, sem sucesso, tentado ser dispensado de seu posto como remador do primeiro cúter — um bote que, por seu tamanho, é geralmente empregado, junto com a lancha, para cargas. Quando pensei que, no dia seguinte, talvez, esse bote fosse utilizado entre o navio de abastecimento e nossa fragata, não pude deixar de observar as tentativas de Franco para livrar-se do remo, e senti profundamente seu fracasso.

Na manhã seguinte, o corneteiro convocou a tripulação do primeiro cúter, e Franco subiu no bote com o chapéu cobrindo-lhe os olhos. Quando retornou, eu estava ansioso para saber o que acontecera, e, sendo-lhe um grato alívio comunicar seus sentimentos, despejou toda a história em meus ouvidos.

Parece que, com seus companheiros, ele subiu pela amurada do navio de abastecimento e apressou-se na direção do castelo de proa. Em seguida, voltando-se exasperado na direção do tombadilho, espiou dois aspirantes que conversavam recostados na amurada. Um deles era o oficial de seu bote — o outro era seu irmão? Não, era alto e corpulento demais. Graças a Deus! Não era ele. E talvez seu irmão não tivesse deixado o lar, afinal de contas; deve ter havido algum engano. Mas, de repente, o aspirante estranho riu alto, e era uma risada que Franco escutara mil vezes antes. Era uma risada gostosa, despachada — a risada de um irmão; mas ela calava fundo e dolorosamente no peito de Franco.

Foi-lhe, então, ordenado que descesse ao convés principal para auxiliar na remoção das provisões. Com o bote carregado, ele recebeu ordens para embarcar; quando, olhando na direção do passadiço, percebeu os dois aspirantes descansando de ambos os lados, de modo que ninguém poderia passar por eles sem esbarrar neles. Porém, mais uma vez puxando o chapéu sobre os olhos, Franco atravessou o passadiço como um dardo e chegou a seu remo. "Meu coração veio à boca", ele disse, "quando o senti tão próximo de mim; mas eu não olharia para ele... não! Teria morrido primeiro!"

Para o grande alívio de Franco, o navio de abastecimento por fim seguiu para outro ponto da baía; e ele, felizmente, não viu mais o irmão no Rio de Janeiro. Enquanto esteve lá, em nenhum momento acusou sua presença para ele.

60

Um marinheiro recebe um tiro

HAVIA UM MARINHEIRO DA GÁVEA DE PROA — um companheiro de rancho, homem com quem travava conversa rasa e que não estava entre os favoritos do capitão —, que, por certas transgressões venais, fora proibido de ir em licença à costa com os demais homens da tripulação. Enfurecido com tal privação — ele não pisava em terra firme havia um ano —, algumas noites depois, desceu sozinho ao mar, com a perspectiva de alcançar uma canoa presa por uma corda a um galeão holandês à distância de alguns cabos. Nessa canoa, ele pensava remar até a praia. Não sendo um bom nadador, o alvoroço que produziu na água despertou os ouvidos da sentinela daquele lado do navio, que, dando meia-volta em sua marcha, percebeu um vago ponto branco onde o fugitivo nadava percorrendo a sombra da fragata. Ele o chamou; não houve resposta.

"Uma palavra, ou atiro!"

Nenhuma palavra se ouviu.

No instante seguinte viu-se um clarão vermelho e, antes que ele tivesse deixado de iluminar a noite, o ponto branco fez-se escarlate. Por acaso, alguns oficiais, retornando de uma festa na praia do Flamengo, estavam próximos ao navio em um de seus cúteres. Eles viram o clarão, e o corpo que este revelou na água. Num instante, o gajeiro foi arrastado ao bote, um lenço foi usado como torniquete e o fugitivo ferido foi logo levado a bordo da fragata, quando o cirurgião foi chamado, e lhe foram dadas as devidas atenções.

Aparentemente, no momento em que a sentinela efetuou o disparo, o gajeiro — pensando evadir-se da descoberta ao manifestar a mais completa quietude — estava flutuando na água, o corpo reto e horizontal, como se repousasse numa cama. Como ele não estava, então, muito distante do navio no momento, e a sentinela estava consideravelmente acima dele — caminhando pela plataforma, no nível da parte superior da trincheira de macas —, a bala acertou-o com enorme força numa trajetória descendente oblíqua, entrou por sua coxa direita logo acima do joelho e, penetrando algumas polegadas, desviou ao longo do osso, enterrando-se num lugar que não se podia sentir pelo toque. Não havia qualquer mancha escura que assinalasse seu percurso inicial, como é o caso quando uma bala já sem força —

acertando obliquamente o alvo e atravessando a pele — faz seu caminho pela superfície da região atingida, sem penetrar mais profundamente. Tampouco havia qualquer marca na parte oposta da coxa que indicasse seu lugar, como quando uma bala percorre uma trajetória retilínea por um membro e se aloja próxima à pele do outro lado. Nada era visível, senão um pequeno ponto rasgado na pele, vermelho nas bordas, como se a ponta cega de um prego longo tivesse varado a pele e ficado fora do alcance. Parecia quase impossível que uma bala de mosquete pudesse ter penetrado por abertura tão pequena.

O extremo sofrimento e prostração do homem, causados pela grande efusão de sangue — embora, estranhamente, ele de início dissesse que não sentia dor pela ferida em si —, levou o cirurgião, com muita relutância, a renunciar a uma busca imediata pela bala para extraí-la, uma vez que tal procedimento envolvia a abertura da ferida a faca; operação que, naquele momento, teria quase certamente um resultado fatal. Permitiu-se que se passassem um ou dois dias, então, enquanto curativos simples eram aplicados.

Vez por outra, os cirurgiões de outros navios de guerra americanos no ancoradouro visitaram o *Neversink* para examinar o paciente e, assim, escutar as exposições de nosso cirurgião, de mais elevada patente. Mas Cadwallader Cutícula, que, até aqui, foi apenas ocasionalmente mencionado, merece agora um capítulo só para si.

61

O cirurgião da esquadra

CADWALLADER CUTÍCULA, M. D.,[300] e membro honorário das mais importantes universidades de cirurgiões da Europa e da América, era o cirurgião da nossa esquadra. De modo algum lhe era estranha a importância da posição; para a qual, de fato, a julgar pela reputação de que desfrutava, dizia-se de particular competência. A fama o declarava o mais importante cirurgião da Marinha, um cavalheiro de notável ciência e veterano em sua prática.

Era um homem pequeno e alquebrado, contando seus sessenta anos, se não mais. Seu peito parecia vazio; os ombros, curvados; as calças cobriam pernas esqueléticas; e o rosto era emaciado. A bem da verdade, a impressão era de que a vitalidade daquele homem o abandonara. Percorreu o mundo, em sua curiosa mistura de vida e morte, com uma peruca, um olho de vidro e um par de dentaduras; sua voz era grossa e rouca; sua mente, porém, como a de um jovem, parecia infensa à velhice; ela reluzia pelo olho que lhe restava com um brilho basilisco.

Como a maioria dos velhos médicos e cirurgiões com muito tempo de serviço e promovidos a altos postos profissionais por suas realizações científicas, Cutícula era um entusiasta de seu ofício. Em privado e confidencialmente, dizia que preferia cortar o braço de um homem a extrair a asa do mais delicado faisão. Em particular, o departamento da anatomia mórbida era sua paixão; e em seu camarote ele tinha uma coleção grotesca de moldes, em gesso e cera, representando todas as imagináveis deformidades de membros humanos, orgânicas ou derivadas de doença. O principal dentre eles era um modelo, bastante comum nos museus de anatomia da Europa, e sem dúvida uma cópia não exagerada de um original autêntico. Era a cabeça de uma mulher de idade, com um aspecto singularmente gentil e submisso, porém ao mesmo tempo maravilhosamente expressivo de um sofrimento constante, jamais aliviado. Você poderia até imaginar que se tratava do rosto de alguma abadessa que por algum crime impronunciável recolhera-se voluntariamente da sociedade humana e levara uma vida de agônica e desesperançada penitência; tão maravilhosamente triste, lacrimosa e miserável era a

300. *Medicinae Doctor*, ou doutor em medicina.

cabeça. Mas, ao contemplá-la pela primeira vez, nenhuma dessas emoções lhe viria à mente. Seus olhos e sua alma aterrorizada ficariam, antes, fascinados e congelados pela visão de um horrendo chifre enrugado, como o de um carneiro, crescendo de sua testa em descendente e cobrindo parcialmente seu rosto. Porém, à medida que a contemplava, a fascinação perplexa de seu horror gradualmente se desfazia, e então todo o seu coração irrompia em dor, ao mesmo tempo que conservava os olhos fitos naqueles traços idosos, de exaurida palidez cinzenta. O chifre parecia a marca de uma maldição derivada de um misterioso pecado, concebido e cometido antes que o espírito tivesse animado a carne. No entanto, esse pecado era algo que lhe parecia imposto, não voluntariamente perseguido; um pecado que surgisse das desalmadas necessidades da predestinação das coisas; um pecado sob o qual o pecador afundasse em inocente dor.

Mas nenhuma pontada de dor, nem mesmo a menor preocupação, jamais passou pelo peito de Cutícula ao olhar para esse modelo. Este ficava preso a uma prateleira da divisória de seu camarote, de modo que era o primeiro objeto visto por ele quando abria os olhos de manhã. Tampouco era índice de uma suposta vontade de escondê-la o fato de sempre, ao se recolher, pendurar seu chapéu de oficial na extremidade da volta superior do chifre. O chapéu a encobria pouquíssimo.

O pajem do cirurgião, o rapaz que lhe fazia o catre suspenso e tomava conta de seu camarote, não raro nos contava do horror que às vezes sentia quando se via sozinho no retiro de seu senhor. Às vezes, chegava a crer que Cutícula era um ser sobrenatural; certa feita, entrando em seu camarote durante o quarto de modorra, ele se assustou ao se deparar com o espaço envolto numa névoa grossa e azulada, com um cheiro sufocante de enxofre. Escutando um leve gemido em meio à fumaça, disparou para longe dali com um grito de horror e, acordando os ocupantes dos camarotes vizinhos, descobriu-se que o vapor derivava de maços em brasa de fósforos-lúcifer,[301] acesos por descuido do cirurgião. Cutícula, quase morto, foi arrastado da atmosfera asfixiante; e foram necessários muitos dias para que ele se recuperasse completamente dos efeitos. O acidente aconteceu imediatamente acima do paiol de pólvora; mas, como Cutícula, durante sua convalescência, pagou caro por ter transgredido as leis que proibiam material inflamável na praça-d'armas, o capitão contentou-se em demonstrar em privado seu desagrado.

---

301. Um dos primeiros tipos de palito de ignição acesos por fricção. Conhecidos por *lucifers* (alcunha ainda usada para designar palitos de fósforo), tinham inúmeros problemas, tais como ignição instável e produção de odor acentuado, fumaça excessiva e faíscas.

Conhecendo bem o entusiasmo do cirurgião por todos os tipos de anatomia mórbida, alguns dos oficiais da praça-d'armas costumavam brincar com sua credulidade, embora, de qualquer forma, Cutícula não demorasse a descobrir-lhes os truques. Certa feita, quando tinham comido pudim de sagu durante o jantar, e Cutícula estava por acaso na costa, eles produziram um molde em preparado firme, de consistência gelatinosa e cor branco-azulada, e colocaram-no numa caixa de lata, cuidadosamente selada com cera, para depositá-la na mesa da praça-d'armas com um bilhete, no qual se fingia se tratar de envio de um eminente médico do Rio de Janeiro, ligado ao Grande Museu Nacional da Praça da Aclamação,[302] que pedia que se deixasse, à guisa de presente, ao científico sr. Cutícula — com os cumprimentos do remetente — aquele raro e fantástico exemplo de tecido canceroso.

Descendo à praça-d'armas, Cutícula passou os olhos pelo bilhete e, tão logo o leu, agarrou a caixa, abriu-a e exclamou: "Maravilhoso! Esplêndido! Nunca vi exemplar mais belo dessa doença tão interessante".

"O que o senhor tem aí, cirurgião Cutícula?", perguntou um lugar-tenente, aproximando-se.

"Ora, senhor, veja com seus próprios olhos; já viu algo tão belo?"

"Muito belo, realmente; poderia ficar com um pedaço?"

"Um pedaço!", gralhou o cirurgião, dando um passo atrás. "Deixá-lo ficar com um pedaço de meus membros! Eu não macularia um exemplar tão grande nem por cem dólares; mas por que você quer isso? Não faz coleções!"

"Aprecio muito esse artigo", disse o lugar-tenente. "Frio, acompanha muito bem toucinho ou presunto. Sabe, Cutícula, em minha última viagem, estive na Nova Zelândia e bebi e comi um bocado com os canibais; vamos lá, vamos comer um pedaço, só um pedacinho."

"Ora, seu fiji[303] infernal!", exclamou Cutícula, observando o outro com uma expressão confusa. "Não deseja mesmo comer um pedaço deste câncer, deseja?"

"Passe para cá, para ver se não o como!", foi a resposta.

---

302. Conhecida como praça da República desde a Proclamação da República (1889), a praça da Aclamação — ou campo da Aclamação, como era chamado no séc. XIX — está situada em uma região fundamental para o desenvolvimento urbano do Rio de Janeiro entre os sécs. XVIII e XIX. É nesse período que o antigo Campo de Santana (nome pelo qual o logradouro ainda é popularmente tratado) passa por um significativo processo de urbanização, separando a Cidade Velha da Cidade Nova. Antes de ser transferido para a Quinta da Boa Vista, em São Cristóvão, o Museu Nacional era sediado nessa praça.

303. "Fiji" designa, por metonímia, os habitantes dos arquipélagos do Pacífico e a prática tradicional do canibalismo, identificada em algumas sociedades da região. O canibalismo na Polinésia é um dos assuntos do romance de estreia de Melville, *Taipi, ou Vislumbres da vida polinésia* (1846).

"Tome, em nome de Deus!", bradou o cirurgião, colocando a caixa nas mãos do homem e mantendo as suas erguidas.

"Comissário!", chamou o lugar-tenente, "o galheteiro... rápido! Sempre uso bastante pimenta neste prato, cirurgião; é como ostra. Ah! Está realmente delicioso", acrescentou ele, estalando os lábios depois de um bocado. "Experimente, cirurgião, e nunca mais vai manter intocado, como simples curiosidade científica, um belo prato como este."

Toda a expressão de Cutícula se transformou; e, lentamente caminhando até a mesa, levou seu nariz próximo à caixa de lata, tocou seu conteúdo com o indicador e o experimentou. Foi o bastante. Abotoando o casaco, com todos os tremores da raiva de um homem de idade, saiu enfurecido da praça-d'armas e, pedindo um bote, não foi visto nas vinte e quatro horas seguintes.

No entanto, ainda que, como os demais mortais, Cutícula estivesse sujeito a esses ataques de fúria — pelo menos sob violenta provocação —, nada excedia sua frieza quando empenhado em sua iminente vocação. Cercado de gemidos e gritos, de feições deformadas por uma angústia infligida por ele próprio, mantinha o semblante quase sobrenaturalmente calmo; e, a não ser quando o intenso interesse da operação corava seu pálido rosto com as momentâneas tintas do entusiasmo profissional, ele trabalhava sem problemas, intocado pela mais pungente desgraça com que se deparassem seus olhos de cirurgião de esquadra. De fato, o hábito longamente cultivado diante da mesa de dissecação e de amputação o tornara praticamente indiferente às emoções da humanidade. No entanto, era impossível dizer que Cutícula fosse, em essência, um homem cruel. Sua aparente falta de coração devia ter uma origem puramente científica. Não se deve imaginar que Cutícula fosse capaz de machucar nem mesmo uma mosca, a não ser que conseguisse um microscópio poderoso o bastante para ajudá-lo a observar as minúsculas vísceras da criatura.

Mas, não obstante sua maravilhosa indiferença aos sofrimentos dos pacientes, e a despeito mesmo do entusiasmo — jamais arrefecido, mesmo pela idade — que emprestava a seu ofício, Cutícula, em algumas ocasiões, parecia alimentar certo desgosto de sua profissão e dirigia invectivas contra a necessidade que forçava um homem de sua humanidade a praticar uma operação cirúrgica. Isso parecia especialmente válido quando o caso era, para ele, de interesse mais que ordinário. Discutindo o procedimento antes de iniciá-lo, ele costumava afogar sua ansiedade sob um aspecto de grande introspecção, curiosamente tingido, porém, por contínuos rompantes de impaciência irreprimível. Com a faca na mão, contudo, era o impassível cirurgião, sem qualquer disfarce, que estava diante de você. Assim era Cadwallader Cutícula, cirurgião da nossa esquadra.

62

Uma junta de cirurgiões de fragata

PARECE COMUM AO CIRURGIÃO DE ESQUADRA, quando têm lugar os preparativos de qualquer operação importante em seu departamento, e não há outras questões que absorvam sua atenção profissional, convidar seus irmãos cirurgiões, se disponíveis no momento, para uma cerimoniosa consulta sobre o caso. E isso, como forma de cortesia, os irmãos cirurgiões esperam.

Seguindo tal costume, portanto, os cirurgiões dos navios de guerra americanos ancorados próximos ao *Neversink* foram chamados a visitar a fragata em grupo para o aconselhamento concernente ao caso do gajeiro, cuja situação ficara, então, crítica. Eles se reuniram a meia-nau e logo tiveram a companhia de seu respeitado veterano, Cutícula. Quando ele se aproximou, o grupo inteiro curvou-se e dirigiu-se ao cirurgião com deferência.

"Cavalheiros", disse Cutícula, sentando-se despretensiosamente num banco de acampamento que lhe fora trazido por seu pajem, "temos aqui um caso muito interessante. Todos viram o paciente, creio eu. A princípio, tinha esperança de que seria capaz de fazer uma incisão até a bala e removê-la; mas o estado do paciente não me permitiu. Desde então, a inflamação e a necrose têm sido acompanhadas de copiosa supuração, grande perda de substância, extrema debilidade e emaciação. Isso me leva a crer que a bala se rompeu e necrosou o osso, jazendo cravada no canal medular. Com efeito, não resta dúvida de que o ferimento é incurável, e a amputação, a única saída. Mas, cavalheiros, sinto-me numa situação muito delicada. Garanto aos senhores que não tenho qualquer desejo profissional de realizar a operação. Peço seu aconselhamento, e, se vierem mais uma vez visitar o paciente comigo, podemos então retornar e decidir o melhor a ser feito. Mais uma vez, gostaria de dizer que não sinto qualquer desejo pessoal de usar a faca."

Os cirurgiões reunidos ouviram tais palavras com grande atenção e, conforme a vontade de seu superior, desceram à enfermaria, onde o paciente permanecia em estado grave. Concluído o exame, retornaram a meia-nau, e mais uma vez se deu a consulta.

"Cavalheiros", começou Cutícula, sentando-se novamente, "acabaram de avaliar o membro; viram que não há saída que não seja a amputação; e agora, cavalheiros, o que dizem? Cirurgião Bandagem,[304] do *Mohawk*, poderia dar sua opinião?"

"O ferimento é muito grave", disse Bandagem, um homem corpulento com uma testa alta e germânica, balançando a cabeça solenemente.

"Alguma coisa pode salvá-lo, além da amputação?", perguntou Cutícula.

"Sua debilidade física é extrema", observou Bandagem, "mas já vi casos mais perigosos."

"Cirurgião Cunha, do *Malay*", disse Cutícula, com ares mal-humorados, "fique à vontade para dar sua opinião; e que ela seja definitiva, eu peço", completando com um olhar de reprovação na direção de Bandagem.

"Se eu pensasse", começou Cunha, um homem seco e alto, elevando-se ainda mais sobre a ponta dos pés, "que a bala tivesse estilhaçado e dividido o fêmur em sua inteireza, incluindo os trocânteres maior e menor, a linha áspera, a fossa trocantérica e a intertrocantérica, eu certamente seria favorável à amputação; mas, senhor, permita-me observar que essa não é minha opinião."

"Cirurgião Serra, do *Buccaneer*", disse Cutícula, recolhendo seu fino lábio inferior com irritação e voltando-se a um homem de rosto arredondado, franco, corado e de olhar sensível, cujo paletó do uniforme lhe servia belissimamente, enfeitado com uma quantidade invulgar de galões dourados; "Cirurgião Serra, do *Buccaneer*, escutemos sua opinião, por favor. A amputação não é a única saída, senhor?"

"Desculpe-me", disse Serra, "oponho-me decididamente a ela; pois se, até agora, o paciente não se mostrou forte o bastante para suportar a extração da bala, não vejo como se possa esperar que passe por uma operação ainda mais severa. Como não há perigo imediato de gangrena, e o senhor diz que a bala não pode ser alcançada sem uma grande incisão, eu recomendaria ao paciente, por ora, tônicos e leves anti-inflamatórios aplicados na região do ferimento. De forma alguma eu recorreria à amputação até que outros sintomas se apresentassem."

"Cirurgião Patela, do *Algerine*", disse Cutícula, com uma irritação mal contida, virando-se abruptamente na direção do homem a quem se dirigia, "teria a bondade de dizer se o *senhor* não pensa que a amputação é a única solução?"

---

304. Todos os cirurgiões mencionados ao longo do capítulo — Bandagem (*Bandage*), Cunha (*Wedge*), Serra (*Sawyer*, ou literalmente "Serrador") e Patela (*Patella*) — têm não exatamente nomes próprios, mas alcunhas de fundo humorístico; tal procedimento de nomeação é reforçado pelos nomes de seus respectivos navios: *Mohawk* (povo indígena da América do Norte), *Malaio* (povo, à época, conhecido pela resistência à colonização e pela pirataria), *Bucaneiro* (antigo pirata do mar do Caribe) e *Argelino* (habitante da Argélia, na época conhecida como Barbária e recentemente ocupada pela França numa guerra brutal) —, nenhum deles de existência real (diferentemente de outras embarcações citadas ao longo do volume), e todos alusivos a algum nível de brutalidade, a eles atribuída de uma perspectiva ocidental e dominadora.

Patela era o mais jovem do grupo, um homem modesto, cheio da mais profunda reverência pela ciência de Cutícula e desejoso de ganhar sua boa opinião, ainda que não quisesse comprometer-se com uma resposta direta, embora, como o cirurgião Serra, fosse claramente contra a operação.

"O que o senhor observou, sr. cirurgião da esquadra", disse Patela, respeitosamente hesitante, "no que toca à perigosa condição do membro, parece bastante claro; a amputação certamente significaria a cura do ferimento; por outro lado, não obstante sua presente debilidade, o paciente parece ser provido de forte constituição e pode, assim mesmo, se recuperar e, por seu tratamento científico, sr. cirurgião da esquadra" — curvando-se —, "colocar-se mais uma vez inteiro, sem sofrer uma amputação. De qualquer forma, é um caso bastante delicado, e a amputação pode ser indispensável; e, se ela precisa ser feita, que seja sem qualquer demora. Essa é minha opinião sobre o caso, sr. cirurgião da esquadra."

"Cavalheiros, o cirurgião Patela", disse Cutícula, voltando-se a todos em triunfo, "é claramente da opinião que a amputação deve ser imediatamente levada a cabo. De minha parte... individualmente, digo, sem levar em conta o paciente... sinto muito por tê-lo assim decidido. Mas isso encerra o caso, cavalheiros... em minha própria opinião, porém, ele tinha se encerrado anteriormente. Amanhã, às dez horas, será feita a operação. Ficarei feliz de encontrá-los todos na ocasião, assim como seus garotos", disse, referindo-se aos cirurgiões assistentes, ali ausentes. "Bom dia, cavalheiros; às dez horas, não se esqueçam."

E Cutícula retirou-se à praça-d'armas.

63

A operação

NA MANHÃ SEGUINTE, na hora marcada, os cirurgiões chegaram juntos. Vieram acompanhados de seus assistentes, jovens cuja idade variava entre os dezenove e os trinta anos. Como os cirurgiões veteranos, esses jovens cavalheiros trajavam uniformes azuis da Marinha, exibindo uma profusão de botões brilhantes e largas faixas de galão dourado na altura da cintura. Honrando a ocasião, vestiam seus melhores trajes. Todos ostentavam excessiva glória.

O grupo inteiro imediatamente desceu a meia-nau, onde os preparativos para a operação tinham sido feitos. Estendeu-se uma grande bandeira de praça-forte,[305] atravessando o navio próximo ao mastro principal como um biombo que isolasse o espaço. Este incluía toda a extensão, à popa, do anteparo do camarote do comodoro, a cuja porta um fuzileiro montava guarda, de cutelo na mão.

Sobre duas carretas de canhão, arrastadas a meia-nau, a prancha funeral (usada para sepultamentos em alto-mar) foi horizontalmente colocada e coberta por uma velha varredoura de mastaréu de sobrejoanete. Na ocasião, para que cumprisse com sua função, como mesa de amputação, ganhou a extensão de uma tábua adicional. Dois barris de pavio, próximos, colocados um sobre o outro, serviam de suporte para cada ponta de outra tábua, separada da mesa, onde estavam dispostas serras e facas de várias e peculiares formas e tamanhos; e também um afiador de ferro, ao lado de longas agulhas de pontas curvadas para fechar as artérias, grandes agulhas de cerzir, além de linha e cera de abelha para fechar a ferida.

Na ponta mais próxima da mesa maior havia uma tina de ferro cheia de água, cercada de pequenas esponjas, distribuídas a intervalos precisos. Sobre um soquete de canhão, disposto na horizontal — fixado em seu lugar habitual, ao alto —, estavam penduradas toalhas com as iniciais "U.S." bordadas nos cantos.

Todos esses preparativos tinham sido feitos pelo comissário do cirurgião, pessoa de cujas importantes funções num navio de guerra trataremos amplamente em capítulo futuro. Na presente ocasião, ele estava agitadíssimo, caminhando de

305. Tipo de fortificação, geralmente instalada em promontórios e passos de montanha.

um lado para o outro, ajeitando ininterruptamente facas, agulhas e o trinchador, como um cioso mordomo inquieto diante da mesa de jantar antes da entrada dos convidados.

De longe, porém, o mais espantoso objeto a ser visto por trás da bandeira era um esqueleto humano de articulações unidas por arames. Por um rebite no topo do crânio, ele se prendia a um gancho de maca fixado num caibro acima. Por que esse objeto estava ali, saberemos na sequência; mas por que ele estava colocado imediatamente ao pé da mesa de amputação, apenas o cirurgião Cutícula poderia dizer.

Enquanto os preparativos finais eram feitos, Cutícula permaneceu conversando com seus convidados, os cirurgiões e assistentes reunidos.

"Cavalheiros", disse ele, tomando de uma das facas reluzentes e passando com esmero artístico o afiador por ela; "cavalheiros, embora sejam cenas muito desagradáveis e, em certos estados de espírito, eu diria, repulsivas para mim... quão melhor será para nosso paciente ter os ferimentos e lacerações, com todos os seus perigosos sintomas, convertidos numa incisão limpa, livre de tais objeções e ocasionando muito menos preocupação subsequente para si e para o cirurgião. Sim", acrescentou, passando com delicadeza o dedo pelo fio da lâmina, "a amputação é a única saída. Não é, cirurgião Patela?", voltando-se àquele cavalheiro, como se contasse com uma espécie de consentimento, ainda que obstado por divergências.

"De fato", disse Patela, "a amputação é a único procedimento a se adotar, sr. cirurgião da esquadra; quero dizer, se o senhor está completamente convencido de sua necessidade."

Os outros cirurgiões nada disseram, mantendo um ar um tanto reservado, como se tivessem consciência de não ter qualquer autoridade efetiva sobre o caso, não importando quais fossem suas próprias opiniões; porém, pareciam dispostos a observá-lo e, uma vez chamados, ajudar no procedimento, já que não podiam evitá-lo.

Os jovens, seus assistentes, pareciam muito animados e lançavam frequentes olhares de admiração ao distintíssimo médico que era o venerável Cutícula.

"Dizem que ele é capaz de cortar uma perna em um minuto e dez segundos, desde o momento em que a faca a toca", sussurrou um deles para o outro.

"Veremos", foi a resposta, e quem o disse levou a mão à algibeira, para ver se o relógio estaria ali quando requisitado.

"Estão todos prontos?", perguntou Cutícula, aproximando-se de seu comissário. "Esses sujeitos ainda não terminaram?", disse, apontando aos três homens do grupo do carpinteiro, que colocavam pedaços de madeira sob as carretas de canhão que davam suporte à mesa principal.

"Acabam de terminar, senhor", respondeu respeitosamente o comissário, levando a mão à testa como se houvesse a aba de um quepe ali.

"Tragam o paciente, então", disse Cutícula.

"Jovens cavalheiros", acrescentou ele, voltando-se para a fileira de assistentes cirurgiões, "vê-los aqui me traz lembranças das turmas de estudantes que outrora estiveram sob minha instrução na Faculdade da Filadélfia para Médicos e Cirurgiões. Ah, que dias felizes!", ele suspirou, levando uma das pontas de seu lenço a seu olho de vidro. "Desculpem as emoções de um homem velho, jovens cavalheiros; mas quando penso em todos os casos que então ficavam sob meus cuidados não consigo deixar de dar vazão a meus sentimentos. A vila, a cidade, a metrópole, jovens cavalheiros, é o lugar para estudantes; pelo menos na modorra dos tempos de paz, quando o Exército e a Marinha não oferecem, para um jovem ambicioso, incentivos de ascensão em nossa honrada profissão. Aceitem o conselho de um velho homem, e, se a guerra que hoje se insinua entre os Estados Unidos e o México deflagrar-se,[306] troquem suas comissões na Marinha por comissões no Exército. Por não ter Marinha militar, o México sempre estará na retaguarda quanto ao fornecimento de indivíduos para as mesas de amputação das Marinhas estrangeiras. A causa da ciência se esvai em suas mãos. O Exército, jovens cavalheiros, é a melhor escola; fiem-se nele. Acredite no que digo, cirurgião Bandagem", voltando-se àquele cavalheiro, "esse é meu primeiro caso importante de cirurgia em quase três anos de viagem. Tenho vivido, neste navio, quase que totalmente confinado à prática de prescrever

---

306. A exemplo da menção ao casamento de uma das irmãs de d. Pedro II (ocorrido entre 1843 e 1844) ou à Guerra de Aroostook (cujas negociações de paz se dão em 1842), o comentário de Cutícula traz uma das poucas balizas temporais históricas da ação do volume: ele nos faz saber que as ações se passam em momento anterior a 1846, ano de início do conflito mencionado, não obstante o horizonte ideológico deste seja decisivo para as feições da narrativa de Jaqueta Branca (ver Apresentação). A Guerra Mexicano-Americana (no México conhecida como Intervenção Estadunidense) remonta à integração da República do Texas — considerado um departamento rebelde pelo governo mexicano — à União estadunidense. A tomada de posição norte-americana em relação ao conflito entre tejanos e mexicanos desencadeia um embate armado que imediatamente se estende por todo o norte do território mexicano e a costa do Pacífico (na qual a Marinha norte-americana desempenharia importante papel). Ao fim de dois anos, os norte-americanos anexariam mais da metade do México (vasta área referente aos atuais estados da Califórnia, Novo México, Nevada, Utah e Arizona, além de partes do Colorado, Wyoming, Kansas e Oklahoma) e consolidariam seu poder sobre a América do Norte, realizando o antigo projeto de expansão à costa do Pacífico. A guerra também marca um ponto de inflexão da história do continente, com a afirmação definitiva do imperialismo dos Estados Unidos, o que para parte da opinião pública e da intelectualidade do país representava uma traição aos ideais republicanos dos *Founding Fathers*.

medicamentos para febres e resfriados. Verdade: noutro dia um homem caiu da verga de gata; mas era apenas um caso grave de destroncamentos e ossos quebrados e estraçalhados. Ninguém lhe teria feito uma amputação sem qualquer dano à consciência, naquela situação. E a minha... posso garantir, cavalheiros, sem qualquer presunção... é particularmente sensível."

E, assim dizendo, deixou a faca e o afiador penderem ternamente ao lado do corpo, e permaneceu por um instante preso a um doce devaneio; porém uma comoção se fez ouvir do outro lado da cortina, e ele voltou a si; e, vigorosamente cruzando e recruzando faca e afiador, bradou:

"Ah, aí vem nosso paciente; cirurgiões, deste lado da mesa, por favor; jovens cavalheiros, um pouco mais afastados, por gentileza. Comissário, tire meu paletó... sim; agora, meu lenço; preciso estar com os movimentos perfeitamente desobstruídos, cirurgião Patela, ou não consigo fazer o que quer que seja."

Removidas tais peças, ele tirou a peruca, colocando-a sobre o cabrestante da coberta dos canhões; em seguida, removeu as dentaduras, depositando-as ao lado da peruca; e, por fim, colocando seu indicador no ângulo interno da vista cega, extraiu o olho de vidro com destreza profissional, deixando-o ao lado dos demais itens.

Assim, desfeito de praticamente todos os acessórios inorgânicos, o que restava do cirurgião chacoalhou-se delicadamente para ver se alguma outra coisa poderia ser dispensada para seu benefício.

"Assistentes de carpinteiro", bradou ele, "não vão terminar nunca o trabalho?"

"Tá quase pronto, senhor... quase pronto", responderam eles, olhando ao redor à procura da voz estranha, quase incorpórea, que se dirigia a eles; pois a ausência de dentes não melhorara de forma alguma o tom do cirurgião da esquadra.

Com curiosidade natural, esses homens tinham propositadamente se atrasado para ver tudo que pudessem; mas agora, sem outras desculpas, pegaram seus martelos e cinzéis, e, como construtores de palco debandando de uma convenção pública na última hora, logo depois de terem completado o púlpito para o primeiro falante, afastaram-se.

A bandeira, enorme, foi então erguida, revelando uma brevíssima perspectiva dos marinheiros do outro lado, e o paciente, trazido sobre os braços de dois de seus companheiros de rancho, adentrou o espaço. Estava bastante emaciado, fraco como uma criança; cada membro seu tremia visivelmente, ou antes se agitava, como a cabeça de alguém com degeneração motora. Como se uma apreensão orgânica e involuntária lhe tivesse acometido a perna ferida, seus movimentos nervosos eram tão violentos que um de seus companheiros de rancho foi obrigado a manter uma das mãos sobre ela.

O gajeiro foi imediatamente estendido sobre a mesa, e os acompanhantes prenderam-lhe os membros. Foi quando, abrindo lentamente os olhos, o marinheiro olhou ao redor, observando as serras e facas reluzentes, as toalhas e esponjas, a sentinela armada à porta do camarote do comodoro, a fileira de estudantes de olhos atentos, o cadavérico rosto da morte de Cutícula, agora com as mangas da camisa enroladas nos braços secos, e a faca em mãos; em seguida, deparou-se horrorizado com o esqueleto, vibrando e balançando lentamente diante de si, acompanhando o leve rolar da fragata na água.

"Recomendo-lhe o perfeito repouso de todos os membros, meu marinheiro", disse Cutícula, dirigindo-se a ele; "a precisão de uma operação é não raro prejudicada pela irrefletida inquietude do paciente. Mas, se levar em conta, meu bom homem", acrescentou, num tom quase compassivo, pressionando discretamente com a mão a perna do marinheiro, "se tiver consciência de quão melhor é viver com três membros do que morrer com quatro e, sobretudo, se soubesse os tormentos a que marinheiros e soldados estavam sujeitos antes do tempo de Celso,[307] devido à lamentável ignorância da cirurgia que se praticava na época, certamente agradeceria a Deus do fundo de seu coração que *sua* operação aguardou o período dessa era de esclarecimento, abençoada por um Bell, um Brodie e um Lally.[308] Meu caro marinheiro, antes do tempo de Celso, tamanha era a ignorância geral de nossa nobre ciência que, para prevenir a excessiva perda de sangue, julgava-se indispensável operar com uma faca incandescente", disse, produzindo um exímio movimento na direção da coxa, "e jogar óleo escaldante sobre as partes", prosseguiu, elevando seu cotovelo, como se tivesse uma chaleira na mão, "para cauterizá-lo, depois de terminada a amputação."

"Ele está desmaiando!", disse um dos companheiros de rancho. "Rápido! Água!" O comissário imediatamente correu ao gajeiro com a bacia.

Cutícula tomou o pulso do gajeiro e, sentindo-o por um instante, comentou: "Não se preocupem, homens", dirigindo-se aos dois companheiros de rancho. "Ele

---

307. Autor de produção que abrangeu as mais variadas áreas do saber, Aulo Cornélio Celso (*fl.* séc. I) também é reconhecido como importante médico de seu tempo. *Da medicina*, a única de suas obras que chegou aos tempos modernos, foi redescoberta no Renascimento e passou a integrar os cabedais de conhecimento que formaram a ciência médica.

308. Referência a três importantes médicos cirurgiões. *Sir* Charles Bell (1774-1842) foi cirurgião militar inglês, presente à Batalha de Waterloo, professor de anatomia no London College of Surgeons e coautor de um manual de anatomia; *sir* Benjamin Collins Brodie (1783-1862), médico particular de Guilherme IV e da rainha Vitória da Inglaterra; e Dominique Jean Larrey (1766-1842, mencionado equivocadamente por Melville como Lally), cirurgião militar francês no período napoleônico, autor de obras sobre medicina e cirurgia militar, eleito para a Academia de Ciências em 1829.

vai se recuperar logo; esse desmaio é bastante comum." E por um instante permaneceu olhando tranquilamente o paciente.

Assim, o cirurgião da esquadra e o gajeiro propiciavam um espetáculo que, para uma mente reflexiva, era melhor que um sermão sobre a mortalidade do homem.

Ali estava um marinheiro que, quatro dias antes, estivera de pé, ereto — um pilar da vida —, com um braço da grossura de um mastro e uma coxa forte como um molinete. Porém, o mais ligeiro toque de um indicador sobre um gatilho fez com que quedasse estirado, tão fragilizado quanto um bebê recém-nascido, com uma coxa ferida, totalmente drenada de seu tutano. E quem era aquele que se postava diante dele como um ser superior, falando, como se vestisse a si próprio dos atributos da imortalidade, com indiferença sobre fazer incisões na carne conspurcada e, desse modo, estender seus anos abreviados? Quem era que, na condição de cirurgião, parecia interpretar o papel de um Regenerador da vida? O seco, encolhido, caolho, desdentado e careca Cutícula; com um tronco semimorto — a própria visão do *memento mori*![309]

E enquanto, naquelas desesperadas e dilacerantes premonições da morte que se avizinha, as quais quase invariavelmente acompanham um ferimento sério à bala, mesmo no caso dos mais intrépidos espíritos; enquanto perecia e morria, o olho desse gajeiro outrora robusto agora esmorecia em sua cabeça como coberto de nuvens que eclipsassem a lua na Lapônia; já Cutícula, que por anos vivia no tabernáculo decadente de seu corpo — Cutícula, sem dúvida partilhando das autoilusões da velhice —, Cutícula deve ter sentido seu quinhão de vida tão seguro quanto estaria no abraço implacável de um urso-pardo. De fato, a vida é mais terrível que a morte; e que homem algum — ainda que seu coração bata dentro de si como um canhão — que ele não se apegue demais à vida que traz dentro de si; pois, nas predestinadas necessidades das coisas, essa vida cingida não está um mínimo mais segura do que a vida de um homem em seu leito de morte. Hoje, inspiramos o ar com pulmões sempre elásticos, e a vida corre através de nós como mil Nilos; mas amanhã podemos entrar em colapso com a morte, e todas as nossas veias estiolarem como o córrego do Cédron[310] durante a seca.

---

309. "Lembra-te da morte", em latim: adágio medieval de cunho moralizante, que propunha a reflexão sobre o fim da vida — e o consequente julgamento da alma — em oposição à vaidade e à transitoriedade da vida mundana.

310. Correndo ao longo do muro oriental de Jerusalém na direção do mar Morto, o Cédron atravessa um vale que, na Bíblia, traz seu nome. Dizia-se que transbordava durante os invernos chuvosos, porém permanecia seco boa parte do ano.

"E agora, jovens cavalheiros", disse Cutícula, voltando-se aos cirurgiões assistentes, "enquanto o paciente volta à vida, permitam-me descrever-lhes a operação muitíssimo interessante que estou prestes a iniciar."

"Sr. cirurgião da esquadra", disse o cirurgião Bandagem, "se está prestes a palestrar, permita-me entregar-lhe os dentes; eles tornarão suas palavras mais facilmente compreensíveis." E, assim dizendo, Bandagem, com uma mesura, colocou os dois semicírculos de mármore nas mãos de Cutícula.

"Muito obrigado", disse Cutícula, levando o mármore ao seu lugar.

"Em primeiro lugar, jovens cavalheiros, permitam-me dirigir sua atenção à excelente peça anatômica que está diante dos senhores. Tirei-a de sua caixa e a trouxe para cá de meu camarote, onde ela ocupa a maca sobressalente; e tudo isso para seu expresso benefício, jovens cavalheiros. Obtive este esqueleto pessoalmente com o departamento hunteriano da Real Faculdade de Cirurgiões em Londres.[311] É uma obra de arte. Mas não temos tempo para examiná-la. A delicadeza proíbe que eu me estenda numa situação como esta", comentou, lançando quase que um olhar benigno na direção do paciente, que então começava a abrir os olhos. "Mas permitam-me indicar neste fêmur", prosseguiu, desencaixando-o do esqueleto, com uma gentil torção, "o ponto preciso onde pretendo realizar esta operação. *Aqui*, jovens cavalheiros, *aqui* é o ponto. Percebam que é bem próximo do ponto de articulação com o tronco."

"Sim", interpôs à guisa de comentário o cirurgião Cunha, subindo na ponta dos pés, "sim, jovens cavalheiros, o ponto de articulação do *os innominatum*[312] com o acetábulo."

"Onde está seu Bell,[313] Dick?", sussurrou um dos assistentes ao estudante ao lado. "Cunha passou a manhã toda debruçado nele, trabalhando só com os nomes difíceis."

---

311. O "*Hunterian department*" remonta a John Hunter (1728-93), cirurgião escocês considerado uma sumidade médica em seu tempo. Tendo aprendido a arte da dissecação ao lado do irmão mais velho enquanto o acompanhava ao curso de medicina, serviu no Exército como médico e, em 1764, abriu sua própria escola de anatomia. Ao longo dos anos de prática, formou uma vasta coleção de exemplares anatômicos, do corpo humano e de outros animais. Tornou-se membro da Royal Academy em 1767, sendo homenageado com um museu (o Hunterian Museum, da Faculdade Real de Cirurgiões da Inglaterra) e a criação de uma sociedade de médicos e dentistas (a Hunterian Society). Assim, entende-se que "departamento hunteriano" é sinônimo de "departamento de anatomia".

312. *Os innominatum*, latim para "osso sem nome", é o conjunto de três ossos — o ísquio, o púbis e o ílio — que formam a pélvis.

313. Ver nota 308.

"Cirurgião Cunha", disse Cutícula, olhando ao redor com severidade, "poupe-nos de seus comentários no momento, por favor. Agora, jovens cavalheiros, percebam que, sendo o ponto de operação tão próximo do tronco e dos órgãos vitais, o procedimento se torna particularmente belo, exigindo mão firme e um olho preciso; pois, afinal de contas, o paciente pode morrer em minhas mãos."

"Rápido, comissário! Água, água; ele está desmaiando de novo!", intercederam os dois companheiros de rancho.

"Não se desesperem por seu companheiro, marinheiros", disse Cutícula, voltando-se a eles. "Digo a vocês que não é incomum para o paciente trair alguma emoção nessas ocasiões... geralmente manifestadas em desmaios; é bem natural que assim seja. Mas não podemos nos atrasar com a operação. Comissário, aquela faca... Não, a seguinte... isso. Ele está acordando, acho", disse, sentindo o pulso do gajeiro. "Prontos, senhores?"

Essa última observação foi dirigida a um dos assistentes de cirurgião do *Neversink*, um rapaz alto, magro e cadavérico, trajando uma espécie de mortalha feita de tela branca, fechada até a garganta e cobrindo-o inteiramente. Ele estava sentado sobre um barril de pavio ao pé da mesa — o esqueleto balançava próximo a sua cabeça —, pronto para agarrar o membro, como imitasse o momento em que uma tábua é serrada por um carpinteiro e seu aprendiz.

"As esponjas, comissário", disse Cutícula, tirando pela última vez os dentes e dobrando ainda mais suas mangas. Então, tomando o paciente pelo pulso: "Preparem-se, marinheiros; segurem os braços de seu companheiro; prendam-no. Comissário, coloque a mão na artéria; começarei tão logo o pulso começar a... *agora, agora!*". Deixando cair o pulso, tateando com cuidado a coxa e curvando-se sobre ela um instante, ele passou a faca fatal sem hesitação pela carne. Assim que ela tocou o membro, a fileira de cirurgiões simultaneamente abaixou os olhos na direção de seus relógios, enquanto o paciente permanecia, com os olhos horrivelmente abertos, numa espécie de transe desperto. Não se ouvia sequer a respiração dos presentes; mas, à medida que a carne trêmula se abria num longo e demorado corte, uma fonte de sangue começou a empoçar entre as paredes vivas da incisão, e dois caudalosos fluxos, em direções opostas, começaram a descer pela coxa. As esponjas foram imediatamente mergulhadas na piscina escarlate; todos os rostos estavam absolutamente tensos de suspense; o membro tremia; o homem gritava; os companheiros de rancho o seguravam; enquanto na circunferência da perna se abria o impiedoso corte.

"A serra!", disse Cutícula.

Num instante, ela estava em suas mãos.

Totalmente absorvido pela operação, ele estava prestes a empregá-la, quando, olhando para cima e voltando-se aos assistentes, ele perguntou: "Algum de vocês, jovens cavalheiros, gostaria de aplicar a serra? Um caso esplêndido!".

Muitos foram os voluntários; quando, elegendo um, Cutícula entregou-lhe o instrumento, dizendo: "Não se apresse. Firmeza!".

Enquanto os demais assistentes olhavam para seu companheiro com inveja, ele se entregava com timidez ao trabalho. Cutícula, que o observava com seriedade, subitamente lhe arrancou a serra da mão. "Saia, açougueiro! É uma desgraça para a profissão. Olhe como *eu* faço!"

Por alguns instantes fez-se ouvir o som assustador da serra contra o osso; e, então, o gajeiro pareceu partido em dois no quadril, enquanto a perna deslizou lentamente nos braços do pálido assistente amortalhado, que imediatamente a tomou para si e a enfiou, longe dos olhos, sob um dos canhões.

"Cirurgião Serra", disse Cutícula, voltando-se com cortesia ao cirurgião do *Buccaneer*, "gostaria de continuar o procedimento com as artérias? Elas estão a sua disposição, senhor."

"Vai, Serra; aproveita", disse o cirurgião Bandagem.

Serra aquiesceu; e enquanto, com modéstia, conduzia a operação, Cutícula, voltando-se à fileira de assistentes, disse: "Jovens cavalheiros, agora prosseguiremos com sua instrução. Passe aquele osso, comissário".

E, pegando o fêmur com as mãos ainda cheias de sangue e segurando-o conspicuamente diante de sua plateia, o cirurgião da esquadra começou:

"Jovens cavalheiros, poderão perceber que, precisamente neste ponto... *aqui*... ao qual chamava anteriormente sua atenção... no ponto correspondente, mais especificamente... a operação foi executada. Nesta região, jovens cavalheiros, *aqui*", disse, elevando a mão alguns centímetros acima do osso, "mais ou menos *aqui* estava a grande artéria. Mas, como puderam notar, não usei o torniquete; jamais uso. O indicador de meu comissário é muito melhor do que um torniquete, visto que, muito mais maleável, permite que as veias menores fiquem descomprimidas. Mas fui informado, jovens cavalheiros, de que um certo Seignior Seignioroni, cirurgião de Sevilha,[314] recentemente inventou um admirável substituto para o antigo e desajeitado torniquete. Como o entendo, é algo semelhante a um compasso de calibre que funciona com um pequeno parafuso de Arquimedes... uma invenção muito sagaz, sob qualquer ponto de

314. Figura, ao que tudo indica, fictícia.

vista.[315] Pois as pontas almofadadas no fim dos arcos", disse, formando um arco com o indicador e o dedão, "podem ser, então, aproximadas de tal modo que... mas não estão prestando atenção a mim, jovens cavalheiros", interrompeu-se, de súbito.

Mais interessados nos procedimentos do cirurgião Serra, que agora passava uma linha na agulha para costurar o recobrimento do coto, os jovens cavalheiros não tiveram qualquer escrúpulo em desviar sua atenção do palestrante.

Passados mais alguns instantes, o gajeiro, desmaiado, foi removido à enfermaria. Depois que o paciente desapareceu, enquanto a cortina voltava à posição inicial, Cutícula, ainda segurando o fêmur do esqueleto nas mãos ensanguentadas, prosseguiu com seus comentários; e, após a conclusão, acrescentou:

"Agora, jovens cavalheiros, uma consequência não menos interessante dessa operação será encontrar a bala, que, no caso da não amputação, teria se extraviado mesmo à busca mais cuidadosa. A bala, jovens cavalheiros, deve ter seguido uma rota das mais complexas. Em casos em que a direção da bala é oblíqua, não é incomum que isso aconteça. De fato, o erudito Hennen[316] nos oferece um notável... eu diria quase incrível... caso do pescoço de um soldado, onde a bala, penetrando no ponto chamado pomo de adão..."

"Sim", disse o cirurgião Cunha, elevando-se, "o *pomum Adami*."

"Penetrando pelo ponto chamado pomo de adão", continuou Cutícula, enfatizando com dureza as últimas palavras, "perfez toda a circunferência do pescoço e, saindo pelo mesmo buraco em que tinha entrado, acertou o homem seguinte nas fileiras. Ela foi posteriormente extraída, diz Hennen, do segundo homem, e pedaços da pele do primeiro ainda estavam presas a ela. Mas exemplos de substâncias estranhas que adentram o corpo numa bala, jovens cavalheiros, são muito frequentes. Lotado, na época, noutro navio de guerra americano, tive a oportunidade de estar próximo ao local em que se deu a Batalha de Ayacucho,[317] no Peru. No dia seguinte à luta, vi nas barracas dos feridos um soldado de cavalaria que, tendo sido gravemente ferido no cérebro, enlouqueceu e, com sua própria pistola,

---

315. Originalmente constituído de um parafuso giratório inserido num cilindro oco, o parafuso de Arquimedes é um mecanismo inventado (supostamente pelo filósofo grego) para transferir líquidos de um ponto mais baixo para um ponto mais elevado e utilizado desde a Antiguidade para bombear água e outros líquidos do subsolo à superfície. Já o compasso de calibre é uma espécie de grifo, com uma pinça de ponta-seca que se prende a um objeto.
316. Referência a John Hennen (1779-1828), médico cirurgião britânico e autor de *Principles of Military Surgery*, publicado em 1829.
317. Batalha entre espanhóis e peruanos que sela a independência do país latino-americano, em 1824.

cometeu suicídio no hospital. A bala levou consigo para dentro um pedaço de seu gorro de lã..."

"Em forma de *cul-de-sac*,[318] certamente", disse o impassível Cunha.

"Pelo menos desta vez, cirurgião Cunha, o senhor usou o único termo adequado; aliás, jovens cavalheiros, permitam-me o ensejo para dizer-lhes que um homem de verdadeira ciência", prosseguiu, expandindo um pouco o peito franzino, "usa poucas palavras difíceis, e essas apenas quando nenhuma mais responda a seu propósito; enquanto os superficiais em termos de ciência", olhando de relance a Cunha, "pensam que por balbuciar palavras difíceis provam que são entendedores de assuntos difíceis. Permitam-me depositar esta reflexão no fundo de suas mentes, jovens cavalheiros; e, cirurgião Cunha", continuou, com uma mesura rígida, "permita-me submetê-la a seu discernimento. Pois bem, jovens cavalheiros, a bala foi posteriormente extraída puxando as partes externas do *cul-de-sac*... uma operação simples, mas belíssima. Há um bom exemplo, de certa forma similar, relatado em Guthrie;[319] mas os senhores, é claro, já devem ter se deparado com ela em seu muito conhecido trabalho, o *Tratado sobre ferimentos a bala*. Quando, há mais de vinte anos, eu estava com lorde Cochrane, então almirante das fragatas deste país",[320] disse, apontando na direção da costa, por uma portinhola, "um marinheiro do navio no qual eu estava lotado, durante o bloqueio da Bahia, teve sua perna..."

Mas, àquela altura, a inquietação dominara completamente seus ouvintes, principalmente os cirurgiões veteranos; e voltando-se a eles abruptamente, ele acrescentou:

---

318. Originalmente, *cul-de-sac* designa o fim de rua sem saída em formato de bolsa, um tipo de solução urbanística para manobras de veículos em vias desse tipo.

319. George James Guthrie (1785-1856), médico e cirurgião militar britânico, membro do Royal College e autor do referido tratado, cujo nome completo é *On Gunshot Wounds of the Extremities Requiring the Different Operations of Amputations, and their After Treatment* (1814).

320. Conhecido como "Lobo dos Mares" por seus feitos navais, Thomas Alexander Cochrane, décimo conde de Dundonald e primeiro marquês do Maranhão (1775-1860), foi um aristocrata e político escocês e destacado oficial da Marinha Real britânica. No Brasil, foi convidado pelo imperador d. Pedro I a organizar a Esquadra brasileira. Para tanto, foi nomeado "primeiro almirante", caso único na história brasileira de uma patente oferecida a um estrangeiro. Foi feito marquês por seu papel na debelação dos últimos focos de insurreição portuguesa no país recém-independente. Tornou a agir um ano depois, em Pernambuco, durante a Confederação do Equador (1824), e no Maranhão, ainda sob conflito decorrente das disputas de poder pós-independência. Neste último caso, Cochrane seguiu com sua tripulação por conta própria, desobedecendo às ordens do imperador; tendo conseguido controlar os querelantes, exigiu de d. Pedro um pagamento de valores muito superiores ao estipulado pelo Império, e as negociações se complicaram. Cochrane chegou a impedir que o novo presidente da província tomasse posse de seu cargo; e, tão logo entrando em acordo, em 1825, seguiu com seu butim (incluindo uma nau) e equipagem para a Inglaterra.

“Não quero mais detê-los, cavalheiros”, disse, olhando para cada um deles, “provavelmente o jantar os espera a bordo de seus respectivos navios. Cirurgião Serra, talvez queira lavar as mãos antes de ir. Aqui está a bacia, senhor; a toalha limpa está no soquete. Eu próprio raramente as uso”, completou, tirando seu lenço. “Preciso deixá-los, cavalheiros”, disse, com um meneio. “Amanhã, às dez, o membro estará sobre a mesa, e ficarei feliz de encontrá-los todos na ocasião. Quem está aí?”, perguntou, virando na direção da cortina, que então se movia.

“Com licença, senhor”, disse o comissário, entrando, “o paciente está morto.”

“E o corpo também, cavalheiros, precisamente às dez horas”, disse Cutícula, mais uma vez voltando-se a seus convidados. “Disse que a operação poderia ser fatal; ele estava muito fraco. Bom dia para todos.”

E Cutícula partiu.

“Ele não quer dizer, penso eu, que faremos uma autópsia, certo?”, perguntou o cirurgião Serra, bastante animado.

“Ah, não!”, disse Patela. “É só o jeito dele; ele quer dizer, sem sombra de dúvida, que o corpo será inspecionado antes de ser levado a terra firme para o enterro.”

Com seus galões dourados, o grupo de cirurgiões subiu ao convés; o segundo cúter foi chamado pelo corneteiro e, um a um, foram deixados a bordo de seus respectivos navios.

No entardecer do dia seguinte, os companheiros de rancho do gajeiro levaram seus restos mortais à costa e o enterraram no sempre-verde cemitério protestante, próximo à praia do Flamengo, perfeitamente avistável da baía.

64

Os troféus de um navio de guerra

ENQUANTO O SEGUNDO CÚTER ERA manobrado entre navios, deixando aqui e ali os cirurgiões a bordo de suas respectivas fragatas — como um bote que distribuísse pilotos na boca do ancoradouro —, foram muitos os navios de guerra estrangeiros pelos quais passou; dois deles, porém, um inglês e um francês, suscitaram muitos comentários a bordo do *Neversink*. Eram fragatas que não raro soltavam velas e manobravam vergas ao mesmo tempo que nós, como desejassem comparar a eficiência das respectivas tripulações.

Estávamos praticamente prontos para partir quando a fragata inglesa, içando âncora, encheu velas com a brisa do mar e começou a exibir sua velocidade, vogando por entre todos os navios de guerra no ancoradouro e, particularmente, passando bem junto à popa do *Neversink*. Todas as vezes que se aproximava, nós cumprimentávamos a embarcação fazendo descer nossa bandeira um pouco; e, invariavelmente, ela devolvia o cumprimento com cortesia. Fomos por ela convidados a uma corrida de fragatas; e circularam rumores de que, quando deixássemos a baía, nosso capitão não faria objeções ao convite; pois, que se diga, o *Neversink* era tido como a mais veloz embarcação de quilhas a navegar sob uma flâmula larga. Talvez fosse essa a razão de os estrangeiros nos terem desafiado.

Pode ser que parte de nossa tripulação estivesse mais ansiosa para competir com essa fragata devido a uma pequena circunstância que alguns marinheiros julgavam muito irritante. A poucos cabos de distância da cabine de nosso comodoro estava a fragata *President*, com a cruz vermelha de são Jorge tremulando sobre o mastro. Como sugeria o nome, a bela embarcação era americana de nascimento; no entanto, fora capturada durante a última guerra com a Grã-Bretanha e, então, velejava pelos mares de sal como um troféu.

Pensem nisso, meus intrépidos conterrâneos, sem exceção, vocês que vivem na costa e nas margens infinitas dos rios Ohio e Columbia — pensem na dor pungente que sentíamos, nós, patriotas do mar, ao contemplar o carvalho das Flóridas e os pinheiros do verde Maine transformados nos costados de madeira da Velha Inglaterra. Porém, para alguns dos marinheiros, havia um pensamento em contrapartida tão grato quanto o outro era aborrecido, e esse era que, em algum lugar, velejando sob as estrelas e as listras,[321] estava o vaso *Macedonian*, embarcação de origem britânica que outrora ostentara a bandeira de batalha dos ingleses.

Sempre foi costume gastar o dinheiro que fosse no conserto de uma embarcação capturada para que ela pudesse sobreviver longo tempo e comemorar o heroísmo do conquistador. Assim, na Marinha britânica, havia muitos *monsieurs* de setenta e quatro peças tomados dos gauleses. Nós, americanos, podemos exibir poucos troféus similares; ficaríamos, porém, muito felizes de fazer o mesmo.

Mas nunca contemplei nenhum desses troféus flutuantes sem me recordar de uma cena que testemunhei num vilarejo de pioneiros na margem oeste do Mississippi.[322] Não distante desse vilarejo, onde as feiras se armavam sobre os tocos de árvores aborígenes, havia alguns anos vivia parte das tribos remanescentes dos índios sioux,[323] que frequentemente visitavam os assentamentos dos brancos para comprar tecidos e ornamentos de pouco valor.

Num rubro entardecer de julho, quando o sol escaldante descia como um obus de fogo, e eu estava parado numa esquina, vestindo meu traje de caçador — oh! —, surgiu a passos pesados, do oeste escarlate, um índio enorme, ereto como um pinheiro, com seu reluzente *tomahawk*,[324] tão grande quanto um machado, apoiado no peito num repouso marcial. Soturnamente envolto em seu cobertor e caminhando como um rei no palco, ele ia de um lado para o outro nas ruas rústicas, exibindo nas costas de seu cobertor uma multidão de mãos humanas, toscamente desenhadas em vermelho; uma delas parecia bem recente.

"Quem é esse guerreiro?", perguntei. "E por que está aqui? Qual é a razão dessas mãos em sangue?"

---

321. Ou seja, a bandeira norte-americana.

322. Depois de ser posto definitivamente sob controle norte-americano, durante a Guerra de 1812 (ver nota 43), o rio Mississippi — que atravessa os Estados Unidos de norte a sul, nascendo em Minnesota e desembocando no golfo do México — tornou-se importante rota de comércio e circulação de colonos. À época do primeiro impulso expansionista ao oeste do país, no início do séc. XIX, esse rio, fundamental para o modo de vida de diferentes povos indígenas, foi a primeira fronteira continental a confrontar o avanço da "fronteira civilizada" pelo continente. A presença dos colonos na região (chamados "pioneiros", com os quais o narrador, vestindo sua jaqueta de caçador, parece momentaneamente se identificar) foi responsável pela desestruturação das comunidades nativas, por sua conflituosa expulsão de tais territórios e posterior dizimação. Insuflado pelo espírito empreendedor dos colonos, Melville conheceu a região norte da fronteira em 1840, em visita a Illinois.

323. Grande grupo indígena, formado por diferentes nações, cultural e linguisticamente heterogêneo e originalmente vinculado às terras do norte do atual território dos Estados Unidos, sobretudo entre Minnesota e Dakota.

324. Tipo de machadinha, utensílio comum entre os povos indígenas da América do Norte. Alguns modelos traziam o fornilho de um cachimbo numa das extremidades.

"Esse é Carvão Incandescente", disse um pioneiro de mocassim ao meu lado. "Está aqui para exibir seu último troféu; cada uma dessas mãos atesta um inimigo escalpelado por seu *tomahawk*; e ele acaba de sair da oficina do Ben Brown, o pintor, que desenhou a última mão que você está vendo; porque, na noite passada, Carvão Incandescente reduziu a pó e cinza o Tocha Amarela, o chefe de um bando de foxes."[325]

Pobre selvagem, pensei; essa é a razão de sua altiva caminhada? Você se empertiga ao pensar que cometeu um assassinato, quando a queda fortuita de uma pedra teria produzido o mesmo efeito? É digno de orgulho demolir um metro e oitenta de humanidade imortal, não obstante essa elevada torre viva precise de talvez trinta bons verões para chegar à maturidade? Pobre selvagem! Acha, portanto, tão glorioso mutilar e destruir o que o próprio Deus levou mais de um quarto de século construindo?

E, no entanto, meus irmãos cristãos, o que são a americana *Macedonian* e a britânica *President* senão duas mãos em sangue pintadas no cobertor do pobre selvagem?

Estaria a lua livre de morávios, já que nenhum missionário jamais visitou este nosso pobre planeta pagão, para civilizar a civilização e cristianizar a cristandade?[326]

---

325. Nome pelo qual os brancos chamavam o grupo indígena Meskwaki, ou Meshkwakihug, originalmente habitante da região dos Grandes Lagos, no norte dos Estados Unidos.

326. Irmãos Morávios era uma seita protestante fundada no séc. XV pelos adeptos do reformador tcheco Jon Hus e conhecidos por suas ardorosas missões. Existe a possibilidade de Melville referir-se, aqui, a uma falsa notícia, em circulação nos idos da década de 1830, de Richard Adams Locke, redator do *New York Sun* (e cujos talentos seriam celebrados inclusive por Edgar Allan Poe), que anunciava a existência de vida na Lua.

65

Uma corrida de navios de guerra

FICAMOS NO RIO DE JANEIRO POR TANTO TEMPO — o motivo, só o comodoro sabe dizer —, que circulava entre os marinheiros impacientes uma piada segundo a qual nossa fragata por fim encalharia nos próprios ossos diariamente lançados ao mar por nossos cozinheiros.

Mas por fim chegaram-nos boas notícias. "Içar ferro!" E na manhã clara, enquanto o sol surgia no leste, nossa velha âncora emergiu.

No Rio de Janeiro os ventos de terra— os únicos com os quais os navios podem deixar a baía — são sempre leves, indolentes. Eles vêm dos jardins de cidra e cravo-da-índia, temperados com todas as especiarias do trópico de Capricórnio. E como Maomé, aquele velho voluptuoso, que tanto gostava de inalar perfumes e essências e costumava desfrutar das estufas de Cadija, sua mulher, para dar combate aos robustos filhos dos coraixitas,[327] da mesma forma, a brisa do Rio de Janeiro chega saciada de doces aromas para lutar com os selvagens ventos tártaros do mar.

Deixamos lentamente a baía, vogando como um intrépido cisne pela abertura do ancoradouro, e aos poucos rolávamos pelas suaves e tranquilas ondas que se estendiam sobre as profundezas. Logo atrás, em nossa esteira, vinha o elevado mastro principal da fragata de batalha inglesa, encimado, como uma catedral e seus pináculos, pela cruz embandeirada da religião da paz; imediatamente depois, vinha a bandeira arco-íris da França, ostentando de Deus o sinal de que nunca mais faria guerra sobre a terra.[328]

Ingleses e franceses estavam decididos a fazer uma corrida; e nós, ianques, juramos por nossas velas de mezena e mastaréu do sobrejoanete que, naquela

---

327. Maomé, o profeta do islã e fundamental figura política e religiosa do mundo árabe, casou-se com Cadija, viúva de casamentos anteriores e importante comerciante da região, dona de caravanas que atravessavam a península Arábica rumo à Síria. Foi a serviço de Cadija, como agente de seus negócios, que Maomé a conheceu. Ambos pertenciam à tribo dos coraixitas, mas Maomé sofreu perseguição de seus líderes por sua mensagem profética.
328. Referência ao dilúvio imposto por Deus à Terra. Findo o castigo, Deus prometeu a Noé que jamais voltaria a tentar destruir a Terra com água, deixando o arco-íris como sinal de sua promessa.

noite, afundaríamos suas bandeiras reluzentes juntamente com as constelações do sul, as quais se apagariam diariamente em nosso rastro rumo ao norte.

"Sim", disse Mad Jack, "a bandeira de são Jorge há de ficar como o Cruzeiro do Sul, fora do alcance dos olhos, a léguas de distância no horizonte, enquanto nossas valorosas estrelas, meus bravos rapazes, hão de queimar sozinhas no norte, como a Ursa Maior no polo! Vamos lá, Arco-íris e Cruz!"[329]

Mas, como não tivesse se recuperado da dissipação noturna em terra firme, o vento estava ainda muito leve e indolente, e chegamos ao meio-dia com o Pão de Açúcar à vista.

Não acontece com os navios como com os cavalos; pois, se um cavalo trota bem e rápido, isso é geralmente um bom sinal de que ele não é ruim no galope; porém, o navio que numa brisa leve é ultrapassado só pode entrar na briga quando uma brisa de joanete lhe permita cavalgar a meio galope. Assim aconteceu conosco. Primeiro, os ingleses vogaram à frente e, afetando força e altivez, nos ultrapassaram; em seguida, os franceses nos cumprimentaram com um *adieu*, enquanto o velho *Neversink* ficava para trás, submetido a uma efeminada brisa. A certa altura, as três fragatas estavam irregularmente lado a lado, formando uma linha diagonal; e tão próximas que os pomposos oficiais das popas saudavam severamente uns aos outros tocando seus chapéus, sem se dispor a quaisquer outras civilidades. Nesse momento, era um espetáculo contemplar essas belas fragatas, com suas buçardas de água espargidas, todas empinando e meneando juntas, e olhar por seus elevados mastros e a mata cerrada do cordame, emaranhado inextricável de imensas teias de aranha contra o céu.

Perto do pôr do sol, quando o oceano batia seus alvos cascos ao sinal das esporas do cavaleiro inquieto, uma forte lufada veio de leste; e, com três vivas surgidos do convés, das vergas e das gáveas, enfunaram-se as velas de encontro a são Jorge e são Dinis.[330]

---

329. Melville hiperboliza as formas das bandeiras inglesa e francesa a partir dos elementos que elas evocam — a bandeira inglesa, mais claramente, a cruz, e a francesa, com suas faixas de cores distintas, um arco-íris. As cores do pavilhão francês representam o lema revolucionário de 1789: a Liberdade (azul), a Igualdade (branco) e a Fraternidade (vermelho). A cruz de são Jorge é adotada como símbolo pátrio inglês, aparecendo ora sozinha sobre fundo branco, ora na Union Jack, quando se sobrepõe à bandeira azul e branca da Escócia para representar a Grã-Bretanha. O Cruzeiro do Sul é uma constelação de cinco estrelas que brilha sobretudo no hemisfério Sul e integra os símbolos pátrios de países como Brasil, Austrália e Nova Zelândia. Já a Ursa Maior brilha no hemisfério Norte e, com suas sete estrelas mais luminosas, é um dos asterismos mais antigos conhecidos, disseminado nas mais variadas culturas.

330. Respectivos padroeiros da Inglaterra e da França.

É, contudo, mais difícil ultrapassar do que ser ultrapassado; a noite caiu, e ainda estávamos no encalço de ambos — ali onde estava um pequeno bote que, no último instante, segundo a tradição rabínica, seguiu atrás da arca do velho Noé.

Era uma noite nublada, de névoa; e embora, a princípio, nossas gáveas tenham mantido a perseguição sob a escuridão, por fim tão densa assomou a atmosfera que era impossível avistar qualquer mastro. O pior de tudo, no entanto, era que, quando foram vistos pela última vez, os franceses estavam distantes de nossa proa, a barlavento, e os ingleses seguiam intrépidos na dianteira.

A brisa soprava cada vez mais leve; porém, até mesmo com nossas velas de mastaréu de sobrejoanete desfraldadas, apressávamo-nos singrando um oceano coberto de uma luzente espuma cor de creme. Jaqueta Branca estava, então, na gávea; e era glorioso olhar para baixo e ver nosso casco negro abrindo caminho pelo mar branco como se seus imensos costados tivessem se transformado num aríete.

"Devemos batê-los com essa brisa, nobre Jack", disse eu a nosso nobre capitão da gávea.

"Lembre-se de que a mesma brisa sopra para John Bull",[331] respondeu Jack, que, sendo britânico, talvez fosse mais favorável aos ingleses do que ao *Neversink*. "Mas veja como avançamos pelos vagalhões!", bradou, observando para além do gradil da gávea; e então, abrindo subitamente os braços, recitou:

"Já no largo Oceano navegavam
As inquietas ondas apartando;
Os ventos brandamente respiravam
Das naus as velas côncavas inchando.[332]

"Camões, Jaqueta Branca, Camões! Já leu? Digo, *Os lusíadas*? É o grande épico dos navios de guerra do mundo, meu jovem. Que Vasco da Gama fosse meu

331. Personificação nacional da Grã-Bretanha (da Inglaterra em particular), criada em 1712 pelo médico, polimata e satirista John Arbuthnot, membro de um grupo literário que incluía Jonathan Swift e Alexander Pope.

332. No original, Melville cita a seguinte passagem da tradução dos *Lusíadas* por Mickle (ver nota 334): "*Aslope, and gliding on the leeward side,/ The bounding vessel cuts the roaring tide*". À risca, os versos do dístico declamado por Jack Chase correspondem ao primeiro verso da centésima oitava do Canto I ("Para lá se inclinava a leda tropa"). Optamos por citar passagem de motivos similares, extraída da 19ª oitava do mesmo canto. Uma vez que a recriação poética de Mickle é consideravelmente livre, a simples remissão entre passagens acaba por ferir o próprio sentido dramático da declamação.

comodoro... Nobre Gama![333] E Mickle, Jaqueta Branca? Já o leu? William Julius Mickle?[334] O tradutor de Camões? Um homem frustrado, Jaqueta Branca. Além de sua versão de *Os lusíadas*, escreveu muitas coisas esquecidas. Conhece a balada que Mickle escreveu sobre Cumnor Hall?... Não?... Ora, foi ela que inspirou *Kenilworth*, de *sir* Walter Scott.[335] Meu pai conheceu Mickle quando embarcou no velho *Romney*, um navio de guerra. Quantos grandes homens já foram marinheiros, Jaqueta Branca! Dizem que até Homero foi outrora marujo, como seu herói, Ulisses, foi marinheiro e construtor de navios. Posso jurar que Shakespeare foi capitão do castelo de proa. E da primeira cena de *A tempestade*, Jaqueta Branca... se lembra?[336] O descobridor de mundos, Cristóvão Colombo, era um marinheiro! Assim como Camões, que foi ao mar com Gama, caso contrário jamais teríamos *Os lusíadas*. Sim, já refiz a rota que Camões percorreu... ao redor do cabo da Boa Esperança, entrando no oceano Índico. Também já estive no jardim de d. José, em Macau, e banhei meus pés do abençoado orvalho das caminhadas que Camões antes de mim fizera. Sim, Jaqueta Branca, e vi e me sentei na gruta no fim do caminho sinuoso e florido, onde Camões, segundo diz a tradição, compôs algumas passagens de seu poema. Sim, Camões foi um marinheiro![337] E, então, há Falconer,

333. O poeta Luís Vaz de Camões (1524-80) é a principal figura do classicismo português e autor do grande épico nacional luso, *Os lusíadas* (1572), que versa sobre a conquista do Caminho das Índias sob o comando de Vasco da Gama.

334. William Julius Mickle (1734-88), poeta escocês, publicou em 1776 sua tradução dos *Lusíadas* para o inglês — a segunda em língua inglesa (sendo a primeira do poeta e tradutor inglês Richard Fanshawe, de 1655). Trata-se de um trabalho de tradução bastante heterodoxo, sobretudo pelos acréscimos e adaptações que Mickle impõe ao texto camoniano (ver nota 332). Em 1779 Mickle embarcou no navio de guerra *Romney*, na condição de secretário de um importante amigo, Gabriel Johnston (antigo governante da colônia britânica da Carolina do Sul), rumo a mais uma rodada de conflitos entre Grã-Bretanha e Espanha (1779-83), então motivados pela Guerra de Independência norte-americana. A viagem seria bastante proveitosa a Mickle, e a visita a Portugal lhe renderia observações da cultura lusa, as quais pensava reunir em volume (jamais publicado); inspirado pela cidade de Almada, escreveria um de seus mais conhecidos poemas, "Almada Hill" (1781).

335. Poema de Mickle ambientado na paróquia de Cumnor, onde em 1560 ocorreu o famoso e misterioso assassinato de Amy Robsart, supostamente por seu marido lorde Robert Dudley, conde de Leicester e figura bastante próxima de Elizabeth I. O poema de Mickle dá voz a Amy, que sozinha, antes de morrer, versa sobre o desamor de Leicester e sua ambição ao trono. O mesmo caso é apresentado em *Kenilworth* (1821), romance de *sir* Walter Scott, porém com enredo diverso. Na trama de Scott, Robert Dudley tece sua ascensão social seduzindo a rainha e mantendo em sigilo seu casamento com Amy, o que não parece verossímil, uma vez que à época da morte de Amy o casal estivesse unido há dez anos.

336. Escrita provavelmente entre 1610 e 1611 e não raro compreendida como a última criação de Shakespeare, *A tempestade* tem início com o naufrágio de um navio, ao qual a personagem aqui alude.

337. Consta que, em 1555, o poeta Luís de Camões tenha sido nomeado (a contragosto) provedor-mor de defuntos e ausentes do entreposto português de Macau, na Ásia. Reza a tradição

cujo *Naufrágio* jamais irá a pique, ainda que ele próprio, pobre homem, tenha se perdido com a fragata *Aurora*.[338] O velho Noé foi o primeiro marinheiro. E são Paulo, também, sabia recitar os nomes dos pontos cardeais, meu rapaz! Recorda-se daquele capítulo dos Atos? Não poderia contar um caso melhor. Já esteve em Malta? Chamava-se Melita nos idos dos Apóstolos. Lá, estive na gruta de Paulo, Jaqueta Branca. Dizem que uma pedra dela é um bom amuleto contra naufrágios; mas nunca experimentei.[339] Há também Shelley, que era um bom marinheiro. Shelley... pobre rapaz! Um Percy, também... mas eles deviam ter deixado o corpo dele dormindo no túmulo dos marinheiros... ele se afogou no Mediterrâneo, sabe?, próximo a Livorno... e não queimar seu corpo, como fizeram, como se fosse um maldito turco. Mas muita gente o julgava assim, Jaqueta Branca, pois ele não ia à missa e escreveu *Rainha Mab*. Trelawney estava presente à cremação; ele também era um peregrino dos oceanos! Sim, e Byron o ajudou a atirar um fragmento de quilha nas chamas; pois o navio partiu em pedaços, dizem; destroços ardendo em destroços.[340] E Byron não era um marinheiro? Um amador de tombadilho, era

---

que, em Macau (onde permanecera por dois anos), Camões frequentava um lugar conhecido como estância do Patane, a pouca distância da cidade, em cuja gruta sentava-se para escrever o épico, cuja composição àquela altura encontrava-se em estágio bastante avançado. À época, Portugal viveu a transição (1557) dos reinados de d. João III e d. Sebastião I. Algumas imprecisões ou informações apócrifas devem ser aqui registradas: não se encontrou qualquer registro de um "jardim de d. José" em Macau, tampouco de d. João, caso Melville tenha cometido algum erro de grafia; e quanto à presença de Camões em alto-mar sob o comando de Vasco da Gama, a impossibilidade é absoluta, uma vez que Vasco da Gama morreu no mesmo ano de nascimento do poeta. Embora não haja qualquer comprovação técnica precisa, os conhecimentos náuticos de Camões poderiam ter se formado ao longo das muitas viagens que o poeta fez à África e à Ásia, a serviço do reino português.

338. Composto de quase 3 mil versos e três cantos, *The Wreck*, de William Falconer, conheceu uma primeira edição (1762) anônima, assinada unicamente por "um marinheiro"; o sucesso do poema, contudo, sugeriu duas novas edições e substanciais acréscimos. A terceira delas (1769) publicou-se antes de o autor embarcar no *Aurora*, em cujo naufrágio morreria. Como poema narrativo, *O naufrágio* tem também valor didático, ao pautar-se pelos trabalhos diários de um típico navio mercante de meados do séc. XVIII. A obra recupera a experiência de Falconer como marinheiro e testemunha do naufrágio, no Mediterrâneo, da própria embarcação em que trabalhava, ao qual sobreviveu, ao lado de outros dois tripulantes.

339. Referência aos capítulos 27 e 28 de Atos dos Apóstolos, em que Paulo é expulso da Cesareia palestina e conduzido a Roma. Paulo, sobrevivente de três naufrágios (2 Coríntios, 11:25, 26), acaba por orientar o comandante da embarcação em que estão sobre os caminhos que deveriam tomar durante uma tempestade. Passada a tormenta, a companhia desembarca em Malta, onde por três meses Paulo viveu numa gruta.

340. O poeta Percy Bysshe Shelley (1792-1822) é autor, dentre outros, de *Rainha Mab: um poema filosófico* (1813), no qual recorre à rainha das fadas para expor suas ideias sobre a liberdade humana e a revolução social. Shelley morreu em naufrágio na costa italiana, entre Pisa e Livorno, num pequeno barco a vela tripulado por ele e outros dois homens. Os corpos foram encontrados dias depois na costa italiana. Shelley foi cremado em presença de sua viúva Mary Shelley e de lorde Byron, entre outros.

o que ele era; de outro modo, como faria o oceano arfar com tamanha grandeza e majestade? Não tenho razão? Jamais existiu um grande homem a viver a vida toda em terra firme. O mar traz inspiração a quem inala seu perfume; estar apenas uma vez longe de terra firme foi o bastante para fazer muitos verdadeiros poetas e destruir muitos impostores; pois, entenda, não há possibilidade de enganar o mar; ele arranca as falsas quilhas do casco dos impostores; ele lhe diz exatamente o que você é, e faz com que o sinta. A vida de um marinheiro é o que traz a verdade de nós, mortais, à tona. O que a abençoada Bíblia diz? Não diz que nós apenas, gajeiros do mastro principal, vemos as verdadeiras visões e maravilhas? Não renegue a Bíblia abençoada! Não faça isso! Veja como balança aqui, meu garoto!", agarrando-se a um ovém. "Mas isso só prova o que estou dizendo: o mar é o berço do gênio! Arfa, velho mar!"

"E *você* também, nobre Jack", disse eu, "o que é, senão um marinheiro?"

"Você é adorável, meu garoto", respondeu Jack, olhando para cima com um olhar como o do arcanjo sentimental condenado a arrastar-se em desgraça pela eternidade afora. "Mas atenção, Jaqueta Branca, há muitos grandes homens no mundo além de comodoros e capitães. Tenho aqui pra mim, Jaqueta Branca", continuou, tocando a testa, "que sob céus mais favoráveis... talvez naquela estrela ali, que nos observa através das nuvens... eu poderia ter sido um Homero. Mas o Destino é o Destino, Jaqueta Branca; e nós, Homeros que, por força maior, nos tornamos gajeiros, precisamos escrever nossas odes em nossos corações e publicá-las em nossas cabeças. Mas olhe! O capitão está à popa."

Era meia-noite; mas todos os oficiais estavam no convés.

"Você aí, no pau da bujarrona!", bradou o lugar-tenente do turno, indo à frente e dirigindo-se ao gajeiro mais à proa. "Consegue ver algum dos navios?"

"Nada, senhor."

"Nada, senhor", disse o lugar-tenente do turno, aproximando-se do capitão e tocando o chapéu.

"Convoque todos os marinheiros!", gritou o capitão. "Essa quilha não há de ser vencida enquanto eu caminhar neste convés."

Todos os marinheiros foram chamados, e as macas penduradas nas trincheiras pelo resto da noite, para que ninguém pudesse permanecer entre cobertores.

Agora, para explicar as medidas adotadas pelo capitão para nos garantir a vitória, é preciso dizer que o *Neversink*, por alguns anos depois de ir ao mar, foi tido como uma das mais lentas fragatas da Marinha americana. Ocorreu porém, após algum tempo, que, em viagem no Mediterrâneo, ela deixou o porto de Maó sob o que se supôs ser uma péssima inclinação. Sua proa abicava na água, e a popa se erguia no ar. Mas, por incrível que pareça, logo se descobriu que, nessa postura ridícula, a embarcação vogava como uma estrela cadente; e ultrapassou todos os navios na região. Daí que todos os seus capitães, em todas as viagens, passaram a se valer do trim pela proa; e o *Neversink* fez justiça ao nome de clíper.

Mas voltemos ao assunto. Todos os marinheiros foram chamados; e capitão Claret os usou como contrapeso para abicar o navio, cientificamente, até chegar à melhor inclinação. Alguns foram mandados à frente no espardeque com balas de vinte e quatro libras nas mãos e espalhados judiciosamente aqui e ali, com ordens estritas de não se mexerem um centímetro em seus postos, sob o risco de acabarem com os planos do comandante. Outros foram distribuídos pela coberta dos canhões e das macas, sob ordens similares; e, para coroar o esforço, várias caronadas foram tiradas de seus reparos e penduradas por suas cordas de fixação nas vigas do convés, para assim dar uma espécie de vigor vibratório e leveza oscilatória à fragata.

E assim nós, quinhentos contrapesos, permanecemos no convés a noite inteira, alguns expostos a uma forte chuva, para que o *Neversink* não fosse vencido. Mas o conforto e o consolo de todos aqueles contrapesos são como pó na balança, segundo pensam os comandantes de nosso mundo flutuante.

A longa e agitada noite por fim chegou a seu termo, e, tão logo surgiram os primeiros raios de sol, o gajeiro do pau da bujarrona foi chamado; mas nada havia à vista. Afinal, o dia clareara; e nenhuma proa se via de nossa popa, nem popa alguma à nossa frente.

"Onde estão?", bradou o capitão.

"Fora do alcance, a popa, certamente, senhor", disse o oficial do convés.

"Fora do alcance, *a proa*, certamente, senhor", resmungou Jack Chase, na gávea.

E dessa forma permaneceu a questão: se nós os derrotamos, ou eles nos derrotaram, não há mortal que possa dizê-lo agora, já que não os vimos mais; todavia, por sua própria conta, Jaqueta Branca vai colocar suas duas mãos sobre os canhões de proa do *Neversink* e jurar por seu navio que nós, ianques, levamos a melhor.[341]

---

341. A corrida descrita no capítulo teve lugar em 24 de agosto de 1844, data de partida da embarcação, segundo consta do diário de bordo do *United States*. Daí que se podem identificar algumas das inovações trazidas por Melville ao episódio. Consta que não eram três as embarcações em contenda, mas cinco — quatro delas (incluindo o *United States*) norte-americanas e uma (o *Coquette*) francesa, sobre a qual restam dúvidas de que tenha terminado a corrida. A internacionalização da disputa serve, segundo se pode afirmar, a um propósito alegórico, como poderíamos atestar pelo uso provocativo que Melville daria aos símbolos nacionais britânicos, um ano depois, em *Moby Dick*, e mesmo pela recorrência do episódio da corrida entre embarcações nacionais (ver *Moby Dick*, Capítulo 81).

66

Diversão num navio de guerra

Depois da corrida (nosso dérbi naval), tivemos muitos dias de bom tempo, durante os quais continuamos a correr, com os alísios à popa, rumo ao norte. Exultantes com a ideia de estarem no caminho de casa, muitos marinheiros mostravam-se festivos, e a disciplina do navio afrouxou-se um pouco. Muitos divertimentos servem para matar o tempo, em particular durante os primeiros quartinhos. Esses primeiros quartinhos (compreendendo as duas primeiras horas do início da noite) compõem o único momento de recreação permitido para as tripulações da maioria dos navios no mar.

Entre outras diversões consentidas pela autoridade a bordo do *Neversink*, estavam a briga de bastões, luta, martelo e bigorna e bater cabeças. Todos esses passatempos tinham o apoio e o estímulo do capitão, pois de outro modo — a ver pelas consequências às quais levavam às vezes — seriam sem dúvida alguma absolutamente proibidos. É uma curiosa coincidência que, quando um capitão da Marinha não é amante da "*ars porradae*",[342] sua tripulação raramente se diverte dessa forma.

A briga de bastões, como todos sabem, é um agradabilíssimo passatempo que consiste em dois homens de pé a poucos pés de distância um do outro golpeando violentamente a cabeça do adversário com longos bastões. É uma atividade que diverte um bocado, desde que você não seja atingido; um golpe, contudo — no julgamento de pessoas de discernimento e juízo —, acaba com a brincadeira por completo. Quando praticado por entusiastas do esporte em terra firme, os adversários usam pesados elmos de ferro para aplacar a força dos golpes. Os únicos elmos de nossos marinheiros, entretanto, eram aqueles com que a natureza os havia equipado. Era jogado com enormes soquetes de canhão.

A luta consiste na briga de bastões substituindo os bastões de madeira pelos de osso. Dois homens ficam a certa distância um do outro e golpeiam-se com seus punhos (um duro feixe de dedos permanentemente preso aos braços, ora fechado

342. *Fistiana*, no original. O *Dicionário Oxford* (OED) não registra sua ocorrência em Melville; porém, destaca o uso cômico do termo.

em forma de pomo, ora aberto em forma de palma, ao gosto do proprietário), até que um dos lutadores, suficientemente golpeado, grita "Basta".

O martelo e bigorna é praticado por amadores da seguinte forma: o paciente nº 1 fica de quatro, parado; e o paciente nº 2 é erguido por seus braços e pernas, enquanto seu traseiro é lançado contra o traseiro do paciente nº 1, até que este, com a força do golpe final, seja mandado para longe no convés.

Bater cabeças, tal como o capitão Claret o estimulava, consiste em dois negros (os brancos não participam) avançando um contra o outro como se fossem carneiros. Esse passatempo estava entre os favoritos do capitão. Nos primeiros quartinhos, Água de Rosas e Emergência eram sucessivas vezes chamados ao poço a sotavento para projetarem-se um contra o outro para a alegria e saúde do capitão.

Emergência era, como o chamavam os marinheiros, um "touro negro" puro-sangue, dotado de um crânio que mais parecia uma chaleira, donde sua particular predileção pelo esporte. Mas Água de Rosas era um mulato esguio e belo e o detestava. No entanto, as ordens do capitão deviam ser seguidas; e assim, a seu comando, o pobre Água de Rosas via-se obrigado a colocar-se em posição de defesa — doutro modo, o descontrolado Emergência o golpearia para fora da portinhola, direto no mar. Eu costumava lamentar, do fundo do meu coração, a situação de Água de Rosas. Mas minha pena quase se tornou indignação diante do triste desfecho de uma dessas cenas gladiatórias.

Parece que, insuflado pela admiração sincera, embora verbalmente inexistente, do capitão, Emergência começara a desprezar Água de Rosas como um covarde — um sujeito que era só cérebro e nenhum crânio; enquanto ele próprio era um grande guerreiro, todo crânio e nenhum cérebro.

Assim, depois de eles terem cabeceado um ao outro para o divertimento do capitão, Emergência chamou Água de Rosas, em tom de confidência, de "crioulo", termo que, entre alguns negros, é tido como grande ofensa. Enfurecido com o insulto, Água de Rosas deu a entender a Emergência que ele estava de todo errado; pois sua mãe, uma escrava negra, fora uma das amantes de um latifundiário da Virgínia, membro de uma das mais antigas famílias do estado. Outro comentário ofensivo seguiu-se a esse inocente desfecho; réplica deu lugar a réplica; e, por fim, eles se atracaram em luta mortal.

O mestre-d'armas os prendeu em flagrante e levou ao mastro. O capitão avançou.

"Por favor, senhor", disse o pobre Água de Rosas, "veio tudo daquele bate-cabeça. O Emergência aqui ficou irritado comigo."

"Mestre-d'armas", disse o capitão, "o senhor os viu brigar?"

"Sim, senhor", disse o mestre-d'armas, tocando o chapéu.

"Amarrar o gradil", disse o capitão. "Ensinarei aos dois que, embora vez por outra lhes permita brincar, não quero brigas a bordo. Ao dever, guardiões do contramestre!" E os negros foram açoitados.

Justiça seja feita, deve-se registrar o fato de o capitão não ter demonstrado qualquer leniência com Emergência — sem dúvida, um de seus favoritos, pelo menos no que toca ao ringue. Ele açoitou seus dois réus da forma mais imparcial.

No que toca à cena no passadiço, logo depois da representação teatral no cabo Horn, quando minha atenção se voltara ao fato de os oficiais terem trazido a bordo suas *máscaras de tombadilho* — nessa ocasião, via-se com que facilidade um oficial naval assume sua costumeira severidade de modos depois de um eventual momento de relaxamento. Esse foi, em especial, o caso com o capitão Claret. Pois qualquer homem de terra firme que o tivesse observado no poço a sotavento, num primeiro quartinho, com o semblante afável e bem-humorado, observando os gladiadores no ringue, e vez por outra permitindo-se um divertido comentário — esse homem de terra firme teria pensado que o capitão Claret era o pai indulgente de sua tripulação, talvez deixando que o excesso de bondade abusasse da dignidade de seu posto. Tal homem teria considerado o capitão Claret um belo exemplo daquelas duas bem conhecidas comparações poéticas entre um capitão do mar e um pai e entre um capitão do mar e o mestre para os aprendizes, instituídas por aqueles eminentes juristas marítimos, os nobres lordes Tenterden e Stowell.[343]

Mas, certamente, se há qualquer coisa detestável, é essa *investidura do rosto de tombadilho* que se sucede a um rosto feliz e pacífico. Como têm coragem? Penso eu que, se sorrisse uma vez para um homem — independentemente de quão abaixo ele estivesse de mim —, não teria condições de condená-lo ao acachapante horror da chibata. Ó, oficiais do mundo inteiro! Se é o rosto de tombadilho o que usam, então jamais o troquem por outro de que se valham por um instante. De todos os insultos, a condescendência temporária de um senhor diante de seu escravo é a mais revoltante e exasperante. Atenção ao potentado mais condescendente; pois é esse potentado que se provará, dada a ocasião, o mais rematado tirano.

---

343. Eminentes juristas e juízes britânicos. Charles Abbott, primeiro lorde Tenterdon (1762--1832), começou sua carreira como procurador e chegou a um dos mais altos postos do Judiciário britânico, o de lorde chefe de justiça, secundado apenas (à época) pelo de lorde chanceler; em 1802, ainda no começo de sua carreira, escreveu um tratado legal de interesse náutico, *Sobre marinheiros e navios mercantes*, cuja circulação chegou aos Estados Unidos. Já William Scott, primeiro barão Stowell (1745-1836), atuou em cortes eclesiásticas até se tornar juiz da corte do almirantado britânico.

67

Jaqueta Branca é acusado no mastro

QUANDO, AO LADO DE OUTROS QUINHENTOS HOMENS, fui um dos atentos espectadores do açoitamento do pobre Água de Rosas, não imaginava o que o Destino me reservara para o dia seguinte.

"Pobre mulato!", pensei. "Filho de uma raça oprimida, degradam-no como se fosse um cachorro. Graças a Deus sou branco!" No entanto, já vira brancos serem açoitados; pois, brancos ou negros, todos os meus companheiros de faina estavam sujeitos à chibata. De qualquer forma, há algo em nós a que, de algum modo, nas mais humilhantes condições, agarramo-nos quando temos a oportunidade de nos enganar numa fantasiosa superioridade em relação aos outros, que supomos inferiores a nós na escala.

"Pobre Água de Rosas!", pensei. "Pobre mulato! Que os céus o libertem da humilhação!"

Para esclarecer a coisa a ser relatada, é preciso repetir o que se disse nalgum lugar anteriormente: que, no virar de bordo, todos os homens de um navio de guerra têm um posto em particular, a cada um atribuído. Seu lugar específico, quem lhe precisa informar é o primeiro lugar-tenente; e, quando são dadas ordens para virar de bordo ou virar em roda, é dever de todo marinheiro estar em seu posto. Mas entre os vários números e postos dados a mim pelo lugar-tenente veterano, o oficial furtara-se a dizer meu lugar específico nessas circunstâncias; até o preciso momento sobre o qual escrevo, sequer sabia que tinha um posto específico. Pois, quanto ao resto dos homens, eles me pareciam pegar a primeira corda que lhes fosse oferecida, como num navio mercante sob condições similares. De fato, descobri posteriormente que tal era o estado disciplinar — neste particular, pelo menos — que poucos homens eram capazes de dizer quais eram seus postos apropriados, fosse para virar de bordo ou em roda.

"Marujos, virar de bordo!", foi o anúncio feito pelos guardiões do contramestre nas escotilhas pela manhã que sucedeu o triste destino de Água de Rosas. Tinham acabado de dobrar oito — era meio-dia, e, saltando de minha jaqueta branca, que estendera entre os canhões no convés principal à guisa de cama, subi as escadas e, como sempre, prendi-me firme à braça da verga do mastro principal, que outros cinquenta homens faziam mover-se à frente. Quando se ouviu ao trompete: "Alar vela de gávea!", puxei nessa braça com tanta vontade e gosto que, por minha participação enquanto instrumento para fazer com que a nau mudasse de amura, quase me gabei de merecer um agradecimento público e uma caneca de prata do Congresso.

Contudo, calhou que alguma coisa obstasse o caminho das vergas ao alto em movimento; uma pequena confusão resultou de tal obstáculo; e, com o semblante em cólera, o capitão Claret veio à frente para ver o que o ocasionava. Não havia marinheiro para soltar o amantilho de bombordo da verga principal! O cabo, porém, foi solto por um marujo, e, com todas as vergas desobstruídas, fez-se o movimento.

Quando o último cabo foi aduchado e guardado, o capitão desejou saber do primeiro lugar-tenente quem teria se postado junto ao amantilho de bombordo da verga principal, na ocasião a estibordo. Com uma expressão de irritação, o primeiro lugar-tenente ordenou que um aspirante buscasse o Livro de Postos e, folheando-o, viu meu próprio nome inscrito no posto em questão.

No momento eu estava na coberta dos canhões abaixo e desconhecia a movimentação; no instante seguinte, porém, escutei os guardiões do contramestre berrando meu nome por todas as escotilhas e atravessando as três cobertas. Era a primeira vez que o escutava passando pelos mais profundos recessos do navio e, sabendo o que isso geralmente significava para outros marinheiros, senti meu coração subir à boca e às pressas perguntei ao Flauta, o guardião do contramestre na escotilha principal, o que se queria de mim.

"O capitão quer você no mastro", ele respondeu. "É para o açoite, eu acho."

"Por quê?"

"Meu Deus! Você anda passando giz no rosto?"

"Por que me chamam?", repeti.

Mas naquele instante meu nome foi mais uma vez chamado aos brados pelos demais guardiões do contramestre, e Flauta me dispensou, sugerindo que logo descobriria o que o capitão desejava de mim.

Coloquei o coração de volta no lugar ao pisar no espardeque; por um único instante equilibrei-me e permaneci centrado; e então, totalmente ignorante do que seria dito contra mim, avancei para o assustador tribunal da fragata.

Enquanto atravessava o passadiço, vi o quartel-mestre amarrando os gradis; o contramestre com seu saco verde de chibatas; o mestre-d'armas pronto a ajudar arrancando a camisa de alguém.

Mais uma vez procurei ajeitar meu coração dentro do peito e me vi de pé diante do capitão Claret. Seu rosto vermelho obviamente denotava mau humor.

Em meio ao grupo de oficiais ao seu lado estava o primeiro lugar-tenente que, à medida que eu avançava, olhava-me de tal maneira que percebi claramente que estava extremamente irritado comigo por eu lhe ter servido de inofensivo mote para reflexão acerca de seus métodos de manutenção da disciplina a bordo do navio.

"Por que não estava em seu posto, senhor?", perguntou o capitão.

"A que posto se refere, senhor?", perguntei.

É geralmente o costume dos homens a bordo de um navio de guerra permanecer, em forma de respeito, tocando seus chapéus a cada frase que dirigem ao capitão. Mas como isso não era obrigatório segundo os Artigos de Guerra, não o fiz em tal ocasião; ademais, jamais tivera a perigosa honra de uma conversa pessoal com o capitão Claret.

Ele rapidamente notou a omissão da homenagem que costumeiramente se lhe fazia; disse-me o instinto que, em certa medida, aquilo colocou seu coração contra mim.

"A que posto se refere, senhor?", disse eu.

"Finge não saber", ele respondeu. "Isso não o ajudará, senhor."

Olhando para o capitão, o primeiro lugar-tenente mostrou o Livro de Postos e leu meu nome relacionado ao amantilho de bombordo da verga principal.

"Capitão Claret", disse eu, "é a primeira vez que escuto meu nome relacionado a esse posto."

"Como explica isso, sr. Bridewell?", disse ele, voltando-se ao primeiro lugar-tenente, com uma expressão de crítica.

"É impossível, senhor", disse o oficial, tentando esconder a irritação. "Esse homem deve ter tido conhecimento de seu posto."

"Não o conhecia antes deste momento, capitão Claret", disse eu.

"Contradiz meu oficial?", respondeu ele. "Hei de açoitá-lo."

Estava a bordo da fragata havia mais de um ano e permanecera intocado pela chibata; o navio estava na rota de casa e, em poucas semanas, no mais tardar, eu seria um homem livre. E agora, depois de fazer de mim mesmo um ermitão nalgumas coisas para evitar a possibilidade de ser açoitado, eis que ela se anuncia por algo que jamais previ, por um crime do qual era inteiramente inocente. Mas tudo aquilo era como nada. Vi que não havia esperanças para o meu caso; minha solene negativa foi-me lançada de volta à cara; e o guardião do contramestre acariciou o "gato".

Há momentos em que loucos pensamentos adentram o coração de um homem, quando ele parece não mais responder por seus atos e feitos. O capitão estava a bombordo do convés. Ao lado, num caminho sem obstáculos, ficava a abertura do passadiço a sotavento, onde as escadas laterais ficam suspensas no porto. Nada além de um pequeno pedaço de corda servia para fechar a passagem, aberta ao nível dos pés do capitão e mostrando o mar imenso além. Permaneci um tanto a barlavento dele e, embora ele fosse um homem grande e portentoso, era certo que uma corrida súbita contra ele, cruzando o convés ligeiramente inclinado, infalivelmente o lançaria de cabeça no oceano, embora aquele que assim corresse acabasse necessariamente seguindo o mesmo caminho. O sangue parecia coagular em minhas veias; sentia frio nas pontas dos dedos, e a escuridão se formava em meus olhos. Mas, através daquela escuridão, o guardião do contramestre, de açoite em mãos, surgia-me como um gigante, e o capitão Claret e o mar azul que se via através da abertura no passadiço mostravam-se com terrível vivacidade. Não consigo analisar meu coração, embora ele tenha permanecido tranquilo dentro de mim. Mas a coisa que me inclinava a meu propósito não era o pensamento de que o capitão Claret estivesse prestes a me humilhar e que eu tivesse jurado por minha alma que ele não o faria. Não; sentia minha humanidade tão enraizada dentro de mim que não havia palavra, golpe ou chibata do capitão Claret que pudesse me cortar tão fundo. Eu estava inclinado, sim, a seguir um instinto dentro de mim — o instinto que se difunde em toda a natureza animada, o mesmo que leva até um verme a se revirar sob a sola de um sapato. Prendendo meu destino ao dele, queria arrastar o capitão Claret de seu tribunal terreno ao de Jeová e deixar que Ele decidisse por nós. De nenhuma outra forma eu escaparia ao açoite.

A Natureza não dotou o homem de poder que, chegada a hora, não estivesse predestinado ao exercício, não obstante nossos poderes sejam não raro mal utilizados. O privilégio, inato e inalienável, que todo homem tem de matar e morrer não nos foi dado sem um propósito. Trata-se dos últimos recursos de uma existência humilhante e insuportável.

"Para os gradis, senhor!", disse capitão Claret. "Escutou?"

Meu olho media a distância entre o comandante e o mar.

"Capitão Claret", disse uma voz avançando na multidão. Virei-me para ver quem podia ser que, audaz, interpunha-se numa situação como aquela. Era o mesmo Colbrook, o belo e gentil cabo dos fuzileiros a quem se aludiu anteriormente, no capítulo que descrevia como se matava o tempo num navio de guerra.

"Conheço o homem", disse Colbrook, tocando o chapéu e falando de forma tranquila, firme e deferencial; "e sei que ele não estaria ausente de seu posto se o soubesse."

A manifestação era quase sem precedentes. Não se tinha registro de fuzileiro que tivesse ousado falar ao capitão de uma fragata em favor de um segundo marinheiro. Mas havia uma autoridade tão despretensiosa nos modos calmos do homem que o capitão, embora aturdido, em nada o repreendeu. O próprio inusitado de sua interferência parecia ser a proteção de Colbrook.

Ganhando confiança, talvez, a partir do exemplo de Colbrook, Jack Chase interveio e, de forma cuidadosamente respeitosa, porém firme, repetiu em substância o comentário do cabo, acrescentando que ele jamais me vira ausente da gávea.

O capitão olhou de Chase a Colbrook, de Colbrook a Chase — o primeiro, o mais proeminente homem entre os marinheiros; o segundo, o mais valoroso entre os soldados —; em seguida, mirou a tripulação, concentrada e silenciosa ao redor; e então, como se fosse um escravo do Destino, embora supremo capitão de uma fragata, voltou-se ao primeiro lugar-tenente, fez algum comentário indiferente e, dizendo-me: "Pode partir", caminhou impassível para seu camarote; enquanto eu, que, no desespero de minha alma, acabara de escapar a um assassinato e um suicídio, quase explodi em lágrimas de agradecimento ali mesmo onde estava.

68

Uma fonte num navio de guerra, e outras coisas mais

ESQUEÇAMOS A CHIBATA E O PASSADIÇO por um instante e tratemos de passagem, em nossas memórias, de algumas coisinhas relativas a nosso mundo flutuante. Nada deixo escapar, nem a menor coisa; sinto-me movido pelo mesmo motivo que inspirou muitos antigos cronistas de valor a registrar simples trivialidades concernentes a coisas destinadas a desaparecer inteiramente da terra e que, não fossem preservadas a tempo, infalivelmente pereceriam das memórias do homem. Quem sabe se esta humilde narrativa não se provará, no futuro, a história de um obsoleto barbarismo? Quem sabe, quando não existirem mais navios de guerra, *Jaqueta Branca* não será citado para mostrar ao povo do Milênio o que era um navio de guerra? Deus, apressai o tempo! Ó, anos, escoltai vossa passagem e abençoai nossos olhos na hora de nossa morte.

Não há lugar numa fragata onde se veem mais idas e vindas de estranhos e se ouvem mais saudações e mexericos entre conhecidos do que na vizinhança imediata do bebedouro do navio, logo à frente da escotilha principal, na coberta dos canhões.

O bebedouro é uma enorme tina de madeira pintada, como um barril posto de pé numa das extremidades com a tampa superior removida e dispondo, em sua face interna, de uma prateleira estreita e circular onde ficam canecas de lata para a conveniência dos que ali vão beber. No centro, dentro do próprio bebedouro, fica uma bomba de ferro que, ligada aos imensos tanques de água no porão, fornecem um inesgotável suprimento daquela muito admirada bebida produzida pela primeira vez nos regatos do jardim do Éden e estampada com a *marca* de nosso bom pai Adão, que nunca soube o que fosse vinho — este, devemo-lo às vindimas do velho Noé. O bebedouro é a única fonte do navio; e somente nele se pode beber fora das refeições. Noite e dia uma sentinela armada marcha diante dele, baioneta em mãos, para certificar-se de que água nenhuma seja dali levada, exceto segundo as leis. Pergunto-me por que não posicionam sentinelas nas escotilhas para certificarem-se de que nenhum ar está sendo respirado senão segundo as leis da Marinha.

Uma vez que quinhentos homens vão beber nesse bebedouro; e como ele está não raro cercado pelos criados dos oficiais, que levam a água para o banho de seus senhores; pelos cozinheiros do navio, que lá enchem suas panelas de café; e pelos cozinheiros dos ranchos do navio, que ali buscam água para seus bolos; o bebedouro do navio é o equivalente da bomba d'água de um vilarejo. Tivesse meu digníssimo conterrâneo Hawthorne, de Salem, servido num navio de guerra em seu tempo, poderia nos ter oferecido a leitura de um "regato" do bebedouro.[344]

COMO SÓI AOS PRÉDIOS DAS GRANDES INSTITUIÇÕES — abadias, arsenais, faculdades, bancos do tesouro, correios metropolitanos e monastérios —, nos quais são muitos os pequenos e confortáveis recantos onde velhos oficiais aposentados permanecem em segurança; e, mais especialmente, aos espaços mais eclesiásticos, onde há algumas poucas e belas baias prebendárias mobiliadas com bem fornidas manjedouras e comedouros; do mesmo modo num navio de guerra há uma variedade de confortos similares para o benefício de velhos marinheiros decrépitos ou reumáticos. O mais importante dentre todos é o "escritório" do homem do mastro.

Existe no convés, à base de cada mastro, um forte trilho onde certo número de braças, brióis e amantilhos permanecem amarrados a malaguetas. Os únicos deveres do homem do mastro são verificar se esses cabos estão sempre safos, preservar o local no maior asseio possível e, toda manhã de domingo, colher seus cabos em belas aduchas em pandeiro.

O homem do mastro principal do *Neversink* era um marinheiro de muita idade que bem merecia sua confortável maca. Vira mais de meio século do mais ativo serviço e, por longos anos, provara-se marujo bom e fiel. Fornecia um dos raríssimos exemplos de marinheiro encanecido em alto-mar; pois, com a maioria dos marinheiros, a idade chega na juventude, e a faina e o vício os levam ao túmulo em féretro prematuro.

Como o velho Abraão no anoitecer da vida, sentado à porta de sua tenda no crepúsculo do dia pedindo que chegasse a hora de morrer, assim permanecia o velho homem do mastro ao pé do aparelho, olhando ao redor com a bondade dos patriarcas. E aquela sua expressão tranquila acentuava muito estranhamente um rosto que se tornara negro sob os tórridos sóis que tinham brilhado cinquenta

344. A homenagem que Melville aqui faz é ao escritor norte-americano Nathaniel Hawthorne (1804-64), autor de *A letra escarlate*, entre outros romances, e de um importante conjunto de contos, publicados ao longo de sua carreira e parcialmente reunidos nos dois volumes de *Contos duas vezes contados* (1837 e 1842), onde se encontra "A rill from the town pump" ("Um regato da bomba do vilarejo"), título com o qual Melville joga aqui. Contemporâneo e amigo pessoal de Melville, Hawthorne foi influência decisiva em sua obra. A ele Melville dedicaria seu romance maior, *Moby Dick*.

anos antes — um rosto vincado com três cortes de sabre. Olhando para aquela testa, aquele queixo e rosto escurecidos e marcados de cicatrizes, era de se imaginar que aquele velho homem do mastro surgira de uma explosão do Vesúvio. Mas, fitando dentro de seus olhos e, embora todas as neves do Tempo tenham se acumulado sobre sua fronte, na profundeza daqueles olhos via-se um olhar infantil, sem pecado, o mesmo que respondeu ao olhar de sua mãe quando ela primeiro pediu que o bebê fosse colocado ao seu lado. Aquele olhar é o da inapagável e sempre infantil eternidade da alma.

Os LORDES NELSONS DO MAR, ainda que barões para o Estado, muitas vezes se provam mais poderosos que seus senhores da realeza; e em cenários como os de Trafalgar — destronando um imperador e instituindo outro — interpretam no oceano o orgulhoso papel do poderoso Richard Nevil, o conde fazedor de reis.[345] Do mesmo modo que Richard Nevil resguardou-se naquele velho navio de guerra em forma de castelo e fosso que era Warwick, em seu subsolo cortado por catacumbas abertas a picareta rocha adentro e tão intrincadas quanto os guardas de fechadura das antigas chaves de Calais, dominada por Eduardo III, assim também esses reis-comodoros se encarceram em suas fragatas vigiadas por canhões e cingidas de água, talhadas no carvalho, convés sob convés como se fossem calabouços. E, do mesmo modo que os guardas dos portões da medieva Warwick, noite após noite no toque de recolher, vigiam as ameias e mergulham nas catacumbas para ver se todas as luzes estão apagadas, os mestres-d'armas e cabos de uma fragata palmilham o convés e as cobertas de um navio de guerra, apagando todas as velas, exceto as que queimam nas lanternas de batalha autorizadas. Sim, nessas coisas é tão grande a autoridade desses porteiros do mar que, embora sejam praticamente os mais baixos subalternos do navio, caso vissem o próprio lugar-tenente veterano de pé madrugada adentro em seu camarote lendo *O navegador*, de Bowditch, ou *Sobre pólvora e armas de fogo*, de D'Anton, eles

345. Richard Nevil, 16º conde de Warwick (1428-71), foi o mais rico e poderoso nobre inglês de seu tempo. Esteve no centro da Guerra das Rosas (1455-87), conflito entre as principais casas da nobreza inglesa — os York e os Lancaster — ante a vacância do trono, controlado pelos últimos. Num primeiro momento, esteve à frente das tropas que capturaram o lancasteriano Henrique VI e foi fundamental para a coroação do iorquista Eduardo IV; num segundo momento, porém, depois do rompimento com o novo rei, conseguiu depô-lo, fazendo voltar ao trono, esgotadas as alternativas políticas, o mesmo Henrique VI. Morreu em batalha contra os exércitos de Eduardo IV, que recuperaria o trono, capturando e assassinando Henrique VI, para morrer uma década depois. O trono inglês acabaria mais uma vez sob o poder de um Lancaster, Henrique VII, que daria início à dinastia Tudor.

invariavelmente soprariam as velas sob seus próprios narizes.[346] Nem mesmo o grão-vizir ousaria ressentir-se de tal afronta.

No entanto, inadvertidamente enobreci, por nobres comparações históricas, esse impertinente e insignificante informante irlandês que é o mestre-d'armas.

Você provavelmente já viu algum caseiro magro e de calçados gastos investigando à meia-noite uma antiga casa de campo cheia de meandros e se assustando diante de bruxas e fantasmas imaginários, não obstante disposto a perscrutar cada porta fechada, cada brasa incandescente extinguindo-se nas lareiras, cada serviçal preguiçoso na cama e cada luz que se apaga. Esse é o mestre-d'armas fazendo suas rondas noturnas na fragata.

PODE-SE PENSAR QUE MUITO POUCO se viu do comodoro nestes capítulos e que, por tão pouco aparecer ao palco, ele não pode, afinal, ser uma personagem tão grandiosa. Porém os mais poderosos potentados permanecem boa parte do tempo sob os véus. Você pode passar um mês em Constantinopla e jamais ver o sultão. O grande lama do Tibete, segundo relatos, nunca é visto pelo povo. Mas, no caso de dúvida quanto à majestade do comodoro, que se saiba que, segundo o artigo nº 17 dos Artigos de Guerra, ele está investido de uma prerrogativa que, na palavra dos juristas monárquicos, está inseparável do trono — o poder absoluto de perdoar. Ele pode perdoar todas as ofensas cometidas na esquadra sob seu comando.

Essa prerrogativa, porém, é sua apenas no mar, ou em posto no estrangeiro — circunstância peculiarmente significativa da grande diferença entre o orgulhoso absolutismo de um comodoro entronado em sua popa num porto estrangeiro e um comodoro despido de seus galões e negligentemente recostado numa cadeira de balanço no seio de sua família em casa.

NAS HISTÓRIAS DE ALGUNS ANTIGOS ESTADOS, lemos sobre *provadores* da corte, como precaução contra envenenamentos. A função do provador consiste em provar todos os pratos antes da refeição de seu senhor real. Nas Marinhas modernas

346. Primeiramente publicado em 1802, com sucessivas e atualizadas edições que chegam a nossos tempos, *The American Practical Navigator*, ou simplesmente *Bowditch*, do norte-americano Nathaniel Bowditch (1773-1838), é uma enciclopédia de navegação. Como hoje, ela trazia preciosas informações sobre meteorologia e oceanografia, além de tabelas de navegação. Já D'Anton (*sic*) é Alessandro Vittorio Papacino D'Antoni (1714-86), militar e arquiteto italiano, cujos manuais sobre armas de fogo e pólvora, originalmente escritos para a Escola Real de Artilharia de Turim, foram traduzidos para o francês e o inglês, tornando-se obra de referência nos sécs. XVIII e XIX.

esse costume se inverte. Todos os dias, precisamente ao toque dos sete dobres do quarto das emendas (onze e meia), o cozinheiro do *Neversink* emergia lentamente da escotilha principal trazendo uma enorme panela de lata, a qual continha uma amostra de carne seca de boi ou de porco — a depender do caso — preparado para o rancho da tripulação. Fincados de pé na carne fumegante eram vistos um garfo e uma faca. Seguindo na direção do mastro principal, o cozinheiro põe a panela sobre a barra de malaguetas e, solenemente tocando seu chapéu, espera o prazer do oficial do convés. É uma cerimônia que atrai todos os olhos; pois, de todas as pessoas no mundo, os marinheiros de um navio de guerra são os mais vivamente ansiosos pela hora do almoço; e a aparição inevitável de Café com sua panela, precisamente aos sete badalos, era sempre saudada com alegria. Para mim, ele era melhor do que um relógio. Café não ignorava a dignidade e a importância da cerimônia, na qual tinha papel tão notável — muito pelo contrário. Ele preservava a mais completa retidão de conduta; e, quando era "dia de bolo", caminhava com seu bastão de metal ao alto exibindo um bolo pálido e redondo sobre a massa vermelho-sangue de carne — algo como a figura, na velha pintura, do executor que apresenta a cabeça de são João Batista numa travessa.[347]

A seu tempo, o oficial do convés se aproxima, abre as pernas diante da barra de malaguetas e se prepara para a inspeção. Tirando o garfo e a faca da carne, ele corta um pedaço a sua escolha; mastiga-o rapidamente, enquanto olha o cozinheiro nos olhos; e, se o sabor lhe parecer agradável, finca mais uma vez o garfo e a faca na carne e exclama: "Muito bom; pode servir". Assim, num navio de guerra, os senhores se tornam provadores para a plebe.

A ostensiva razão dessa cerimônia é: o oficial do convés deve se certificar de que o cozinheiro do navio cozinhou fielmente sua carne. Mas, como a carne toda não é inspecionada, e o cozinheiro escolhe para inspeção o pedaço que lhe aprouver, o teste não é de forma alguma completo. Um pedaço escolhido e batido de peito não é uma boa amostra da dura carne de ganso.

347. Segundo os evangelhos sinóticos do Novo Testamento (Mateus 14:1-12; Marcos 6:14-29; e Lucas 9:7-9), Herodes, tetrarca da Galileia sob o Império Romano, aprisionara João Batista pois este o repreendera por divorciar-se de sua mulher e fazer-se amante de Herodias, cônjuge de seu irmão. Durante as festividades do aniversário de Herodes, Herodias sugere à filha Salomé, depois de uma exibição de dança, que peça de presente a seu tio a cabeça de João Batista numa bandeja. A cena é tradicional na iconografia cristã; portanto, é difícil precisar a pintura a que o narrador se refere.

69

Preces aos pés dos canhões

Os dias de treinamento, ou exercícios de posto de combate, que vez por outra aconteciam em nossa fragata já foram descritos, assim como as missas dominicais a meia-nau; mas nada ainda se disse no que toca diariamente aos quartos d'alva e quartinhos, quando os homens permanecem em silêncio diante de seus canhões e o capelão simplesmente oferece uma oração.

Vamos nos estender agora sobre esse assunto. Temos bastante tempo; e a ocasião convida; pois, veja!, o *Neversink* voga veloz sobre um mar de júbilo.

Pouco depois do desjejum, o tambor convoca ao exercício de posto; e entre os quinhentos marinheiros, espalhados por todos os três conveses e empenhados em todo tipo de atividade, aquele rufar súbito soa tão mágico quanto o som de aviso ao qual, por toda a Turquia, ao pôr do sol, todo bom muçulmano, a despeito do que esteja fazendo, se ajoelha na direção da sagrada Meca.

Os marinheiros correm de um lado para o outro — alguns subindo as escadas dos conveses, outros descendo — para chegar a seus respectivos postos no menor tempo possível. Em três minutos todos estão onde devem estar. Um por um, os vários oficiais destacados às diversas divisões do navio então se aproximam do primeiro lugar-tenente na coberta dos canhões e confirmam a presença de seus respectivos homens em seus lugares. É curioso observar seus rostos, então. Um profundo silêncio prevalece; e, emergindo da escotilha, de um dos mais baixos conveses, um esguio e jovem oficial se apresenta, a espada colada à coxa, avançando pelas longas fileiras de marinheiros em seus canhões, o olhar compenetrado e fixo sobre o primeiro lugar-tenente — sua estrela polar. Às vezes, ele ensaia um passo altivo e graduado, uma postura ereta e marcial, e parece cheio de vasta importância nacional quanto ao que está prestes a comunicar.

Mas quando, por fim, ele chega a seu destino, é com surpresa que se percebe que tudo que tem a dizer transmite com um toque franco-maçônico em seu quepe e um meneio. Então dá meia-volta e segue para sua divisão, talvez passando por vários irmãos lugares-tenentes, todos rumando à mesma missão que ele acabara de completar. Por cerca de cinco minutos esses oficiais vêm e vão, trazendo espetaculares informações de todos os quartos da fragata; todas, contudo, estoicamente recebidas pelo primeiro lugar-tenente. Com as pernas afastadas, de modo a dar ampla fundação à superestrutura de sua patente, esse cavalheiro permanece rijo como uma lança no tombadilho. Com uma das mãos segura o sabre — equipamento de todo desnecessário para a ocasião; e que da forma mais conveniente ele coloca sob o braço, apontando ao chão, como um guarda-chuva num dia de sol. A outra mão sobe e desce continuamente no caminho do couro que lhe cobre a frente do quepe, em resposta aos chamados e saudações de seus subordinados, a quem jamais se digna a dirigir uma sílaba, simplesmente perfazendo os movimentos relativos ao reconhecimento das notícias, sem ao menos agradecer pelo esforço.

Esses contínuos cumprimentos entre oficiais a bordo de um navio de guerra são a razão de se observar, invariavelmente, que as frentes de seus quepes sempre parecem opacas, gastas, quase rotas; às vezes ligeiramente enceradas — embora, noutros aspectos, o quepe possa aparentar-se novo e lustroso. No que toca ao primeiro lugar-tenente, porém, este precisava de um pagamento extra, tendo em vista os extraordinários gastos relativos à frente de seus quepes; pois era a ele que, todos os dias, endereçavam-se os vários tipos de relatórios dos lugares-tenentes iniciantes; e estes não lhe dirigiam a palavra, mesmo a de menor importância, sem tocar os quepes. É óbvio que essas saudações individuais devem ser enormemente multiplicadas e acumuladas sobre o lugar-tenente veterano, que tem de respondê-las todas. De fato, quando um oficial subordinado é promovido a tal patente, ele geralmente se queixa do mesmo cansaço do ombro e do cotovelo que tanto incomodava La Fayette em visita aos Estados Unidos, quando pouco fez além de cumprimentar as mãos fortes de patrióticos fazendeiros do nascer ao pôr do sol.[348]

Depois de os vários oficiais das divisões terem apresentado seus cumprimentos e retornado com galhardia a seus postos, o primeiro lugar-tenente dá meia-volta e, marchando em direção à popa, tenta chamar a atenção do capitão para cumprimentá-lo tocando o próprio quepe e, assim, sem acrescentar uma palavra de explicação, comunicar o fato de que todos os marinheiros estão a postos em seus canhões. Ele é uma espécie de depositário geral, pronto a concentrar toda a informação que lhe é dirigida e descarregá-la sobre seu superior ao sinal de um toque na frente de seu quepe.

---

348. Marquês de La Fayette (1757-1834) ficou conhecido como "O Herói dos Dois Mundos" por seu empenho revolucionário na Guerra de Independência dos Estados Unidos e, posteriormente, na Revolução Francesa e na Revolução de Julho. Não se localiza o registro histórico da anedota, que aponta a uma constrangedora deferência hierárquica do oficialato norte-americano, rude e excessiva mesmo a um homem aristocraticamente educado.

Mas há momentos em que o capitão se sente irritadiço ou de mau humor ou tão somente deseja ser caprichoso ou tem a fantasia de mostrar um toque de sua onipotente supremacia; ou, por acaso, acontece de o primeiro lugar-tenente tê-lo, de alguma forma, magoado ou ofendido, e ele não pensa duas vezes ao dar uma discreta mostra de seu poder sobre o oficial, mesmo diante dos olhos de toda a marinhagem; de toda forma, apenas por uma dessas suposições se pode dar explicação à singular circunstância de que, mui amiúde, o capitão Claret caminhava, pertinaz, de um lado a outro da popa, evitando propositalmente o olhar do primeiro lugar-tenente, que permanecia em enorme e estranho suspense, esperando pelo primeiro piscar de olhos de seu superior.

"Agora o peguei!", devia dizer a si mesmo, quando o capitão se voltava em sua direção enquanto caminhava. "Agora é minha vez!" E ao alto, na direção do quepe, ele elevava a mão; porém, ai!, o capitão mais uma vez se extraviava; e os homens nos canhões lançavam maliciosos olhares uns aos outros enquanto o constrangido lugar-tenente mordia os lábios controlando a irritação.

Em algumas ocasiões, essa cena se repete inúmeras vezes, até que, por fim, o capitão Claret, concluindo que sua dignidade já devia estar bastante elevada aos olhos de toda a marujada, caminha na direção do subordinado, mirando-o direto nos olhos, enquanto a mão deste imediatamente vai ao quepe e o capitão, aceitando com um meneio o relato, desce de seu poleiro, no castelo de popa.

A essa altura, o altivo comodoro lentamente surge de seu camarote e logo se reclina, sozinho, contra as barras de latão da escotilha de popa. Ao passar por ele, o capitão faz uma profunda saudação, a que seu superior responde, sinalizando que o capitão tem perfeita liberdade de proceder com as cerimônias do momento.

Marchando adiante, o capitão Claret por fim estaca o passo próximo ao mastro principal, à frente de um grupo de oficiais da praça-d'armas e ao lado do capelão. Ao sinal de seu indicador, a banda de metais toca o "Adeste, Fideles".[349] Terminada a execução, toda a tripulação, do comodoro ao pajem encarregado dos catres, descobre a cabeça, e o capelão lê a oração. Concluída esta, o tambor rufa em sinal de dispersão, e a companhia do navio desaparece dos canhões. No mar ou no porto, essa cerimônia se repete todas as manhãs e todas as noites.

Aqueles postados no tombadilho ouvem o capelão muitíssimo bem; mas a divisão do tombadilho compreende apenas um décimo da companhia do navio, que em grande parte está abaixo, no convés principal, onde é impossível escutar a

---

349. *Adeste fideles* é um hino de autoria incerta que, pelo costume que havia de ser cantado na capela da Embaixada de Portugal em Londres, ficou conhecido como "Hino português".

menor sílaba da oração. Isso me parecia uma grande tristeza; pois bem sabia a benção e o conforto que era misturar-me duas vezes ao dia nessas pacíficas devoções e, com o comodoro, o capitão e o mais insignificante garoto, unir-me em reconhecimento a Deus Todo-poderoso. Também havia na situação um toque da igualdade temporária da Igreja, excessivamente grata a um marinheiro de navio de guerra como eu.

Minha caronada ficava na direção exatamente oposta às barras de latão contra as quais o comodoro invariavelmente se postava durante a oração. Colocados tão próximos duas vezes ao dia, por mais de um ano, não podíamos senão nos tornarmos íntimos dos rostos um do outro. A essa feliz circunstância se deve o fato de, algum tempo depois de retornar para casa, termos nos reconhecido quando tivemos a oportunidade de nos encontrarmos em Washington, num baile oferecido pelo ministro russo, o barão de Bodisco.[350] E, embora, a bordo da fragata, o comodoro jamais tenha se dirigido pessoalmente a mim – nem eu a ele –, *ali*, durante a ocasião social do ministro, ficamos bastante falantes; tampouco deixei de observar que, em meio à multidão de dignitários estrangeiros e magnatas de todas as partes dos Estados Unidos, meu valoroso colega não parecia tão exaltado como quando recostado solitário contra as barras de latão do tombadilho do *Neversink*. Como muitos outros cavalheiros, ele parecia melhor e mais bem tratado, com toda deferência que lhe convinha, em seu lar, a fragata.

Nossos quartos de emenda e quartinhos foram agradavelmente diversificados por algumas semanas por uma pequena circunstância, o que para alguns de nós, pelo menos, sempre parecia bastante agradável.

Em Callao, metade do camarote do comodoro fora hospitaleiramente cedida à família de certo magnata de aparência aristocrática, que deixava o Peru na condição de embaixador rumo à corte dos Brasis, no Rio de Janeiro.[351] Esse honrado diplomata ostentava um longo e espiralado bigode que praticamente lhe cobria a boca. Os marinheiros diziam que ele parecia um rato, com os dentes salientes sob um punhado de estopa, ou um sagui espiando detrás de um arbusto de cactos.

---

350. Barão Alexander de Bodisco (1786-1854) foi conselheiro do imperador da Rússia Nicolau I e ministro plenipotenciário deste nos Estados Unidos. Chegado ao país em 1838 como renomado diplomata (presente, por exemplo, ao Congresso de Viena, em 1814, que estabelecera os termos da capitulação napoleônica), apaixonou-se por Harriet Beall Williams e, a despeito da diferença de idade (Harriet contava dezesseis anos), convenceu a garota e sua família a aceitarem o casamento, que se celebrou em 1840 como grande evento da elite da capital. Bodisco tornou-se um dos pilares da alta sociedade local, o que indica a excelência da festa (certamente fictícia) referida. Morreu na cidade que o acolheu.

351. Não foi possível atestar a possível presença de tal diplomata a bordo do *USS United States*.

Ele estava acompanhado de uma belíssima mulher e uma ainda mais bela filhinha, contando seus cinco, seis anos de idade. Entre essa ciganinha de olhos negros e nosso capelão logo surgiu um afeto cordial e bons sentimentos, a tal ponto que ambos raramente eram vistos separados. E, sempre que o tambor rufava ao exercício, e os marinheiros corriam a seus postos, essa pequena *signorita* corria mais do que todos para chegar ao cabrestante para seu próprio exercício, no qual ela ficava ao lado do capelão, segurando sua mão e olhando para o alto, em direção a seu rosto.

Era doce alívio à seriedade dominadora de nossa disciplina marcial — uma seriedade não relaxada mesmo em nossa devoção diante do altar do Deus comum ao comodoro e ao pajem — ver aquela menininha em meio aos canhões e, vez por outra, lançando um olhar de maravilhamento e compaixão ao grupo de melancólicos marinheiros ao seu redor.

70

Revista mensal ao redor do cabrestante

ALÉM DOS EXERCÍCIOS DE POSTO e das reuniões matinais e noturnas para as preces a bordo do *Neversink*, no primeiro domingo de cada mês havia ainda uma grande "revista ao redor do cabrestante", quando éramos solenemente inspecionados diante do capitão e dos oficiais, que verificavam atentamente nossas blusas e calças para ver se estavam de acordo com o padrão da Marinha. Em alguns navios, é solicitado que todos os homens levem seus sacos e macas para exame.

Tal cerimônia conhece sua maior solenidade, e para um neófito torna-se até mesmo terrível, na leitura dos Artigos de Guerra, na voz do secretário do capitão, diante da companhia do navio reunida. Esta, em testemunho de sua reverência forçada ao código, permanece de cabeça descoberta até que a última sentença seja pronunciada.

Mesmo para um simples amador, a leitura tranquila desses Artigos de Guerra pode causar desconfortos nervosos; imagine, então, quais não eram os *meus* sentimentos quando, com meu chapéu deferencialmente em mãos, ficava diante de meu mestre e senhor, o capitão Claret, e escutava esses artigos como a lei e o evangelho, o infalível e inapelável código e destino sob o qual vivia, trabalhava e tinha meu ser a bordo do *Neversink*, fragata da Marinha americana.

De umas vinte transgressões tipificadas nesse código — transformadas em crime — que um marinheiro pode perpetrar, treze são puníveis com morte. "Há de pagar com a vida!" Eis o castigo de praticamente todos os artigos lidos pelo secretário do capitão; pois ele parecia ter sido instruído a omitir os mais longos e apresentar apenas os que eram breves e sucintos.

"Há de pagar com a vida!" O anúncio reiterado cai em seus ouvidos como a descarga intermitente da artilharia. Depois de ter sido repetido inúmeras vezes, você escuta o leitor enquanto deliberadamente começa um novo parágrafo; escuta o envolvente, compreensível e claro arranjo da frase, detalhando todos os possíveis particulares do crime descrito e, perdendo o fôlego, espera se *aquele* parágrafo também será concluído pela descarga do terrível canhão do luto. É quando, ai!, ele mais uma vez explode em seu ouvido — *há de pagar com a vida!* Não há exceções ou contingências; nem a mais remota promessa de perdão ou suspensão da pena; nem um vislumbre de comutação da sentença; toda esperança e consolo estão excluídos — *há de pagar com a vida!* Esse é o simples fato que você precisa digerir; e o bocado é mais indigesto, acredite em Jaqueta Branca quando o diz, do que uma bala de canhão de quarenta e duas libras.

Mas há um lampejo de alternativa ao marinheiro que infringe esses Artigos. Alguns deles assim terminam: "Há de pagar com a vida, ou mediante punição a ser determinada por uma corte marcial". Mas isso não sugere um castigo ainda mais sério? Talvez signifique "morte, ou punição pior".

Excelentíssimos senhores da Inquisição espanhola, Loyola e Torquemada![352] Tragam, reverendíssimos cavalheiros, seus mais secretos códigos e comparem--nos a esses Artigos de Guerra, se forem capazes. Jack Ketch, você também é experiente nessas artes![353] Você, que é o mais benevolente dos mortais, que se coloca diante de nós e se pendura ao redor de nossos pescoços, quando o resto do mundo está contra nós — diz-nos, carrasco, que punição é essa que horrivelmente se sugere pior do que a morte? Será ler, de estômago vazio, esses Artigos de Guerra todas as manhãs para dar cabo da vida natural de outrem? Ou será ser preso numa cela cujas paredes estejam cobertas, do chão ao teto, com cópias impressas, em itálico, desses Artigos de Guerra?

Não é preciso demorar-se sobre o leite puro e borbulhante da bondade humana e da caridade cristã e do perdão às injúrias que permeia esse encantador documento, tão totalmente imbuído, como código cristão, do benévolo espírito do Sermão da Montanha.[354] Mas, como acontece no caso de praticamente todos os principais Estados da cristandade e como é nacionalmente declarado por esses Estados, tais leis tornam-se, indiretamente, um índice da verdadeira condição da atual civilização do mundo.

---

352. Inácio de Loyola (1491-1556) foi fundador da Companhia de Jesus, braço missionário do Vaticano, e principal líder da Contrarreforma católica, central para a instalação do ambiente repressivo à liberdade religiosa que tomaria conta da Europa entre os sécs. XVI e XVII. Entre as instituições que orientavam tal repressão, sobretudo em países nos quais a coroa se alinhava ao papado, estava a Inquisição espanhola. Tomás de Torquemada (1420-98), padre dominicano, tornou-se inquisidor geral na Espanha em 1483. Fez-se conhecido pela perseguição a judeus e muçulmanos convertidos, chegando à execução de mais de 2 mil suplícios (autos de fé), além de praticar expropriações (em favor da coroa espanhola) e de ordenar, por fim, a expulsão de todos os não católicos do reino.

353. Jack Ketch (?-1886) foi um carrasco inglês do séc. XVII, servidor da coroa inglesa sob Carlos II, conhecido pela crueldade e o sadismo com que executava seu trabalho ante o público.

354. Mencionado no Evangelho de Mateus (capítulos 5 a 7), o Sermão da Montanha é um discurso de Jesus Cristo, no qual estão condensadas questões de moral e conduta para a vida segundo a verdade e a vontade de Deus. Daí que seja considerado uma súmula para o cristianismo, retomada e reinterpretada por teólogos de diferentes denominações cristãs ao longo dos séculos.

Depois de, mês após mês, ficar de chapéu em mãos entre meus companheiros de navio e escutar a leitura desse documento, passei a pensar comigo nessas ocasiões: Ora, ora, Jaqueta Branca, que triste passo você deu. Levante as orelhas — aí vem outra bala de canhão. Ela o aconselha a acolher os maus-tratos como algo bom e jamais fazer parte de qualquer assembleia pública que tenha lugar na coberta dos canhões para a correção de injustiças e ressentimentos. Escute:

> Art. XIII: "Se qualquer pessoa na Marinha fizer ou tentar fazer qualquer assembleia amotinadora, ela há de pagar, desde que sua culpa se determine em corte marcial, com a vida".

Meu Deus, Jaqueta Branca, você é um canhão de porte para recuar aos extremos de sua culatra diante de tal disparo?

Mas atenção novamente. Aí vai outro disparo. Ele o aconselha indiretamente a receber o mais aviltante dos insultos e não reagir a ele:

> Art. XIV: "Nenhum marinheiro na Marinha há de desobedecer às ordens legais de seu oficial superior, golpeá-lo, empurrá-lo ou sacar ou apontar qualquer arma contra ele enquanto ele esteja na execução dos deveres de sua patente, sob pena de morte".

Não corra à amurada, Jaqueta Branca; mantenha-se em posição; pois aí vem mais um tiro — dessa vez para jamais cair no sono:

> Parte do Art. XX: "Se qualquer pessoa na Marinha cair no sono durante o turno, há de pagar com a vida".

Assassino! Mas então, em tempos de paz, eles não fazem valer essas leis sedentas de sangue? Não mesmo? O que aconteceu àqueles três marinheiros a bordo de um vaso de guerra americano alguns meses atrás, ainda presentes na memória, Jaqueta Branca, sim, enquanto estava a bordo dessa fragata, o *Neversink*? O que aconteceu àqueles três americanos — aqueles três marinheiros, iguais a você, que outrora estavam vivos, mas agora jazem mortos? "Há de pagar com a vida!", foram as palavras que enforcaram aqueles três marinheiros.[355]

---

355. Referência a um importante caso de violência na Marinha norte-americana, ocorrido na fragata *Somers*, tendo por comandante Alexander Mackenzie e por primeiro lugar-tenente Guert Gansevoort, primo em primeiro grau de Melville. Em 1842, Phillip Spencer, filho do secretário de Guerra, o subalterno Samuel Cromwell e o capitão da gávea principal, Elisha

Tome cuidado, então, tome cuidado, se não quiser conhecer num cabo o triste fim de sua vida; se não quiser se tornar, a garganta negra e azul, um mergulhador falto de vida em busca de pérolas; ou ser colocado em sono eterno, ensacado na própria maca, no fundo do mar. E ali permanecerá, Jaqueta Branca, enquanto Marinhas hostis brincarão de bilhar com balas de canhão sobre o seu túmulo.

Próximo ao mastro principal, portanto, em tempo de profunda paz, estou sujeito à degoladora lei marcial. E quando meu próprio irmão, que por acaso vive em terra firme e não serve a seu pai como agora o faço — quando *ele* está livre para dirigir-se ao presidente dos Estados Unidos em pessoa e expressar sua desaprovação a toda a administração nacional, aqui estou *eu*, sujeito a ser a qualquer momento pendurado pelo pescoço numa verga com um colar em que joalheiro nenhum pôs a mão!

Um caso difícil, realmente, Jaqueta Branca; não há, contudo, o que se fazer. Sim; vive sob essa lei marcial. Mas não é verdade que tudo ao redor silencia tal fato aos seus ouvidos? Duas vezes por dia não salta ao seu posto sob o chamado de um tambor? Toda manhã, no porto, não se levanta de sua maca ao som da alvorada e se deita ao cair da noite ao toque de recolher? Todos os domingos não recebe ordens quanto à própria vestimenta que há de usar naquele abençoado dia? Não podem seus companheiros beber o "dedo de grogue" deles? Ou ainda, podem eles beber o menor copo d'água no bebedouro sem que uma sentinela armada os vigie? Os oficiais não usam espadas no lugar de bengalas? Você vive e caminha entre canhões de vinte e quatro libras, Jaqueta Branca; as próprias balas de canhão são como ornamentos ao seu redor e servem para embelezar as escotilhas; e caso venha a morrer no mar, Jaqueta Branca, ainda assim duas balas de canhão hão de lhe fazer companhia quando for endereçado às profundezas. Sim, por todos os métodos e mecanismos e invenções, é momentaneamente lem-

---

Small, foram enforcados e lançados ao mar sob acusação de amotinamento. Nenhum motim havia de fato ocorrido a bordo, mas havia movimentação nesse sentido e o capitão, temendo que a conspiração tivesse se alastrado, reuniu um tribunal informal de oficiais, presidido por Gansevoort, e encorajou-o a condenar os três. O caso gerou comoção na opinião pública norte-americana, dado seu intrincado jogo de poder. Levado a julgamento por não ter aguardado a chegada do navio em terras norte-americanas para a devida avaliação dos fatos, Mackenzie tinha a seu favor uma família politicamente influente, que lhe permitiu escapar a uma condenação por assassinato instada pelo pai de Spencer, e ainda ganhar o apoio de porções influentes da sociedade. O caso *Somers* — oficialmente, o único navio da esquadra norte-americana a viver um quadro de amotinamento, com a execução de seus líderes — expunha dois pontos bastante presentes na narrativa de Jaqueta Branca: o reconhecimento dos graves problemas a bordo dos navios da Marinha americana (o maior legado do chamado "Somers Affair" foi a criação da Academia Naval norte-americana, para melhor formação dos oficiais) e o autoritarismo das leis navais norte-americanas. Ver Apresentação.

brado do fato de que você vive sob os Artigos de Guerra. E é graças a eles, Jaqueta Branca, que, sem audiência ou julgamento, você pode, ao piscar do capitão, ser condenado à chibata.

Isso é verdade? Então me deixe fugir!

Não, Jaqueta Branca, o horizonte sem terra o cerca.

Que uma tempestade, então, faça o mar inteiro se abater sobre nós! Recifes e rochas escondidas, surjam e reduzam os navios a destroços! Não nasci servo e não morrerei escravo! Rápido! Redemoinhos, engulam-nos! Que o fim do mundo nos engula!

Não, Jaqueta Branca, ainda que essa fragata deposite os próprios ossos quebrados nas praias antártidas da Terra de Palmer;[356] ainda que nem sequer duas tábuas mantenham-se unidas; ainda que todos os seus canhões sejam destruídos pelas lâminas dos peixes-espada e que tubarões de bocas escancaradas entrem e saiam de suas escotilhas também escancaradas — caso você escape ao naufrágio e consiga se arrastar até a praia, essa lei marcial o encontrará e agarrará pela garganta. Atenção!

> Art. XLII, parte da Seção 3: "Em todos os casos em que as tripulações dos navios ou fragatas dos Estados Unidos se apartarem de sua embarcação por esta ter naufragado, se perdido ou sido destruída, todo o comando, poder e autoridade dados aos oficiais de tais navios e fragatas hão de permanecer tão efetivos e íntegros quanto se tal navio ou fragata não tivesse naufragado, se perdido ou sido destruída".

Escute, Jaqueta Branca! Não há escapatória. A bordo ou náufrago, a lei marcial não relaxa seu jugo. E se, segundo esse documento, fosse de fato condenado a "pagar com a vida", ela o caçaria pelo mundo inteiro e por toda a eternidade como uma linha sem fim, passando pelo buraco de incontáveis agulhas, no inevitável encalço do próprio ponto.

---

356. À época, Terra de Palmer era a designação que se dava, nos Estados Unidos, a toda a península Antártida (em homenagem ao caçador de focas oitocentista Nathaniel Palmer); o nome, contudo, não era adotado pelos britânicos, que a chamavam de Terra de Graham. O imbróglio entre os dois países resolveu-se em 1964, com o estabelecimento de uma linha divisória, ao norte da qual a extensão de terra ganha o nome do inglês e, ao sul, o do norte-americano. Apesar de tal esforço diplomático, a península Antártida conhece ainda outras designações, como Tierra de San Martín, na Argentina, e Tierra de O'Higgins, no Chile.

71

A genealogia dos Artigos de Guerra

COMO OS ARTIGOS DE GUERRA FORMAM a arca e a constituição das leis penais da Marinha americana, com toda a sobriedade e seriedade pode ser bom atentar a sua origem. De onde elas vêm? E o que permite que um ramo das defesas nacionais de uma república venha a ser governado por um código turco, no qual toda e qualquer seção, como cada um dos canos de uma pistola de tambor, não penetra o coração de um ofensor com menos do que a morte? Como é possível que, em virtude de uma lei ratificada solenemente por um Congresso de homens livres — os representantes desses homens livres —, milhares de americanos estejam sujeitos aos mais despóticos usos e, dos portos de uma república, zarpem monarquias absolutistas tendo por bandeira as gloriosas estrelas e listras? Por qual anomalia sem paralelo, por qual monstruoso enxerto da tirania na liberdade esses Artigos de Guerra se dão a conhecer na Marinha americana?

Qual sua origem? Não podem ter nascido das instituições políticas baseadas na Declaração da Independência do arquidemocrata Thomas Jefferson, podem?[357] Não; elas são importadas de longe, mais especificamente da Grã-Bretanha, de cujas leis nós, americanos, nos livramos sob o argumento de serem tirânicas, e no entanto mantemos a mais tirânica de todas.

Mas não paramos aqui; pois a origem desses Artigos de Guerra remonta ao momento da história britânica em que a República Puritana foi superada pela restauração da monarquia; quando um carrasco, o juiz Jeffreys, sentenciou um homem da grandeza de Algernon Sidney ao cadafalso; quando o membro de uma raça que alguns julgavam amaldiçoada por Deus — um Stuart —, ocupava o trono; e outro Stuart, este grão-lorde almirante, estava à frente da Marinha.[358] O primeiro era

357. Um dos signatários da Declaração de Independência norte-americana e seu principal autor, Thomas Jefferson (1743-1826), político natural do estado da Virgínia, é um dos pilares do movimento revolucionário que levou à autonomia e à constituição dos Estados Unidos. Presidiu o país entre os anos de 1801 e 1809, sendo o terceiro a assumir o cargo, na esteira de seus companheiros fundadores George Washington e John Adams.

358. A República Puritana (1649-60) coincide com a ascensão ao poder executivo do puritano Oliver Cromwell, líder militar dos comuns do Parlamento inglês. Embora tenha existido num curtíssimo espaço de tempo, a república de Cromwell foi fundamental para a reorganiza-

filho de um rei decapitado por violar os direitos do povo; o outro, seu irmão, Jaime II, depois feito rei, acabou destronado por sua tirania. Essa é a origem dos Artigos de Guerra; que trazem consigo uma inconfundível ligação com tal despotismo.[359]

Não é de pouca monta que os homens que, no tempo democrático de Cromwell, pela primeira vez provaram às nações a dureza do carvalho britânico e a tenacidade do marinheiro britânico — no tempo de Cromwell, cujas fragatas causavam terror nos cruzadores de França, Espanha, Portugal e Holanda e nos corsários argelinos e do Levante; no tempo de Cromwell, quando Robert Blake varreu do estreito de Dover todas as quilhas do almirante holandês que, como forma de insulto, ostentava uma vassoura em seu mastro de traquete —, não é de pouca monta que, num período tão glorioso para a Marinha britânica, esses Artigos de Guerra fossem desconhecidos.

ção do Commonwealth britânico e a consolidação de seu poderio nos mares. Com a morte de Cromwell e a transmissão do poder a seu filho, Ricardo, a República enfraqueceu, e as formas de oposição monárquicas conseguiram assumir novamente o poder, restaurando o trono britânico sob o cetro de um representante da casa real dos Stuart, Carlos II. George Jeffreys, primeiro barão Jeffreys de Wem (1645-89), foi juiz e lorde chanceler durante os anos do curto reinado de Jaime II (1685-88), o lorde almirante da família Stuart citado por Melville na passagem. Ficou particularmente conhecido por sua postura durante o julgamento de Algernon Sydney (1623-83), político inglês e teórico republicano. Sydney, que tivera importante papel político nos anos da república, foi implicado na Conspiração da Rye House (1683), que planejara a morte de Carlos II e de seu irmão Jaime. Durante o reinado deste último, mostrou-se particularmente severo no enfrentamento da agitação social que antecedeu a Revolução Gloriosa (1688), que destituiria os Stuart e restauraria a monarquia sob a hegemonia parlamentar.

359. Os primeiros Artigos de Guerra da Marinha em língua inglesa foram produzidos no séc. XIII durante o décimo terceiro ano do reinado de Carlos II, sob o título *Um ato para o estabelecimento de artigos e ordenamentos para o regulamento e melhor governo dos navios, navios de guerra e forças marítimas de Sua Majestade*. Esse ato foi revogado e, no que toca aos oficiais, uma modificação dele tomou seu lugar no vigésimo segundo ano do reinado de Jorge II [1749], logo depois da proclamação da Paz de Aix-la-Chapelle [1748], há um século. Esse último ato, crê-se, compreende, em substância, os Artigos de Guerra até hoje vigentes na Marinha britânica. Não é pouco curioso, nem sem significado, que nenhum desses atos explicitamente empodera um oficial a usar da chibata. Era quase como se, nesse caso, os legisladores britânicos estivessem dispostos a deixar tal estigma fora de seu estatuto orgânico e conceder o poder do açoite de forma menos solene e, talvez, menos pública. De fato, os únicos grandes decretos sancionando o açoitamento na Marinha podem ser encontrados no Estatuto Geral americano e nas "Leis do Mar" do monarca absoluto, Luís, o Grande, de França. (Para referência ao último, *L'Ord. de la Marine*, conferir Curtis, *Tratado sobre os direitos e deveres dos marinheiros mercantes, segundo a Lei Marítima Geral*, parte ii, c.i.) Tomando por base o acima mencionado Código Naval Britânico e enxertando-o com as leis positivas de açoite, que a Grã-Bretanha relutava em reconhecer em seu estatuto orgânico, nossos legisladores americanos, no ano de 1800, estruturaram os Artigos de Guerra que hoje governam nossa Marinha americana. Eles podem ser encontrados no segundo volume das resoluções publicadas no Estatuto Geral americano sob o capítulo 23, "Um ato para o *melhor* governo da Marinha dos Estados Unidos". (Nota do Autor)

No entanto, é certo que leis devem, de um modo ou de outro, ter governado os marinheiros de Blake naquele tempo; aquelas, porém, devem ter sido bem menos severas do que as escritas no código que as sucedeu, já que, segundo o sogro de Jaime II, o Historiador da Rebelião,[360] a Marinha britânica, antes da instituição do novo código, estava repleta de oficiais e marinheiros absolutamente republicanos. Ademais, o mesmo autor nos informa que a primeira ação levada a cabo por seu respeitado genro, então duque de York, ao investir-se dos deveres de um grão-lorde almirante, foi a de rebatizar os navios de guerra, que ainda traziam à proa nomes democráticos demais para seus ouvidos aristocráticos.

Mas, se esses Artigos de Guerra eram desconhecidos do tempo de Blake e também durante o mais brilhante período da carreira do almirante Benbow,[361] o que se pode inferir? Que tais regulamentos tirânicos não são indispensáveis — mesmo durante a guerra — para a maior eficiência possível de uma Marinha militar.

360. Para Jaime II, ver nota 10; para seu sogro, Edward Hyde, ver nota 287.
361. John Benbow (1653-1702) foi oficial britânico da Marinha Real. Depois de desentendimentos com o alto comando naval que o levariam à exoneração do serviço militar, Benbow retornaria à Marinha Real, após a Revolução Gloriosa (1688), chegando ao almirantado em 1695. Sobre Blake, ver nota 187.

72

"Estas são as boas ordenanças do mar, as quais homens sábios, que viajam pelo mundo, começaram a consagrar a nossos antecessores, e as quais formarão os livros da sabedoria dos bons costumes" — CONSULADO DO MAR[362]

Os PRESENTES USOS DA MARINHA AMERICANA são tais que, embora não exista estatuto governamental a esse respeito, em muitos casos seus comandantes parecem virtualmente investidos de poder para observar ou violar, como lhes aprouver, muitos Artigos de Guerra.

Segundo o Artigo XV: "Nenhuma pessoa na Marinha há de altercar com qualquer outra pessoa na Marinha, nem se valer de palavras de provocação ou reproche, gestos ou ameaças, sob pena de punição a ser decretada por corte marcial".

"Palavras de provocação ou reproche!" Oficiais da Marinha, respondam-me! Muitos de vocês não violaram milhares de vezes essa lei e se dirigiram a homens cujas línguas estavam atadas por esse mesmo artigo, usando de linguajar que nenhum homem em terra firme jamais escutou sem voar no pescoço daquele que o insultou? Sei que palavras piores do que as que jamais usaram são dirigidas a homens da marinha mercante por seus capitães; mas os capitães da marinha mercante não vivem sob o Artigo XV.

Sem fazer dele um exemplo, nem satisfazer qualquer sentimento pessoal, mas ilustrando o que aqui se afirma, honestamente declaro que o capitão Claret, do *Neversink*, violou repetidas vezes essa lei em sua própria pessoa.

Segundo o Artigo III, nenhum oficial ou qualquer outra pessoa na Marinha há de incorrer em "opressão, fraude, injúria profana, embriaguez ou qualquer outra conduta difamatória".

---

362. O Consulado do Mar foi um corpo de arbitragem jurídico-mercantil estruturado sobre a autoridade de cônsules e um prior, que, institucionalmente ligado ao reino de Aragão e suas mais importantes cidades costeiras à época, Barcelona e Valência, estendeu sua representatividade por todo o Mediterrâneo entre os sécs. XI e XVII. Nesse período, o Consulado do Mar acabou por ir além da própria vitalidade do reino cuja hegemonia representava para se tornar, a partir das leis que constituiu ao longo de séculos de arbitragem de conflitos, a base do código de leis navais compartilhadas na região. Datado de 1494, o *Livro do Consulado do Mar* (no original catalão, *Les costums marítmes de Barcelona universalment congudes per Llibre del Consolat de Mar*) é a primeira compilação de tais leis e usos, consolidadas a partir de fontes legais que remontam ao Império Romano.

E mais uma vez permitam-me perguntar, oficiais da Marinha, se muitos de vocês não violaram, e em mais de um item, tal lei? E aqui, novamente, à guisa de exemplo, devo mais uma vez citar o capitão Claret como ofensor, sobretudo no que diz respeito à injúria profana. Também devo citar quatro dos lugares--tenentes, cerca de oito dos aspirantes e praticamente todos os marinheiros.

Outros artigos habitualmente violados pelos oficiais poderiam ser citados, enquanto praticamente todos os *exclusivamente* referentes aos marinheiros são cumpridos sem escrúpulos. Não obstante, os artigos pelos quais o marinheiro é açoitado no passadiço não são em nada mais legítimos do que os *outros* artigos impostos aos oficiais, os quais se tornaram obsoletos pelo desuso imemorial; enquanto ainda outros artigos, aos quais apenas os marinheiros estão expostos, são observados ou violados ao capricho do capitão. Ora, considerando-se não ser tanto a severidade, mas a certeza de punição, que os detém ante a transgressão, quão desastroso para a devida reverência aos decretos e leis do Congresso não se configura esse desrespeito aos estatutos.

E mais: essa violação da lei, da parte dos oficiais, em muitos casos envolve a opressão ao marinheiro. Mas em todo o código naval, que encurrala o marinheiro lei sobre lei e que investe o capitão de tamanha autoridade judicial e administrativa — na maioria dos casos, de todo arbitrária —, não há uma só cláusula que, de qualquer forma, ofereça meios a um marinheiro que se sinta ofendido de obter compensação. De fato, tanto as leis escritas quanto as não escritas da Marinha americana são tão destituídas de garantias individuais para a massa de marinheiros quanto os estatutos do despótico Império da Rússia.

Quem instalou esse imenso abismo entre o capitão americano e o marinheiro americano? Ou não é o capitão uma criatura de paixões similares às nossas? Ou é ele um arcanjo infalível, incapaz da sombra do erro? Ou um marinheiro não conhece sinal de humanidade ou atributo humano, a ponto de, agrilhoado nos pés e nas mãos, ser abandonado a uma fragata americana destituído de direitos e defesa, enquanto a notória ilegalidade do comandante faz justiça ao provérbio, conhecido dos marinheiros de um navio de guerra, segundo o qual *a lei não foi feita para o capitão!* De fato, pode-se dizer dele que se despe da cidadania quando pisa no tombadilho; e, praticamente eximido da lei da terra, impõe-se sobre os demais com uma severidade judicial desconhecida do solo nacional. Com os Artigos de Guerra numa das mãos e a chibata na outra, ele faz as vezes de uma indigna caricatura de Maomé impondo o islamismo com a espada e o Corão.

As seções que concluem os Artigos de Guerra tratam das cortes marciais navais diante das quais se julgam os oficiais, assim como os marinheiros, por graves ofensas. O juramento aos membros dessa corte — que por vezes deliberam sobre assuntos de vida e morte — recomenda que os membros jamais, "em hipótese alguma, divulguem voto ou opinião de qualquer membro particular da corte, a não ser que lhes seja requerido fazê-lo diante de uma corte de justiça segundo o devido processo legal".

Eis aqui um Conselho dos Dez e uma Câmara Estrelada![363] Lembrem, também, que embora o marinheiro por vezes tenha sua vida levada a julgamento diante de um tal tribunal, em circunstância alguma seus iguais marinheiros, seus companheiros, fazem parte da corte. No entanto, que um homem seja julgado por seus iguais é o princípio fundamental de toda a jurisprudência civilizada. E não apenas julgado por seus pares, como seus pares devem estar em perfeita concordância para dar o veredicto; enquanto, numa corte marcial, a concordância de uma maioria de superiores em patente e classe é tudo que se pede.

Na Marinha britânica, sabe-se que havia uma lei que autorizava o marinheiro a, se assim o quisesse, apelar da decisão do capitão — mesmo num caso comparativamente trivial — ao supremo tribunal da corte marcial. Um marinheiro inglês assim me disse. Quando lhe falei que tal lei seria uma obstrução brutal ao exercício do poder penal do capitão, ele contou-me a seguinte história, da qual exponho o geral.

Um gajeiro culpado de embriaguez fora destinado aos gradis, e a chibata estava prestes a ser aplicada, quando o condenado se virou e exigiu uma corte marcial. O capitão sorriu e ordenou que o desamarrassem e levassem ao brigue. Ali ele foi mantido preso e agrilhoado por algumas semanas, quando, em desespero para ser liberado, ofereceu-se às vinte e quatro chibatadas. "Cansado da barganha, é?", disse o capitão. "Não, não! Você exigiu uma corte marcial, e vai ter uma corte marcial!" Sendo por fim julgado diante do tribunal de oficiais do tombadilho, ele foi condenado a duzentas chibatadas. Por quê? Por ter bebido? Não! Por ter sido insolente e resistido a uma autoridade em cuja salvaguarda os homens que o julgaram e condenaram tinham forte interesse.

Se essa história é totalmente verdadeira ou não, ou se essa lei específica ainda existe ou já existiu na Marinha britânica, o caso, de qualquer forma, ilustra as

---

363. O Conselho dos Dez existiu na República de Veneza entre 1310 e 1797 para a manutenção da segurança institucional do Estado, após tentativa de golpe ditatorial por parte de Bajamonte Tiepolo, um patrício local. A Câmara Estrelada foi uma corte inglesa instalada no Palácio de Westminster entre fins do séc. XV e meados do XVII. Formada por um conselho sigiloso e juízes de direito comum (isto é, da lei consuetudinária britânica), dava sustentação às atividades legais ao garantir a efetividade da lei contra indivíduos de fortuna e poder, para os quais as cortes comuns talvez se mostrassem frágeis. Ao longo de seus dois séculos de uso, não raro mostrou-se tribunal político, condenando e absolvendo ao sabor das disputas de poder.

ideias que os próprios marinheiros de um navio de guerra têm no tocante aos tribunais em questão.

O que se pode esperar de uma corte cuja atividade se dá na escuridão dos concílios reclusos da Inquisição espanhola? Quando essa escuridão ganha a solenidade de um juramento sobre a Bíblia? Quando uma oligarquia de dragonas se senta ao tribunal e um gajeiro plebeu, sem júri, coloca-se judicialmente nu perante os juízes?

Diante disso tudo, e do fato, sobretudo, de que, em muitos casos, o grau de punição imposto ao marinheiro de um navio de guerra é absolutamente confiado à discrição da corte, que vergonha não deve recair sobre os legisladores americanos, pois com perfeita verdade podemos atribuir ao corpo inteiro dos marinheiros de fragata americanos o princípio infalível de *sir* Edward Coke: "É uma das genuínas marcas da servidão que a lei seja precária ou dissimulada".[364] Mas com ainda maior proveito podemos fazer nossas as palavras de *sir* Matthew Hale em sua *História da lei comum*, em que diz: "A lei marcial, baseada em nenhum princípio consolidado, é, na verdade, lei nenhuma, mas algo que, enquanto lei, mais toleramos que ratificamos".[365]

Sei que se pode argumentar que toda a natureza desse código naval é expressamente adaptada às exigências militares da Marinha. Porém, investindo-me da grave objeção que se pode levantar à moralidade, não à legalidade, desse código arbitrário, mesmo em tempo de guerra, pergunto: por que fazê-lo valer em tempo de paz? Os Estados Unidos existem como nação há quase setenta anos; durante todo esse tempo, a alegada necessidade para a operação do código naval — em momentos capitais — só existiu durante um período de, no máximo, dois ou três anos.

Alguns podem alegar apaixonadamente que as mais duras operações do código são tacitamente anuladas em tempo de paz. Porém, embora no que diga res-

---

364. *Sir* Edward Coke (1552-1634) foi procurador, juiz e político britânico, considerado a maior autoridade jurídica do reino nos períodos elisabetano e jacobino. Algumas de suas decisões em corte — como as que tornavam a figura do rei legalmente imputável, e decretavam as leis do Parlamento injustificadas em caso de violação da "lei comum e da razão" — tiveram ressonância um século depois, durante os debates jurídicos que levariam as treze colônias britânicas da América a sua Guerra de Independência. Coke foi também autor de algumas das principais obras do pensamento jurídico britânico, como os *Institutos das leis da Inglaterra*.

365. *Sir* Matthew Hale (1609-76) foi importante procurador, juiz e advogado. Sua reputação como jurista transcendeu diferenças entre partidários do Parlamento e da realeza; e, apesar de seu posicionamento favorável aos últimos — verificável por seu papel de defensor de importantes membros da nobreza partidária de Carlos I —, foi escolhido, já sob o Commonwealth da Inglaterra, para encabeçar uma reforma legal no país, além de ser nomeado parte da alta corte do direito comum.

peito a muitos dos artigos isso seja verdade, ainda assim, a qualquer momento qualquer um deles pode ser legalmente posto em exercício. Tampouco têm faltado situações recentes, ilustrativas do espírito desse código, nas quais a letra do código não foi de forma alguma observada. O bem conhecido caso de um brigue americano fornece um memorável exemplo que a qualquer momento pode ser repetido. Três homens, em tempo de paz, foram enforcados numa braça de verga unicamente porque, ao juízo do capitão, fez-se necessário enforcá-los. Até hoje a culpa total dos homens é posta em questão.[366]

Como compreender tal feito? Diz Blackstone: "Se qualquer um investido de autoridade marcial tiver, em tempo de paz, enforcado ou de outra forma executado qualquer homem por exigência da lei marcial, isso é assassinato; pois é contra a Magna Carta".[367]

Magna Carta![368] Nós, modernos, sobretudo homens de terra firme, podemos com justiça nos gabar das imunidades civis desconhecidas de nossos antepassados; mas nossos mais remotos ancestrais que talvez fossem marinheiros revirariam mesmo em suas cinzas ao pensar que seus legisladores eram mais sábios e humanos em sua geração do que na nossa. Comparemos as leis marítimas de nossa Marinha com as ordenanças oceânicas de romanos e ródios;[369] comparemo-la com o *Consulado do Mar*; comparemo-la com as leis das cidades da Liga Hanseática; comparemo-la com as leis da antiga Wisbury.[370] Ao fim e ao

---

366. Mais uma menção ao caso *Somers* (ver nota 355).
367. *Comentários*, Livro I, Capítulo 13. (Nota do Autor)
368. A Magna Carta é documento datado de 1215, com o qual se limitava o poder dos monarcas da Inglaterra, no caso, nominalmente, o de João da Inglaterra (ou João Sem-Terra), vetando a este a prerrogativa do poder absoluto. À medida que enfraquece o poder monárquico, submetendo-o ao controle de outras instituições, a Magna Carta marca o início do longo processo de formação do Parlamento britânico e, consequentemente, das instituições democráticas do Estado moderno.
369. A *Lex Rhodia* (Lei Ródia, isto é, atribuída aos habitantes da ilha de Rodes, no mar Egeu) remonta ao séc. VIII a.C. e constitui um conjunto de regulações concernentes à navegação e ao comércio. Foi adotada pela República Romana e chegou a integrar o Código Justiniano (ver nota 182), a partir do qual chega à Idade Média, influenciando a legislação marítima das cidades italianas.
370. A Liga Hanseática foi uma importante associação (significado de *die Hanse*) comercial de cidades do mar do Norte e do mar Báltico, fundada para a proteção dos interesses econômicos e dos privilégios diplomáticos de seus membros. Estruturada sob leis de comércio e navegação próprias (não obstante as cidades fossem independentes entre si, sem fidelidade a qualquer poder central), a *Hansa* foi atuante entre os sécs. XV e XVII. Wisbury (também conhecida como Visby) foi uma de suas cidades-membro; localizada na ilha de Gotlândia (atual Suécia), foi sede de um importante império comercial que remonta ao séc. XIII. Suas leis marítimas datam desse período. Contando aproximadamente sessenta artigos, sua reunião de Leis do Mar formava, junto com as Leis de Oleron (o primeiro documento formal de leis marítimas do noroeste europeu), a base das regulações marítimo-comerciais da Liga.

cabo, concluiremos que naqueles idos havia democracia nos mares. "Se ele bate, há de receber de volta os golpes que deu." Assim falam as leis de Wisbury no que toca a um capitão da Gotlândia.

Em referência final a tudo que se disse nos capítulos anteriores quanto à severidade e à particularidade das leis da Marinha americana, e à ampla autoridade de que são investidos seus oficiais de comando, que se observe aqui que Jaqueta Branca não ignora o fato de que a responsabilidade de um oficial de comando no mar — esteja ele no serviço mercante ou nacional — não conhece paralelo com quaisquer outras situações de autoridade entre homens. Que não se pense que ele fecha os olhos ao fato de que tanto a sabedoria quanto a humanidade exigem que, a partir da peculiaridade de sua posição, um oficial no comando deve ter em si um grau de autoridade e julgamento inadmissível em qualquer senhor em terra firme. Mas, ao mesmo tempo, esses princípios — reconhecidos por todos os eruditos dedicados à lei marítima — sem dúvida alguma legitimaram na figura dos comandantes e das cortes marciais poderes que excedem os devidos limites da razão e da necessidade. Essa não é a única instância em que corretos e salutares princípios, em si mesmos quase autoevidentes e infalíveis, são conduzidos à justificativa de coisas que, em si mesmas, são igual e autoevidentemente erradas e perniciosas.

Que se entenda aqui, de uma vez por todas, que nenhum apreço teórico ou sentimental pelo marinheiro comum, tampouco crença romântica na peculiar nobreza de caráter e exagerada generosidade de disposição a ele ficticiamente imputadas nos romances, bem como nenhum desejo de ganhar a reputação de ser-lhe amigo, tem me levado a dizer nada do que disse, em qualquer passagem desta obra, no que toca à torpe opressão sob a qual sabemos que os marinheiros padecem. Indiferente quanto a quais são os grupos envolvidos, tão somente desejo ver o conserto do errado e justiça equânime administrada a todos.

Que também não se pense, como se sugeriu noutra oportunidade, que seja a ignorância geral ou depravação de qualquer raça de homens justificativa para uma apologia da tirania sobre ela. Pelo contrário, parece claro a qualquer mente imparcial, versada na vida interior de um navio de guerra, que a maioria das iniquidades do marinheiro ali praticadas pode ser indiretamente atribuída aos efeitos moralmente degradantes das leis injustas e despóticas sob as quais os marinheiros de um navio de guerra vivem.

73

Jogos de azar noite e dia num navio de guerra

FALOU-SE QUE O JOGO DE DAMAS era permitido a bordo do *Neversink*. No presente, enquanto havia pouco ou nenhum trabalho a ser feito no navio, e todos os marinheiros, animados, velejavam para casa singrando o mar calmo e quente dos trópicos, tão numerosos eram os jogadores, espalhados pelas cobertas e o convés, que nosso primeiro lugar-tenente costumava ironicamente dizer que era uma pena que as tábuas não fossem um enxadrezado em mármore preto e branco para a maior comodidade e benefício dos jogadores. Mas o capitão — em geral leniente em algumas circunstâncias — dava-lhes permissão, e assim o sr. Bridewell ficava satisfeito em não abrir a boca.

Embora esse jogo fosse permitido na fragata, todos os tipos de jogatina eram estritamente vetados, sob a pena de açoitamento; cartas ou dados não eram tolerados. A razão será óbvia a qualquer um que reflete sobre a condição dos homens a bordo. E num navio de guerra o jogo de azar — o mais nocivo dos vícios em qualquer lugar — funciona ainda mais perniciosamente do que em terra firme. Porém, tanto quanto a lei de proibição ao contrabando de bebidas é transgredida por inescrupulosos marinheiros, os estatutos contra cartas e dados são burlados.

A noite escura, que, desde o começo do mundo, finge não ver e faz ouvidos moucos a tanta injustiça — a noite é o momento habitualmente escolhido para a ação dos jogadores num navio de guerra. O local escolhido é, em geral, a coberta em que as macas estão armadas, iluminada discretamente a ponto de não perturbar os marinheiros com qualquer brilho que se imponha. Numa área tão espaçosa, as duas lamparinas balançando dos pés de carneiro difundiam uma iluminação fraca, como o círio noturno do cômodo de um inválido. Graças a sua posição, também, essas lamparinas estão longe de lançar uma luz regular, branda que seja; pelo contrário, emitiam longos raios angulares incidindo aqui e ali, como os candeeiros furta-fogo dos arrombadores nas câmaras das docas da Companhia das Índias Ocidentais à margem do Tâmisa.

Pode-se imaginar, portanto, quão adequado é esse misterioso e subterrâneo Vestíbulo de Iblis[371] para os procedimentos clandestinos dos jogadores, princi-

---

371. Isto é, área de acesso ao inferno. Iblis é a principal representação do demônio no islã.

palmente porque não só as macas balançam em grande número, mas também porque muitas delas permanecem suspensas a uma pequena distância do chão, formando inumeráveis vales estreitos, grutas, frestas, cantos e retiros onde uma boa dose de perversidade pode ser praticada pelos cautelosos com considerável impunidade.

Ora, o mestre-d'armas, ajudado por seus auxiliares, os cabos do navio, reina supremo nas entranhas da embarcação. Através da noite esses policiais rendem uns aos outros, fazendo guarda sobre o local; e, exceto quando os quartos eram convocados, permanecem em meio a um profundo silêncio, apenas invadido por roncos altos como trompetes ou pelos murmúrios de algum marinheiro da âncora d'esperança durante o sono.

Os dois cabos do navio eram conhecidos pelos marinheiros sob as alcunhas de Mosca e Garra; este fora um policial, segundo diziam, em Liverpool; Mosca, um carcereiro ligado às Tumbas, em Nova York.[372] Daí que sua educação os tornava eminentemente aptos às funções que exerciam; e Bland, o mestre-d'armas, agindo com violência e destreza na busca por criminosos, costumava chamá-los de seus dois braços direitos.

Quando os marinheiros de um navio de guerra desejam jogar, eles marcam a hora e elegem certo canto, coberto de certa sombra e atrás de certa maca. Eles, então, contribuem com pequenas somas para compor um fundo conjunto a ser investido no suborno de algum companheiro com olhos de lince, que faz as vezes de espião do mestre-d'armas e seus cabos enquanto o jogo segue. Em nove dentre dez casos, essas combinações são tão astutas e amplas que os jogadores, iludindo toda a vigilância, concluem o jogo sem serem molestados. Vez por outra, porém, levados à imprudência ou, talvez, vitimados pela parcimônia e indisposição de pagar os serviços de um espião, são subitamente descobertos pelos policiais e implacavelmente algemados e arrastados ao brigue para esperar por sua dúzia de chibatadas pela manhã.

Muitas vezes, à meia-noite, fui acordado de um sono profundo por uma súbita e violenta agitação sob minha rede, causada pela abrupta descoberta de um

372. As Tumbas era o nome popular dado a um conjunto de pequenas cadeias de bairro construídas em 1838, na ilha de Manhattan, a primeira delas ao estilo egípcio, em voga na arquitetura da época. Por extensão, a expressão passou a designar as cadeias públicas do sul de Manhattan, mais especificamente de Five Points, bairro pobre e violento da cidade. Charles Dickens, em visita aos Estados Unidos em 1842, descreveu de forma bastante viva as Tumbas, desde sua "fachada medonha, projetada segundo a bastardia do estilo egípcio, como se fosse o palácio de um feiticeiro num melodrama" aos horrores do cárcere e as execuções que ali ocorriam (Charles Dickens, "New York").

ninho de jogadores, que se espalhavam em todas as direções, roçando as fileiras de macas suspensas e colocando-as todas em agitado balanço.

É, contudo, atracados no porto que o jogo mais prospera num navio de guerra. Nesse período, os homens frequentemente praticam seus feitos sombrios à luz do dia, e os guardas adicionais que, nessas horas, julgam-se indispensáveis, não são indignos de nota. Mais especialmente, suas precauções especiais em convocar os serviços de muitos espiões impõem gastos consideráveis, de modo que, no porto, a diversão do jogo se eleva à dignidade de um luxo nababesco.

Durante o dia, o mestre-d'armas e seus cabos permanecem continuamente à espreita, no convés e nas cobertas, sempre dispostos a desvelar contravenções. Num instante, por exemplo, vê-se Mosca balançando sua magistral vara de oficial e caminhando, furtivo, do mastro de traquete ao espardeque; no momento seguinte, é possível que ele esteja três cobertas abaixo, longe do campo de visão, investigando o paiol de massame. O mesmo vale para seu senhor e seu companheiro, Garra; eles estão aqui, ali e por toda a parte, como se tivessem o dom da ubiquidade.

Para conduzir seus procedimentos com sucesso ao longo do dia, os jogadores precisam ter em vista que cada um desses policiais é tenaz e implacável aonde quer que vá; de modo que, no caso de se aproximarem do lugar onde todos estão reunidos, possam ser avisados do fato a tempo de escapar. Assim, é preciso escolher espiões ligeiros e diligentes para seguir o policial por toda a parte. Por sua esperteza e atenção dignas da juventude, os garotos da gávea de gata são geralmente selecionados para isso.

Mas isso não é tudo. A bordo da maioria dos navios de guerra há um conjunto de raposas desonestas e furtivas entre a marinhagem, destituídas de todo e qualquer princípio de honra e em pé de igualdade com os informantes irlandeses. No linguajar de um navio de guerra, são conhecidos como "ratos brancos" ou "queridinhos". São chamados de "queridinhos" pois, em virtude de seu zelo em denunciar astutamente criminosos, presume-se que sejam vistos com ótimos olhos por alguns dos oficiais. Embora raras vezes esses informantes sejam identificados com precisão, tão sutis e secretos são em repassar suas informações, alguns homens da tripulação, em especial um ou outro soldado, são invariavelmente suspeitos de ser "queridinhos" e "ratos brancos" e, assim, são mais ou menos odiados por seus camaradas.

Além de manter um olho no mestre-d'armas e seus ajudantes, os jogadores diurnos devem cuidar para que toda pessoa suspeita de ser um "rato branco" ou "queridinho" seja vigiada onde quer que esteja. Observadores adicionais são implacavelmente mantidos em seu encalço. Mas os mistérios do vício num navio de guerra são maravilhosos; e cabe registrar que, por longo hábito e observação, donde a familiaridade com os truques furtivos e manobras no interior da fragata, os mestres-d'armas e seus cabos são invariavelmente capazes de cravar quando uma jogatina tem lugar durante o dia; embora, num navio abarrotado de gente, repleto de cobertas, gáveas, recantos sombrios e pontos pouco conhecidos de todo tipo, eles não possam ser capazes de desbaratar o lugar exato onde os jogadores estão escondidos.

Durante o período em que Bland foi suspenso de seu posto como mestre--d'armas, colocou-se em seu lugar um sujeito que, entre a marujada, era conhecido pela alcunha de Furtivo e fora longamente suspeito de ser um "rato branco". Ele provou-se um pega-ladrão bastante perspicaz, dotado de uma maravilhosa perseverança para desentocar transgressores; seguia seus rastros como um implacável cão farejador, com seu nariz silencioso. Quando desconcertado, porém, às vezes era possível escutar seu latir.

"Os dados abafados estão em algum lugar", Furtivo dizia a seus ajudantes. "Olha só aqueles três camaradas ali, Garra; estão me seguindo faz pelo menos meia hora. Tinha alguém seguindo você agora de manhã?"

"Quatro deles", diz Garra. "Eu sei; eu sei que o dado abafado tá dançando por aí!"

"Mosca!", diz o mestre-d'armas a seu outro ajudante. "Como estão as coisas? Alguém vigiando você?"

"Dez deles", diz Mosca. "Olha um deles ali... aquele sujeito costurando o chapéu."

"Ei, meu senhor!", gritou o mestre-d'armas, "vai pra sua verga, cuidar da sua vela. Se vir você de novo atrás de mim, levo pro mastro."

"Qu'eu tô fazendo agora?", pergunta o sujeito que costurava o chapéu, com o semblante frustrado. "Num pode o sujeito trabalhá aqui sem parecer que tá enrolando, só subindo e descendo escada?"

"Ah, mas eu conheço o movimento, senhor; sei como é *ficar de butuca*. Vai pra sua verga e cai fora, ou vou suspender você e prender num nó de bolina... os dois punhos de amura na verga principal, e sem faca para cortar o cabo. Muda o rumo, ou vou pra cima de você feito um morto de fome na frente de um prato de comida."

Observa-se não raro que, em navios de todo tipo, os homens que mais falam o linguajar dos marinheiros são, na verdade, os menos marinheiros. Às vezes, é possível escutar até mesmo os soldados matraqueando mais expressões de marujo do que o próprio capitão de rancho. Por outro lado, quando o marinheiro não se encontra ativamente empenhado em seu ofício, poderíamos tomá-lo por homem de terra firme. Quando você vê um sujeito manobrando pelas docas como um navio mercante que volta das Índias para casa, com uma longa flâmula de comodoro, com fitas negras, tremulando no topo do mastro e cambando num bar com um volteio de casco, como se um almirante estivesse chegando ao lado de um navio de três cobertas em seu batelão — pode ver em tal homem o que os marinheiros de um navio de guerra chamam de "marinheiro pra capitão ver", ou seja, um impostor. E marinheiros pra capitão ver são o que não falta nesse nosso mundo flutuante.

74

A gávea do mastro principal à noite

Toda a nossa viagem do Rio de Janeiro à linha do Equador foi feita de um só e delicioso navegar, tanto quanto concerne ao bom tempo e à condução do navio. Era especialmente agradável quando nosso turno de quarto se demorava na gávea do mastro principal, o que nos distraía de muitas e deliciosas maneiras. Distantes da presença imediata dos oficiais, inofensivamente relaxávamos mais do que em qualquer outra parte do navio. De dia, muitos de nós mostravam-se muito industriosos, fazendo chapéus ou costurando roupas. Mas, à noite, ficávamos mais suscetíveis ao romantismo.

Muitas vezes Jack Chase, um entusiasta dos panoramas marítimos, chamava-nos diretamente a atenção à luz da lua sobre as ondas, recitando belos excertos de seu catálogo de poetas. Jamais me esquecerei do ar lírico com que, certa manhã, no raiar do dia, quando todo o leste corava em vermelho e ouro, ele se recostou nos ovéns do sobrejoanete e, estendendo a mão sobre o mar, bradou: "Eis os raios da Aurora; vejam, companheiros de gávea!". E, em longas sílabas líquidas, recitou os versos:

> Luzem da fina púrpura as cabaias,
> Lustram os panos da tecida seda.

"Comodoro Camões, Jaqueta Branca... Mas vem me ajudar aqui; precisamos amarrar aquela retranca da varredoura... o vento está mudando."

De nosso ninho elevado, durante uma noite de lua, a própria fragata oferecia uma gloriosa vista. Ela navegava velozmente, o vento em popa, e as varredouras desfraldadas em ambos os lados, de modo que as velas dos mastros grande e de traquete traziam a aparência de majestosas e afiladas pirâmides, com mais de cem pés de largura na base e fechando nas nuvens com o leve culminar dos mastaréus de sobrejoanete. Essa imensa área branca como a neve deslizando por sobre o mar era, de fato, um magnífico espetáculo. Os três mastros a toda vela pareciam aparições de três gigantescos emires turcos cavalgando pelo oceano.

Também não faltava o som da música para aumentar a poesia do cenário. Toda a banda se reunia à popa para o deleite dos oficiais e, por tabela, nosso, com suas belas e antigas árias. Ao som destas, alguns de nós dançavam na gávea, quase tão grande quanto uma sala de estar comum. Quando nos faltava a melodia instrumental da banda, nossos rouxinóis reuniam suas vozes e nos ofereciam uma canção.

Nessas ocasiões, Jack Chase era não raro chamado e, assim, nos regalava, em seu livre e nobre estilo, com "Damas espanholas"[373] — uma canção querida dos marinheiros dos navios de guerra britânicos — e muitas outras baladas e canções, como:

> Este é o *sir* Patrick Spens,
> Dos marinheiros o melhor
> De qu'o oceano tem notícia.[374]

E também:

> As três voltas do bravo navio,
> Três voltas que seu casco deu;
> As três voltas do bravo navio,
> Três voltas que seu casco deu;
> Deu e morreu
> no fundo do mar...
> Do mar, do mar, do mar...
> Deu e morreu
> No fundo do mar![375]

---

373. Canção tradicional britânica. O título consta de registros do séc. XVII; no entanto, por sua temática — uma viagem da Espanha ao sul da Inglaterra —, é possível relacioná-la à campanha britânica contra a França ainda durante as guerras revolucionárias francesas. A canção era também bastante identificada com a marinha de guerra; com a ascensão da celeuma da marinha mercante, certos modelos de canção caíram em desuso. Segundo o capitão e romancista britânico Frederick Marryat, em seu *Poor Jack* (1840), "Spanish Ladies" estava entre as antigas canções populares quase esquecidas naquele período.

374. Trecho de "A balada de sir Patrick Spens". A canção, de origem escocesa e datação imprecisa, versa sobre dois casos, ambos de fins do séc. XIII e início do XIV: no reinado de Alexandre III da Escócia (1249-86), sua filha, Margaret, foi conduzida por um grande grupo de nobres à Noruega, onde se casaria com o rei Eric, e um naufrágio no retorno da comitiva fez com que muitos morressem; vinte anos depois, com a morte de Alexandre III, sua neta, também Margaret, princesa da Noruega, tornou-se herdeira do trono, mas morreu em outro naufrágio, em viagem à Escócia.

375. Trata-se de "A canção da sereia", canção de origem britânica datada de fins do séc. XVIII.

Essas canções eram entrecortadas pelos "casos" e "contos" dos gajeiros. E era nessas ocasiões que eu sempre tentava fazer com que os mais velhos tritões desfiassem suas narrativas do tempo da guerra. Poucos deles, é verdade, tinham conhecido a luta; mas isso só tornava suas narrativas ainda mais valiosas.

Havia um velho negro, conhecido como Caramelo, marujo da âncora d'esperança que muitas vezes convidávamos ao topo durante noites agradáveis para escutá-lo falar. Era um marinheiro sério, sóbrio, muito inteligente, de modos francos e educados, um dos melhores homens do navio e tido em grande estima por todos.

Parece que, durante a última guerra entre Inglaterra e Estados Unidos, como muitos outros ele fora submetido à prisão para a maruja em alto-mar, quando trabalhava num navio mercante da Nova Inglaterra. O navio que o convocara era uma fragata inglesa, o *Macedonian*, depois capturado pelo *Neversink*, o navio em que velejávamos.

Era o sagrado dia de descanso, segundo Caramelo, e, quando o navio britânico avançou contra o americano — a tripulação toda a postos —, Caramelo e seus concidadãos, lotados por acaso nas baterias do tombadilho, respeitosamente se aproximaram do capitão — um velho homem de nome Carden[376] —, quando este passou, célere, por eles, a luneta de observação debaixo do braço. Mais uma vez eles reforçaram o fato de não serem ingleses e que era terrível erguer as mãos contra a bandeira do país que guardava suas mães. Eles lhe imploraram que os liberasse dos canhões e permitisse que permanecessem neutros durante o conflito. Mas, quando um navio de qualquer nação está sendo conduzido à batalha, o tempo para discutir é nulo, quase inexistente para a justiça e muito menos para a humanidade. Tomando de uma pistola do cinto de um soldado ao lado, o capitão apontou-a às cabeças dos três marinheiros e exigiu que retornassem aos seus postos, sob a pena de serem executados ali mesmo. Assim, lado a lado com seus inimigos nacionais, Caramelo e os companheiros trabalharam nos canhões e travaram a luta até o fim; com exceção de um deles, morto em seu posto por uma bala de seu próprio país.

Por fim — após a perda do mastro grande e do mastro de traquete, com o mastro de gata deitado ao convés e a verga de traquete caída em dois pedaços sobre

376. Incorretamente grafado "Cardan" no original: Melville refere-se aqui ao capitão da fragata britânica *Macedonian*, John Surman Carden (1778-1855), oficial que lutou na Guerra Anglo-americana de 1812. Carden foi criticado pela Marinha britânica pelo desfecho desfavorável e nunca mais foi destacado ao comando de uma embarcação, não obstante tenha permanecido na Marinha e ascendido à posição de almirante.

o castelo de proa destruído —, a fragata britânica, varada por tiros de canhão numa centena de pontos, foi reduzida aos estertores. O capitão Carden ordenou a seu quartel-mestre sinalizador que arriasse a bandeira.

Caramelo foi um dos que ajudaram a botá-lo a bordo do *Neversink*. Ao pisar o convés, Carden saudou Decatur,[377] o comandante inimigo, e ofereceu-lhe a espada; essa, porém, foi respeitosamente recusada. Talvez o vencedor se lembrasse dos jantares de que ele e o inglês tinham desfrutado juntos em Norfolk, pouco antes do irromper das hostilidades, quando ambos estavam no comando das mesmas fragatas agora avariadas no mar. Parece que o *Macedonian* tinha ido a Norfolk com despachos. *Na época*, eles riram e trocaram comentários jocosos regados a vinho; segundo se disse, também apostaram um chapéu de castor pelo encontro hostil de seus navios.[378]

Mirando os pesados canhões diante de si, Carden disse a Decatur: "Este é um navio de setenta e quatro peças, não uma fragata; não é à toa que venceu!".

O comentário foi baseado na superioridade do *Neversink* em canhões. A bateria do *Neversink* no convés principal consistia, como hoje, de canhões de vinte e quatro libras; a do *Macedonian*, de apenas dezoito. No todo, o *Neversink* contava com cinquenta e quatro canhões e quatrocentos e cinquenta homens; o *Macedonian*, com quarenta e nove canhões e trezentos homens; uma imensa disparidade que, unida a outras circunstâncias da batalha, tirou da luta qualquer reivindicação de glória além da que se poderia atribuir a um hipopótamo que derrotasse uma foca.

Mas, se Caramelo falava a verdade — e ele era um sujeito cioso da verdade —, o fato parecia se contrapor a uma circunstância por ele relatada. Quando os canhões do navio inglês foram examinados, depois do combate, em mais de uma situação a bucha foi encontrada enfiada contra o cartucho de pólvora, porém sem atingir a bala. E embora, em meio a uma frenética luta em alto-mar, tal situação se

---

377. Ver nota 19.

378. Descontado o nome fictício da embarcação e, muito provavelmente, do marinheiro que a narra, toda a ação descrita é verídica. Tão logo foi destacado ao comando da embarcação, em junho de 1810, Decatur recebeu ordens de velejar a Norfolk, Virgínia, para que o *USS United States* (o *Neversink* da narrativa) recebesse reparos. Naquele porto, encontrava-se o *Macedonian* de Carden, e os capitães travaram contato pacífico. Consta que, de fato, o inglês e o norte-americano apostaram um chapéu de castor pelo vencedor de um, àquelas alturas, improvável encontro em batalha entre ambos. Tal embate acabou por ocorrer em 25 de outubro de 1812, nas imediações da ilha da Madeira, com esmagadora vitória norte-americana. Após duas semanas de reparos, o *Macedonian* foi levado aos Estados Unidos, tornando-se o primeiro navio inglês a ser capturado e levado a um porto do país. Decatur e sua tripulação foram recebidos pelo presidente James Madison como heróis nacionais.

possa atribuir à pressa e ao desleixo, ainda assim Caramelo, um defensor de sua tribo, sempre a relacionava a uma causa diversa e menos honrosa. Mas, mesmo que se confirmasse como verdadeira a causa por ele arrolada, ela não envolvia nada de adverso à coragem geral demonstrada pela tripulação britânica. No entanto, de tudo que se pode aprender de pessoas que estiveram em batalhas navais, não há muita dúvida de que, a bordo de todos os navios, independentemente da nação, em tempo de guerra, não são poucos os homens que ficam demasiadamente nervosos, para dizer o mínimo, nos canhões; socando e limpando o cano a esmo. E que interesse patriótico especial poderia ter um homem coagido, por exemplo, premido por uma batalha à qual fora arrastado dos braços de sua mulher? Ou deve causar surpresa que os marinheiros britânicos convocados à força não tenham hesitado, em tempo de guerra, em ferir o braço que os escravizava?

Durante a mesma guerra geral em andamento e mesmo antes do período em que se deu a batalha aqui tratada, um vice-almirante britânico, escrevendo para o almirante, disse: "Tudo parece tranquilo na fragata; porém, preparando-nos para a batalha na semana passada, muitos dos canhões à proa do navio foram encontrados perfurados", ou seja, inutilizados. Quem os perfurara? Os marinheiros insatisfeitos. É de todo improvável, portanto, que os canhões aos quais Caramelo se referia tivessem sido ocupados por homens que houvessem propositadamente se abstido de dispará-los contra o inimigo; que, nessa batalha em especial, a vitória americana se atribua parcialmente à arisca insubordinação do próprio inimigo?

Durante esse mesmo período de guerra geral, era frequente que canhões de navios armados britânicos fossem encontrados pela manhã com suas culatras avariadas. Essa inutilização ao menos temporária dos canhões só poderia ser imputada ao sigiloso espírito de ódio ao serviço militar que levara os homens à perfuração dos canhões acima referida. Mas mesmo em casos em que não se observa qualquer insatisfação profunda sedimentada em meio à tripulação ou em que um marinheiro, em tempo de ação, impelido por puro e simples medo, "esquiva-se de seu canhão", parece-me um insulto contra Ele, que fez tal marinheiro como ele constitucionalmente é, costurar a palavra "covarde" em suas costas e degradá-lo e submeter um já trêmulo coitado a incontáveis outros sofrimentos. Nem parece ser prática referendada pelo Sermão da Montanha que um oficial de tiro, em momento de batalha, permaneça diante de seus homens com a espada em punho (como se deu no *Macedonian*) e corra direto ao primeiro marinheiro que apresente um semblante de medo. Caramelo contou-me que ouviu claramente tal ordem ser dada pelo capitão britânico a seus oficiais de divisão. Fossem escritas todas as histórias secretas das batalhas navais, os louros dos heróis do mar se transformariam em cinzas em suas próprias cabeças.

E quão nacionalmente desgraçado, sob qualquer ponto de vista, é o Artigo IV de nossos Artigos de Guerra: "Se qualquer pessoa na Marinha pedir abjetamente por dispensa da batalha, há de pagar com a vida". Assim, com a morte diante de si vinda do inimigo e a morte às suas costas vinda dos próprios compatriotas, o mais corajoso dos marinheiros de um navio de guerra jamais pode ter para si o mérito de um nobre impulso. Nisso, como em qualquer outro caso, os Artigos de Guerra não oferecem qualquer recompensa pela boa conduta, unicamente compelem o marinheiro a lutar, como um assassino contratado, mediante pagamento, cavando sua cova diante dos próprios olhos no caso de hesitação.

Mas esse Artigo IV está aberto a ainda mais graves objeções. A coragem é a mais comum e vulgar das virtudes; a única que compartilhamos com os animais dos campos; e a mais apta, sob excesso, a incorrer em vício. E, uma vez que a Natureza geralmente tira com uma das mãos para dar com a outra, a excessiva coragem animal, em muitos casos, apenas encontra espaço num caráter vazio de mais elevadas qualidades. Mas, num oficial da Marinha, a coragem animal é exaltada como o mais elevado mérito e rende, não raro, respeitados postos de comando.

Dessarte, se algum descerebrado valente for capitão de uma fragata em ação, ele poderá lutar contra forças invencíveis e buscar coroar a si mesmo com a glória da carnificina, permitindo que sua tripulação impotente seja massacrada diante de seus olhos ao mesmo tempo que a tripulação deve consentir ser destruída pelo inimigo, sob a pena de ser morta pela lei. Veja a luta entre a fragata americana *Essex* contra dois cruzadores britânicos, o *Phoebe* e o *Cherub*, próximos à baía de Valparaíso, durante a guerra passada.[379] É sabido de todos que o capitão americano continuou a levar seu navio avariado à batalha contra uma força muito superior; mesmo quando, por fim, tornou-se fisicamente impossível obter outro resultado que não a derrota; e mesmo quando, em circunstâncias particularmente infelizes, seus homens estavam próximos aos canhões praticamente inúteis apenas para serem mutilados e esfacelados pelo fogo cerrado e incessante dos canhões longos do inimigo. Por continuar a lutar, essa fragata americana não fez absolutamente nada, um mínimo sequer, para promover o verdadeiro

379. A Batalha de Valparaíso ocorreu no contexto da Guerra de 1812 (ver nota 43 [bloqueio]). Durante a batalha, o *USS Essex*, comandado por David Porter e enviado ao Pacífico com ordens de afundar ou confiscar baleeiros britânicos, foi capturado por duas fragatas adversárias, *Phoebe* e *Cherub*. Como no caso do *Macedonian* em relação aos norte-americanos (ver nota 378), o *Essex* acabaria reformado e incorporado à esquadra do Reino Unido.

interesse de seu país. Não é meu desejo rebaixar qualquer reputação que o capitão americano possa ter granjeado nessa batalha. Era homem de coragem; *isso*, nenhum marinheiro negará. Mas o mundo inteiro é feito de homens corajosos. De todo modo, não quero que se entenda que contesto seu bom nome. Não obstante, não se deve duvidar que, se houvesse quaisquer marinheiros munidos de senso comum nos canhões do *Essex*, por mais corajosos que fossem, esses marinheiros teriam preferido enormemente arriar a bandeira, quando viram que a batalha estava completamente perdida, a postergar o ato inevitável até que restassem poucos braços americanos que a fizessem descer. No entanto, tivessem esses homens, sob tais circunstâncias, "pedido abjetamente pela dispensa da batalha", segundo o Artigo IV, eles teriam sido legalmente enforcados.

Segundo o negro Caramelo, quando o capitão do *Macedonian* — vendo que o *Neversink* tinha o navio completamente em seu poder — deu a ordem de arriar a bandeira, um de seus oficiais, homem odiado pelos marinheiros por sua tirania, uivou no mais terrível dos protestos, jurando que, de sua parte, não desistiria e preferia que o *Macedonian* afundasse ao lado do inimigo. Fosse ele o capitão, sem dúvida o teria feito; recebendo por isso o nome de herói neste mundo; porém, do que o chamariam no outro?

Mas, como todo o assunto da guerra ainda é um tapa na cara do senso comum e da cristandade, tudo que diga respeito a ela é absolutamente estúpido, não cristão, bárbaro, brutal e, com sabor das ilhas Fiji, de canibalismo, do salitre e do demônio.

É geralmente o caso num navio de guerra, quando se arria a bandeira, que toda a disciplina cai por terra, e os homens por um instante se mostram ingovernáveis. Assim foi a bordo da fragata britânica. O paiol de grogue foi arrombado, e barris de bebida circulavam pelo convés, onde muitos dos feridos jaziam entre canhões. Esses marinheiros agarraram os galões e, a despeito de todo o protesto, engoliram a bebida ardente até que, como dizia Caramelo, o sangue de repente desapareceu das feridas, e eles caíram mortos no convés.

O negro tinha muitas outras histórias a contar sobre essa batalha; e frequentemente me guiava ao longo dos canhões do convés principal — ainda munido das mesmas peças usadas na batalha — mostrando suas indeléveis cicatrizes. Coberto da tinta acumulada de mais de trinta anos, elas eram quase invisíveis ao olho que não lhes desse a devida atenção; mas Caramelo as conhecia de cor; pois voltou para casa no *Neversink* e observara essas cicatrizes logo depois da batalha.

Uma tarde, eu caminhava com ele ao longo da coberta dos canhões, quando ele parou ao lado do mastro principal. "Essa parte do navio", disse ele, "a bordo do *Macedonian* nós a chamávamos de 'matadouro'. Aqui os homens tombavam, cinco ou seis por vez. Um inimigo sempre mirava este ponto, para derrubar, se possível, o mastro. As vigas e carlingas que ficavam sobre o matadouro do *Macedonian* estavam cheias de sangue e tripas. Perto das escotilhas, o que se via mais parecia uma bancada de açougueiro; havia pedaços de carne humana grudada nas cavilhas de arganéu. Um porco que corria pelo convés escapou ileso, mas seu couro estava tão cheio de sangue, por revolver as poças deixadas pelos corpos, que, quando o navio se rendeu, os marinheiros lançaram o animal ao mar, alegando, sob imprecações, que seria canibalismo comê-lo."

Outro quadrúpede, um bode, perdeu as patas da frente nessa batalha.

Eram expressas as ordens — segundo o costume — de lançar ao mar os marinheiros mortos tão logo tombassem; sem dúvida, como disse o negro, para que a visão de tantos cadáveres caídos ao redor não assustasse os sobreviventes nos canhões. Entre outros exemplos, ele relatou os seguintes. Um tiro de canhão, entrando por uma das portinholas, aniquilou dois terços da equipe de um canhão. O capitão do canhão ao lado, largando a corda de disparo, que ele acabara de puxar, voltou-se à pilha de cadáveres para ver quem eram; percebendo um velho companheiro de rancho, que estivera com ele em muitas viagens, caiu em lágrimas e, tomando o corpo nos braços e levando-o à amurada, segurou-o por um instante sobre a água e, fitando-o, gritou:

"Oh, Deus! Tom!"

"Que se danem suas preces sobre o morto! Lance-o ao mar e volte para o canhão!", berrou um lugar-tenente ferido. Obedecendo à ordem, o marinheiro de coração partido retornou a seu posto.

As histórias de Caramelo eram o bastante para partir a espada deste mundo flutuante na bainha. E, pensando em toda cruel glória secular granjeada por heróis navais em situações como essa, pergunto-me se de fato foi um glorioso caixão aquele no qual lorde Nelson foi enterrado — um caixão que lhe fora presenteado, em vida, pelo capitão Hallowell;[380] feito do mastro principal do navio de linha

---

380. *Sir* Benjamin Hallowell Carew (1761-1834) foi almirante da Marinha Real britânica. Presente aos mais importantes conflitos de seu tempo (a Guerra de Independência norte-americana, o enfrentamento da França revolucionária e as Guerras Napoleônicas), figurou entre os oficiais engajados na Batalha do Nilo citados por Nelson como sua *irmandade*. O presente de Hallowell a Nelson é verídico, e consta que Hallowell mandara fazer as seguintes palavras acompanharem o caixão: "Senhor, tomo a liberdade de presenteá-lo com um caixão feito do mastro principal do *L'Orient*, para que, quando encerrar vossa carreira militar neste mundo,

de batalha francês *L'Orient*, que, destruído pelo fogo britânico, levou consigo centenas de franceses na Batalha do Nilo.[381]

Que lorde Nelson repouse em paz em seu mastro reformado! Mas antes fosse eu colocado no tronco de alguma árvore verdejante e tivesse mesmo na morte a seiva da vida circulando ao meu redor, dando meu corpo morto à folhagem viva que sombreasse meu pacífico túmulo.

---

possais ser enterrado num de vossos troféus. Que tal momento ainda tarde é o profundo desejo de seu sincero amigo, Benjamin Hallowell".

381. Ocorrida entre 1º e 3 de agosto de 1798, a Batalha do Nilo foi um importante confronto das esquadras britânica e francesa na baía de Abukir, no Mediterrâneo egípcio. Deu-se após três meses de perseguição das fragatas britânicas, lideradas por Nelson, às francesas, que traziam o próprio Napoleão, por todo o Mediterrâneo. Os franceses e seu general rumavam ao Egito com exércitos para que ali se instalasse uma frente de batalha e, desse modo, as forças britânicas tivessem de deixar a frente europeia. O confronto teve início com a esquadra francesa já instalada na baía egípcia em posição de defesa. Os britânicos, no entanto, chegaram em grande número, atacando com sucesso as embarcações francesas; por fim, a destruição da nau capitânia francesa *L'Orient* (para a qual Hallowell foi peça importante) enfraqueceu o comando francês e marcou sua rendição e retirada da baía. A Batalha do Nilo ocasionou uma significativa guinada no rumo dos conflitos que cercaram a Revolução Francesa: com o recuo francês, os britânicos estabeleceram o controle do Mediterrâneo, o que motivou outras potências militares (como otomanos e russos) a declarar guerra contra a França. Napoleão, que seguira com suas tropas ao Cairo, permaneceu na África até o ano seguinte, sendo derrotado por sírios e otomanos no Cerco de Acre (1799) e retornando à França.

75

"Afundar, queimar e destruir" — Ordens de almirante impressas em tempo de guerra

ENTRE OS INÚMEROS "CASOS E CONTOS" desfiados em nossa gávea principal durante a agradável viagem que fazíamos ao norte, nenhum se comparava aos de Jack Chase, nosso capitão.

Jamais havia melhor companhia do que a do sempre glorioso Jack. As coisas sobre as quais a maioria dos homens apenas lia ou sonhava, ele vira e experimentara. Ele fora um audacioso contrabandista em seus idos de juventude, e falava sobre longos canhões de nove libras preenchidos na rota de casa com buchas de seda francesa; de cartuchos cheios da mais fina pólvora em forma de chá; de metralhas cheias de doces das Índias Ocidentais; de calças e blusas de marinheiro forradas de riquíssimas fitas; e pernas de mesa ocas como canos de mosquete compactamente preenchidas de raras drogas e especiarias. Também contava sobre uma vil viúva — uma bela receptadora de bens contrabandeados na costa britânica —, que sorria docemente aos contrabandistas quando eles lhe vendiam suas sedas e galões, tão baratos quanto chitas e fitas. Ela os chamava de corajosos amigos, amigos de aventura; e pedia que lhe trouxessem mais.

Ele era capaz de contar sobre lutas desesperadas contra os cúteres de Sua Majestade britânica, sob o recôndito da madrugada em praias rochosas cobertas por tempestades; sobre a captura de um grupo de bandoleiros, recrutados para o convés de um navio de guerra; sobre como juraram que seu chefe havia morrido; sobre a escritura de um *habeas corpus* enviado a bordo para um deles por débito — um rapaz belo e reservado — e sua ida para terra firme, sob fortes suspeitas de ser o dito capitão morto, sendo esse um esquema bem-sucedido para sua escapada.

Porém, mais do que tudo, Jack era capaz de narrar a Batalha de Navarino, pois fora capitão de um dos canhões do convés a bordo da nau capitânia do almirante Codrington,[382] a *Asia*. Ainda que fosse meu o estilo robusto do velho Homero

---

382. Sir Edward Codrington (1770-1851) foi um almirante britânico e destacado comandante militar em batalhas decisivas para o desenrolar de conflitos que moldaram o mapa europeu a partir do séc. XIX, como as Guerras Napoleônicas (para a batalha de Trafalgar, importante momento desse conflito, ver nota 111) e a Independência da Grécia (para a batalha de Navarino, ocorrida durante essa guerra, ver nota 26).

vertido por Chapman,[383] não não me arriscaria a dar mais do que a própria versão de nosso nobre Jack a essa batalha, na qual, no dia 20 de outubro, *Anno Domini* 1827, trinta e dois navios de ingleses, franceses e russos atacaram e dominaram no Levante uma esquadra otomana de três navios de linha de batalha, vinte e cinco fragatas e uma multidão de brulotes e lanchas.

"Retardamo-nos para ficar a seu lado", disse Jack; "e, quando abrimos fogo, éramos como golfinhos em meio a peixes-voadores. 'Cada homem com seu pássaro', era o grito de ordem, quando treinávamos tiro com nossos canhões. E esses canhões todos fumavam como fileiras de cachimbos holandeses, meus caros! A equipe de meu canhão trazia pequenas bandeiras no peito, para prendê-las ao mastro caso a bandeira do navio fosse arrancada por uma bala. Nus da cintura para cima, lutávamos como tigres de bengala e derrubávamos as fragatas turcas como se fossem pinos de boliche. Na direção de seus velames... apinhados de homens armados de armas curtas, como bandos de pombos empoleirados em pinheiros..., nossos soldados mandavam o chumbo de seus cachos de uva. Eles mais pareciam uma chuva de granizo em Labrador... eram pura tempestade! Os turcos atingidos lançavam contra o velho casco do *Asia* uma saraiva de balas de canhão, cada qual pesando cento e cinquenta libras. Elas transformaram três portinholas em uma. Mas respondemos ainda melhor. 'Direto neles, meu buldogue!', falei, dando tapinhas na culatra do meu canhão. 'Vamos abrir umas escotilhas naquele casco turco!' Jaqueta Branca, meu rapaz, devia ter visto aquilo. A baía estava coberta de mastros e vergas, como uma plataforma de troncos descendo o rio Arkansas. Arroz queimado e azeitonas choviam sobre nós, vindos das explosões do inimigo como maná nas florestas selvagens. Gritos de 'Alá! Alá! Maomé! Maomé!' cortavam o ar; alguns berravam pelas portinholas turcas; outros guinchavam das águas em que se afogavam, os topetes flutuando sobre seus crânios raspados, como cobras negras em rochas de meia-maré. Por esses topetes eles acreditavam que o Profeta os arrastaria ao Paraíso, mas eles afundaram a cinquenta braças de profundidade, no fundo da baía. 'Esses malditos muçulmanos não vão atacar?', bradou meu primeiro carregador, um marinheiro de Guernesey, enfiando o pescoço pela portinhola e observando o navio de linha de batalha turco próximo. Nesse instante a cabeça dele explodiu diante de mim como um projétil de paixhans,[384] e a bandeira de Neb Knowles rendeu-se

---

383. George Chapman (1559-1634) foi dramaturgo, poeta e tradutor. Tornou-se célebre por suas traduções da poesia homérica.
384. Projétil explosivo, disparado pelo chamado canhão paixhans, primeira peça de artilharia desenhada para o disparo de bombas. Foi desenvolvida por Henri-Joseph Paixhans entre 1822 e 1823.

para sempre. Arrastamos sua carcaça para o lado, e vingamos sua morte com a bigorna do tanoeiro, que enfiamos inteira no canhão; um companheiro de rancho usou sua capa escocesa encharcada de sangue como bucha, e a mandamos voando na direção do navio turco. Pelo Deus da guerra! Rapazes, o que sobrou daquele navio não boiava dentro de uma panela d'água. Foi um dia duro... um dia sofrido, meus queridos. Aquela noite, quando tudo tinha acabado, dormi um sono pesado, usando de travesseiro uma caixa de metralha! Mas vocês deviam ter visto o bote cheio de bandeiras turcas que um de nossos capitães levou para casa; ele jurou que as estenderia nos pomares do pai como estendemos nossos estandartes para um dia de festa."

"Embora tenha atormentado os turcos em Navarino, nobre Jack, parece que você só perdeu uma lasca", disse o gajeiro, observando a mão aleijada de nosso capitão.

"Sim; mas eu e um dos lugares-tenentes escapamos de coisa pior. Um tiro acertou a lateral de minha portinhola, e os pedaços voaram para todos os lados. Um deles levantou a aba de meu chapéu; o outro arrebentou a bota esquerda do lugar-tenente, arrancando-lhe o salto; um terceiro matou meu menino encarregado da pólvora sem nem sequer tocá-lo."

"Como, Jack?"

"Morreu só com o *zunido*. Na hora, ele estava sentado num monte de estopa para bucha e, depois que a poeira baixou, percebi que permanecia quietinho, de olhos bem abertos. 'Meu heroizinho!', bradei, e dei-lhe um tapa nas costas; mas ele caiu de cara nos meus pés. Toquei-lhe o coração, e vi que estava morto. Não havia a marca de um dedo sequer nele."

O silêncio recaiu por um instante sobre o auditório, quebrado por fim pelo segundo capitão da Gávea.

"Nobre Jack, sei que não é dado a gabolices, mas conta-nos... o que fez naquele dia?"

"Ora, meus queridos, não fiz mais do que meu canhão. Mas me gabo de que foi aquele canhão que derrubou o mastro principal do almirante turco; e o toco que sobrou não era comprido o bastante para fazer uma perna de pau para lorde Nelson."

"Mas como? Eu pensava que, pelo modo como puxamos a corda de disparo e fazemos a mira, conseguimos dar rumo a uma bala... não, Jack?"

"Foi o almirante da frota... Deus todo-poderoso... que deu rumo ao tiro que arrebentou o mastro do almirante turco", disse Jack. "Eu só apontei a arma."

"Mas como se sentiu, Jack, quando a bala de mosquete levou-lhe um dos dedos?"

"Como me senti? Só um dedo mais leve. Tenho ainda outros sete, além dos dedões; e eles trabalharam muito bem no emaranhado do cordame no dia que se seguiu à batalha; porque, devem saber, meus queridos, que o trabalho mais difícil vem depois de guardados os canhões. Auxiliei na labuta com uma só mão durante três dias, no cordame, vestindo as mesmas calças que usei durante a batalha; o sangue já tinha secado e endurecido; elas pareciam tingidas de escarlate marroquino brilhante."

Ora, Jack Chase tinha um coração como o de um mastodonte. Cheguei a vê-lo chorar quando um homem era açoitado no passadiço; no entanto, narrando a história da Batalha de Navarino, ele claramente demonstrava que acreditava que, no Levante, no sangrento dia 20 de outubro do ano de 1827 de Nosso Senhor, o comodoro britânico fora substituído pelo Deus da abençoada Bíblia. E, desse modo, parece que a guerra praticamente transforma os melhores dos homens em blasfemadores e os reconduz todos a um padrão fijiano de humanidade. Alguns marinheiros de fragata já me confessaram que, à medida que a fúria da batalha aumentava, seus corações endureciam numa harmonia infernal; e, como seus próprios canhões, lutavam sem um pensamento que fosse em suas mentes.

Soldado ou marinheiro, o homem em guerra não passa de um demônio; e a guarda pessoal e o séquito do Diabo reúnem não poucos cassetetes. Mas uma guerra é, por vezes, inevitável. Deve a honra nacional ser esmagada sob os pés de um inimigo insolente?

Falem o que quiserem; mas saibam e guardem em seus corações, bancada dos bispos,[385] cujo poder decide por uma guerra ou não, que Aquele mesmo no qual cremos nos ensinou, *ele próprio*, a oferecer a outra face quando uma delas é golpeada. Não importam as consequências. Tal passagem não podem expurgar da Bíblia; ela está tão presa às páginas da Bíblia quanto qualquer outra; e dá vida à alma e à substância da fé cristã; sem ela, o cristianismo seria como qualquer outra fé. E aquela passagem ainda há de transformar, pela graça de Deus, o mundo. Mas em algumas coisas, antes, devemos nos tornar quacres.

No entanto, ainda que a vitória do almirante Codrington — diferente da maioria dos cenários de carnificina, que se provam inúteis assassínios de homens —

385. Na condição de membros veteranos da Igreja da Inglaterra, alguns bispos são designados a ocupar um assento na Casa dos Lordes, no Parlamento Inglês. Os arcebispos da Cantuária, de York, Londres, Durham e Winchester, além de 21 outros prelados, formam o grupo dos chamados Nobres do Espírito. A bancada em que se sentam no Parlamento é a chamada bancada dos bispos. Diferentemente dos assentos de outras bancadas, os seus têm braços, símbolo de sua distinção. O espaço que ocupam é o mais próximo do trono real.

sem dúvida tenha sido responsável pela independência da Grécia, encerrando as atrocidades turcas naquele Estado tão vitimado pela barbárie, quem há de erguer a mão e jurar que a Providência Divina tenha guiado as esquadras unidas de Inglaterra, França e Rússia na Batalha de Navarino? Pois; se assim foi, então ela conduziu as tropas contra os próprios eleitos da Igreja — os valdenses perseguidos na Suíça — e acendeu as fogueiras de Smithfield nos tempos de Maria, a Sanguinária.[386]

Mas todos os acontecimentos estão misturados numa fusão indistinguível. O que chamamos de Destino é invariável, imparcial e desalmado; nem um demônio a acender as chamas da intolerância, nem um filantropo para esposar a causa da Grécia. Podemos encrespar, enfurecer e lutar; mas o que chamamos de Destino sempre sustenta uma armada neutralidade.

E, não obstante tudo assim seja, em nossos próprios corações moldamos o amanhã do mundo inteiro; e em nossos corações construímos nossos próprios deuses. Cada mortal dá seu voto para quem ele deseja que governe o mundo; eu tenho uma voz que ajuda a dar formas à eternidade; e minha vontade incita as órbitas dos mais distantes sóis. Em dois sentidos, somos precisamente aquilo que adoramos. O destino somos nós mesmos.

---

386. Filha primogênita de Henrique VIII, fruto de seu primeiro casamento, com Catarina de Aragão, a católica Maria I da Inglaterra (1516-58) foi rainha inglesa entre 1553 e 1558. Ocupou o trono num período de fortes tensões religiosas em toda a Europa. Sucedendo o pai, criador da Igreja anglicana, e o irmão (Eduardo IV), protestante, Maria I alinhou-se às potências católicas contrarreformadas (casando-se com Filipe de Espanha em 1554) e empreendeu forte perseguição aos protestantes, o que lhe rendeu o epíteto de "sanguinária". As fogueiras de Smithsonian representam esse momento: pelo menos 282 homens e mulheres sofreram martírio durante os três últimos anos de seu curto reinado. Os valdenses são uma seita cristã ascética fundada pelo comerciante francês Pedro Valdo em fins do séc. XII. Foram considerados hereges pela Igreja católica e perseguidos.

76

As mesas de enxárcia

QUANDO CANSADOS DO TUMULTO e dos ocasionais conflitos da coberta dos canhões de nossa fragata, não raro me retirava a uma portinhola e me acalmava admirando a plácida imensidão do mar. Depois do rugir das batalhas dos últimos dois capítulos, façamos o mesmo e, na reclusão da mesa de enxárcia à proa, encontremos paz, se possível for.

Não obstante o comunismo doméstico ao qual os marinheiros em um navio de guerra estão condenados e a exposição pública na qual as ações de natureza mais reservada e tímida devem ser executadas, há ainda um ou dois recantos onde às vezes você pode se recolher e, por uns poucos instantes, quase conhecer privacidade.

O principal entre esses lugares é a mesa de enxárcia, à qual eu por vezes corria durante nossa viagem para casa atravessando aquelas pacíficas latitudes tropicais, tão dadas à reflexão. Depois de escutar o bastante dos loucos casos de nossa gávea, ali eu me recostava — desde que não perturbado —, transformando informação em sabedoria.

A mesa de enxárcia é uma pequena plataforma do lado de fora do casco do navio, à base dos grandes cordames que ligam o topo dos três mastros à amurada. No presente, elas parecem fora de moda entre os veleiros mercantes, juntamente com as belas e desusadas alhetas, pequenos anexos em forma de torreão que, nos idos dos velhos almirantes, marcavam os ângulos da popa de um navio armado. Ali, um oficial da Marinha podia descansar uma hora depois da batalha e acender um charuto para limpar de suas suíças a vil fumaça da pólvora. O pitoresco e gracioso quadro de popa, também, um amplo balcão suspenso sobre o mar, cujo acesso se dava pelo camarote do capitão do mesmo modo que um pavilhão de jardim se abre pelos aposentos de uma dama; esse encantador balcão, onde, navegando por mares de verão nos dias dos antigos vice-reis peruanos, o cavaleiro espanhol Mendaña cortejava sua bela senhora Isabela enquanto viajavam com destino às ilhas Salomão, à fabulosa Ofir e às grandes Cíclades; e a senhora Isabela, ao pôr do sol, corava como o Oriente e admirava os peixinhos dourados e os peixes-voadores prateados, que formavam a trama e a teia de suas esteiras nos brilhantes e escamosos tartãs e mantas sobre os quais a senhora se deitava;[387] esse encantador balcão — belíssimo retiro — foi eliminado dos navios por vandálicas inovações. Sim, essa antiga galeria com pés talhados em garra já não está mais em voga; aos olhos do comodoro, ela já não é elegante.

Que se acabem todas as modas em mobília que não sejam as do passado! Dê-me a velha poltrona de meu avô, sustentada por quatro sapos entalhados — os hindus, do mesmo modo, imaginavam o mundo sustentado por quatro tartarugas; dê-me sua bengala, de punho em ouro — uma bengala que, como o mosquete do pai do general Washington e a espada de William Wallace,[388] envergaria as costas dos dândis com seus chicotes nesses dias em que se ostentam pernas tão finas e longas; dê-me seu paletó de amplo peitoril, descendo intrépido à altura dos quadris, fornido de dois grandes bolsos para guardar os guinéus; lance ao mar esse cilindro destruído que mais parece um castor e dá-me o alto e portentoso chapéu em cornija de meu avô.

No entanto, embora as alhetas e quadros de popa de um navio de guerra tenham desaparecido, a mesa de enxárcia ainda lá está; e não se pode imaginar mais agradável retiro. Os imensos moitões e sapatilhos que formam os pedestais do cordame dividem a mesa de enxárcia em numerosas capelinhas, alcovas, nichos e altares onde é possível demorar-se preguiçosamente — do lado de fora

---

387. Álvaro de Mendaña y Neira (1541-95) foi navegador espanhol, responsável por duas expedições ao Pacífico e pela descoberta das ilhas Salomão e Marquesas. A interpretação de histórias contadas pelos quechuas do Peru, sobre a existência de ilhas repletas de ouro a oeste da costa, levou os espanhóis instalados na região a compará-las com a lendária Terra de Ofir, onde estariam as minas do rei Salomão. Na primeira das viagens que empreendeu, em 1567, descobriu as ilhas que, pela missão de que estava encarregado, ficariam conhecidas como Salomão, não obstante tenha tido seus objetivos frustrados. Em 1595, Mendaña foi destacado a uma segunda viagem à região, dessa vez com o intuito de fundar uma colônia nas ilhas e, delas, seguir às Filipinas; nessa expedição foi acompanhado da mulher, Isabel de Barreto, e por familiares da esposa. Durante a viagem, a comitiva chegou às ilhas batizadas Marquesas, em homenagem à mulher do vice-rei do Peru, marquesa de Cañete (importante para a segunda comissão do navegador). Na sequência da viagem, porém, Mendaña morreu, vítima de malária. A viagem, então, ficou sob a autoridade de sua mulher, que completou a missão. Isabel entraria para a história da Marinha espanhola como a única mulher a comandar uma embarcação do país.

388. Membro da pequena nobreza escocesa, William Wallace (?-1305) foi um dos principais líderes das Guerras de Independência da Escócia, ocorridas entre fins do séc. XIII e início do XIV, ao cabo das quais se manteve nação independente da Inglaterra. Depois de importantes vitórias contra os ingleses, Wallace quedou capturado pelas tropas de Eduardo I, sendo enforcado e esquartejado por alta traição e crimes contra a população inglesa. Alçado à condição de herói nacional, foi objeto de grande interesse historiográfico e literário. O pai de George Washington foi o fazendeiro Augustine Washington Sr. São muitas as histórias apócrifas sobre a figura de George Washington, sempre responsáveis pelo aumento de sua fama; não se encontrou, porém, registros de alguma que tivesse por centro o mosquete de Augustine.

do navio, ainda que a bordo. Mas não falta quem queira dividir algo de bom com você neste mundo flutuante. Muitas foram as vezes que, confortavelmente sentado numa dessas pequenas alcovas, o olhar perdido no horizonte e o pensamento em Catai,[389] me assustei em meu repouso com algum velho subchefe de artilheiro que, tendo recentemente pintado uma parte dos barris de pavio, desejava ali deixá-los para secar.

Noutras ocasiões, um dos tatuadores rastejava pela amurada, seguido de seu cliente; e então um braço ou perna nua se estendia, e a desagradável "furação" tinha início diante dos meus olhos; ou uma irrupção de marujos com sacos ou bolsas de rede e pilhas de calças velhas para costurar surgiam em meu retiro e, formando uma roda de costura, expulsavam-me com seu tagarelar.

Mas, certa feita — era uma tarde de domingo —, eu estava agradavelmente recostado num canto particularmente umbroso e recluso entre dois sapatilhos, quando escutei uma voz baixa e suplicante. Espiando através do exíguo espaço de entre cabos, vi um velho marinheiro de joelhos, o rosto voltado ao mar, os olhos fechados, entregue à prece. Levantei discretamente, saí despercebido pela portinhola e deixei o venerável homem a sós com sua fé.

Era um homem da âncora d'esperança, um batista zeloso, conhecido em seu setor do navio por ser fiel a sua devoção solitária na mesa de enxárcia. Ele me lembrava de santo Antão saindo ao deserto para rezar.[390]

Esse homem era capitão do canhão de caça instalado na proa a estibordo, um dos canhões de vinte e quatro libras do castelo. Na hora da batalha, era-lhe delegado o comando desse Talaba, o Destruidor.[391] Era sua missão assestá-lo adequadamente; verificar se estava devidamente carregado; e os bagos e as caixas de metralha bem socados; além de "unir cartucho", "tomar a mira" e dar a ordem ao responsável pelo pavio de aplicar-lhe a vara; fazendo com que o inferno de um instante se acendesse à boca do canhão, em enorme combustão e morte.

---

389. Uma das mais antigas formas de nomeação da China. Tornou-se bastante conhecida na Europa com a publicação do livro das viagens de Marco Polo, que assim designa o Norte e o Centro-oeste chineses.

390. Também chamado de santo Antão do Egito, é o mais conhecido dos chamados Padres do Deserto, eremitas, ascetas e monges que viveram, a partir do séc. III, no deserto da Nítria, e foram fundamentais para o desenvolvimento do cristianismo primitivo e modelares para o monasticismo cristão.

391. Protagonista de poema homônimo de Robert Southey. Publicado em 1801, o poema narra como Talaba, filho de uma família dizimada por um grupo de feiticeiros, escapa ao morticínio e, por meio de um anel mágico, tomado a um dos homens que tenta matá-lo, ganha poderes especiais, atravessando o Oriente Médio para derrotar os magos malignos. Embora tenha por fundamento a exposição da cultura e da religião do islã, o poema está repleto de imprecisões, a começar por ambientar a ação em tempo anterior ao profeta Maomé e na Babilônia.

Ora, esse capitão da peça de caça à proa era um homem honesto, de humilde e sincera fé; ser capitão daquela arma significava tão somente ganhar o próprio pão; mas como, com aquelas mãos enfarruscadas de pólvora, poderia ele partir aquele *outro* e mais pacífico e penitente pão da Ceia? Embora daquele abençoado sacramento, assim o parecia, ele muitas vezes tivesse tomado parte em terra firme. A omissão desse rito num navio de guerra — embora houvesse capelão para presidi-lo e ao menos alguns comungantes para dele participar — deve ser atribuída a um sentido de adequação religiosa dos mais louváveis.

Ah! A grande correção de nosso mundo flutuante parece, afinal, um ideal irrealizado; e aquelas máximas que, na esperança de produzir um Milênio, ensinamos diligentemente aos pagãos, nós mesmos, cristãos, as desrespeitamos. Da perspectiva de toda a presente estrutura social de nosso mundo, tão mal adaptada à adoção prática da humildade cristã, é como se houvesse alguma solidez na ideia de que, embora nosso abençoado Salvador seja portador da sabedoria celeste, seu evangelho parece desprovido da sabedoria prática da Terra — feita a devida apreciação das necessidades das nações que, por vezes, exigem o sangue dos massacres e da guerra; e uma adequada avaliação do valor de patentes, títulos e riqueza. Tudo isso, porém, apenas mais eleva a divina consistência de Jesus; uma vez que Burnet[392] e os maiores teólogos demonstram que sua natureza não era meramente humana, de um simples homem mundano.

---

392. Teólogo e cosmólogo, Thomas Burnet (1635-1715) foi contemporâneo de Isaac Newton e autor de uma *Teoria sagrada da Terra*, publicada em dois volumes em 1681 e 1689. A obra, de natureza especulativa, pensa a formação geológica da Terra a partir da interpretação teológica da Bíblia.

77

O hospital num navio de guerra

DEPOIS DE NAVEGARMOS SOB VENTOS constantes até o Equador, sucedeu-se a calmaria, e ali permanecemos, três dias enfeitiçados em alto-mar. Sem dúvida, com nossos quinhentos homens, comodoro e capitão, reforçados por longas baterias de trinta e duas e vinte e quatro libras, éramos um portentoso navio de guerra; no entanto, ali balançávamos, tão impotentes quanto uma criança no berço. Fosse um vendaval no lugar da calmaria, o teríamos enfrentado alegremente com nosso intrépido gurupés, imponente lança em repouso; porém, como acontece à humanidade, esse oponente sereno e passivo — a um só tempo sem qualquer resistência e irresistível — nos superava, sempre inconquistável.

Durante esses três dias, o calor era excessivo; o sol arrancava o breu das junções do navio; toldos eram estendidos a popa e proa; os conveses eram constantemente umedecidos. Foi durante esse intervalo que um triste acontecimento teve lugar, embora não fosse estranho ao navio. Antes, porém, à guisa de preparo para a narrativa, é preciso dar alguma informação sobre o setor do navio de guerra conhecido como "enfermaria".

À enfermaria são levados os marinheiros incapacitados; em muitos aspectos, é o equivalente de um hospital em terra firme. Como sói à maioria das fragatas, a enfermaria do *Neversink* ficava na coberta das macas — o terceiro patamar, de cima para baixo. Ela estava no ponto mais extremo à frente do convés, compreendendo a área triangular da proa. Era, portanto, uma câmara subterrânea, na qual mal penetrava um raio da alegre luz do céu, mesmo ao meio-dia.

Numa fragata que vai ao mar, com todo o seu armamento e estoques a bordo, o piso da coberta das macas fica parcialmente abaixo da superfície da água. Mas num ancoradouro tranquilo, mantém-se a circulação de ar no compartimento mediante a abertura dos amplos respiradouros na parte superior das laterais, as chamadas vigias, não muito acima do nível da água. Antes de ir ao mar, contudo, essas vigias devem ser fechadas, calafetadas e seladas hermeticamente com piche. Com esses pontos de ventilação lacrados, a enfermaria é totalmente isolada contra a admissão livre e natural de ar fresco. No *Neversink*, umas poucas lufadas de ar renovado eram levadas à enfermaria por meios artificiais. Mas, como o ventilador de lona era o único método adotado, a quantidade de ar fresco que ali chegava dependia da força do vento. Numa calmaria não havia vento para isso, enquanto num vendaval o ventilador de lona tinha de ser içado, devido à forte corrente de ar que atingia as acomodações dos doentes. Uma divisória com aberturas separava nossa enfermaria do restante da coberta, onde as macas do turno estavam armadas; assim, a enfermaria ficava exposta a toda a agitação que tinha lugar no convés quando os turnos eram rendidos.

Um oficial, o chamado comissário do cirurgião, auxiliado por subordinados, era o responsável pelo lugar. Era o mesmo indivíduo referido como ajudante na amputação do gajeiro. Ele permanecia a postos na enfermaria, dia e noite.

Esse comissário do cirurgião merece descrição. Era um jovem baixo, pálido e de olhos fundos, com o semblante digno de Lázaro,[393] tão presente naqueles que trabalham em hospitais. Raramente ou nunca você o veria no convés, e *quando* emergia à luz do sol era com uma aparência acanhada e olhos piscantes, cheios de desconforto. O sol não fora feito para ele. Sua organização nervosa era afetada pela visão dos velhos e robustos marujos do tombadilho e o tumulto geral do espardeque; enfim, ele em geral permanecia sepultado numa atmosfera que o longo hábito lhe tornara propícia.

Esse jovem nunca se permitia conversas frívolas; apenas tratava das prescrições do cirurgião; cada palavra sua era uma pílula. Não se tinha notícia de que sorrisse; tampouco sua seriedade tinha aparência corriqueira — pelo contrário, seu rosto sempre evocava uma cadavérica resignação a seu destino. Estranho que muitos daqueles a quem cabe trabalhar por nossa própria saúde pareçam tão doentes.

Comandada pelo comissário do cirurgião e ligada à enfermaria, ainda que separada dela, por ser instalada na porta ao lado do escritório de contabilidade do comissário do almoxarife, havia uma farmácia, cuja chave ficava a cargo do comissário do cirurgião. Tal farmácia era organizada exatamente como em terra firme, com prateleiras ocupando todas as quatro paredes do cômodo e repletas de frascos verdes e vasos de boticário; logo abaixo dessas prateleiras, ficavam inúmeras gavetas com incompreensíveis inscrições douradas em abreviaturas latinas.

Ele geralmente abria seu estabelecimento por uma ou duas horas todas as manhãs e fins de tarde. Havia uma veneziana na parte superior da porta, que ele empurrava de dentro para fora de modo a receber um pouco de ar. E ali era possível encontrá-lo, o semblante coberto de uma sombra esverdeada, sentado num

393. Lázaro de Betânia, segundo consta do Evangelho de João, teria sido ressuscitado por Jesus.

banco e empenhando seu pilão num grande almofariz de ferro que mais parecia um obus, no qual produzia preparados de jalapa.[394] Um candeeiro fumacento lançava matizes bruxuleantes, dignos de febre amarela, sob seu rosto pálido e as grossas fileiras de vasos.

Muitas vezes, quando me vi necessitado de algum medicamento, mas não estava doente o bastante para me dirigir ao cirurgião, encaminhava-me pela manhã ao sinal do pilão e pedia ao encarregado o que queria. Sem dizer uma palavra, o jovem cadavérico preparava-me uma poção numa caneca de lata e a entregava pela pequena abertura da porta, como quem desse o troco na bilheteria de um teatro.

Mas havia uma pequena prateleira presa à parede da porta, e sobre ela eu podia colocar a caneca de lata por um instante e investigá-la; pois nunca me portava como um Júlio César tomando remédio; e tomá-lo dessa forma, sem uma mínima tentativa de disfarçá-lo; sem qualquer coisinha que o fizesse descer; em suma, ir ao próprio boticário em pessoa e ali, no balcão, botar para dentro sua dose como se fosse um belo *mint julep*[395] em copo de prata tomado no bar de um hotel — *isso* era sem dúvida um remédio amargo. Porém, esse pálido e jovem boticário nada cobrava por ela, o que não trazia pouca satisfação; pois não é assustador, para dizer o mínimo, que um boticário de terra firme cobre do seu dinheiro — uma boa quantia em dólares e centavos — para causar-lhe uma horrível náusea?

Minha caneca aguardava um bocado de tempo na pequena prateleira; mas Pílula, assim conhecido pela marinhagem, nunca se importava com minha demora e prosseguia em sóbria e silente tristeza macerando preparados no almofariz ou dobrando em papel seus pós; até que, por fim, outro cliente aparecia e, então, num súbito ataque de decisão, eu fazia descer goela abaixo meu *sherry cobbler*,[396] levando comigo seu sabor indescritível até o alto da gávea do mastro principal. Não sei se era o largo balanço do navio, tal como o sentia de meu vertiginoso poleiro, mas sempre ficava enjoado depois de tomar o remédio e retornar com ele ao meu posto. E ele raramente trazia qualquer efeito benéfico.

O comissário do cirurgião era o único subordinado do cirurgião Cutícula, que vivia na praça-d'armas com os lugares-tenentes, o mestre-veleiro, o capelão e o almoxarife.

Por lei, o cirurgião é encarregado de cuidar das condições sanitárias gerais do navio. Se qualquer coisa que ele julgue passível de acometer a saúde da tripulação

394. Designação comum a diversas plantas com propriedades purgativas.
395. Coquetel à base de bourbon, produzido com folhas de menta, açúcar e gelo. Tradicionalmente servido em copo de prata.
396. Coquetel feito de xerez, laranja e açúcar.

acontece em qualquer um dos setores do navio, ele tem o direito de denunciá-la formalmente ao capitão. Quando um homem é açoitado no passadiço, o cirurgião acompanha a punição; e, se ele conclui que esta ameaça os limites do que o delinquente bem pode suportar, tem o direito de intervir e pedir a interrupção temporária da punição.

No entanto, embora os regulamentos da Marinha o investissem nominalmente dessa autoridade de elevado arbítrio, aplicável ao próprio comodoro, quão pouco ele a exerceu em casos que um sentimento de humanidade o exigia? Três anos é um longo período a ser vivido num navio, e estar sob a ponta da espada de capitão e lugares-tenentes durante esse tempo deve ser deveras incômodo e, de qualquer forma, irritante. Somente a isso se pode atribuir a negligência de alguns cirurgiões em manifestarem-se contra a crueldade.

Sem falar mais uma vez da contínua umidade dos conveses quando nos aproximávamos do cabo Horn — sempre inundados de água salgada —, é preciso ainda mencionar que, a bordo do *Neversink*, homens sabidamente tuberculosos tossiam sob a chibata do guardião do contramestre, enquanto o cirurgião e seus dois auxiliares permaneciam perto sem jamais se interpor. Porém, quando se mantém a falta de escrúpulo da disciplina marcial, é inútil tentar amainar seu rigor mediante a aplicação de leis humanitárias. É mais fácil domar o urso-pardo do Missouri do que humanizar algo tão cruel e desalmado.

Mas o cirurgião tem ainda outros deveres. Nenhum marinheiro ingressa na Marinha sem passar por um exame corporal e testes de saúde nos pulmões e nos membros.

Um dos primeiros lugares aos quais fui levado quando pela primeira vez subi a bordo do *Neversink* foi a enfermaria, onde encontrei um dos cirurgiões-assistentes sentados numa mesa forrada de baeta verde. Era sua vez de visitar o setor. Com ordens do oficial do convés para me dirigir ao funcionário que então estava diante de mim, pigarreei a fim de chamar-lhe a atenção e, com seus olhos voltados para mim, educadamente o informei de que estava ali para ser examinado com rigor.

"Dispa-se!", foi a resposta e, enrolando o punho da camisa, com seus detalhes dourados, seguiu com a manipulação de meu corpo. Golpeou-me nas costelas, socou-me o peito, pediu que me equilibrasse sobre uma perna e segurasse a outra na horizontal. Perguntou-me se tinha algum tísico na família; se já sentira alguma tendência do sangue subir-me à cabeça; se sofria de gota; quantas vezes fora sangrado na vida; quanto tempo estivera em terra firme; quanto tempo estivera em alto-mar; além de outras perguntas que me escapam à memória. Ele concluiu seu interrogatório com uma extraordinária e injustificada pergunta: "É temente a Deus?".

Era uma pergunta assertiva que me espantou um pouco, mas eu não disse uma palavra. Então, examinando minhas panturrilhas, ele ergueu os olhos e incompreensivelmente disse:

"Suspeito que não."

Por fim, declarou-me um animal saudável e escreveu um atestado certificando-o, com qual retornei ao convés.

Esse assistente de cirurgião provou-se uma figura bastante singular, e quando nos tornamos mais próximos deixei de me admirar daquela curiosa pergunta com que ele concluíra o exame de minha pessoa.

Era um homem magro, genuvalgo, de expressão saturnina e amarga, tornada particularmente curiosa pela forma impiedosa com que se barbeava, o queixo e o rosto sempre azuis, como se estivessem duros de frio. Seu longo contato com os doentes náuticos parecia ter-lhe enchido de uma hipocondria religiosa no tocante à situação de suas almas. Ele era a um só tempo clínico e clérigo dos doentes, ministrando-lhes água e comprimidos como se fossem um consolo espiritual; entre os marinheiros era conhecido pela alcunha de O Pelicano, ave cuja bolsa pendente sob o bico lhe dá aspecto lúgubre e melancólico.

O privilégio de ficar fora de serviço descansando quando se está doente é um dos poucos pontos nos quais um navio de guerra é infinitamente melhor para o marinheiro do que um navio mercante. Porém, como qualquer outro assunto na Marinha, a situação é totalmente submetida à disciplina geral do navio e conduzida com regularidade e método severos e inalteráveis, sem qualquer exceção às regras.

Durante a meia hora que precede os quartos d'alva, o cirurgião de uma fragata se encontra na enfermaria, onde, depois de fazer a ronda entre os doentes, recebe os novos candidatos a leito. Se, depois de examinar sua língua e o pulso, ele o julgar inapto, seu secretário o inscreve em seus livros de registro, e você está, dali em diante, dispensado de todo serviço, tendo bastante tempo livre para recuperar a saúde. Que o contramestre trile; que o oficial do convés urre; que o capitão de seu canhão o cace por toda a parte — pois, se seus companheiros de rancho puderem responder que está "na lista", você sobrevive a todos impune. O próprio comodoro não tem autoridade sobre você. Mas não se assoberbe, pois suas imunidades estão asseguradas apenas enquanto dura sua internação no umbroso hospital. Aventure-se a buscar uma lufada de ar fresco no espardeque — sendo descoberto ali por um oficial, será inútil alegar sua doença; pois é praticamente impossível, assim parece, que qualquer doente num navio de guerra tenha força o bastante para subir as escadas. Além disso, o ar bruto do mar, como lhe dirão, não faz bem para os doentes.

Mas, não obstante tudo isso, não obstante a escuridão e clausura da enfermaria, na qual um suposto doente deve sentir-se satisfeito em trancar-se até o cirurgião pronunciá-lo curado, são muitos os casos, especialmente durante prolongado tempo ruim, nos quais falsos doentes se encaminharão a esse horrível encarceramento hospitalar para escapar às jaquetas molhadas e ao trabalho duro.

Reza uma lenda segundo a qual o Diabo, tomando a confissão de uma mulher num pedaço de pergaminho, foi obrigado a esticá-lo inúmeras vezes com os dentes para ter espaço para tudo que a mulher tinha a dizer. O mesmo se pode falar sobre o comissário do almoxarife, que tinha de estender sua lista de doentes manuscrita para acomodar todos os nomes que se lhe apresentaram quando estávamos na arfagem do cabo. O que os marinheiros chamam de "febre do cabo Horn" faz-se incrivelmente presente; embora desapareça de todo quando chegamos a uma região de bom tempo, o que, como se passa com muitos outros doentes, devia ser unicamente atribuída à maravilha das benesses de uma total mudança de clima.

Parece muito estranho, mas é de fato verdadeiro, que no cabo Horn alguns "mandriões" suportam as ventosas, o sangramento e as pústulas antes de moverem um dedo. Por outro lado, há casos nos quais um homem adoecido e carente de medicação se recusa a engrossar a lista de doentes pois, em virtude disso, terá interrompida sua ração de grogue.

A bordo de todo navio de guerra americano pronto para ir ao mar, há um bom suprimento de vinhos e iguarias várias levadas ao convés — segundo a lei — para o benefício dos doentes, sejam eles oficiais ou marinheiros. Contudo, a bordo do *Neversink*, as iguarias dadas aos marinheiros incapacitados se limitavam a um pouco de sagu ou araruta, servidos apenas àqueles bastante doentes; e, tanto quanto sei, nenhum vinho jamais foi prescrito a esses doentes, embora as garrafas do governo fossem levadas à praça-d'armas para o restabelecimento dos oficiais indispostos.

E, embora a granja do governo fosse reposta a cada porto, nem quatro pares de pés de galinha foram fervidos em caldo para a marujada doente. Onde acabaram as galinhas, alguém certamente o soube; mas, como não posso afirmá-lo eu mesmo, não vou aqui endossar a dura afirmação dos homens, segundo a qual o pio Pelicano — fazendo justiça a seu nome — tinha as aves em altíssima conta. Sou pouco propenso a acreditar nesse escândalo, em face da insistente magreza de Pelicano — o que não seria o caso se ele se alimentasse de tão nutritivo prato quanto a coxa de uma galinha, dieta recomendada a pugilistas em treino. Mas quem pode evitar as suspeitas ante uma pessoa absolutamente suspeita? Pelicano! Suspeito de você.

78

Tempos funestos no rancho

Foi no primeiro dia da longa e quente calmaria que se nos abateu na linha do Equador que um companheiro de rancho meu, de nome Shenly, queixando-se já havia semanas, finalmente entrou na lista da enfermaria.

Um velho subchefe de artilharia, também integrante do rancho — Escorva, o homem do lábio leporino, que, honrando o posto, tinha bile até a boca, pronto para explodir com um cartucho bem socado de superstições de marinheiro —, esse subchefe regalou-se com comentários sombrios e cruéis, estranhamente misturados a um genuíno sentimento e pesar, tão logo se anunciou o adoecimento de Shenly, que se deu não muito tempo depois do acidente quase fatal do pobre Careca, capitão da gávea de proa, outro companheiro de rancho, e do terrível destino do gajeiro amputado, também nosso companheiro, que enterráramos no Rio de Janeiro.

Estávamos entre canhões, sentados de pernas cruzadas durante o almoço, quando foram trazidas as notícias relacionadas a Shenly.

"Eu sabia, eu sabia", disse Escorva, a sua maneira fanha. "Cês que se exploda, mas eu avisei! Pobre homem! Mas que um raio me parta se eu num sabia. É porque a gente é treze no rancho. Espero que ele num esteja em perigo... né? Pobre Shenly! O raio que me parta, mas foi quando o Jaqueta Branca veio pro nosso rancho que isso tudo começou a acontecer. Olha, acho que num vai sobrar mais do que três até a gente chegar em casa. Mas como ele tá agora? Algum de vocês foi lá ver ele? Que o diabo o carregue, seu Jonas! Num sei como cê é capaz de dormir na sua maca sabendo que fazendo número ímpar no rancho cê fez um companheiro de rancho morrer, acabou com o Careca pro resto da vida e emborcou o coitado do Shenly. Um raio que o parta, você e essa jaqueta sua!"

"Meu caro companheiro de rancho", disse eu, "não me maldiga, pelo amor de Deus. A minha jaqueta *sim*... nisto, eu concordo; mas não a *mim*; pois, se o fizer, não duvido que seja o próximo a emborcar."

"Subchefe!", bradou Jack Chase, servindo-se de uma fatia de carne e colocando-a entre duas bolachas grandes; "subchefe! Jaqueta Branca é meu amigo particular, e eu compreenderia como um favor pessoal que deixasse de incomodá-lo. É de mau gosto, rude, indigno de um cavalheiro."

"Cê pode desencostar dessa carreta de canhão, Jack Chase?", gritou em resposta Escorva, assim que Jack recostou-se nela. "Preciso ficar o tempo todo limpando a sujeira que vocês deixam no caminho? Que se danem! Passei uma hora nessa carreta de canhão hoje mesmo de manhã. Mas tudo isso tem a ver com esse Jaqueta Branca. Se num fosse por ter gente a mais, num teria esse tumulto e esse engasgue no rancho. Antes num tivesse esse aperto todo aqui! Vai pra frente você aí, que eu tô sentado na minha perna!"

"Pelo amor de Deus, subchefe", devolvi eu, "se isso o deixa contente, eu e minha jaqueta deixaremos o rancho."

"Acho bom..., e já vai tarde!", respondeu ele.

"E, se ele for, você vai ranchar sozinho, subchefe", disse Jack Chase.

"Vai mesmo", disseram todos.

"Desejo por Deus que todos vocês me deixem em paz!", grunhiu Escorva, irritado, coçando a cabeça com a bainha da faca.

"Você é um tosco, subchefe", disse Jack Chase.

"Sou um velho turco", respondeu ele, prendendo entre os dentes a lâmina plana de sua faca e, então, produzindo um ríspido rugir.

"Deixem-no, deixem-no, homens", disse Jack Chase. "É só manter distância do guizo de uma cascavel, que ela não chacoalha."

"Atenção, então, pra ver se ela num morde", disse Escorva, batendo e mostrando os dentes; e assim saiu, grunhindo como chegara.

Embora tenha feito o que pude para enfrentar o constrangimento com ar de indiferença, preciso dizer o quanto amaldiçoei minha jaqueta, que pareceu ser o meio de atrelar-me à morte de um de meus companheiros e o provável falecimento de outros dois. Pois, não fosse por ela, ainda seria membro de meu antigo rancho e, assim, teria escapado de fazer o azarado número ímpar entre meus companheiros de então.

Tudo que pudesse dizer em privado a Escorva não teria efeito; embora várias vezes tivesse conversado com ele para convencê-lo da impossibilidade filosófica de eu estar ligado aos infortúnios de Careca, ao marinheiro morto no Rio de Janeiro e a Shenly. Mas Escorva estava convencido; nada podia demovê-lo; e depois daquilo ele sempre me viu como os cidadãos virtuosos veem algum conhecido porém discreto contraventor que escapou aos grilhões da justiça.

Jaqueta! Jaqueta! A culpa é toda tua, jaqueta!

79

Como morrem os marinheiros de um navio de guerra no mar

SHENLY, MEU COMPANHEIRO DE RANCHO DOENTE, era um belo homem de meia-idade, um marinheiro inteligente, levado à Marinha por alguma calamidade ou talvez infeliz excesso. Disse-me que teve mulher e dois filhos em Portsmouth, New Hampshire. Depois de examinado por Cutícula, foi por ele repreendido, a partir de critérios unicamente científicos, por não o ter procurado antes. O cirurgião, então, encaminhou-o imediatamente, na condição de caso grave, a um dos catres reservados aos doentes. Sua queixa era de longa data; problema de pulmão, seguido de colapso generalizado.

Na mesma noite seu estado piorou tanto que, segundo o costume a bordo de um navio de guerra, nós, seus companheiros de rancho, fomos oficialmente notificados de que deveríamos nos revezar em turnos ao seu lado noite adentro. Prontamente nos organizamos, estabelecendo duas horas por turno. Minha vez chegou na terceira noite. Durante o dia anterior, foi comentado no rancho que nosso pobre companheiro estava desenganado; não havia mais nada a ser feito, da parte do cirurgião.

Aos quatro toques (duas da manhã), desci à enfermaria para render um de meus companheiros de rancho ao lado do catre do doente. A profunda quietude da calmaria invadia os conveses e adentrava toda a fragata. O quarto a serviço cochilava nos reparos das caronadas, bem acima da enfermaria; e o quarto nas macas dormia profundamente, na mesma coberta dos doentes.

Depois de perfazer o difícil caminho sob os duzentos homens que dormiam, cheguei ao hospital. Um candeeiro fraco ardia sobre a mesa parafusada às tábuas do assoalho. Tal luz projetava sombras assustadoras sobre as paredes caiadas do setor, fazendo com que parecesse mais um alvo sepulcro no subsolo. O ventilador de lona não funcionava e jazia inerte no convés. Os baixos gemidos dos doentes eram os únicos sons que se escutavam; e, à medida que eu avançava, alguns deles dirigiam-me seus olhos insones, mudos e atormentados.

"Abane-o e mantenha sua testa molhada com a esponja", sussurrou o companheiro que eu rendia, tão logo me aproximei do catre de Shenly, "e limpe a espuma de sua boca; nada mais se pode fazer por ele. Se ele morrer antes do fim do seu turno, chame o comissário do cirurgião, que está dormindo naquela maca", disse, apontando em sua direção. "Adeus, adeus, meu companheiro", ele então sussurrou, curvando-se sobre o homem doente; e, assim dizendo, deixou o lugar.

Shenly estava deitado de costas. Seus olhos estavam fechados, formando dois fossos de azul profundo em seu rosto; sua respiração ia e vinha com lenta, longa e mecânica precisão. O que havia diante de mim era apenas a carcaça; e, embora ela apresentasse os bem conhecidos traços de meu companheiro de rancho, eu sabia que a alma viva de Shenly nunca mais olharia através daqueles olhos.

O calor fora tanto ao longo do dia que o próprio cirurgião, em visita à enfermaria, entrara em mangas de camisa; e tão quente estivera durante a noite que mesmo na elevada gávea eu não vestira mais do que uma blusa aberta e calças. Mas naquela enfermaria subterrânea, enterrada nas entranhas do navio, num mar falto da mínima brisa, o calor da noite de calmaria era intenso. O suor me fazia pingar como se eu tivesse acabado de sair do banho; despindo o torso, sentei-me ao lado do catre e, com um pedaço de papel amassado, colocado em minha mão pelo marinheiro que rendera, continuei a abanar o rosto branco e imóvel que tinha diante de mim.

Não conseguia deixar de me perguntar, enquanto o mirava, se o destino desse homem não fora acelerado por seu confinamento naquela fornalha subterrânea; e se muitos dos homens ao meu redor não poderiam logo melhorar se tão somente lhes fosse permitido balançar suas redes ao ar livre do convés a meia-nau logo acima, com as aberturas das portinholas, porém reservado ao passeio dos oficiais.

Por fim, a respiração pesada ficou ainda mais irregular e aos poucos arrefeceu, deixando para sempre as formas impassíveis de Shenly.

Chamei o comissário do cirurgião, e ele prontamente pediu que eu acordasse o mestre-d'armas e quatro ou cinco dos meus companheiros de rancho. O mestre-d'armas aproximou-se e imediatamente ordenou que trouxessem o saco do marinheiro morto, que então foi arrastado para a enfermaria. Depositado no chão e lavado com um balde d'água que recolhi do oceano, o corpo foi em seguida vestido com uma blusa branca de marinheiro, calças e um lenço, tirado do saco. Enquanto se fazia isso, o mestre-d'armas — comandando as ações com sua vara de oficial e orientando a mim e meus companheiros de rancho — dedicava-se a frivolidades discursivas, tentando assim manifestar sua coragem diante da morte.

Pierre, que fora um "chapa" de Shenly, passou bastante tempo amarrando-lhe o lenço num nó elaborado e arrumando-lhe com carinho a camisa e as calças; o mestre-d'armas, porém, pôs um fim a isso, ordenando que carregássemos o corpo para a coberta dos canhões. Ele foi posto sobre a prancha funeral (usada para esse fim), e com ela seguimos na direção da escotilha principal, rastejando bizarramente sob as fileiras de macas, onde todo o quarto em descanso dormia. Era inevitável que as balançássemos; e não foram poucos os que reclamaram rispidamente. Atravessando as imprecações murmuradas, o cadáver chegou à escotilha. Ali, a prancha escorregou, e perdemos algum tempo ajustando-a sob o corpo. Por fim, levamo-na à coberta dos canhões, entre duas armas, e uma bandeira de proa foi lançada sobre o corpo, fazendo as vezes de lençol. Feito isto, deixaram-me novamente para velar o corpo.

Não fiquei três minutos sentado sobre minha caixa de munição, e o aspirante mensageiro passou por mim em seu caminho; logo em seguida, o dobrar lento e regular do grande sino do navio foi ouvido, proclamando ao ar da calmaria o fim do turno; eram quatro horas da manhã.

Pobre Shenly!, pensei, é como se dobrassem por você! E aqui jaz em sua calmaria, a derradeira calmaria!

Mal tinha emudecido o forte soar do sino quando o contramestre e seus guardiões reuniram-se em torno da escotilha, a um ou dois metros do cadáver, e o tradicional e tonitroante chamado foi dado para o quarto em descanso se apresentar.

"Quarto de estibordo, atenção! Homens nas macas! Todos que dormem, de pé!"

Contudo, o homem que dormia seu sono sem sonhos ao meu lado, que tantas vezes saltara de sua maca ao chamado dos oficiais, não moveu um membro sequer; o sudário azul que o cobria permanecia sem qualquer vinco.

Um companheiro de rancho de outro quarto veio, então, render-me; mas eu lhe disse que preferia ficar ali até que o sol nascesse.

80

O último ponto

Pouco antes do raiar do dia, dois homens da divisão do mestre-veleiro se aproximaram, cada qual com um lampião, trazendo um pouco de lona, duas balas de canhão, agulhas e retrós. Eu sabia o que fariam; pois, num navio de guerra, o coveiro é o veleiro.

Eles colocaram o corpo no convés e, depois de adequar a lona a ele, sentaram-se de pernas cruzadas como alfaiates, cada um de um lado, e, com seus lampiões diante de si, puseram-se a costurar, como se remendassem uma vela usada. Ambos eram homens de idade, de cabelo e barba grisalhos e rostos enrugados. Pertenciam à reduzida classe de veteranos que, por seus longos e fiéis serviços anteriormente prestados, são mantidos na Marinha mais como pensionistas sob uma merecida recompensa do que qualquer outra coisa. São responsáveis por serviços leves e simples.

“Num é ele o gajeiro do traquete, o Shenly?”, perguntou o que estava mais à frente, fitando o rosto inerte diante de si.

“É, Cabo de Arganéu, é ele mesmo”, disse o outro, erguendo bem a mão com um fio longo, “acho que é ele. Encontrou agora uma gávea bem alta, espero, mais alta que a do mastro de traquete. Mas só espero; acho que num acabou de todo pra ele!”

“Mas essa carcaça aqui vai logo desaparecer da vista de todo mundo escotilha abaixo, Coxim”, respondeu Cabo de Arganéu, colocando duas balas de canhão ao pé da mortalha de lona.

“Num sei disso, meu velho; nunca costurei um marujo que num me assustou despois. Escuta o que eu tô dizendo, Cabo de Arganéu, esses morto é tudo muito vivo. Cê acha que eles afunda, mas cê mal passa por cima deles e eles sobe de novo. Eles perde o número do rancho, e os companheiro de rancho dele guardam as colher dele; mas não... num adianta, Cabo de Arganéu; eles num morre. Tô dizendo, dez âncora de proa das melhor não faz afundar esse gajeiro aqui. Logo ele vai tá na esteira das trinta e nove assombração que me ronda toda a noite na rede... pouco antes de chamarem a modorra. Ninguém me agradece pelo que eu trabalho; tudo eles fica com cara de desgosto, com uma agulha de veleiro no nariz. Ando pensando aqui, Cabo de Arganéu, tá tudo errado com esse último ponto que a gente dá. Pode acreditar, eles num gosta... nenhum deles gosta.”

Eu estava recostado num canhão, atento aos dois velhos marinheiros. O último comentário fez-me lembrar de uma superstição geralmente praticada pela maioria dos coveiros do mar nessas ocasiões. Decidi que, se pudesse evitá-lo, tal costume não se aplicaria aos restos de Shenly.

"Coxim", disse eu, avançando na direção do último a falar, "você está certo. Esse último ponto que você dá na lona é a razão de os fantasmas seguirem você, como diz, pode ter certeza. Portanto, não faça isso com esse pobre marinheiro, eu lhe peço. Experimente ver, pelo menos uma vez, o que acontece se não o fizer."

"Que você diz pro jovem, ô velho?", perguntou Coxim, erguendo o lampião na direção do rosto enrugado de seu companheiro, como se procurasse decifrar um pergaminho antiquíssimo.

"Sou contra essas tal de inovação", disse Cabo de Arganéu. "Esse último ponto é uma tradição antiga; deixa eles tudo confortável, viu? Duvido se eles ia dormir tranquilo se num fosse por isso. Não, não, Coxim! Sem inovação... num quero saber disso. Vou dá o último ponto!"

"Magina que era você mesmo que ia se costurar, Cabo de Arganéu... você ia querer o último ponto? Você é um canhão das antiga, homem; num vai aguentar muito mais tempo na frente da portinhola", disse o velho Coxim, enquanto suas próprias mãos endurecidas tremiam sobre a lona.

"Fale por você, velho", retrucou Cabo de Arganéu, curvando-se à luz para passar o retrós na agulha tosca, trêmula em suas mãos secas e enrugadas como a agulha na bússola de um navio da Groenlândia que se aproximasse do polo. "Você num vai aguentar esse serviço mais tempo, não. Antes eu pudesse dá pra você um pouco do sangue das minhas veia, velho!"

"Você num tem nem uma colherinha sobrando", disse Coxim. "Num vai ser bom, e eu num queria fazer isso; mas acho que num vai demorar pra eu costurar você!"

"Me costurar? Eu morto e você vivo?", ganiu Cabo de Arganéu. "Ora, escutei o pastor lá na Indepedência falar o quanto a velhice era triste; mas até essa noite nunca tinha dado conta de que ele tava falando a verdade. Tô triste por você, meu velho... de ver como você sabe pouco das coisa, enquanto a Morte todo esse tempo fica se deitando e levantando com você mundo afora feito companheira de maca."

"Tá mentindo, velho!", bradou Coxim, tremendo de raiva. "É *você* que tem a Morte de companheira de maca; é *você* que logo, logo vai deixar a chaleira de bala mais vazia."

"Engole o que você disse!", devolveu Cabo de Arganéu, rispidamente, esticando-se sobre o cadáver e, com a agulha em mãos, ameaçando seu companheiro com o punho trêmulo. "Engole o que você disse, ou eu mesmo vou fechar essa porcaria de respiradouro que você tem!"

"Caramba, meus camaradas, será que cês num tem educação? Brigando desse jeito em cima de um homem morto!", exclamou um dos subchefes do mestre--veleiro, descendo do espardeque. "Vamos, vamos!... Acabem com esse negócio!"

"Só mais um ponto", murmurou Cabo de Arganéu, encolhendo-se na direção do rosto.

"Larga a linha, então, e deixa o Coxim terminar; vem comigo... a esteira da vela principal precisa de reparo... e a gente tem que fazer isso antes do vento voltar. Escutou, amigo? Eu disse para largar e vir comigo."

Diante da ordem reiterada, Cabo de Arganéu se levantou e, voltando-se para o companheiro, disse: "Esquece o que eu disse, Coxim, e me desculpa, também. Mas por favor, dá o último ponto; se você não fizer isso, num sei o que pode acontecer".

Assim que o subchefe e seu ajudante partiram, eu me aproximei discretamente de Coxim. "Não faz... não faz, Coxim... acredita em mim, é errado!"

"Bom, jovem, vou deixar esse aqui sem isso dessa vez; e se, depois disso, ele não me assustar, só vão dá o último ponto por cima do meu cadáver, ou num me chamo Coxim."

Desse modo, sem a mutilação,[397] os despojos foram colocados entre os canhões, a bandeira novamente os cobriu, e eu voltei ao meu assento na caixa de munição.

---

397. Consta que o hábito de dar um ponto de linha no nariz do marinheiro a ser sepultado no mar tinha fundamento supersticioso — de selar a alma do falecido, de modo que esta não atormentasse a tripulação do navio — e utilitário, uma vez que permitia atestar, mediante dor, a morte do homem a ser lançado ao mar.

81

Como se dá o funeral de um marinheiro de navio de guerra em alto-mar

COM O FIM DO QUARTO D'ALVA, o contramestre e seus quatro guardiões postaram-se em torno da escotilha principal e, depois do costumeiro silvo, fizeram o anúncio: "Homens, funeral do morto!".

Num navio de guerra, tudo, mesmo o funeral de um marinheiro, se dá segundo o inexorável desembaraço do código marcial. Seja "Homens, ao sepultamento!" ou "Homens, ao grogue!", a ordem é anunciada com a mesma dureza.

Oficiais e marinheiros reuniram-se no poço a sotavento e, atravessando aquela multidão de chapéu nas mãos, os companheiros de rancho de Shenly levaram seu corpo ao mesmo passadiço onde por três vezes ele estremeceu sob a chibata. Mas há algo na morte que enobrece mesmo o cadáver de um miserável; e o próprio capitão colocou-se de cabeça descoberta diante dos despojos de um homem que, noutra situação — ele de cabeça coberta e o homem vivo —, sentenciara ao humilhante gradil.

"Eu sou a vida e a ressurreição!", começou, solene, o capelão vestido a caráter, com o livro das orações na mão.

"Corja! Desçam dessas retrancas!", berrou um guardião do contramestre a uma multidão de gajeiros que se elevara para conseguir uma visão melhor do acontecimento.

"Entregamos este corpo às profundezas!" Assim dito, os companheiros de rancho de Shenly inclinaram a prancha, e o marinheiro morto afundou no mar.

"Olhem para o alto", sussurrou Jack Chase. "Olhem aquele pássaro! É o espírito de Shenly."

Olhando para o alto, todos contemplaram uma ave solitária, branca como a neve, que — vindo de onde, ninguém era capaz de dizer — planara durante a cerimônia sobre o mastro principal e agora subia ainda mais alto, rumo às profundezas do céu.

82

O que resta de um marinheiro de navio de guerra depois de seu funeral no mar

Durante exame do saco de pertences de Shenly, encontrou-se um testamento rabiscado a lápis numa página em branco no meio de sua Bíblia; ou, para usar as palavras de um dos marinheiros, "a meio entre a Bíbria e o Testamento, onde gerarmente os Potecário (os Apócrifos) fica".

O testamento era composto de uma única e solitária sentença, além de data e assinaturas: "No caso de eu morrer na viagem, o almoxarife deve fazer meu pagamento para minha mulher, que vive em Portsmouth, New Hampshire".

Além da assinatura do testador, havia subscrição de duas testemunhas.

Quando o testamento foi apresentado ao almoxarife que, assim parece, fora notário, juiz testamenteiro ou algum tipo de homem de repartição em sua juventude, ele exigiu que o documento fosse "autenticado". Assim, as testemunhas foram convocadas e, depois de reconhecerem sua firma no papel, foram então interrogadas sobre o dia em que o assinaram para, desse modo, atestar honestidade — se no "dia de baneane", no "dia de bolo" ou no "dia de mingau", pois, entre os marinheiros a bordo de um navio de guerra, a nomenclatura de terra firme, segunda-feira, terça-feira, quarta-feira, praticamente não era usada. No lugar desses, usavam termos náuticos, alguns dos quais relacionados ao cardápio de almoço da semana.

As duas testemunhas ficaram um tanto surpresas com o interrogatório do almoxarife, digno de um advogado, até que um terceiro homem aproximou-se, um dos barbeiros do navio, e declarou que, segundo lhe constava, Shenly produzira o documento num "dia de barbear"; pois o finado marinheiro o informara da circunstância quando teve sua barba feita na manhã do evento.

Na opinião do almoxarife, isso encerrava a questão; e espera-se que a viúva tenha recebido o que era devido a seu falecido marido.

Shenly estava morto; e qual era o epitáfio de Shenly? "D. F.", aposto a seu nome no livro do almoxarife e produzido em "Tinteiro Black, o Melhor" — nome e cor funéreos —, significando "Dispensado, Falecido".

83

Faculdade num navio de guerra

EM NOSSO MUNDO FLUTUANTE, a vida entra por um passadiço, e por outro a morte vai ao mar. Sob o açoite na fragata, imprecações e lágrimas se misturam; e os suspiros e soluços fornecem o baixo para a oitava estridente daqueles que riem para afogar as mágoas enterradas em si mesmos. No momento do enterro de Shenly, o jogo de damas era jogado no poço; e, enquanto o corpo afundava, um jogador vencia a partida. As bolhas na superfície do mar mal tinham se desfeito quando toda a marinhagem foi convocada ao apito do contramestre, e as velhas piadas se fizeram ouvir, como se o próprio Shenly estivesse ali para escutá-las.

Não escapei de endurecer na vida na fragata. Não posso parar para lamentar a morte de Shenly; não seria verdade na vida que retratei; sem véus de luto, retomo o propósito de retratar nosso mundo flutuante.

Entre os muitos outros ofícios, todos levados ao seio do convés do *Neversink*, havia o de mestre-escola. Eram duas as academias a bordo. Uma compreendia os aprendizes, que, em certos dias da semana, eram doutrinados nos mistérios da cartilha por um cabo inválido dos fuzileiros, homem magro, de rosto seco e vincado, que recebera educação liberal numa escola primária.

A outra escola era muito mais pretensiosa — uma espécie de seminário de Exército e Marinha combinados, no qual místicos problemas matemáticos eram resolvidos pelos aspirantes, e grandes navios de carga eram conduzidos sobre cardumes imaginários a partir de feéricas observações da lua e das estrelas, e palestras eruditas acerca de grandes canhões, pequenas armas, e as parábolas traçadas pelas balas no ar eram dadas.

Professor era o título concedido ao douto cavalheiro que conduzia esse seminário, e unicamente por ele era conhecido de todo o navio. Ele vivia na praça-d'armas e circulava por ali em igualdade com o almoxarife, o cirurgião e outros *não combatentes* e quacres. Por ser elevado à dignidade de um igual na praça-d'armas, ciência e saber eram enobrecidos na pessoa desse Professor, assim como a teologia era honrada na figura do capelão, que desfrutava da condição de par espiritual.

Em tardes intercaladas, em alto-mar, o Professor reunia seus pupilos a meia--nau, próximo aos longos canhões de vinte e quatro libras. Um bumbo fazia-lhe as vezes de mesa, e seus pupilos formavam um semicírculo ao seu redor, sentados em caixas de munição e barris de pavio.

Eles ainda viviam o sumo informe da juventude, e esse erudito Professor derramava em seus suscetíveis corações todas as mais gentis máximas explosivas da guerra. Presidentes das Sociedades de Paz e Superintendentes das Escolas de Catecismo, não acham que é uma das visões mais interessantes?

Mas o próprio Professor era figura notável e digna de comentário. Um homem alto, magro e de óculos, contando seus quarenta anos, com os ombros abaulados como os de um estudante e pantalonas incrivelmente curtas, as quais deixavam à mostra uma indevida proporção de suas botas. Quando jovem, fora cadete na Academia Militar de West Point;[398] porém, quedando com a visão bastante deficiente; e, portanto, praticamente desqualificado para a ação no campo de batalha, desistiu de ingressar no Exército e aceitou o posto de professor na Marinha.

Seus estudos em West Point o haviam dotado de sólido saber em artilharia; e, como não fosse pouco pedante, era divertido às vezes, enquanto os marinheiros praticavam seus exercícios de posto de combate, escutá-lo criticar-lhes as evoluções nas baterias. Ele citava o *Tratado* do dr. Hutton sobre o assunto, assim como *O artilheiro francês*, no original, fechando com passagens italianas extraídas da *Prattica Manuale dell'Artiglieria*.[399]

Embora não fosse requerido pelas normas da Marinha instruir seus alunos em nada além da aplicação da matemática à navegação, além disso — bem como da introdução à teoria da artilharia —, o Professor também procurava fundamentá--los na teoria das táticas de fragata e esquadra. A bem da verdade, ele próprio não sabia como coser um cabo ou ferrar uma vela; e, devido a seu gosto por café forte, tendia a ficar bastante nervoso quando disparávamos os canhões em saudação; isso, porém, não o impedia de dar palestras sobre canhonadas e sobre "romper as linhas inimigas".

---

398. A Academia Militar dos Estados Unidos, localizada em West Point, no estado de Nova York, foi fundada a partir de uma importante guarnição militar norte-americana, conquistada pelo Exército continental em confronto com os ingleses em 1778, durante a Guerra de Independência. Transformada em forte, a guarnição passou, em 1794, a treinar cadetes do Exército norte-americano em artilharia e engenharia; em 1802, tornou-se academia militar, formando a partir de então as principais lideranças militares do país.
399. Charles Hutton (1737-1823) foi um matemático inglês, professor da Real Academia Militar britânica entre 1773 e 1807. As obras citadas por Melville em francês e italiano foram escritas, respectivamente, por Bernard Forest de Bélidor (personagem fundamental para o desenvolvimento da balística e da hidráulica) e Luigi Collado, em 1731 e 1586.

Ele chegara a tal conhecimento sobre estratégia de guerra por estudo silencioso e solitário e profunda meditação no isolado retiro de seu camarote. Seu caso era, de certa forma, similar ao do escocês — John Clerk, *Esq.*, de Eldin — que, embora jamais tivesse estado no mar, escreveu um tratado *in-quarto* sobre batalhas navais, permanecendo até hoje um importante autor escolar; além de ter originado uma manobra náutica que deu muitas vitórias à Inglaterra sobre seus inimigos.[400]

Havia uma enorme lousa, algo como um alvo de canhão — à diferença deste, porém, quadrada —, que, durante as palestras do Professor, era posta de pé na coberta dos canhões, apoiada na face traseira por três paus de carga. Nela, ele desenhava a giz diagramas de grandes batalhas entre esquadras; fazia marcações, como solas de sapatos, no lugar dos navios, e desenhava um catavento a um canto para denotar a direção presumida do vento. Feito isto, com um cutelo ele indicava todos os pontos de interesse.

"Agora, jovens cavalheiros, a lousa diante dos senhores traz a disposição da esquadra britânica das Índias Ocidentais sob o comando de Rodney, quando, na manhã de 9 de abril, no ano do Senhor de 1782, ele descobriu parte da armada francesa, comandada pelo conde de Grasse, ancorada no extremo norte da ilha de Dominica. Diante de tal situação, o almirante deu o sinal para os navios de linha britânicos se prepararem para a batalha e permanecerem a postos. Entenderam, jovens cavalheiros? Ora, com a vanguarda britânica tendo praticamente alcançado o centro do inimigo... que, é bom lembrar, estava na amura de estibordo... e o centro e a retaguarda de Rodney ainda sob o efeito de uma calmaria, a sotavento da ilha... a pergunta que faço é: o que Rodney devia fazer?"[401]

---

400. John Clerk de Eldin (1728-1812) foi mercador escocês, geólogo e autor naval. Considerado personalidade importante do Iluminismo escocês, ficou conhecido por seus escritos sobre táticas navais. Depois de travar contato com um oficial da Marinha britânica aposentado, Clerk passou a pesquisar profundamente o tema, partindo das palavras do amigo para vasculhar memórias de oficiais e crônicas de batalhas em alto-mar. Seu *Ensaio sobre tática naval* (1779) expõe pela primeira vez a estratégia conhecida como "cortar a linha", fundamental para o desmantelamento da linha de batalha formada pelas naus adversárias. A eficiência das reflexões e propostas de Clerk foi testada por lorde Nelson, que usou a obra de Clerk para organizar a frota britânica na Batalha de Trafalgar (ver nota 111). *Esq.*, que acompanha seu nome, é abreviatura de *esquire* (escudeiro), título honorífico que fica abaixo de *knight* (cavaleiro, título que faz o nome do agraciado passar a ser acompanhado de *sir*). As razões de sua atribuição variam com os séculos, mas em geral se relacionam à propriedade ou ocupação de cargos de alguma excelência no poder público inglês. Para *in-quarto*, ver nota 219.

401. A personagem expõe aos alunos a situação da Batalha de Saintes. Ocorrida entre 9 e 12 de abril de 1782 na região da Dominica durante a Guerra de Independência norte-americana, a batalha opôs as fragatas britânicas, comandadas por George Rodney (1718-92), e francesas, que tinham à frente o conde de Grasse (1722-88). A batalha ficou marcada pela instabilidade dos ventos; numa de suas mudanças, a frota britânica viu-se em condições de cortar a linha

"Mandar bala, imediatamente!", respondeu um aspirante confiante, que avaliara com cuidado o diagrama.

"Mas, senhor, centro e retaguarda ainda estão sob os efeitos da calmaria, e a vanguarda ainda não está próxima do inimigo."

"É só esperar até que *fique* a uma boa distância, e então mandar bala", disse o aspirante.

"Permita-me observar, sr. Pert, que '*mandar bala*' não é, estritamente falando, termo técnico; e também permita-me sugerir, sr. Pert, maior e mais profunda ponderação sobre o assunto antes de dar a conhecer sua opinião."

Essa reprimenda não só desconcertou o sr. Pert como, por alguns instantes, intimidou o restante da turma; e o Professor foi obrigado a dar sequência e conduzir, ele próprio, a esquadra britânica. Concluiu dando ao almirante Rodney a vitória, que deve ter sido mais do que gratificante ao orgulho familiar dos parentes e amigos que sobreviveram a tão ilustre herói.

"Posso limpar o quadro, senhor?", perguntou o sr. Pert, animando-se.

"Não, senhor; não até que tenha salvado aquele navio francês bastante avariado ao canto. Esse navio, jovens cavalheiros, é o *Glorieuse*;[402] percebam que está completamente isolado de sua esquadra, e todos os barcos britânicos o estão perseguindo. O gurupés se foi; o leme está destruído; o casco tem mais de uma centena de tiros de canhão; e dois terços dos marinheiros estão mortos ou morrendo. O que se deve fazer? O vento está soprando a nordeste ou norte?"

"Bom, senhor", disse o sr. Dash, um cavalheiresco jovem da Virgínia, "eu não me renderia ainda; içaria minha bandeira no mastaréu de sobrejoanete do mastro principal! Por Júpiter, eu o faria!"

"Isso não vai salvar seu navio, senhor; ademais, o senhor perdeu o mastro principal."

"Eu acho, senhor", disse o sr. Slim,[403] um jovem acanhado, "acho, senhor, que ferraria novamente o velacho."

"E por quê? De que adiantaria, eu gostaria de saber, sr. Slim?"

---

de batalha francesa (Rodney se tornaria célebre por ser um pioneiro da técnica sistematizada por Clerk; ver nota anterior) e, assim, impor severas perdas à esquadra adversária.

402. O *Glorieuse* foi um dos navios mais afetados pela variação dos ventos, decisiva para o sucesso da estratégia britânica. Com a quebra da linha de batalha francesa, tornou-se presa fácil da esquadra adversária, que, depois de atacá-la brutalmente, a capturou.

403. Dash é sobrenome que, como nome comum (ou verbo), poderia ser traduzido por "ataque", "investida" ou "arrojo" (e seus respectivos verbos). Slim também permite dupla interpretação: além de sobrenome, é adjetivo, que se pode traduzir como "esguio", "delgado", "exíguo". A exemplo de outras personagens do romance, os nomes dão ênfase caricatural a atributos das mesmas.

"Não sei dizer exatamente, mas acho que poderia ajudar um pouco", foi sua tímida resposta.

"Nem um pouco, senhor... nem um mínimo; ademais, não pode ferrar de volta seu velacho... seu mastro de traquete está caído sobre o castelo de proa."

"Ferrar de volta a vela de mezena do mastro principal, então", sugeriu outro.

"Não pode ser feito; seu mastro principal também se perdeu!"

"A mezena de gata?", sugeriu o pequeno e dócil Rolha de Bote.

"Sua gávea de gata, devo informar, senhor, foi derrubada no início da batalha!"

"Bom, senhor", exclamou o sr. Dash, "eu viraria de bordo, de qualquer forma; acenaria com injúrias; pregaria minha bandeira na quilha, se não houvesse outro lugar; e iria à popa e lá me daria um tiro na cabeça!"

"Fantasia, fantasia, senhor! Pior que fantasia! Está se deixando levar, sr. Dash, por seu ardente temperamento sulista! Saibam, jovens cavalheiros, que este navio", tocando-o com seu cutelo, "*não* pode ser salvo." Em seguida, largando o cutelo, disse: "Sr. Pert, tenha a bondade de passar-me uma daquelas balas de canhão da chaleira".

Equilibrando a esfera de ferro com uma das mãos, o erudito professor começou a tocá-la com os dedos da outra, como Colombo ilustrando a rotundidade do globo diante da Comissão Real de Sacerdotes de Castela.

"Jovens cavalheiros, retomo meus comentários sobre a passagem de um tiro *in vacuo*, interrompidos ontem pelos exercícios de posto de combate. Depois de citar aquela admirável passagem de *O artilheiro inglês*, de Spearman, eu então disse, como devem recordar, que o caminho de um tiro no vácuo descreve uma parábola. Acrescento agora que, seguindo o método do ilustre Newton no tocante à questão do movimento curvilíneo, considero a *trajetória* ou curva descrita por um corpo movente no espaço como composta por uma série de linhas retas, descritas em sucessivos intervalos de tempo, e constituindo as diagonais dos paralelogramas formados num plano vertical entre as deflexões verticais causadas pela gravidade e a produção da linha de movimento descrita a cada intervalo precedente de tempo. Isso há de ser óbvio; pois, se os senhores dissessem que a passagem *in vacuo* dessa bala de canhão, agora em minha mão, descreveria outra coisa que não as séries diagonais de linhas retas etc., então incorreriam numa *reductio ad absurdum* na qual as diagonais dos paralelogramas são..."

"Homens, rizar velas de gávea!", foi a ordem dos guardiões do contramestre, varrendo os conveses como um trovão. A bala caiu da mão do professor; os óculos caíram em seu nariz e a classe se desfez em tumulto, com os estudantes subindo aos tropeções as escadas com os marinheiros, que ouviam escondidos a aula.

84

Barbeiros num navio de guerra

A ALUSÃO A UM DOS BARBEIROS DO NAVIO em capítulo anterior, juntamente com a recordação de quão destacado papel eles interpretaram num trágico drama a ser relatado a seguir, leva-me a apresentá-los ao leitor.

Entre os numerosos artistas e professores de educados negócios na Marinha, ninguém é tido em mais alta conta ou tem um negócio mais lucrativo do que esses barbeiros. Pode-se bem imaginar que as quinhentas cabeças cheias de cabelo e barba de uma fragata não propiciam pouco trabalho para aqueles a cujos fiéis cuidados elas são confiadas. Como tudo relacionado aos negócios domésticos de um navio de guerra fica sob a supervisão do executivo marcial, alguns barbeiros recebem permissão formal do primeiro lugar-tenente. Para melhor levar a cabo os lucrativos deveres de sua profissão, eles ficam dispensados de todo o serviço a bordo, exceto das vigias noturnas em alto-mar, dos exercícios de posto de combate e da apresentação ao convés quando toda a marinhagem é chamada. São designados como primeiros e segundos marinheiros e recebem suas pagas como tais; porém, além de tal montante, são liberalmente recompensados por seus serviços profissionais. Quanto a este ponto, seu pagamento é fixado por marinheiro tratado — certa quantia por trimestre, cobrada ao marinheiro e transformada em crédito ao barbeiro nos livros do almoxarife.

Verifica-se que, enquanto o barbeiro de um navio de guerra está barbeando seus clientes a um preço de tanto por queixo, sua paga como marinheiro ainda vige, o que faz dele uma espécie de marinheiro comanditário; tampouco a paga como marinheiro por ele recebida pode ser reconhecida como ganho pelo trabalho executado. A julgar pelas circunstâncias, porém, não se pode fazer muita objeção aos barbeiros nesse quesito. Mas havia casos em que homens a bordo do *Neversink* recebiam dinheiro do governo por serviços que prestavam a indivíduos. Entre eles, estavam muitos alfaiates profissionais, que praticamente a viagem inteira permaneceram de pernas cruzadas a meia-nau fazendo casacos, calças e outras peças de vestuário para oficiais do tombadilho. Alguns desses homens, sabendo pouco ou nada dos deveres de um marinheiro e jamais os levando a termo, constavam dos livros de pagamento do navio como marinheiros comuns, recebendo dez dólares por mês. Por que isso? Antes da partida do navio, eles declararam ser alfaiates. É fato que os oficiais que os empregavam em seus guarda-roupas pagavam por seu trabalho; alguns deles, porém, o faziam de modo a provocar muitas queixas dos alfaiates. De qualquer forma, esses produtores e reformadores de roupas não recebiam de alguns desses oficiais um montante idêntico ao que poderiam ter tranquilamente ganhado em terra firme fazendo o mesmo trabalho. Para os oficiais, era considerável economia ter suas roupas feitas a bordo.

Os homens que pertenciam à divisão do mestre-carpinteiro forneciam outro exemplo do caso. Havia seis ou oito homens nesse setor. Deram duro a viagem inteira. No quê? A maioria deles, fazendo cômodas, bengalas, pequenos navios e escunas, andorinhas e outras elaboradas ninharias, sobretudo para o capitão. O que o capitão lhes pagava pelo trabalho? Nada. Já o Estado americano, sim — dois deles (os subchefes), dezenove dólares por mês; enquanto os demais recebiam o pagamento de primeiros marinheiros, doze dólares.

Voltando.

Registravam-se no calendário do navio os dias reservados ao exercício do ofício dos barbeiros como "dias de barbear", assim conhecidos de todos. A bordo do *Neversink*, esses dias eram as quartas-feiras e os sábados; quando, imediatamente após o desjejum, os salões dos barbeiros abriam ao público. Eles ficavam em diferentes partes da coberta dos canhões, entre os longos canhões de vinte e quatro libras. Sua mobília, porém, não era das mais sofisticadas, em quase nada igual aos suntuosos estabelecimentos dos barbeiros de uma metrópole. Consistia, basicamente, de um barril de pavio, elevado sobre uma caixa de munição, que se usava como cadeira de barbeiro para o cliente. Sem copos decorados e espelho de mão; sem finas jarras ou bacias; tampouco confortáveis banquetas estofadas para os pés; nada, em suma, que faz o prazer do "barbear" em terra firme.

Os instrumentos desses barbeiros de fragata estão à altura da aparência tosca de seus salões. Suas lâminas tinham a forma mais simples, e, dentadas como eram, estavam mais adequadas ao preparo do solo do que para a colheita da safra. Mas isso não era de causar surpresa, já que muitos eram os queixos a serem barbeados, e os barbeadores seguravam apenas duas lâminas. Pois apenas duas lâminas o barbeiro de um navio de guerra tem; e, como os soldados sentinelas nos passadiços no porto, essas lâminas entram e saem de serviço de maneira rotativa. Do mesmo modo, um único pincel é responsável por pincelar todos os queixos; assim como uma mesma espuma os prepara. Não há caixas e pincéis particulares; não há qualquer exclusividade.

Como seria demasiado incômodo para os marinheiros de um navio de guerra guardar consigo e manter os próprios instrumentos de barbear e realizar o procedimento em alto-mar; e como toda a companhia do navio sustenta os barbeiros do navio; e os marinheiros devem ser barbeados nos quartos do anoitecer, nos dias reservados para tanto; pode-se de pronto imaginar a confusão e a agitação quando as lâminas trabalham. O lema é: "Atendimento pela ordem de chegada"; e não raro é preciso esperar horas a fio, aferrado a seu lugar (como numa fila indiana dos amanuenses de casas de comércio esperando a vez de pegar a correspondência no correio) antes de ter a oportunidade de ocupar o barril de pavio, seu pedestal. Não raro a multidão de clientes dispostos ao conflito discute e luta pela precedência, enquanto, via de regra, os mais tagarelas empregam o intervalo de tempo em todo tipo de fofoca de convés.

Os dias de barbear são inalteráveis; daí que tais momentos coincidam, muitas vezes, com situações de maré alta e ventos de tempestade, quando o navio se precipita e balança da forma mais assustadora. Consequentemente, muitas valiosas vidas são ameaçadas pela lâmina diligentemente aplicada sob tão adversas circunstâncias. Mas esses barbeiros do mar se orgulham de suas pernas do mar, e muitas vezes é possível vê-los por sobre os clientes com as pernas bem abertas, entregando cientificamente seus corpos ao balanço do navio, enquanto brandem seus afiados instrumentos nas imediações de lábios, narinas e jugulares.

Nessas ocasiões, enquanto observava o profissional e seu cliente, eu não conseguia deixar de pensar que, se o marinheiro dispusesse de algum seguro de vida, ele certamente seria anulado caso o presidente da companhia de seguros tivesse a oportunidade de demorar-se por ali e vê-lo em tão iminente perigo. Quanto a mim, julgo tal experiência como uma excelente preparação para uma batalha naval, na qual a coragem de permanecer junto a seu canhão correndo o risco de ver tudo explodir faz parte das qualidades práticas que produzem um eficiente marinheiro de fragata.

Resta ainda dizer que tais barbeiros tinham seu trabalho bastante reduzido por uma moda dominante entre muitos da tripulação: a de usar suíças consideravelmente bastas; de modo que, na maioria dos casos, as únicas partes que necessitavam de lâmina eram o lábio superior e a periferia do queixo. Esse foi o costume durante mais ou menos todos os três anos da viagem; mas durante algum tempo antes de nossa travessia do cabo Horn muitos marinheiros redobraram sua insistência no cultivo das barbas em preparação a seu retorno aos Estados Unidos. Ali eles antecipavam a impressão que causariam em terra com seus imensos e magníficos penteados "torna-viagem" — como chamavam as longas e esvoaçantes vassouras que lhes pendiam dos queixos. Em particular, os marinheiros de mais idade, compreendendo a Velha Guarda dos granadeiros do castelo de proa, os encardidos subchefes de artilharia e os mestres-artilheiros, ostentavam veneráveis e grisalhas barbas de extraordinário comprimento, como uma longa trilha de musgo pendendo do galho de um antiquíssimo carvalho. Acima de todos estava o capitão do castelo de proa, o velho Ushant — belo exemplar de marinheiro sexagenário —,[404] que exibia basta barba gris a pender-lhe sobre o peito, amiúde embaraçada e repleta de nós alcatroados. Esse Ushant, não importando o clima, estava sempre alerta a seu dever; subindo intrépido a verga de traquete num vendaval com sua longa barba esvoaçando como a de um Netuno. Na passagem pelo cabo Horn, ela mais parecia a de um moleiro, toda polvilhada de gelo; às vezes ela brilhava sob as noites de luar da Patagônia com mínimos sincelos. Mas, não obstante se mostrasse tão ativo em tempo de tempestade, quando seus deveres não lhe exigiam vigoroso esforço, era um senhor notadamente sereno, reservado e digno, colocando-se acima da barulhenta alegria e jamais participando das agitadas atividades da tripulação. Resoluto, postava sua barba em direção oposta ao infantil tumulto da marinhagem e muitas vezes discorria como um oráculo sobre a frivolidade do que o cercava. De fato, por vezes falava filosoficamente a seus companheiros anciãos — os velhos homens da âncora d'esperança ao seu redor —, bem como aos gajeiros do traquete, com seus cérebros de lebre, e aos garotos bobos do mastro de gata.

Sua filosofia não era desprezível; pelo contrário, provava-se plena de sabedoria. Pois Ushant era não só um homem de idade, como dotado de natural sensatez; um homem que vira praticamente todo o globo terrestre e podia discorrer sobre civilização e barbárie, sobre gentio e judeu, cristão e muçulmano. As longas vigílias noturnas são eminentemente adaptadas ao desenvolvimento das faculdades reflexivas de qualquer marinheiro de séria disposição, ainda que humilde e ignorante. Julga, então, o que meio século de vigílias intelectuais no oceano deve ter feito para esse velho marinheiro. Ele era uma espécie de Sócrates dos mares, em sua idade avançada "dando testemunho de sua vida e filosofia últimas", como o doce Spenser o diria;[405] jamais o via ou contemplava sua portentosa e reverenda

---

404. O sobrenome ganha sentido extra no contexto por ser uma variante em inglês de Ouessant, pequena ilha da região da Bretanha de antiquíssima tradição marítima. A ilha é citada em estrofe de uma das canções de Jack Chase, "Damas espanholas".

405. Citação de *A rainha das fadas*, poema épico alegórico do poeta inglês Edmund Spencer (1552-99), publicado parcialmente em 1590 e 1596. Segundo carta a Walter Raleigh (ver nota 151), o plano do poema incluía doze livros, cada qual dedicado a uma virtude. Com a morte prematura do poeta, no entanto, apenas seis chegaram a ser publicados.

barba sem dedicar-lhe o título que, em uma de suas sátiras, Pérsio dá ao imortal bebedor da cicuta, *Magister Barbatus*, o mestre barbado.[406]

Não eram poucos na tripulação do navio que igualmente se empenhavam no cultivo de seus cabelos; alguns — em especial os refinados e jovens dândis da guarda de popa — os ostentavam sobre os ombros como cavaleiros medievais. Muitos marinheiros, com suas madeixas naturalmente cacheadas, orgulhavam-se do que chamavam de "cachinhos do amor", usados à lateral da cabeça, logo atrás da orelha — costume próprio aos marinheiros que parece ter ocupado o espaço do rabo de cavalo de lorde Rodney, em voga uns cinquenta anos atrás.

Mas havia homens na tripulação que trabalhavam sob a triste sina de madeixas longas e finas como as dos Winnebago,[407] de mechas grossas e alaranjadas como cenouras ou de cabelos de tonalidade arenosa, rebeldes e duros como arame. Como ambicionassem a reserva dos esfregões de bordo, eles empenhavam-se no cultivo de suas raízes, a despeito de todo o ridículo. Pareciam hunos e escandinavos; e um deles, um jovem do Maine, proprietário de uma nada invejável plantação de amarelos e duros bambus, atendia pela alcunha de Peter, o Menino Selvagem; pois, como o pequeno selvagem francês,[408] acreditava-se que fora capturado como um puma nas florestas de seu estado natal. Contudo, havia muitos belos e macios cabelos a contrabalancear tão tristes figuras como a de Peter.

---

406. Aulo Pérsio Flaco (34-62) foi poeta satírico latino. A formulação citada por Melville consta de sua quarta Sátira, que tematiza a necessidade de autoconhecimento dos homens públicos. O "imortal bebedor de cicuta" refere-se a Sócrates (ver nota 197). O filósofo, cujos saberes fundam a filosofia ocidental a partir das obras de seu mais dileto discípulo, Platão, foi condenado ao suicídio por envenenamento por subverter a juventude ateniense com seus ensinamentos, sentença cumprida com um preparo à base de cicuta, erva venenosa.

407. Nação indígena da América do Norte, também conhecida como Ho-Chunk. Conheceu a morte em larga escala por epidemias e guerras que marca o destino das demais nações indígenas do que se tornaria o território norte-americano; em número bastante reduzido e desfeita de seu espaço tradicional, habita atualmente região de reserva no centro-norte do país.

408. Peter, o Menino Selvagem (*c.* 1713-85), foi um garoto de Hanover, Alemanha (diferentemente do que Melville afirma, atribuindo-lhe a nacionalidade francesa), achado nos bosques próximos a Hamelin, na mesma região. Segundo consta, o garoto sobrevivia sem qualquer referência ou modelo humano: alimentava-se de comestíveis da floresta, caminhava como quadrúpede e não falava. Encontrado por um grupo de caçadores liderado pelo rei britânico Jorge I, em visita a sua terra natal, este levou-o consigo ao Reino Unido, onde despertou grande curiosidade da opinião pública. Na Inglaterra, ele viveu seus dias amparado por uma camareira da rainha e recebendo um razoável estipêndio da realeza. Jamais foi capaz de comunicar-se.

Graças às longas suíças e veneráveis barbas, em seu mais variado corte e modelo — aurelianas ou *à la* Carlos V — e infindáveis barbichas e cavanhaques; e graças às abundantes madeixas, nossa tripulação parecia uma companhia de merovíngios ou reis de cabelos longos, misturados a lombardos ou longo bardos selvagens, assim chamados por suas barbas compridas.[409]

409. Os merovíngios formavam um subgrupo dos povos francos (de origem germânica), habitantes da fronteira norte do Império Romano, que a partir do séc. V estiveram à frente de um longo processo de conquista que unificou, no auge de seu poder, em idos do séc. IX, uma vasta área da Europa ocidental, correspondente aos atuais territórios de França, Bélgica, Holanda, Alemanha, Áustria, Suíça e norte da Itália. Os lombardos (ou longobardos, como Melville anota) eram igualmente um povo de origem germânica, cujo eixo migratório se estendia do sul da Suécia ao norte da Itália. Foram conquistados pelos francos no séc. VIII.

85

O grande massacre das barbas

O CAPÍTULO ANTERIOR ABRE CAMINHO para o presente, no qual é com tristeza que Jaqueta Branca relata um desastroso acontecimento, que encheu o *Neversink* de longas lamentações que ecoaram por todas as suas gáveas e conveses. Depois de discorrer sobre nossas excessivas madeixas e três vezes nobres barbas, de bom grado pararia e silenciaria sobre o que vem a seguir, mas a fidelidade e a verdade me impedem de fazê-lo.

Neste momento, enquanto vago sem rumo, demorando-me em escaramuças nas fronteiras desta narrativa, invade-me um sentimento de tristeza que não consigo controlar. Que cruel massacre de cabelo! Uma verdadeira Noite de São Bartolomeu, as Vésperas Sicilianas do assassinato das barbas![410] Ah! Quem poderia acreditar! Com instintiva solidariedade passo a mão por minha própria barba castanha enquanto escrevo e agradeço a minhas estrelas protetoras que cada precioso fio de cabelo meu esteja para sempre longe do alcance dos impiedosos barbeiros de um navio de guerra!

É preciso que esse triste e seriíssimo acontecimento seja fidedignamente detalhado. Ao longo da viagem, muitos dos oficiais haviam expressado seu desagrado quanto à impunidade com que as mais extensas plantações de cabelo se cultivavam sob seus próprios narizes; e com desgosto ainda maior franziam o cenho diante de cada barba. Diziam não ser digno de um marinheiro; digno de um navio; em suma, uma desgraça à Marinha. Mas, como o capitão Claret nada falava, e como os oficiais, por si próprios, não tinham autoridade para convocar uma cruzada contra barbados e cabeludos, a Velha Guarda do castelo de proa ainda cofiava complacente suas barbas, e os doces jovens da Guarda de popa ainda enrolavam adoravelmente os dedos nos próprios cachos.

---

410. O narrador ilustra seu "massacre" com duas imagens marcantes de rebelião e perseguição. Entre 23 e 24 de agosto de 1572, ocorreu o chamado Massacre de São Bartolomeu, ou Noite de São Bartolomeu, jornadas de extermínio de protestantes franceses pela população católica do país, cuja violência foi alimentada pela própria realeza, alinhada ao papado. Já as Vésperas Sicilianas são o nome dado a uma bem-sucedida rebelião na Sicília: ocorrida em 1282, a revolta dirigia-se ao rei de origem francesa Carlos I, que governava a ilha desde 1266, e à população de mesma origem que nela vivia. Em seis semanas, milhares de franceses foram mortos.

Talvez a generosidade do capitão em permitir até então que nossas barbas crescessem tenha derivado do fato de ele próprio trazer uma barba curta a cobrir seu rosto imperial; a qual, se os rumores eram verdadeiros, servia para esconder algo, como Plutarco diz sobre o imperador Adriano.[411] Mas, para fazer-lhe justiça — como tenho feito —, a barba do capitão não excedia os limites prescritos pelo departamento da Marinha.

Segundo uma então recente ordenança vinda de Washington, as suíças tanto de oficiais quanto de marinheiros deviam ser acuradamente aparadas e inspecionadas e, de forma alguma, alcançar a parte inferior da boca, de modo a corresponder ao padrão do Exército — um regulamento diretamente oposto à lei teocrática disposta no décimo nono capítulo, versículo vinte e sete, do Levítico, em que se diz expressamente: "Não danificareis as extremidades de vossa barba".[412] Os legisladores, porém, nem sempre regulam seus estatutos pelos da Bíblia.

Por fim, quando já tínhamos cruzado o trópico de Câncer e nos postávamos diante de nossos canhões nos exercícios do entardecer, enquanto o sol poente, brilhando através das portinholas, iluminava todos os cabelos a ponto de, para um observador no tombadilho, as duas longas e idênticas linhas de barbas parecerem uma só densa mata; deve ter sido naquele terrível momento que um cruel pensamento adentrou o coração de nosso capitão.

"Belo grupo de selvagens", pensou ele, "este que estou levando para a América; pensarão que são todos turcos e pumas. Além disso, agora me dou conta de que é contra a lei. Não pode ficar assim. Todos devem ser barbeados e ter os cabelos cortados — disso não resta dúvida."

Não se sabe se essas foram as palavras nas quais o capitão meditou naquela noite; pois ainda é questão de debate entre os metafísicos se pensamos em palavras ou se pensamos em pensamentos.[413] Mas algo como o acima transcrito deve

---

411. Adriano foi imperador romano entre 117 e 138. A anedota sobre o mistério da barba de Adriano, no entanto, não consta de Plutarco. Na edição Oxford Express de *Jaqueta Branca*, a origem do comentário do narrador é associada ao poema "The Waltz", de Byron, no qual Adriano esconderia verrugas com a barba.

412. De fato, data de 1841 o primeiro regulamento da Marinha norte-americana (o secretário da Marinha na ocasião era George Badger) a estabelecer normas de uso para cabelo, barba e suíças. Segundo as prescrições, cabelo e barba fechada deveriam ser curtos; já as suíças poderiam "descer à distância de uma polegada do lóbulo da orelha, e daí seguir em linha até os cantos da boca". Desde então tais normas foram sucessivamente revistas ao sabor das circunstâncias e das opiniões.

413. Melville tivera acesso ao debate sobre a natureza da linguagem e sua relação com o pensamento no *Ensaio sobre o entendimento humano* (Livro III, capítulo 2, "Sobre a significação das palavras"), de John Locke, para quem os pensamentos têm primazia sobre a palavra, e no *Leviatã* (Primeira parte, capítulo 4, "Sobre a palavra"), de Thomas Hobbes, para quem a palavra traduz outro nível de forma discursiva, um "discurso mental".

ter sido a reflexão do capitão. De qualquer forma, naquele mesmo entardecer a tripulação do navio foi surpreendida por um extraordinário anúncio feito à escotilha principal da coberta dos canhões pelo guardião do contramestre ali postado. Descobriu-se, depois, que ele estava um pouco bêbado na hora.

"Escutem todos, a popa e proa. Quem tiver pelo na cabeça, é hora de cortar; e quem tiver cabelo na cara, é hora de aparar!"

Cortar nossos cabelos cristãos! E, então, inclinando a cabeça entre os joelhos afastados, permitir que venham aparar nossas adoradas barbas! O capitão estava louco.

Imediatamente após o anúncio, porém, o contramestre correu na direção da escotilha e, depois de sonoramente repreender o guardião bêbado, bradou uma versão verdadeira da ordem que viera do tombadilho. Corrigida, assim se ouviu:

"Escutem todos, a popa e proa. Todos que têm cabelo longo, é hora de cortá-lo curto; e todos os que têm suíças longas, apará-las segundo o regulamento da Marinha."

Era um avanço, sem dúvida alguma; mas, de qualquer forma, uma barbaridade! Ora! Não faltavam nem trinta dias para chegarmos – e perderíamos nossos penteados "torna-viagem"! Os pelos que vínhamos havia tanto tempo cultivando! Perdê-los num só golpe fatal? Estavam os vis barbeiros da coberta dos canhões prontos a ceifar nossas longas e moventes searas e expor nossos inocentes queixos ao frio da costa ianque! E as vinhas de nossos cachos! Seriam elas também cortadas? Era uma grande tosa de ovelhas, como as que anualmente têm lugar em Nantucket; caberia a nossos ignóbeis barbeiros depelar o rebanho?

Capitão Claret! Ao cortar nossas barbas e cabelos, fere-nos com o mais vil dos cortes![414] Estivéssemos prestes a entrar em combate, capitão Claret – para combater o inimigo com nossos corações em chamas e nossos braços de ferro, teríamos com alegria oferecido nossas barbas ao terrível Deus da Guerra, e *isso* não entenderíamos senão como sábia precaução contra tê-las puxadas pelo inimigo. *Nesse* caso, capitão Claret, estaria apenas imitando o exemplo de Alexandre, que tinha todos os seus macedônios barbeados para que, na hora da batalha, suas barbas não pudessem ser tomadas pelas mãos dos persas. Mas *agora*, capitão Claret! Quando depois de nossa longuíssima viagem retornamos a nossas casas, cofiando com amor as belas borlas que nos caem dos queixos; pensando em pai e mãe, irmã ou irmão, filha ou filho; cortar nossas barbas *agora* – as mesmas barbas que congelaram e embranqueceram enquanto atravessávamos a Patagônia –

---

414. "*The [most] unkindest cut of all*": citação de Shakespeare, *Júlio César*, Ato III, Cena 2, v. 182.

isso é revoltante, capitão Claret! E, pelos céus, não nos submeteremos! Tragam seus canhões ao convés; que os fuzileiros carreguem as baionetas, e os oficiais desembainhem as espadas; não deixaremos que nossas barbas sejam cortadas — o último insulto imposto a um inimigo derrotado no Oriente!

Onde estão, homens da âncora d'esperança! Capitães das gáveas! Subchefes de artilharia! Marinheiros, todos! Reúnam em torno do cabrestante suas veneráveis barbas e, enquanto as unem em sinal de irmandade, cruzem os braços e jurem que levaremos a cabo mais uma vez o motim de Nore[415] e antes morrer do que entregar um fio de cabelo!

A agitação foi grande durante toda a tarde. Grupos de dez e vinte se espalhavam pelos conveses, discutindo a ordem e protestando com veemência contra seu bárbaro autor. A longa área da coberta dos canhões era algo como uma populosa rua de vendedores de ações no momento em que acabam de chegar terríveis notícias comerciais. Todos, sem exceção, estavam decididos a não sucumbir, e toda a marinhagem jurava lutar pela própria barba e a do próximo.

Vinte e quatro horas depois — no exercício de posto do entardecer —, viram-se os olhos do capitão passando em revista os homens em seus canhões. Nenhuma barba barbeada!

Quando o tambor rufou a dispersão, o contramestre — agora acompanhado de todos os seus quatro guardiões, para assim dar maior solenidade ao anúncio — repetiu a ordem do dia anterior, e concluiu dizendo que vinte e quatro horas seriam dadas a todos para que se adequassem.

Contudo, o segundo dia passou e, no exercício, intocadas, as barbas de cada um despontavam, duras, de cada rosto. Imediatamente, o capitão Claret convocou os aspirantes que, recebendo ordens, correram para as diferentes divisões dos canhões e as comunicaram aos respectivos lugares-tenentes encarregados delas.

O oficial que comandava nossa divisão voltou-se a nós e disse: "Homens, se amanhã à noite encontrar qualquer um de vocês de cabelos compridos ou suíças em padrão que viole as leis da Marinha, os nomes dos que desobedecerem às orientações serão denunciados".

A questão tinha, então, assumido um aspecto mais sério. O capitão estava decidido. A agitação geral decuplicou; e muitos dos marinheiros mais velhos, extremamente irritados, falavam em *interromper o trabalho* até que a ordem ofensiva fosse revogada. Imaginei que fosse impossível que de fato pensassem

---

415. Ver nota 186.

numa loucura daquelas; mas não há como saber do que um marinheiro de navio de guerra é por vezes capaz, quando provocado — vide Parker e o caso de Nore.

Naquela mesma noite, quando o primeiro quarto estava em serviço, os homens em grupo tiraram os dois guardiões do contramestre de seus postos nas escotilhas principal e de proa, recolhendo as escadas; e assim cortaram toda a comunicação entre a coberta dos canhões e o espardeque, à frente do mastro principal.

Mad Jack tinha o trompete em mãos; e tão logo o motim incipiente lhe foi reportado, ele saltou em meio à multidão e, sem medo de misturar-se a ela, bradou: "O que querem com isso, homens? Não sejam estúpidos! Esses não são modos de conseguir o que desejam. Ao trabalho, rapazes! Ao trabalho! Guardião do contramestre, arme a escada! Isso! Todos para cima, meus rapazes, rápido! Saiam daí!"

Seus modos intrépidos, seguros e improvisados, sem reconhecer tentativa de motim, tiveram efeito mágico sobre os marinheiros. Eles subiram, como ordenado; e pelo restante da noite limitaram-se a declarar, em privado, sua irritação contra o capitão, e a exaltar publicamente cada botão de âncora do uniforme do admirado Mad Jack.

O capitão Claret cochilava na cabine no momento da comoção; e esta foi tão rapidamente abafada que ele nada soube a seu respeito até ser oficialmente informado. Circularam, depois, rumores pelo navio de que ele repreendera Mad Jack por agir como agira, afirmando que ele devia ter imediatamente reunido os soldados e investido contra os "amotinados". Mas se as palavras do capitão são verdadeiras ele, porém, se conteve; não deu imediata resposta à comoção, nem tentou procurar e punir seus líderes. Foi uma sábia decisão; pois há momentos em que mesmo o mais poderoso governante deve fechar os olhos à transgressão para preservar as leis invioláveis para o futuro. E grande cuidado deve ser tomado, por uma boa administração, para evitar qualquer ato incontestável de motim e, assim, evitar que os homens se sublevem, a partir de sua própria consciência da transgressão, em toda a fúria de uma insurreição sem limites. *Nessas* ocasiões, por algum tempo, soldados e marinheiros não conhecem limites; como a coragem de César e a prudência de Germânico[416] o deram a conhecer, quando suas hostes se rebelaram. Nem todas as concessões do conde Spenser, como primeiro

---

416. Germânico Júlio César (15 a.C.-19 d.C.) foi um dos mais importantes generais dos primeiros anos do Império Romano, destacado sobretudo por suas campanhas nas fronteiras de Roma com a Germânia, cujas dificuldades — incluindo o amotinamento de parte de sua tropa, formada de soldados oriundos das próprias tribos germânicas — só foram superadas graças à habilidade do general.

lorde do almirantado, nem as ameaças e pedidos de lorde Bridport, o almirante da esquadra — nem o pleno perdão antecipado de Sua Majestade convenceu os amotinados de Spithead (quando por fim excitados para além da normalidade) de se render, até que foram abandonados pelos próprios companheiros de rancho e, alguns poucos, deixados para o enfrentamento.[417]

Portanto, Mad Jack!, você agiu corretamente; ninguém poderia ter feito melhor. Com sua astuciosa simplicidade, sua coragem bem-intencionada e postura direta e improvisada (como se nada estivesse acontecendo), talvez tenha acabado com um acontecimento muito sério ainda em botão, evitando que a Marinha americana conhecesse a desgraça de um motim trágico motivado por suíças, espuma e lâminas de barbear. Pense nisso — imagine se futuros historiadores precisassem dedicar um longo capítulo à grande "Rebelião das Barbas" a bordo do navio de guerra americano *Neversink*. Ora, dali em diante, os barbeiros se desfariam dos sinalizadores com espirais de suas fachadas, substituindo-os por miniaturas de mastros principais.

E aqui há ampla margem para um comentário repleto de implicações sobre como os acontecimentos de vasta magnitude em nosso mundo flutuante podem se originar nas menores banalidades. Mas esse é um antigo tema; deixemo-lo de lado, e prossigamos.

Na manhã seguinte, embora não fosse dia de barbear, os barbeiros da coberta dos canhões estavam, assim se viu, com seus salões armados, os barris de pavio de suas acomodações à disposição, e as lâminas a postos. Com seus pincéis, produziam poderosa espuma em seus recipientes de lata; e observavam a multidão de marinheiros que passava, convidando-os silenciosamente para entrar e serem servidos. Além dos tradicionais implementos, exibiam de tempo em tempo uma enorme tesoura de tosa, para desse modo recordar mais veementemente aos homens o édito a que se havia de obedecer naquele dia, antes que experimentassem o pior.

Por algumas horas, os marinheiros caminharam de um lado para o outro em maus humores. Antecipadamente, criticavam os homens que se rebaixassem ao

417. O almirante Alexander Hood (1726-1814), primeiro visconde de Bridport, foi um destacado comandante da Marinha Britânica durante a Guerra Revolucionária Francesa (1792-1802) e, em seguida, as Guerras Napoleônicas (1803-1815), durante as quais foi alçado à condição de almirante. Durante os motins em Spithead (ver nota 189), teve pouco sucesso na pacificação da tripulação do navio que comandava, o *HMS London*. George John Spencer (1758-1834), segundo conde Spencer, ocupou o eminente posto de Primeiro Lorde do Almirantado entre os anos 1794 e 1801, justamente no período em que se sucedeu a revolta. Seus diários se tornaram interessante fonte de documentação acerca dos motins nos estaleiros de Spithead e Nore.

cumprimento da ordem. O hábito à disciplina, porém, é mágico; e não demorou para que um homem de castelo de proa se revelasse sentado sobre o barril de pavio, enquanto, com um sorriso malicioso estampado no rosto, seu barbeiro – um sujeito que, pela crueldade da grosa que portava,[418] atendia pela alcunha de Pele Azul – o agarrava por sua longa barba e, num só golpe, a cortava e jogava ao mar pela portinhola que tinha às costas. Esse homem do castelo de proa foi, dali em diante, conhecido por um apelido bastante expressivo – no geral, equivalente ao xingamento dirigido ao primeiro ateniense que, no tempo de Alexandre, antes do qual todos os gregos ostentavam barbas, se submeteu à privação de sua própria.[419] Mas, a despeito de todas as imprecações lançadas a nosso marinheiro do castelo de proa, seu prudente exemplo foi logo seguido; assim, em pouco tempo todos os barbeiros estavam ocupados.

Que triste visão! Diante dela, apenas barbeiro ou tártaro não chorariam! Barbas de três anos; barbichas que teriam feito os bodes dos Alpes mais belos; cavanhaques dignos de inveja a um conde d'Orsay; cachinhos do amor e anéis que teriam se medido, centímetro a centímetro, com as mais longas madeixas da Menina dos Cachinhos Dourados – todos lançados ao mar! Capitão Claret! Como consegue deitar a cabeça em sua maca! Por esta barba castanha que agora se projeta de meu rosto – a bela sucessora daquela primeira jovem e vigorosa barba que entreguei a sua tirania – por esta barba viril, juro, aquilo foi pura barbárie!

Meu nobre capitão, Jack Chase, estava indignado. Nem mesmo toda a especial generosidade que conhecera do capitão Claret e o pleno perdão que lhe fora estendido após sua deserção em nome da luta peruana poderiam refrear a expressão de seus sentimentos. Mas, em seus momentos de maior calma, Jack era um homem sábio; e, por fim, julgou ser prudente sucumbir.

Quando foi ao barbeiro, as lágrimas quase lhe brotavam dos olhos. Sentando-se melancólico no barril de pavio, olhou para os lados e disse ao barbeiro, que coleava sua tesoura de tosa pronto para começar:

"Meu amigo, creio que suas tesouras sejam consagradas. Não permita que elas toquem minha barba caso ainda precisem ser mergulhadas em água benta; as barbas são sagradas, barbeiro. Não tem sentimento pelas barbas, meu amigo? Pense nisso." E lamentosamente entregou seu rosto curtido de sol à mão do bar-

---

418. Tipo de faca sem corte, usada para descarnar peles.
419. O uso de barba era tradicional entre os homens atenienses; no entanto, tão logo foram dominados por Alexandre, o Grande, foram dissuadidos de cultivá-las por razões militares. Segundo Alexandre, as barbas longas poderiam acarretar desvantagem em situação de luta corporal e, por isso, não as admitia em seu exército.

beiro. "Dois verões se foram desde a última vez que se fez a colheita em meu rosto. Eu estava em Coquimbo, em águas espanholas; e, enquanto os homens plantavam o grão outonal em Vega, comecei a cultivar esta abençoada barba;[420] e, enquanto os vinícolas podavam suas vinhas, eu pela primeira vez a aparei ao som de uma flauta. Ah, barbeiro, não tem coração? Essa barba foi carinhosamente tocada pela mão branca como neve da adorável Tomasita de Tombez, a mais bela castilhense de todo o baixo Peru. Pense nisso, barbeiro! Eu a usei como oficial do tombadilho de um navio de guerra peruano. Com ela desfilei e dancei maravilhosos fandangos em Lima. Com ela subi e desci mastros em alto-mar. Sim, barbeiro! Ela tremulava como a flâmula de um almirante no mastro principal desta mesma intrépida fragata, o *Neversink*! Ó, barbeiro, barbeiro! Isso cala-me fundo no coração... Não fale em arriar as insígnias e estandartes quando derrotado... o que é *isso*, barbeiro? É arriar a própria bandeira da Natureza pregada ao mastro!"

Neste ponto, falaram mais alto os sentimentos do nobre Jack; e ele deixou a postura agitada de que seu entusiasmo momentaneamente o dotara; sua cabeça desceu na direção do peito, e sua longa e triste barba quase roçou o convés.

"Sim! Arrastem suas barbas em dor e desonra, ó tripulação do *Neversink*!", suspirou Jack. "Barbeiro, aproxime-se... agora, diga-me, meu amigo, obteve absolvição por este feito que está prestes a cometer? Não? Então, barbeiro, eu o absolvo; suas mãos hão de ser lavadas desse pecado; não é você, mas outro; e embora esteja perto de cortar minha humanidade, eu o perdoo, barbeiro; ajoelhe-se, ajoelhe-se, barbeiro! Para que possa abençoá-lo, em sinal de que não me valho de maldade!"

Então quando esse barbeiro, o único homem de bom coração em sua tribo, ajoelhou e foi absolvido, Jack entregou-lhe a barba; e o barbeiro, prendendo-a com um suspiro, ergueu-a e, parodiando o estilo dos guardiões do contramestre, bradou:

"Escutem a popa e proa! Esta é a barba do Inigualável Jack Chase, o nobre capitão da gávea do mastro principal desta fragata!"

---

420. Coquimbo é província do sul chileno, daí que a referência ao *Spanish Main*, do original, parece truncada: a região dos mares conhecida como tal é a que hoje se entende pelo Caribe. Segundo a edição Pleiade de *Jaqueta Branca*, Melville teria se referido a "águas de domínio espanhol", não obstante toda a região (Chile, Peru, Equador e Colômbia) já tivesse levado a cabo seus movimentos de independência. Já Vega, pela paisagem outonal e o plantio de grãos, pode se referir a Cimanes de la Vega, na Espanha.

86

Os rebeldes são levados ao mastro

EMBORA MUITAS CABEÇAS DE CABELO tenham sido tosadas, e muitas belas barbas ceifadas naquele mesmo dia, não foram poucos os que ainda resistiram e juraram defender suas sagradas cabeleiras até o último suspiro. Estes eram, principalmente, velhos marinheiros — alguns, oficiais subalternos — que, contando com sua idade ou posto, sem dúvida pensaram que, depois de muitos terem aceitado as ordens do capitão, de modo que os restantes formassem um pequeno contingente, seriam dispensados de obedecer-lhe e se tornariam um monumento da clemência de nosso senhor.

Naquele mesmo anoitecer, quando o tambor rufou em convocação ao exercício de posto, os homens seguiram melancólicos a seus canhões, enquanto os velhos marinheiros que ainda exibiam suas barbas permaneceram de pé, desafiadores e imóveis, como as fileiras de reis assírios esculpidos que, com suas magníficas barbas, foram recentemente exumados por Layard.[421]

Quando a hora propícia chegou, seus nomes foram tomados pelos oficiais das divisões, e eles foram em seguida convocados em conjunto ao mastro, onde o capitão estava pronto a recebê-los. Toda a companhia do navio reuniu-se no lugar, e, atravessando a multidão ofegante, os veneráveis rebeldes avançaram e tiraram os chapéus.

Era uma visão imponente. Eram velhos e veneráveis homens do mar; seus rostos tinham sido curtidos em todas as latitudes, onde quer que o sol tenha incidido sobre eles com seus raios tropicais. Reverendos velhos marinheiros, todos sem exceção; alguns deles podiam muito bem ser velhos patriarcas, com a prole de netos espalhada por todos os portos do mundo. Teriam suscitado a veneração do observador mais frívolo ou professoral. Mesmo o capitão Claret eles deveriam ter submetido em humilde deferência. Mas um cita desconhece a reverência; e, como um estudante romano bem sabe, os próprios augustos senadores, sentados na

421. Sir Austen Henry Layard (1817-94) foi um explorador, arqueólogo, diplomata, político, conhecido por suas escavações em Ninrude e Nínive, onde descobriu grande quantidade de relevos de palácios assírios e, em 1851, a biblioteca de Assurbanípal.

casa senatorial ou na majestosa colina do Capitólio, tiveram suas barbas sagradas torcidas pelo insolente chefe dos godos.[422]

Que grupo de barbas! Em formato de espada, martelo e adaga; triangulares, quadradas, pontiagudas, arredondadas, hemisféricas e bifurcadas. Mas, acima de todas, estava a barba do velho Ushant, o ancião à frente do castelo de proa. De uma venerabilidade gótica, ela lhe caía sobre o peito como uma densa tempestade de aço.

Ah! Velho Ushant, Nestor da tripulação![423] Contemplá-lo fez-me longevo.

Era um marinheiro de fragata da velha escola de Benbow. Ele usava um rabo de cavalo curto, que os piadistas da gávea de gata chamavam de "rabicó". Na altura da cintura portava uma ampla cinta, que usava, dizia ele, para estaiar seu mastro principal, isto é, sua coluna; pois por vezes padecia de pontadas reumáticas na espinha, consequência de dormir no convés, vez por outra, durante as vigílias noturnas de mais de meio século. Sua faca era de outro tempo — quase como uma foice antiga; seu cabo — um dente de cachalote — era todo talhado de navios, canhões e âncoras. Ela ficava presa a seu pescoço como um sapatilho, elaboradamente trabalhado em "nós de rosa" e "cabeças de turco" por seus próprios veneráveis dedos.

De toda a tripulação, Ushant era o mais admirado por meu glorioso capitão, Jack Chase, que certo dia o apontou para mim enquanto o velho homem descia lentamente pelo cordame da gávea de proa.

"Ali, Jaqueta Branca! Não é o velho marinheiro de Chaucer?

"Trazia pendurada no pescoço
A adaga, num cordão de couro grosso
Que pendia por trás do forte braço.
Do mar era o piloto mais astuto,
O mais prudente, o mais sagaz marujo
Desde o porto de Hull até Cartago.
As barbas ele havia já encharcado.

---

422. Possível referência a Alarico, o Calvo (370-410), rei dos visigodos, que em 410 promoveu três cercos a Roma, sendo o primeiro líder bárbaro a invadir a capital do Império. Os citas eram povo nômade de origem iraniana que habitava as estepes da região do mar Cáspio, conhecidas na Antiguidade (o testemunho que resta é o das *Histórias*, de Heródoto) como Cítia.
423. Nestor foi herói celebrado como sábio e vivido conselheiro dos gregos à época da Guerra de Troia.

Em ventos, chuvas, tempestades feras
Dos portos da Gotlândia à Finisterra.

"Dos *Contos da Cantuária*, Jaqueta Branca! E não deve o velho Ushant ter vivido nos idos de Chaucer, para Chaucer ter feito tão bem seu retrato?"[424]

424. Considerado por muitos o pai da literatura inglesa, Geoffrey Chaucer (1343-1400) foi um importante humanista medieval inglês, imortalizado pelos inacabados *Contos da Cantuária*. A passagem citada (no original: "*A dagger hanging by a las hadde he,/ About his nekke, under his arm adown;/ The hote sommer hadde made his beard all brown./ Hardy he is, and wise; I undertake/ With many a tempest has his beard be shake*") vem do "Prólogo geral" da obra e foi abreviada em alguns versos. Seguimos a mesma orientação, ajustando a seleção de versos (em tradução de José Francisco Botelho) para que a passagem não ficasse evidentemente mutilada em português.

87

O velho Ushant no passadiço

As barbas rebeldes, encabeçadas pelo velho Ushant, tremulando como a flâmula do comodoro, estavam agora em silêncio no mastro.

"Os senhores sabiam da ordem!", disse o capitão, fitando-os duramente. "O que significa esse cabelo na cara?"

"Senhor", disse o capitão da proa, "o velho Ushant alguma vez recusou-se a cumprir com seu dever? Alguma vez faltou aos chamados? Mas, senhor, a barba do velho Ushant só diz respeito a si mesmo!"

"O que é isso, senhor? Mestre-d'armas, leve este homem ao brigue."

"Senhor", disse o velho marinheiro, respeitosamente, "acabaram-se os três anos pelos quais embarquei; e, embora talvez esteja obrigado a trabalhar para levar o navio para casa, tal como são as coisas acho que minha barba me pode ser permitida. São apenas alguns dias, capitão Claret."

"Levem-no para o brigue!", bradou o capitão. "E agora, velhos patifes!", acrescentou ele, voltando-se aos demais, "vocês têm quinze minutos para raspar essas barbas; se elas ainda estiverem em seus rostos, serão açoitados... cada um de vocês... ainda que tenham todos idade para serem meus padrinhos."

O grupo de barbas foi adiante, convocou os barbeiros, e as gloriosas flâmulas desapareceram. Em obediência às ordens, eles, então, postaram-se diante do mastro e, dirigindo-se ao capitão, disseram: "Senhor, nossas amarras de peça[425] foram cortadas!".

Não é indigno de registro que nenhum dos marinheiros que obedeceu à ordem geral aceitou ostentar as vis suíças prescritas pelo departamento da Marinha. Não! Como heróis eles pediram: "É para escanhoar. Se não posso tê-los todos, que tenha nenhum!".

Pela manhã, depois do desjejum, Ushant foi libertado e, com o mestre-d'armas de um lado e uma sentinela armada do outro, foi escoltado pela coberta dos canhões e subiu a escada para o mastro principal. Ali estava o capitão, firme como

425. A analogia tem por base, aqui, o fato de uma corda amarrar a boca do canhão à parte superior da portinhola enquanto a peça estivesse fora de uso.

antes. Deve ter prendido o marinheiro para impedir sua fuga para a costa, agora menos de cem milhas distante.

"Bem, senhor, vai cortar a barba? Teve uma noite inteira para pensar; o que diz? Não quero açoitar um velho marinheiro como o senhor, Ushant!"

"A barba é minha, senhor!", respondeu, baixo, o velho homem.

"Vai fazer a barba?"

"É minha, senhor", disse ele, trêmulo.

"Amarrar o gradil!", bradou o capitão. "Mestre-d'armas, tire a camisa dele! Quartel-mestre, prenda-no! Guardiões, cumpram com seu dever!"

Enquanto os executores se ocupavam, o ímpeto do capitão teve algum tempo para arrefecer; e quando, por fim, o velho Ushant estava amarrado por braços e pernas, e suas veneráveis costas expostas — as costas que tinham se curvado nos canhões da fragata *Constitution* quando esta capturou a *Guerrière* —, o capitão pareceu recuar.

"É um homem de muita idade", disse ele, "e sinto muito em açoitá-lo; mas minhas ordens devem ser obedecidas. Vou dar mais uma chance; vai tirar a barba?"

"Capitão Claret", disse o velho, virando-se com esforço em suas amarras, "pode me açoitar, se quiser; mas neste particular *não* vou acatar sua ordem."

"Açoitar! Quero ver a espinha desse homem!", bradou o capitão em súbita fúria.

"Por Deus!", disse, num murmurar agudo, Jack Chase, que estava próximo, "ele vai matá-lo; não posso permitir!"

"Melhor não", disse um gajeiro; "é a morte, ou punição pior, lembre-se."

"Aí vai a chibata!", exclamou Jack. "Olhem para o velho! Por Deus, eu não aguento! Soltem-me, homens!", e com os olhos úmidos Jack recolheu-se a um canto.

"Guardião", bradou o capitão, "está favorecendo o homem! Valha-se da força ou farei com que a força valha sobre *você*."

Um, dois, três, quatro, cinco, seis, sete, oito, nove, dez, onze — foram doze as chibatadas descarregadas nas costas do heroico e velho homem. Ele apenas abaixou a cabeça. Estava como o Gladiador Moribundo.[426]

"Soltem-no", disse o capitão.

"E agora vá e corte a garganta dele", sussurrou, raivoso, um velho marinheiro da âncora d'esperança, companheiro de rancho de Ushant.

---

426. *O gladiador moribundo* (também chamada *O gálata moribundo*) é uma cópia romana em mármore de uma escultura grega perdida, datada, estima-se, do período helenístico. Foi provavelmente comissionada no séc. II a.C. por Átalo I, de Pergamo, para celebrar a vitória romana contra os gálatas na região da Anatólia. Seu escultor teria sido Epígono.

Quando o mestre-d'armas veio à frente com a camisa do prisioneiro, Ushant fez com que se afastasse com um gesto de mão e o ar dignificado de um brâmane, dizendo: "Acha, mestre-d'armas, que estou ferido? Eu mesmo coloco minha própria roupa. Não me sinto pior pelo que aconteceu; e não há desonra quando aquele o desonrou desonra apenas a si mesmo".

"O que ele disse?", gritou o capitão. "O que disse o velho marinheiro metido a filósofo com as costas em chamas? Diga na minha cara, se tem coragem! Sentinela, meta esse homem no brigue. Pare! John Ushant, foi até hoje o capitão do castelo de proa; está destituído. E agora vai para o brigue, para lá ficar até que consinta em tirar a barba."

"A barba é minha", disse o velho, tranquilo. "Sentinela, estou pronto."

E voltou para o confinamento entre os canhões; só depois de lá permanecer por quatro ou cinco dias agrilhoado vieram ordens para que as correntes lhe fossem tiradas; mas ele ainda permaneceu preso.

Livros lhe eram permitidos, e ele dedicou bastante tempo à leitura. Mas também passava muito tempo trançando a barba e amarrando-lhe pedaços de briol vermelho, como se desejasse enfeitar e tornar mais belo aquilo que triunfara sobre toda a oposição.

Ushant permaneceu preso até nossa chegada à América; mas, no mesmo instante que escutou o cabo de ala e larga passar pelo escovém, e a âncora prender o navio, pôs-se de pé, empurrou a sentinela com violência e, ganhando o convés, bradou: "Em casa, com a minha barba!".

Seu contrato de serviço havia expirado alguns meses antes; com o navio no porto, ele estava além do alcance da lei naval, e os oficiais não ousaram incomodá-lo. Porém, sem tirar vantagem indevida de tais circunstâncias, o velho marinheiro tão somente tomou de seu saco e maca, alugou um bote e, lançando-se à proa, foi levado à costa em meio a insuprimíveis vivas de toda a marujada. Era uma gloriosa conquista sobre o próprio conquistador, tão digna de celebração quanto a Batalha do Nilo.

Embora, como depois vim a saber, Ushant tenha sido seriamente instado a colocar o caso nas mãos de um advogado, ele declinou com firmeza, dizendo: "Venci a batalha, meus amigos, e não ligo para o prêmio em dinheiro". Contudo, ainda que tivesse aceitado tais orientações, a ver pelos precedentes em casos similares é quase certo que não teria recebido um *sou*[427] de satisfação.

---

427. O soldo (*sou*, em francês) era uma antiga moeda francesa, equivalente a cinco centavos de cobre.

Não sei em que fragata navega hoje, velho Ushant; mas que os céus protejam sua antiga barba prenhe de história, a despeito de qualquer tufão que sopre sobre ela. E se algum dia ela for cortada, velho, que tenha a mesma sorte da barba real de Henrique I, da Inglaterra, e o seja pela reverenda mão direita do arcebispo de uma sé.

Quanto ao capitão Claret, que não se pense que se procura aqui empalá-lo diante do mundo como se fosse um homem cruel e desalmado. Tal ele não era. Tampouco era, de modo geral, visto pela tripulação com nada semelhante aos sentimentos que os homens de um navio de guerra às vezes cultivam em relação a comandantes notadamente tirânicos. Na verdade, a maior parte da tripulação do *Neversink* — de outras viagens habituada a flagrantes abusos — via no capitão Claret um oficial leniente. Em muitas coisas ele certamente evitava oprimi-los. Já se disse que privilégios ele concedia aos marinheiros no tocante à liberdade de jogar damas — algo quase desconhecido da maioria dos navios de guerra americanos. No que diz respeito a fazer vista grossa à vestimenta dos marinheiros, ele também se mostrava claramente indulgente, se comparado com a postura de outros capitães da Marinha, que, por extravagantes regulações, obrigam seus marinheiros a fazer grandes contas em trajes com o almoxarife. Numa palavra, de todos os atos de que capitão Claret, a bordo do *Neversink*, de fato deve ser culpado, talvez nenhum deles advenha de qualquer insensibilidade orgânica e pessoal. Ele era tão somente o que os costumes da Marinha tinham dele feito. Tivesse sido um simples homem de terra firme — um mercador, digamos —, sem dúvida teria sido considerado um bom homem.

Talvez alguns dentre os leitores desta Noite de São Bartolomeu das barbas se espantem com o fato de a perda de uns poucos cabelos ter sido capaz de provocar tamanha hostilidade da parte dos marinheiros, levando-os aos extremos de tamanha fúria; ou, mais especificamente, chegando às raias de fomentar um motim.

Tais circunstâncias, porém, não desconhecem precedente. Sem falar nos tumultos, dos quais resultaram mortos, que certa feita tiveram lugar em Madri, graças à resistência contra um édito arbitrário do rei, que desejava proibir as capas dos cavaleiros; e, sem falar em outras situações que poderiam ser igualmente mencionadas, basta que falemos da fúria dos saxões nos idos de Guilherme, o Conquistador, quando o déspota ordenou que fosse cortado o cabelo sobre os lábios superiores dos homens — isto é, os bigodes hereditários que gerações inteiras haviam exibido. Uma multidão de subjugados e tristes homens foi obrigada a aquiescer; mas muitos Franklins saxões e cavalheiros de espírito, preferindo perder seus castelos a seus bigodes, voluntariamente deixaram suas lareiras e seguiram para o exílio. Tudo isso é contado com indignação pelo intrépido frade saxão Matthew Paris em sua *História Maior*, começando com a conquista normanda.[428]

E que nossos homens da fragata estivessem com a razão ao desejar perpetuar suas barbas como adereço marcial, isso deve parecer evidente, uma vez que consideramos que, assim como a barba é sinal de virilidade, independentemente da forma ela sempre será tida como o verdadeiro símbolo de um guerreiro. Os granadeiros de Bonaparte ostentavam belas suíças; e talvez, durante um ataque, aqueles intrépidos adornos tivessem tanto efeito assustando o inimigo quanto o brilho de suas baionetas. A maioria das criaturas predadoras tem alguma forma de barba; parece ser uma lei da sra. Natureza. Vejam o javali, o tigre, o puma, o homem, o leopardo, o carneiro, o gato — todos guerreiros, todos barbados. Enquanto as tribos pacíficas e ternas têm, em sua maioria, rostos lisos e lustrosos.

---

428. Matthew Paris (*c.* 1200-59) foi monge beneditino, cronista inglês, cartógrafo e autor de iluminuras. Viveu na abadia de santo Albânio, em Hertfordshire, e produziu volumosa obra, fundamentalmente histórica. Em sua *Chronica Maiora*, escrita em latim, Paris traz relatos de eventos que, sendo ele um bom cristão, remontam à Criação do mundo e seguem até o ano de 1253. O que o torna referência para os historiadores modernos são, em especial, seus comentários sobre a vida política europeia de então, não obstante se reconheça sua falibilidade ou parcialidade. Em *Historia Anglorum*, Paris dá continuidade ao projeto da *Chronica*, chegando ao ano de sua morte, 1259. É muito provável que, por *Historia Major*, Melville se referisse equivocadamente à *Chronica Majora*, uma vez que os acontecimentos referentes à conquista normanda da Inglaterra datam do séc. XI. Em 1066, Guilherme II, o Conquistador, invade a ilha com suas tropas e ao longo de anos de campanha submete todo o reino a seu poder. A invasão acarretou, a longo prazo, transformações sociais, políticas e culturais fundamentais para a formação do povo inglês.

88

Açoitamento pela esquadra

O AÇOITAMENTO DE UM HOMEM DE IDADE como Ushant, a maioria dos homens de terra verá com repulsa. Mas, embora dadas as circunstâncias específicas, houvesse muita indignação entre o povo do navio, diante do caso em si os homens calaram. Os marinheiros de um navio de guerra são tão acostumados ao que homens de terra firme considerariam excessivas crueldades que se mostram praticamente insensíveis a severidades menores.

E aqui, embora se tenha debuxado o assunto da punição na Marinha em capítulos anteriores; embora se trate, a despeito da perspectiva adotada, algo absolutamente desagradável e angustiante a respeito do qual se estender; e embora me custe muita força e coragem escrever sobre ele; um sentimento de dever me compele a adentrar um ramo do assunto até agora indiscutido. Não gostaria de ser o homem que, vendo um sujeito abandonado morrendo à beira da estrada, virasse ao amigo e dissesse: "Vamos atravessar a rua; minha alma padece ao ver uma coisa dessas; não consigo suportá-la".

Há certos males neste mundo flutuante que não raro garantem a impunidade por seu próprio excesso. Pessoas ignorantes muitas vezes deixarão de remover permanentemente a causa de uma malária mortal temendo uma disseminação temporária de seus sintomas. Não ajamos dessa forma. Quanto mais repugnante e repulsivo, maior o mal. Deixemos nossas mulheres e filhos e adentremos sem entraves esse Gólgota.[429]

Anos atrás, havia uma punição que se infligia nos navios britânicos e, creio eu, na Marinha americana, chamada arrasto pela quilha — expressão ainda utilizada por marinheiros de fragata quando se referem a uma extraordinária vingança contra um inimigo pessoal. A prática ainda existe na Marinha francesa, embora esta de forma alguma se valha dela tão frequentemente quanto no passado. Ela consiste em amarrar talhas às duas extremidades da verga grande e passar a

---

429. Nome hebraico para o latim *Calvaria*, ou Calvário, colina em que Jesus Cristo foi crucificado, nas imediações da antiga Jerusalém. Todos os evangelistas — Mateus (27:33), Marcos (15:22), Lucas (23:33) e João (19:17) — mencionam o lugar, alguns referindo-se a seu significado original, "o lugar da Caveira".

corda sob o casco do navio. Numa ponta da corda o criminoso fica amarrado; e seus próprios companheiros de convés têm de fazê-lo atravessar toda a parte exterior do navio, primeiro num costado, depois noutro — arrastado pelo casco do navio debaixo da água e, finalmente içado, sem sentidos e ofegante, ao ar.

Mas, embora essa barbaridade seja hoje abolida das Marinhas britânica e americana, resta outra prática que, para dizer o mínimo, é ainda pior do que o arrasto pela quilha. Remanescente da Idade Média, ela é conhecida na Marinha como açoitamento pela esquadra. Não é jamais infligida exceto pela autoridade de uma corte marcial contra criminoso violento, julgado culpado de terrível infração. Nunca, que eu saiba, foi infligida por um navio de guerra americano em estação naval. A razão, provavelmente, é que os oficiais reconhecem que tal espetáculo produziria revolta em qualquer porto americano.

Segundo o Artigo XLI dos Artigos de Guerra, uma corte marcial não determinará "por nenhum crime que não seja capital" uma punição para além de cem chibatadas. Em casos "que não sejam capitais", essa lei pode ser e tem sido citada em justificações judiciais de imposição de mais do que cem chibatadas. De fato, chega a cobrir mil. Assim funciona: um único ato de um marinheiro pode ser analisado e subdividido em dez diferentes crimes; e para cada um deles o marinheiro pode ser legalmente condenado a cem chibatadas a serem administradas sem interrupção. Será notado que, em qualquer caso que se julga "capital", um marinheiro sob o dito artigo pode ser legalmente açoitado até a morte.

Mas por nenhum desses Artigos de Guerra, nem por qualquer ato do Congresso, há qualquer autorização direta para a extraordinária crueldade do modo com que a punição é infligida, em casos de açoitamento pela esquadra. No entanto, como em numerosas outras circunstâncias, os agravamentos casuais dessa punição são indiretamente suscitados por outras cláusulas nos Artigos de Guerra. Uma delas permite às autoridades de um navio — sem definir o caso — impor correção ao culpado "segundo os costumes do serviço naval".

Um dos "costumes" é o que se segue.

Com todos os marinheiros chamados a "testemunhar a punição" no navio ao qual o culpado pertence, a sentença da corte marcial que o condena é lida, quando, após as costumeiras solenidades, parte da punição é aplicada. Para que não perca em severidade pelo mínimo cansaço do braço do executor, um guardião de contramestre descansado é chamado a cada série de doze chibatadas.

Como a principal ideia é suscitar o terror entre os presentes, desfere-se o maior número de chibatadas a bordo do próprio navio do condenado para que se mostre como espetáculo assustador às tripulações das outras fragatas.

Com a primeira série concluída, a camisa do condenado é jogada sobre seu corpo; ele é colocado num bote — a "Marcha do Patife" é executada entrementes[430] — e levado ao navio seguinte da esquadra. Todos os marinheiros daquele navio são então convocados para subir no cordame, e outra parte da punição é imposta pelos guardiões do contramestre daquele navio. A camisa cheia de sangue é mais uma vez lançada sobre o marinheiro; e, assim, ele é conduzido por toda a esquadra até que toda a sentença seja concluída.

Noutras situações, a lancha — o maior dos botes — é equipada com uma plataforma (como o cadafalso de um carrasco), sobre a qual se fincam alabardas, como as usadas pelo Exército britânico. São duas robustas lanças apontando ao alto. Sobre a plataforma, permanece um lugar-tenente, um cirurgião e um mestre-d'armas, além dos executores com seus chicotes. Eles são levados de navio a navio da esquadra, até que toda a sentença seja cumprida.

Em alguns casos, o cirurgião presente intervém profissionalmente antes que a última chibatada seja dada, alegando que se pode dar a morte imediata caso a remanescente seja administrada sem intervalo. Porém, em vez de lhe serem perdoadas as últimas chibatadas, num caso como este, o homem é geralmente levado ao leito por dez ou doze dias; e, quando o cirurgião oficialmente o declara apto a enfrentar o resto da sentença, ela é executada. O quinhão de Shylock se paga em carne.[431]

Dizer que, depois de ser açoitado pela esquadra, as costas do prisioneiro ficam por vezes inchadas como um travesseiro; ou dizer que, em outros casos, é como se ela tivesse queimado até enegrecer sobre o fogo; ou dizer que é possível seguir seu rastro pela esquadra apenas pelo sangue na amurada de cada navio, é apenas confirmar o que muitos marinheiros já viram.

Muitas semanas, às vezes meses inteiros, se passam antes que o marinheiro esteja suficientemente recuperado para retomar o trabalho. Durante a maior parte desse intervalo ele permanece na enfermaria, gemendo dias e noites inteiros; e, a não ser que tenha o couro e a fortaleza de um rinoceronte, jamais voltará a ser o homem de antes; e, arrebentado e destruído até o tutano dos ossos,

---

430. "The rogue's march", tema tocado por pífanos e acompanhado de tambor. Executava-se a marcha diante do condenado por grave delito que, depois de ser devidamente punido (com a chibata, por exemplo), era expulso ou dispensado de forma desonrosa.

431. O agiota judeu Shylock é personagem de *O mercador de Veneza*, comédia de William Shakespeare. Na peça que o tornou célebre, Shylock é antagonista de Antônio, o mercador, que lhe toma empréstimo por acreditar em sua generosidade. Em lugar dos juros, porém, firmava o contrato entre ambos que Shylock lhe cobraria, em caso de atraso, uma libra da própria carne.

definhará até a morte prematura. Há casos em que o marinheiro morreu antes mesmo do fim da punição. Não é por menos que o inglês dr. Granville — outrora cirurgião da Marinha — declarou, em seu trabalho sobre a Rússia, que o bárbaro *cnute* não é maior tortura do que o "gato de nove rabos" da Marinha.[432]

Há alguns anos um incêndio ocorreu próximo ao paiol de pólvora num navio americano, pertencente à esquadra ancorada na baía de Nápoles. Soou o alerta máximo. Um grito atravessou a embarcação de proa a popa avisando que o navio estava prestes a explodir. Com medo, um dos marinheiros saltou para fora do navio. Por fim, o fogo foi controlado, e o homem, resgatado. Ele foi julgado por uma corte marcial e, culpado de covardia, condenado ao açoitamento pela esquadra. A seu tempo, a esquadra desfraldou velas rumo à Argélia, e naquele porto, antes ocupado por piratas, a punição foi imposta — a baía de Nápoles, embora lavando as praias de um rei absoluto, não foi considerada lugar adequado para tal espetáculo da lei naval americana.

À época da passagem do *Neversink* pelo Pacífico, um marinheiro americano, eleitor do general Harrison para presidente dos Estados Unidos,[433] foi açoitado pela esquadra.

---

432. Patriota italiano, Augustus Bozzi Granville (1783-1872) conheceu vida errante. Fugido de Milão temendo convocação do Exército napoleônico, foi médico em diferentes países europeus até tornar-se cirurgião da Marinha Real britânica. Publicou um diário de viagem à Rússia, *St. Petersburg: A Journal of Travels to and from that Capital*, em 1828. Ver também notas 168 e 181.

433. General durante a Guerra de 1812, William Henry Harrison (1773-1841) foi o nono presidente dos Estados Unidos. Não apenas foi o primeiro a morrer em exercício, como o que menos tempo permaneceu à frente do país: 32 dias. Depois de ser acusado pela campanha adversária, do então presidente Martin van Buren, de ser um provinciano tacanho, a quem mais valia viver numa pequena cabana embriagando-se de sidra caseira, Harrison adotou, ao lado da distinção como herói nacional, a garrafa de sidra e a cabana como símbolos de campanha. A campanha populista de Harrison e a ação predatória do Estado norte-americano explicam a ironia do narrador.

89

A situação social de um navio de guerra

Mas os açoitamentos no passadiço e os açoitamentos pela esquadra, os roubos, a extorsão, as imprecações, a jogatina, a blasfêmia, a trapaça, o contrabando e a embriaguez em um navio de guerra, que ao longo de toda esta narrativa foram aqui e ali retratados com base em acontecimentos reais, de forma alguma compreendem todo o catálogo de males. Um elemento em especial é bastante significativo.

Todos os grandes navios levam consigo soldados, os fuzileiros. No *Neversink*, eles eram em número aproximado de cinquenta, dois terços dos quais irlandeses. Eles tinham por oficiais um lugar-tenente, um primeiro-sargento, dois sargentos e dois cabos, acompanhados de tocadores de tambor e pífano. O costume é que seja designado um fuzileiro a cada canhão; tal regra dá, em geral, a escala para a distribuição dos soldados em fragatas de diferente potência.

Nossos fuzileiros não tinham outros deveres a executar além dos marciais; exceto pelo fato de que, em alto-mar, faziam vigílias como os marinheiros e vez por outra auxiliavam preguiçosamente no puxamento do cordame. Mas jamais colocavam os pés nos enfrechates, nem as mãos no alcatrão.

Nas listas de exercício, esses homens não eram postados em nenhum dos grandes canhões; nem, nas listas de posto, conheciam o cordame. Qual era, então, sua utilidade? Servir ao seu país em tempo de guerra? Vejamos. Quando um navio está prestes a entrar em combate, seus fuzileiros ficam atrás da amurada (aos marinheiros compete por vezes fazer o mesmo), e, quando a fragata de fato está em batalha, eles geralmente ficam a postos no poço do navio — como um contingente em revista num parque. Quando o combate é corpo a corpo, seus mosquetes eventualmente acertam um ou dois marinheiros no cordame, mas num embate a longa distância eles permanecem passivamente parados em suas fileiras, mortos ao bel-prazer do inimigo. Apenas num caso entre dez — ou seja, quando sua fragata corre o risco de ser invadida por um grande grupo —, esses fuzileiros são de alguma utilidade como combatentes. Com suas baionetas, são chamados a "repelir!".

Se são comparativamente tão inúteis como soldados, por que temos fuzileiros na Marinha? Saiba, então, que o que os exércitos permanentes são para as nações, e os carcereiros para as cadeias, esses fuzileiros são para toda fragata de grandes proporções. Os mosquetes são suas chaves. Com esses mosquetes, montam guarda diante da água fresca; do grogue, quando distribuído; das provisões, quando servidas pelo subchefe do quartel-mestre; do brigue ou cadeia; dos alojamentos do comodoro e do capitão; e, no porto, dos passadiços e do castelo de proa.

Sem dúvida, a multidão de marinheiros, que além de ter muitos oficiais navais acima de si é ainda por cima vigiada por soldados, mesmo quando esturricada de sede — sem dúvida, esses marinheiros devem ser verdadeiros criminosos; ou o serviço naval é tão tirânico que se teme o pior de sua possível insubordinação. Ambas as alternativas estão corretas — ora uma, ora outra, ou ambas, a depender do caráter dos oficiais e da tripulação.

Deve estar claro que os marinheiros de um navio de guerra lançam um olhar traiçoeiro ao fuzileiro. Chamar um marinheiro de "fuzileiro a cavalo" constitui grande xingamento.

Mas a repulsa mútua, mesmo o ódio, que existe entre esses dois grupos de homens — reunindo-se cada qual a uma quilha, cada qual a um alojamento — é visto pela maioria dos oficiais da Marinha como o ápice da perfeição da disciplina naval. É o botão que encima o ponto mais elevado do topo do mastro principal.

Assim se pensa: graças a esse antagonismo entre fuzileiro e marinheiro, pode-se ter a certeza de que, se os marinheiros se amotinam, não é preciso grande estímulo aos fuzileiros para que se lancem com baionetas contra o coração deles; e, se os fuzileiros se rebelam, as lanças do marinheiro não perderão a oportunidade de atacá-los. Separação entre poderes, sangue contra sangue — *esse* é o lema e o argumento.

O que se aplica à relação na qual marinheiro e fuzileiro permanecem um diante do outro — a repulsa mútua implicada no sistema de mútuas restrições — aplica-se, em certa medida, a praticamente toda a disciplina no interior de um navio de guerra. Todo o corpo dessa disciplina é enfaticamente uma engrenagem cruel, triturando sistematicamente numa só dorneira tudo que poderia servir ao bem-estar moral da tripulação.

É o mesmo com oficiais e marinhagem. Se um capitão se ressente contra um lugar-tenente, ou um lugar-tenente contra um aspirante, como é fácil torturá-lo mediante tratamento formal, sem expor o superior a reprimenda. E, se um aspirante se ressente de um marinheiro, como é fácil, por sutis artifícios, nascidos da malícia infantil, levá-lo à degradação no passadiço. Através de todas essas intermináveis ramificações de posto e patente, na maioria dos navios de guerra corre um sinistro veio de rancor, não excedido pelo ódio doméstico de uma família de enteados em terra firme. Seria nauseante detalhar todas as mínimas irritabilidades, ciúmes e intrigas, as maliciosas detratações e animosidades que se esgueiram tão profundamente que parecem presas à sobrequilha do navio. É desencorajador pensar nelas. As imutáveis cerimônias e etiquetas de ação num navio de guerra; as barreiras de lanças que separam os vários graus de patente; o absolutismo da autoridade delegada sobre a equipagem; a impossibilidade, da parte do marinheiro, de apelar contra abusos eventuais, e muitas outras coisas que poderiam ser enumeradas, todas tendem a cultivar na maioria dos navios armados uma condição social geral que é precisamente o inverso da que qualquer cristão desejaria. E embora haja navios que, em alguma medida, oferecem exceções a isso; e embora, noutros navios, a coisa possa ser turvada por um exterior meticuloso e vigiado, a esconder quase completamente a verdade perante ocasionais visitantes, enquanto os piores fatos relacionados ao marinheiro são sistematicamente mantidos à distância dos olhos; é certo que o que se disse aqui sobre o interior de um navio de guerra se estende, em maior ou menor medida, à maioria das fragatas da Marinha. Não que os oficiais sejam tão malignos, nem que, de um modo geral, o marinheiro de uma fragata seja tão torpe. Alguns desses males são gerados inequivocamente pelo próprio funcionamento do código naval; outros são absolutamente orgânicos e próprios ao ambiente da Marinha e, como outros males orgânicos, são incuráveis, exceto quando dissolvem o corpo em que vivem.

Essas coisas são, sem sombra de dúvida, amplificadas pelo confinamento e aprisionamento cerrados de tantos mortais numa só caixa de carvalho no meio do mar. Como peras encaixotadas umas em cima das outras, a companhia amontoada apodrece através do contato inevitável, e todo foco da praga é contagioso. Ademais, desse mesmo confinamento — tanto quanto afeta a marinhagem — surgem outros males, tão horríveis e desastrosos que mal podem ser aludidos. O que muitos marinheiros são na costa é bem conhecido; mas o que alguns deles se tornam quando completamente desligados da tolerância da costa mal pode ser imaginado pelas gentes de terra firme. Os pecados pelos quais as cidades da planície foram destruídas ainda resistem, em alto-mar, em algumas dessas Gomorras de madeira muradas.[434] Mais de uma vez foram feitas no mastro principal do *Neversink* queixas às quais o oficial do convés virou-se com repulsa, recusando-se a ouvi-las e ordenando que o queixoso desaparecesse. Há males numa fragata

434. Gomorra aqui é eufemismo que alude aos comportamentos sexuais e à libertinagem dos marinheiros a bordo. Ver nota 191.

que, como o drama doméstico proibido de Horace Walpole, jamais conhecerão representação, nem leitura, tampouco serão assunto de reflexões. As gentes de terra firme que nunca leram *A mãe misteriosa*, de Walpole, nem *Édipo tirano*, de Sófocles, nem a história romana do conde Cenci, dramatizada por Shelley, que permaneçam protegidas em sua ignorância de horrores ainda maiores e para sempre eximidas de tirar-lhes o véu.[435]

---

435. As três obras citadas por Melville têm por tema o incesto (aqui, substitutivo de outro dito "mal *contra natura*", segundo tratamento que se dá no volume ao tema da homossexualidade). Publicada em 1791, a peça de caráter gótico *The Mysterious Mother: a Tragedy*, de Horace Walpole, versa sobre a angústia do protagonista por ter praticado incesto com a própria mãe. Já *The Cenci: a Tragedy in Five Acts*, de Percy Bysshe Shelley, é baseada na história real da família Cenci, cujo patriarca, o conde Cenci, submetia a família a terrível brutalidade (o que incluía o abuso de sua filha, Beatrice, que se tornaria uma lenda da resistência contra os abusos da nobreza); depois de ser preso por tais crimes e solto com a leniência das autoridades, sua violência acabou por levar toda a sua família a matá-lo, crime pelo qual todos foram condenados à morte. A tragédia *Édipo tirano*, de Sófocles (ou *Édipo rei*, primeira peça da chamada Trilogia Tebana, que conta ainda com *Antígona* e *Édipo em Colono*), é talvez a mais importante do gênero trágico e traz à cena a busca de Édipo, que antes de tornar-se rei de Tebas fugira de Corinto ao saber pelo oráculo de Delfos que seu destino era assassinar o pai e casar-se com a própria mãe, profecia que se realiza à revelia da personagem.

90

O recrutamento das equipagens

"A FORCA E O MAR NADA RECUSAM" É UM velho ditado do mar; e, entre as maravilhosas gravuras de Hogarth, nenhuma permanece mais verdadeira nos dias de hoje do que uma dramática cena na qual, depois de dormir com prostitutas e jogar sobre túmulos, o Aprendiz Vadio, com a cabeça baixa de um criminoso, é por fim representado rumando ao mar, com um navio e um cadafalso à distância. Hogarth, no entanto, devia ter convertido os mastros do navio em forcas e, assim, com o oceano por fundo, encerrado a carreira de seu herói. Tal fim teria conhecido a força dramática da ópera de Don Juan, que, depois de dar curso ímpio a suas aventuras, é varrido de nossa vista num tornado de demônios.[436]

Pois o mar é a verdadeira Tofete, o poço sem fundo de muitos devotos da iniquidade; e, como os místicos alemães representam uma suposta Geena dentro de Geena,[437] os navios de guerra são costumeiramente conhecidos entre os marinheiros como "infernos flutuantes". E como o mar, segundo o velho Fuller, é o estábulo de bestas monstruosas, vogando de um lado para o outro em hordas indescritíveis, ele é também o lar de muitos monstros morais que, com propriedade, dividem seu império com a serpente, o tubarão e o verme.[438]

---

436. A passagem recupera um trabalho do artista inglês William Hogarth (1697-1764), pintor, gravurista, impressor e satirista, fundamental para o desenvolvimento da ilustração jornalística, da sátira política e mesmo do que hoje conhecemos como quadrinhos. Aqui, o narrador se refere à série de doze gravuras de *Industry and Idleness* (Engenhosidade e Vadiagem), de 1747, na qual Hogarth mostra o destino de dois aprendizes, o Industrioso (honesto e trabalhador) e o Vadio (praticante de crimes e, por fim, enforcado). Na quinta delas, "Tom Idle" (uma espécie de "Zé Vadiagem") é representado a bordo de um bote, cercado de companheiros igualmente suspeitos, tendo ao fundo um navio e um cadafalso. Don Juan é a personagem em que se baseiam Mozart e seu libretista, Lorenzo da Ponte, para a ópera *Don Giovanni* (1787), na qual, ao fim de uma vida dissoluta, Don Giovanni é cercado por demônios, que o levam para o inferno.
437. Citada em diferentes passagens da Bíblia, Geena (ou Vale de Hinnom) é localidade próxima à velha Jerusalém. No Velho Testamento (II Crônicas e Jeremias), o lugar está associado a ritos endereçados a deuses baálicos e canaanitas, que sacrificavam crianças ao fogo. Na tradição cristã, é o destino dos cadáveres indignos, dos animais mortos, do descartado em geral. Por extensão, torna-se uma das figuras do inferno (termo que, na tradição lusófona, traduz a palavra em suas ocorrências). Não foi possível identificar as referências de Melville aos "místicos alemães".
438. Antes de cristalizar-se como imagem do horror, "monstro" (do latim *monstrare*, mostrar) é figura de linguagem, cujo uso tem por finalidade dar concretude ao abstrato ou, por exten-

Tampouco os marinheiros, e em especial os marinheiros de um navio de guerra, são de todo cegos a uma verdadeira consciência dessas coisas. "Equipado pelo almoxarife, condenado pelo padre" é um ditado de marinheiro na Marinha americana, quando o aprendiz veste pela primeira vez o linho da blusa e a jaqueta azul, devidamente costurada para ele numa cadeia estadual de terra firme.

Não surpreende que, atraídos por algum recrutador a um serviço tão duro e, talvez, perseguidos por um lugar-tenente vingativo, alguns marinheiros arrependidos se lancem ao mar para escapar a seu destino ou se coloquem à deriva no vasto oceano sobre gradis de madeira sem bússola ou leme de direção.

Num caso, um jovem, depois de ser praticamente transformado em comida de cachorro no passadiço, encheu seus bolsos de chumbo e saltou pela amurada.

Anos atrás, eu estava num navio baleeiro ancorado num porto do Pacífico com três fragatas francesas próximas.[439] Numa noite escura e soturna, um grito abafado se ouviu da superfície das águas e, ao que pensaram se tratar de um afogado, desceu-se um bote, quando dois marinheiros franceses foram resgatados, quase mortos de exaustão e praticamente estrangulados por trouxas de roupas amarradas a seus ombros. Eles tentavam dessa forma escapar de sua fragata. Quando os oficiais franceses saíram em sua perseguição, esses marinheiros, lutando contra a exaustão, lutaram como tigres e resistiram à captura. Embora essa história diga respeito a uma fragata francesa, ela não é menos aplicável, em grau, às de outras nações.

Conte quantos são os estrangeiros misturados aos marinheiros de uma fragata americana, embora seja contra a lei empregá-los. Praticamente um terço dos oficiais subalternos do *Neversink* nasceu a leste do Atlântico. Por que isso? O mesmo princípio que impede que americanos empenhem a si mesmos como serviçais também os impede, em grande parte, de assumir voluntariamente servidão ainda pior na Marinha.[440] "Marinha procura marinheiros" é um anúncio comum

---

são, indizível. O narrador estende a construção retórica do original de Fuller, em sua analogia entre mar e terra (corrente no séc. XVII, que ainda vivia os primeiros passos da linguagem científica e da ciência empírica), conferindo nova "monstruosidade" aos vícios.

439. O comentário parece referir-se ao primeiro romance de Melville, *Typee, or a Peep at Polynesian Life* (1846). No início da narrativa, o *Dolly*, navio baleeiro a bordo do qual está o narrador (Tommo, apelido que, como Jaqueta Branca, pretende esconder o nome do próprio autor), lança âncora em Nuku-hiva, uma das ilhas Marquesas. Entre um e outro romance, no entanto, muda o número de naus: eram seis em *Typee*.

440. A presença de estrangeiros na marinha de guerra norte-americana era de fato numerosa. No caso dos britânicos, umas das fontes de Melville (o escocês Thomas Hodgskin, ver nota 189) afirma que o emprego de seus conterrâneos para as fragatas norte-americanas decorria, antes, de fugirem da prisão para a maruja em sua terra natal. Em *Etchings of a Whaling Cruise* (1846), importante influência para a obra náutica de Melville, J. Ross Browne pergunta-se

pelas docas de nossos portos. A Marinha sempre os "procura". Provavelmente, deve-se em parte à escassez de marinheiros de fragata que, há não muitos anos, escravos negros fossem frequente e regularmente vistos em meio às equipagens dos navios de guerra mediante pagamento a seus senhores. Isso aconteceu em enfrentamento a uma lei do Congresso que proibia escravos na Marinha. Essa lei diz, implicitamente, escravos negros; nada, porém, se diz em relação aos escravos brancos. Mas, diante do que John Randolph de Roanoke disse sobre a fragata que o levou à Rússia e diante do que são as fragatas armadas em sua maioria nos dias de hoje, a Marinha americana não é de todo um lugar inapropriado para cativos hereditários. De qualquer forma, a situação de encontrá-los numa fragata é de tal natureza que, para alguns, a sensação é de estupefação. A incredulidade de tais pessoas, porém, deve ceder ao fato de que, a bordo do *Neversink*, durante a presente viagem, havia um escravo da Virgínia empregado regularmente como marinheiro; ao proprietário cabia seu pagamento. Guinéu — esse era seu nome entre os marujos — pertencia ao almoxarife, um cavalheiro do Sul; seu trabalho consistia em servi-lo. Eu jamais sentia tão vivamente minha condição de marinheiro de fragata como quando via Guinéu circulando livremente pelos conveses em roupas de civil; ademais, através da influência de seu senhor, ele estava praticamente livre por inteiro da degradação disciplinar da tripulação caucasiana. Comia suntuosamente na praça-d'armas; brilhante e redondo, seu rosto de ébano reluzia de contentamento, sempre alegre e divertido; sempre pronto para rir e brincar — aquele escravo africano era, sim, invejado por muitos marinheiros. Havia momentos em que eu mesmo o invejava. Lemsford, certa feita, o demonstrou sem reservas. "Ah, Guinéu!", ele suspirou. "Você vive em paz; jamais abriu a cartilha pela qual tenho de rezar."[441]

Certa manhã, quando todos os marinheiros eram chamados a testemunhar uma punição, o escravo do almoxarife, como sempre, foi visto a descer rapidamente as escadas na direção da praça-d'armas; em seu rosto, via-se o peculiar

---

sobre a presença de estrangeiros na Marinha norte-americana e chega à mesma conclusão de Melville. Em *Moby Dick*, a reflexão de Jaqueta Branca ressurge com uma pitada de ironia. Ali, Ismael (o narrador) demonstrará, no *Pequod*, a divisão do trabalho norte-americana entre o "cérebro" nacional e os "músculos" da mão de obra internacional.

441. Guinéu é personagem baseada em Robert Lucas, escravo que pertencia ao comissário de bordo do navio, Edward Fitzgerald, natural da Virginia. No que toca à viagem do *USS United States*, por ter sido transportado "voluntariamente" para um estado não escravagista, Massachusetts, ao fim da viagem, Lucas foi declarado homem livre por decisão assinada pelo juiz Lemuel Shaw, então futuro sogro de Melville. A construção da cena ecoa opiniões correntes à época de publicação do romance sobre equiparação entre trabalhadores brancos e escravos negros com prejuízo dos primeiros. Ver Apresentação.

azul agastadiço que, no negro, corresponde à palidez causada pela agitação nervosa no branco.

"Aonde vai, Guinéu?", bradou o oficial do convés, um cavalheiro bem-humorado, que por vezes se divertia às custas do escravo do almoxarife e bem conhecia a resposta que dele receberia. "Aonde vai, Guinéu?", repetiu ele. "Meia-volta; não escutou o chamado, senhor?"

"Desculpa, sinhô!", respondeu o escravo, com uma discreta saudação. "Num guento; num guento, sinhô." E, assim dizendo, desapareceu além da escotilha. Guinéu era a única pessoa a bordo, com exceção do comissário do hospital e dos doentes da enfermaria, dispensada da presença aos açoitamentos. Acostumado à luz e ao trabalho leve desde o nascimento e feliz de ter encontrado apenas bons e gentis senhores, Guinéu — que, embora cativo, era passível de, como um cavalo, ser vendido na amortização de uma hipoteca —, com seus grilhões de borracha, desfrutava das liberdades do mundo.

Embora o proprietário de seu corpo e sua alma, o almoxarife, jamais tenha, de forma alguma, me dado atenção enquanto estive a bordo da fragata e jamais me tenha prestado bons serviços de qualquer tipo (não estava em seu poder), por seus modos indulgentes, agradáveis e gentis para com seu escravo, sempre lhe imputei coração generoso e alimentei disposição amistosa em relação a ele. Quando encerramos nossa viagem, o tratamento que concedeu a Guinéu, sob circunstâncias particularmente calculadas para provocar o ressentimento de um proprietário de escravos, ainda mais aumentou minha estima do bom coração do almoxarife.

Menção se fez ao número de estrangeiros na Marinha americana; mas não é apenas na Marinha americana que estrangeiros surgem em tão grande proporção em relação ao restante da equipagem, embora em Marinha nenhuma, talvez, tenham chegado a tão grande número quanto na nossa. Segundo uma estimativa inglesa, os estrangeiros a serviço dos navios do rei contavam, a certa altura, a oitava parte de todo o corpo de marinheiros. A situação da Marinha francesa, não conheço com precisão; mas repetidas vezes naveguei com ingleses que nela serviram.

Um dos efeitos da livre introdução de estrangeiros em qualquer Marinha não pode ser suficientemente lamentado. Durante o período em que vivi no *Neversink*, assustou-me repetidas vezes a falta de patriotismo em muitos de meus companheiros de convés. De fato, eram em sua maioria os estrangeiros que sem nem ao menos corar declaravam que, não fosse pela diferença no pagamento, eles tão prontamente se apresentariam aos canhões de uma fragata britânica quanto aos de uma fragata americana ou francesa. Não obstante, era evidente que, no tocante a qualquer sentimento patriótico mais estridente, este era comparativamente — e na melhor das hipóteses — bem pouco demonstrado por nossos marinheiros em geral. Colocada sob reflexão, tal observação não é digna de surpresa. Por sua vida errante e a dissolução de todos os vínculos domésticos, muitos marinheiros mundo afora são como os "cavaleiros mercenários" que, há alguns séculos, vagavam pela Europa prontos a lutar por qualquer príncipe que lhes pagasse a espada. O único patriotismo é nascido e alimentado no lar, diante de uma imóvel lareira; mas o marinheiro de uma fragata, embora em suas viagens tenha costurado os polos e unido as Índias — passe ele por onde quer que seja, sempre levará consigo seu único lar; e este é sua maca. "Nascido debaixo de um canhão e educado no gurupés", segundo frase que lhe é própria, o marinheiro de um navio de guerra rola pelo mundo como um vagalhão, pronto a se misturar com qualquer mar ou ser sugado pelo turbilhão de qualquer guerra.

E mais. O terror da disciplina geral de um navio de guerra; o particular horror do passadiço; o confinamento prolongado a bordo do navio, com tão poucos dias de licença; e a miséria do pagamento (muito menos do que se pode receber no serviço mercante) — são essas coisas que colaboram para afugentar de todas as Marinhas nacionais a grande maioria dos melhores marinheiros. Isso se mostra óbvio quando examinamos os seguintes números, extraídos dos *Anais do Comércio*, de Macpherson. Num único período, sob o Acordo de Paz, o número de marinheiros empregados na Marinha britânica era de vinte e cinco mil homens; no mesmo período, a marinha mercante britânica empregava cento e dezoito mil novecentos e cinquenta e dois homens. Mas, enquanto as necessidades de um navio mercante tornam indispensável que a maior parte de sua tripulação seja de primeiros marinheiros, as circunstâncias de um navio de guerra permitem a ela reunir uma multidão de homens de terra firme, soldados e garotos. Segundo afirmação de capitão Marryat em seu opúsculo (1822) "Sobre a abolição do recrutamento à força", parece que, no fim das Guerras Napoleônicas, um terço de todas as tripulações das fragatas de Sua Majestade consistia de civis e garotos.

Longe de embarcar com entusiasmo nos navios do rei quando seu país estava sob ameaça, o grande corpo de marinheiros britânicos, horrorizado com a disciplina da Marinha, adotou procedimentos inéditos para escapar às prisões para a maruja. Alguns chegavam a esconder-se em cavernas e lugares afastados em terra firme, temendo correr o risco de procurar uma maca num navio mercante com viagem para o estrangeiro que os pudesse levar para outros mares. No relato real de *John Nichol, marinheiro*, publicado em 1822 por Blackwood em Edimburgo e Cadell em Londres,[442] obra que por toda a parte traz a impressão espontânea da verdade, o velho marinheiro, da forma mais natural, tocante e crua, diz que "vagou pelas sombras como um bandido", anos inteiros pelo campo nas imediações de Edimburgo, para evitar o recrutamento forçado, furtivo como ladrões e discípulos de Burke.[443] Nessa época (das Guerras Napoleônicas), segundo a *Lista de Steel*, havia quarenta e cinco pelotões de aprisionamento para a maruja em operação na Grã-Bretanha.[444]

Em situação posterior, um grande grupo de marinheiros britânicos reuniu-se solenemente às vésperas de uma guerra antecipada e juntos determinaram que, em caso de deflagração, iriam em grupo fugir para os Estados Unidos para evitar o recrutamento ao serviço militar de seu país — serviço que degradava seus próprios guardiões no passadiço.

Noutro tempo, muito anterior a este, segundo um oficial da Marinha britânica, o lugar-tenente Tomlinson, três mil marinheiros, impelidos pelo mesmo motivo, fugiram em pânico para a costa dos navios de carvão entre as estradas de Yarmouth e o Nore.[445] Noutro lugar, falando de alguns dos homens a bordo dos

---

442. A obra é real e um dos documentos de que Melville se vale para a composição do romance. John Nicol (1755-1825) foi um marinheiro escocês. Em 1789, trabalhou a bordo do *Lady Juliana*, um navio de condenados que transportava mulheres a Nova Gales do Sul, na Austrália. Publicada em 1822, sua autobiografia é um dos mais importantes testemunhos da vida de um marinheiro comum nesse período. Blackwood e Cadell estão entre os mais relevantes editores da virada do séc. XVIII para o XIX. De origem escocesa, William Blackwood (1776-1834) é fundador da William Blackwood and Sons, que publicou romancistas como George Eliot, E. M. Forster, Thomas de Quincey e Anthony Trollope. Já Thomas Cadell (1742-1802) destacou-se como editor de nomes como Samuel Johnson, Thomas Smolett e Adam Smith.

443. "Discípulos de Burke" é eufemismo para assassinos: William Burke (1792-1829) foi um famoso assassino da época. Junto com seu cúmplice, William Hare, matou cerca de quinze pessoas com o intuito de vender seus corpos a cirurgiões de Edimburgo, que buscavam cadáveres para dissecação em escolas de medicina.

444. Além do sequestro doméstico, as fragatas britânicas, em portos neutros ou de países amigos, em algumas circunstâncias recrutavam ao serviço militar marinheiros estrangeiros de todas as nações em docas públicas. Em alguns casos, no que concerne aos americanos, quando as pessoas em questão se provavam sob salvo-conduto, este era destruído; e, para evitar que o cônsul americano reclamasse os marinheiros de seu país, o pelotão de aprisionamento para a maruja geralmente ia à costa na noite anterior à partida da fragata, de modo que os marinheiros sequestrados já estivessem grande distância mar adentro antes que seus amigos pudessem dar falta deles. Isto deve ser de conhecimento de todos; pois no caso de o governo inglês mais uma vez ir à guerra com suas fragatas e mais uma vez contar com o recrutamento indiscriminado para equipá-los, é bom que americanos e britânicos e o mundo todo estejam prontos para fazer cair uma iniquidade tão ofensiva e nefasta aos olhos do homem e de Deus. (Nota do Autor)

445. Melville cita obra de Robert Tomlinson, tenente da Marinha Real britânica e autor de um panfleto que propunha uma alternativa à prisão para a maruja. A situação referida por Tomlinson, partidário do voluntariado, deu-se em setembro de 1770, no início de uma temporada de aprisionamentos que chegaria a fevereiro de 1771.

navios do rei, ele diz que "eram os mais miseráveis infelizes". Esse comentário é perfeitamente corroborado por testemunho referente a outro período. Ao aludir a uma lamentada escassez de bons marujos ingleses durante as guerras de 1808, entre outros assuntos, o autor de um opúsculo sobre "Súditos da Marinha" diz que todos os melhores marinheiros, os mais aptos e cordatos homens, geralmente conseguem escapar ao recrutamento. Esse escritor era, ou fora, ele próprio capitão de uma fragata britânica.

Agora se pode facilmente imaginar qual é o caráter dos homens que, mesmo hoje em dia, se dispõem a alistar-se num serviço tão insuportável e ultrajante para toda a humanidade de terra firme quanto a Marinha. Disso advém que os canalhas e covardes de todo tipo num navio de guerra sejam não marinheiros regulares, mas "vagabundos de porto", homens que embarcam na Marinha para ter direito ao grogue e matar o tempo na infame ociosidade de uma fragata. Mas, se é tão ociosa, por que não diminuir o número de homens na equipagem de um navio de guerra e manter os demais empregados? Isso não pode acontecer. Em primeiro lugar, a magnitude da maioria desses navios requer um grande número de braços para estaiar as pesadas vergas, içar as enormes velas de sobrejoanete e fazer subir a imensa âncora. E, embora a ocasião para o emprego de tantos homens seja rara, é verdade que, *quando* esta chega – o que pode acontecer a qualquer instante –, tal multidão de homens é indispensável.

Mas além disso, e para coroar tudo, as baterias necessitam de homens. É preciso haver homens o bastante para operarem todos os canhões de uma só vez. E assim, para ter um número suficiente de mortais a postos para "afundar, queimar e destruir", um navio de guerra – além de corromper irrevogavelmente, por meio de seus vícios, os marinheiros e os homens de terra firme de bons hábitos que, vez por outra, voluntariamente se alistam – deve alimentar, às custas do erário público, uma multidão de pessoas que, se não encontrassem um lar na Marinha, provavelmente ficariam sobre os ombros da paróquia ou passariam seus dias numa prisão.

Entre outros, são esses os homens em cujas bocas Dibdin[446] coloca seus versos patrióticos, cheios de cavalheirescas ações navais e romance. Com a exceção da última linha, tais versos podiam ser cantados com igual propriedade por marinheiros de fragatas americanas e britânicas.

---

446. Charles Dibdin (1745-1814) foi um músico, compositor e literato britânico, autor de mais de seiscentas canções e um dos artistas mais populares de seu tempo.

Pra mim, num importa tempo
Nem maré, nem fim
Nada é problema quando o dever chama;
Meu coração, eu dou pra Polly,
E meu tostão, pra quem amigo é...
Porque minha vida ao nosso rei eu dei.[447]

Rancor eu num conheço,
nem paixão pra ser escravo;
não sou rato, nem vil ou reclamão...[448]

Não faço coro com certa autoridade crítica, das mais importantes, que julga as canções de Dibdin como "música chula", pois a maioria delas respira a poesia do oceano. Mas é digno de nota que essas canções — que fariam qualquer um pensar que os marinheiros de um navio de guerra são os mais livres, felizes, virtuosos e patrióticos — foram compostas num tempo em que a Marinha britânica estava equipada principalmente de miseráveis e ladrões, como se mencionou noutro capítulo. Ademais, essas canções estão prenhes de um sensualismo digno de Maomé; um desprendimento em relação ao destino e uma devoção implícita, inquestionada, digna de um cachorro a quem quer que seja seu senhor e mestre. Dibdin era um homem de gênio; mas não me surpreende que tenha sido pensionista do governo, com vencimentos de duzentas libras ao ano.

Não obstante as iniquidades de um navio de guerra, por vezes os marinheiros estão nele tão habituados à vida difícil, tão disciplinados e adestrados pela servidão que, com uma incompreensível filosofia, parecem alegremente resignados a seu destino. Eles têm o bastante para comer; bebida para beber; roupas para se aquecer; maca para dormir; tabaco para mascar; um médico para medicá-los; um pároco para rezar por eles. Para um homem desgarrado sem um tostão, tudo isso não parece um maravilhoso roteiro?

Havia a bordo do *Neversink* um gajeiro de proa que atendia pelo nome de Desterrado. Embora suas costas fossem atravessadas e quadriculadas com as inapagáveis cicatrizes de todos os açoitamentos acumulados por um marinheiro inconsequente ao longo de dez anos a serviço da Marinha, ele ostentava um sem-

447. Versos de "*Poor Jack*", canção de Dibdin.
448. Versos de "*True English Sailor*", canção de Dibdin.

blante perpetuamente risonho; no que toca às piadas e respostas rápidas, era o próprio Joe Miller.[449]

Apesar de ser um vagabundo do mar, esse homem não foi criado em vão. Desfrutava da vida com o gosto de uma adolescência eterna; e, embora confinado numa prisão de carvalho, com sentinelas carcereiras por todos os lados, caminhava pela coberta dos canhões como se esta fosse tão vasta quanto uma pradaria e tão diversificada, em termos de paisagem, quanto os vales e as colinas do Tirol. Nada jamais o desconcertava; não era capaz de transformar seu riso em algo como um suspiro. Aquelas secreções glandulares que noutros cativos por vezes ensejam a formação de lágrimas, *nele* eram expectoradas pela boca, tingidas com o sumo dourado de uma erva, com a qual ele aliviava e confortava seus desgraçados dias.

"Rum e Tabaco!", dizia Desterrado, "o que mais um marinheiro deseja?"

Sua canção favorita era "Verdadeiro marinheiro inglês", de Dibdin. Ela começava:

Jack canta e dança no convés...
Em terra tem amor eterno,
A felicidade atende por seu nome;
E só levanta o próprio ferro
Quando o dinheiro à míngua fica;
Assim é a vida de um marujo.

Mas o pobre Desterrado dançava com tanta frequência sob a chibata no passadiço quanto nos salões de marinheiro na costa.

Outra de suas canções, estruturada sobre a melodia da conhecida canção "O rei, Deus o abençoe!", reunia os seguintes versos entre tantos outros de igual corte:

Oh, quando chegava são e salvo
Pros lados de Boston ou Nova York,
Oh, beber e dançar — é tudo que quero;
E enquanto o dinheiro sobrar

449. Joe Miller (1684-1738) foi um popular comediante inglês. Depois de sua morte, foram publicadas coletâneas de piada a ele atribuídas, como *Joe Miller's Jests: or the Wits Vade-Mecum* (1739), a primeira de uma série de publicações que só lhe aumentaram a fama.

Jogar o copo pro ar
E beber à viagem feliz![450]

Durante as muitas horas de ócio, quando nossa fragata estava ancorada, esse homem estava ora jogando damas alegremente, ora remendando suas roupas, ora roncando como um trompetista a sotavento sob as retrancas. Quando caía no sono, a saudação nacional de nossas baterias mal o fazia mexer-se. Se era convocado ao mastro principal durante um vendaval; ou atendia ao chamado do tambor no barril de grogue; ou subia no gradil para ser açoitado — Desterrado sempre obedecia com a mesma e indefectível indiferença.

Seu conselho para um jovem rapaz que embarcara conosco em Valparaíso dava corpo ao cerne daquela filosofia que permitia a alguns marinheiros de fragata conhecer a felicidade no serviço naval.

"Aprendiz!", disse Desterrado, agarrando o menino pálido pelo lenço, como se o tomasse por uma rédea. "Aprendiz, já servi ao tio Sam... já fui marujo em vários *Andrew Miller*. Olha, escuta o meu conselho e desvia de tudo que for problema. Presta atenção, num esquece de tocá o chapéu sempre que um desses esnobe (oficiais) falarem com você. E num importa o quanto eles mandarem o calabrote nas suas costa, aguenta firme e num responde... você tem que saber que eles num gosta de marinheiro cheio de conversa; e, quando a chibata cantar, fica firme; é só um 'oh, senhor!' ou dois 'ai, meu Deus!'... e é isso. E depois? Bom, você dorme uma ou duas noite e, no fim, tá novinho pro seu grogue."

Esse Desterrado era querido dos oficiais, entre os quais era conhecido pela alcunha de João Bobo. E são justamente os joões-bobos do tipo de Desterrado que a maioria dos oficiais da Marinha diz admirar; um sujeito sem vergonha, sem alma, tão morto para a menor dignidade da humanidade que mal pode ser chamado de homem. Enquanto um marinheiro que demonstra traços de sensibilidade moral, cujos modos apresentam alguma dignidade, é o homem de quem eles, em muitos casos, instintivamente desgostam. A razão é que eles sentem que um homem como esse é uma contínua afronta para si, como se fosse mentalmente superior a seu poder. Ele não tem o que fazer a bordo de uma fragata; eles não querem um homem desses. Para eles há insolência em sua viril liberdade, desrespeito em sua postura. Ele é tão insuportável quanto um africano altivo e de costas eretas seria ao senhor de uma fazenda de escravos.

---

450. A canção, intitulada "Success to our frigate", é musicada sobre o tema da peça de Dibdin. Está citada em *Life in a man-of-war: or Scenes in "Old Ironsides" during her Cruise in the Pacific, by a Fore-top-man*, de Henry James Mercier, importante obra de referência para Melville durante a escrita de *Jaqueta Branca*. O autor da letra é desconhecido.

Não pense, porém, que os comentários neste capítulo e no precedente se aplicam a *todas* as fragatas. Há navios de guerra abençoados com capitães de força intelectual e paternal, oficiais cavalheiros e fraternos e tripulações pacíficas e cristãs. Os costumes particulares de tais fragatas discretamente suavizam os rigores tirânicos dos Artigos de Guerra; neles, a chibata é desconhecida. Navegando em tais navios, é difícil perceber que se vive sob lei marcial ou que os males acima mencionados existem em algum lugar.

E Jack Chase, o velho Ushant e muitos outros marujos de caráter que eu poderia mencionar aqui são mais do que qualificados para atestar que, ao menos a bordo do *Neversink*, havia mais de um nobre marinheiro de navio de guerra que praticamente redimia os demais.

Onde quer que, através desta narrativa, a Marinha americana, em qualquer um de seus aspectos, tenha sido tema de discussão geral, não me permiti que escapasse uma sílaba sequer de admiração por aquilo que se julgue notável em suas realizações. A razão é: creio que, no que toca àquilo que se chama reputação militar, a Marinha americana não carece de elogio, mas de História. Seria supérfluo que Jaqueta Branca dissesse ao mundo o que ele já sabe. A tarefa que se impõe a mim é de outro tipo; e, embora preveja e sinta que isso possa me sujeitar ao pelourinho nos duros pensamentos de alguns homens, apoiado naquilo que Deus me deu, tranquilamente suportarei o desenrolar dos acontecimentos, seja lá qual for.

91

Salão de fumantes num navio de guerra e cenas da coberta dos canhões quando já próximo o fim da viagem

EXISTE UMA FÁBULA SOBRE UM PINTOR convencido por Júpiter a pintar a cabeça de Medusa. Como a imagem fosse fiel à vida, o pobre artista adoeceu diante da visão do que seu lápis forçado desenhara. Assim, levando a termo minha tarefa, minha própria alma agora se afoga naquilo que retratei. Mas esqueçamos os capítulos passados, se pudermos, enquanto pintamos coisas menos repugnantes.

Cavalheiros urbanos têm seus clubes; fofoqueiros de província têm suas salas de notícia; futriqueiros de vilarejo têm suas barbearias; os chineses, suas casas de ópio; os índios americanos, a reunião à roda do fogo; mesmo os canibais conhecem seu *Noojona*, ou pedra-falante,[451] onde se reúnem por vezes para discutir os assuntos do dia. Não existe governo, por mais despótico que seja, que ouse negar ao menor de seus governados o privilégio do contato social e do diálogo. Nem mesmo os Trinta Tiranos — os capitães reformados da velha Atenas unidos[452] — poderiam calar as línguas velozes pelas esquinas. Pois o homem há de conversar; e por nossa imortal Declaração dos Direitos do Cidadão, que nos garante liberdade de expressão, conversar nós, americanos, iremos, seja a bordo de uma fragata, seja a bordo dos latifúndios de nossa própria terra firme.

Nos navios de guerra, a galé, ou cozinha, na coberta dos canhões, é o grande centro de fofocas e notícias entre os marinheiros. Ali, multidões se encontram para tagarelar durante a meia hora de descanso que se segue a cada refeição. A razão para esse lugar e essas horas terem sido escolhidos, e não outros, é a se-

---

451. Não há referência à "talk-stone" ou *noojona* mencionada pelo narrador. Como autor de narrativas ambientadas na Polinésia e pautadas por uma combinação de estudo etnográfico e registro autobiográfico (*Typee* e *Omoo*), Melville não menciona um objeto de culto que se alinhe à dita peça.

452. Os Trinta Tiranos de Atenas dão nome ao governo oligárquico que sucedeu a democracia ao fim da Guerra do Peloponeso, em 404 a.C. Durante os treze meses em que estiveram à frente do governo, foram responsáveis por mortes, exilamentos e expropriações. Sócrates e Platão foram testemunhas do período.

guinte: apenas na vizinhança da cozinha e depois das refeições é permitido aos marinheiros de um navio de guerra o prazer de fumar.[453]

Era um édito desencorajador esse que privava pessoalmente Jaqueta Branca da delícia à qual havia muito se dedicava. Pois como podem os temas místicos e os caprichosos impulsos de um luxurioso fumante serem comandados pelo simples gesto de um comodoro? Jamais! Quando fumo, que seja porque meu prazer soberano assim o quer, ainda que em hora tão imprópria que tenha de buscar pela cidade um braseiro. O quê? Fumar com hora? Fumar por obrigação? Fazer com que fumar se torne um negócio, um trabalho, uma tarefa vil e recorrente? E, talvez, quando o oblívio dos fumos o tiver elevado ao maior dos sonhos e, círculo após círculo, solenemente construído um incomensurável domo em sua alma — esta já bem distante, flutuando ao sabor dos vapores que suscitou, como um templo que tivesse se erguido de uma das grandes marchas de Mozart, como uma Vênus surgida do mar —, num tal momento, como correr o risco de ter todo o seu Partenon destruído pelo dobrar do sino do navio anunciando o fim da meia hora destinada ao fumo? Açoitai-me, Fúrias! Queimai-me em salitre! Raios, fulminai-me! Atacai-me, esquadrão infinito de mamelucos! Devorai-me, polinésios! Mas me preservai de tamanha tirania![454]

Não! Embora fumasse deliciosamente antes de embarcar no *Neversink*, tão repulsiva era essa regulação que preferi abolir por completo meu prazer a torná-lo cativo de um momento e de um lugar. Não o fiz corretamente, Antigos e Veneráveis Guardiões dos Fumantes de todo o mundo?

Mas havia homens da equipagem não tão escrupulosos quanto eu. Depois de cada refeição, eles se apressavam à galé e confortavam suas almas com uma baforada.

---

453. Durante muito tempo o receio de incêndio restringiu a liberdade de fumar a bordo. Portarias oficiais determinavam as horas ("Sua Majestade proíbe o fumar antes de nascer o sol ou depois do seu ocaso", por exemplo) e lugares (como "junto do mastro de traquete, a sotavento, ao pé de uma tina cheia de água para evitar os incêndios") onde era lícito fazê-lo.

454. Na mitologia grega, as Fúrias — Tisífone, Megera e Alecto — eram personificações da vingança. Já os mamelucos, aqui, são membros de uma antiga milícia de origem turco-egípcia, formada por escravos caucasianos convertidos ao islamismo, que conquistou grande poder político no Egito entre os sécs. XIII e XVI. Quanto aos polinésios, ver nota 303. As marchas do compositor austríaco Wolfgang Amadeus Mozart (1756-91, o mais importante autor musical do classicismo europeu), a deusa Vênus (na mitologia, nascida da espuma do mar) e o Partenon, o templo ateniense, entram como imagens do sublime e grandioso que o narrador associa ao momento em que era permitido fumar.

Um maço de charutos, todos amarrados juntos, é tipo e símbolo do amor fraternal entre fumantes. Da mesma forma, enquanto dura, uma comunhão de cachimbos é uma comunhão de corações! Não era mau costume para os *sachens* passar de mão em mão seu *calumet* de tabaco — assim como nossos ancestrais faziam circular a poncheira — em sinal de paz, caridade, benevolência, sentimentos de amizade e comunhão de almas.[455] E era isso que faziam os fofoqueiros da galé, um grupo tão agradável, enquanto os laços vaporosos os uniam.

Era um prazer observá-los. Reunidos nos recessos de entre canhões, eles conversavam e riam como grupos de convivas nos gabinetes de algum imenso restaurante. Tome uma cozinha flamenga cheia de bons sujeitos pintada por Teniers; acrescente um grupo à lareira, como imaginado por Wilkie; coloque um quadro naval desenhado por Cruickshank; e então enfie um pequeno cachimbo na boca de cada filho de Deus e terá o salão de fumantes da galé do *Neversink*.[456]

Não poucos eram interessados em política; e, como circulavam na época alguns pensamentos sobre uma guerra contra a Inglaterra, as discussões ficavam acaloradas.

"Vou dizer qual é o negócio, aprendizes!", bradou o velho capitão do canhão nº 1, no castelo de proa. "Se aquele presidente nosso não meter o leme de ló no rumo do vento, pela Batalha do Nilo!... ele vai é enfiar a gente numa bela batalha de esquadra! Não vai dar nem tempo do povo ianque calcar os cartuchos... e quanto mais de acender o pavio!"

"Quem tá falando em bolinar?", bradou um gajeiro de proa esquentado. "Mantenha sua nação ianque com o vento em popa, é o que eu digo, até você trombar com a popa do inimigo e, então, invadir os navios dessa gente no meio da fumaça", e dito isso subiu uma poderosa baforada de seu cachimbo.

---

455. *Sachem* era o chefe dos grupos de famílias reunidas nas tribos da nação algoquina, habitante da América do Norte; Melville se refere a sua função de governante e juiz, atuando diplomaticamente na mediação de conflitos. *Calumet* é a designação dada ao "cachimbo da paz"; tornou-se termo técnico, utilizado pelos colonos canadenses de origem francesa para designar o cachimbo cerimonial dos nativos algoquianos da atual região do Quebec.

456. David Teniers, o Jovem (1610-90), foi pintor flamengo, conhecido por suas cenas de taverna. *Sir* David Wilkie (1785-1841) foi pintor escocês, dedicado sobretudo a cenas da vida doméstica. George Cruikshank (1792-1878), o "Hogarth moderno" (ver nota 436), foi desenhista e caricaturista inglês, artista de olhar urbano conhecido, em seu tempo, por satirizar figuras da realeza e responsável também pelos trabalhos de ilustração dos primeiros romances seriados de Charles Dickens (entre os quais, *Oliver Twist*).

"Quem disse que o velho no leme da nação ianque não consegue manobrar sua peça tão bem quanto o próprio George Washington?",[457] exclamou um marujo da âncora d'esperança.

"Mas disseram que ele gosta de tomar água gelada, Bill", disse outro, "e às vez, durante a noite, eu tem a sensação de que eles vai cortar o nosso grogue."

"Todos a popa e a proa!", gritou o guardião do contramestre no passadiço. "Todos para o convés e virar de bordo!"

"É assim que se fala!", disse animado o capitão do canhão nº 1, enquanto, em obediência ao chamado, todos os marinheiros apagavam seus cachimbos e se amontoavam na direção da escada. "E é isso que o presidente precisa fazer... todos na virada, meus rapazes, e coloquem a nação ianque na outra amura."

Essas discussões políticas, porém, de forma alguma supriam a base da conversa para os fumantes tagarelas da galé. Os assuntos internos da fragata em si formavam seu principal tema. Rumores sobre a vida privada do comodoro em seu camarote; sobre a do capitão, no dele; sobre os vários oficiais da praça-d'armas; sobre os aspirantes no alojamento, em suas brincadeiras impulsivas e sobre milhares de outros assuntos relativos à própria tripulação; todos esses temas — formando os sempre diversos apartes domésticos de um navio de guerra — provavam-se tópicos inexauríveis para nossos futriqueiros.

A animação dessas cenas aumentava à medida que nos aproximávamos de nosso porto; e chegou a seu clímax quando nos foi comunicado que a fragata estava a apenas vinte e quatro horas, de vela, de terra firme. O que fariam eles quando desembarcassem; em que investiriam seus pagamentos; o que comeriam; o que beberiam; e com que garota se casariam — eram esses os assuntos que os absorviam.

"Que o mar afunde!", gritou um homem do castelo de proa. "Quando chegar em terra firme, vocês nunca mais vão ver o velho Parafuso de Botaló a bordo. Quero ficar em paz numa oficina de velas."

"Que as tenazes do paiol do cordame criem bolhas em todos os chapéus de lona!", gritou um jovem da guarda de popa. "Quero mesmo é voltar pro balcão."

"Companheiros! Peguem-me pelos braços e me usem para esfregar o embornal a sotavento, mas prefiro cuidar de um carrinho de mariscos antes de ver de novo o leme de um navio. Melhor que a Marinha se exploda... pro mar eu não volto!"

---

457. George Washington (1732-99) é um dos chamados pais fundadores norte-americanos. Líder político e revolucionário de grande experiência militar, lutando contra os franceses na chamada Guerra Franco-indígena (1752-58), fundamental para a coesão do movimento que levaria à independência das treze colônias britânicas, foi o primeiro presidente dos Estados Unidos, de 1789 a 1797.

"Que saltem os parafusos da minha alma, amigos, se mais uma vez encontrar um *blue peters*[458] ou sinais de vela na minha cara!", gritou o capitão sanitário. "O que eu ganhar compra um carrinho de mão, se não comprar mais nada."

"Tomei minha última dose de sais", comentou o capitão do poço. "Depois dessa, só quero saber de água doce. Isso aí, companheiros, dez de nós, poceiros, queremos nos juntar para comprar um barco de forrar cabos; E, se a gente se afogar, vai ser no 'canal agitado'! Que se dane o mar, companheiros! É o que eu digo."

"Não profanem o elemento sagrado!", contrapôs Lemsford, o poeta da coberta dos canhões, debruçando-se sobre um deles. "Não sabem, marujos de fragata, que segundo os magos partas o oceano era sagrado? Não é verdade que Tirídates, o monarca do Oriente, perfez um imenso circuito de terra para não conspurcar o Mediterrâneo e chegar ao seu mestre imperial, Nero, e fazer-lhe a homenagem pela coroação?"[459]

"Que papagaiada é essa?", clamou o capitão do porão.

"Comodoro Piripaques?", berrou um marinheiro do castelo de proa.

"Escutem", retomou Lemsford. "Como Tirídates, venero o mar, e o venero tanto, companheiros, que para sempre hei de abster-me de cruzá-lo. Portanto, capitão do porão, faço eco a suas palavras."

Era, de fato, incrível, que nove entre dez homens da tripulação do *Neversink* tivessem pensado numa ou noutra coisa para permanecerem em terra firme pelo resto da vida ou, pelo menos, em água doce, depois de finda a presente viagem. Com todas as experiências daquela viagem acumuladas na única e intensa lembrança de um instante; com o cheiro do alcatrão em suas narinas; sem terra à vista; com um sólido navio sob os pés e respirando o ar do oceano; com todas as coisas do mar cercando-os; em seus tranquilos e sóbrios momentos de reflexão; no silêncio e na solidão das profundezas, durante as longas vigílias noturnas, quando todas as suas relações sagradas deixadas no lar se reuniam em torno de seus corações; na espontânea devoção e fé das últimas horas de uma tão longa viagem; na inteireza e franqueza de suas almas; quando nada havia para perturbar o bom equilíbrio de seus julgamentos — sob todas essas circunstâncias, pelo

---

458. Bandeira azul com um quadrado branco no centro, hasteada para indicar que o navio está pronto para zarpar.

459. Natural da Pártia, região fronteiriça ao Império Romano na Ásia menor, Tirídates (28--100) foi coroado rei armênio por Nero (37-68), quinto imperador romano, que pretendia assim resolver conflitos na franja oriental do território controlado por Roma. Sua coroação deu-se em 66 na capital do Império, para onde Tirídates (também sacerdote zoroastriano) seguiu com uma comitiva que incluía outros magos. A anedota referida pela personagem remonta à *História natural*, do filósofo latino Plínio, o Velho.

menos nove entre dez marinheiros de uma equipagem de quinhentos homens de fragata decidiam para sempre dar as costas ao mar. Mas os homens sempre odeiam aquilo que amam? Os homens juram em falso por seu lar e aconchego? O que, então, representa a Marinha para eles?

Pobre do homem de fragata que, embora faça um juramento de Aníbal[460] contra a Marinha, viagem após viagem, depois de perjurá-la um sem-número de vezes, é levado de volta à coberta dos canhões e ao barril de bebida por seu velho e hereditário inimigo, o sempre maligno deus do grogue.

Quanto a este ponto, que falem alguns homens da tripulação do *Neversink*.

Vocês, capitão do poço, marinheiros da gávea de proa, marujos da guarda de popa e outros! Como chegaram hoje aos canhões do *North Carolina*, depois de registrarem seus solenes votos na galé do *Neversink*?

Todos baixam a cabeça. Sei a razão; pobres sujeitos! Não perjurem novamente; daqui por diante não jurem em vão.

Sim, esses mesmos marinheiros – os primeiros a denunciar a Marinha e seus abusos; que fizeram os mais fortes juramentos –, esses mesmos homens, nem três dias passados em terra firme, estavam bêbados pelas ruas sem um tostão; e, no dia seguinte, muitos deles estavam a bordo do navio de recrutamento.[461] É assim, em parte, que a Marinha recruta sua equipagem.

Mas o que era ainda mais surpreendente e tendia a lançar novas e estranhas luzes sobre o caráter dos marinheiros e desfazer algumas há muito consolidadas ideias no tocante a tais homens como classe era: os homens que, durante a viagem, tinham feito as vezes de gente excessivamente prudente e parcimoniosa, que se recusavam a lhe dar um remendo ou linha com agulha e, por sua mesquinhez ganhavam a alcunha de Fiapos – tão logo esses homens chegavam ao porto, seus três anos de pagamento desapareciam, sob a influência de frequentes bebedeiras; eles reuniam pousadas inteiras de marinheiros, levavam-nas ao bar e pagavam rodadas e mais rodadas. Que ótimos sujeitos! Marinheiros de bom coração! Diante da cena, pensava eu comigo – bom, esses marujos de bom coração em terra firme são os mais carrancudos e ressentidos em alto-mar. A garrafa, sim, é generosa, não eles! Mas a imagem popular que se faz de um marinheiro diz

---

460. Aníbal Barca (247 a.C.-183 a.C.), general e estadista cartaginês, que jurou a seu pai ser inimigo de Roma enquanto vivesse.

461. O navio de recrutamento era, em geral, uma antiga embarcação, já sem condições de enfrentar a brutalidade de alto-mar, preparada para receber marinheiros recém-ingressos no serviço da Marinha. Era particularmente utilizado em prisões para a maruja pelos britânicos para evitar a fuga de recrutas. Dada a falta de critérios desse tipo de alistamento, era muito comum se encontrarem marinheiros que não sabiam nadar, donde a eficiência desse método.

respeito a seu comportamento em terra firme; não obstante ali ele não seja mais um marinheiro, mas temporariamente um homem de terra. Um marinheiro de fragata é um marinheiro de fragata apenas no mar; e o mar é o lugar em que se aprende o que ele é. Mas vimos que um navio de guerra é tão somente esse nosso velho mundo sobre um convés, cheio de todos os modos e personagens — cheio de estranhas contradições; e embora se orgulhe de alguns bons sujeitos aqui e ali, no todo, está carregado até os batentes das escotilhas com o espírito de Belial[462] e de toda a injustiça.

---

462. Belial é um demônio que faz parte da mitologia canaanita. É mencionado no Novo Testamento (2 Coríntios 6:15) em oposição a Cristo, à luz e ao bem. Posteriormente, nas tradições judaica e cristã, é assimilado à figura do diabo.

92

O fim da jaqueta

JAQUETA BRANCA JÁ RELATOU os infortúnios e inconvenientes, os problemas e tribulações de toda sorte com que se deparou por causa daquele desgraçado porém indispensável traje. Agora, porém, é necessário que ele registre como aquela jaqueta, pela segunda e última vez, esteve em vias de provar-se sua mortalha.

Numa agradável meia-noite, nossa boa fragata, a esta altura em algum ponto das imediações dos cabos da Virgínia, vogava bravamente, quando a brisa, morrendo aos poucos, deixou-nos flutuando lentamente na direção de nosso ainda invisível porto.

Sob o comando de Jack Chase, o quarto de turno se reclinava na gávea, conversando sobre as delícias de terra firme nas quais pretendiam mergulhar, enquanto nosso capitão com frequência irrompia com alusões a conversas similares do tempo em que estivera a bordo de um navio britânico de linha de batalha, o *Asia*, aproximando-se de Portsmouth, na Inglaterra, depois da Batalha de Navarino.

De repente, deu-se ordem para alar a varredoura do sobrejoanete do mastro principal; sem as adriças gornidas, Jack Chase destacou-me para fazê-lo. O gornir das adriças de uma varredoura do sobrejoanete do mastro principal é um negócio que exige absoluta destreza, rapidez e olhos apurados.

Imagine que a ponta de um cabo, de mais ou menos sessenta metros, precisa ser levada ao alto, entre os dentes, veja bem, e arrastada até a mais vertiginosamente alta das vergas e, depois de ser puxada e entrelaçada tortuosamente no caminho — tomando rumos abruptos a partir dos mais agudos ângulos —, deve ser solta, livre de qualquer obstrução, para descer até o convés em linha reta. No decorrer da tarefa, há uma infinidade de moitões e buracos de polia através dos quais se precisa passá-lo, muitas vezes trabalhando no limite das dimensões do cabo — como se tivesse de passar um fio muito grosso por uma agulha de cambraia. Realmente, é uma tarefa que exige bastante perícia, mesmo à luz do dia. Imagine, então, como deve ser passar esse fio grosso numa agulha de cambraia à noite, no mar e a uma altura de mais ou menos trinta metros.

Com a ponta do cabo numa das mãos, eu subia pelo cordame do sobrejoanete grande quando nosso capitão da gávea me disse que seria melhor que eu tirasse a jaqueta; mas, embora não fosse noite muito fria, eu estivera tanto tempo reclinado na gávea que me sentia gelado e, assim, decidi não aceitar a sugestão.

Depois de ter gornido o cabo por todos os moitões inferiores, segui com ele à extremidade a barlavento do lais da verga do sobrejoanete grande, e estava no ato de debruçar-me e passar o cabo através do moitão de braços suspenso, quando o navio embicou num dos súbitos vagalhões do mar tranquilo e, empurrando-me ainda mais à ponta da verga, lançou as fraldas pesadas de minha jaqueta sobre minha cabeça, cobrindo-a completamente. Não sei por quê, mas pensei que fosse a vela que tivesse se agitado; e, sob essa impressão, vali-me das mãos para tirá-la dali, confiando à própria vela meu apoio. Foi quando o navio recebeu um novo tranco e, cabeça à frente, fui arremessado da verga. Sabia onde estava, pela agitação do ar em minhas orelhas; todo o resto, porém, foi um pesadelo. Um véu sangrento se desfraldou aos meus olhos, no qual, fantasmagóricos, via e revia meu pai, mãe e irmãs. Fui tomado de náusea indescritível; sabia que engasgava; parecia não haver ar em meu corpo. Caí de uma altura de mais de trinta metros — descendo, descendo, sentindo os pulmões me faltarem como se morresse. Dez mil libras em balas de tiro pareciam amarradas a minha cabeça, enquanto a irresistível lei da gravidade me arrastava, mergulhando irrevogavelmente, de cabeça, reto, rumo ao infalível centro deste globo terrestre. Tudo que vira e lera e escutara, e tudo que pensara e sentira em minha vida parecia intensificar-se numa só ideia fixa em minha alma. Mas, densa como era tal ideia, ela se fazia de átomos. Tendo caído da ponta do lais de verga, tinha consciência de uma contida satisfação — eu não colidiria com o convés, mas adentraria a profundeza muda do mar.

Com o véu cego e sangrento diante dos olhos, havia um ainda mais estranho zunir em minha cabeça, como se fosse uma vespa; e pensei comigo mesmo, Meu Deus! É a morte! Tais pensamentos, porém, não surgiam misturados ao alarme. Como o gelo que reflete e lança suas pálidas sombras ao sol, todas as emoções que se misturavam e entrelaçavam em mim eram, em si, frias e calmas como o gelo.

Tão longa pareceu minha queda que, mesmo agora, sou capaz de recordar a sensação de pensar quanto tempo mais levaria até que viesse o choque e tudo se acabasse. O tempo parecia inerte, e os mundos todos equilibrados em suas pontas, enquanto eu descia, a alma em calmaria, pelo torvelinho das correntes que formavam o turbilhão do ar.

De início, como disse, devo ter caído de cabeça; mas estava consciente, por fim, de um rápido e violento movimento de meus membros, que se abriram involuntariamente, de modo que, por fim, devo ter atingido a água como um saco de batatas.

É o mais provável, dado que, quando toquei a água, senti como se alguém tivesse golpeado meus ombros na diagonal e em parte de meu lado direito.

Ao mergulhar, o tonitroar de um trovão invadiu meus ouvidos; minha alma parecia escapar por minha boca. O sentimento da morte inundou-me com o movimento das águas. O golpe do mar provavelmente me virou, pois desci quase de pé através do embalo de uma leve e agitada espuma. Algumas correntes pareciam arrastar-me; em transe, entreguei-me a elas e mergulhei ainda mais fundo. Púrpura e sem rumo era a calma profunda que me cercava, bruxuleante dos raios de verão na imensidão azul. A terrível náusea se fora; o véu sangrento que me cegava transformara-se num verde pálido; perguntei-me se estava morto ou em vias de morrer. Mas subitamente uma forma indeterminada roçou-me o flanco — alguma inerte e ensimesmada criatura do mar; o ímpeto de estar vivo atravessou meus nervos como um choque, e a forte repulsa da morte agitou-me por inteiro.

Por um instante, ao ver-me afundar sem parar, uma reação agônica tomou conta de mim. No momento seguinte, a força de minha queda se desfez; e ali permaneci, flutuando e vibrando em meio às profundezas. Que selvagens sons me invadiam os ouvidos! Um deles era um leve marulhar, como o das pequenas ondas que quebram na praia; o outro, louco e de um implacável e inalcançável júbilo, como o do oceano no auge da tempestade. Oh, alma! Ouviste, então, a vida e a morte; como aquele que fica na praia coríntia e escuta as ondas jônicas e egeias. O equilíbrio de vida e morte logo passou; e, então, vi-me subir lentamente na direção de um leve e bruxuleante luzir.

Cada vez mais rápido eu subi; até que, por fim, emergi como uma boia, e a minha cabeça banhou-se no abençoado ar.

Eu caíra em linha com o mastro principal; agora eu me encontrava praticamente lado a lado com o mastro de gata, enquanto a fragata deslizava lentamente, afastando-se como um mundo negro sobre as águas. Seu enorme casco avultava do fundo da noite, mostrando centenas de marinheiros na trincheira das macas, alguns lançando cordas, outros lançando loucamente suas macas em minha direção; mas eu estava distante demais deles para alcançar o que atiravam. Tentei nadar na direção do navio; mas logo senti como se estivesse preso a um colchão de penas e, movendo as mãos, vi minha jaqueta estufada de água prendendo-me à altura da cintura. Lutei para tirá-la, mas ela se enrolava em meu corpo aqui e ali, e seus cordões não permitiam serem rompidos por um simples gesto. Saquei de minha faca, presa ao cinto, e rasguei a jaqueta de ponta a ponta, como se abrisse meu próprio corpo. Depois de violenta luta, saí de dentro dela — estava livre. Absolutamente encharcada, ela afundou lentamente diante dos meus olhos.

Afunda! Afunda, mortalha!, pensei; afunda para sempre! Jaqueta maldita que és!

"Olha o tubarão branco!", bradou uma voz aterrorizada vinda do corrimão de popa. "Ele vai meter aquele sujeito inteiro escotilha adentro! Rápido! *Os ferros! Os ferros!*"

No instante seguinte, um feixe de arpões esfarpados varou por toda a parte a infeliz jaqueta e rapidamente desceu com ela às profundezas.

Agora à ré da fragata, nadei com força na direção da vara de um dos salva-vidas lançados. Em seguida, um dos cúteres me resgatou. Ao me tirarem da água, a súbita transição do líquido ao ar fez com que cada membro de meu corpo pesasse como chumbo, e assim desabei, sem forças, no fundo do bote.

Dez minutos depois, eu estava a salvo a bordo, subindo à gávea sob ordens reforçadas de gornir as adriças da varredoura, cujo cabo, escapando pelos moitões quando lhe perdi a ponta, caíra no convés.

A vela foi logo armada; e, como se chegasse a propósito para saudá-la, uma brisa gentil logo se apresentou, e o *Neversink* mais uma vez vogou sobre as águas, uma leve ondulação à ré, deixando uma tranquila esteira em seu caminho.

93

Cabo e âncora prontos

AGORA QUE A JAQUETA BRANCA AFUNDOU às profundezas do mar, e os abençoados cabos da Virgínia, segundo nos informam, estendem-se a nossa proa – não obstante não os avistemos –, enquanto nossas quinhentas almas sonham alegremente com o lar, e as gargantas de ferro dos canhões ao redor da cozinha ecoam suas canções e comemorações – o que mais resta?

Devo falar sobre as quase loucas e contraditórias suposições acerca do porto preciso ao qual nos encaminhávamos? Pois, segundo rumores, nosso comodoro recebera ordens seladas acerca do assunto, as quais não deveriam ser abertas até que chegássemos a determinada latitude da costa. Devo contar como, por fim, toda essa incerteza se desfez, e muitas profecias se provaram falsas, quando nossa nobre fragata – com sua mais longa flâmula no mastro principal – seguiu sinuosa em seu imponente caminho rumo ao porto interior de Norfolk, como um grão espanhol plumado atravessando os corredores do Escorial em direção à sala do trono?[463] Devo contar como nos ajoelhamos sobre o solo sagrado? Como pedi uma benção do velho Ushant, e um precioso tufo de sua barba para ter comigo? Como Lemsford, o bardo da coberta dos canhões, ofereceu uma ode devota como prece de gratidão? Como o saturnino Nord, o nobre disfarçado, recusando toda companhia, seguiu bosques adentro, como o fantasma de um velho califa de Bagdá? Como apertei e balancei a generosa mão de Jack Chase e prendi-a à minha com um nó de ajuste;[464] sim, e beijei aquela nobre mão de meu senhor e capitão da gávea, minha majestade e tutor do mar?

Devo contar como o grande comodoro e o capitão partiram da ponta do píer? Como os lugares-tenentes, despidos dos uniformes, sentaram-se para sua última refeição na praça-d'armas, e o champagne, coberto de gelo, jorrou e borbulhou

---

463. Construído entre 1563 e 1584, o Mosteiro e Sítio do Escorial é um grande complexo arquitetônico erguido inicialmente para abrigar o túmulo do imperador Carlos V (Carlos I de Espanha, que, em testamento deixado a seu filho, Felipe II, desejava um novo espaço para seu jazigo). Ao cabo de vinte anos, o projeto ganhou proporções monumentais, incluindo basílica, monastério e um dos palácios reais.

464. Tipo de amarra bastante aplicada a cabos grossos.

como gêiseres em meio a uma superfície de neve acumulada na Islândia? Como o capelão partiu com sua batina sem dizer adeus à equipagem? Como o mirrado Cutícula, o cirurgião, caminhou furtivo pela amurada, o esqueleto preso em arames vindo em sua esteira carregado por seu pajem? Como o lugar-tenente dos fuzileiros embainhou sua espada na popa e, pedindo cera e uma vela acesa, selou a extremidade de sua bainha com o brasão e o lema de sua família — *Denique Coelum*?[465] Como o almoxarife, chegada a hora, reuniu suas malas de dinheiro e nos pagou a todos no tombadilho — bons e maus, doentes e saudáveis, todos recebendo a paga que nos cabia; embora, verdade seja dita, alguns marinheiros improvidentes e irresponsáveis tivessem durante a viagem vivido em tamanha dissipação que pouco ou nada lhes restava na coluna de crédito de suas contas no almoxarife?

Devo falar sobre a Retirada dos Quinhentos terra adentro; não em linhas de batalha, como nos exercícios de posto, mas dispersando-se amplamente pelo espaço?

Devo contar como o *Neversink* foi por fim desaparelhado de vergas, cordame e velas — teve seus canhões removidos — seu paiol de pólvora, suas prateleiras de bala e arsenais descarregados — até que não restasse nele qualquer vestígio de batalha, de proa a popa?

Não! Não falemos nisso; pois nossa âncora ainda balança presa à proa, embora suas intrépidas patas já mergulhem nas impacientes ondas. Deixemos o navio no mar — ainda com a terra distante dos olhos — ainda com a melancólica escuridão sobre a face das profundezas. Amo um fundo indefinido, infinito — vastas, ondulantes, agitadas e misteriosas imensidões a ré!

É noite. A lua, tíbia, está em seu último quarto — que simboliza o fim da viagem transcorrida. Mas as estrelas apresentam-se em sua luminosidade eterna — e *esse* é o glorioso e eterno futuro, para sempre diante de nós.

Nós, homens da gávea grande, estamos todos no topo; e ao redor do mastro formamos um círculo, uma ciranda de irmãos, de mãos cosidas como cabos umas às outras, todos unidos. Rizamos a última vela de gávea; fizemos o último exercício de posto; acendemos o último pavio; curvamo-nos ao último disparo; entediamo-nos à última calmaria. Reunimo-nos pela última vez em torno do cabrestante; fomos pela última vez chamados ao grogue; balançamos pela última vez em nossas macas; pela última vez voltamo-nos ao sino que grita o fim do turno qual uma gaivota. Vimos pela última vez nossos homens açoitados no passadiço;

465. Em tradução livre, "o céu, por fim", em latim. Trata-se da divisa da própria família Melville, cuja história remontava a um clã escocês primeiro documentado em fins do séc. XIII.

nosso último homem tossindo a própria alma na enfermaria; nosso último homem lançado aos tubarões. Leu-se o último Artigo de Guerra sentenciando-nos à morte; e distantes em terra, naquele abençoado clima para onde nossa fragata agora se dirige, o último erro em nossa fragata não será lembrado; quando do mastro principal descer a flâmula de nosso comodoro, quando do céu mergulhar suas estrelas cadentes.

"Tocar nove!", canta o rouco e velho prumador, na mesa de enxárcia. E assim, tendo atravessado o Equador à metade do mundo, nossa fragata chega em águas rasas.

De mãos dadas, nós, gajeiros, nos pusemos de pé, sob o balançar de nosso monte Pisga.[466] E acima das ondas estreladas, larga no imperturbável e infinito azul noturno, temperada dos estranhos perfumes da terra há muito pretendida — a longa viagem a antecipava, embora muitas vezes em tempo de procela quase nos recusássemos a acreditar na tão distante costa —, na noite perfumada, o sempre nobre Jack Chase, o incomparável e imbatível Jack Chase, estende sua mão como se desfraldasse uma bandeira e brada, apontando à direção da costa:

"Pela última vez, escutem o poeta, garotos! Escutem Camões!

"Olhai que ledos vão, por várias vias,
Quais rompentes liões e bravos touros,
Dando os corpos a fomes e vigias,
A ferro, a fogo, a setas e pelouros —
Assi foram cortando o mar sereno,
Com vento sempre manso e nunca irado,
Até que houveram vista do terreno
Em que naceram, sempre desejado."[467]

---

466. Segundo o Deuteronômio 3:27, local em que Moisés avistou a Terra Prometida, tendo morrido sem jamais pisá-la. No segundo livro dos Macabeus (2:4-5), Jeremias sobe o mesmo monte para, em uma caverna, guardar a Arca da Aliança, ali vista pela última vez.

467. No original a passagem citada de Mickle, no Canto X, toma certas liberdades. Decidiu-se, ao recuperar o original camoniano, citar parcialmente duas estrofes (a 147 e a 144, na ordem) do próprio Canto X do poema, com o foco de recuperar elementos incluídos pelo tradutor (e, assim, selecionados por Melville), sobretudo a relação entre a memória do trabalho e a alegria de retornar ao lar, expressa no último verso, na combinação sequenciada de ambas.

FIM

Como um navio de guerra que voga pelos mares, esta Terra voga pelo espaço. Nós, mortais, estamos todos a bordo de uma rápida e inafundável fragata do mundo, da qual Deus é o criador; e ela é apenas uma embarcação da esquadra da Via Láctea, da qual Deus é o grão-lorde almirante. O porto do qual partimos está para sempre à popa. E, embora distante, longe do avistamento de terra firme, por eras e eras seguimos nosso caminho com ordens seladas, sendo nosso destino um segredo para nós mesmos e nossos oficiais; no entanto, nosso derradeiro porto seguro nos estava predestinado antes mesmo de nos desgarrarmos dos rebanhos na Criação.

Navegando com ordens seladas, somos, nós mesmos, repositórios do pacote secreto, cujos misteriosos conteúdos desejamos conhecer. Não há mistério para além de nós mesmos. Mas não demos ouvidos à superstição, às fofocas de convés sobre o lugar para onde velejamos, pois, até hoje, nenhuma alma a bordo sabe — nem mesmo o próprio comodoro; e decerto nem o capelão; mesmo as hipóteses científicas de nosso professor são inúteis. Neste ponto, o menor pajem é tão sábio quanto o capitão. E não acredite nos habitantes hipocondríacos de sob as escotilhas, que lhe contarão, com desdém, que nosso mundo em fragata não ruma a porto final algum; que nossa viagem irá se provar uma infinda circum-navegação do espaço. Não, não é assim. Pois como pode este mundo em fragata provar-se nosso lar eventual se logo quando embarcamos pela primeira vez, como infantes envoltos nos braços de outrem, seu violento agitar — imperceptível na vida que segue — causa enjoos em cada alma? Isso não demonstra, também, que o próprio ar que aqui respiramos nos é estranho e tão somente se torna suportável, por fim, através do hábito, e que algum abençoado e plácido porto, ainda que hoje remoto, deve nos esperar a todos?

Veja nossos agitados conveses a popa e proa. Que equipagem, que multidão! Contados todos, reúnem cerca de oitocentos milhões de almas. Acima destas, temos lugares-tenentes ditatoriais, oficiais de fuzileiros com espadas presas ao cinto, um capelão, um professor, um almoxarife, um médico, um cozinheiro, um mestre-d'armas.

Oprimidos por leis iliberais e parcialmente oprimidos por si mesmos, muitos dentre nosso povo são infelizes e ineficientes. Temos vagabundos e bandidos por toda a parte, e poceiros de semblante abatido, que, por uma ninharia, fazem todo o trabalho indigno de nossa embarcação. No entanto, entre os nossos temos corajosos gajeiros nas gáveas de proa, mastro principal e gata, os quais, bem ou maltratados, ainda maream as velas para receber os ventos.

Temos um brigue para os contraventores; um tribunal em nosso mastro principal, no qual são acusados; uma chibata e um passadiço, para humilhá-los a seus próprios olhos e aos nossos. Tais instrumentos não são sempre empregados para converter o Vício em Virtude, mas para dividi-los, e proteger a Virtude e o Vício legalizado do Vício não legalizado.

Temos uma enfermaria para os aflitos e desenganados, onde os levamos para longe dos olhos; ainda que os possamos escutar gemendo sob as escotilhas, no convés pouco sabemos de suas atribulações; ainda portamos nossa alegre flâmula ao alto. Vista de fora, nossa embarcação é uma mentira; pois tudo que se vê dela, de fora, é seu convés asseado e as tábuas muitas vezes pintadas de sobre a linha-d'água; enquanto, a enorme massa de nossa estrutura, com todos os seus paióis de segredos, para sempre desliza distante sob a superfície.

Quando um companheiro morre, imediatamente o costuramos em sua mortalha, e da amurada o lançamos ao mar; nosso mundo em fragata se apressa, segue seu rumo, e nunca mais o vemos novamente; embora, cedo ou tarde, a sempiterna contracorrente o varra na direção de nosso destino.

Temos tanto um convés principal quanto uma coberta de canhões; chaleiras de munição subterrâneas e paióis de pólvora; os Artigos de Guerra formam nosso código de leis dominante.

Oh, companheiros de toda a parte, de nau e de mundo! Nós, o povo, sofremos muitos abusos. Nossa coberta de canhões é repleta de queixas. Em vão apelamos ao capitão contra os lugares-tenentes; em vão buscamos — enquanto a bordo de nossa fragata-mundo — os indefinidos comissários da Marinha, ao alto, tão distantes dos olhos. Mas o pior de nossos males, este cegamente infligimos a nós mesmos; nossos oficiais não são capazes de eliminá-los, ainda que o queiram. Dos males finais, ser nenhum pode salvar o outro; donde resta a cada homem ser seu próprio salvador. Quanto ao resto, a despeito do que conosco aconteça, nunca assestemos nossos canhões assassinos ao interior do convés; nunca nos amotinemos com lanças sangrentas em punho. Nosso lorde grão-almirante há de interceder; e embora longas eras se sucedam sem que nossas humilhações sejam reparadas — ainda assim, companheiros de nau e de mundo! Jamais nos esqueçamos de que,

Não importa a circunstância,
Nem a dor em demasia —
Ao lar sempre nós rumamos,
Numa eterna travessia.

GLOSSÁRIO DE TERMOS NÁUTICOS

Nota

Jaqueta Branca é um romance particularmente marcado pela utilização de jargão náutico e de um vocabulário técnico de grande especificidade. É ponto fora da curva no que se refere à carga de terminologia naval, mesmo em relação a obras ficcionais de ambiência marítima da época. Tal característica exige do tradutor um esforço de especialização da linguagem e também o enfrentamento de um vocabulário não raro obsoleto. Por isso, para a manutenção da precisão vocabular e de jargão presente no original, recorreu-se aos muitos manuais e glossários náuticos dos séculos XVIII e XIX disponíveis em língua portuguesa — literatura obrigatória para o oficialato e os trabalhadores especializados dos conveses. De suas páginas e, sempre que possível, de dicionários de uso contemporâneo (em particular, o *Dicionário Houaiss da Língua Portuguesa*) extraímos o material explicativo que acompanha os termos, procurando também manter o sabor da prosa náutica em língua portuguesa. Ao final do Glossário, destacamos alguns deles.

BRUNO GAMBAROTTO

Adriça: cabo ou corda que serve para içar as velas, vergas, bandeiras, flâmulas etc.

Aducha: são as voltas que se dão aos cabos, ficando umas sobre as outras em figura circular, de pandeiro, quando se encolhem.

Alar: exercer tração num cabo para executar qualquer manobra.

Alheta: parte recurva do costado de um navio, de um bordo e de outro, também chamada de quartel (cf. bordo).

Alojamento dos aspirantes: situado a vante da câmara dos oficiais (ou praça-d'armas). Sobre ele, Fonssagrives faz detalhada análise em seu *Tratado de Higiene Naval* (p. 52): "Alojamento comum onde cada qual tem por domínio o espaço limitado da sua maca, e circunscreve a sua bagagem as proporções acanhadíssimas do armário que o regulamento lhe concede. É nesse local que o aspirante dorme, canta, faz o ponto, zombeteia da autoridade, e passa alegremente as horas que as fadigas do quarto ou os rigores disciplinares do paiol geral lhe deixam desocupadas. No alojamento dos aspirantes, ainda mais que em qualquer outra parte do navio, estão reunidas as condições mais deletérias da acumulação: exiguidade extrema de espaço; ventilação insuficiente; viciação da atmosfera causada por emanações animais, por provisões putrescíveis, pela luz artificial que quase constantemente ali permanece; aproximação forçada das macas durante a noite; evaporação da umidade da roupa, etc.".

Amantilho: cabo que se prende na ponta das vergas para mantê-las em posição horizontal ou para movimentá-las no sentido vertical.

Amarras: cabos destinados por sua grossura a serem talingados (presos) nas âncoras, para, assim unidos, conservarem seguro o navio, em qualquer ancoradouro. Podiam ser feitas de fibra (cânhamo) ou ferro, ou ainda de uma combinação de ambos.

Âncora: Melville se refere a dois tipos de âncora, a âncora de leva e a âncora de roça. A âncora de leva é a âncora de serviço do navio e tem a função de fundeá-lo ou amarrá-lo. Está colocada próximo à roda de proa, de um e de outro bordo. Já a âncora de roça (ou âncora d'esperança, a exemplo de como era chamada também pelos franceses) é transportada usualmente num escovém situado por ante à ré das âncoras de leva e fundeada somente em caso de emergência, quando as âncoras de leva desgarram ou se perdem.

Antepara: estrutura vertical que separa os diversos compartimentos a bordo de uma embarcação.

Arfar: movimento de balanço do navio no sentido de popa à proa, quando se ergue ou embica.

Arganéu: peça metálica de forma circular ou, menos comumente, triangular ou em oito, em que se engatam talhas, amarras, correntes ou espias.

Arinque: cabo de bitola suficiente para suspender a âncora, preso a um só tempo à cruz da âncora e a uma boia que indica o lugar onde se acha fundeada a peça.

Batelão: consta entre as embarcações "de penão" (ou flâmula). É embarcação aberta, usada para desfiles e cerimônias formais.

Beque: a maior largura que tem a roda de proa, peça estrutural dianteira da embarcação.

Bigotas: peças de madeira circular, com um goivado no contorno e dotadas de três furos de face a face, usadas para prender ovéns, brandais, estais etc.

Boca de fogo: ver canhão.

Bolina: cada um dos cabos de sustentação das velas, destinados a orientá-las, de modo a receberem o vento obliquamente.

Bombordo: lado direito da embarcação, olhando-se em direção à proa do navio.

Bordo: cada uma das duas partes simétricas em que se divide longitudinalmente o casco das embarcações.

Botões: conjuntos de voltas com que se unem e prendem (no caso, mediante michelos) dois cabos.

Bracear: movimentar (uma verga) na horizontal em torno do mastro por meio de braços (cabos) fixados em suas extremidades, para orientá-la adequadamente em relação ao vento.

Brandal: nos navios a vela, cada um dos cabos que não deixam o mastaréu tombar para vante.

Brigue: navio de dois mastros com velas redondas e cestos de gávea e também uma vela latina no mastro de ré; no contexto do romance, nome que se dava ao espaço de detenção nos navios de guerra norte-americanos.

Brióis: cabos que se fazem fixos na parte inferior da maioria das velas redondas, a fim de ajudarem a carregar o pano de encontro a suas vergas respectivas e assim diminuir a força ou ação do vento sobre a vela.

Brulotes: embarcações que se enchem de matérias inflamáveis para serem atracadas aos navios inimigos e incendiadas.

Buçarda: travessão curvo, de madeira ou ferro, colocado à proa e à popa, por dentro do navio, para reforçá-las, no sentido de boreste a bombordo.

Bujão: rolha de madeira que serve para tapar as bueiras, orifícios no piso da embarcação com a função de esgotar as águas acumuladas.

Bujarrona: a maior das velas de proa, de forma triangular, que se enverga num dos estais do velacho.

Cabo de ala e larga: cabo auxiliar ao içamento da amarra da âncora.

Cabos de laborar: segundo D'Amorim (p. 78), são os "braços, amantilhos e adriças das vergas; escotas, estingues, bolinas, sergideiras, brióis e apagapenóis das velas redondas; adriças, carregadeiras e escotas das velas latinas", sujeitos à tração humana, auxiliada de gornes (nos casos de velas e vergas) ou cabrestante (para a âncora).

Cabos fixos: segundo D'Amorim (p. 78), "aqueles que, sendo empregados no aparelho, não gornem em parte alguma, atezando por meio de colhedores, talhas, coseduras etc.".

Cabrestante: mecanismo (hoje movido a máquina) usado para içar âncoras, suspender vergas e levantar pesos em geral. Consiste num eixo vertical, fixo, em torno do qual gira um tambor mais estreito no centro e mais largo nas extremidades; a ele acoplavam-se as barras, empurradas pelos marinheiros para funcionarem como alavancas.

Cabresto: cabo que segura fortemente o gurupés, pela parte inferior, de encontro ao beque, à maneira de um estai.

Caçar a vela: usar as escotas para estender bem a vela e oferecer uma superfície resistente ao impulso do vento.

Calabrote: cabo de bitola menor empregado em diversas atividades do convés (p. ex. como auxiliar no içamento da amarra da âncora); o nome também se aplica, por metonímia, ao açoite produzido desse tipo de cabo, utilizado em punições pontuais a bordo.

Calcês: parte do mastro ou mastaréu entre a romã, i.e., a parte grossa, e a extremidade superior. Nele encapelam-se os ovéns de enxárcias, os estais e os brandais; na parte superior põe-se o ninho de pega, ou cesto da gávea.

Cambar: mudar as escotas das velas para o lado oposto, quando se muda a direção da embarcação; bracear (manobrar) as velas pelo lado oposto.

Canhão (e suas partes): os canhões, distribuídos pelas cobertas, eram a peça de artilharia por excelência dos navios de guerra — seu número determinava a designação de um navio (o *Neversink*, por exemplo, será chamado de "74", por suas 74 bocas de fogo). As partes do canhão são, basicamente: 1) boca, entrada da alma da peça; 2) alma, interior oco do cilindro da arma, que vai da parte anterior da câmara da carga até a boca; 3) marca de mira; 4) munhão, eixo transversal da peça, que preso à carreta permite que esta se movimente para o alto e para baixo (nas caronadas, o munhão é substituído pelo rabo de macaco); 5) ouvido, nas armas de fogo e peças de artilharia, orifício por onde se deita fogo à pólvora; 6) culatra, parte posterior e/ou fecho do cano de arma de fogo; e 7) carreta, suporte móvel de boca de fogo.

Para cada canhão, são destacados um chefe de peça, encarregado dos comandos de manobra, um subchefe e seus serventes, que devem operar em sincronia segundo suas atribuições específicas. As vozes de comando são 1) desatracar (desembaraçar a peça da amarração que a prende à amurada); escorvar (composição que se aplica ao ouvido da peça para comunicar o fogo à carga); 2) apontar (estabelecer a linha de mira); 3) fogo; 4) limpar (usando um soquete e lanada); 5) calcar (introduzir a carga na boca de fogo, ajustando-a bem ao fundo da alma); 6) em bateria; e 7) atracar (os dois últimos, procedimentos de recolhimento da peça).

Capitânia: qualquer tipo de navio em que viaje o chefe de uma força naval ou onde esteja içado o seu pavilhão, mesmo estando o chefe ausente.

Carangueja: verga de vela latina quadrangular, disposta obliquamente em relação ao mastro e voltada para ré.

Carlinga: peça grossa de madeira fixada na sobrequilha do navio, tendo na parte superior uma abertura pela qual passa a extremidade inferior do mastro.

Caronada: canhão curto e de grosso calibre.

Castelo de proa: superestrutura na parte extrema da proa, acompanhada de elevação da borda.

Cavilha: haste de metal ou madeira, que une peças da construção de um navio.

Cesto da gávea: ponto de observação instalado nos mastaréus e vergas que espigam logo acima dos mastros reais. Gávea é o mastaréu que se ergue acima do mastro real, a verga que o cruza ou a vela que a ele se prende.

Chaleira: lugar nas baterias do navio em que se guardam as balas, planquetas, cachos de metralha e latas de espalhafato (peça de artilharia antiga). Também chaleiras são umas pequenas prateleiras que têm os camarotes, paióis, dispensas etc. para acomodar coisas de mão.

Chalupa: embarcação de manejo simples com um só mastro, mas que navega barra fora — espécie de cúter, porém de estrutura mais elevada.

Clíper: veleiro comprido e estreito, de grande superfície de velas, veloz, três ou mais mastros altos e pano redondo nos mastros principais.

Cobertas: espaços entre os conveses situados abaixo do convés principal. A coberta das macas abriga o alojamento dos marujos, onde se estendem suas macas. Na coberta dos canhões, espaço imediatamente abaixo do convés principal e acima da coberta de alojamento da marujada, abriga-se essa artilharia, disposta ao longo dos costados do navio.

Colhedores: são cabos delgados, com os quais se prendem as enxárcias, estais, cabrestos, brandais etc.

Colher cabo: arrumar um cabo em aducha, a fim de que ele não fique enrascado e tenha sempre os chicotes (isto é, as pontas) livres.

Coxim: tecido com que se cobrem os colhedores das enxárcias, a fim de não serem cortados pelos cabos de laborar.

Cunhos: as partes das vergas quadradas ou oitavadas que formam as encapeladuras onde assenta o vergueiro do pano e mais aparelho da verga.

Cúter: embarcação de um só mastro e vela latina.

Dar bordo (ou bordejar): manobra que se pratica para ganhar barlavento, empregando força nos cabos de sustentação das velas com o vento soprando em direção oblíqua à embarcação, ora em uma, ora em outra amura alternadamente, quando, por exemplo, se quer parar a embarcação ou navegar apesar do vento contrário.

Defensa: trançado de cabos, com recheio de materiais variados (borracha, cortiça, pedaços de cabo etc.), geralmente de forma cilíndrica, usado do lado de fora do navio, na altura do verdugo, para protegê-lo no encontro com o cais.

Desamantilhar as vergas: manobra que se executa em sinal de sentimento pelo falecimento de pessoas ou do proprietário do navio. Consiste em colocar as vergas desorientadas — isto é, fora da posição em relação ao vento —, alando os amantilhos de umas contra as outras.

Enfrechate: cada um dos degraus de uma enxárcia, geralmente roliços, feitos de cabo grosso, madeira ou ferro.

Enxárcias: cabos fixos que, de um e outro lado ou bordo do navio, seguram os mastros e mastaréus, correspondendo aos cabos de sustentação dos três mastros de um navio.

Enxertários: cabos que atracam folgadamente as vergas aos seus mastaréus, com a propriedade de as conservarem no sentido horizontal mesmo na ação de as içar e arriar pelo comprimento dos mesmos mastaréus.

Escaler: tipo de embarcação de pequeno porte movida à força de remos.

Escotas: nas velas redondas são cabos de laborar, que se fixam nos punhos inferiores, formados pelo encontro das testas (laterais de cima para baixo) com a esteira (parte inferior).

Escotilhão: escotilha de pequenas dimensões que dá acesso ao paiol e a outros compartimentos.

Escovéns: grandes furos circulares na proa, revestidos de chumbo, por onde se passam as amarras da âncora. O forro de chumbo serve para que elas não peguem fogo com a velocidade com que correm para o fundo, em virtude do peso do ferro. "Começar a vida pelos escovéns" é iniciar-se na vida naval pelos postos mais baixos.

Espardeque: superestrutura central de navio que não se estende de borda a borda.

Espia: cabo grosso usado para amarrar uma embarcação a outra, ao cais, a uma boia etc.

Estai: cada um dos cabos que sustentam a mastreação para vante.

Estibordo: lado esquerdo da embarcação, olhando-se em direção à proa do navio.

Estingue: cabo que, fixado a cada um dos punhos inferiores — isto é, os ângulos que todas as velas redondas e latinas formam, onde se aguentam as adriças, empuniduras, escotas e amuras —, trabalha em sentido contrário à escota; seu efeito é diminuir a ação do vento sobre a vela, ajudando-a a carregar de encontro à sua respectiva verga.

Estropo: pedaço de cabo ou de lona com que se envolve um objeto para içá-lo.

Exercícios de pano: treinamentos relacionados às manobras de peças de artilharia e de vela e verga.

Ferrar: colher vela amarrando-a com cabos a uma verga, estai ou vergueiro.

Forrar: pôr forro de coxins nos lugares em que a fricção pode facilmente cortar os cabos.

Ganchos e talhas: utensílios utilizados na caça baleeira — o primeiro se prende ao corpo dos animais mortos, e o segundo, o aparelho de força constituído de um sistema de polias utilizado no içamento do animal ao costado do navio.

Gaxeta: trança de fio de carreta que serve para michelos, rizes, palanques e outros fins.

Giba: vela situada à proa e presa a pau próprio (pau de giba). Sua função, a exemplo das chamadas velas de estai e da bujarrona, é cobrir os espaços entre velas redondas.

Gorne: abertura na caixa de um poleame, onde trabalha a roda pela qual o cabo passa.

Gurupés: mastro que aponta para vante, colocado no bico de proa dos veleiros. Nele vão presas velas triangulares (bujarrona, cevadeira), enfunadas quando o navio viaja sob bons ventos.

Lais: o extremo das vergas, geralmente do cunho para fora.

Lambaz: espécie de vassoura constituída por um molho de fios de carreta, usada a bordo para enxugar os conveses, as anteparas etc.

Lanada: instrumento para limpar o interior de peças de artilharia que consiste em uma haste com um chumaço de lã de carneiro numa das extremidades.

Leme: peça plana, localizada na parte submersa da popa de uma embarcação, gira em um eixo e determina a direção em que aponta a proa.

Lancha: é a maior e mais possante das embarcações miúdas, que os navios levam necessariamente pela utilidade, que resulta de auxiliar nos trabalhos para o atracamento da embarcação, buscar água e suprimentos ou, em caso de acidente, salvar a tripulação.

Lanterneta: projétil de artilharia em forma de um cilindro feito de folha metálica cheio de munição miúda, pedaços de ferro, cacos e sucata em geral, empregado no passado para tiro de metralha.

Lastro: nos navios mercantes e de carga em geral, era a carga pesada arrumada no porão para manter o equilíbrio da embarcação; nos navios de guerra, que não conduziam carga, os lastros eram linguados de ferro ou de chumbo, pedra etc.

Maca: cama de lona, tipo rede, em que dormiam os marinheiros a bordo.

Malagueta: cavilha de madeira ou pino de metal que se enfia nos fusos da amurada, da meia-nau, dos mastros etc., para receber as voltas dos cabos de laborar.

Massame: conjunto de cabos existentes no aparelho de navegação de um navio.

Mastros: estruturas verticais que se instalam na quilha dos navios e se erguem para além do convés. Guarnecidos de vergas, os mastros têm, além disso, a função de sustentar os cestos de gávea (pontos de observação) e uma infinidade de outros pequenos utensílios necessários às atividades a bordo. Subindo desde a quilha, à qual está presa pela carlinga, em direção ao convés principal do navio, os mastros atravessam os diferentes conveses pelas enoras (passagens abertas exclusivamente para a instalação do mastro). A partir de seu número se distinguem os tipos de embarcação. Alguns tipos de mastro são: mastro de traquete, mastro vertical localizado na região da proa; mastro grande ou principal, localizado no centro do navio; mastro de mezena ou gata, instalado na popa. Cada mastro é composto por três seções, da base para o alto: o mastro real, o mastaréu da gávea e o mastaréu de joanete; cada uma das partes está ligada à outra por meio das pegas e recebe as vergas.

Meia-nau: a parte que fica entre o mastro grande e o traquete.

Mesas das enxárcias: grossas pranchas de madeira presas horizontalmente aos costados do navio, de um bordo a outro, cuja função consiste em dar maior abertura às peças de madeira (fusos) que recebem as pontas dos cabos (bigotas) das enxárcias dos mastros.

Mialhar: cordinha delgada que serve para forros, coxins etc.

Michelo: gaxetas grossas, tendo em média uma braça e meia ou duas de comprimento (três a quatro metros), que servem para ligar o cabo de ala e larga com a amarra.

Moitão: caixa de madeira ou metal em formato oval munida de uma roldana, pela qual passa o cabo de laborar, que trabalha na movimentação horizontal das vergas.

Molinete: guincho de eixo horizontal, usado para suspender amarra de âncora ou para puxar espia e cabo de laborar.

Olho de boi: abertura no convés ou numa antepara, fechada com vidro grosso, para dar claridade a um compartimento. Pode também designar especificamente o escotilhão do paiol de pólvora.

Orçar: apontar a proa da embarcação contra o vento.

Ostagas: cabos empregados nas manobras de içar e arriar horizontalmente as vergas de gávea; nos navios baleeiros são mais comumente chamados de ostaxas e indicam cabos utilizados nos arpões com o intuito de conservar o animal atingido sob o controle da tripulação do bote.

Ovém: cada um dos cabos que sustentam mastros e mastaréus para os bordos e para a ré, formando as enxárcias.

Passagem de vante: passagem que leva ao porão de vante.

Patarrás: cabo ou corrente que segura pau de surriola, gurupés e outros paus a bordo, impedindo seu movimento horizontal.

Paus de carga: vergas de madeira ou de aço que têm uma extremidade apoiada ao pé de um mastro ou mesa e a outra presa ao terço ou tope de um mastro por meio de um amantilho, formando, dessa maneira, um aparelho para içar materiais e equipamentos pesados.

Paus de surriola: verga horizontal geralmente disparada no costado do navio, na altura da borda, para servir de amarração às embarcações menores quando o navio está ancorado.

Pé de carneiro: estrutura em forma de coluna de madeira ou de aço que dá sustentação ao convés.

Pega: peça retangular de madeira grossa, chapeada de ferro na sua periferia, na qual se abrem dois furos, um quadrado e um redondo: o primeiro encaixa na mecha do calcês do mastro ou mastaréu a que pertence, e o segundo serve para se enfiar por ele o mastaréu imediatamente superior.

Perder barlavento: deixar-se descair ou inclinar para sotavento, lado para onde sopra o vento.

Pique de vante: parte do porão de um navio próximo à proa, usado para arrumação de carga.

Poço: espaço descoberto entre o castelo, ou o tombadilho, e a superestrutura central.

Poleame: conjunto de peças de madeira ou ferro destinadas à passagem dos cabos.

Portaló: abertura no casco de um navio, ou passagem junto à balaustrada, por onde as pessoas entram e saem, e por onde se pode movimentar carga leve.

Praça-d'armas: compartimento destinado aos oficiais onde se localizam suas acomodações, individuais ou compartilhadas, dispondo também de uma área comum para convivência e refeições.

Quartos de vigia: para denominação mais específica dos quartos, adotamos antiga nomenclatura recuperada na década de 1940 pelo primeiro-tenente português António Marques Esparteiro: o quarto d'alva, o quarto do crepúsculo matutino, das 04:00 às 08:00; o "quarto das emendas", das 08:00 às 12:00; o "quarto da tarde", das 12:00 às 16:00; o "quartinho", das 16:00 às 20:00; o "quarto da prima", das 20:00 às 24:00, o primeiro quarto da noite; e, por fim, o "quarto da modorra", das 00:00 às 04:00.

Quilha: peça estrutural básica, disposta na parte mais inferior do casco, que serve para estabilizar a embarcação.

Rabo de macaco: alavanca ou barra utilizada para o manejo dos canhões.

Rizar: diminuir a área da vela, e portanto o efeito do vento, dobrando-a ou enrolando-a por meio das rizes (cabos ou linhas).

Safar: desobstruir os lugares de passagem, por exemplo o convés.

Sobrequilhas: peça ou conjunto de madeiras que assentam e se estendem da popa à proa sobre as cavernas (as peças curvas perpendiculares à quilha que dão forma ao casco da embarcação) para tornar mais firme a sua posição.

Socairo: a parte que sobra do cabo que se está colhendo em um cabrestante; para que o cabo mantenha a tensão que permite que seja colhido pelo instrumento, é preciso que o marinheiro a segure tensa (aguente).

"Toca mostra!": comando usado para chamar a tropa em formação, para revista do equipamento dos marinheiros e de sua vestimenta ou para presenciar a punição a infrações.

Tombadilho: superestrutura erguida na popa de um navio, toda fechada e indo de um a outro bordo; castelo de popa.

Trim: inclinação do navio para uma ou outra extremidade, isto é, proa e popa. No primeiro caso (com a proa tocando a água, ou com "trim pela proa"), o navio está "abicado"; no segundo (com a popa tocando a água, ou com o "trim pela popa"), o navio estará apopado ou derrabado.

Trinca: corrente ou cabo resistente que prende o gurupés ao beque.

Trincheiras: caixas nas amuradas do navio onde se abrigam objetos miúdos, macas da guarnição etc. Nos combates navais também era costume encher as caixas com cortiça ou algodão, a fim de obstar ao estrago da mosquetaria.

Varredouras: velas triangulares com função suplementar ao mastro de traquete, quando o navio navega com bons ventos.

Vaus: vigas grossas que há nas cobertas, ligadas às amuradas; com reforço de lata, elas fortalecem, fecham e conservam com firmeza a estrutura do navio.

Velacho: vela redonda do mastro de vante da embarcação, logo acima da vela do traquete.

Verga: traves horizontais em que se prendem as velas. A verga grande se fixa ao mastro real; as vergas baixa e alta, ao mastaréu da gávea; e as vergas de joanete e sobrejoanete, no mastaréu de sobrejoanete.

Vergueiros do pano: cabos que acompanham o comprimento das vergas. Passam pelos laises em ambas as pontas da peça e são unidos por meio de uma cosedura a meia verga: são pregados em sua extensão com pedaços de couro, a fim de não darem de si com o peso da vela.

Vigia: abertura circular no costado ou na antepara de uma superestrutura para dar luz e ventilação a um compartimento. As vigias são guarnecidas de gola de metal na qual se fixam suas tampas.

Virar de bordo: passar as velas de um bordo ao outro, fazendo com que recebam o vento pelo bordo contrário. Assim, se o vento vinha de bombordo, passará a vir de estibordo, e vice-versa. Tal manobra exige boa comunicação e coordenação entre o trabalho dos marinheiros no velame e o responsável pelo leme.

Virar em roda: manobra da embarcação que acompanha a mudança de direção da rajada de vento quando o velame passaria a recebê-lo do lado oposto ao que antes recebia. Esse efeito pode resultar de manobra controlada ("virar de bordo"). O risco de uma manobra mal executada é "partir para a orça" ou "orçar", o que pode causar acidentes.

BIBLIOGRAFIA SELECIONADA

CAMPOS, Maurício da Costa. *Vocabulário marujo, ou Conhecimento de todos os cabos necessários ao navio; do seu poliame, e de todos os termos marujaes, e de alguns da construcção naval, e artilheria; de indispensável conhecimento do official do mar.* Rio de Janeiro, 1823.

D'AMORIM, João Pedro. *Dicionário de marinha que aos officiaes da Marinha portugueza O. D. e C.* Lisboa: Imprensa Nacional, 1841.

ESPARTEIRO, Antonio Marques, apud O. LEMOS, "Os 'quartos' e a tradição naval", *Revista da Armada*, nº 40. Lisboa: jan. 1975, p. 16.

FONSSAGRIVES, Jean Baptiste. *Tratado de higiene naval, ou Da influência das condições físicas e morais em que está o homem do mar (traduzido ao português por João Francisco Barreiros, vogal do conselho de saúde naval e do ultramar).* Lisboa: Imprensa Nacional, 1862.

FREITAS, Antônio Gregório de. *Novo dicionário da marinha de guerra e mercante, contendo todos os termos marítimos, astronômicos, construção e artilheria naval: com um appendice instructivo de tudo que deve saber a gente do mar.* Lisboa: Imprensa Nacional, 1855.

MELLO, João Augusto Fontes Pereira de. *Tratado prático do aparelho dos navios para uso dos alumnos da companhia e real academia dos guarda-marinhas.* Lisboa: 1836.

PINHA, Rodrigo Teixeira. *Manual do marinheiro-artilheiro, contendo exercícios práticos de artilheria naval e desembarque.* Lisboa, 1866.

SOARES, Joaquim Pedro Celestino. *Quadros navais, ou Coleção dos folhetins marítimos do Patriota, seguidas de uma Epopeia Naval Portuguesa.* Lisboa: Ministério da Marinha, 1971.

CRONOLOGIA: VIDA E OBRA DE HERMAN MELVILLE

1819 | 1º ago: Em Nova York, nasce Herman Melville, filho do renomado comerciante Allan Melvill (sim, há diferença na grafia dos sobrenomes) e de Maria Gansevoort, filha de um herói da Revolução Americana.

1830: Passa a viver em Albany, para onde a família muda após a quebra dos negócios de Allan. Na cidade, Melville frequenta a Albany Academy.

1832: Após a morte de seu pai, passa a trabalhar na setor administrativo de um banco para ajudar no sustento da mãe e dos irmãos. Antes de iniciar as aventuras pelo mundo, também atuaria como professor. No mesmo ano, perde o avô paterno, Thomas Melvill, nome importante do Boston Tea Party, movimento contrário ao governo britânico durante o período de lutas pela independência dos Estados Unidos.

1838: Embarca como auxiliar e aprendiz na viagem de ida e volta que o navio mercante *St. Lawrence* fez dos Estados Unidos à Inglaterra.

1840: Viaja para Illinois para tentar arrumar trabalho com um de seus tios. De mãos abanando, ainda tenta conseguir algo em Manhattan antes de voltar aos navios.

1841: Nova temporada nos mares: desta vez a bordo do *Acushnet*, baleeiro que zarpou do porto de New Bedford, cidade na costa de Massachusetts, rumo ao oceano Pacífico.

1842: Ano agitado. Após chegar às ilhas Marquesas, na Polinésia, deixa o *Acushnet* para viver com os habitantes locais. Depois, arranja uma vaga no baleeiro australiano *Lucy Ann* e vai parar no Taiti, onde é preso por apoiar um motim. Consegue fugir e parte para Moorea, ilhota que hoje faz parte da Polinésia Francesa, onde fica durante um mês.

1843 | Abr: Chega ao Havaí a bordo do baleeiro *Charles & Henry*.

1843 | Ago: Entra para a Marinha norte-americana e cumpre missão na fragata *USS United States*.

1844 | Ago: Passa cerca de uma semana na costa brasileira, quando o *USS. United States* aporta no Rio de Janeiro para abastecimento. A experiência, ainda que breve, renderia uma passagem em *Jaqueta Branca*. **| Out:** Retorna à porção continental dos Estados Unidos.

1846: Estreia na literatura com o romance *Taipi, ou Vislumbres da vida polinésia*, baseado no que viveu após deixar o *Acushnet*. Depois de ser recusado por uma editora dos Estados Unidos, o livro sairia primeiro na Inglaterra. No mesmo ano, começa a Guerra Mexicano-Americana, que durará até 1848 e será responsável por uma significativa expansão territorial dos Estados Unidos, consolidando o país como a potência que busca ditar o ritmo do que acontece em todo o continente.

1847: Lança seu segundo livro, *Omoo, uma narrativa de aventuras nos Mares do Sul*, continuação de *Taipi* e sequência da ficcionalização do que vivera ao longo de 1842. Casa-se com Elizabeth Shaw, filha do chefe de justiça do estado de Massachusetts. O casal terá quatro filhos.

1848: Numa tentativa de produzir romances filosóficos na linha de *As viagens de Gulliver*, de Jonathan Swift, publica *Mardi, ou Uma viagem além*, que, ao contrário dos livros até então lançados por Melville, não cai nas graças dos leitores.

1849: Publica *Redburn*, que traz ecos da viagem que fez em 1838 como aprendiz de marinheiro. Ao longo do verão, escreve *Jaqueta Branca*. Nasce Malcolm, primeiro filho de Elizabeth e Melville.

1850: Publica *Jaqueta Branca, ou O mundo em um navio de guerra*, no qual remonta ao que viveu a bordo do *USS United States*, navio de guerra no qual atuou como segundo marinheiro. A obra é apontada como a mais política de Melville. Muda-se com a família para Pittsfield, Massachusetts, onde escreve *Moby Dick*, que se tornaria o seu mais famoso romance. Conhece o escritor Nathaniel Hawthorne, que virá a ser seu grande amigo.

1851: Lança, primeiro na Inglaterra e depois nos Estados Unidos, *Moby Dick*, que tem uma recepção bastante tímida. O mesmo aconteceria com os livros seguintes do autor, que passaria o resto da vida sem repetir o sucesso feito no início da carreira. Nasce Stanwix, o segundo filho de Melville e Elizabeth.

1852: Publica *Pierre, or The Ambiguities*.

1853: Nasce Elizabeth, terceiro filho do casal.

1855: Lança *Israel Potter*. Nasce o quarto e último filho de Melville e Elizabeth, Frances.

1856: Publica a coletânea *Piazza Tales*, que, dentre outros textos, inclui a novela *Bartebly, o escrivão* (publicada em um periódico em 1853), que com o passar dos anos se tornaria célebre.

1857: Lança *The Confidence-Man*.

1858: Começa a escrever poemas. Inicialmente, compartilha os versos apenas com a esposa.

1860: Parte em viagem de volta ao mundo a bordo do *Meteor*. Tenta publicar seus poemas, mas não encontra editoras que banquem o trabalho.

1863: Em sérias dificuldades financeiras, vende a própria casa e se muda com a família para Nova York.

1864: Visita campos de batalha da Guerra Civil dos Estados Unidos, ou Guerra de Secessão, iniciada em 1861 e que duraria até 1865. A experiência teria impacto na sua produção literária.

1866: Inicia, com *Battle Pieces and Aspects of the War*, uma sequência de livros de poemas inspirados pela Guerra Civil. Começa a trabalhar como fiscal de alfândega em Nova York, cargo que ocuparia ao longo de muitos anos.

1867: Malcolm, filho mais velho de Melville, morre com um tiro na cabeça; não se sabe se o jovem quis se matar ou atirou em si acidentalmente.

1876: Publica o épico *Clarel*.

1885: Deixa o cargo de fiscal de alfândega.

1886: Morre o filho Stanwix, vítima de tuberculose.

1888: Melville lança a coletânea *John Marr and Other Sailors*.

1891: Nova coletânea, *Timoleon*.

1891 | 28 set: Herman Melville morre em Nova York, aos 72 anos, após um ataque cardíaco. Jornais e leitores praticamente ignoram a perda do escritor.

1892: Uma nova edição de *Moby Dick* e alguns textos reavaliando a dimensão e a importância do romance iniciam o resgate do nome de Melville.

1921: O crítico Carl van Doren dedica um trecho de *The American Novel* a *Moby Dick*.

1923: D. H. Lawrence trata de *Moby Dick* em um dos capítulos de *Estudos da literatura clássica americana*.

1924: Publicação do romance inacabado *Billy Budd*, outro marco importante na trajetória póstuma de Melville ao longo do século XX.

1941: Em *American Renaissance*, de F. O. Mathiessen, numa leitura que atualiza a disputa entre América e Europa e o então candente embate entre a democracia e o totalitarismo, Melville se torna um nome central do cânone literário dos Estados Unidos.

ESTA OBRA FOI COMPOSTA POR MARI TABOADA EM MORE PRO E
IMPRESSA EM OFSETE PELA GEOGRÁFICA SOBRE PAPEL PÓLEN SOFT
DA SUZANO S.A. PARA A EDITORA SCHWARCZ EM MAIO DE 2021

A marca FSC® é a garantia de que a madeira utilizada na fabricação do papel deste livro provém de florestas que foram gerenciadas de maneira ambientalmente correta, socialmente justa e economicamente viável, além de outras fontes de origem controlada.